EXCALIBUR

Herausgegeben von
Melissa Andersson
und
Gerd Rottenecker

Die Chroniken von Amarid

Band 1: Der Fluch des Magiers
Band 2: Der Kristall der Macht
Band 3: Das dunkle Herz von Lon-Ser
Band 4: Die Retterin des Landes
Band 5: Der Adlerweise
Band 6: Der Frieden von Lon-Tobyn

Über den Autor:

David B. Coe wurde in New York geboren. Er studierte Geschichte und lebt heute mit seiner Frau und seiner Tochter in Tennessee.

David B. Coe

Die Chroniken von Amarid II

Der Kristall der Macht

Aus dem Amerikanischen
von Regina Winter

Knaur

Die amerikanische Originalausgabe erschien 1998 unter dem Titel
Children of Amarid – Part Two bei Tor Books, New York.

Besuchen Sie uns im Internet:
www.knaur.de
www.knaur-fantasy.de

Deutsche Erstausgabe April 2002

Redaktion: Alexander Groß
Umschlaggestaltung: ZERO Werbeagentur, München
Umschlagabbildung: Attila Boros,
Agentur Thomas Schlück, Garbsen
Die Landkarten wurden unter Verwendung einer Vorlage
von Elissa Mitchell gezeichnet.
Satz: Ventura Publisher im Verlag
Druck und Bindung: Nørhaven A/S
Printed in Denmark
ISBN 3-426-70230-4

2 4 5 3 1

KARTEN

Lon-Ser
Dhaalmar-Untiefen
Dhaalmar-Dorn
Nordlichtwald
Dhaalmar-Berge
Bergseefluss
Drei-Narren-See
Oerella-Hafen
Schluchtenfluss
Vrudanfluss
Vrudan-Ostarm
Halbinsel von Oerella
Oerella-Nal
Herrscher-Kap
Aricks
Müttersee
Goldener Arm
Gletscherkapfluss
Oerella-wald
Sturmbucht
Wolkensee
Meer
Schwarzwasserfluss
Drei-Nals-Fluss
West-meer
Medianberge
Bragori-wald
Reivdrah
Wandererfluss
Bragor-Nal
Gold-palast
Golf von Dalrak
Merrie-see
Einars Moor
Bragorifluss
Sternenkap
Vihirfl.
Grünwasserberge
Schutz-sumpf
Felshafen
Stib-hain
Kl. Grün-wasserfluss
Kap Lon
Stibbucht
Stib-Nal
Golf der Götter
Landengen-finger
Duclea

Tobyn-Ser
Aborij
Meerenge von Aborij
Leoras Wald
Bergseefluss
Brisalli
Greenbough
Taima
Accalia
Kleiner Fluss
Nord-ebene
Dacia-See
Prannai
Parnesheimberge
Larian-Fl.
Falkenfinder-wald
Amarid
Vier Fälle
Tobyns Wald
Dhaalisminfluss
Oberes Horn
Nordbucht
Seeberge
Wald-nebel-see
Halcya
Flußdreieck-Traverse
Saphirfluss
Aricks Zorn
Lastri
Smaragdhügel
Phelans Dorn
Dünen-see
Kaera
Wildflut
Südbucht
Unteres Horn
Sern
Große Wüste
Tobyns Ebene
Wasserbogen
Lange Fluss
Moriandrafl.
Südsumpf
Lon-Tobyn-Landenge
Dücleas Tränen
Feuergrassee
Therons Hain
Schatten-wald
Flusshafen
Halsschmuck
Golf von Creyllon
Sägeblatt
Südarchipel
Ceryllhöhle
Ceryllon

Bragor-Nal

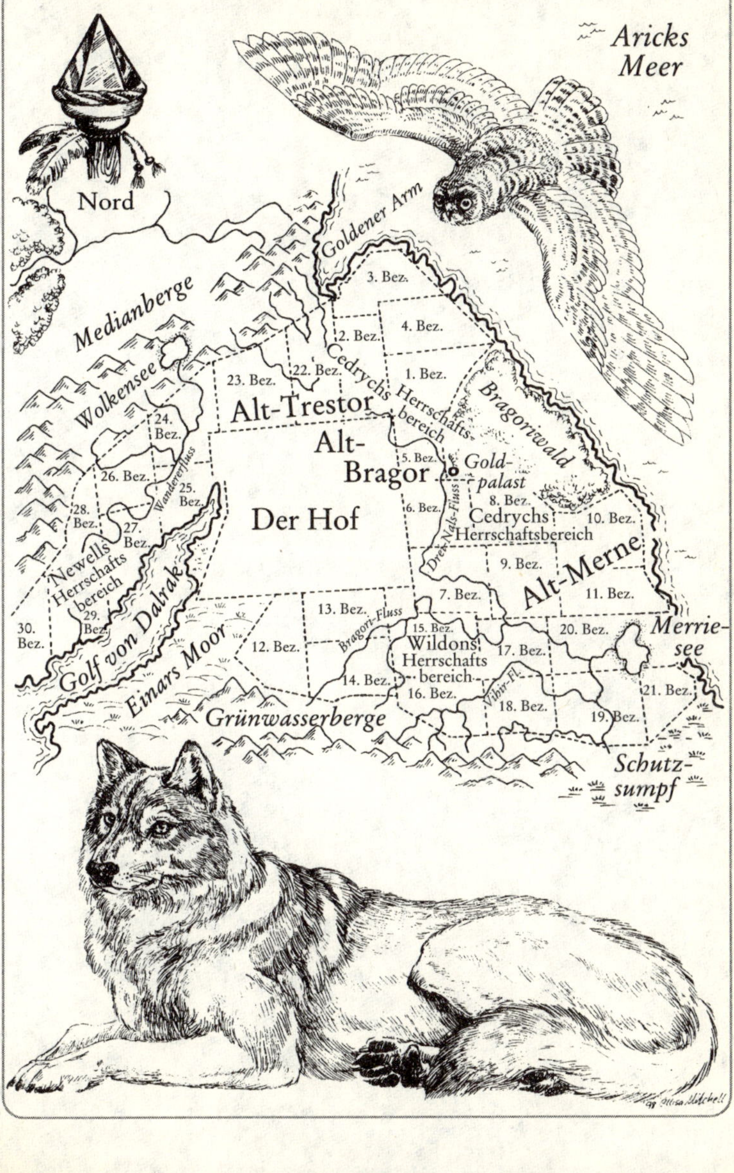
Nord
Aricks Meer
Goldener Arm
Medianberge
Wolkensee
3. Bez.
2. Bez.
4. Bez.
1. Bez.
22. Bez.
23. Bez.
Alt-Trestor
Cedrychs Herrschafts bereich
Bragorwald
24. Bez.
Wandererfluss
26. Bez.
25. Bez.
Alt-Bragor
5. Bez.
Goldpalast
28. Bez.
27. Bez.
Der Hof
6. Bez.
Drei-Nals-Fluss
8. Bez.
Cedrychs Herrschaftsbereich
10. Bez.
Newells Herrschafts bereich
29. Bez.
30. Bez.
Golf von Dalrak
9. Bez.
Alt-Merne
7. Bez.
11. Bez.
13. Bez.
Bragori-Fluss
12. Bez.
15. Bez.
Wildons Herrschafts bereich
17. Bez.
20. Bez.
Merriesee
Einars Moor
14. Bez.
16. Bez.
Vibir-Fl.
18. Bez.
19. Bez.
21. Bez.
Grünwasserberge
Schutzsumpf

Was bisher geschah

Seit mehr als tausend Jahren schützen die Söhne und Töchter Amarids das Land Tobyn-Ser. Die Falkenmagier und Eulenmeister heilen Wunden und Krankheiten, nutzen ihre Fähigkeit, um dem einfachen Volk zu helfen, und gelten als gerechte Richter. Sie waren es auch, die das Land vierhundert Jahre zuvor vor einer schrecklichen Invasion schützten. Der Magierorden ist bei der Bevölkerung beliebt und hoch geachtet. Aber das alles ändert sich plötzlich, als die ersten Gerüchte über abtrünnige Magier aufkommen, die töten, plündern, zerstören.

Der junge Jaryd erlebt an der Seite seines Mentors und Onkels, des Eulenmeisters Baden, seine erste Versammlung in der Großen Halle der Magier und wird Zeuge der Verwirrung und des allgemeinen Misstrauens, das die »Abtrünnigen«, die nicht identifiziert werden können, nicht nur bei der Bevölkerung, sondern auch bei den Kindern Amarids selbst hervorrufen. Baden ist der Ansicht, dass vielleicht nicht einmal ein lebender Mensch hinter den Anschlägen steckt. Er vermutet, dass es der Geist von Theron ist, eines der mächtigsten Magier. Dieser hatte sich vor langer Zeit nach einem Konflikt mit dem Orden selbst getötet und damit zum »Unbehausten« gemacht, einem ruhelosen Geist, der für immer an den Ort gefesselt ist, an dem der Magier sich einst an seinen ersten Falken gebunden hat.

Auf Drängen Badens entsendet der Orden schließlich eine Delegation zu Therons Hain, die versuchen soll, mit dem

Geist Kontakt aufzunehmen – ein Unternehmen, von dem bisher niemand je zurückgekehrt ist. Der Delegation gehören außer Baden noch die Eulenweise Jessamyn an, das Oberhaupt des Ordens, ihr Gefährte Peredur, Badens treuer Freund Trahn, Eulenmeister Sartol, seine ehemalige Schülerin Alayna, Jaryd, und zur allgemeinen Überraschung auch der Falkenmagier Orris, der sich vehement gegen diese Delegation ausgesprochen hatte.

Nachdem die Delegation am Hain eingetroffen ist, überschlagen sich die Ereignisse: Sartol, der nur mitgekommen ist, um sich bei dieser Gelegenheit seiner Widersacher im Orden zu entledigen, bringt Jessamyn und Peredur um. Es gelingt ihm, den Verdacht auf Orris zu lenken. Dieser muss fliehen – zuvor kann er allerdings noch Jaryd und Alayna vor Sartols Angriff retten. Den jungen Leuten bleibt aber nur ein Fluchtweg: Therons Hain! Dort kommt es tatsächlich zur Begegnung mit dem Geist des Magiers.
Theron ist von der Entschlossenheit der jungen Falkenmagier so beeindruckt, dass er sie nicht tötet, sondern einer Prüfung unterzieht. Die jungen Leute bestehen sie, und die gemeinsam durchgestandenen Schrecken vertiefen die Freundschaft zwischen den beiden.

Sartol hat Baden und Trahn inzwischen davon überzeugen können, dass Orris der Abtrünnige ist, nach dem im ganzen Land gesucht wird. Er macht sich zusammen mit Baden auf den Rückweg nach Amarid – angeblich, um den Magiern die traurige Nachricht vom Tod der Eulenweisen zu bringen und zu verhindern, dass Orris noch mehr Schaden anrichtet, in Wahrheit jedoch, um sich selbst an die Spitze des Ordens zu setzen.

Falkenmagier Trahn bleibt am Hain zurück, in der Hoffnung, dass Jaryd und Alayna die Begegnung mit Therons Geist überlebt haben ...

1

Am Vormittag hörte es vollkommen auf zu regnen, und die Sonne brach strahlend hell durch die dünner werdenden Wolken. Gras und Blätter, noch nass vom Regen, glitzerten im Sonnenlicht, und Dunst stieg aus den Ruinen von Rholde auf. Baden und Sartol waren schon vor längerer Zeit losgeritten. Sie hatten sich auf den Weg nach Norden, nach Amarid, gemacht, während Trahn entgegen jeder Vernunft darauf wartete, dass Jaryd und Alayna doch noch unbeschadet aus Therons Hain zurückkehren würden. Der dunkelhäutige Falkenmagier saß im Lager auf dem Boden und sah zu, wie hellgrauer Rauch von den Scheiterhaufen aufstieg. Den größten Teil des Morgens, beinahe seit die Eulenmeister losgeritten waren, hatte er über die Ereignisse der vergangenen Nacht gegrübelt und dabei versucht, sich an den Gedanken zu gewöhnen, dass es sehr wahrscheinlich Orris gewesen war, der den Orden verraten hatte.

Trahn betrachtete Orris nicht als Freund, zumindest nicht in der Weise, wie Baden oder Jaryd seine Freunde waren. Bei dem Gedanken an den jungen Falkenmagier spähte er wieder zum Rand des Hains und hielt nach einem Lebenszeichen von Jaryd und Alayna Ausschau. Aber es war nichts zu sehen, und mit tiefem Seufzen wandte sich Trahn wieder seinen Überlegungen zu. Selbst wenn Orris nie wirklich ein Freund gewesen war, hatte Trahn ihn dennoch als Verbündeten betrachtet; er und Orris hatten recht ähnliche Vorstellungen darüber gehabt, wie sich der Orden entwickeln sollte und was seine angemessene Position in Tobyn-Ser wäre. Trahn hatte Orris' Ansichten respektiert.

Und Orris war darüber hinaus zum Anführer und zum Gewissen der jüngeren Magier geworden. Seine barsche Art, die viele Eulenmeister fälschlicherweise für Respektlosigkeit hielten, interpretierte Trahn viel wohlwollender, nämlich als Ausdruck seines leidenschaftlichen Einsatzes für seine Ziele. Sicher, Orris war aufbrausend – Trahn hätte sich sogar beinahe vorstellen können, dass er Jessamyn tatsächlich im Zorn umgebracht hatte. Beinahe. Aber Baden hatte schon Recht gehabt, als er am vergangenen Abend erklärte, der Mord an Peredur und die Versuche, Jaryd, Alayna und Sartol zu töten, zeugten von einem weitreichenderen, unheilvolleren Ziel, als allein die Eulenweise zu ermorden. Baden hatte es nicht direkt ausgesprochen, aber Trahn hatte aus den Worten des Eulenmeisters geschlossen, dass er eine Intrige gegen den Orden befürchtete, die auf irgendeine Weise mit den Angriffen auf Tobyn-Ser zusammenhing. Und so etwas traute Trahn Orris nun wirklich nicht zu. Hätte Trahn nicht so vollkommen an Orris' Integrität geglaubt – anders als es, wie er wusste, Baden tat –, wäre ihm Sartols Geschichte durchaus glaubwürdig vorgekommen. Aber welche Beweise hatte Sartol eigentlich gehabt? Jessamyns und Peredurs Leichen? Sartol hätte die beiden auch selbst getötet haben können. Jaryds und Alaynas Verschwinden? Wieder hätte auch der Eulenmeister verantwortlich sein können. Sartols eigene Wunden? Orris hatte sie ihm vielleicht zugefügt, als Sartol versuchte, Jaryd und Alayna umzubringen. Es brauchte nur eine geringfügig andere Perspektive, und die Beweise sprachen gegen Sartol statt gegen Orris.

»Das könnte ich mir schon eher vorstellen«, sagte Trahn laut zu seinem braunen Falken, der ein paar Fuß entfernt regungslos auf einem alten Baumstumpf saß. Der Vogel blinzelte ungerührt.

Trahn stand auf und streckte den Arm aus. Reivlad flog sofort auf seine Schulter, und der Falkenmagier ging auf das kleine Gehölz zu, in dem Jessamyn und Peredur ermordet worden waren. Trahn hatte genug Zeit; er würde sich nicht von hier wegrühren, bevor er Jaryd und Alayna gefunden oder zumindest etwas über ihr Schicksal herausgefunden hatte. Und das gab ihm nun ausführlich Gelegenheit, sich den Schauplatz der Morde noch einmal genauer anzusehen. Vielleicht war ihm ja am Vorabend im Dunkeln etwas entgangen, oder vielleicht hatte Sartol etwas verborgen. In jedem Fall würde das Tageslicht sicher helfen.

Im Gehölz angekommen, blieb Trahn stehen und versuchte, in seinem Kopf die schreckliche Szene zu rekonstruieren, auf die sie hier am Abend zuvor gestoßen waren. Direkt vor ihm lagen immer noch die Äste, aus denen Jessamyn hatte Fackeln herstellen wollen. Die Leiche der Eulenweisen hatte dort gelegen, wo Trahn nun stand, und Peredur war ein paar Fuß weiter links gestorben ...

Als er in diese Richtung schaute, erstarrte Trahn. Nur ein paar Schritte entfernt, unter einer hohen Fichte, entdeckte er einen kleinen Klumpen nasser, blutverklebter Federn. Trahn bückte sich, um sich die Federn genauer anzusehen, und erkannte das Bündel als den Kadaver von Peredurs Eule, kopflos und verstümmelt, aber immer noch deutlich zu identifizieren. Er sah sich weiter um, und dort, ein paar Fuß weiter im Unterholz, entdeckte er den blutigen Kopf der Eule. Er spürte, wie sein Pulsschlag schneller wurde, hätte aber kaum sagen können, wieso. An sich hatte die Entdeckung von Peredurs Vogel nichts zu bedeuten. Sowohl Sartols Eule als auch Orris' Falke waren schnell und kräftig genug, um einen Vogel von dieser Größe töten zu können, Eule oder nicht. Aber hätte Orris' Falke der Eule auch den Kopf abreißen können? Davon war Trahn schon weniger überzeugt. Sartols große Eule andererseits wäre problemlos dazu in der Lage gewesen.

Der Falkenmagier richtete sich wieder auf, und seine Gedanken kehrten zum Vorabend zurück, als er und Baden gesehen hatten, wie Sartol aus der Nähe dieses Gehölzes gekommen war. Der Eulenmeister war verwundet gewesen, hatte eine Schnittwunde an der Stirn und eine Brandwunde am Bein gehabt. Seine Eule war zwar unverletzt gewesen, aber an ihren Krallen hatte Blut geklebt. Trahn hatte damals angenommen, das Blut stamme von Orris' Vogel, aber wenn er sich geirrt hatte, wenn Sartols Vogel Peredurs Eule getötet hatte, würde das ebenfalls gegen Sartol sprechen.

Eine weitere Erinnerung: ein unheimliches Aufheulen, das aus dem Schattenwald erklungen war, kurz bevor Baden und Trahn auf Sartol stießen, und nur ein paar Augenblicke, bevor sie gesehen hatten, wie Sartols Vogel wieder auf die Schulter des Eulenmeisters zurückkehrte. Trahn sah sich ein letztes Mal im Gehölz um, dann ging er wieder hinaus auf die Lichtung. Er marschierte auf den Rand des Schattenwaldes zu, in die Richtung, aus der das seltsame Klagen gekommen war. Wieder brauchte er nicht lange zu suchen. Am Rand des dichten Waldes, nur ein paar Fuß von der grasbewachsenen Lichtung entfernt, fand er den Kadaver von Orris' hellem, rostfarbenem Falken. Er hatte einen einzelnen roten Fleck an der Brust, wo Sartols Eule eine scharfe Klaue in sein Herz gebohrt hatte, und wie bei Peredurs Eule war auch diesem Vogel der Kopf abgerissen worden. Sartols Eule hatte diesen Vogel getötet – es war daher nicht klar, ob das Blut an ihren Krallen auch von Peredurs Vogel gestammt hatte. Die Krallen von Orris' Falken waren nicht blutig, aber immerhin hatte es die ganze Nacht und einen Teil des Morgens geregnet, also sagte das nicht viel. Dennoch spürte Trahn, wie er bei jeder neuen Entdeckung aufgeregter wurde. Peredurs Eule und Orris' Falke waren auf ganz ähnliche Weise getötet worden, beide von einem Vogel, der stark genug gewesen war, ihnen die Köpfe abzureißen. Es war klar, dass Sartols Eule Orris' Falken getötet hatte – hatte sie auch Peredurs Vogel zerrissen?

Eine weitere Erinnerung vom Vorabend ging Trahn nun durch den Kopf. Als Baden, Sartol und er das Gehölz betreten hatten, hatte Jessamyns Eule sie angezischt. Aber was, wenn das nicht den Magiern, sondern Sartols Vogel gegolten hatte? Wenn Orris Jessamyn angegriffen hatte, dann hatte ihre Eule zweifellos versucht, sie zu beschützen, und Trahn fragte sich, ob Orris' Falke bei einem Kampf gegen Jessamyns weiße Eule eine Chance gehabt hätte. Er bezweifelte nicht eine Sekunde, dass Sartols kräftiger Vogel der Eule hätte standhalten können.

Trahn schüttelte grimmig den Kopf. Er hatte nur wenig gefunden, was Sartols Schuld oder Orris' Unschuld zweifelsfrei bewiesen hätte; er konnte sich nur darauf berufen, wie gut er die Vögel kannte, und darüber hinaus auf sein Misstrauen gegen Sartol und seinen störrischen Glauben an Orris' Loyalität gegenüber dem Orden. Und er wurde das Gefühl einfach nicht los, dass Badens Leben in Gefahr war. Einen Augenblick, als er wieder auf das Lager zuging, dachte er daran, sich des *Ceryll-Var*, der Verbindung der

Kristalle, zu bedienen, um Baden zu warnen, aber er wusste, wie sein Freund reagieren würde. »Du hast keine Beweise«, würde Baden sagen. »Du lässt zu, dass deine Gefühle deinen Verstand beeinflussen.« Und vielleicht hätte er damit ja auch Recht. Außerdem, dachte Trahn resigniert, wenn Sartol den Orden wirklich verraten hatte, würde eine solche Kontaktaufnahme Baden gefährden. Der hagere Eulenmeister war sich des Risikos bewusst gewesen, als er zusammen mit Sartol nach Norden aufgebrochen war. Im Augenblick musste Trahn einfach akzeptieren, dass er nichts anderes tun konnte, als nach den jungen Magiern Ausschau zu halten und zu hoffen, dass Baden auf sich selbst aufpassen konnte.

Trahn spähte über die Schulter hinweg abermals zum Rand von Therons Hain, und in diesem Augenblick hörte er, wie die Pferde in der Ferne nervös zu wiehern begannen. Sofort rannte er auf das alte Bauernhaus zu, in dem er und Baden die Tiere am Abend zuvor untergebracht hatten und wo nun noch sechs Pferde angebunden waren. In diesem Teil des Landes gab es Bären, Wölfe und Raubkatzen, und alle wären in der Lage gewesen, ein angebundenes Pferd zu töten. Je näher Trahn den Ruinen der alten Stadt kam, desto lauter und erschrockener wurde das Wiehern, und er verfluchte sich dafür, dass er selbst verlangt hatte, dass sie die Pferde so weit vom Lager entfernt unterbrachten. Kurz bevor er die Ruinen erreichte, wurde es schlimmer – viel, viel schlimmer. Der Lärm, den die Pferde machten und der beunruhigend genug gewesen war, wurde leiser und verklang weitab von dem alten Bauernhaus, und dann hörte er Hufschlag, der sich nach Westen entfernte. Mit einem äußerst unangenehmen Gefühl im Magen eilte Trahn weiter zur Ruine. Aber die

Tiere waren natürlich längst verschwunden. Nur das zertrampelte Gras und ein paar Hufabdrücke ließen noch darauf schließen, dass sie jemals hier gewesen waren.

Es war schon recht spät am Morgen, als Jaryd plötzlich aufschreckte, und sofort tastete er im Geist nach Ishalla. Der Falke saß ruhig, aber wachsam neben Fylimar auf einem niedrigen Ast nur ein paar Fuß entfernt. Jaryd war erleichtert, Ishalla im Geist zu spüren. Der Himmel hatte sich aufgehellt, und Sonnenlicht fiel durch das Blätterdach und die knorrigen, verschlungenen Äste des Hains. Als Jaryd sich umdrehte, sah er Alayna neben sich liegen, die ihn lächelnd beobachtete. Ihr langes, dunkles Haar, zerzaust und immer noch ein wenig feucht vom Regen, fiel ihr über die Schultern, und ihre dunklen Augen, die das satte Braun der Erde hatten, aber mit kleinen grünen Flecken darin, blitzten im Tageslicht.

»Guten Morgen«, sagte sie leise.

Er stützte sich auf einen Ellbogen. »Guten Morgen.«

»Wusstest du, dass du im Schlaf redest?«, fragte sie.

Jaryd spürte, wie er rot wurde, und Alayna lachte.

»Das wusste ich tatsächlich schon«, gab er zu.

Sie zog fragend die Brauen hoch.

»Mein Bruder hat es mir gesagt«, erklärte er. »Wir haben zu Hause ein Zimmer geteilt.« Er zögerte. »Warum? Was habe ich gesagt?«

»Mach dir keine Sorgen«, beruhigte sie ihn. »Ich konnte kein Wort verstehen. Du hast auch nicht wirklich gesprochen, sondern nur leise vor dich hin gemurmelt, etwa so.« Sie gab ein entsprechendes Geräusch von sich. Jaryd stöhnte verlegen, und sie lachte abermals.

»Und wie lange wird es nun dauern, bis der gesamte Orden davon erfährt?«

Sie schaute ihn gekränkt an. »Das ist ungerecht«, sagte sie. »Ich würde es niemals dem ganzen Orden erzählen.« Sie hielt inne und versuchte vergeblich, sich ein Grinsen zu verkneifen. »Ich würde es einfach Baden und Trahn sagen und ihnen dann den Rest überlassen.«

Jaryd lachte. »Damit könntest du dir tatsächlich viel Arbeit ersparen.«

Sie sahen einander an, und ihr Lachen erstarb. Jaryd beugte sich vor und küsste Alayna sanft auf den Mund.

Wieder erhellte ein zärtliches Lächeln ihre Züge. »Und wofür war das?«

Jaryd zuckte die Achseln. »Weil du im Stande warst zu lachen und mich zum Lachen zu bringen, auch wenn wir überall von Gefahren umgeben sind.«

»Ah. Das hab ich von meiner Großmutter gelernt«, sagte sie, hob ein Blatt vom Boden auf und spielte zerstreut damit herum. »Sie hat immer gesagt, solange man seinen Humor bewahrt, kommt man mit allem zurecht.«

»Klingt nach einem guten Rat«, sagte Jaryd leise.

Alayna nickte. »Es ist auch einer«, erwiderte sie. »Es hat ihr immerhin beinahe neunzig gute Jahre beschert.« Sie richtete sich auf. »Selbstverständlich«, fuhr sie ein wenig ernster fort, »hatte Oma es auch nie mit unbehausten Geistern und abtrünnigen Magiern zu tun.«

»Schön für sie«, bemerkte Jaryd und kam ein bisschen unbeholfen auf die Beine. Alayna streckte die Hand aus, und er zog sie ebenfalls hoch. Dann wandte er sich den beiden Vögeln zu und rief Ishalla mit einem Gedanken zu sich. Sofort segelte der graue Falke zu seinem ausgestreckten Arm.

»Kannst du sie voneinander unterscheiden?«, fragte Alayna, nachdem Fylimar mit der gleichen Anmut auf ihrer Schulter gelandet war.
»Ja. Ishalla ist ein wenig kleiner, und ihr Rücken und die Flügel sind ein winziges bisschen dunkler. Aber«, fügte er hinzu, »ich muss sehr genau hinsehen. Und du?«
»Manchmal kann ich kleine Unterschiede zwischen ihren Gesichtern entdecken«, erwiderte sie, »aber dafür muss ich ebenfalls ziemlich genau hinsehen.«
Jaryd betrachtete Ishallas Kopf mit seiner dunklen Kappe, den hellen Streifen über den Augen, die wie Brauen aussahen, und den durchdringenden roten Augen. Dann schaute er Fylimar an. Die Unterschiede, die Alayna dort offenbar wahrnehmen konnte, waren zu subtil, als dass sie ihm aufgefallen wären. »Da muss ich mich wohl auf dein Wort verlassen«, sagte er schließlich.
Jaryds Magen gab plötzlich ein lautes Gurgeln von sich. Der junge Magier spürte, wie er rot wurde.
»Hunger?«, fragte Alayna kichernd.
»Wenn ich nicht bald etwas zu essen bekomme, falle ich um.«
Alayna nickte. »Ich auch.«
Sie schloss einen Augenblick die Augen, und beinahe sofort flatterte Fylimar von ihrem Arm auf und machte sich auf die Suche nach etwas Essbarem. Jaryd übermittelte Ishalla einen ähnlichen Gedanken, und sein Falke folgte dem anderen Vogel. Während die Falken jagten, sammelten die Magier Holz für ein kleines Feuer und legten zwei lange, feste Zweige beiseite, um sie als Bratspieße für das Wild zu benutzen, das ihre Vögel ihnen bringen würden.

»Hast du schon überlegt, was wir nach dem Essen tun sollen?«, fragte Jaryd schließlich.
»Ja, aber mir ist noch nichts besonders Geniales eingefallen. Dir?«
Jaryd schüttelte den Kopf und strich sich das Haar mit einer Geste aus der Stirn, die seine Mutter sofort erkannt hätte. »Nein. Wir wissen nicht, ob Sartol immer noch da draußen lauert, wir wissen nicht einmal, wer von unserer Gruppe diese Nacht überlebt hat. Und ich hätte gern noch einmal Gelegenheit, mit Theron zu sprechen. Ich denke immer noch, er könnte uns helfen.«
»Da bin ich sicher«, erwiderte Alayna. »Die Frage ist, ob er das auch will.«
Jaryd zuckte die Achseln und holte tief Luft. »Ich finde, wir sollten es versuchen, obwohl mir die Entscheidung sicher leichter fallen würde, wenn wir wüssten, was draußen vor dem Hain vorgeht.«
»Das können wir herausfinden«, sagte Alayna vergnügt. »Bist du je mit deinem Falken geflogen?«
Jaryd sah sie verwirrt an.
»Ich meine es ernst«, erwiderte sie. »Ich werde es dir nach dem Essen zeigen.«
Er setzte zu einer Antwort an, wurde aber von lautem Flattern unterbrochen, als Ishalla mit einem Hasen in den Krallen zurückkehrte. Einen Augenblick später kam auch Fylimar zurück und brachte ihnen eine Wachtel. Die beiden Magier nahmen die Gaben der Vögel entgegen und schickten die Falken dann wieder weg, damit sie sich selbst etwas zu fressen fangen konnten. Dann setzten sie sich ans Feuer und häuteten den Hasen und rupften die Wachtel, bevor sie sie auf die beiden Spieße steckten.

»Ich hatte gestern Abend keine Gelegenheit mehr, dir das zu sagen«, begann Jaryd ein wenig später, als sie zusahen, wie das Essen über den Flammen briet, »aber das mit Sartol tut mir sehr Leid. Ich weiß, wie nahe ihr euch gestanden habt und wie sehr du ihn bewundert hast.«

Alayna beugte sich vor und drehte den Zweig mit ihrer Wachtel. »Danke«, sagte sie und lehnte sich wieder zurück. Sie lächelte traurig. »Ich komme mir richtig dumm vor; ich hätte ihn doch durchschauen müssen! Aber er war immer so nett zu mir –« Sie hielt inne und zuckte die Achseln. »Ich hätte es wissen sollen.«

»Wie denn, Alayna? Es gibt Magier im Orden, die ihn viel länger kannten als du und die ihn ebenso wenig durchschaut haben. Sogar Baden, Jessamyn und Peredur haben ihm geglaubt. Er hat sie getäuscht, ebenso, wie er mich getäuscht hat. Du solltest dir nicht übel nehmen, dass er dich ebenfalls täuschen konnte.«

Alayna nickte, aber sie sah ihn nicht an, und die beiden brieten ihr Essen ohne ein weiteres Wort fertig. Die Falken kehrten kurz darauf zurück, Ishalla mit einem Häher und Fylimar mit einem Rotkehlchen, und als die Magier aßen, taten ihre Vertrauten es ihnen gleich.

Nach dem Essen hatte sich Alaynas Stimmung ein wenig gebessert. Sie griff nach ihrem Stab und reichte Jaryd die Fackel, die seinen Ceryll enthielt. »Komm«, drängte sie und griff nach seiner freien Hand. »Ich werde dir beibringen, wie man fliegt.«

Es stellte sich heraus, dass ihr »Fliegen« dasselbe war, was Baden als »Benutzen der Falkensicht« bezeichnet hatte. Im Grunde, erklärte Alayna, brauchte es nicht mehr, als dass Jaryd mit seinem Geist über die übliche Verbindung mit

Ishalla hinausging, bis die Wahrnehmungen des Vogels stärker wurden als seine eigenen. Dann brauchte er Ishalla nur noch zu bitten, zu der gewünschten Stelle zu fliegen.

Aber so leicht sich das auch anhören mochte, es erwies sich zunächst als ziemlich verwirrend – tatsächlich wäre Jaryd beinahe hingefallen, so schwindlig wurde ihm, als Ishalla sich zum ersten Mal in die Luft erhob und zu kreisen begann. Aber dann gewöhnte er sich rasch an die Kreisbewegungen und Kurven ihres Flugs, und bald verstand er, wieso Alayna diese Art der Verbindung als »Fliegen« bezeichnete. Er hatte das Gefühl, selbst auf den Windströmungen über die Baumwipfel zu gleiten, und er lachte laut, als Ishalla und Fylimar beide über ihnen kreisten und er im Stande war, sich selbst und Alayna von oben zu sehen.

Nachdem er das Gefühl eine Weile genossen hatte, bemerkte Jaryd durch Ishallas Augen, dass Fylimar auf das Lager zuflog. Ishalla reagierte sofort auf Jaryds Gedanken und folgte dem anderen Vogel. Bald hatten sie den Hain hinter sich gelassen. Jaryd schaute nun auf die grasbewachsene Lichtung hinab, wo die Gruppe von Magiern am Abend zuvor ihr Lager aufgeschlagen hatte. Er sah das Gehölz, in dem er und Alayna Sartol gegenübergestanden hatten, und er erkannte den Haufen von Vorräten und Ausrüstung, den sie mit den Planen zugedeckt hatten. So nachlässig, wie eine der Planen nun zurückgeschlagen war, sah es aus, als hätte jemand hektisch nach etwas gesucht. Nicht weit entfernt im Südwesten strömten die schlammigen Fluten des Moriandral unter der Steinbrücke hindurch und an den Ruinen des alten Rholde vorbei. Näher am Lager

schwelten zwei verkohlte Holzhaufen noch in der Mittagssonne.
Aber davon abgesehen entdeckte Jaryd nichts, was darauf schließen ließ, wer die Nacht überlebt hatte. Weder Menschen noch Pferde waren zu sehen. Er spürte, wie sich sein Magen zusammenzog.
Nachdem Fylimar die Lichtung mehrmals umkreist hatte, kehrte sie zum Hain zurück. Wieder folgte Ishalla. Einen Augenblick später hörte Jaryd, wie Alayna seinen Namen rief, und er brach die Verbindung zu seinem Vogel ab. Als er die Augen öffnete, hätte er abermals beinahe das Gleichgewicht verloren. Alayna packte ihn am Arm und stützte ihn.
»Alles in Ordnung?« Sie sah ihn forschend an.
Er lachte leise. »Noch nicht ganz. Das Fliegen finde ich angenehm, aber das Landen ist immer noch ein bisschen schwierig.«
Alayna lachte ebenfalls, aber dann wurde ihre Miene wieder ernst. »Ich habe niemanden gesehen«, sagte sie beunruhigt. »Nicht mal die Pferde.«
»Ich auch nicht.«
Alayna fuhr sich mit der Hand durchs Haar. »Was waren das für schwelende Holzhaufen?«
»Ich glaube, es waren Scheiterhaufen«, erklärte Jaryd. »Für Jessamyn und Peredur.« Und dann fügte er hinzu: »Ich hoffe zumindest, dass sie für die beiden waren.«
Alayna antwortete nicht. Das Schweigen hing bedrückend zwischen ihnen.
Schließlich holte Jaryd tief Luft und zuckte hilflos die Achseln. »Das ist beinahe noch schlimmer, als wenn wir Sartol dort entdeckt hätten«, stellte er verzweifelt fest. »In

diesem Fall wüssten wir wenigstens, dass es besser wäre, hier zu bleiben. Aber das da – es sagt uns überhaupt nichts.«

»Das«, warf Alayna ein, »ist nicht ganz richtig. Die Scheiterhaufen sagen uns, dass außer Sartol auch noch andere die Nacht überlebt haben; er hätte keinen Grund, sich mit der Beisetzung seiner Opfer abzugeben, wenn er als Einziger am Leben geblieben wäre. Und die Vorräte sind immer noch da, also können noch nicht alle weg sein.«

»Vielleicht haben sie sich wieder auf den Rückweg nach Amarid gemacht und die Vorräte und Ausrüstung für uns zurückgelassen, falls wir lebend aus dem Hain zurückkehren sollten.«

»Daran hatte ich nicht gedacht«, gab sie zu. »Das wäre schon möglich.«

»Oder vielleicht hat Sartol die Pferde versteckt, die Vorräte liegen lassen und die Scheiterhaufen errichtet, um uns zu täuschen und aus dem Hain zu locken«, sagte Jaryd. »Ist er schlau genug, um so etwas auszuhecken?«

»Ganz bestimmt«, erwiderte Alayna tonlos.

»Mit anderen Worten«, schloss Jaryd, »wir können es also nicht wagen, da rauszugehen.«

»Nein, wahrscheinlich nicht«, seufzte sie. »Sieht so aus, als müssten wir noch mal unser Glück mit Theron versuchen.«

Die jungen Magier wussten nicht so recht, was sie mit ihrer Zeit anfangen sollten, also verbrachten sie den Rest des Tages am Ufer eines kleinen, leuchtend blauen Sees, der von einem kleinen Wasserfall gespeist wurde. Alayna – oder genauer gesagt Fylimar – hatte ihn entdeckt, als die Vögel über dem Hain kreisten, bevor sie zum Lager flogen,

und die junge Frau hatte darauf bestanden, dass sie dorthin gingen.
»Nach fünfzehn Tagen im Sattel«, erklärte sie, »sollte man meinen, dass auch du die Gelegenheit zu einem Bad willkommen heißt.«
Nachdem sie kurz in dem kühlen Wasser geschwommen waren, verbrachten die beiden jungen Magier den größten Teil ihrer Zeit damit, über ihre Begegnung mit Theron in der Nacht zuvor nachzudenken. Beide waren überzeugt, dass der Eulenmeister wusste, wer für diese Angriffe überall im Land verantwortlich war, aber inzwischen wussten sie genau, wie sehr der Geist den Orden hasste, und ihnen fiel nichts ein, womit sie Theron bewegen könnten, ihnen doch noch zu helfen. Dennoch hatte Jaryd deutlich das Gefühl, dass sie noch einmal mit dem unbehausten Eulenmeister sprechen sollten.
»Wir müssen herausfinden, was er weiß«, erklärte er, als sie in der Spätnachmittagssonne am Seeufer saßen.
»Das weiß ich doch«, erwiderte Alayna, »aber wir sind vielleicht die einzigen Überlebenden, die wissen, dass Sartol den Orden verraten hat. Wir müssen die anderen Magier warnen. Wenn Theron uns tötet, ist vielleicht niemand mehr da, um Sartol aufzuhalten.«
»Wenn Theron uns hätte töten wollen, dann hätte er das schon letzte Nacht getan«, erwiderte Jaryd, und er hoffte, dass er sich überzeugter anhörte, als er sich fühlte.
Am Ende gab Alayna nach. Jaryd versprach ihr dafür, dass sie selbst dann, wenn der Geist ihnen in dieser Nacht nichts mehr sagen würde, am nächsten Morgen den Hain sofort verlassen und sich auf den Rückweg nach Amarid machen würden.

Kurz vor Einbruch der Dämmerung begannen die beiden jungen Magier, Beeren und Wurzeln zu sammeln, die sie zusammen mit dem Trockenfleisch essen wollten, das Jaryd immer noch in einer Tasche seines Umhangs hatte. Aber als der Himmel dunkler wurde und ihre Begegnung mit dem Eulenmeister näher rückte, stellte Jaryd fest, dass er keinen Hunger hatte. Aus irgendeinem Grund hatte Theron sie in der vergangenen Nacht verschont, aber das trug nur wenig dazu bei, Jaryds Angst zu verringern. Baden hatte gesagt, dass niemand je lebendig wieder aus dem Hain herausgekommen war. Und sie waren immer noch hier. Alayna schien ebenfalls unruhig zu sein, und am Ende aßen sie nur wenig, bevor sie ans Ufer des Sees zurückkehrten, um dort auf Theron zu warten.

Selbst am See, wo die uralten Bäume des Hains den Himmel nicht vollkommen verbargen, wurde es rasch dunkel. Als die hellen Blau- und Gelbtöne des Zwielichts rasch in dunklere Schattierungen wie Purpur und Indigo und schließlich in Schwarz übergingen, begannen die Sterne zu leuchten. Jaryd versuchte sich zu beruhigen, indem er nach den vertrauten Sternbildern Ausschau hielt. Im Westen konnte er Arick sehen, der die Arme erhoben hatte, einen ausgestreckt, um dem Land, das er seinen Kindern gegeben hatte, Gestalt zu verleihen, den anderen zum Schlag hochgerissen. Beinahe direkt über ihnen konnte er Duclea erkennen, die vor ihrem Mann niederkniete, die Arme ebenfalls ausgestreckt, aber in einer flehentlichen, trauernden Geste. Viel tiefer am Himmel, dicht über den Baumwipfeln, standen die Zwillinge, Lon und Tobyn, mit dem Rücken zueinander, die Arme trotzig verschränkt. Und zwischen ihnen, in ihrem ewigen, anmutigen Tanz, entdeckte Jaryd Leora, die nun langsam begann, am Himmel aufzusteigen, wo sie zur Mitte des Herbstes ihren Höchststand erreichen würde. Ihre Sterne leuchteten über Accalia und dem Wald, der ihren Namen trug, immer am hellsten.

Während Jaryd und Alayna schweigend am See saßen und die schimmernden Bewohner des Nachthimmels betrachteten, begann hinter ihnen ein weiteres Licht zu leuchten, erst nur schwach, dann langsam heller werdend. Jaryd, dem plötzlich bewusst wurde, wie schnell sein Herz klopfte, kam mit dem Gedanken, wie gut es war, dass er nicht so viel gegessen hatte, auf die Beine. Alayna stand ebenfalls auf, und nach einem raschen Blickwechsel und einem Lächeln, von dem Jaryd hoffte, dass es beruhigend wirkte, wandten sie sich ein zweites Mal dem grün schimmernden Geist des unbehausten Eulenmeisters zu.

»Ihr seid also immer noch hier«, stellte Theron säuerlich fest, als er näher kam. »Und dabei ist der Verräter schon lange verschwunden.«

Jaryd und Alayna wechselten einen Blick.

»Wir ... wir wussten nicht, dass er weg ist, Eulenmeister«, stotterte Alayna.

»Offensichtlich«, knurrte der Geist. »Sind die Vögel auf euren Schultern nur zur Dekoration da, oder wisst ihr auch, wie ihr mit ihnen kommunizieren könnt?«

Jaryd spürte, wie sein Pulsschlag sich bescheunigte. »Wir haben nachgesehen«, sagte er, und seine Worte klangen wie ein Flehen. »Wir haben nichts gefunden.«

Theron sah ihn zornig an. »Das ist nicht mein Problem!«, entgegnete er barsch. »Und es ist keine Entschuldigung dafür, mich weiterhin zu belästigen! Man sollte meinen, eine Nacht in diesem Hain hätte euch genügt. Aber anscheinend habe ich es euch zu leicht gemacht!«

»Wir bitten um Verzeihung, Eulenmeister«, erklärte Alayna. »Wir wussten wirklich nicht, ob Sartol schon weg war.«

»Und wenn ihr es gewusst hättet«, entgegnete Theron und sah sie forschend an, »wärt ihr dann gegangen?«

Alayna zögerte. »Wir haben immer noch Fragen, Eulenmeister. Wir brauchen deine Hilfe.«

»Seit wann geht mich eure Dummheit etwas an?«

Alayna warf Jaryd einen Blick zu und zuckte leicht die Achseln, um anzudeuten, dass sie nicht mehr weiterwusste. Jaryd wusste sich ebenfalls keinen Rat. Er spürte, wie sein Zorn und seine Enttäuschung wuchsen. Und in diesem Augenblick fiel ihm wieder ein, dass der Geist bei ihrer letzten Begegnung auf Unterwürfigkeit nicht sonderlich gut reagiert hatte. Tatsächlich waren sie nur weitergekommen – wenn auch zugegebenermaßen nicht viel –, als sie selbstsicherer aufgetreten waren. Also ignorierte er sein Herzklopfen und den Knoten in seinem Bauch, holte tief Luft und stellte sich der Herausforderung, die er in Therons Tonfall wahrgenommen hatte, wohl wissend, dass der Geist sie vielleicht beide töten würde, falls Jaryd sich mit seiner Einschätzung geirrt haben sollte. »Es steht sehr viel auf dem Spiel, Eulenmeister«, sagte er und blickte zu dem zornigen Geist auf, »und daran hat sich seit gestern Abend nichts geändert, ebenso wenig wie an der Tatsache, dass wir es eilig haben. Wenn die anderen weg sind, wie du sagst, dann werden wir ebenfalls gleich morgen früh aufbrechen. Aber du hast uns letzte Nacht herausgefordert. Ich glaube, du sagtest so etwas wie, ›Sehen wir, wie ihr eine Nacht als meine Gäste verkraften könnt!‹ Wir haben uns dieser Herausforderung gestellt, Eulenmeister. Wir haben überlebt. Wir haben verdient, dass du uns anhörst.«

Therons Augen blitzten vor Zorn, und Jaryd befürchtete schon, sich gewaltig verrechnet zu haben. »Unverschämter Bengel!«, tobte der Geist. »Du wagst es, so mit mir zu sprechen? Ich sollte dich auf der Stelle niederstrecken!«

»Dann tu es doch endlich!«, rief Alayna, die Jaryds Taktik begriffen hatte. »Aber hör auf, mit uns zu spielen.«

Der Eulenmeister starrte sie zornig an, sein grün schimmerndes Gesicht so hart und kalt wie ein Ceryll. Aber dann nickte er. »Ihr habt Mut«, gab er widerwillig zu. »Das habe ich letzte Nacht schon bemerkt, und ich sehe es nun wieder. Vielleicht gibt es für euren Orden doch noch ein wenig Hoffnung.« Er hielt inne, als würde er über etwas nachdenken. »Ihr habt mich schon zweimal aufgefordert, euch zu töten«, sagte er schließlich. »Ich werde euch nicht ein drittes Mal dazu provozieren. Stellt eure Fragen, Falkenmagier. Aber eines sollt ihr wissen: Ich werde euch nicht einfach die Informationen geben, die ihr braucht. Ihr müsst sie euch verdienen. Ich werde eure Fragen so beantworten, wie ich möchte, und ich werde euch in die richtige Richtung lenken. Aber am Ende müsst ihr selbst herausfinden, um was es geht.«

Jaryd seufzte erleichtert, und er sah, wie Alayna sich nervös durchs Haar strich. Dann blickte sie ihn an, eine Frage in ihren dunklen Augen. Jaryd nickte.

»Also gut«, sagte Alayna zu Theron. »Wir sind dankbar für jede Hilfe.«

Theron bedeutete den jungen Magiern, sich auf einen umgestürzten Baumstamm zu setzen, der in der Nähe am Boden lag. Er ging mit ihnen zu dem Stamm, setzte sich aber selbst nicht, sondern begann, vor ihnen auf und ab zu gehen. Plötzlich schien er lebhafter geworden zu sein; seine Bewegungen waren energisch und ein wenig abgehackt. Wieder wechselten Jaryd und Alayna einen Blick, beide unsicher, was Theron nun von ihnen erwartete. Es war allerdings der Eulenmeister selbst, der das Schweigen brach. »Ihr müsst verstehen«, begann er, »dass dies ein Feind von anderer Art ist als alle anderen Feinde, denen der Orden je gegenübergestanden hat.«

»Gefährlicher?«, wollte Alayna wissen.

Theron nickte. »Ja, aber nicht nur das. Anders.« Er klang beinahe, als wäre er erleichtert, darüber reden zu können, aber er konnte die Anspannung in seiner Stimme nicht ganz verbergen. Jaryd fragte sich, ob der Eulenmeister nicht schon die ganze Zeit vorgehabt hatte, ihnen zu helfen. »Mit den üblichen Mitteln könnt ihr diesen Feind nicht besiegen. Der Orden wird sich anpassen, sich verändern müssen.«

Alayna starrte Theron mit großen Augen an. »Wie denn?«

Der Eulenmeister blieb stehen und grinste. »Ihr werdet euch schon ein bisschen mehr anstrengen müssen«, sagte er.

Alayna lächelte schweigend, und Jaryd versuchte es auf etwas andere Art. »Was hat Sartol vor? Was ist seine Rolle bei dieser ganzen Sache?«

Theron begann wieder, auf und ab zu gehen. »Seid vorsichtig, wenn ihr euch mit ihm anlegt«, warnte er. »Er ist sehr stark – seit Phelan gab es keinen stärkeren Magier. Aber macht auch nicht den Fehler, euch ausschließlich auf Sartol zu konzentrieren. Er ist nur ein Teil dieses Rätsels, und selbst wenn ihr ihn besiegen könnt, werdet ihr euch noch größeren Gefahren gegenüberfinden.«

Seit Phelan gab es keinen stärkeren Magier, wiederholte Jaryd für sich die Worte des Eulenmeisters. Phelan, der Wolfsmeister, war das einzige Mitglied des Ordens gewesen, das sich je an ein anderes Tier als einen Falken oder eine Eule gebunden hatte. Phelans Macht und seine Heldentaten während des dritten und letzten Kriegs mit Abboriji waren legendär. Und nun hatte Theron Sartols Kraft mit der des Wolfsmeisters verglichen. Kein Wunder, dass Jessamyn und Peredur nicht im Stande gewesen waren, sich gegen Sartol zu wehren.

Alayna hatte offenbar in eine ähnliche Richtung gedacht. »Aber wenn Sartol so mächtig ist«, sagte sie verzweifelt, »wie kann dann irgendwer in Tobyn-Ser eine noch größere Gefahr darstellen?«

Wieder blieb der Eulenmeister stehen, und diesmal sah er Alayna so intensiv an, dass sie den Blick abwandte und sich verlegen das Haar zurückstrich. »Deine Frage zeigt die Kurzsichtigkeit des Ordens deutlicher, als ich euch je von mir aus hätte demonstrieren können«, erklärte er eindringlich. »Schaut über eure Grenzen hinaus. Damals, als ich in eurem Alter war, konnte der Orden es sich leisten, sein Blickfeld auf dieses Land zu beschränken. Aber die Welt hat sich verändert, selbst wenn das in Tobyn-Ser nicht der Fall ist. Wenn ihr diese Veränderungen ignoriert, bringt ihr euch nur in Gefahr.«

Jaryd war unwillkürlich aufgesprungen. »Willst du damit sagen«, fragte er, »dass diejenigen, die für diese Angriffe verantwortlich sind, nicht aus Tobyn-Ser stammen? Dass es Fremde waren?«

Theron sah ihn lange an. Dann nickte er.

Jaryd ging mehrere Schritte von dem umgestürzten Baum

weg, auf dem er gesessen hatte, und starrte auf den See hinaus. Seine Gedanken überschlugen sich. Wellen, ausgehend vom Wasserfall, zogen sich über die Seeoberfläche und ließen das Sternenlicht, das vom Wasser reflektiert wurde, tanzen und glitzern. Fremde, Ausländer, dachte Jaryd und schüttelte ungläubig den Kopf. Daran hatte er nie zuvor gedacht – soweit er wusste, hatte das keiner von ihnen getan. Theron hatte vollkommen Recht. Er wollte den Eulenmeister fragen, woher die Angreifer kamen: aus Abboriji? Aus Lon-Ser? Vielleicht von einem Ort, von dem Jaryd überhaupt nichts wusste, nicht einmal den Namen. Aber er war sicher, dass Theron ihm das nicht verraten würde, zumindest jetzt noch nicht. Er wandte sich wieder dem Eulenmeister zu. »Warum tun sie das?«, fragte er. »Was wollen sie von uns?«

Der Geist schüttelte den Kopf. »Ich bin nicht ganz sicher. Und selbst wenn ich es wäre, denke ich doch, dass ihr es selbst herausfinden solltet. Ich werde euch allerdings eins sagen: Ihre Taktik verrät gleichzeitig auch, worin ihre Schwächen bestehen – vereitelt ihre Pläne, und es könnte sein, dass ihr euch retten könnt.«

Jaryd schaute zu Alayna, deren bleiches Gesicht ihm deutlich machte, dass sie ebenfalls vollkommen entsetzt über Therons Enthüllungen war. Wieder zuckte sie die Achseln, und wieder wandte Jaryd sich an Theron. »Wir verstehen das nicht«, sagte er. »Was könnte die Taktik dieser Leute uns verraten?«

»Darüber müsst ihr eben ein wenig nachdenken«, erwiderte der Eulenmeister geheimnisvoll.

Alle drei schwiegen. Jaryd dachte daran, wie ironisch diese Situation war. Er hatte so viele Fragen gehabt, und dennoch, nun, da Theron sich bereit erklärt hatte, mit ihnen zu sprechen, fiel ihm keine mehr ein.

»Du sagtest, die anderen, die mit uns hergekommen sind, seien weg«, wagte Alayna sich schließlich wieder vor. »Sind sie zurückgekehrt nach Am– … Haben sie sich auf den Rückweg zur Großen Halle gemacht?«

»Ich habe nie gesagt, dass alle weg wären«, erwiderte Theron. »Nur der Verräter. Einer ist noch da.«

»Wer?«, fragte Alayna besorgt.

»Ich kenne seinen Namen nicht. Er hat dunkle Haut, dunkles Haar und einen braunen Vogel.«

»Trahn!«, rief Jaryd. »Er ist ein Freund von uns«, fügte er erklärend hinzu.

»Woher wissen wir das?«, fragte Alayna.

Jaryd sah sie vorwurfsvoll an. »Selbstverständlich ist Trahn ein Freund. Baden kennt ihn seit Jahren.«

»Vor ein paar Tagen hätte ich dasselbe über Sartol gesagt«, erklärte sie. »Wir können einfach nicht sicher sein, Jaryd.«

»Können wir doch.« Er wandte sich Hilfe suchend an Theron. »Ich habe doch Recht, oder? Wir können Trahn vertrauen.«

Der Eulenmeister machte eine abwägende Geste. »Ich kann nicht in die Herzen der Menschen schauen«, erklärte er. »Ich weiß von dem Verräter, weil ich gesehen habe, wie er … bestimmte Dinge tat. Aber über diesen Mann weiß ich nichts. Das könnte allerdings auch nur bedeuten, dass ich nicht gesehen habe, wie er etwas tat, was man als Verrat bezeichnen könnte.« Dann sprach er Alayna direkt an. »Ich möchte allerdings noch eins hinzufügen: Lass dir nicht alle Freundschaften von der Hinterhältigkeit eines Einzelnen verderben. Ihr beiden könnt diesen Kampf nicht alleine führen; ihr werdet irgendwann andere brauchen, denen ihr vertrauen könnt.«

Alayna dachte einen Augenblick nach, dann nickte sie. Wieder wandte sie sich Jaryd zu, der sie genau beobachtet hatte. »Also gut«, flüsterte sie, »morgen früh werden wir zu Trahn gehen. Aber wir sollten zumindest vorsichtig sein.«

»Das ist vernünftig«, stimmte Jaryd ihr zu.

»Hast du gesehen, wie andere Magier außer Sartol ... getan haben, was du ihn tun sahst?«, wollte Alayna nun von Theron wissen.

»Nein«, erwiderte Theron kopfschüttelnd. »Er ist der einzige Verräter, den ich gesehen habe.«

»Dann, Eulenmeister«, warf Jaryd ein, »kannst du mir vielleicht helfen, eine Vision zu begreifen, die ich vor ein paar Wochen hatte, direkt vor einem der Angriffe.« Er starrte den blauen Ceryll an, der aus dem Stock, den er in der Hand hatte, herausleuchtete, als könne er darin noch einmal den Magier erkennen, den er vor so vielen Wochen im Traum erblickt hatte. »Ich sah einen Mann«, berichtete er. »Damals dachte ich, er müsse ein Magier sein, obwohl ich jetzt nicht mehr so sicher bin. Ich konnte sein Gesicht nicht erkennen, aber er trug den Umhang eines Magiers. Er hatte einen Stab mit einem roten Ceryll, und auf seiner Schulter saß ein riesiger schwarzer Falke. In meiner Vision reichte er mir eine einzelne schwarze Feder, die in Flammen aufging, als ich sie berührte.«

»Erinnerst du dich noch an etwas anderes?«, fragte Theron, der die glühenden Augen ein wenig zusammengekniffen hatte, so dass sein Blick etwas Bohrendes bekam. »Vielleicht, was die Augen des Vogels angeht?«

Jaryd riss ruckartig den Kopf hoch und blickte zu dem Geist auf. »Du hast ihn auch gesehen, nicht wahr?«

Der Eulenmeister antwortete nicht darauf. »Was war mit den Augen des Falken?«, drängte er.

»Ich erinnere mich daran, dass sie seltsam waren, anders als die Augen aller anderen Vögel, die ich je gesehen habe. Aber ich kann sie nicht beschreiben. Sie waren einfach anders.« Fragend schaute er Theron an. »Eulenmeister, hast du diesen Mann auch gesehen?«

»Ja«, erwiderte Theron, »mehrmals. Und«, fügte er nach kurzem Zögern hinzu, »ich habe auch mehr als nur einen gesehen.«

»Wie viele?«, wollte Alayna wissen.

»Meist habe ich sie in Paaren oder Dreiergruppen gesehen. Aber ein oder zweimal hatte ich Visionen von bis zu sechzehn.«

»Sechzehn!«, rief Jaryd entsetzt.

Theron nickte. »Ich weiß, dass einer von ihnen gestorben ist, aber die anderen sind immer noch im Land unterwegs.«

»Wie ist er gestorben?«

»Das habe ich nicht gesehen.«

»Um was ging es bei den Augen der Vögel?«, fragte Alayna. »Worauf wolltest du Jaryd mit deiner Frage aufmerksam machen?«

Wieder zögerte der Eulenmeister. »Um ehrlich zu sein, das weiß ich nicht. Ich habe gesehen, was dein Freund hier gesehen hat, und mir ist ebenso wie ihm aufgefallen, wie fremdartig die Augen der Geschöpfe aussahen. Aber ich weiß nicht, was es zu bedeuten hat.«

»Du hast eine Theorie«, bohrte sie weiter.

»Eine Theorie, ja. Aber ich habe nicht vor, sie euch zu verraten.« Das klang sehr endgültig.
Alayna sah Theron noch einen Moment in die Augen, dann wandte sie den Blick ab. Wieder schwiegen alle drei. Das Geräusch des Wasserfalls wurde zu ihnen herübergeweht, und der Wind rauschte in den Baumwipfeln.
»Ich muss es auf meine Weise tun«, brach Theron schließlich das Schweigen, und sein Tonfall ließ keinen Raum für Kompromisse, »aus Gründen, die ich euch bereits mitgeteilt habe, und anderen, die ich euch nicht sagen werde. Ihr haltet mich zweifellos für launisch, aber das ist mir egal. Dies sind die Bedingungen, unter denen ich zugestimmt habe, euch zu helfen. Wenn ihr damit nicht zufrieden seid, könnt ihr gerne gehen.«
Alayna schüttelte den Kopf. »Wir haben uns einverstanden erklärt, Eulenmeister. Verzeih mir, wenn ich dich verärgert habe.«
Theron schüttelte den Kopf. »Du hast mich nicht verärgert«, stellte er vollkommen sachlich fest.
Das folgende kurze Schweigen wurde von Jaryd gebrochen. »Der Mann, den ich in dieser Vision gesehen habe«, fragte er, »und die, die du gesehen hast – sind das die Fremden?«
»Ja.«
»Und du sagtest, ihre Taktik verrät auch ihre Schwächen, nicht wahr?«, fuhr Jaryd im gleichen drängenden Tonfall fort.
»Genau«, erwiderte Theron, und ein erfreutes Grinsen breitete sich über seine Züge aus.
Jaryd wandte sich Alayna zu. »Sie verkleiden sich als Magier, wenn sie die Dörfer angreifen, damit die Men-

schen dem Orden nicht mehr trauen«, erklärte er. »Das bedeutet also, dass sie nicht direkt gegen uns kämpfen können.«

»Haben sie magische Kräfte?«, fragte Alayna Theron.

»Nicht von der Art, wie ihr sie kennt«, erwiderte der Eulenmeister geheimnisvoll.

Alayna runzelte nachdenklich die Stirn. »Ist das, worüber sie verfügen, so stark wie die Magie?«

Theron hielt inne und dachte über diese Frage nach. »Schwer zu sagen«, erklärte er schließlich. »In gewisser Weise ja und in anderer Hinsicht nicht.« Er lächelte, als die Furchen auf Alaynas Stirn tiefer wurden. »Aber dein Freund hat Recht: Sie können die Magie nicht direkt besiegen. Das sollte euch etwas verraten.«

»Geht es ihnen um die Vernichtung des Ordens, oder ist das nur ein Mittel zum Zweck?«, fragte Jaryd.

»Überschätze die Wichtigkeit des Ordens nicht«, riet der Meister kühl. »Der Orden ist nur ein Symbol und nichts weiter.«

»Dann versuchen sie, die Magie zu vernichten?«

Theron schüttelte gereizt den Kopf. »Denk nach, Falkenmagier! Du solltest diese Frage eigentlich selbst beantworten können!«

»Wenn sie versuchten, die Magie zu vernichten, würde Sartol ihnen nicht helfen«, sagte Alayna überzeugt. »Sie müssen ihm die Herrschaft über Tobyn-Ser angeboten haben, damit er mit ihnen zusammenarbeitet. Und das bedeutet, sie können sich nicht der Magie als solcher entledigen, sondern bestenfalls versuchen, diejenigen zu beherrschen, die sich ihrer bedienen.«

Jaryd nickte und sah den Eulenmeister dann neugierig an.

»Kannst du bei diesen Visionen auch Dinge sehen, die außerhalb von Tobyn-Ser geschehen?«, fragte er.
»Nicht so, wie du meinst«, erwiderte Theron. »Ich kann keine Ereignisse sehen wie in diesem Land, aber ich sehe vage Bilder – Schatten, wenn du willst –, die mir eine Vorstellung davon geben, wie es anderswo zugeht.« Er schüttelte den Kopf. »Ich habe nie begriffen, wieso das so ist, wieso ich fähig sein sollte, auch nur das zu erblicken. Ich habe immer geglaubt, dass die Magie vom Land ausgeht, aber wenn das wirklich der Fall wäre, würde ich nichts weiter als Tobyn-Ser sehen können.« Er schwieg, in Gedanken versunken, den Blick der kalten, schimmernden Augen auf den Boden vor sich gerichtet. Dann hob er plötzlich den Kopf und fragte Jaryd: »Warum?«
Der Falkenmagier zuckte die Achseln. »Ich dachte, wenn du sehen könntest, was in anderen Ländern geschieht, könnte es uns vielleicht helfen herauszufinden, woher diese Leute kommen und was sie wollen.«
»Ihr werdet mit der Zeit schon andere Möglichkeiten finden, um mehr über diese Dinge zu erfahren«, versicherte Theron. »Ihr braucht nicht alles sofort zu wissen. Ihr wisst jetzt schon vieles, das euch helfen wird.«
Wieder kehrte Schweigen ein. Jaryd fielen einfach keine weiteren Fragen ein. Theron hatte Recht: Sie hatten schon sehr viel erfahren. Jetzt würde der nächste Schritt darin bestehen, den Eulenmeister davon zu überzeugen, sich ihrer Sache anzuschließen. Aber Jaryd wusste nicht so recht, wie er diese Aufgabe angehen sollte. Theron hatte von Anfang an deutlich gemacht, dass er sich nicht zwingen oder überreden lassen würde, dem Orden direkt zu helfen, und Jaryd traute sich kaum zu, diesen Entschluss

ins Wanken zu bringen. Aber was wichtiger war: Er begriff, dass er es eigentlich gar nicht versuchen wollte. Er erinnerte sich an den Kummer, den er in der Nacht zuvor ganz kurz im Blick des Eulenmeisters bemerkt hatte, und er wusste, dass er Theron keinen überzeugenden Grund liefern konnte, wieso er ihnen helfen sollte. Der unbehauste Eulenmeister schuldete Tobyn-Ser nichts, was nicht durch tausend Jahre des Ausgestoßenseins bereits ausgeglichen war. Es genügte, dass die Geschichte ihn auf seine schlechten Seiten reduziert und alles Gute vergessen hatte, was er zuvor geleistet hatte. Es genügte, dass er durch seinen eigenen Fluch zu einer Ewigkeit des Umhergeisterns verdammt war. Jaryd wandte sich Alayna zu, die ihn bereits anschaute. Als er ihr in die Augen sah, erkannte er, dass sie ähnliche Zweifel hegte. Also kamen sie stillschweigend überein, dass sie Theron jetzt noch einmal für seine Hilfe danken und dann gehen würden.

Der Eulenmeister überraschte sie jedoch. »Ich habe viele von euren Fragen beantwortet«, sagte er. »Und nun habe ich selbst ein paar.« Er zögerte. »Ich kann in meinem Visionen einiges von dem erkennen, was in diesem Land geschieht«, erklärte er ein wenig verlegen, »aber ich weiß nicht viel darüber, wie es wirklich ist, in der heutigen Welt zu leben. Es würde mich ... interessieren, was ihr mir darüber erzählen könnt.«

Die jungen Leute lächelten und wechselten einen Blick. »Wir erzählen dir gern alles, was du wissen möchtest, Eulenmeister«, erwiderte Alayna.

Und so saßen sie am See, in dessen Oberfläche sich die Sterne spiegelten, in dem weichen, grünen Leuchten, das von dem unbehausten Geist ausging, und sie beantworteten

Therons Fragen mit Geschichten von ihren Dörfern, ihren Familien, ihrer Jugend. Mehrere Stunden lang unterhielten sich die drei, bis der abnehmende Mond groß und orangefarben über den Bäumen im Osten aufging. Als Theron dies bemerkte und erkannte, wie viel Zeit vergangen war, sah er seine Gäste mit einer Miene an, die, wie Jaryd dachte, einen Hauch von Bedauern verriet.

»Es wird spät«, sagte Theron leise. »Ihr werdet schon im Morgengrauen aufbrechen wollen, und ihr habt einen langen Ritt vor euch.«

Jaryd und Alayna erhoben sich. »Dieser Abend war wichtiger, als sich auszuruhen, Eulenmeister«, erklärte Alayna. »Wir haben das Gespräch mit dir sehr genossen.«

»Das ... das freut mich zu hören«, entgegnete der Geist und wich ihren Blicken aus. »Ihr könnt hier schlafen, oder ich kann euch zu der Stelle zurückbringen, an der ihr letzte Nacht geschlafen habt«, wechselte er das Thema. »Ganz wie ihr wollt.«

»Wir werden hier bleiben«, sagte Jaryd.

»Also gut.« Der Geist drehte sich um und wollte gehen, aber dann hielt er inne und sah die Magier noch einmal an. »Es könnte sein, dass ihr mich wieder braucht«, sagte er. »Ich werde euch etwas hinterlassen, was euch helfen wird, euch mit mir in Verbindung zu setzen, falls das notwendig werden sollte. Ihr werdet es morgen früh finden.«

»Danke, Eulemeister«, antwortete Jaryd. »Wir danken dir für deine Hilfe. Leb wohl.«

Theron nickte und ging weiter. »Lebt wohl, Falkenmagier«, rief er über seine Schulter. »Möge Arick euch leiten.«

Jaryd und Alayna beobachteten, wie das Leuchten, das den Eulenmeister umgab, im Wald verschwand. Erst als das smaragdgrüne Licht vollkommen verschwunden war, legten sie sich ins Gras am Seeufer, um zu schlafen. Jaryd hörte bald, wie Alaynas Atemzüge einen langsamen, regelmäßigen Rhythmus annahmen, aber er blieb noch lange wach, blickte zu den Sternen auf und lauschte der Musik des Wasserfalls.

Sie erwachten im ersten Morgenlicht und entdeckten staunend, was Theron ihnen hinterlassen hatte: Im Gras zu Jaryds Füßen lag der Stab des Eulenmeisters, seine Spitze verkohlt und zersplittert, der Schaft kunstvoll mit Runen in *Mi-rel,* der uralten Sprache, verziert.

»Wie ist das möglich?«, flüsterte Alayna staunend.

Jaryd schüttelte den Kopf, als er den Stab aufhob und ihn sich näher ansah. Er fühlte sich ungewöhnlich leicht an, aber davon einmal abgesehen unterschied er sich nicht von jedem anderen Holzstab, obwohl Jaryd das wirklich nicht begreifen konnte. »Ich weiß es nicht«, hauchte er schließlich. »Er sagte, er sei die Macht selbst, reiner Ausdruck von Magie. Und es war sein eigener Fluch.« Wieder schüttelte er den Kopf und schaute dabei immer noch den Stab an. »Ich weiß es nicht«, wiederholte er.

Schließlich standen sie auf, und nach einem kurzen Bad im See riefen sie ihre Falken und machten sich auf zum Westrand des Hains. Der Weg kostete sie nicht allzu viel Zeit, aber als sie unter den Bäumen hervorkamen, wärmte die Sonne bereits die grasbewachsene Lichtung.

Sobald sie den Hain verlassen hatten, hörten sie auch schon Trahn, der ihnen etwas zurief. Sie spähten zum Lager hin und sahen, wie der Falkenmagier mit erleichtertem Grinsen auf sie zueilte.

»Jaryd! Alayna!«, rief er erfreut. »Bei den Göttern, es ist wirklich schön, euch wiederzusehen!«
»Bleib stehen, Trahn!«, warnte Alayna ihn barsch, als er näher kam.
Sein Lächeln erlosch, und er blieb stehen.
»Es tut uns Leid, Trahn«, erklärte Jaryd sachlich, »aber nach dem vorletzten Abend wissen wir nicht mehr, wem wir trauen können.«
Trahn nickte. »Ich verstehe. Warum sagt ihr mir nicht einfach, was geschehen ist?«
»Wo sind die anderen?«, wollte Alayna wissen. »Und wo sind die Pferde?«
Trahn sah sie forschend an. »Die Pferde sind gestern für eine Weile verschwunden. Es hat mich viele Stunden gekostet, sie wieder einzufangen. Eines fehlt immer noch. Wisst ihr irgendetwas davon?«
Alayna schüttelte den Kopf. »Nein«, gab sie zu. »Aber wir haben die Falken über dem Lager kreisen lassen, und wir haben weder die Pferde noch dich gesehen. Wo sind die anderen?«, wiederholte sie.
»Jessamyn und Peredur sind tot, aber das wisst ihr wahrscheinlich schon.« Jaryd und Alayna nickten, und er fuhr fort: »Ich habe Orris nicht gesehen, aber sein Vogel ist tot. Ich glaube, er war es, der die Pferde weggescheucht hat.« Er zögerte. »Baden und Sartol sind zusammen auf dem Rückweg nach Amarid.«
Alayna schloss die Augen. »Arick steh uns bei«, flüsterte sie.
Jaryd fluchte, dann sah er Trahn eindringlich an. »Wir müssen ihnen sofort folgen«, erklärte er. »Sartol ist ein Verräter. Er hat Jessamyn und Peredur getötet, und er hat versucht, auch uns umzubringen.«

Trahn holte tief Luft. »Das hatte ich befürchtet«, sagte er bedrückt und schüttelte den Kopf. »Nachdem die beiden losgeritten waren, habe ich noch mehr darüber herausgefunden, was an diesem Abend geschehen ist, obwohl ich bis jetzt nicht sicher sein konnte. Sartol hat behauptet, dass Orris die anderen getötet hat und dass er selbst sich eingemischt habe, bevor Orris euch auch noch umbringen konnte«, erklärte er. »Baden und ich waren nicht sicher, was wir davon halten sollten, aber Sartol war verwundet.« Er schloss die Augen und schluckte. »Er war sehr überzeugend.«

»Wie lange sind sie schon unterwegs?«, fragte Jaryd, aber er wusste bereits, wie die Antwort lauten würde.

»Seit gestern. Sie sind gleich früh am Morgen losgeritten.« Der dunkelhäutige Falkenmagier sah Alayna an. »Ich verstehe euer Misstrauen«, sagte er, »und ich kann euch keinen stichhaltigen Beweis für meine Treue zum Orden geben. Aber ich schwöre in Aricks Namen, Alayna, ich werde dir und Jaryd keinen Schaden zufügen.«

Alaynas Miene blieb grimmig. »Ich würde dir gerne glauben«, sagte sie. »Verzeih mir, dass ich so misstrauisch bin, aber nach dem, was geschehen ist, wage ich es nicht mehr, anderen zu trauen.« Sie zögerte. »Ich werde es aber versuchen.« Sie wandte sich an Jaryd. »Wir sollten uns auf den Weg machen. Sie haben bereits einen gewaltigen Vorsprung.«

»Du hast Recht«, erwiderte Jaryd. Dann bemerkt er, dass Trahn voller Ehrfurcht den verkohlten Stab anstarrte, den Jaryd in der Hand hatte. »Das ist Therons Stab«, erklärte Jaryd überflüssigerweise. »Wir werden dir unterwegs erzählen, was passiert ist.«

Trahn, der immer noch den Stab anstarrte, nickte. »Das hoffe ich«, flüsterte er.
Die drei Magier eilten ins Lager zurück, wo sie hastig Vorräte und Ausrüstung packten und dann die Pferde sattelten. Mit einem letzten Blick zu Therons Hain ritten sie in den Schattenwald, wie Sartol und Baden es bereits einen Tag zuvor getan hatten.

2

Beinahe drei Tage lang ritten die Eulenmeister so schnell sie konnten und trieben sich selbst und ihre Pferde an den Rand des Zusammenbruchs. Am ersten Tag waren sie im Morgengrauen aufgestanden, hatten so selten, wie es nur eben ging, Rast eingelegt und waren im hellen Licht ihrer Cerylle noch weit nach Einbruch der Dunkelheit weitergeritten. So war es ihnen gelungen, den Schattenwald in der Hälfte der Zeit zu durchqueren, die die Delegation zuvor gebraucht hatte. Dabei half selbstverständlich, dass sie nur zu zweit waren und den Wald schon einmal hinter sich gebracht hatten.

Leider nützte ihnen das im Südsumpf, den sie am Morgen darauf erreichten, nichts mehr. Sie hätten ihn gern in weniger als einem Tag durchquert, aber wieder mussten sie feststellen, dass es hier unmöglich war, schneller voranzukommen. Als sie an diesem Abend schließlich Tobyns Ebene erreichten, waren sie viel zu erschöpft, um noch weiterreiten zu können, und ruhten sich den Rest der Nacht aus.

An ihrem ersten Tag auf der Ebene machten sie allerdings viel von dem Zeitverlust im Sumpf wieder wett. Sie hatten bereits dreißig Meilen hinter sich gebracht, und der Himmel im Westen glühte immer noch vom Feuer der untergehenden Sonne. Selbst ihre Vögel hatten kaum mithalten können. Wenn sie dieses Tempo beibehielten, würde der Ritt zurück nach Amarid kaum länger als die Hälfte der Zeit dauern, die die Delegation gebraucht hatte, um Therons Hain zu erreichen.

Und dafür musste Sartol Baden danken. Seit sie den Hain

hinter sich gelassen hatten, war der hagere Eulenmeister mit grimmiger Entschlossenheit vorangeprescht, und das würde sich am Ende nur zu Sartols Vorteil auswirken. Immer vorausgesetzt selbstverständlich, dass sie sich nicht umbrachten, bevor sie die Große Halle ereichten. Sartols Rücken und Beine schmerzen vor Müdigkeit, und sein Pferd war schweißnass. Er spornte es an, um auf gleiche Höhe mit Baden zu kommen, und lenkte die Aufmerksamkeit des anderen Eulenmeisters auf sich, indem er den Stab hob.

»Wir sollten uns einen Augenblick ausruhen, Baden«, rief er über das Donnern der Hufe hinweg, und er hoffte, dass er nicht allzu kläglich klang.

Baden nickte.

Sie zügelten die Pferde und stiegen ab. Sofort begannen die Tiere, das saftige Präriegras zu fressen. Baden trank einen Schluck Wasser und aß ein paar Stücke Trockenobst, dann ging er einige Schritte und spähte über die dunkler werdende Ebene nach Norden. Anla und Huvan machten sich auf die Suche nach Beute.

»Wir werden den Fluss heute Abend wahrscheinlich nicht mehr erreichen«, sagte der Eulenmeister schließlich über die Schulter zu Sartol. Seine hellen Augen blitzten in der untergehenden Sonne und sein schütteres, von grauen Strähnen durchzogenes rötliches Haar wehte in der Brise. »Aber ein bisschen weiter kommen wir noch. Ich würde gern noch sechs oder sieben Meilen zurücklegen, wenn du kannst.«

»Gut«, stimmte Sartol ihm zu. »Ich bin gleich soweit.«

Baden nickte und wandte sich wieder nach Norden.

So ähnlich waren all ihre Gespräche verlaufen, seit sie

Therons Hain verlassen hatten: Wann reiten wir weiter? Wann sollen wir Rast einlegen? Wie weit kommen wir heute? Normalerweise hätte Sartol sich nicht daran gestört, aber Baden war so still, so in sich versunken, dass es Sartol nervös machte. Es war alles in Ordnung, wenn Badens Zurückhaltung auf seine Trauer um Jessamyn und Jaryd zurückzuführen war. Das konnte Sartol verstehen und vielleicht sogar zu seinem Vorteil nutzen. Aber wenn Badens Schweigen etwas damit zu tun haben sollte, dass er Sartol misstraute, war das eine andere Sache. Leider konnte er nichts tun. Er hätte vielleicht ein Gespräch erzwingen können, aber das hätte merkwürdiger gewirkt, als das Schweigen einfach zu akzeptieren. Außerdem hatte er selbst ebenfalls mehr als genug, worüber er nachdenken musste.
Seine Pläne für die Delegation waren auf ziemlich dramatische Weise schief gegangen, obwohl er, von einer wichtigen Sache einmal abgesehen, großes Glück gehabt hatte. Jessamyn und Peredur waren lächerlich leicht zu töten gewesen, und Theron hatte sich inzwischen zweifellos um Jaryd und Alayna gekümmert – jeder Tag, der ohne Nachricht von Trahn verging, machte das klarer. Sartol konnte sich darauf verlassen, dass die Eulenmeister ihn zum neuen Eulenweisen wählen würden – daran hatte sich nichts geändert. Und obwohl er ursprünglich gehofft hatte, sich in Therons Hain auch Badens entledigen zu können, hatte sich der hagere Eulenmeister abermals ohne es zu wissen als wertvoller Verbündeter erwiesen. Wenn Sartol Baden dazu überreden konnte, sein Erster zu werden, würden Badens Prestige und besonders seine Verbindungen zu einigen der jüngeren Mitglieder Sartol genug Zeit verschaffen, das zweite Stadium seines Plans zu erreichen. Bis

Baden oder irgendein anderer ihn verdächtigen würde, würde er viel mächtiger sein als sie alle zusammen. Und danach wäre jede Opposition, selbst durch Baden, ohne Bedeutung.

Was allerdings noch wichtiger war: Sartol hoffte, dass ihm die Unterstützung Badens helfen würde, mit dem größten Problem fertig zu werden, dem er sich nach diesem Abend vor Therons Hain gegenübersah: Es war Orris gelungen zu fliehen, ehe Sartol ihn hatte töten können. Es entbehrte nicht einer gewissen Ironie, dass es nach all den Lügen, die er Baden und Trahn erzählt hatte, als sie ihn fanden, ausgerechnet die Wahrheiten sein sollten, die ihn am meisten beunruhigten. Orris lebte, und er war stärker gewesen, als Sartol angenommen hatte. Nicht so stark, dass Sartol nicht hätte mit ihm zurechtkommen können, aber erheblich stärker als die Weise und der Erste – stark genug, um ihn zu überraschen.

Es hatte selbstverständlich auch nicht gerade geholfen, dass Sartol schon erschöpft gewesen war, nachdem er die Alten getötet und gegen Jaryd und Alayna gekämpft hatte. Orris hatte ihn nicht verwunden können – ja, der Vogel des Falkenmagiers hatte ihm die Stirn aufgekratzt, aber es war der Eulenmeister selbst gewesen, der sich die Brandwunde am Bein zugefügt hatte, um Orris als mächtiger und gefährlicher darzustellen, als er wirklich war. Aber der Falkenmagier war stark genug gewesen, Sartols Angriff abzuwehren und zu fliehen. Huvan hatte seinen verfluchten Falken getötet, aber Orris lebte noch – vermutlich die einzige lebende Seele, die wusste, dass Sartol den Orden verraten hatte.

Und deshalb war Baden so wichtig. Baden und Orris waren nie miteinander ausgekommen – das konnte jeder Dummkopf sehen – und Baden hatte daher Sartols Geschichte von Orris' Verrat nur zu gerne geglaubt. Darüber hinaus war es Baden offenbar gelungen, auch Trahn zu überzeugen, und das war keine geringe Leistung. Sartol wusste genau, was Trahn von ihm hielt. Wenn die Zeit gekommen war, würde er den dunkelhäutigen Magier beinahe mit ebenso großem Vergnügen umbringen wie Peredur und die alte Hexe. Aber er durfte nicht voreilig sein. Im Augenblick zählte nur, dass Baden Sartols Version der Ereignisse am Hain bestätigen würde, falls Orris nach Amarid zurückkehren und ihn des Verrats und des Mordes bezichtigen sollte. Orris würde niemanden von seiner Unschuld überzeugen können – nicht, wenn Baden gegen ihn stand.

Die größere Gefahr lag in der Möglichkeit, dass Orris und Trahn sich zusammentun würden. Wenn Orris Trahn auf seine Seite brachte, wäre es möglich, dass Trahn Baden überzeugte. In diesem Fall würde Sartol alle drei als Verräter am Orden und an Tobyn-Ser hinrichten lassen müssen, was viel komplizierter sein würde. Er würde rascher handeln müssen, um mit der nächsten Phase seines Planes beginnen zu können. Nichts war wichtiger als das. Aber zunächst musste er sicher sein können, dass Baden ihm wirklich glaubte.

Der hagere Magier drehte sich um und sah Sartol an. »Fertig?«, fragte er.

Sartol reckte und streckte sich noch einmal. »Habe ich denn eine Wahl?«

»Eigentlich nicht«, erwiderte Baden und schüttelte grinsend den Kopf.

»Dann bin ich bereit.«

Der Eulenmeister lachte leise.

Ein Lachen, dachte Sartol bei sich. Das ist ein Anfang.

Sie stiegen wieder in den Sattel und galoppierten weiter nach Norden, wobei sie den Westrand des Sumpfes ebenso umgingen, wie die Gruppe es ein paar Tage zuvor getan hatte. Anla und Huvan kamen von Osten her zurückgeflogen und flatterten über ihnen, im gleichen Tempo wie die Pferde.

Nachdem der letzte Rest Tageslicht verschwunden war, bedienten sich die Magier abermals ihrer Macht, um ihren Weg mit den Ceryllen zu beleuchten. Helle Sterne erschienen am Himmel, und in der Ferne, im Nordwesten, schimmerte Licht hinter den Fenstern eines kleinen Dorfes. Dennoch, sie ritten schweigend weiter, und der Hufschlag ihrer Pferde dröhnte noch lange Zeit über die Ebene, bis Baden schließlich das Zeichen zum Anhalten gab.

Als Sartol unter Schmerzen aus dem Sattel stieg, bemerkte er zufrieden, dass Baden sich ebenso steif und ungelenk bewegte wie er selbst. Er dachte daran, eine Bemerkung darüber zu machen, wie schnell sie vorangekommen waren, aber wieder versagte er es sich, den Eulenmeister zum Sprechen zu bewegen. Stattdessen holte er Käse, Fladenbrot und Trockenfleisch aus der Satteltasche, setzte sich auf einen Stein und begann zu essen. Baden ließ sich ihm gegenüber am Boden nieder, und Sartol warf ihm den Beutel mit dem Fleisch zu. Schweigend holte Baden einen Streifen heraus und begann, darauf zu kauen. Blicklos starrte er ins Gras zu seinen Füßen.

»Kannst du mir bitte den Wasserschlauch reichen?«, fragte Sartol kurz darauf und zeigte auf den ledernen Schlauch, den Baden von den Pferden mitgebracht hatte.

Baden beugte sich vor und reichte dem anderen Eulen-

meister den Schlauch, dann lehnte er sich zurück und aß weiter.
Sartol tobte innerlich über das Schweigen des Magiers. Das war, als wäre man mit einem Stein oder einem Stück Holz unterwegs. Es war ihm inzwischen egal, was für einen Eindruck er machen würde; er musste einfach herausfinden, ob Baden ihn verdächtigte.
»Wie geht es dir überhaupt, Baden?«, wagte er sich schließlich vor. »Seit wir den Hain verlassen haben, hast du kaum ein Wort gesagt.«
Baden lächelte dünn. »Ich weiß. Es tut mir Leid. Ich hatte nicht vor, ein so schweigsamer Reisegefährte zu sein.« Er hielt einen Augenblick inne. »Ich mache mir Sorgen um Jaryd, so wie du dich sicher um Alayna sorgst. Und ich kann immer noch nicht glauben, dass Jessamyn tot ist; sie war, so lange ich mich erinnern kann, Teil meines Lebens.«
Sartol nickte. »Ich weiß, dass ihr einander sehr nahe gestanden habt. Und ich kann nicht aufhören, an Alayna zu denken. Wir waren nur sehr kurze Zeit Freunde, wenn man es mit deiner langen Freundschaft mit Jessamyn vergleicht, aber sie wird mir schrecklich fehlen.« Und ich hätte nur zu gerne ein einziges Mal, bevor ich sie getötet hätte, ihren jungen Körper unter mir gespürt.
Baden sah ihn ernst an. »Du glaubst also nicht, dass sie und Jaryd den Hain überlebt haben?«
Das überraschte ihn. »Nun ja, ich ... eigentlich nicht. Glaubst du das denn?«
Baden schüttelte den Kopf. »Ich verstehe, dass das vielleicht dumm von mir ist, aber ich denke immer wieder, dass sie vielleicht eine Möglichkeit gefunden haben.«
Das mochte Arick verhüten! Sartol erschauderte innerlich.

»Ich hoffe wirklich, dass du Recht hast, aber ich befürchte das Schlimmste.«
Baden schwieg einen Augenblick und aß ein Stück Brot. Schließlich fuhr er fort, und Sartol fand das recht seltsam: Plötzlich schien Baden zum Reden aufgelegt zu sein. »Von allem anderen abgesehen«, sagte der Eulenmeister, »tut es mir auch Leid, dass wir aufbrechen mussten, bevor wir Theron gesehen haben. Seit der Versammlung sind mehr als vierzehn Tage vergangen, und wir haben überhaupt nichts erreicht.«
Sartol lächelte in sich hinein, denn nun sah er eine Möglichkeit, sich Badens Unterstützung zu sichern. »Das stimmt nicht ganz«, entgegnet er. »Wir haben einen Verräter innerhalb des Ordens entlarvt. Das wird doch sicher von Wert sein.«
Baden nickte. »Du hast vermutlich Recht. Aber wir hatten nicht einmal die Gelegenheit, Orris zu verhören. Die Sache ist, wir wissen immer noch nicht, wer letztendlich für diese Angriffe verantwortlich ist oder was ihr Zweck sein soll, wenn man einmal davon absieht, dass sie das Vertrauen der Menschen in den Orden zerstören.«
»Glaubst du immer noch, dass Theron und die Unbehausten etwas damit zu tun haben?«
»Ich bin nicht mehr so sicher«, erwiderte Baden. »Orris' Verrat muss in irgendeinem Zusammenhang mit den Angriffen stehen – deshalb war er vielleicht am Ende der Versammlung, als Jessamyn sich entschloss, diese Delegation zusammenzustellen, so versessen darauf, sich uns anzuschließen. Ich kann mir nicht vorstellen, wieso die Unbehausten die Hilfe eines Magiers brauchen sollten, um ihre Pläne auszuführen.«

Sartol tat so, als dächte er darüber nach. »Nun«, sagte er schließlich, »wenn nicht die Unbehausten, wer dann?«
Baden zuckte hilflos die Achseln. »Ich habe keine Ahnung. Und das ist wahrscheinlich der Grund, wieso ich glaube, so wenig erreicht zu haben. Zuvor hatte ich zumindest eine Theorie; sie mag falsch gewesen sein, aber es war wenigstens ein Ansatzpunkt. Jetzt ist mir nicht einmal mehr das geblieben.« Sartol schwieg, und Baden fuhr fort: »Ich bin den ganzen Tag diese Angriffe noch einmal im Kopf durchgegangen und habe versucht, irgendein Muster zu finden, entweder in den Zeitpunkten oder den Schauplätzen.«
»Eine interessante Idee. Ist dir irgendetwas aufgefallen?«
»Noch nicht«, sagte Baden und starrte wieder zu Boden. »Die Schauplätze zumindest scheinen vollkommen zufällig gewählt zu sein. Es gab geringfügigere Vorfälle beinahe überall in Tobyn-Ser: Sowohl das Obere als auch das Untere Horn waren betroffen; es gab mehrere Angriffe in Tobyns Wald, zwei in Leoras Wald, einen sogar in der Großen Wüste. Und dann waren da die Morde bei Sern – auf der Insel in der Südbucht – und danach, erst vor kurzem, die Angriffe auf der Nordebene und Tobyns Ebene.«
Sartol setzte zu einer Antwort an, aber gleichzeitig blicke Baden auf, als hätte er vor, noch mehr zu sagen. Beide hielten inne, und Sartol lachte verlegen. »Ich wollte dir nicht das Wort abschneiden«, entschuldigte er sich.
»Keine Sorge«, sagte Baden ungewohnt nachgiebig. »Was wolltest du denn sagen?«
»Nur, dass ich begreife, was du meinst: dass es nämlich kein offensichtliches Muster gibt. Nach den Vorfällen in Taima und Kaera sieht es so aus, als wäre kein Teil des Landes verschont geblieben.«

Baden nickte, den Blick auf Sartols Gesicht gerichtet. »Genau«, sagt er zerstreut, als dächte er schon wieder an etwas anderes.

Etwas an der Haltung des Eulenmeisters bewirkte, dass Sartol sich plötzlich sehr unbehaglich fühlte. »Was ist mit den Zeitpunkten?«, fragte er in der Hoffnung, das Gespräch im Gang zu halten.

»Wie bitte?«

»Die Zeitpunkte der Angriffe? Hast du da irgendwelche Muster erkennen können?«

»Oh, hm ... nein. Da auch nicht«, murmelte Baden. Sein schmales Gesicht war bleich geworden.

»Stimmt etwas nicht, Baden?«, fragte Sartol besorgt. »Du siehst nicht gut aus.«

Baden lächelte gezwungen. »Schon gut«, versicherte er. »Ich bin nur ... vollkommen erschöpft, und ich muss mich entschuldigen, dass ich so zerstreut bin. Ich glaube, dieser anstrengende Ritt und das, was am Hain passiert ist, haben mich wirklich verstört. Ich kann so viel über diese Angriffe nachdenken, wie ich will, aber solange ich so übermüdet bin, werde ich wohl nichts Neues herausfinden, wie?«

»Wahrscheinlich nicht«, stimmte Sartol ihm zu. »Wir sollten schlafen. Wir haben morgen wieder einen langen Tag vor uns.«

»Das ist wahr«, sagte Baden und legte sich ins Gras. »Danke, dass du mich aus meinem Schneckenhaus geholt hast, Sartol. Es hat mir sehr geholfen, einmal über diese Dinge zu sprechen.«

»Gut«, erwiderte Sartol und suchte sich einen Platz, an dem auch er sich niederlegen konnte. »Ich bin froh, dass du mir erzählt hast, worüber du nachdenkst. Gute Nacht.«

»Gute Nacht.«
Sartol schloss die Augen, aber er hielt sich bewusst wach und konzentrierte sich intensiv auf Badens Atemrhythmus. Irgendetwas hatte den Eulenmeister beunruhigt. Vielleicht waren es ja wirklich, wie er behauptete, nur die Übermüdung und die Anstrengungen der letzten Tage, und dann würde er schnell einschlafen. Sartol fürchtete allerdings, dass mehr dahinterstecken könnte, dass Baden sich vielleicht an eine Einzelheit der Nacht am Hain erinnert hatte, die in irgendeiner Weise von seiner, Sartols, Schuld zeugte, oder er hatte bei dem Gespräch dieses Abends irgendetwas erfahren, das ihn misstrauisch gemacht hatte. Also lag Sartol im Gras und lauschte. Er brauchte nicht lange zu warten. Innerhalb kürzester Zeit wurden Badens Atemzüge tiefer und verlangsamten sich zu dem gleichmäßigen Rhythmus tiefen Schlafes. Und Sartol war unendlich erleichtert und grinste im Dunkeln. Er mahnte sich, in Zukunft besser die Fassung zu bewahren; er musste damit aufhören, ohne jeden Grund derart in Panik zu geraten. Er musste einfach aufhören, nach Krisen zu suchen, die gar nicht existierten. Badens Schwäche lag in seiner Ehrlichkeit, in seinem Mangel an Heimtücke und in seiner Unfähigkeit, solches Verhalten bei anderen zu erkennen. Der Eulenmeister glaubte ihm, das war offensichtlich; und solange Sartol ihn im Auge behielt, hatte er nichts zu befürchten. Plötzlich fühlte er sich übermütig: Es würde nur noch ein paar Tage dauern, dann würde er mit Badens Hilfe zum Eulenweisen gewählt werden. Und danach würde Tobyn-Ser ihm gehören.

Als Baden ausgestreckt im Gras lag, hatte er gewaltig mit der eisigen Panik zu kämpfen, die ihn kurze Zeit zuvor erfasst hatte. Seine Gedanken überschlugen sich angesichts der möglichen Bedeutung seines Gesprächs mit Sartol. Es war eine so kleine Sache gewesen, und dennoch konnte sie große Gefahr bedeuten.

Trahn hatte ihn wiederholt vor Sartols Tücke gewarnt, aber Baden hatte zwar zugehört, die Warnungen aber nicht wirklich ernst genommen. Sartols Version dessen, was bei Therons Hain geschehen war, war ihm vollkommen glaubwürdig erschienen, und er hatte keinen Grund gehabt zu bezweifeln, dass Orris den Orden und das Land verraten hatte. Bis zu diesem Abend.

Aber nun hatte Baden den Angriff auf Tobyns Ebene erwähnt und sich dann daran erinnert, dass Sartol ja noch gar keine Einzelheiten über diesen jüngsten Vorfall bei Kaera wissen konnte. Also hatte er dazu angesetzt, es zu erklären. Aber das war nicht nötig gewesen: Irgendwie hatte Sartol schon von dem Angriff gewusst. Baden dachte wieder an diese letzte, chaotische Nacht bei Therons Hain und versuchte, die Ereignisse vor seinem geistigen Auge wieder erstehen zu lassen. Nachdem er und Trahn die Pferde in Sicherheit gebracht hatten, war Orris zu ihnen gekommen, um ihnen von dem Überfall auf Kaera zu erzählen. Dann hatte der kräftige Falkenmagier sich aufgemacht, um Jessamyn zu suchen. Der Schrei der Eulenweisen war nicht lange danach erklungen. Sartol selbst hatte berichtet, dass er Orris erst begegnet war, als der Falkenmagier schon dabei war, Jaryd und Alayna in den Hain zu jagen, und Sartol und Orris hatten doch sicher nicht über den Vorfall gesprochen, während sie versuchten, einander zu töten! Als Baden und Trahn Sartol begegnet waren, hatten sie ihm zwar erzählt, dass es einen weiteren Angriff gegeben hatte, aber soweit Baden sich erinnern konnte, hatten sie weder den Namen des Ortes noch andere Einzelheiten erwähnt. Baden wusste, dass er bis zu diesem Abend nicht wieder davon gesprochen hatte. Sartol hätte es vielleicht von Trahn hören können, aber wann? Die beiden Magier hatten keine Zeit allein miteinander verbracht, bevor Baden und Sartol am nächsten Morgen losgeritten waren. Wenn Trahn etwas von dem Angriff auf Kaera erwähnt hätte, dann hätte Baden es gehört. Und wenn Sartol auf dem Weg zum Hain selbst von dem Überfall erfahren hätte, hätte er es allen umgehend gesagt. Nachrichten, die so wichtig waren, mussten den anderen sofort mitgeteilt werden.

Es gab allerdings auch noch eine andere Möglichkeit: Vielleicht hatte Sartol ja schon vorher von dem Angriff gewusst, weil er selbst es war, der den Orden an jene verraten hatte, die für die Angriffe verantwortlich waren. Trahn, mein Freund, du hattest vielleicht doch Recht, dachte Baden beunruhigt und bedauernd. Dann kam ein weiterer Kummer, tiefer und erschreckender: Orris, dessen Schuld Baden bereits akzeptiert hatte, war wahrscheinlich tot, ermordet von dem wahren Abtrünnigen, der nun erwartete, in weniger als vierzehn Tagen zum Eulenweisen gewählt zu werden.

Baden dachte darüber nach, was er tun könnte, und keine der Möglichkeiten, die ihm einfielen, war sonderlich angenehm. Er wusste, dass Sartol sehr stark war. Wenn es ihm tatsächlich gelungen war, innerhalb kürzester Zeit die Weise und den Ersten zu töten und Orris zu besiegen, dann würde der Eulenmeister wahrscheinlich auch für ihn zu stark sein. Und wenn es zu einer körperlichen Auseinandersetzung mit dem hoch gewachsenen, athletischen Magier käme, würde Baden ebenfalls rasch den Kürzeren ziehen. Jeder Versuch, Sartol davon abzuhalten, nach Amarid zu gelangen, würde mit großer Wahrscheinlichkeit mit Badens Tod enden. Außerdem hatte er immer noch keinen wirklich stichhaltigen Beweis für Sartols Schuld. Es bestand noch eine – wenn auch sehr geringe – Chance, dass Trahn Sartol doch von dem Vorfall in Kaera erzählt hatte. Und obwohl Baden das Gegenteil hoffte, musste er davon ausgehen, dass alle Zeugen der Morde, nicht nur Orris, sondern auch Jaryd und Alayna, schon vor drei Nächten umgekommen waren. Wenn die jungen Magier sich in Therons Hain verborgen hatten, hätten sie vielleicht überleben können. Aber dann wurde ihm voller Entsetzen klar, dass es Sartol selbst gewesen war, der ihnen von Jaryds und Alaynas Flucht in den Hain erzählt hatte. Wenn der Eulenmeister den Orden verraten und die anderen umgebracht hatte, was sollte ihn dann davon abgehalten haben, auch die jungen Leute zu töten und zu lügen, was ihre Flucht in den Hain anging? Wahrscheinlich waren auch Jaryd und Alayna schon lange tot.

Diese Erkenntnis bewirkte, dass Baden vor Trauer beinahe gelähmt war. Er musste daran denken, wie der Tod ihres jüngeren Sohnes Bernel und Drina niederschmettern würde. Plötzlich hatte er Bilder des jungen Magiers vor Augen. Er sah Jaryd als kleinen Jungen, damals, als er Bernel zum ersten Mal in Accalia besucht und das Potential seines Neffen gespürt hatte. So lebhaft, dass es ihm fast den Atem raubte, erinnerte er sich daran, wie er Jaryd an einem regnerischen Tag im vergangenen Frühjahr wiederbegegnet war, und an das Staunen in den hellen Augen des jungen Mannes, als der Eulenmeister ihm eröffnet hatte, dass er eines Tages ein mächtiger Magier sein würde. Damals hatte Baden noch nicht ganz begriffen, in welchem Maß diese Prophezeiung zutreffen würde. Ja, er hatte gewusst, dass der Junge stark sein würde, aber nicht *wie* stark und nicht wie bald schon. Er hatte auch nicht geahnt, dass ausgerechnet einer von Amarids Falken Jaryd erwählen würde, bis er Ishalla entdeckte, die ihnen durch die Parnesheim-Berge folgte. Erst da hatte er begonnen zu begreifen, wie weit das Potential dieses Jungen reichte. Und nun war Jaryd vermutlich längst tot, und das vor allem, weil Baden darauf bestanden hatte, ihn zu Therons Hain mitzunehmen.

Baden versuchte, diese Gedanken von sich zu schieben. Er durfte sich nicht selbst die Schuld geben, und noch weniger durfte er zulassen, dass die Trauer ihn überwältigte. Stattdessen musste er sich darauf konzentrieren, wie er mit seinem Verdacht gegen Sartol zurechtkommen sollte. Leider hatte er keine Beweise, auf die er eine Beschuldigung des Eulenmeisters hätte stützen können, und so konnte er nur warten und beobachten und hoffen, dass entweder die anderen die Nacht überlebt hatten oder dass Sartol einen weiteren, schwerwiegenderen Fehler machen würde. Beides schien nicht sehr wahrscheinlich. Verzweifelt und ohne großen Erfolg versuchte Baden, sich zum Schlafen zu zwingen.

Er konnte das Schimmern ihrer Cerylle in der Ferne sehen, zwei kleine, sich bewegende Lichtpunkte, einer gelb, der andere orangefarben, die auf der dunklen Ebene leuchteten. Er nahm an, dass sie bestenfalls eine halbe Meile Vorsprung hatten, und trotz der Brandwunden an Schulter und Seite musste Orris grinsen. Er hatte nicht geglaubt, sie so schnell einholen zu können. Sie waren nicht allzu lange vor ihm aufgebrochen, aber wegen seiner Verletzungen hatte er gefürchtet, dass er nicht die Kraft haben würde, mit ihnen Schritt zu halten oder sie gar einzuholen. Und da Pordath tot war, war er nicht in der Lage gewesen, das Licht seines Cerylls zu verstärken, um auch in der Nacht noch gut sehen zu können. Der Schattenwald hatte ihn aufgehalten, und er war gezwungen gewesen, den Südsumpf überwiegend im Dunkeln zu durchqueren – etwas, das er hoffentlich nie wieder würde tun müssen. Aber er war auf Tobyns Ebene aufgewachsen; er war in seiner Jugend und auch als Erwachsener hier umhergezogen. Wenn man von Trahn einmal absah, würde kein Mitglied des Ordens hier schneller vorankommen als er. Auch ohne die Hilfe seines Cerylls war er in der Lage, den anderen noch lange nach Sonnenuntergang zu folgen. Außerdem hatten die beiden Eulenmeister vor ihm den Orden verraten und sich zusammengetan, um Jessamyn zu töten. Er hätte sie auch dann noch verfolgt, wenn er blind gewesen wäre.

Die Lichter vor ihm hörten plötzlich auf, sich zu bewegen und wurden trüber, und Orris schloss aus der plötzlichen Abwärtsbewegung der schimmernden Cerylle, dass Baden und Sartol abgestiegen waren. Sofort zügelte auch er sein Pferd, denn er wollte auf keinen Fall, dass sie den Hufschlag auf dem trockenen Prärieboden hörten. Irgendwann, bevor sie Amarid erreichten, würde er eine Möglichkeit finden, sich näher an sie heranzuschleichen. Im Augenblick musste er sich allerdings in Geduld üben.

Die Eulenmeister schlugen offenbar ihr Nachtlager auf, und das passte Orris gut. Er holte ein wenig Trockenobst aus der Satteltasche, legte sich in das hohe, kühle Gras der Ebene und versuchte, seine angestrengten Muskeln zu entspannen und das Pochen seiner Wunden zu ignorieren. Und mit der Anstrengung kam selbstverständlich auch die Trauer zurück. Pordath war sein erster Vogel gewesen, und ihre Präsenz in seinem Geist fehlte ihm so, wie ihm ein abgeschnittenes Glied fehlen würde. Jedes Mal, wenn er die Verbindung suchte und begriff, dass Pordath nicht mehr da war, jedes Mal, wenn er versuchte, im Dunkeln zu sehen, oder seine Brandwunden bemerkte und seine Heilkraft heraufbeschwören wollte, nur um festzustellen, dass er machtlos war, spürte er den Schmerz des Verlustes, als wäre es das erste Mal. Er war beinahe ein Jahrzehnt lang nicht mehr einsam gewesen. Aber hier, allein auf der Ebene, verwundet und ungebunden, fühlte er sich isolierter als je zuvor. Er konnte die Schuld an Pordaths Tod zwar nicht Sartols Eule geben, denn kein Vogel konnte sich dem Befehl seines Magiers widersetzen, aber er konnte immerhin hoffen, dass auch Sartol sich eines Tages so fühlen würde wie er nun; dass der Eulenmeister einen solch schmerzlichen Verlust kennen lernen würde, bevor Orris ihn tötete. Sartols Vogel würde er allerdings nicht anrühren, nicht einmal aus Rache. Dazu konnte er sich keinesfalls überwinden. Andererseits hätte er keine Schwierigkeiten, den Eulenmeister selbst umzubringen – beide Eulenmeister, verbesserte er sich; zweifellos hatte Baden den Tod ebenso verdient wie Sartol.

Badens Verrat hatte ihn überrascht. Sicher, sie waren nie gut miteinander ausgekommen, aber Orris hatte Baden respektiert, jedenfalls mehr als Sartol und die anderen Eulenmeister. Baden schien anders zu sein als die anderen: vertrauenswürdiger als Sartol und besorgter um die Menschen von Tobyn-Ser als Odinan, Niall und der Rest der älteren Magier. Und außerdem war er ein guter Freund von Trahn, was Orris' positive Einstellung noch verstärkte. Aber Trahn hatte sich entweder täuschen lassen oder er hatte den Orden ebenfalls verraten. Orris zog es vor, das Erstere zu glauben.

Als er die Leichen von Jessamyn und Peredur gefunden und Sartol danach angegriffen hatte, als dieser die jungen Leute in Therons Hain trieb, war Orris davon ausgegangen, dass es Sartol allein gewesen war, der sie alle betrogen hatte. Der Eulenmeister war unglaublich stark gewesen; Orris hätte niemals geglaubt, dass ein Magier solche Macht haben könnte. Er hatte gehofft, Sartol töten oder ihn zumindest außer Gefecht setzen zu können, aber er hatte bald begriffen, dass er sich glücklich schätzen könnte, wenn er in der Lage wäre, mit dem Leben davonkommen und Jaryd und Alayna retten zu können. Am Ende war ihm nicht einmal das gelungen. Er selbst hatte überlebt, aber er hatte Pordath verloren. Für die jungen Magier hatte er nichts mehr tun können. Also war er ins Lager zurückgekehrt, in der Hoffnung, Baden und Trahn dort zu finden und sie zu Hilfe rufen zu können. Und er war entsetzt gewesen, die drei zusammen zu sehen, wie sie offenbar ihren nächsten Schachzug planten. Er hatte nicht hören können, was sie sagten, aber er hatte sie beobachtet, und bald schon hatte er herausgefunden, dass zumindest einer von ihnen – Trahn, nahm er an – nichts mit der Verschwörung zu tun hatte.

Sicher, die Eulenmeister hatten Scheiterhaufen für Jessamyn und Peredur errichtet, um Trahn weiterhin etwas vorzumachen – eine Theorie, die sie am nächsten Morgen bestätigten, als sie zusammen davonritten und Trahn bei

Therons Hain zurückließen. Es war klar, dass Orris nicht mit absoluter Sicherheit davon ausgehen konnte, dass seine Annahmen stimmten – immerhin war es durchaus auch möglich, dass sich Sartol und Trahn miteinander verschworen hatten oder dass Sartol alleine arbeitete. Orris konnte nichts davon beweisen. Also hatte er darauf verzichtet, Trahn die Kehle durchzuschneiden, und auch nicht versucht, sich mit dem Falkenmagier zusammenzutun, sondern nur ein Pferd gestohlen und die anderen freigelassen. Das hatte ihm zumindest Gelegenheit gegeben, aus der Umgebung des Lagers zu fliehen und mit der Verfolgung der Eulenmeister zu beginnen.

Je mehr er allerdings darüber nachdachte – je mehr er daran dachte, wie wichtig es Baden gewesen war, diese Delegation zu Therons Hain zu führen, und daran, wie Sartol sich verhalten hatte –, desto sicherer wurde Orris, dass die beiden zusammengearbeitet hatten, um das Ansehen des Ordens bei der Bevölkerung zu verderben, Jessamyn und Peredur umzubringen und sich schließlich zu Herrschern von Tobyn-Ser aufzuschwingen. Es war schon seltsam: Es war ihm offenbar wichtig glauben zu können, dass Trahn nichts damit zu tun hatte. Er mochte den Mann; zusammen mit Ursel und ein paar jüngeren Magiern war Trahn wohl am ehesten jemand, den Orris im Orden als Freund ansah. Orris bedauerte nun, dass er die Pferde freigelassen hatte, statt mit Trahn zu reden. Es wäre hilfreich gewesen, einen Magier an seiner Seite zu haben, der noch über seine vollständige Kraft verfügte, und Orris musste zugeben, dass ihm die Gesellschaft des anderen Mannes gut getan hätte. Er schüttelte den Kopf. Da war es wieder, dieses Gefühl der Leere und Hilflosigkeit, das ihn seit Pordaths

Tod immer wieder heimsuchte. Er musste eine Möglichkeit finden, es hinter sich zu lassen oder es zumindest zu beherrschen, bis er Sartol und Baden getötet hatte. Dann würde er um seinen Vogel trauern.

Er hätte nicht sagen können, wann er entschieden hatte, die beiden Eulenmeister zu töten. In Wahrheit wäre es sogar unzutreffend gewesen, von einer »Entscheidung« zu sprechen. Sartol und Baden hatten Jessamyn und Peredur umgebracht und wahrscheinlich auch Alayna und Jaryd. Und obwohl sie vermutlich die Angriffe auf die Dörfer nicht selbst durchgeführt hatten, waren sie auch für die Morde bei Sern und in Kaera verantwortlich. Die Eulenmeister hatten ohne jeden Zweifel den Tod verdient. Vor allem aber mussten sie aufgehalten werden. Ihre Flucht nach Amarid war ein weiterer Beweis dafür, dass sie planten, einen von ihnen, wahrscheinlich Sartol, zum Eulenweisen zu machen. Das durfte Orris nicht zulassen.

Es würde allerdings schwer werden, sie zu töten, besonders jetzt, da er kaum mehr als einen kläglichen Rest seiner früheren Kräfte besaß. Instinktiv legte er die Hand an den Griff seines Dolches, den er in den Falten seines Umhangs verborgen hatte. Wieder lächelte er finster. Er konnte immer noch mit einer Klinge umgehen, und er hatte hier, auf Tobyns Ebene, gelernt, wie man sich an Wild anschleicht und es tötet. Die Kräfte der Eulenmeister würden ihnen wenig nützen, wenn das Blut aus Badens durchschnittener Kehle in den Boden sickerte und Orris' Klinge sich tief in Sartols Schädel bohrte. Aber er würde doppelt vorsichtig sein müssen. Wenn er versagte und sie ihn töteten, solange er ungebunden war, würde er selbst zum Unbehausten werden.

»Aricks Faust möge dich treffen, Theron!«, murmelte er in die Nacht hinein. »Dich und deinen Fluch.«

Therons Fluch. Er hatte nie viel darüber nachgedacht, es war ihm nie wichtig erschienen. Sicher, Pordath wäre irgendwann gestorben, aber es hatte keinen Grund gegeben, sich wegen des Fluchs Gedanken zu machen, solange sie noch lebte. Und irgendwie hatte er wohl auch angenommen, dass er sich schnell wieder binden würde, dass diese Zeit der Schwäche und Unsicherheit nur ein paar Wochen andauern würde, vielleicht einen Monat oder zwei. Nie hätte er geglaubt, seinen Vogel bei einem Kampf zu verlieren oder dass er sich je solchen Gefahren ohne sie gegenüberfinden würde. Und nun hatte er zu einem Zeitpunkt, da er seine Kraft und seinen Mut mehr als je zuvor brauchte, nicht nur seine Magie verloren, sondern auch die Willenskraft. Er musste Baden und Sartol davon abhalten, die Große Halle zu erreichen, aber zum ersten Mal, seit er erwachsen war, hatte Orris Angst. Der Tod hatte ihn nie geschreckt, aber ewige Ruhelosigkeit war schlimmer.

Er schloss die Augen und holte tief Luft. »Möge Arick dich mit seinem Blitz treffen, Theron«, zischte er durch zusammengebissene Zähne.

Es war in der letzten Zeit im Orden, sowohl unter den jüngeren als auch den älteren Mitgliedern, viel darüber gesprochen worden, dass man Therons Erbe zu lange ignoriert und den Ersten Eulenmeister damit erniedrigt hatte. Es hieß, Theron sei ebenso wie Amarid an der Beherrschung der Magie und der Gründung des Ordens beteiligt gewesen und habe daher Anerkennung verdient – er verdiente, dass man sich an ihn um mehr als nur des Fluches willen erinnerte. Orris hatte sich dieser Ansicht nie angeschlossen, und nun wusste er noch besser, warum. Jede Ehre, die Theron vielleicht einmal verdient hatte, hatte er von sich gewiesen, als er ungebundene Magier zu solcher Angst verdammte und jenen, die ohne einen Vogel starben, das schreckliche Schicksal bereitet hatte, ewig ruhelos umherzugeistern. Noch vor seinem Fluch hatte der Erste Eulenmeister die Magie als einen Weg zu Macht und Wohlstand gesehen, während Amarid sie ausschließlich als Möglichkeit betrachtet hatte, dem Land zu dienen. Orris wusste, dass einige Magier sein Eintreten für eine wichtigere Rolle des Ordens bei der Regierung von Tobyn-Ser für eine Annäherung an Therons Philosophie hielten, aber da war er vollkommen anderer Meinung. Führerschaft, so glaubte er, war nur eine weitere Art des Dienens, und im Augenblick brauchte Tobyn-Ser diese Führung dringend. Und Orris war sicher, dass ihm Amarid bei dieser Sache zugestimmt hätte. Was Theron anging – seine Ideen führten genau zu jener Art von Arroganz und Korruption, wie sie von diesen beiden Eulenmeistern verkörpert wurde, die versuchten, den Orden in ihre Gewalt zu bringen.

Orris setzte sich auf und schaute nach Norden. Wenn Baden und Sartol weitergeritten wären, hätte er ihre Pferde galoppieren gehört oder zumindest die Vibrationen am Boden gespürt. So war es aber nicht, und er konnte noch immer ein schwaches Schimmern in der Ferne sehen, wo die beiden Cerylle nun wohl im Gras lagen. Er nahm an, dass die Eulenmeister jetzt schliefen, und daher würde es einigermaßen sicher sein, das Gleiche zu tun. Irgendwann in einer der kommenden Nächte, wenn die beiden schliefen, würde er sich in ihr Lager schleichen und sie töten oder bei dem Versuch sterben. Aber heute Nacht, erschöpft und immer noch unter den Folgen des Kampfes mit Sartol leidend, brauchte er Ruhe.

Glyn ließ sich schwerfällig auf einen großen, von der Sonne aufgewärmten Stein am Flussufer sinken, ließ den Stab mit dem glühend roten Stein fallen und befahl dem riesigen schwarzen Vogel, von seiner Schulter auf den Boden zu hüpfen. Dann zog er vorsichtig die Lederschuhe aus und inspizierte den neuesten Schaden, den sie seinen Füßen zugefügt hatten. Beim Anblick der wunden, blutigen Blasen gab er eine beeindruckende Reihe von Flüchen von sich.

»Calbyr sagt, wir sollen Tobynesisch sprechen«, mahnte Kedar und hatte dabei selbst noch ein wenig mit der fremden Sprache zu kämpfen. »Jemand könnte uns hören, sagt er. Also solltest du lieber nicht in Bragori fluchen.«

»Tobynesische Flüche bewirken aber nicht, dass ich mich besser fühle«, erwiderte Glyn gereizt und immer noch in seiner Muttersprache. »Sie sind langweilig. Und außerdem«, fuhr er fort und zeigte mit beiden Händen auf seine Umgebung, »sind wir hier am Fluss, und es ist meilenweit niemand zu sehen. Wer sollte mich also hören?«

Kedar zuckte die Achseln. »Weiß ich nicht«, erwiderte er in der Sprache von Tobyn-Ser. »Sartol sagte, die Zauberer könnten uns sehen. Vielleicht können sie uns auch hören.«

»Die Zauberer machen mir keine Angst«, brummte Glyn auf Tobynesisch. Er starrte seine Füße an und fluchte abermals. »Sieh dir meine Ferse an, Kedar. Die besteht praktisch nur noch aus Fetzen!«

»Ich will deine stinkenden Füße nicht sehen! Meine tun

weh genug, ohne dass ich auch noch daran erinnert werden muss. Und jetzt zieh die Schuhe wieder an. Wir gehen!«
Glyn schüttelte den Kopf und hinkte näher zum Wasser hin. »Nicht, ehe ich meine Füße ins Wasser gesteckt habe. Du solltest das auch tun.«
»Ich will aber nicht«, sagte Kedar verärgert. »Ich will weiterkommen. Wir sollten schon gestern Abend am Ziel gewesen sein. Bald wird die Sonne untergehen, und wir haben noch einen weiten Weg vor uns. Das denke ich jedenfalls«, fügte er hinzu und sah sich um. »Es ist hier schwieriger als zu Hause, Entfernungen abzuschätzen. Es gibt so viel Gras und nicht genug Gebäude. Es könnte sogar noch weiter sein, als ich dachte.«
»Schon gut, ich bin ja gleich fertig.« Glyn setzte sich und steckte die Füße ins kalte Wasser. Er zuckte zusammen, als seine Wunden zu brennen begannen.
»Sofort, Glyn!«, zischte Kedar.
Glyn warf seinem kräftigen blonden Kumpan einen Blick zu. Kedar sah in dem grünen Kapuzenumhang ein wenig seltsam aus. Er war ein Mörder – Glyn hatte schon gesehen, wie er einem Mann bei einem Kampf den Arm abgerissen hatte –, aber nun sah er aus wie ein Orakel mit einem großen Vogel. Glyn hätte beinahe laut gelacht. Er versuchte sich vorzustellen, wie er selbst in dem gleichen Aufzug aussah, mit seinem kurz geschnittenen Bart und der krummen Nase, die zufällig bei demselben Kampf von einem Mann verursacht worden war, der nun tot war. Er sah vermutlich auch recht albern aus. Aber nicht so schlimm wie Kedar. Es war vollkommen unmöglich, dass er so schlimm aussah wie Kedar.
»Komm schon. Glyn!«, bellte Kedar. »Calbyr denkt, dass wir

die Sache längst hinter uns gebracht haben. Möchtest du ihm etwa erklären, wieso etwas nicht nach Plan gelaufen ist?«

»Ich habe keine Angst vor Calbyr«, sagte Glyn. Aber dann stand er auf und kehrte mit vorsichtigen Schritten zu seinen Schuhen zurück.

Kedar legte den großen Kopf zurück und lachte, wobei er die kleinen Äuglein zukniff, bis sie nur noch Schlitze waren. »Nein, sicherlich hast du keine Angst vor Calbyr – und es gibt auch keine Nal-Ratten in den Abflusskanälen.«

Glyn warf seinem Freund einen wütenden Blick zu und schwieg.

»Komm schon, stell dich nicht an, Glyn«, sagte Kedar barsch. »Ich habe das nicht böse gemeint. Wir haben alle Angst vor ihm. Ich jedenfalls, und ich bin doppelt so groß wie er.«

Glyn schwieg, aber dann nickte er und lächelte halbherzig. Kedar hatte Recht: Alle hatten Angst vor Calbyr, sogar zu Hause in Lon-Ser. Und um ehrlich zu sein, fürchteten alle, die mit Calbyr nach Tobyn-Ser gekommen waren, auch den Zauberer Sartol, vor allem nach dem, was er an dem Tag, als sie ihm begegnet waren, mit Yarit gemacht hatte. Glyn erschauderte unwillkürlich, als er daran dachte, und konzentrierte sich darauf, die Schuhe wieder anzuziehen, ohne seine wunden Füße noch mehr zu reizen. Er bezweifelte, dass sie es an diesem Tag noch bis zur nächsten Siedlung schaffen würden. Wie hieß die noch? Wasserstadt? Nein, das klang irgendwie nicht richtig.

»He, Kedar – wie heißt der Ort, zu dem wir unterwegs sind, noch mal?«

Kedar verdrehte die Augen. »Das hab ich dir doch schon zweimal gesagt: Wasserbogen.«
»Wasserbogen«, wiederholte Glyn. »Na gut.« Er schaute den großen, kräftigen Mann abermals an. »Und du brauchst überhaupt nicht so muffig zu sein. Diese Namen begreife ich nicht. Wasserbogen, Kaera, Waldesruh, Moriandral. Ich kann sie mir einfach nicht merken.«
Kedar schüttelte den Kopf. »Bist du jetzt endlich fertig?«, fragte er ungeduldig.
Glyn richtete sich auf und belastete zimperlich die müden Füße. »Besser wird's wohl nicht mehr.« Er griff wieder nach seinem Stock und rief den großen schwarzen Vogel zu sich. Sofort kam das Geschöpf angeflogen, und seine goldenen Augen glitzerten in der Sonne. »Gehen wir«, sagte er zu Kedar. »Aber du solltest dich lieber schon jetzt darauf gefasst machen, dass du mich noch vor dem Abend tragen musst.«
Kedar schnaubte. »Sehr unwahrscheinlich.«
Sie kletterten das steile Ufer hinauf und kehrten auf die Ebene zurück. Dort zogen sie weiter nach Süden, immer den Flusslauf entlang. Innerhalb kurzer Zeit kehrten die Schmerzen in Glyns Füßen zurück, und er begann leise auf Bragori vor sich hin zu fluchen, während er hinter Kedar dreinschlurfte. Er hasste Tobyn-Ser, seine seltsame Sprache, das langweilige Essen und seine dämlichen Bewohner. Und diese Arbeit begann ihn zu langweilen. Er war erschöpft von dem endlosen Wandern, hatte vollkommen genug davon, auf dem Boden zu schlafen, und konnte diese nutzlose Wildnis einfach nicht mehr sehen. Er kam sich lächerlich vor in diesem albernen grünen Umhang, und er hätte am liebsten diese schrecklichen, steifen Schuhe in

den Fluss geworfen. Aber am meisten hatte er genug davon, sich von Calbyr herumkommandieren zu lassen. Ja, er hatte Angst vor dem Mann mit seinen wilden, dunklen Augen, der unheimlich aussehenden weißen Narbe und seiner schlanken Gestalt. Glyn hatte Calbyr schon öfter töten sehen, als er zählen konnte. Aber dass er ihn fürchtete, bedeutete nicht, dass er ihn nicht auch gleichzeitig hassen konnte.

In diesem Augenblick hätte Glyn seine ganze Habe dafür gegeben – was zugegebenermaßen nicht sonderlich viel war –, um wieder in Bragor-Nal zu sein, gemütlich in seiner Lieblingskneipe zu sitzen und auf einen neuen Auftrag zu warten. Calbyr war immerhin nicht der Einzige im Nal, für den ein Mann wie Glyn arbeiten konnte. Glyn war auch schon gut zurechtgekommen, bevor er Calbyr begegnet war; er würde auch ohne ihn weiterleben können. Seine Arbeit im Nal war nie so anstrengend und so unbequem gewesen. Hier waren sogar die Waffen seltsam. Er fand den langen Stock mit dem glühenden roten Stein unhandlich und vermisste die kompakte Wirksamkeit seiner gewohnten Handfeuerwaffe. Damit hatte er sich sicherer gefühlt, besser im Stande, sich zu verteidigen. Ich wette, Yarit hätte sich retten können, wenn er einen normalen Werfer dabeigehabt hätte, dachte er und versank noch tiefer in seinem eigenen Unbehagen. Dennoch, er musste zugeben, dass diese Waffe mehr Feuerkraft hatte als alles, was er zu Hause je benutzt hatte. In Kaera waren sie damit hervorragend zurechtgekommen. Er grinste bei der Erinnerung daran.

Wenn er ehrlich war, hasste er nicht alles an dieser Arbeit, und es war ihm vor seinem Abschied aus Lon-Ser dort nicht sonderlich gut gegangen. Calbyr war vielleicht verrückt, aber wenn sie Erfolg hatten und die Bezahlung nur halb so hoch war, wie Calbyr versprochen hatte, würde Glyn nie wieder arbeiten müssen. Andererseits hatte Calbyr ihnen allen einen qualvollen Tod angedroht, falls sie versagen sollten. Später, als sie allein waren, hatten Glyn und Kedar darüber Witze gemacht und sich gefragt, was Calbyr wohl wichtiger wäre: das Geld oder eine Ausrede, sie töten zu können. Tatsächlich hatten sie keinesfalls vor zu versagen. Calbyr hatte seine Leute sorgfältig ausgewählt; bei seiner Truppe waren sowohl ehemalige Bandenmitglieder als auch Unabhängige. Diese Truppe würde nicht versagen – nicht, solange sie von dem Versprechen unvorstellbaren Reichtums angetrieben wurde. Wenn er ehrlich war, hätte auch Glyn seinen Anteil an der Beute niemals für ein wenig mehr Bequemlichkeit aufgegeben. Es war egal, wie schlecht es ihm ging. Er grinste, wenn auch freudlos: Zweifellos hatte Calbyr genau auf eine solche Haltung gezählt, als er seine Pläne schmiedete. Nun, das war in Ordnung. Solange Glyn seinen Anteil erhielt, würde er Calbyr seine kleinen Siege zugestehen.

Der bei weitem beste Teil dieser Arbeit war der großartige Vogel, den Glyn auf der Schulter trug. Er hatte ihn bei der Ausbildung und der Arbeit, die den größten Teil der vergangenen zwei Jahre in Anspruch genommen hatten, tatsächlich lieb gewonnen. Wenn er den Vogel so elegant fliegen sah und das Aufblitzen von Intelligenz in seinen glitzernden Augen bemerkte, konnte er leicht vergessen, dass es sich um ein künstliches Geschöpf handelte. Echt oder nicht, dachte er, der Vogel war das beste Mordwerkzeug, das er je gesehen hatte. Glyn hatte gewaltigen Respekt vor ihm.

Die ganze Zeit hatte sich Calbyr sehr zurückgehalten, was die Identität ihrer Auftraggeber anging. Zweifellos steckte Cedrych dahinter, aber selbst der hätte allein nicht die Mittel gehabt, sechzehn dieser Vögel herzustellen. Das hätte eigentlich bedeuten sollen, dass auch der Herrscher mit der Sache zu tun hatte, aber Calbyr war den Sicherheitskräften des Herrschers sorgfältig aus dem Weg gegangen. Glyn wusste aus persönlicher Erfahrung, dass das immer eine gute Idee war, besonders, wenn man versuchte, so genannte »hochentwickelte Waren« aus dem Nal zu schaffen. Wenn der Herrscher von dieser Operation wüsste, hätte Calbyr nicht so viel Wert auf Verstohlenheit gelegt. Nicht, dass Glyn je begriffen hatte, wieso der Herrscher wegen dieser Dinge so besorgt war. Nach allem, was er wusste, interessierten sich die Herrscherinnen von Oerella-Nal nicht für Waffentechnologie. Und niemand in Stib-Nal hatte das Hirn, sie entsprechend einzusetzen. Zweifellos machte sich der Herrscher auch keine Gedanken darüber, dass jemand in Abboriji oder Tobyn-Ser daran denken könnte, das Nal anzugreifen. Aber wenn man Zeuge wurde, wie eifrig die Sicherheitskräfte ihrer Arbeit nachgingen, dann bestand kein Zweifel daran, dass der Herrscher beunruhigt war.

Glyn schüttelte den Kopf und wandte sich in Gedanken wieder dem Vogel zu, der auf seiner Schulter saß. Wer auch immer Calbyrs Auftraggeber waren, sie hatten bei diesen Geschöpfen keine Kosten gescheut. Die mechanischen Falken bewegten sich wie echte Vögel, reagierten auf Befehle wie gut dressierte Haustiere, töteten wie Söldner und konnten sogar die Taktik ihrer Gegner vorhersehen. Die Technologie, die notwendig war, um solche Geschöpfe zu schaffen, ging über alles hinaus, was Glyn sich je hätte

vorstellen können. Er hätte den Vogel gerne behalten; er hätte vielleicht sogar etwas von seiner Bezahlung dafür gegeben. Vielleicht.
Und im Grunde war die Arbeit gar nicht so übel. Tatsächlich gefiel Glyn, was er zu tun hatte, wenn man von dem Laufen und dem schlechten Essen einmal absah. Seit er erwachsen wahr, ja sogar seit seinen Jahren als halbwüchsiger Junge, als er sich schon für erwachsen gehalten hatte, hatte Glyn nur über eine einzige wahre Begabung verfügt. Es ging nicht darum, dass er ein recht fähiger Mörder war. Er kannte viele, die aus Bragor-Nal weggegangen waren, um in Abboriji als Söldner zu arbeiten, und die nie zurückgekehrt waren. Auch die hatten gewusst, wie man tötet. Aber Glyn hatte eine gewisse Begabung dafür, andere zu ermorden, ohne sich selbst allzu sehr in Gefahr zu bringen und Gefangennahme oder Rache befürchten zu müssen. Er hatte gelernt, ein Menschenleben auf die verschiedensten Arten zu Ende zu bringen, sowohl vollkommen unauffällig als auch regelrecht marktschreierisch – denn ein Mord, der auf die angemessene Weise zur Schau gestellt wurde, konnte Hunderten eine deutliche Botschaft übermitteln –, aber er war stets diskret. Wahrscheinlich war es diese Sorgfalt gewesen, die Calbyr auf ihn aufmerksam gemacht hatte. Schließlich war das Glyns Spezialität. Zunächst war er skeptisch gewesen, was diesen Auftrag anging. Er zog es vor, in Bragor-Nal zu arbeiten; dort kannte er sich aus, dort hatte er Beziehungen. Er war zuvor noch nie außerhalb von Lon-Ser gewesen, und er interessierte sich wenig für den Rest der Welt. Aber Calbyr hatte ihm versichert, das man seine Fähigkeiten hier brauchen würde, dass die Herausforderung nicht nur im Töten bestünde, sondern darin, die

richtigen Beweise zu hinterlassen, um anderen die Schuld zu geben. Und am Ende, bei der Sache in Kaera, hatte Calbyr Recht gehabt.

Während ihres ersten Jahrs in Tobyn-Ser hatte Calbyr sie nur mit Kleinigkeiten beauftragt: Vandalismus, Diebstahl, Brandstiftung. Es war wichtig, dass es wie eine natürliche Entwicklung aussah, hatte Calbyr gesagt. Sie durften nichts übereilen. Dabei hatte Glyn sich allerdings schnell gelangweilt. Jedes Kind hätte diese Arbeit tun können; Calbyr hatte ihn eigentlich nicht gebraucht. Aber mit Kaera hatte sich alles geändert.

»Von nun an braucht ihr euch nicht mehr zurückzuhalten«, hatte Calbyr bei ihrer letzten Begegnung gesagt. »Zerstört alles, tötet alle, und hinterlasst nur einen einzigen Zeugen.«

Das gefiel ihm schon besser – das war es schließlich, wieso man ihn angeheuert hatte. Der Angriff auf Kaera hatte Spaß gemacht, und es war alles sehr gut gegangen. Sie hatten nicht viele Überraschungen erlebt, und niemand war entkommen. Die Werfer hatten perfekt funktioniert, und die Vögel waren wirklich großartig gewesen. Dennoch, bei dem Auftrag, den sie heute Abend in Wasserbogen zu erledigen hatten, würde Glyn Kedar daran erinnern, seinen Stein abzudecken, bis sie nahe genug an der Siedlung waren. Glyn hatte keine Lust, sich einem weiteren zornigen Haufen von Bürgern gegenüberzufinden, die mit Knüppeln und Werkzeugen bewaffnet waren. Das war nur ein unnötiges Risiko. Er würde es auch diesmal wieder seinem Kumpan überlassen, den Zeugen auszusuchen. Calbyr hatte es jeder Gruppe freigestellt, die Zeugen selbst auszuwählen, und Glyn überließ dies seinerseits Kedar. Ihm war es egal; er verstand nicht, was daran so Besonderes war. Man konnte schließlich nicht davon ausgehen, dass dieses kleine Mädchen aus Kaera eine so wunderbare Zukunft haben würde. Sie hatten ihre Verwandten umgebracht und ihr Zuhause zerstört; sie am Leben zu lassen, kam ihm nicht besonders gnädig vor. Aber Kedar hatte ein Problem, was das Umbringen von Kindern anging, und Glyn würde das respektieren, selbst wenn er es nicht verstand.

Sie gingen immer weiter, und bald schon streckten sich ihre Schatten weit über die Ebene, weil die Sonne langsam auf den westlichen Horizont zuwanderte. Die Schmerzen in Glyns Füßen wurden schlimmer und schlimmer, bis er schließlich verzweifelt die Schuhe auszog, nur mühsam der Versuchung widerstand, sie in den Moriandral zu werfen, und sie in eine große Tasche in seinem Umhang steckte. Es stellte sich heraus, dass es erheblich weniger wehtat, barfuss zu laufen, und sie kamen schneller voran. Kurz vor Einsetzen der Dämmerung kam Wasserbogen in Sicht, und nachdem sie einen Augenblick Halt gemacht hatten, um die leuchtenden Steine zu bedecken, gingen sie weiter auf die Stadt zu, bis sie nur noch eine Viertelmeile von den ersten Häusern entfernt waren. Dort legten sie eine Rast ein und aßen ein wenig, während sie darauf warteten, dass es völlig dunkel wurde.

Als Glyn dort im Gras saß und zusah, wie die Sterne am Himmel aufblitzten, spürte er, wie ihn die vertraute Ruhe umfing wie eine alte Geliebte. So war es immer, bevor er einen Auftrag erledigte: Alles schien sich ein bisschen langsamer zu bewegen, und er sah die Welt mit einer Klarheit, die ihr zu anderen Zeiten fehlte. Er hatte Kedar nie gefragt, ob es ihm ebenso ging; es fiel ihm schwer, über diese Momente zu sprechen, und meistens war ihm ohnehin

nicht danach zumute. Aber vor jedem Auftrag zog sich der große, kräftige Mann ebenso in sich zurück wie Glyn selbst; das war einer der Gründe, wieso Glyn so gern mit ihm zusammenarbeitete.
Als schließlich die letzten Reste des Tageslichts vom westlichen Himmel verschwunden waren, warf Glyn Kedar einen Blick zu und nickte. Sie standen auf, deckten ihre Steine auf und näherten sich dem Dorf. Als sie zum ersten Haus kamen, bemerkte Glyn zufrieden, dass die Menschen dort offensichtlich keine Ahnung hatten, was ihnen drohte. Er schob den Daumen über den kleinen Knopf am Schaft seiner Waffe und nickte Kedar abermals zu. Glyn drückte den Knopf, spürte so etwas wie ein Schwirren im Schaft des Werfers, sah rotes Feuer aus dem Stein schießen und hörte es dann mit einer gewaltigen Explosion in das Gebäude vor ihm krachen. Er hörte eine zweite Explosion, als das Feuer von Kedars Waffe die Mauern des benachbarten Hauses traf. Die Familie drinnen begann zu schreien. Ein Mann kam herausgerannt, eine Axt in der Hand, und Glyn spürte, wie sein mechanischer Vogel von seiner Schulter sprang, um anzugreifen. Er hörte Schreie aus den benachbarten Häusern und sah, wie sich weiter entfernt Menschen sammelten, einige von ihnen mit Fackeln. Nun wusste er, dass sie doch Gegner haben würden, aber das war ohne Bedeutung – die Bewohner von Wasserbogen hatten keine Chance.
Danach verlor Glyn jegliches Zeitgefühl. Kedar und er bewegten sich mit tödlicher Präzision an den ersten Häusern vorbei, ergossen ihre roten Flammen in alle Richtungen und schickten ihre Mördervögel allen hinterher, die zu fliehen versuchten. Das hier waren überwiegend Bauern-

häuser, die nicht so weit voneinander entfernt standen wie die in Kaera, aber weit genug, dass es einige Zeit dauerte, um sie richtig zu zerstören. Glyn und Kedar erreichten schließlich den Marktplatz, und von dort aus würde es schneller gehen. Die Einwohner hatten sich dort versammelt, um sich ihnen entgegenzustellen, und das Ergebnis war, dass die Vögel sie schneller töten konnten. Glyn und Kedar wandten ihr Feuer den Läden am Marktplatz zu, während die fliegenden Geschöpfe sich wieder und wieder in die Luft erhoben, um erneut zuzustoßen. Ihre rasiermesserscharfen Krallen trieften vor Blut.

Bei all dem Durcheinander, den Flammen und dem Geschrei verharrte Glyn wie in einer tödlichen Trance. Erst ein plötzlicher Ruf Kedars ließ ihn aufschrecken, und nun entdeckte er zwei Lichtpunkte – einen orangefarbenen und einen gelben –, die sich rasch von Südwesten näherten. Und dann war es auch schon zu spät.

Der vierte Tag ihrer Reise war in beinahe jeder Hinsicht genauso wie die vorangegangenen drei. Baden ritt ein Stück vor Sartol her, legte ein rasches Tempo vor und machte nur Rast, um die Pferde zu tränken und sie ausruhen zu lassen. Wie schon an den vergangenen drei Tagen sprach der Eulenmeister ausschließlich, wenn es absolut notwendig war, und selbst dann waren seine Sätze kurz. Aber während Sartol Badens Zurückhaltung an diesen ersten Tagen frustrierend und vielleicht ein wenig beunruhigend gefunden hatte, versetzte sie ihn nun beinahe in Panik. Die Erleichterung, die er am Vorabend verspürt hatte, als er belauschte, wie Baden einschlief, war unter der heißen Sonne des folgenden Tages verschwunden und hatte einen

Rest von Zweifeln zurückgelassen, von denen Sartol geglaubt hatte, er hätte sie bereits von sich geschoben. Als er am Vorabend schließlich eingeschlafen war, war Sartol so gut wie überzeugt gewesen, dass Baden immer noch seine Version dessen, was beim Hain geschehen war, glaubte und dass es ihm außerdem gelungen war, die Schweigsamkeit des hageren Eulenmeisters zu brechen. Nun befürchtete er, dass er sich in beiden Fällen geirrt hatte. Nichts an Badens Miene oder Haltung schien verändert, aber sein Schweigen hatte eine neue, beängstigendere Dimension angenommen. Er kam Sartol nicht mehr vor wie ein Mann, der zu sehr in seine eigenen Gedanken versunken war, um reden zu wollen. Stattdessen wirkte er wie jemand, der sich angestrengt beherrschte, als befürchtete er, etwas Falsches zu sagen.

Während er sein Pferd weiter nach Norden trieb, mit dem Moriandral auf einer Seite und der Sonne, die sich langsam auf Tobyns Ebene niedersenkte, auf der anderen, dachte Sartol noch einmal darüber nach, ob er Baden nicht doch töten sollte. Die Unterstützung des Eulenmeisters wäre unbezahlbar gewesen, aber entsprechend wäre auch Badens Gegnerschaft – oder noch schlimmer, eine Anklage wegen Verrats – wahrscheinlich genug, um Sartols Wahl zum Eulenweisen zu verhindern. Er hatte also zwei Möglichkeiten. Er konnte warten, bis sie Amarid erreicht hatten, und wenn Baden sich dann gegen Sartols Wahl aussprach, würde er ihn öffentlich des Verrats bezichtigen. Sartol wusste allerdings, dass in einem offenen Kampf dieser Art seine Chancen nicht besser waren als die seines Gegners. Daher sprach einiges dafür, Baden noch hier auf der Ebene loszuwerden, es als Selbstverteidigung darzustellen und zu behaupten, der tote Eulenmeister habe mit dem Verräter

Orris zusammengearbeitet. Das würden ihm die anderen vielleicht eher abnehmen. Wenn man Badens Drängen, eine Delegation zu Therons Hain zu führen, und Orris' Bitte in letzter Minute, noch teilnehmen zu dürfen, auf die richtige Weise darstellte, könnte das seinen Gegner ziemlich verdächtig aussehen lassen. Trahn würde dem selbstverständlich widersprechen, aber alle wussten, wie eng der Falkenmagier mit Baden befreundet gewesen war, und Sartol würde überzeugend behaupten können, dass auch Trahn zu der Verschwörung gehört hatte. Immerhin würde er – wie er sich immer wieder deutlich machte, um die Nerven nicht zu verlieren –, die Stäbe von Jessamyn und Peredur haben, die den einzigen Beweis dessen darstellten, was bei Therons Hain geschehen war. Er spürte, wie sich seine Gedanken zu einem Entschluss verdichteten. Er hatte seine Entscheidung getroffen, vielleicht hatte er sogar genickt. Nicht, dass das zählte – Baden war ein Stück vor ihm geblieben und hatte all seine Energie und seine Aufmerksamkeit auf den Weg nach Norden konzentriert. Sartol gestattete sich ein dünnes Lächeln. Sein Plan war enorm waghalsig, aber er fühlte sich nun besser, weil er zu einer Entscheidung gekommen war. Er würde die Tat bald ausführen, vielleicht schon in dieser Nacht, aber spätestens am nächsten Abend, denn danach würden sie Tobyns Wald erreichen, und aus logistischen Gründen wollte er keinen Kampf mit Baden im Wald riskieren.

Da er nun wusste, was er tun würde, konnte Sartol den Rest des Ritts viel leichter ertragen. Sie machten kurz Rast, als die Sonne unterging, ließen die Pferde aus dem Fluss trinken und nahmen selbst eine leichte Mahlzeit zu sich. Dann stiegen sie wieder in den Sattel und ritten weiter, zunächst im Zwielicht, dann im Licht ihrer Cerylle. Etwa eine Stunde nach ihrer Rast entdeckten sie eine größere Ansammlung von Lichtern weit im Norden auf der anderen Seite des Flusses. Baden zügelte sein Pferd ein wenig, so dass Sartol neben ihn reiten konnte.

»Ich glaube, das da ist Wasserbogen«, sagte Baden laut genug, um über den Wind und die Hufschläge hinweg noch verständlich zu sein. »Wir können dort für die Nacht Rast machen.«

»In der Stadt?«, fragte Sartol beunruhigt.

Baden schüttelte den Kopf. »Nein. Nicht nach unserer Begegnung mit diesen Dorfbewohnern in Tobyns Wald. Wir können auf dieser Seite des Flusses bleiben, aber ich denke, es wäre ein guter Platz für ein Lager. Aber wenn du willst, können wir selbstverständlich noch weiterreiten.«

Nun war es an Sartol, den Kopf zu schütteln. »Nein, mir ist es recht. Diese Stelle ist ebenso gut wie jede andere.«

Baden nickte, spornte sein Pferd wieder an und überließ es Sartol, sich über sein Pech zu ärgern. Sartol konnte es nicht wagen, so nahe an einer Siedlung magisches Feuer einzusetzen, um Baden zu töten; es würde zu viele Zeugen geben. Er würde zwar behaupten können, dass Baden versucht hatte, Wasserbogen anzugreifen, aber keiner im Orden würde glauben, dass Baden unterwegs einen solchen Versuch unternommen hatte. Und Sartol konnte Baden nicht auf die gleiche Weise töten wie Jessamyn und Peredur; dazu war der Eulenmeister zu mächtig. Also würde er erst am nächsten Abend sterben. Sartol beobachtete Baden, als sie am Flussufer entlanggaloppierten, und er fragte sich, ob dies ein Zufall war oder ob der hagere Eulenmeister seine Absicht gespürt und sie bewusst vereitelt hatte.

Vielleicht habe ich ihn unterschätzt, dachte Sartol, und seine Unruhe wuchs. Er ist vielleicht doch tückischer, als ich dachte. Aber das war ohne Bedeutung. Baden würde Amarid nicht lebend erreichen.
Kurze Zeit später zügelte Baden sein Pferd abermals. »Wir sind heute gut vorangekommen«, sagte er freundlich. »Ich hoffe, wir können dieses Tempo halten, wenn wir erst den Wald erreicht haben.«
»Ich glaube nicht, dass das möglich sein wird«, erwiderte Sartol, und nichts wies auf die mörderischen Gedanken hin, die er soeben noch gehegt hatte. »Aber ich erwarte, in spätestens einer Woche in Amarid einzutreffen.«
»Ich hoffe, du hast Recht.«
Baden grinste nervös und setzte dazu an, noch etwas zu sagen. Aber dazu kam es nicht. Plötzlich leuchtete hellrotes Licht über Wasserbogen auf, und ein paar Sekunden später begannen hellgelbe und orangefarbene Flammen in den Himmel zu züngeln und ließen eine dunkle Rauchwolke über dem Ort aufsteigen. Wieder und wieder beleuchteten die seltsamen roten Blitze den Himmel, und je häufiger sie das taten, desto weiter breitete sich das Feuer aus.
Baden riss am Zügel seines Pferdes und brachte das Tier abrupt zum Stehen. Sartol tat es ihm gleich.
»Was in Aricks Namen ist da los?«, flüsterte Baden entsetzt und starrte den glühenden Himmel an. Und noch bevor Sartol antworten konnte, rief der Eulenmeister: »Sie greifen Wasserbogen an!« Ohne einen weiteren Gedanken an Sartol spornte er sein Pferd an und galoppierte auf die Siedlung zu.
Sartol holte tief Luft und versuchte, Baden einzuholen. Er hatte das Entsetzen gesehen, das sich auf den hageren

Zügen des Eulenmeisters abzeichnete, und er nahm an, dass er ähnlich dreinschaute. Das war gut so, denn sein Schrecken saß zwar zweifellos so tief wie der Badens, hatte aber einen ganz anderen Grund. Die Menschen in Wasserbogen interessierten ihn nicht; ihr Leben hatte angesichts dessen, was auf dem Spiel stand, nichts zu bedeuten. Aber er hatte natürlich sofort erkannt, woher diese roten Blitze kamen, und er wusste, was sie vorfinden würden, wenn sie das Dorf erreichten.

Die Entfernungen auf der Ebene waren oft schwer einzuschätzen, besonders im Dunkeln. Wasserbogen hatte scheinbar ganz nahe gelegen, aber es verging noch eine weitere halbe Stunde, bis sie schließlich die Steinbrücke vor sich hatten, die über den Fluss und zum Gemeindeanger führte. Inzwischen schien die gesamte kleine Stadt in Flammen zu stehen, und Explosionen hallten vom Flussufer wider. Schmerzensschreie waren nun zu hören, wehten mit dem Rauch über den Fluss hinweg, und man konnte brennendes Holz und verkohltes Fleisch riechen. Sartol hatte auf dem eiligen Weg zur Brücke immer noch Zeit gehabt zu entscheiden, was zu tun war.

Leider hatte sich Badens Pferd als erheblich schneller als sein eigenes erwiesen, und so erreichte der hagere Eulenmeister die Brücke ein ganzes Stück vor Sartol. Er konnte nur hoffen, dass dies den Angreifern die Möglichkeit geben würde, Baden zu töten, aber er wusste es besser. Und so drängte er sein Pferd weiter und versuchte, sein Ziel ebenfalls so schnell wie möglich zu erreichen, und war darauf gefasst, demnächst Calbyrs Männern gegenüberzustehen.

3

Die hellen Flammen und der dunkle Rauch, der von ihnen ausging, das ununterbrochene Blitzen roten Lichts, die dröhnenden Explosionen und die lauten Schmerzensschreie – all das drang gnadenlos auf Badens Gewissen ein, und er war unendlich beschämt über seine Machtlosigkeit. Hier starben Menschen durch die Hände von Magiern oder Personen, die sich als Magier ausgaben. Sie starben wegen des Ordens, denn der Orden war nicht in der Lage gewesen, das Morden aufzuhalten. Der Gedanke daran entsetzte ihn, bewirkte, dass ihm übel wurde, und trieb ihn mit einer Wut auf Wasserbogen zu, die an Verzweiflung grenzte. Er begriff, dass er das Leben seines Pferdes aufs Spiel setzte, indem er es derart antrieb. Er konnte spüren, wie schwer das Tier atmete, als sie sich der Steinbrücke näherten, aber er konnte einfach nicht langsamer werden. Er hatte auch bemerkt, dass er Sartol hinter sich gelassen hatte, dass er die kleine Stadt lange vor dem Eulenmeister erreichen würde. Und er wusste, dass dies irgendwie wichtig war, dass er sich daran erinnern musste, wieso es wichtig sein sollte. Aber als er die Hilfeschreie hörte und die Flammen und den Rauch sah, konnte er sich auf nichts anderes konzentrieren.

Baden lenkte sein Pferd auf die Brücke, und dabei bemerkte er, dass die Angreifer gerade erst mit ihrem Gemetzel begonnen hatten und die Häuser in der Südhälfte der Siedlung noch nicht brannten. Er stellte auch fest, dass das rote Blitzen plötzlich aufhörte, als er sich näherte. Grimmig nahm der Eulenmeister den Stab in die Hand, verband sich im Geist mit Anla, die direkt über ihm flog, und bereitete sich auf den Kampf vor. Hinter der Brücke riss er sein Pferd scharf nach links und kam auf den Marktplatz von Wasserbogen. Er sah eine große Gruppe von Menschen, die in seine Richtung flohen. Viele von ihnen bluteten oder hatten Brandwunden. Aber er sah keine Spur von ihren Verfolgern. Er zügelte sein Pferd und ließ den Blick forschend über Ladenfronten und Menschen schweifen. Nichts.

»Wo sind sie?«, rief er einem der Bauern zu.

Der Mann blickte zu ihm auf und versuchte ihm auszuweichen, ohne dabei seinen Schritt zu verlangsamen.

»Ich will euch helfen!«, rief Baden. »Wo sind sie?«

»Hinter uns«, rief der fliehende Mann über die Schulter hinweg.

»Das weiß ich schon«, sagte Baden mehr zu sich selbst als zu dem Flüchtenden. Er sollte erst später begreifen, dass die Weigerung des Mannes, ihm zu helfen, ihm das Leben retten würde.

Als er sich wieder der Nordseite des Dorfes zuwandte und frustriert den Kopf schüttelte, bemerkte Baden, dass zwei knisternde Feuersalven auf ihn zuschossen. Er hatte gerade noch Zeit zu reagieren, und dennoch wäre er beinahe umgekommen. Er schützte sich, indem er eine schimmernde orangefarbene Mauer aus magischer Kraft aufbaute, die die Flammen, die auf ihn zurasten, abfing. Der zweite Blitz jedoch erreichte sein Ziel, die rechte Schulter des Pferdes, und riss das schrill wiehernde Tier unter ihm weg. Baden fühlte sich hilflos durch die Luft fliegen und konnte nichts tun, um seinen Sturz abzufangen. Er landete hart auf der Schulter und der Seite und rollte ein Stück über die feste,

staubige Straße. Dann blieb er beinahe betäubt liegen und versuchte sich daran zu erinnern, wie man atmete.
Auf Anlas drängende Schreie hin stützte sich Baden unter Schmerzen auf seinen unverletzten Arm. Als er über den qualmenden Kadaver seines Pferdes hinwegspähte, erstarrte er. Der Eulenmeister hatte nie bezweifelt, dass Jaryd seine Vision des Magiers in Taima wahrheitsgemäß beschrieben hatte, aber er hätte niemals geglaubt, dass diese Beschreibung so wörtlich zu nehmen war. Aber hier, an diesem Abend, hatte er dasselbe vor sich wie Jaryd in seiner Vision – nur schien er doppelt zu sehen.
Zwei Männer kamen vorsichtig auf ihn zu, beide in grüne Kapuzenumhänge gekleidet, die dem seinen so ähnlich sahen, und beide trugen Stäbe mit leuchtenden Ceryllen. Und vor ihnen sah Baden zwei schwarze Vögel mit goldenen Augen, deren Krallen blutrot schimmerten und die mit einer Geschwindigkeit auf ihn zuflogen, die ihre gewaltige Größe Lügen strafte. Baden beeilte sich, seinen Stab aufzuheben, der ein paar Fuß entfernt auf der Straße lag, und schleuderte einen Strom orangefarbenen Feuers nach dem Falken, der ihm am nächsten war. Der Vogel wich zur Seite aus und entging der Magie. Das hatte Baden jedoch vorhergesehen. Schon war ein zweiter orangefarbener Feuerstoß auf dem Weg, diesmal zu schnell, als dass das Geschöpf noch hätte ausweichen können. Er traf den Vogel voll in die Brust. Baden hörte einen der Männer verzweifelt aufschreien, als die magische Kraft den Vogel in einem Strudel aus Flammen, Rauch und Staub zu Füßen des nun machtlosen Mannes niederstürzen ließ.
Baden hielt sich dicht am Boden, um vor dem Feuer des anderen Magiers geschützt zu sein, und hielt nach dem

zweiten Falken Ausschau. Der Vogel hatte Anla angegriffen und trieb die Eule in Richtung Boden. Anla war kein kleiner Vogel, und wie alle Eulen war sie eine gute Fliegerin und Jägerin. Aber Baden wusste, sobald er sie im Kampf mit dem schwarzen Geschöpf sah, dass sie hoffnungslos unterlegen war. Der andere Vogel schien dreimal so groß zu sein wie die Eule und dennoch ebenso beweglich. Und da die beiden Vögel so nahe beieinander waren, konnte Baden nicht versuchen, den Falken mit seinem magischen Feuer zu töten, ohne auch Anlas Leben aufs Spiel zu setzen. Stattdessen schloss er die Augen und verband sich mit seiner Eule, zeigte ihr ein geistiges Bild dessen, was er vorhatte. Sofort entfernte sie sich von dem größeren Vogel und flog direkt über Badens Kopf hinweg. Der schwarze Falke folgte, und Baden hielt sich bereit, ihn zu töten. Aber statt einfach über den Eulenmeister hinwegzufliegen, schien der Falke die Falle zu spüren, glitt dicht über das tote Pferd hinweg und schlug mit den Klauen nach Badens Kopf. Baden spürte kaum Schmerz, aber Blut floss aus der Wunde und in seine Augen. Er wischte es ab, um klar sehen zu können, und drehte sich gerade noch rechtzeitig auf den Rücken, um zu bemerken, dass der Vogel wendete und wieder auf ihn zuschoss, die Krallen nach seiner Kehle ausgestreckt. Mit einer Anstrengung, die ihm beinahe den Atem raubte, entsandte Baden einen weiteren orangefarbenen Blitz aus seinem Ceryll, der den Vogel traf und ihn in einem Feuerwirbel zurück in den Himmel stieß, bevor er abstürzte und neben Baden niederfiel.

Der Eulenmeister gestattete sich, tief Luft zu holen und einen Augenblick am Boden zu ruhen. Es war vorüber. Vorsichtig kam er auf die Beine und stützte sich dabei schwer auf seinen Stab. Dann hob er den Arm für Anla und ging auf die Magier zu, während seine Eule näher kam. Der kurze Blick zu seinem Vogel wäre beinahe sein Tod gewesen.

Die beiden Fremden, die nun keine Vögel und nach den Gesetzen, die die Magie seit tausend Jahren bestimmt hatten, auch keine magische Kraft mehr hatten, zögerten nur einen Augenblick, dann richteten sie die Stäbe auf Baden und ließen einen Feuerstrom auf den vollkommen unvorbereiteten Eulenmeister los. Baden kämpfte gegen sein Staunen an, zwang sich, auf einen tödlichen Angriff von zwei Männern zu reagieren, die eigentlich keine Gefahr mehr hätten darstellen dürfen, und mit einer weiteren ungeheuren Anstrengung gelang es ihm, einen neuen Schild zu errichten, aber er ging aufgrund der Wucht des heißen, glühend roten Feuers in die Knie. Wie betäubt von dem Angriff und kaum mehr im Stande zu reagieren, blockierte er eine zweite Salve, aber diesmal war er besser auf den Aufprall gefasst. Er setzte dazu an, sich zu wehren, und hoffte, seine Gegner irgendwie unschädlich machen zu können, ohne sie töten zu müssen. Aber in diesem Augenblick hörte er schnellen Hufschlag. Sartol, dachte er.

Er wollte dem Eulenmeister eine Warnung zuschreien, aber das war plötzlich nicht mehr nötig. Als sie sahen, wie Sartol zu Baden ritt und vom Pferd stieg, schienen die beiden fremden Magier in ihrer Entschlossenheit zu wanken. Sie sahen einander eine Sekunde lang an. Der größere sagte etwas, und dann wandte sich der andere Sartol zu, zog die Kapuze zurück und entblößte einen dunklen Bart, eine schiefe Nase und tiefliegende Augen, in denen sich Wiedererkennen abzeichnete, als er den Eulenmeister ansah. Er

trat einen Schritt vor, und es sah so aus, als wollte er etwas sagen. Dann hielt er inne und riss abermals die Augen auf, aber diesmal auf andere Weise. Baden blickte gerade noch rechtzeitig auf, um zu sehen, wie der Eulenmeister seinen Stab auf die beiden Männer richtete.
»Nein!«, schrie Baden und warf sich gegen Sartols Beine. Er versuchte, den Magier aus dem Gleichgewicht zu bringen, aber er war müde und verwundet, und er lag immer noch auf den Knien. Sartol stieß ihm ein Knie gegen die Brust, so dass Baden auf den Rücken fiel, dann wandte er sich wieder den beiden Männern zu. Baden versuchte aufzustehen, aber noch bevor er das konnte, brach gelbes Feuer aus Sartols Stab, gabelte sich im letzten Augenblick, um beide Männer niederzustrecken, und überzog sie mit Flammen, die sie auf der Stelle töteten.
Jubel erklang von den Männern und Frauen von Wasserbogen, und sofort waren Baden und Sartol von Menschen umringt, die ihnen für ihre Hilfe dankten und die Eulenmeister anflehten, ihre Wunden zu heilen.
Baden ignorierte die Menge und das Blut, das ihm übers Gesicht lief, packte Sartol am Arm und riss den Eulenmeister zu sich herum. »Was in Aricks Namen ist mit dir los?«, schrie er und brachte damit die Städter zum Schweigen, die verwirrt von einem Eulenmeister zum anderen schauten. »Du hast sie umgebracht!«
»Ja«, erwiderte Sartol kühl und entriss Baden seinen Arm. »Trotz deines Versuchs, mich aufzuhalten. Wäre es dir lieber gewesen, wenn ich gewartet hätte, bis sie uns töten?«
»Das hatten sie offenbar nicht vor!«, sagte Baden spitz. »Jedenfalls nicht mehr, nachdem du eingetroffen warst.«
Sartol bedachte ihn mit einem eisigen Blick. »Ich weiß

nicht, was du damit sagen willst, Baden. Ich weiß nur, dass du versucht hast, mich davon abzuhalten, diese Menschen zu schützen. Ich hatte trotzdem Erfolg, und nun stellst du dich an, als hätte ich deine besten Freunde umgebracht.« Er zeigte auf die Menschenmenge. »Alle hier sind froh über das, was ich getan habe. Vielleicht kannst du uns ja erklären, wieso es gerade dich stört.«

»Weil wir sie jetzt nicht mehr verhören können!« Baden schoss geradezu jedes einzelne Wort auf den Eulenmeister ab. »Wir hatten zwei der Männer, die diese Angriffe auf dem Gewissen haben, direkt vor uns! Sie hätten uns sagen können, wer sie geschickt hat; sie hätten uns sagen können, warum sie die Dörfer angreifen! Aber stattdessen hast du sie umgebracht, und wir wissen immer noch nichts!«

»Du wolltest also, dass ich mich mit ihnen unterhalte«, stellte Sartol mit ärgerlich ruhiger Stimme fest. Mehrere in der Menge lachten höhnisch.

Baden versuchte sich zusammenzunehmen. »Selbstverständlich nicht. Du hättest sie so verwunden können, dass sie keinen Schaden mehr anrichten können, aber am Leben bleiben. Das hatte ich vor.«

»Ach, komm schon, Baden!«, fauchte Sartol. »Hör doch auf mit dieser Farce! Du hast versucht, ihnen das Leben zu retten, und ich habe sie dennoch getötet! Daher versuchst du jetzt, dich im bestmöglichen Licht darzustellen! Nun, das wird nicht funktionieren. Ihr habt es alle gesehen!«, fuhr der Eulenmeister nun an die Umstehenden gewandt fort. »Er hat versucht, mich davon abzuhalten, eure Angreifer zu töten!«

Die meisten Leute in der Menge nickten nun, und viele verlangten zornig, dass auch Baden sterben sollte.

Sartol fletschte die Zähne zu einem triumphierenden Grinsen. »Er ist ein Verräter an unserem Land!« Er zeigte auf Baden. »Er muss festgenommen und nach Amarid gebracht werden! Dort wird er vom Orden für seine Verbrechen verurteilt und bestraft werden!«

Baden spürte plötzlich, wie man ihn von hinten packte. Anla zischte erschrocken und flatterte auf. *Flieg, Anla!*, rief Baden ihr im Geist zu, denn er fürchtete, dass Sartol versuchen würde, die Eule zu töten. *Flieg! Wir werden einander wiederfinden!* Sowohl er als auch Sartol sahen die Eule am Nachthimmel verschwinden, dann wandte sich Sartol wieder Baden zu und griff nach dem Stab des Eulenmeisters.

»Keine Sorge«, sagte er zu den Leuten, und ein finsteres Lächeln umspielte seine Lippen, als er Badens Stab an den Sattel seines Pferdes band. »Ohne seinen Stab und den Vogel kann er euch keinen Schaden zufügen.«

»Das wird nicht funktionieren, Sartol«, erklärte Baden ruhig. »Diese Menschen hier glauben dir vielleicht, aber der Rest des Ordens wird das nicht tun.«

»Mach dich nicht lächerlich, Baden«, entgegnete Sartol selbstzufrieden, und dann senkte er die Stimme. »Selbstverständlich werden sie mir glauben. Ich habe eine ganze Stadt voller Zeugen. Ich habe diesen Menschen das Leben gerettet, und sie werden es mir danken, indem sie mir helfen, dich des Verrats zu überführen.

»Sollen wir ihn ins Gefängnis bringen, Eulenmeister?«, fragte einer der Männer, die Baden gepackt hielten

Sartol grinste bei dieser Bestätigung seiner Worte breit. »Ja«, erwiderte er, den Blick immer noch auf Baden gerichtet. »Und passt gut auf ihn auf. Er ist ziemlich schlau.«

»Kannst du unsere Wunden heilen, Eulenmeister?«, erklang eine andere Stimme aus der Menge. »Wirst du uns helfen, nach Überlebenden zu suchen?«

»Selbstverständlich«, sagte Sartol, und immer noch schaute er Baden ins Gesicht. »Ich bin hier, um euch zu dienen.«

Die Dorfbewohner führten Sartol auf das nördliche Ende von Wasserbogen zu, während Badens Häscher ihn in die Gegenrichtung zerrten.

»Was wirst du machen, wenn der nächste Angriff erfolgt, Sartol?«, rief Baden. »Du kannst sie nicht alle umbringen! Irgendwann wird die Wahrheit ans Licht kommen!«

»*Alle*, Baden?«, fragte Sartol. »Die Abtrünnigen, die diese Verbrechen gegen Tobyn-Ser begangen haben, sind tot. Dort liegen ihre Leichen.« Er zeigte auf die verkohlten Attentäter, deren Leichen immer noch qualmten.

»Du willst uns glauben machen, dass nur zwei Männer für diese Angriffe verantwortlich waren?«, entgegnete Baden. »Unmöglich. Es muss mehr von ihnen geben, vielleicht viel mehr.«

Die überlebenden Einwohner von Wasserbogen hatten zugehört und die beiden Magier misstrauisch betrachtet. Angesichts dieser Möglichkeit begannen sie, unruhig miteinander zu flüstern.

»Bringt ihn weg!«, befahl Sartol barsch. »Er versucht nur, euch zu verwirren und Angst zu machen, weil er euch davon ablenken will, dass er ein Verräter ist! Lasst das nicht zu! Ja, diese Männer haben überall im Land Verbrechen begangen, aber diese Vorfälle fanden innerhalb eines längeren Zeitraums statt. Vielleicht hatten sie Pferde, die sie schnell über große Entfernungen getragen haben. Aber das spielt keine Rolle mehr – wie immer sie es auch

getan haben, jetzt sind sie tot. Und nach einer solchen Prüfung fällt es uns immer schwer zu akzeptieren, dass es zu Ende ist, ganz gleich, wie zufriedenstellend und erfreulich dieses Ende auch sein mag. Aber es ist vorüber. Die Magier sind tot.« Selbst für Baden klang Sartol vernünftig. Vernünftiger, wie er sehr gut wusste, als er selbst sich anhörte. Baden nahm darüber hinaus an, dass er mit dem trocknenden Blut, das sein Gesicht von der Stirnwunde her überzog, wahrscheinlich ein wenig wie ein Verrückter wirkte.
»Bringt ihn weg«, wiederholte Sartol, »und dann kümmern wir uns um eure Lieben.«
Baden wurde wieder auf das Gefängnis zugezerrt, und er versuchte das Einzige, was ihm noch blieb. »Es waren keine Magier!«, rief er, was den Leuten weiteres Gemurmel entlockte und Sartol zwang, sich abermals zu ihm umzudrehen.
»Wie meinst du das?«, fragte Sartol gereizt. »Selbstverständlich waren es Magier! Abtrünnige vielleicht, aber sieh dir ihre Umhänge an, ihre Vögel –«
»Ja, ich weiß. Und ihre Cerylle. Aber das zumindest können die Bewohner von Wasserbogen uns bestätigen.« Baden schaute die Menge an und hob die Stimme, um alle zu erreichen, die auf dem Marktplatz standen. »Ihr habt den Kampf gesehen«, erklärte er. »Ihr wisst, dass ich Recht habe. Nachdem ich ihre Vögel getötet hatte, behielten sie weiterhin ihre Macht.«
Es dauerte ein Weilchen, dann nickten mehrere. »Das stimmt«, sagte eine Frau. Und eine andere erklärte: »Ja, ich habe es auch gesehen.«
Baden sah Sartol an. »Welche Macht diese Männer auch hatten, es hatte nichts mit der Magie zu tun, wie wir sie kennen!«

Sartol sah ihn schweigend an und dachte darüber nach. »Du könntest Recht haben«, sagte er nach einiger Zeit kühl. »Aber ganz gleich, welcher Macht sie sich bedient haben, sie haben diese Menschen angegriffen, und du hast versucht, die Angreifer zu schützen.« Der gut aussehende Eulenmeister hielt inne und ließ denen, die in der Nähe standen, Zeit, seine Worte zu verdauen. Und Baden sah, wie die Mienen der Männer und Frauen entschlossener wurden. »Bringt ihn in euer Gefängnis«, befahl Sartol abermals und wandte sich ab, um auf die schwelenden Überreste zuzugehen, die einmal Bauernhäuser gewesen waren. »Ich habe genug von seinen Wortklaubereien und seinem Verrat.«
Wieder spürte Baden, dass die drei Männer an ihm zerrten. Und diesmal wusste er, dass sie sich nicht mehr aufhalten lassen würden.
Das Gefängnis war nicht weit von der Stelle entfernt, an der die beiden Fremden tot am Boden lagen. Es war ein schlichtes, stabiles Gebäude, ganz ähnlich wie die Gefängnisse in vielen anderen kleineren Städten, gebaut aus Lehmziegeln und mit schmalen, vergitterten Fenstern an der Seite. Drinnen war das Gebäude so karg, wie es von der Straße aus ausgesehen hatte. Es gab ein Vorderzimmer mit einem einfachen Tisch und mehreren Stühlen, und im hinteren Teil, vom Eingang durch eine dicke Mauer mit einer Eisentür getrennt, befanden sich acht Zellen, jeweils vier zu beiden Seiten eines schmalen Flurs. Ein schmutziger junger Mann, der nach Alkohol und Erbrochenem roch, schlief in der ersten Zelle rechts; die anderen Zellen waren leer, und die Türen waren nur angelehnt. Die Männer schlossen Baden in der Zelle ein, die der des Betrunkenen gegenüberlag, dann kehrten sie ins Vorderzimmer zurück, wo sie leise

miteinander sprachen. Manchmal sahen sie nach Baden, und dabei waren sie immer vorsichtig und wachsam, aber überwiegend ließen sie ihn allein. Baden konnte sie allerdings hören, wenn sie sich miteinander unterhielten, und so erfuhr er, dass der Wachtmeister und seine Helfer von den Fremden getötet worden waren und es daher diesen Männern zugefallen war, ihn zu bewachen, bis Sartol ihn am Morgen abholen würde.

Seine Zelle war klein, aber überraschend sauber, und Baden legte sich auf den harten Strohsack und begann, im Geist noch einmal die Ereignisse durchzugehen, die auf Sartols Eintreffen auf dem Marktplatz gefolgt waren. Er war sicher, dass der Fremde, der die Kapuze zurückgeschoben hatte, Sartol erkannt hatte und dem Eulenmeister etwas hatte sagen wollen. Und das konnte nur bedeuten, dass Sartol den Orden verraten hatte. Aber Baden hatte das bereits seit ihrem seltsamen Gespräch am Abend zuvor angenommen. Die Frage, an der er immer wieder hängen blieb und die ihn viel mehr beunruhigte, war: Wer waren die Männer, die Sartol getötet hatte, und woher bezogen sie ihre Kraft? Offensichtlich waren sie keine Magier, sonst hätten sie nicht mehr gegen ihn kämpfen können, nachdem er ihre Vögel getötet hatte. Aber dann konnte sich Baden erst recht nicht erklären, wer sie gewesen sein sollten oder woher sie gekommen waren.

Er dachte lange über diese Frage nach, wendete sie hin und her, bis er schließlich eingeschlafen sein musste. Denn plötzlich erwachte er von einer Unruhe im Vorderzimmer des Gefängnisses, und er hörte eine vertraute, wenn auch vollkommen unerwartete Stimme, die sich mit seinen Bewachern stritt.

Erschöpft von so vielen Tagen im Sattel und immer noch gequält von seinen Wunden, hatte er länger geschlafen, als er vorgehabt hatte, und war nur aufgewacht, weil er die Hufschläge von Badens und Sartols Pferden am Boden gespürt hatte, als die beiden sich aufgemacht hatten, um weiter nach Norden zu reiten. Die Sonne war bereits aufgegangen, eine riesige orangefarbene Kugel, die auf dem östlichen Horizont saß, und Orris musste einige Zeit warten, bis die Eulenmeister weit genug entfernt waren, so dass er es wagen konnte, aufs Pferd zu steigen und ihnen zu folgen. Er hatte Glück gehabt, dass sie sein Pferd nicht gesehen hatten, das nahe seines Schlafplatzes geweidet hatte. Sobald er wieder unterwegs war, achtete er darauf, dass der Abstand zwischen ihnen groß genug blieb; jedes Mal, wenn sie in Sicht kamen, zügelte er sein Pferd und gestattete ihnen, mehr Vorsprung zu gewinnen. Und als er eine Stunde nach dem Aufbruch den rasch dahinströmenden Moriandral erreichte, überquerte er zusätzlich den Fluss und nutzte das Rauschen des Wassers, um das Hufgeräusch seines Pferdes zu verbergen.

Den ganzen Tag und bis nach Einbruch der Dämmerung folgte er ihnen, ruhte sich aus, wenn sie sich ausruhten, und hielt sich in sicherer Entfernung. An diesem Tag war das einfacher als an den vorangegangenen Tagen. Sobald er wach war und sich bewegte, waren seine Wunden leichter zu ertragen. Er konnte spüren, wie sie heilten; die Zeit erledigte für ihn, was er selbst nicht mehr hatte tun können. Was den anderen Schmerz anging, den er jedes Mal empfand, wenn er an Pordath dachte ... nun, das würde länger brauchen.

Er hatte vor, sich zurückzuhalten, bis sie in Tobyns Wald

waren, bevor er versuchen würde, sie anzugreifen. Aber dann hatte er über der weit entfernten Ortschaft die Explosionen roten Lichts gesehen und beinahe sofort begriffen, was das zu bedeuten hatte. Er hatte seinen leuchtenden Ceryll weiterhin bedeckt gelassen und sein Pferd mit einem Zorn und einer Verzweiflung angetrieben, die beinahe bewirkt hätten, dass er Sartol überholte. Nur das Tempo, mit dem die Eulenmeister auf Feuer und Rauch zuritten, und besonders die echte Dringlichkeit, mit der Baden offenbar sein Pferd antrieb, hielten Orris davon ab, seine Strategie aufzugeben und ganz offen in die Stadt zu reiten. In Wahrheit war er nicht einmal sicher, ob er Baden hätte einholen können – obwohl er das nur ungern zugab. Also entschied er sich, seine Anwesenheit noch ein wenig länger geheim zu halten und zu beobachten, was Baden tat, bevor er den einzigen Vorteil opferte, über den er noch verfügte. Er hatte sich auch eingestehen müssen, dass er, machtlos, wie er im Augenblick war, kaum eine Chance gehabt hätte, den Angriff aufzuhalten.

Er hatte den östlichen Rand des Marktplatzes gerade in dem Augenblick erreicht, als Baden die beiden riesigen schwarzen Vögel tötete. Beinahe hätte er dem Eulenmeister eine Warnung zugerufen, als er zu seinem eigenen Staunen bemerkte, dass die beiden Magier– oder was immer sie auch sein mochten –, ihre Macht nicht mit dem Tod ihrer Vögel verloren hatten. Und dann hatte er verblüfft und schließlich mit großem Interesse zugesehen, wie Sartol ins Dorf geritten kam, die Fremden tötete und Baden als Verräter gefangen nehmen ließ. Hätte er nicht von Sartols Verrat gewusst, dann hätte er tatsächlich geglaubt, dass Baden versucht hatte, die Angreifer zu schützen, genau

wie es die Einwohner von Wasserbogen nun offenbar glaubten.
Aber Orris hatte auch gesehen, wie einer der Fremden die Kapuze zurückschob, nachdem er Sartol entdeckt hatte, und es war ihm so vorgekommen, als hätte der Mann vorgehabt, den Eulenmeister anzusprechen. Orris war wütend gewesen, als Sartol die beiden Männer getötet hatte, ohne zunächst zu versuchen, sie einfach nur unschädlich zu machen und zu verhören. Baden war es offenbar ähnlich ergangen.
In diesem Augenblick kam Orris der Verdacht, dass er vielleicht zu voreilig gewesen war, als er angenommen hatte, dass Baden mit Sartol zusammenarbeitete. Er wusste zwar aus bitterer eigener Erfahrung, dass Sartol tatsächlich ein Verräter war, aber für Badens Schuld gab es keine Beweise. Gut, er und Baden waren in der Vergangenheit oft unterschiedlicher Ansicht gewesen, und der Eulenmeister hatte sich leidenschaftlich für diese unselige Delegation zu Therons Hain eingesetzt. Aber wenn er ehrlich war, dann musste Orris zugeben, dass diese Dinge, ob man sie nun gemeinsam oder getrennt betrachtete, nichts über Badens Treue zum Land aussagten. Andererseits sagte Trahns unumstößliches Vertrauen zu dem Eulenmeister eine ganze Menge. Dasselbe galt für Orris' eigene Erinnerung an Badens Worte an den Orden, kurz nachdem ein Steinwurf ein Fenster der Großen Halle zerstört hatte: »Falls sich in dieser Halle ein Mörder und Verräter befindet, soll er Folgendes wissen: Ich werde dich finden, und ich werde all meine Macht nutzen, um dich zu vernichten.« Orris hielt sich für einen mächtigen Magier, oder zumindest war er das vor Pordaths Tod gewesen, und er ließ sich nicht so schnell

einschüchtern. Aber als Baden an diesem Tag in der Großen Halle seine Herausforderung ausgesprochen hatte, hatte ihn die Miene des Eulenmeisters erschreckt. Seit er den Hain verlassen hatte, hatte er Badens Aussage als Theater abgetan, denn wie hätte er sonst daran glauben können, dass Baden den Orden verraten hatte? Aber als er an diesem Abend in einer Gasse zwischen zwei Läden im Schatten kauerte und zusah, wie Baden gegen diese fremden Magier und ihre riesigen schwarzen Vögel um sein Leben kämpfte, und dann Zeuge der Konfrontation des Eulenmeisters mit Sartol geworden war, hatte Orris begonnen, seine eigene Einschätzung zu hinterfragen. Dieser Selbstzweifel, diese Unentschlossenheit waren ungewohnte, seltsame Empfindungen für ihn. Aber seit er nicht mehr gebunden war, hatte ihn die Kompliziertheit seiner eigenen Gefühle ohnehin überrascht.

Und das erklärte nun vielleicht auch die andere Empfindung, mit der er rang, während er Baden und Sartol weiter beobachtete. Seit der Versammlung hatte er Jaryd und Alayna ihre Plätze in der Delegation zu Therons Hain missgönnt. Sie waren gerade erst flügge geworden, sie beherrschten ihre Kräfte noch nicht. So mächtig sie vielleicht auch eines Tages einmal sein würden und was immer ihre Bindungen an Amarids Falken bedeuteten, es gehörte sich einfach nicht, sie an einer so wichtigen Unternehmung teilnehmen zu lassen. Das hatte er zumindest gedacht. Er hatte Jaryd sogar offen als »den Jungen« bezeichnet, erinnerte er sich, und nun schämte er sich plötzlich für seine Arroganz. Immerhin stand er heute Abend dem Beweis für die Kraft der Visionen des »Jungen« gegenüber. Die Fremden, die er gesehen hatte, entsprachen exakt der Beschreibung, die

Jaryd von dem Magier gegeben hatte, von dem er in den Bergen nahe Taima geträumt hatte. Es war nicht so, dass Orris selbst nie Visionen gehabt hätte. Er war ein Falkenmagier, und Visionen zu haben gehörte zur Magie. Aber er hatte zwar Dinge erblickt und daraus auf zukünftige Ereignisse geschlossen, aber in all seinen Jahren als Magier hatte er nie eine Vision gehabt, die so wörtlich zu nehmen war, und schon gar nicht in einer Angelegenheit von solch ungeheurer Wichtigkeit. Als er daran dachte, begann er um die beiden jungen Leute zu trauern, nicht nur wegen ihrer Kraft und ihrer Einsicht, die in diesem Kampf gebraucht würden, und auch nicht nur als Reaktion auf die Tragödie, die ihr Tod darstellte. Er trauerte um sie, weil er sich gern entschuldigt und anerkannt hätte, dass er sich im Hinblick auf sie geirrt hatte.

Er schüttelte den Kopf. Nein, an solche Gefühle war er nicht gewöhnt. Ein ältere Magier hatte ihm einmal gesagt, dass die Zeit zwischen Bindungen zwar schwierig und erschreckend, aber auch eine gute Gelegenheit der Selbsterforschung und des Wachstums sein könnte. Orris war damals jünger gewesen, hatte sich gerade erst an seinen ersten Vogel gebunden gehabt und war wenig geneigt gewesen, solchen Worten Beachtung zu schenken. Nun allerdings musste er, als er sich an dieses Gespräch erinnerte, über seine eigene Eitelkeit grinsen. Der Magier, dessen Namen er längst vergessen hatte, hatte natürlich vollkommen Recht gehabt.

Auf der Hauptstraße von Wasserbogen führte Sartol die Dorfbewohner auf die qualmenden Überreste ihrer Häuser zu, drei andere Männer zerrten Baden zum Gefängnis, und niemand kümmerte sich um die toten Fremden und ihre

Vögel. Orris wartete, bis die Magier und die Dorfbewohner nicht mehr zu sehen waren, dann schlich er sich zu der Stelle, wo die Toten auf der Straße lagen, und deckte seinen Ceryll auf, so dass er im Licht des Kristalls die verkohlten Leichen untersuchen konnte.

Von der Kleidung und den Gesichtern der beiden Männer war wenig übrig geblieben. Aber als Orris sich dem Vogel zuwandte, der von Badens magischem Feuer zu seinem Herrn zurückkatapultiert worden war, verharrte er verblüfft und verstört von dem, was er sah.

Was er für einen Falken gehalten hatte, war überhaupt kein Vogel. Tatsächlich war dieses Ding anders als jedes andere Geschöpf, jeder andere Gegenstand, den Orris je erblickt hatte. Seine Federn – oder was wie Federn aussah – bestanden aus einer seltsamen Substanz, die offenbar unter der Hitze von Badens magischem Feuer flüssig geworden und nun in einer grotesk deformierten Form erstarrt war. In gewisser Weise ähnelte das Material Eisen oder Gold. Aber dessen Leichtigkeit und Biegsamkeit ließen eher darauf schließen, dass es sich nicht um Metall handelte, jedenfalls nicht um eines, das in Tobyn-Ser zu finden war. Tiefer im Körper des Geschöpfs, wo eigentlich Blut, Knochen und Organe hätten sein sollen, gab es seltsame metallische Fäden, Plättchen und Glaskügelchen und noch mehr von dieser Substanz, aus der die Federn bestanden hatten. Die Krallen und der Schnabel bestanden tatsächlich aus Metall, ebenfalls von einer Art, die Orris nicht kannte. Es war erstaunlich dünn, aber fest und rasiermesserscharf.

Das Bemerkenswerteste allerdings waren die Augen des Vogels. Er war offensichtlich in der Lage gewesen zu sehen – das war bei dem Angriff deutlich geworden. Dennoch wirkten seine Augen nicht echt. Sie waren beide von Badens Salve aus den Höhlen gerissen worden, oder vielleicht vom Aufprall des Vogels. Orris spähte durch einen Riss in den Kopf des Falken und konnte die gleiche Ansammlung von Metallsträngen, Glas und dem seltsamen Material erkennen, aus dem der Rest des Körpers bestanden hatte. Und als er sich das Auge selbst anschaute, das ein paar Fuß entfernt auf dem Boden gelegen hatte, erkannte Orris, dass es aus einer flachen goldenen Scheibe bestand, die sich in einem gebogenen Stück Glas befand.

Der Falkenmagier ging schnell zu dem zweiten Geschöpf, und nun wusste er bereits, was er dort finden würde, aber er wollte ganz sichergehen. Wie sein Zwilling hatte auch dieser »Vogel« niemals wirklich gelebt. Trotz seines falkenartigen Fluges und der Vorwegnahme der Taktik, mittels deren Baden und seine Eule versucht hatten, ihn in die Gefahrenzone zu locken, trotz seiner offensichtlichen Fähigkeit zu sehen, zu hören und zu denken, wie Pordath es gekonnt hatte, war dieses Geschöpf nichts weiter als ein Werkzeug. Es war wie der Blasebalg eines Schmiedes oder der Pflug eines Bauern; es war von Menschen hergestellt worden, damit sie es benutzen konnten.

Allerdings nicht von Menschen dieses Landes, so viel war Orris klar. Das Ausmaß mechanischer Feinheit in diesem Vogel überstieg bei weitem die Fähigkeiten selbst des besten Handwerkers in Tobyn-Ser. Tatsächlich war der Unterschied zwischen diesen Vögeln und den fortschrittlichsten Werkzeugen in Tobyn-Ser so gewaltig, so überwältigend, dass Orris ihn kaum begreifen konnte. Zutiefst verängstigt hielt er auf der staubigen Straße nach anderen

Dingen Ausschau, die ihm Aufschlüsse über die Herkunft dieser Männer geben könnten.

Als er ihre Stäbe bemerkte, ging Orris zu dem nächstliegenden und hob ihn auf. Aus der Ferne hatte der Stab ausgesehen, als bestünde er aus Holz und Kristall, wie Orris' eigener Stab mit dem Ceryll. Aber als der Magier nun den Stab des Fremden aufhob und ihn sich näher ansah, begriff er abermals, dass das Aussehen getäuscht hatte. Das Material des Stabes ähnelte Holz, aber wie die Federn des Vogels war er stellenweise von der Hitze des Feuers, das seinen Besitzer verschlungen hatte, geschmolzen. Er fühlte sich seltsam an: viel zu leicht und schlecht ausbalanciert. Der rote Stein schien ein echter Kristall zu sein, aber inzwischen war Orris skeptisch geworden. Ein kleines Viereck am Schaft direkt unter dem Stein erregte seine Aufmerksamkeit. Rasch sah er sich um, weil er sich überzeugen wollte, dass ihn niemand sah, dann richtete er den Kristall nach unten, schob den Daumen auf das Viereck und drückte zu. Sofort schoss ein Strahl roten Feuers in die Straße, wirbelte eine dunkle Rauchwolke auf und ließ den Stab leicht vibrieren und nach oben zucken.

Orris legte ihn rasch wieder dorthin zurück, wo er ihn gefunden hatte, und dabei musste er sich ungeheuer anstrengen, nicht vollkommen in Panik zu geraten. Diese Männer – oder diejenigen, die sie geschickt hatten – waren im Stande gewesen, scheinbar lebendige Geschöpfe herzustellen, die wie Vögel aussahen, und sie hatten Waffen geschaffen, deren Wirkung der von magischem Feuer entsprach. Ein Feind mit solchen Fähigkeiten stellte eine große Gefahr für Tobyn-Ser da; selbst der Orden würde nicht mehr für die Sicherheit des Landes garantieren können.

Orris starrte erst den Stab und dann wieder die Überreste des Vogels an, und er versuchte verzweifelt zu deuten, mit was er es hier zu tun hatte. Und dabei fiel ihm ein Gespräch wieder ein, das er im Frühjahr mit einem seiner Freunde geführt hatte. Crob war ein Kaufmann aus Abboriji, der regelmäßig zum Hafen von Wildflut kam, der am Ostrand von Tobyns Ebene lag. Wie stets hatte Orris den Kaufmann mit den ständigen Kleinkriegen in dessen Heimatland geneckt und sich lautstark darüber gewundert, wieso die Menschen in Abboriji nicht so friedlich wie die Einwohner von Tobyn-Ser sein konnten. Normalerweise nahm Crob diese Sticheleien gut gelaunt entgegen, aber diesmal war er zornig geworden.

»Das geht dich nichts an, Magier!«, hatte der Kaufmann ihn angefaucht. »Abboriji braucht wirklich nicht noch mehr Fremde, die sich einmischen! Unsere Kriege sind unsere Angelegenheit!«

Verblüfft von der Reaktion seines Freundes hatte Orris beschwichtigend die Hände gehoben. »Ich meinte es nicht böse, Crob«, hatte er dem blonden Mann versichert. »Es war nur ein Witz.«

Crob hatte ihn eine Zeit lang wütend angestarrt, dann hatte er schließlich den Blick abgewandt und genickt. »Das weiß ich, Orris. Es tut mir Leid.«

»Hat Abboriji Probleme mit Fremden?«

»Einige, ja.« Crob zögerte, als wäre er unsicher, ob er sich dem Falkenmagier wirklich anvertrauen sollte. »Seit vielen Jahren«, erklärte er schließlich, »heuern unsere Potentaten Söldner an, um ihre Kriege zu führen, statt das Leben der jungen Männer von Abboriji aufs Spiel zu setzen.« Er lächelte bedauernd. »Das hat, wenn man bedenkt, wie gerne wir kämpfen, zumindest dazu beigetragen, dass die Bevölkerung inzwischen nicht nur noch aus Frauen besteht. Bisher hat es auch bedeutet, dass die geringeren Adligen mit den kleineren Schatztruhen keine Gelegenheit hatten, ihre Territorien zu erweitern.«

»Und das ist inzwischen anders?«

Crob nickte abermals. »Ja. Vor kurzem kamen viele Söldner aus Lon-Ser in unser Land. Das ist an sich nicht überraschend. Lon-Ser war immer ein guter Platz, wenn man Krieger rekrutieren wollte. Aber die Autoritäten von Lon-Ser haben bisher strikt darauf geachtet, dass keine Waffen und andere hochentwickelte Waren aus dem Land gebracht wurden. Sie haben diese Politik beinahe mit Besessenheit verfolgt. Nun allerdings hat ihre Wachsamkeit nachgelassen, und Abboriji wurde überrannt von Männern mit schrecklichen Waffen. Früher einmal haben die Söldner nur andere Söldner getötet. Nun töten sie Zivilisten und zerstören die Dörfer und Städte.«

»Was für Waffen sind das?«, hatte Orris beunruhigt gefragt.

»Seltsame. Waffen, wie ich sie noch nie zuvor gesehen habe. Geräte, die Feuer spucken, Gegenstände, die in eine Hand passen und mehr Schaden anrichten können als eine Ramme.« Crob schüttelte den Kopf. »Ich habe Angst um Abboriji. Ich frage mich, ob wir nicht vielleicht Magier anwerben sollten, um uns zu schützen.«

Crob hatte versucht zu lachen, als hätte er seine letzte Bemerkung als Witz gemeint. Aber Orris hatte seinem Freund angesehen, dass er die Situation alles andere als komisch fand. Und als er nun auf die Überreste des bizarren und tödlichen Vogels hinunterschaute, der seinen Weg bis in diese kleine Stadt am Moriandral gefunden hatte, begann Orris zu begreifen, wie Crob an diesem Tag zumute gewesen sein mochte. Fremde mit verblüffend zerstörerischen Waffen waren nach Tobyn-Ser gekommen. Sie hatten die Dörfer und Städte des Landes zerstört und seine Menschen ermordet. Und ebenso wie Crobs Volk war Orris machtlos, wenn es darum ging, diese Eindringlinge aufzuhalten.

Der Falkenmagier drehte sich um und ging zum anderen Ende der Straße, wo der zweite Vogel lag. Dabei dachte er darüber nach, was er als Nächstes tun sollte. Viele Möglichkeiten blieben ihm nicht. Wenn Pordath überlebt hätte, hätte er vielleicht noch mehr tun können, aber da ihm nur ein kleiner Rest seiner Macht zur Verfügung stand, und angesichts dessen, was er an diesem Abend gesehen hatte, wusste er, dass er handeln musste, dass die Zeit des Beobachtens und Wartens vorüber war. Trotz der Gefahren, die ihm drohten, sah er nur eine einzige Chance.

Als er den Vogel erreicht hatte, bückte sich Orris und bewegte seinen Ceryll dicht über dem Boden. Er entdeckte das Auge, das er schon einmal untersucht hatte, beinahe sofort, aber zunächst konnte er das andere nicht finden. Dann sah er es im bernsteinfarbenen Licht seines Kristalls im Straßenstaub glitzern. Orris hob es mit Daumen und Zeigefinger auf und staunte über die schlichte Schönheit des falschen Auges. Er wusste, dass er ein schreckliches Risiko einging, aber er glaubte auch, dass sich das Auge irgendwann als hilfreich erweisen könnte, und steckte es in eine kleine Tasche seines Umhangs. Da beide Augen ausgefallen waren, hoffte er, dass Sartol nicht misstrauisch werden würde, wenn er später nur eines wiederfinden konnte.

Bei diesem Gedanken spähte er zum nördlichen Ende der

Stadt, und das war gerade noch rechtzeitig, denn er entdeckte Sartol, der wieder auf den Marktplatz zukam, nun allein mit seinem Pferd und der großen Eule auf der Schulter. Rasch deckte Orris seinen Ceryll zu und zog sich wieder in sein Versteck in der Gasse zwischen den Läden zurück. Von dort aus beobachtete er, wie der Eulenmeister die Leichen und die Trümmer untersuchte, die auf der Straße lagen. Orris begriff allerdings bald, dass Sartols Inspektion nicht so ausführlich war wie die, die er selbst zuvor durchgeführt hatte. Als der Eulenmeister zu den großen schwarzen Vögeln kam, hob er sie einfach hoch und trug sie zu seinem Pferd, ohne sie sich vorher genauer anzusehen. Es kam Orris unmöglich vor, dass Sartol diese Geschöpfe ansehen konnte ohne zu bemerken, dass sie kein Blut und keine Federn hatten, dass sie keine echten Vögel waren. Sicher konnte er sie doch nicht herumtragen, ohne das zu sehen! Aber der Eulenmeister zeigte sich kein bisschen überrascht. Und das konnte nur bedeuten, dass er schon die ganze Zeit gewusst hatte, was diese Geschöpfe waren.
Ich würde dich auf der Stelle niederstrecken, wenn ich nur die Kraft dazu hätte, dachte Orris und musste die Zähne zusammenbeißen, so schwer fiel es ihm, gegen den Impuls anzukämpfen, den Eulenmeister trotzdem anzugreifen.
Sartol hatte zwei Decken aus der Satteltasche geholt und wickelte nun eine davon um die Kadaver der beiden Geschöpfe und band das Bündel an den Sattel seine Pferdes. Er holte auch die Stäbe der Fremden und tat mit ihnen das Gleiche. Orris begriff, dass der Eulenmeister vorhatte, sowohl die Vögel als auch die Stäbe zu vernichten, und ihm wurde bei dieser Erkenntnis beinahe übel. Dennoch, es war durchaus zu begreifen. Wäre Orris in Sartols Lage gewesen,

hätte er dasselbe getan. Er hätte die Fremden getötet und Baden als Verräter gebrandmarkt. Indem der Eulenmeister die Vögel und Waffen vernichtete, merzte er auch die letzten Beweise dafür aus, dass er den Orden belogen und verraten hatte.

Orris hörte, wie jemand vom Nordende der Stadt nach dem Eulenmeister rief, und sah, wie dieser sich ruhig zu den Männern und Frauen umdrehte, die nun auf ihn zukamen. Er ist wirklich aalglatt, dachte Orris, das muss man ihm lassen. Sartol und die Leute sprachen kurz miteinander und dann gingen sie gemeinsam nach Süden weiter. Orris folgte ihnen.

Das Gasthaus von Wasserbogen war offenbar bei dem Angriff nicht beschädigt worden, und nun boten die Bewohner Sartol dort einen Schlafplatz an. Sartol nahm das Angebot an, und Orris eilte zur Rückseite des Gasthauses, um die Fenster zu beobachten und festzustellen, welches Zimmer Sartol bezog. Bald schon leuchtete ein Licht in einem Fenster im oberen Stockwerk auf. Kurz darauf wurde das Fenster geöffnet und die Kerze im Zimmer ausgeblasen, so dass man nur noch das hellgelbe Leuchten des Cerylls sah. Orris ging davon aus, dass sich Sartol hingelegt hatte, schlich wieder zur Hauptstraße und beobachtete, wie die letzten Menschen den Markplatz verließen. Erst dann machte er sich leise und im Schatten auf den Weg zum Gefängnis von Wasserbogen.

Er hätte Baden gerne freigelassen, ohne mit seinen Bewachern zu tun zu bekommen, aber unter diesen Umständen schien das nicht möglich. Also ging er ganz direkt vor und spazierte einfach ins Gefängnis hinein. Die drei Männer, die den Eulenmeister vom Marktplatz weggebracht hatten,

saßen im vorderen Zimmer, und zwei von ihnen unterhielten sich leise. Der dritte war eingeschlafen.
Als Orris das Gebäude betrat, sprangen die beiden, die wach waren, abrupt auf und wichen zurück. Einer von ihnen rüttelte den Schlafenden wach.
»Wer bist du?«, fragte der Größte der drei mit unsicherer Stimme, und seine Angst spiegelte sich deutlich in seinen hellen Augen. »Was willst du?«
»Eulenmeister Sartol hat mich geschickt, um den Verräter abzuholen«, erwiderte Orris, als sei das vollkommen selbstverständlich. »Ich will euch nichts Böses.«
Die der Männer sahen einander unsicher an. »Er hat gesagt, sie würden erst morgen weiterziehen«, wandte der Größte schließlich ein.
Orris zwang sich zu lächeln. »Ja, ich weiß. Aber wir mussten unsere Pläne ändern. Wir ziehen schon heute Abend weiter.«
Der Mann, der geschlafen hatte – ein drahtiger Bursche mit dunklen Augen und wirrem dunklem Haar – betrachtete Orris forschend. »Ich habe dich vorher noch nicht gesehen«, sagte er misstrauisch.
»Ich auch nicht«, fügte der Große hinzu. »Wir müssen mit dem Eulenmeister reden, bevor wir dir den Gefangenen überlassen.«
Er machte einen Schritt vorwärts, als wollte er sich auf die Suche nach Sartol machen.
»Rühr dich nicht von der Stelle«, befahl Orris, richtete den Stab auf die Wachen und nutzte seine geringe Macht, um seinen bernsteinfarbenen Ceryll bedrohlich glitzern zu lassen. »Ich will keine Magie anwenden«, sagte er zu ihnen, »aber so oder so, ich werde dieses Haus zusammen mit dem

Gefangenen verlassen. Ihr könnt bei dem Versuch, mich aufzuhalten, sterben, oder ihr könnt tun, was ich euch sage, und euren Freunden morgen früh davon erzählen. Entscheidet selbst.«

Die Männer standen reglos da und starrten Orris' Ceryll an, und der Falkenmagier konnte ihnen ansehen, dass sein Bluff funktioniert hatte. »Gebt mir die Schlüssel«, befahl er. Immer noch regten sie sich nicht. »Los!«, fauchte er, und schließlich setzten sie sich in Bewegung.

Der dritte Mann, der noch kein Wort gesagt hatte, holte die Schlüssel aus der Hosentasche und reichte sie dem Falkenmagier. Orris nickte und bedeutete den dreien, in den hinteren Teil des Gebäudes zu gehen.

Baden befand sich in der ersten Zelle und stand an der Tür. Er hatte eine Wunde an der Stirn, und sein Gesicht war immer noch blutig. »Ich glaube, ich bin sehr froh, dich zu sehen«, erklärte der Eulenmeister, als Orris die Männer in die nächste Zelle dirigierte und die Tür abschloss. »Wäre das richtig?«

Der Falkenmagier warf ihm einen kurzen Blick zu. »Ich bin noch nicht sicher«, erwiderte er ehrlich. »Aber ich würde diese Dinge lieber woanders besprechen.« Dann wandte er sich wieder an die drei Wachen. »Welcher Schlüssel öffnet seine Zellentür?«

Die drei Männer sahen ihn mürrisch an und schwiegen.

Abermals drohte er ihnen mit dem Stab. »Welcher Schlüssel?«, brüllte er. Als er sah, wie die Männer bei seinem Tonfall und dem bedrohlichen Glühen seines Cerylls zusammenzuckten, tat Orris sein Verhalten Leid. Es war gut möglich, dass diese Männer beim Angriff der Fremden ihre Häuser und ihren Lebensunterhalt verloren hatten, vielleicht sogar Frauen und Kinder. Und er schikanierte sie herum, bedrohte scheinbar ihr Leben, und all das um eines Mannes willen, von dem sie glaubten, dass er ihr Land verraten hatte. Er konnte nicht einmal sicher sagen, dass er wusste, was er tat. Es war gut möglich, dass Baden tatsächlich ein Verräter war, der an diesem Abend von seinem Mitverschwörer selbst verraten worden war. »Sagt mir einfach, welcher Schlüssel passt, und dann gehen wir«, erklärte er ein wenig ruhiger und leiser.

»Der große mit dem eckigen Kopf«, sagte der drahtige Mann schließlich resigniert.

Orris fand den Schlüssel, schloss rasch Badens Zelle auf und ließ den Eulenmeister in den schmalen Flur hinaus. Aber bevor sie gehen konnten, rief ihnen der große Mann aus der Nachbarzelle zu: »Warum habt ihr das getan? Warum ausgerechnet Wasserbogen?«

Orris wäre lieber gegangen, ohne zu antworten, aber Baden wandte sich dem Mann zu, und sein Gesicht sah im trüben Licht des Gefängnisflurs noch hagerer aus als sonst. »Ich weiß nicht, wieso man eure Stadt ausgewählt hat«, sagte er freundlich. »Nur die Götter und die beiden Männer, die draußen tot auf der Straße liegen, kennen die Antwort auf diese Frage. Aber eines kann ich euch sagen: Ich bin kein Verräter, ebenso wenig wie mein Freund hier. Wir haben vor langer Zeit geschworen, Tobyn-Ser zu dienen, und was immer ihr denken mögt, genau das tun wir immer noch. Vertraut dem Orden; er bleibt euer Freund und die beste Hoffnung des Landes.«

Die Männer starrten sie an, und Orris hätte nicht sagen können, ob sie Baden glaubten. Aber er wusste, dass sie es sich nicht leisten konnten, noch länger zu verweilen, um es

herauszufinden. »Komm schon, Baden«, sagte er, packte den Eulenmeister am Arm und zog ihn mit sich.
Sie eilten auf die Straße hinaus und zur Seite des Gefängnisses, wo Orris' Pferd bereitstand. Sie führten das Tier am Zügel und schlichen sich aus der Stadt und gelangten schließlich wieder ins hohe Gras von Tobyns Ebene. Erst als sie in sicherer Entfernung von den letzten Bauernhäusern angelangt waren, blieb Orris stehen.
»Ich danke dir«, sagte Baden leise. »Sartol hat den Leuten erzählt, er wolle mich zur Großen Halle bringen, aber ich habe das Gefühl, dass mir auf dem Weg dorthin etwas zugestoßen wäre.«
Orris starrte den Eulenmeister einige Zeit an. »Ich will ehrlich mit dir sein, Baden«, sagte er schließlich abweisend. »Ich habe dich aus dem Gefängnis geholt, weil ich weiß, dass Sartol ein Verräter ist, und ich weiß, dass ich ihn nicht alleine aufhalten kann. Das macht uns nicht zu Freunden, es bedeutet nicht einmal, dass ich dir traue. Es bedeutet nur, dass ich nicht wusste, was ich sonst tun sollte.«
Baden sah ihn kühl an und nickte dann. »Ich verstehe. Was soll ich also tun, Orris? Beweisen, dass ich loyal zum Orden stehe? Dir einen unwiderlegbaren Beweis meiner Unschuld liefern? Ich habe keinen. Aber du solltest wissen, dass ich bis gestern Abend überzeugt davon war, dass du der Verräter bist und dass du Jessamyn und Peredur und vielleicht auch Jaryd und Alayna getötet hast. Das hat Sartol uns erzählt, und ich habe ihm geglaubt.«
»Aber nun weißt du, dass Sartol lügt«, erwiderte Orris ruhig. »Du weißt, dass ich niemanden verraten habe.«
Baden sah ihn einige Zeit an, und seine Miene war undurchschaubar. »Ich weiß überhaupt nichts mehr«, erklärte

er schließlich mit unerwarteter Offenheit. »Ich richte mich im Augenblick nur nach Ahnungen und Instinkten, und das finde ich sehr beunruhigend.«

»Aber du hast den Männern im Gefängnis gesagt, ich sei kein Verräter«, erwiderte Orris. »Warum solltest du das tun, wenn du nicht sicher warst?«

Baden zuckte die Achseln. »Weil ich es glauben wollte, und weil ich ebenso wie du Sartol nicht alleine bekämpfen kann.«

»Also traut keiner von uns dem anderen, aber wir brauchen beide Hilfe im Kampf gegen Sartol.« Orris schüttelte den Kopf und lachte leise. »Das ist keine sonderlich gute Grundlage.«

Badens Gesichtsausdruck blieb grimmig. »Nein, aber wenn du mir vielleicht erzählen würdest, was an dem Abend, als Jessamyn und Peredur starben, am Hain geschehen ist –«

»Würdest du mir denn glauben?«

Wieder zuckte der Eulenmeister die Schultern. »Vielleicht. Ich wüsste zumindest nicht, was wir zu verlieren hätten, also könnten wir es wenigstens einmal versuchen.«

»Also gut«, entgegnete Orris. »Ich werde dir sagen, was an diesem Abend geschehen ist, aber im Austausch dafür möchte ich auch eine Erklärung für das hören, was du getan hast.«

Baden nickte. »Selbstverständlich.«

Orris schwieg einen Augenblick und versuchte im Kopf, die Ereignisse dieses schrecklichen Abends zu rekonstruieren. »Nachdem ich dich und Trahn stehen gelassen hatte«, begann er schließlich, »machte ich mich auf die Suche nach Jessamyn. Ich hatte gerade das Lager erreicht, als ich ihren Schrei hörte. Ich rannte auf das Gehölz zu, aus dem der

Schrei gekommen war, und als ich es erreicht hatte, hörte ich Alayna aufschreien und sah lilafarbenes Licht aufblitzen –«

»Hast du auch blaues magisches Feuer gesehen?«, unterbrach ihn Baden.

Orris dachte nach. »Ja«, sagte er schließlich, als die Erinnerung zurückkehrte. »Ich habe damals nicht viel darüber nachgedacht, aber nach dem Lila habe ich tatsächlich auch Blau gesehen.« Er hielt inne und starrte Baden an. »Niemand in unserer Gruppe hatte einen blauen Ceryll. Woher ist dieses Licht gekommen?«

»Vergiss es«, erwiderte Baden leise. »Erzähl einfach weiter.«

Aber der Eulenmeister konnte die Trauer nicht verbergen, die durch Orris' Frage wieder aufgebrochen war. Zu jeder anderen Zeit hätte Orris vielleicht versucht, diese Schwäche Badens auszunutzen, aber nun hatte er eigenen Kummer, der ebenso leicht gegen ihn benutzt werden konnte, und dieser Kummer war einer, den er mit Baden teilte. »Das blaue Licht kam von Jaryd, nicht wahr?«, bohrte er nach.

Baden zögerte, dann nickte er. »Bitte erzähle weiter.«

Orris überlegte einen Augenblick, ob er Baden vielleicht sagen sollte, wie Leid ihm Jaryds und Alaynas Verschwinden tat und dass er zu spät ihren Wert für die Delegation und den Orden erkannt hatte. Aber seine Beziehung zu dem Eulenmeister hatte diese Ebene von Vertraulichkeit nie zugelassen. Also sprach er stattdessen weiter. »Nachdem ich Alaynas Schrei gehört und das magische Feuer gesehen hatte, betrat ich das Gehölz. Aber dann hörte ich Zweige brechen und Blätter rascheln, und ich begriff, dass wer immer sich dort aufgehalten hatte, zur anderen Seite floh. Also lief ich zurück auf die Lichtung und umkreiste die

Baumgruppe. Dann sah ich, wie Sartol Jaryd und Alayna auf Therons Hain zujagte. Ich habe ihn angegriffen und ihn davon abgehalten, die beiden weiterzuverfolgen, aber sie rannten trotzdem weiter.«

»Du hast also tatsächlich gesehen, wie sie in den Hain liefen?«, fragte Baden plötzlich viel lebhafter.

»Ja.« Orris warf ihm einen verblüfften Blick zu. »Das freut dich?«

»Ich weiß, es klingt seltsam«, antwortete Baden. »Als Sartol mir seine Version dieser Geschichte erzählte, war ich entsetzt. Und als meine Vorbehalte gegen ihn wuchsen, habe ich angefangen mich zu fragen, ob er die ganze Sache nur erfunden hatte, um zu verheimlichen, dass er sie getötet hat.«

Orris schüttelte den Kopf. »Ich weiß nicht, ob sie ihre Begegnung mit Theron überlebt haben«, sagte er, »aber ich kann dir versichern, dass sie Sartol entkommen sind.«

»Ebenso wie du.«

Orris warf dem Eulenmeister einen scharfen Blick zu, aber in Badens Tonfall lag keine Anklage. »Ja«, erwiderte er schlicht. »Mit letzter Kraft. Er hat mein Feuer ohne große Schwierigkeiten pariert, und er hätte mich mit seiner Macht beinahe überwältigt. Er ist erstaunlich stark, Baden. Ich wusste nicht, dass ein Magier so stark sein kann.«

»Dasselbe hat er über dich gesagt.«

»Was sagte er noch?«

Baden hielt inne, aber nur kurz. »Er hat uns im Grunde die gleiche Geschichte erzählt wie du gerade, nur dass in seiner Version du es warst, der Jaryd und Alayna in den Hain gejagt hat. Er behauptete, es sei ihm gelungen, dich aufzuhalten, aber du wärest viel stärker, als er sich je hätte vorstellen können. Du hättest ihn beinahe getötet, bevor er fliehen konnte. Und er hatte eine Schnittwunde über dem Auge und eine Brandwunde am Knie, wie zum Beweis.«

»Die Wunde über dem Auge hat Pordath verursacht«, erklärte Orris, »aber ich habe keine Ahnung, wer oder was ihn am Bein verwundet hat. Ich war es jedenfalls nicht. Vielleicht hat er sich die Wunde selbst zugefügt.«

»Das mag sein. Sie kam mir an diesem Abend sehr überzeugend vor. Allerdings«, fügte Baden mit einem Blick auf Orris' Schulter und Seite hinzu, »sahen seine Wunden auch nicht beeindruckender aus als deine. Warum hast du dich nicht –« Der Eulenmeister hielt inne und verzog plötzlich gequält das Gesicht. »Es tut mir wirklich Leid. Ich hätte es längst bemerken müssen.« Er zögerte. »Hat Sartol sie getötet?«

»Seine Eule«, erwiderte Orris mit einiger Schwierigkeit. Plötzlich fühlte er sich vollkommen verwundbar, als hätte man ihm allen Schutz genommen. Er konnte Baden nicht mehr ansehen.

»Wenn Anla zu mir zurückkehrt, wirst du mir dann erlauben, deine Brandwunden zu heilen?«, fragte Baden voller Mitgefühl.

»Vielleicht«, brummte Orris barsch. »Sie heilen auch von alleine. Und es gibt wichtigere Dinge, um die wir uns kümmern müssen.«

Baden setzte zum Widerspruch an, aber dann ließ er das Thema fallen. »Also gut. Ich glaube, du wolltest mich etwas fragen.«

»Ja«, bestätigte Orris. »Ich habe gesehen, wie ihr beiden, du und Trahn, mit Sartol gesprochen habt, nachdem ich mit ihm gekämpft hatte, und es sah für mich so aus, als stecktet ihr alle drei unter einer Decke. Dann habt ihr euch die Mühe gemacht, Scheiterhaufen für die Weise und den Ersten zu errichten, und habt Trahn am Hain zurückgelassen –«

»Und du hast daraus geschlossen, dass Sartol und ich zusammenarbeiteten und die Beisetzung nur veranstaltet haben, um Trahn weiterhin zu täuschen?«

»Etwas in dieser Richtung, ja. Ich nahm an, ihr beiden wärt auf dem Weg nach Norden, um die Herrschaft über den Orden zu übernehmen. Sartol wäre sicher zum Eulenweisen gewählt worden.«

»Das weiß ich«, erklärte Baden. »Er hat angeboten, mich zu seinem Ersten zu machen, was deinen Verdacht zweifellos bestätigt hätte.«

»Hast du angenommen?«

»Ich habe ihm keine Antwort gegeben.«

»Mit dir als seinem Ersten hätte Sartol von mir kaum etwas zu befürchten gehabt«, stellte der Falkenmagier fest. »Du verfügst bei allen Fraktionen des Ordens über Glaubwürdigkeit; wenn du angenommen hättest, hättest du Sartol damit gegen alle Anklagen wegen Verrats oder sogar wegen Mordes abgesichert.«

»Glaubst du, er hat mir die Position deshalb angeboten?«

»Sehr wahrscheinlich. Nicht, dass du nicht einen guten Ersten abgeben würdest«, gab Orris trocken zu.

Baden zog eine Grimasse. »Das ist kaum eine Stellung, auf die ich aus bin.«

»Entweder Weiser oder gar nichts, wie?«

Baden lachte. »Ich versichere dir, ich bin mit meinem derzeitigen Leben sehr zufrieden. Ich habe kein Interesse an Macht.«

»Das könnte ein weiterer Grund sein, wieso Sartol dich als

Ersten haben wollte. Ein ehrgeizigerer Magier könnte ihm gefährlich werden.«

»Das ist möglich«, sagte Baden. »Aber ich denke, Sartol hat noch mehr vor, als nur den Orden zu beherrschen.«

»Wie meinst du das?«

Der Eulenmeister zögerte, was Orris ein Lächeln entlockte.

»Ah ja«, sagte der Falkenmagier wissend, »wir trauen einander immer noch nicht. Das verkompliziert die Angelegenheit ein wenig.«

Beide schwiegen, jeder in seine eigenen Gedanken versunken. Schließlich ergriff Baden wieder das Wort. »Diese festgefahrene Situation kann nur verändert werden, indem einer von uns nachgibt. Ich wurde in den letzten Stunden Sartol gegenüber immer misstrauischer, und dann hat er etwas getan, was ich sehr verstörend fand.«

»Du sprichst davon, dass er die Fremden getötet hat.«

Baden warf ihm einen scharfen Blick zu. »Das hast du gesehen?«

Orris nickte. »Für mich sah es so aus, als hätte einer der Männer gerade mit Sartol sprechen wollen. Er hat ihn eindeutig wiedererkannt.«

»Den Eindruck hatte ich auch. Wir hätten viel von diesen Männern erfahren können, und ich denke, das ist genau der Grund, wieso Sartol sie getötet hat.« Baden runzelte die Stirn. »Wenn du gesehen hast, wie Sartol die Fremden umgebracht hat, dann ist dir sicher auch aufgefallen, dass die Männer ihre Macht auch noch behielten, nachdem ich ihre Vögel getötet hatte.«

»Allerdings«, erwiderte Orris grimmig.

»Und was hältst du davon?«

Orris holte tief Luft. »Das ist eine schwierigere Frage, als du

denkst, Baden. Nachdem man dich ins Gefängnis gebracht hatte, habe ich mir die Waffen dieser Männer und die Kadaver ihrer Vögel einmal genauer angesehen.« Er hielt inne, denn er wusste nicht so recht, wie er fortfahren sollte.
»Und?«, drängte Baden.
»Nichts davon war echt – weder die Stäbe noch die Cerylle noch die Vögel.«
»Wie meinst du das?«
Orris schüttelte den Kopf. »Ich verstehe es auch nicht. Und ich bin nicht sicher, wie ich dir beschreiben soll, was ich gesehen habe.« Er hielt inne und zupfte ungeduldig an seinem Bart. Baden starrte ihn nur an, und er sah bleich und ausgemergelt aus.
»Dein magisches Feuer hat die Vögel so gut wie zerrissen, und dennoch bluteten sie nicht. Es gab keine Federn und keine Knochen. Sie bestanden aus einem seltsamen Material, wie ich es nie zuvor gesehen habe: flexibel und leicht wie Segeltuch, aber viel fester. Ihre Krallen und Schnäbel waren aus Metall. Selbst die Augen waren künstlich.« Er griff in den Umhang und holte die goldene Scheibe heraus, die er auf der Straße gefunden hatte. »Sieh dir das hier an.« Er ließ die Scheibe in Badens ausgestreckte Hand fallen.
De Eulenmeister schaute das goldene Auge verblüfft an, dann hob er es mit Daumen und Zeigefinger hoch, um es einer ausführlicheren Inspektion zu unterziehen. »Das ist das Auge eines dieser Vögel?«, fragte er, und seine Stimme war kaum mehr als ein Flüstern.
»Ja, ich glaube, es ist herausgefallen, als das Geschöpf auf die Straße stürzte.«
»Kein Wunder, dass Jaryd die Augen des Vogels, den er in seiner Vision gesehen hat, nicht beschreiben konnte«, sagte

der Eulenmeister, der immer noch die Scheibe betrachtete. »Was er gesehen hat, hätte sich auch vollkommen unlogisch angehört.« Er schüttelte den Kopf, als sei er gerade aus einem Tagtraum aufgewacht, und dann reichte er Orris das Auge zurück. »Du sagtest, auch ihre Cerylle wären nicht echt gewesen?«

»Ja«, bestätigte Orris. »Die Stäbe bestanden aus dem gleichen Material wie die Vögel. An ihnen befand sich ein kleines Rechteck, und wenn man darauf drückte, schoss Feuer aus dem Stein.«

Baden nickte nachdenklich. »Das würde erklären, wieso ich ihnen nicht die Macht nehmen konnte, indem ich ihre Vögel tötete.« Er starrte lange zu Boden, bevor er schließlich wieder Orris anschaute. »Aber wie kann das alles möglich sein?«, fragte er, und man hörte ihm seine Angst deutlich an. »Wer könnte diese Waffen und Vögel hergestellt haben, die du gesehen hast?«

»Niemand in Tobyn-Ser«, erwiderte Orris überzeugt.

»Fremde?«, fragte Baden ungläubig.

»Das ist die einzige Möglichkeit.«

»Ausländer«, sagte der Eulenmeister, als wäre ihm das Wort selbst fremd. Er holte tief Luft. »Abtrünnige wären mir beinahe lieber gewesen«, sagte er eher zu sich selbst als zu dem Falkenmagier. Dann sah er Orris wieder an. »Hast du irgendeine Ahnung, woher sie kommen könnten?«

»Ja, die habe ich«, erwiderte Orris. »Aber es ist nicht mehr als eine Ahnung.« Er erzählte Baden von seinem letzten Gespräch mit Crob. »Das scheint mir kein Zufall zu sein«, schloss er.

»Lon-Ser«, flüsterte Baden. »Das sind schlimme Nachrichten, Orris.« Abermals hielt er inne, fuhr sich mit der Hand über die Stirn und schaute dann bedrückt nach Wasserbogen zurück. Dann wandte er sich abrupt wieder Orris zu. »Hast du außer dem Vogelauge noch andere Beweise für das, was du mir erzählt hast?«

»Nein«, erwiderte Orris. »Ich wollte lieber nicht noch mehr mitnehmen, damit Sartol keinen Verdacht schöpft.«

»Also liegen die Waffen und Vögel immer noch auf der Straße?«

»Nein. Sartol hat sie in Decken gewickelt und an seinen Sattel gebunden. Ich nehme an, er will sie vernichten.«

Baden wandte sich sofort wieder in Richtung Wasserbogen. »Wir brauchen weitere Beweise! Wir brauchen mindestens einen dieser Vögel!«

Orris packte seinen Arm. »Das geht nicht, Baden! Er wird es bemerken! Dann wird er wissen, dass ich hier bin und dass du geflohen bist!«

»Aber dieses Auge wird nicht ausreichen, um die anderen zu überzeugen.«

»Es hat dich überzeugt!«

»Ja«, gab Baden zu, »aber nur, weil ich gesehen habe, wie diese Fremden ihre Waffen benutzten, nachdem ich ihre Vögel getötet hatte. Sartol hat Zeugen, die schwören werden, dass ich versucht habe, diese Männer zu retten. Wir brauchen etwas ebenso Überzeugendes.«

Orris wusste nicht, was er sagen sollte. Baden hatte Recht. Plötzlich blickte der Eulenmeister zum Nachthimmel auf. »Anla!«, sagte er laut. Und im nächsten Augenblick kam Badens rundköpfige Eule aus dem Dunkel und glitt auf die Schulter des Magiers. Baden kraulte dem Vogel einen Moment das Kinn und sah Orris dann fragend an. »Kommst du mit?«

»Also gut«, stimmte Orris widerstrebend zu. »Wir stehlen ihm einen der künstlichen Vögel. Heißt das, dass wir jetzt Verbündete sind?«

Der Eulenmeister schaute Orris forschend an. Dann nickte er. »Ich denke schon.« Er fuhr sich mit der Hand durch sein schütteres, rötlich graues Haar. »Ich weiß, dass wir nie gut miteinander ausgekommen sind, Orris. Du hältst mich für selbstzufrieden, und ich bin der Ansicht, dass du unbesonnen und respektlos bist. Aber wir können nicht zulassen, dass diese Gefühle wichtigeren Dingen im Weg stehen. Tobyn-Ser ist in großer Gefahr, und du hattest Recht, als du bei der Versammlung sagtest, der Orden sei schwach und passiv geworden. Wenn wir erwarten, dass der Rest des Ordens sich zusammenschließt und alle vereint handeln, müssen wir unsere Differenzen beiseite schieben. Wie haben eines gemeinsam, du und ich: unsere Freundschaft zu Trahn. Er vertraut dir, er achtet dich, und selbst als Sartol dich des Verrats bezichtigt hat, hat er noch an dich geglaubt. Außer Jaryd gibt es niemanden in diesem Land, der mir mehr bedeutet als Trahn, und wenn er eine so hohe Meinung von dir hat, muss das einen Grund haben.« Baden schaute wieder zu der halb zerstörten Stadt. »Jemand muss Sartol aufhalten, und ich glaube, diese Aufgabe fällt uns beiden zu.«

Orris grinste. »Das würde mich mehr freuen als alles andere.« Dann wurde seine Miene wieder nüchterner. »Selbst, als ich so gut wie überzeugt war, dass du mit Sartol zusammenarbeitest«, fuhr er fort, »hat deine Freundschaft mit Trahn bewirkt, dass ich noch einmal darüber nachgedacht habe. Ich achte ihn sehr. Ich bin froh zu hören, dass er meine Hochachtung erwidert und selbst angesichts von Sartols

Lügen an meine Loyalität geglaubt hat. Und wenn du mit mir zusammen den Verräter bekämpfen willst, dann werde ich gerne annehmen, dass ich mich in dir geirrt habe.«

Baden nickte und lächelte erleichtert. Aber in diesem Augenblick hörten sie beide Alarmrufe aus der Stadt.

»Das gefällt mir überhaupt nicht!«, sagte Baden und duckte sich ins Gras.

»Jemand muss die Wachen gefunden haben«, vermutete Orris, duckte sich ebenfalls und deckte seinen Ceryll zu. »Sie werden sicher bald anfangen, nach uns zu suchen.«

»Aricks Faust!«, zischte Baden. »Wir brauchen einen von diesen Vögeln!« Er schüttelte den Kopf. »Wie können sie es so schnell herausgefunden haben? Wieso sollte jemand zum Gefängnis gegangen sein?«

Und in diesem Augenblick hörten die Magier wie zur Antwort auf ihre Frage Hufgeräusche auf der Ebene. Als sie über das hohe Gras hinweg nach Norden spähten, vorbei an den verkohlten Überresten der Bauernhäuser von Wasserbogen, sahen sie, wie ein hellgelber Ceryll schnell in der Nacht verschwand.

»Sartol!«, stellte Orris ein wenig unnötig fest. »Ich dachte, er hätte nicht vorgehabt, vor morgen früh aufzubrechen.«

Aber Baden nickte. »Ich hätte es mir eigentlich denken sollen«, sagte er. »Er konnte es sich nicht leisten, mich am Leben zu lassen«, erklärte er Orris. »Ich hätte die Wachen vielleicht davon überzeugen können, dass er log, oder vielleicht hat er gewusst, dass ich irgendwie entkommen würde. Er musste versuchen, mich noch heute Nacht umzubringen.« Der Eulenmeister grinste. »Du hast mir das Leben gerettet. Danke.« Dann schaute er wieder nach Norden und wurde ernst. »Sartol hat sicher alles mitgenommen: die

Vögel und Waffen der Fremden, die Stäbe der Weisen und des Ersten, und darüber hinaus gibt es nun eine ganze Stadt voller Zeugen, die mich für einen Verräter halten.« Er lachte freudlos. »Er hat sogar meinen Ceryll.«

»Was nun, Baden?«, fragte Orris leise und spähte immer noch Sartols gelbem Licht hinterher.

»Ich bin nicht sicher«, sagte der Eulenmeister. »Wir haben nicht viele Möglichkeiten.« Baden führte das nicht näher aus, aber es war auch nicht notwendig. Orris verstand, was er meinte. Einer von ihnen hatte seinen Vogel verloren, der andere seinen Stab. Selbst wenn sie Sartol folgten, konnten sie kaum etwas tun, um ihn aufzuhalten.

»Vielleicht hat er etwas übersehen«, sagte Orris schließlich und wandte sich wieder dem Städtchen zu. »Vielleicht können wir noch andere Beweise finden.«

»Mag sein«, stimmte Baden zu. »Aber du hast noch vor einer Minute gesagt, dass sie wahrscheinlich nach uns suchen werden.«

Wie aufs Stichwort hörten die Magier laute Stimmen, und als sie sich umsahen, entdeckten sie eine große Gruppe Menschen, die auf sie zueilten. Sie hatten Fackeln und Waffen dabei.

Beide Magier duckten sich tiefer, und Orris warf einen unruhigen Blick zu seinem Pferd. Es würde nicht lange dauern, bis die Leute das Tier bemerkten.

»Und jetzt?«, flüsterte Orris.

»Ich weiß es nicht!«, zischte Baden. »Wieso fragst du mich andauernd?«

»Also gut!«, fauchte Orris zurück. »Dann entscheide ich eben!« Er hielt einen Augenblick inne und dachte darüber nach, was sie tun konnten. Viel war es nicht. »Vielleicht wäre jetzt ein günstiger Zeitpunkt, um zum Marktplatz zurückzukehren und dort weiterzusuchen«, schlug er schließlich vor.

Baden schüttelte den Kopf. »Woher sollen wir wissen, dass nicht noch mehr von ihnen die Stadt durchsuchen?«

Orris verdrehte die Augen. »Deshalb frage ich dich die ganze Zeit!«

Baden musste gegen seinen Willen lachen. »Du hast Recht«, flüsterte er. »Wir kehren in einem Bogen in die Stadt zurück.«

Sie blieben weiter geduckt und führten das Pferd vorsichtig durchs hohe Gras, und auf diese Weise gelang es den beiden Magiern, auf einem großen Umweg ungesehen in die Stadt zurückzukehren.

Sie fanden die Straßen verlassen vor, was, wie Orris mit einiger Verspätung begriff, nur zu erwarten gewesen war. Wasserbogen hatte an diesem Abend einen großen Teil seiner Bevölkerung verloren. Dem Suchtrupp, den er und Baden beobachtet hatten, hatte sich vermutlich die Mehrzahl der überlebenden Erwachsenen angeschlossen.

Orris ließ seinen Ceryll ein wenig heller leuchten, gerade genug, damit er auf allen vieren den blutigen Staub der Straße untersuchen konnte. Baden war ohne seinen Ceryll auf Anlas Augen angewiesen, und er blieb mit geschlossenen Augen mitten auf der Straße stehen, während seine Eule die Umgebung überwachte.

In der Nähe der Leichen der Fremden fanden sie nichts mehr, was sie hätten mitnehmen können, daher gingen sie rasch zu der Stelle, an der Badens totes Pferd lag. Wieder konnte Orris nichts Ungewöhnliches entdecken. Aber gerade, als er schon aufgeben wollte, bemerkte er etwas Kleines,

Dunkles, das auf der Straße lag. Es war beinahe vollkommen von Staub bedeckt, aber Orris wusste sofort, was er gefunden hatte: ein kleines Stück dieses seltsamen Materials, aus dem die Vögel bestanden hatten. Eine Ecke davon war geschmolzen, aber ansonsten war es glatt und unversehrt. Er rief leise nach Baden. Der Eulenmeister war sofort an seiner Seite und bückte sich, um nachzusehen, was Orris gefunden hatte.

»Was ist das?« Baden nahm das Stück aus Orris' Hand und sah es sich im bernsteinfarbenen Licht des Cerylls genau an.

»Daraus bestanden die Vögel«, sagte Orris. »Man könnte behaupten, es ist eine ihrer Federn. Fühl doch nur, wie leicht und flexibel dieses Material ist!«

Der Eulenmeister nickte. Er betrachtete das Stück eine Zeit lang staunend, drehte es wieder und wieder hin und her und versuchte, es zu biegen und auseinander zu ziehen.

»Es ist nicht gerade viel«, gab Orris zu. »Aber zusammen mit dem Auge könnte es genügen.«

»Mag sein«, erwiderte Baden, und das klang weniger zuversichtlich, als es Orris lieb gewesen wäre. »Wir sollten noch weitersuchen.«

Orris nickte, und Baden steckte das schwarze Material in eine Tasche seines Umhangs. Dann suchten sie weiter, aber sie fanden leider nichts mehr, was ihnen hätte helfen können.

»Wenigstens haben wir diese beiden Fragmente«, erklärte Orris, als Baden das Stück schwarzen Materials wieder aus der Umhangtasche holte, um es sich noch einmal anzusehen.

Baden schüttelte den Kopf. »Ich fürchte, das wird nicht

genügen. Ich habe noch nie so etwas gesehen, Orris«, gab er zu und hielt das Stück schwarzen Materials dabei hoch. »Das kann ich nicht abstreiten. Und ich bezweifle nicht, dass du wirklich gesehen hast, was du mir erzählt hast. Aber wir werden den Orden überzeugen müssen, und das wird nicht leicht sein. Nicht, wenn Sartol ihnen Zeugen meines angeblichen Verrats liefern kann. Wir werden von ihnen erwarten, dass sie sich dieses goldene Auge und dieses Stück von ... von irgendetwas ansehen und sich Geschöpfe vorstellen, die denken, sehen und fliegen können wie Falken. Das ist ziemlich viel verlangt.«

»Mag sein«, gab Orris zu. »Aber uns bleiben keine Alternativen, oder?« Er holte tief Luft, und sein Blick bohrte sich geradezu in den Eulenmeister. Er verlor langsam die Geduld mit Baden und musste sich anstrengen, seinen wachsenden Zorn zu beherrschen. »Ich habe für dich gegen Amarids Gesetz verstoßen, Baden. Ich habe diese Männer bedroht und sie in eine Gefängniszelle gesperrt, damit ich dich aus dem Gefängnis befreien konnte.« Baden setzte dazu an, etwas zu sagen, aber Orris hob abwehrend die Hand. »Ich weiß, dass es meine eigene Entscheidung war«, fuhr er fort, »aber nun sind wir auf Gedeih und Verderb aufeinander angewiesen. Als Eulenmeister wirst du derjenige sein, der bei der Verhandlung in unserem Namen spricht, und wenn du selbst nicht daran glaubst, dass wir etwas erreichen können, haben wir schon verloren. Du hast also zehn Tage, Baden – vielleicht eine Woche, wenn wir ein zweites Pferd finden und schneller nach Amarid gelangen können – um mit dem zurechtzukommen, was wir haben, und dir eine Möglichkeit auszudenken, es überzeugender klingen zu lassen. Das bist du mir schuldig.«

Baden starrte ihn wütend an, und seine hellen Augen blitzten. Aber er schwieg und schien ernsthaft über Orris' Worte nachzudenken. Am Ende nickte er einfach.

»Wir sollten gehen«, sagte Orris ein bisschen weniger angespannt als noch einen Augenblick zuvor. »Wahrscheinlich wird der Suchtrupp bald zurückkehren, und Sartol hat bereits einen ziemlichen Vorsprung.«

Wieder nickte Baden, und nachdem sie sich ein letztes Mal umgesehen hatten, verließen die Magier den Marktplatz. Sie nahmen an, dass sie auf der anderen Seite des Flusses sicherer sein würden, aber kaum hatten sie die Steinbrücke überquert, da entdeckten sie auch schon die Fackeln des Suchtrupps. Die Bewohner von Wasserbogen waren nun ebenfalls auf der Westseite des Flusses und suchten sie auf der Ebene. Sie waren allerdings weit genug nach Norden gezogen, um die Magier nicht gleich zu entdecken. Orris verbarg seinen Ceryll, und er und Baden schlichen sich geduckt weiter nach Westen, weil sie vorhatten, den Suchtrupp weiträumig zu umgehen, bevor sie sich auf den Weg nach Amarid machten.

Sie hatten allerdings erst eine kurze Strecke zurückgelegt, als Orris, der zum Städtchen zurückgeschaut hatte, um zu sehen, wie weit sie gekommen waren, etwas so Unerwartetes, so Großartiges entdeckte, dass er beinahe vor Freude laut aufgeschrien hätte. Auf der anderen Seite des Flusses näherten sich drei Reiter aus dem Süden. Sie hatten Cerylle dabei, die in vertrautem Rotbraun, Lila und Saphirblau leuchteten.

4

Es war eine Art Glücksspiel gewesen. Sie hatten alle drei von Anfang an gewusst, dass es auch schief gehen konnte. Aber Alayna, die Trahn trotz allem, was Jaryd sagte, immer noch misstraute, war es ganz besonders schwer gefallen, sich auf diesen Vorschlag einzulassen. Trahn gab selbst zu, dass er Therons Weg nur aus Legenden und Gerüchten kannte. Seit Hunderten von Jahren hatte niemand mehr den Schattenwald durchquert, und beinahe ebenso lange hatten keine Kaufleute mehr die Häfen im äußersten Südosten von Tobyn-Ser aufgesucht. Nur Theron hätte ihnen sagen können, was sie wissen mussten, und sie konnten nicht mehr warten, um noch eine weitere Nacht im Hain zu verbringen. Alayna hatte sich vehement dagegen ausgesprochen, den Weg am Meer entlang zu nehmen, aber am Ende hatte sie Jaryds Drängen und der eigenen Erkenntnis nachgegeben, dass dies ihre einzige Chance war, Baden und Sartol einzuholen. Ihr Misstrauen war allerdings geblieben.

Sie waren erst ein paar Stunden durch den Schattenwald nach Osten geritten, als sie bereits die ersten Möwen kreisen sahen und den Geruch von Brackwasser in der kühler werdenden Luft bemerkten. Dennoch, das dichte Unterholz und die Dunkelheit im Wald ließen sie nur langsam vorwärts kommen. Erst spät an diesem ersten Morgen ritten sie also unter den Bäumen hervor ins hohe Gras hinaus und waren dort noch eine Stunde unterwegs, ehe sie den hellen Sand und die blauen Wogen von Ducleas Meer erreichten. In der Ferne, weitab vom Land, trieben die dunklen Wolken des Unwetters, das sich während der Nacht bei Therons Hain entladen hatte, dicht über dem Horizont. Näher am Strand schossen Seevögel über den Brechern hin und her und stritten sich unter lautem Kreischen um Futter. Steine, Muscheln und Äste, glatt geschliffen von Sand und Wellen, lagen als Treibgut am Strand, und eine dunkle Spur getrockneter Algen zog sich parallel zur Brandung, die sich nach beiden Seiten so weit erstreckte, wie das Auge reichte. Für Alayna, die ganz in der Nähe der Meerenge von Abboriji aufgewachsen war, brachten die Geräusche, die Gerüche und die Aussicht eine Flut von Erinnerungen zurück. Sie konnte ihre Mutter und ihren Vater vor sich sehen, wie sie nahe ihrem Haus Krabben fingen, und sie konnte das Kichern ihrer Schwester hören, die im Sand spielte oder mit ihr zusammen Hand in Hand über die Wellen sprang. Und mit diesen Bildern ihrer Kindheit kam ein Heimweh, dessen Intensität sie überraschte. Sie hatte Brisalli vor zwei Wintern verlassen, um Sartols Schülerin zu werden, und sich seitdem nicht ein einziges Mal nach ihrem Zuhause gesehnt. Sicher, Faren und ihre Eltern fehlten ihr, aber bis zu diesem Tag, als sie zum ersten Mal die Südküste von Tobyn-Ser sah, war das alles gewesen. Als sie nun neben ihrem Pferd stand, Fylimar auf der Schulter und den Blick auf die weit entfernten Wolken gerichtet, schüttelte sie den Kopf. Zu jeder anderen Zeit wäre ihr das alles einfach seltsam vorgekommen. Aber in diesem Augenblick, in einem Teil des Landes, den seit Jahrhunderten kein Mensch mehr betreten hatte, und nachdem Sartol und Baden mindestens einen Tagesritt Vorsprung hatten, wusste sie, dass sie sich solche Gefühle nicht leisten konnte. Sie schob die Erinnerungen mit einer Härte beiseite, von der sie nicht gewusst

hatte, dass sie dazu fähig war. Später, sagte sie sich, wandte sich vom Ozean ab und kraulte Fylimars Kinn. Ich werde später an sie denken, wenn das hier vorüber ist.
Sie hatten nur eine kurze Rast eingelegt, dann waren sie wieder in den Sattel gestiegen und über den festen, feuchten Sand oberhalb der Gezeitenlinie geritten. Sie hatten zwei Ersatzpferde bei sich, die Hengste, die Jessamyn und Peredur geritten hatten, und so konnten sie die Reittiere alle paar Stunden wechseln, damit sie länger bei Kräften blieben. Selbst Jaryd, der auf der ganzen Reise zum Hain nur den Wallach geritten hatte, setzte sich mutig auf eines der schnelleren, größeren Tiere, damit sie vorwärts kamen.
Den Rest des Tages folgten sie der gewundenen Küstenlinie überwiegend direkt am Strand entlang, und hin und wieder überquerten sie kleine Bäche, in denen das Wasser aus dem Schattenwald seinen Weg zum Meer vollendete. Es war ein schöner Ritt, sogar noch angenehmer als die beiden Tage, die die Gruppe zur Überquerung der Parnesheim-Berge gebraucht hatte. Aber sie waren nicht in der Lage, die Landschaft zu genießen, da sie sich voll und ganz darauf konzentrierten, Therons Weg zu finden.
Die Legenden erzählten von einem kleinen Streifen Land zwischen Ducleas Meer und dem Rand des Südsumpfes. Wenn man den alten Geschichten glaubte, war dies die Route gewesen, die der junge Theron nach Norden genommen hatte, verbittert und ausgestoßen, nachdem man ihn aus Rholde verbannt hatte. Wenn der Weg tatsächlich existierte, würde er es den drei Reitern gestatten, Tobyns Ebene schneller und mit weniger Schwierigkeiten zu erreichen als durch den Schattenwald und den Sumpf. Damit würden sie, so hatte Trahn spekuliert, mindestens einen halben Tag des

Vorsprungs von Baden und Sartol wettmachen, vielleicht sogar mehr. Aber selbst wenn die Geschichten stimmten, konnte ihnen niemand garantieren, dass der Weg die Jahrhunderte überdauert hatte. Er war vielleicht nach und nach von Veränderungen im Gezeitenmuster abgetragen oder bei einem einzigen der wilden Unwetter zerstört worden, die jeden Herbst Tobyn-Sers Ostküste heimsuchten. Sollte dies tatsächlich der Fall sein, dann würden sie den Sumpf an seiner breitesten Stelle durchqueren müssen. Damit würden sie jede Hoffnung verlieren, die Eulenmeister noch einzuholen, bevor sie in Amarid eintrafen.

Sie trieben sich und ihre Pferde energisch an, verzweifelt bemüht, den Weg noch vor Einbruch der Nacht zu finden, denn danach wäre es unmöglich gewesen. Aber als der Tag zu Ende ging und die Schatten länger wurden und über den Strand beinahe bis zum schäumenden Wasser fielen, begriff Alayna –begriffen sie alle drei –, dass ihre Unkenntnis dieses Geländes noch schwerwiegender war, als sie geglaubt hatten. Trahns Berechnungen zufolge hätten sie den Sumpf – und den Weg, der ihnen ermöglichen würde, ihn zu umgehen – am späten Nachmittag erreichen müssen. Und dennoch waren sie auch nach Einbruch der Dunkelheit noch unterwegs, ritten im magischen Licht ihrer Cerylle, die Hufschläge ihrer Pferde gedämpft vom Sand und übertönt vom ununterbrochenen Rauschen der Wellen. Erst als der abnehmende Mond über dem Meer aufging, trüb und rötlich und kaum mehr als eine Sichel, roch Alayna schließlich den ekelhaften Gestank des Sumpfes, der sich nun mit dem Salzgeruch des Meeres mischte. Im selben Augenblick hob Trahn, der vor den jüngeren Magiern ritt, seinen Stab und gab ihnen das Zeichen, die Pferde zu zügeln.

»Riecht ihr das?«, rief er über die Brandung hinweg, aber er wartete erst gar nicht auf eine Antwort, sondern fügte gleich hinzu: »Wir haben den Sumpf erreicht. Wir können uns den Rest der Nacht hier ausruhen. Morgen werden wir dann sehen, ob der Weg die letzten tausend Jahre überstanden hat.«

Sie stiegen ab und führten die Pferde zu einem weiteren kleinen Bach, der sich seinen Weg durch den Sand zum Meer bahnte. Dann sammelten sie Treibholz, entzündeten ein Feuer und drängten sich dicht daran, fest in ihre Umhänge gewickelt, um sich gegen die kalte, feuchte Meeresluft zu schützen. Sie aßen ein wenig Fladenbrot und Käse, während sie in die Flammen starrten, waren aber alle drei zu erschöpft, um mehr zu sich zu nehmen.

Irgendwann drehte sich Jaryd um und starrte in die Nacht hinaus, als versuche er, trotz der Dunkelheit und des Nebels, der vom Wasser herantrieb, den Weg zu erkennen. »Was glaubt ihr? Wie weit sind sie inzwischen wohl gekommen?«, fragte er. Seine Stimme klang vor dem Hintergrund des Meeresrauschens kläglich, und der Seewind zerzauste sein braunes Haar.

Trahn sah den jungen Magier eine Zeit lang an, bevor er antwortete. »Das ist schwer zu sagen«, gab er schließlich zu. »Sie sind einen ganzen Tag vor uns aufgebrochen, und die Küstenlinie hat unseren Weg länger gemacht, als ich angenommen hatte. Aber auch sie werden Verzögerungen hinnehmen müssen; vergesst das nicht. Der Schattenwald und der Sumpf werden sie auf jeden Fall aufhalten. Ich glaube immer noch, wenn wir den Weg finden und Tobyns Ebene morgen erreichen können, werden wir sie bald eingeholt haben.«

Jaryd nickte, aber er starrte weiterhin in die Nacht. »Glaubst du, dass es Baden gut geht?«

Der Falkenmagier lächelte. »Ja«, erwiderte er ohne Zögern. »Da bin ich ganz sicher. Ich habe schon vor langer Zeit gelernt, dass es Zeitverschwendung ist, sich um Baden Sorgen zu machen, denn zum einen kann er auf sich selbst aufpassen, und zum anderen ist er viel zu störrisch, um auf andere zu hören.«

Jaryd lachte leise und sah seinen Freund an. »Da solltest du erst einmal seinen Bruder kennen lernen!«, sagte der junge Magier. »Die beiden sind sich sehr ähnlich, viel mehr, als sie zugeben wollen.«

»Und ähnelst du ihnen ebenfalls?«, neckte Alayna.

Jaryd wandte sich wieder dem Feuer zu und rieb sich die Hände. »Ich schlage eher meiner Mutter nach«, erwiderte er grinsend. »Ich bin nicht so stur wie Baden und mein Vater, aber ich bekomme trotzdem, was ich will.«

»Das ist ja noch schlimmer«, erklärte Trahn und zwinkerte Alayna zu.

Sie lächelte, und es fiel ihr immer schwerer, dem dunkelhäutigen Magier zu misstrauen. Auch Jaryd lächelte, aber dann verschwand die gute Stimmung beinahe sofort wieder, und auf seinen jungenhaften Zügen zeichnete sich Sorge ab.

»Sartol ist sehr stark«, sagte er zu Trahn und wiederholte damit nur, was er schon häufiger festgestellt hatte, seit sie Therons Hain verlassen hatten.

Trahn legte Jaryd tröstend eine Hand auf die Schulter. »Ich weiß. Das hast du mir gesagt. Und wenn ich ehrlich sein soll, hat mich deine Beschreibung eurer Begegnung mit ihm ebenfalls erschreckt. Aber im Augenblick können wir nicht viel tun. Und außerdem«, fügte er hinzu und versuchte mit nur geringem Erfolg zu lächeln, »ist Baden ebenfalls stark – vielleicht wird er Sartol nicht besiegen können, aber er ist sicher stark genug, um fliehen zu können, wenn das notwenig werden sollte.«

Jaryd nickte. Er hatte solche Worte an diesem Tag schon öfter gehört, zweimal auf dem Ritt und einmal, als sie Rast gemacht hatten. Aber Alayna verstand, dass er es immer wieder hören musste, und Trahn begriff es offenbar ebenfalls. Der dunkelhaarige Magier schien nichts dagegen zu haben, sich zu wiederholen, und wieder spürte Alayna, wie ihre Zweifel und ihr Misstrauen nachließen. Aber während sie die nur zu gerne aufgab, merkte sie, dass ein anderes Misstrauen blieb. Sie hatte anderen immer vertrauen können, selbst als Kind. Faren war eher schüchtern und zurückhaltend gewesen, aber Alayna war aufgeschlossen gewesen und hatte immer rasch Freunde gefunden. Sie war nicht von Natur aus misstrauisch. Nun jedoch, nach Sartols Verrat, hatte sie sofort an Trahns Ehrlichkeit gezweifelt, obwohl er nichts getan hatte, um das zu verdienen. Was sie am meisten störte, war nicht einmal, dass sie dem Falkenmagier misstraute – das war nach allem, was geschehen war, noch zu entschuldigen –, sondern dass ihr immer deutlicher wurde, wie sehr sie sich in ihm getäuscht hatte. Sie hatte sich immer für eine gute Menschenkennerin gehalten, aber Sartol hatte sie vollkommen hinters Licht geführt. Wäre sie nicht selbst Zeugin gewesen, wie er Jaryd angegriffen hatte, hätte sie nicht die Bosheit in seinem Blick gesehen, als er sich ihnen in dem Gehölz bei Therons Hain näherte, dann hätte sie niemals geglaubt, dass der Mann, den sie für ihren engsten Freund gehalten hatte, ein

Mörder und Verräter sein könnte. Sie kannte ihn viel zu gut – oder zumindest hatte sie das gedacht. Wie dumm sie gewesen war! Und nun hatte sie sich auch in Trahn getäuscht. Habe ich denn gar keine Menschenkenntnis?, hatte sie sich an diesem Tag immer wieder gefragt. Wo sind meine Instinkte geblieben?

Das Schlimmste daran war, dass sie sogar an Jaryd zweifelte. Wenn es Sartol so leicht gelungen war, sie zu täuschen, wenn sie nicht erkannt hatte, wie anständig Trahn in Wirklichkeit war, war es dann möglich, dass sie sich auch bezüglich der gerade erst entstehenden Beziehung zu Jaryd irrte? Nicht, dass sie seine Motive angezweifelt hätte – selbst in ihrer augenblicklichen Verfassung sah sie deutlich, dass der junge Magier nicht im Stande gewesen wäre, jemanden zu täuschen. Aber sie fragte sich, ob sie sich nicht zu sehr auf das verließ, was sie gemeinsam hatten, ob sie sich zu schnell gestattet hatte, ihn so sehr zu lieben, wie sie es nun einmal tat. Sie fühlte sich unsicher, als wäre sie wieder ein Kind, das sich auf einem Ast, der ihr Gewicht vielleicht nicht tragen würde, zu weit vorgewagt hatte.

Sie spürte, wie ihre Stimmung finsterer wurde – ein weiteres Ergebnis der gerade zurückliegenden Ereignisse war offenbar die Rückkehr der heftigen Stimmungsschwankungen, unter denen sie als Heranwachsende gelitten hatte. Als Jaryd und Trahn aufstanden, um mehr Treibholz für das Feuer zu suchen, schloss sie sich ihnen an, aber sie sagte kein Wort mehr, und sie wich auch ihren Blicken aus. Und während Jaryd und Trahn sich beim Essen weiter über Theron unterhielten, zog sie sich innerlich von ihnen zurück.

Der ältere Falkenmagier hatte unzählige Fragen darüber, was der unbehauste Eulenmeister gesagt und wie er ausgesehen hatte. Aber am meisten war Trahn von dem Stab fasziniert, den Theron ihnen gegeben hatte, und er bat mehrmals darum, dass er ihn sehen und anfassen dürfe. Jaryd hatte nichts gegen die Neugier des Falkenmagiers einzuwenden und war selbst immer noch begeistert, den Stab erhalten zu haben. Alayna war ebenfalls erfreut gewesen, aber an diesem Abend konnte sie nicht einmal Therons Stab aus ihrer finsteren Stimmung reißen. Fylimar flog von einem nahe gelegenen Stück Treibholz auf ihre Schulter und reckte den Hals, als wollte sie Alayna auffordern, sie zu streicheln. Mit einem widerwilligen Lächeln kraulte die junge Frau gehorsam das Kinn ihres Vogels. Aber auch Fylimars Versuch, sie aufzuheitern, nützte wenig. Alayna konnte immer nur an Sartol denken und daran, wie er sie so leicht hatte betrügen können. Sie wusste, wie Jaryd ihr nun schon mehrmals erklärt hatte, dass der Eulenmeister sie alle betrogen hatte. Aber wenn man bedachte, wie viel Zeit sie in den letzten beiden Jahren mit Sartol verbracht hatte, dann hätte sie es eher als jeder andere in Tobyn-Ser wissen müssen. Und dann war da noch das andere Zeichen, das sie erhalten hatte, das sie vor Sartols Verrat hätte warnen müssen – ein Zeichen, von dem Jaryd noch nichts wusste. O ja, sie hätte es wissen müssen. Zumindest sagte sie sich das, während sie ins Feuer starrte, zurückgezogen in ihr selbst auferlegtes Exil, als ob sie etwas besser machen könnte, wenn sie sich selbst bestrafte.

Nach einiger Zeit ging Trahn ein paar Schritte vom Feuer weg und legte sich zum Schlafen nieder. Noch eine freundliche Geste des Falkenmagiers – er überließ es Jaryd und Alayna, das Feuer und ihre Abgeschiedenheit zu genießen. Er hatte Besseres verdient als ihr kühles Schweigen. Ebenso wie Jaryd, der nun näher zu ihr rückte und zusammen mit ihr in die Flammen starrte.

Er schwieg lange Zeit, und als er schließlich sprach, überraschten seine Worte sie. Jaryds Instinkte waren offenbar vollkommen wach. »Ich kann dir bei dem Schmerz, den du empfindest, helfen«, bot er sanft an. »Wenn wir beide das sind, was ich glaube, wäre das das Wenigste.« Er zögerte, aber nur einen Augenblick. »Aber über dein Selbstmitleid und deine Selbstzweifel kannst nur du allein dich hinwegsetzen. Ich kann dir sagen, dass ich deine Menschenkenntnis respektiere und dass ich dich für klug halte; ich kann dir sagen, dass ich dabei bin, mich in dich zu verlieben. Aber am Ende zählt das alles wenig, wenn du dich selbst nicht achten kannst.«

Es war nicht so, als ob er etwas Falsches gesagt hätte. Das begriff sie später in dieser Nacht, lange nachdem sie ihn vertrieben hatte, als sie im Dunkeln lag, dem Meer lauschte und versuchte, nicht mehr zu weinen. Tatsächlich traf das Gegenteil zu. Er war der Wahrheit zu nahe gekommen, hatte ihre Gedanken nur zu gut erkannt. Und selbstverständlich gab es noch etwas anderes – die Worte, die bewirkten, dass ihr Pulsschlag sich beschleunigte, gerade jetzt, wo sie verzweifelt das Gefühl brauchte, ihre Empfindungen beherrschen zu können. Es war nicht seine Schuld. Dennoch hatte ihre Antwort, als sie sie schließlich gab, nur den Zweck, ihn zu kränken.

»Ganz gleich, was du glaubst über mich zu wissen«, versicherte sie ihm kühl, »ich frage mich, ob ich dazu neige, Menschen, von denen ich eigentlich nur sehr wenig weiß, zu schnell zu vertrauen. Und damit bist auch du gemeint. Besonders du.«

Er starrte sie noch einen Moment an, dann erhob er sich und sagte ruhig: »Es tut mir Leid, wenn du so empfindest; ich dachte, darüber wären wir hinweg.« Dann ging er ein paar Schritte weiter, legte sich zum Schlafen nieder und ließ sie allein mit dem Feuer, ihrer Melancholie und ihrer Zweifeln.

Sie schlief in dieser Nacht sehr unruhig und erwachte in dem silbrigen Licht vor der Morgendämmerung. Der Himmel war grau, und kalter, durchdringender Nebel lag in der Luft. Trahn war bereits wach, saß mit dem Rücken zu ihr im Sand und starrte nachdenklich nach Norden. Sein langes, schwarzes Haar war offen und fiel ihm auf die Schultern.

»Wenn der Weg nicht da ist«, flüsterte der Falkenmagier, ohne zu ihr hinzuschauen, denn er hatte offenbar gehört, dass sie sich gerührt hatte, »können wir überhaupt nichts mehr tun.«

Sie wusste nicht, was sie sagen sollte. Sie fühlte sich verwirrt und emotional erschöpft von ihrer Auseinandersetzung mit Jaryd am Abend zuvor. Sie war immer noch verletzt von dem, was Sartol getan hatte, und obwohl sie schließlich begonnen hatte, Trahn zu vertrauen, kannte sie auch ihn kaum, denn vor dieser Reise hatte sie nur wenig Zeit mit ihm verbracht. Nach einem Blick zu Jaryd, der nur ein paar Schritte entfernt schlafend im Sand lag – nicht annähernd so weit entfernt, wie es ihr am Abend zuvor vorgekommen war –, versuchte sie, Trahn den einzigen Trost zu geben, den sie zu bieten hatte. »Jaryd hat keinen Augenblick daran gezweifelt, dass wir einen Weg entlang der Küste finden werden, wie du versprochen hast«, erklärte sie ruhig.

Bei diesem Satz drehte Trahn sich um und sagte lächelnd:

»Ich hoffe, dass du eines Tages auch mir so vertrauen wirst. Wenn ihr beide zusammenbleiben wollt, dann werden wir uns anfreunden müssen.«

Alayna wandte sich ab und schaute wieder zu Jaryd hin, dessen Gesicht in diesem Augenblick so jung und sorglos aussah. *Wenn ihr zusammenbleiben wollt* ... Es gab nichts, was sie sich mehr wünschte als das. Bis zum vergangenen Abend hatte Alayna trotz allem anderen, was geschehen war, seit sie Amarid verlassen hatten, eine Zufriedenheit und Begeisterung verspürt, wie sie sie nie zuvor gekannt hatte, und das alles Dank des jungen Falkenmagiers und der Gefühle, die sie füreinander hegten. Aber als sie Jaryd nun ansah und wieder und wieder im Kopf die Worte hörte, mit denen sie ihn bewusst gekränkt hatte, fürchtete sie, ihr gemeinsames Leben vernichtet zu haben, noch bevor es wirklich begonnen hatte. Sie fühlte sich elend und hätte am liebsten geweint, und wieder einmal wusste sie nicht, was sie Trahn antworten sollte.

Also stand sie stattdessen rasch auf, murmelte etwas darüber, dass ein Bad ihr sicher helfen würde wach zu werden, eilte zu einem der Süßwasserbäche und folgte ihm ein Stück weit in den Wald hinein. Dort zog sie sich aus, stieg ins klare, kalte Wasser und schrubbte sich heftig, als könnte sie die Erinnerungen an das, was sie getan hatte, wegwaschen.

Nach ein paar Minuten in der eisigen Kälte stieg sie wieder aus dem Bachbett heraus und stand schaudernd im Nebel. Das war, dachte sie bedauernd, sicherlich nicht das Klügste gewesen, was sie je getan hatte. Sie hatte keine Kleider zum Wechseln und kein Handtuch dabei. Also blieb sie mit klappernden Zähnen stehen und wartete darauf, dass die

Luft sie trocknete, und sie bezweifelte nicht, dass ihre Lippen inzwischen so blau waren wie Jaryds Ceryll. Dennoch, sie merkte, dass das Bad ihre Stimmung tatsächlich ein wenig gebessert hatte. Und ganz sicher hatte es sie aufgeweckt. Als sie ins Lager zurückkehrte, begleitet von Fylimar, die über ihr herflog, sah sie, dass Jaryd inzwischen aufgestanden war und zusammen mit Trahn das Feuer wieder entzündet hatte. Als er sie bemerkte, kam er ihr mit einem Becher mit einer dampfenden Flüssigkeit entgegen. Er reichte ihr das Getränk wortlos. Alayna legte beide Hände um den Becher und spürte, wie die Wärme in ihre Finger und Handflächen drang. Der süße, kühle Duft des Dampfes, der ihre Wangen streifte, sagte ihr sofort, was der Becher enthielt.

»Shan-Tee«, murmelte Jaryd überflüssigerweise und sah Alayna nur einen kurzen Moment in die Augen, bevor er sich wieder abwandte. Er lächelte dünn. »Den hat Trahn uns bisher vorenthalten; sieht so aus, als hätte er einen ganzen Beutel von dem Zeug.«

»Danke, dass du ihn mir gebracht hast.«

Er nickte und warf ihr abermals einen kurzen Blick zu. Dann kehrte er zum Feuer zurück.

Auch Alayna setzte sich neben das Feuer und starrte aufs Meer hinaus. Sie sah Jaryd nicht an, aber sie war sich jeder seiner Bewegungen bewusst, als er und Trahn Frühstück machten und dann ihre Pferde für den Tagesritt vorbereiteten.

Sie aßen schnell und machten sich dann wieder auf den Weg. Alle schienen ungeduldig bemüht, so bald wie möglich weiterzukommen und herauszufinden, ob der Weg tatsächlich existierte. Beinahe sofort, nachdem sie sich in

Bewegung gesetzt hatten, begann der Sumpfgeruch intensiver zu werden, aber obwohl der Wald, der im Westen vor ihnen lag, weniger dicht war, konnten sie aufgrund des Nebels nicht feststellen, wo der Forst endete und das Sumpfgebiet begann. Erst als die ersten Spuren übelriechenden Schlamms ein paar Schritte vor ihnen durch den hellen Sand drangen, begriffen sie, dass sie ihr Ziel erreicht hatten. Und nirgendwo gab es eine Spur von Therons Weg.

Sie zügelten die Pferde, und Trahn stieg ab und ging weiter, bis der Sand unter seinen Füßen dunkel und feucht wurde. Er bückte sich, hob einen faustgroßen Stein auf und warf ihn in den Schlamm. Der Stein traf mit einem unangenehmen Klatschen auf und sank mehrere Zoll tief ein.

»Die Pferde kommen hier nicht weiter«, sagte er tonlos, immer noch mit dem Rücken zu Jaryd und Alayna. »Und der Weg existiert offenbar nicht mehr.« Er drehte sich um und hob die Hände. »Verzeiht mir, ich habe mich geirrt.«

Alayna spürte, wie ihr Magen sich zusammenzog. Mit ihrem Vertrauen zu Trahn war auch ihre Hoffnung gewachsen, dass sie Therons Weg finden würden, bis sie beinahe alle Skepsis gegenüber den alten Geschichten abgelegt hatte. Als sie nun nur noch Sumpf und Ozean gegenüberstanden, spürte sie, wie die Stimmung des Vorabends wieder über sie kam. Unfähig, Trahns bekümmerten Blick zu ertragen, und unwillig, in diesem Augenblick Jaryd anzusehen, schaute sie zum Ozean hin. Und als sie das tat, bemerkte sie, dass sich die Struktur der Wellen mehrere Schritte vor der Wasserlinie ein wenig änderte. Sie lächelte, als ihr eine weitere Kindheitserinnerung einfiel, und dann wendete sie ihr Pferd und sah ihre Begleiter an.

»Es könnte sein, dass du doch Recht hattest, Trahn«, erklärte sie und zeigte aufs Wasser. »Sieh mal dort.«
Beide Männer starrten in die Richtung, in die sie gezeigt hatte, aber es war ihnen deutlich anzusehen, dass sie nicht begriffen, was Alayna meinte.
»Ich weiß nicht, was ich da sehe«, gab Jaryd zu. »Ich sehe allerdings, dass die Flut –« Er hielt inne und schaute wieder Alayna an, und plötzlich begann er zu strahlen, als hätte die Sonne den Nebel weggebrannt. »Dort ist es flacher!«, rief er aufgeregt.
Alayna nickte. »Mein Vater nennt es Sandbänke«, erklärte sie Trahn, der nach wie vor verwirrt dreinschaute. »Der Weg existiert immer noch – vielleicht sieht es bei Ebbe sogar immer noch so aus wie zu der Zeit, als Theron ihn benutzte –, aber im Augenblick ist er total überflutet.«
Trahn starrte staunend die Wellen an. »Er ist also immer noch da«, flüsterte er. Er wandte sich Alayna zu. »Das hätte ich nie bemerkt«, sagte er. »Ohne dich wäre ich gezwungen gewesen, durch den Sumpf zu ziehen. Danke.«
»In der Sonne hättest du es gleich entdeckt«, versicherte sie ihm. »Das Wasser über dem Weg sieht viel heller aus.«
»Trotzdem«, sagte der dunkelhäutige Magier, der nun ebenfalls breit grinste.
Alayna warf Jaryd, der sie anstrahlte, das Haar feucht vom Nebel, einen Blick zu. »Gut gemacht, Falkenmagierin«, sagte er.
Sie war verlegen und ein bisschen beunruhigt davon, wie viel sein Lächeln und sein Lob ihr bedeuteten. Sie lachte – dagegen konnte sie kaum etwas tun – und sah ihm in die Augen. »Danke.« Sie lenkte ihr Pferd näher zu seinem. »Heißt das, dass wir wieder Freunde sind?«, fragte sie leise.

»Ich habe nie aufgehört, dein Freund zu sein, Alayna. Und meine Gefühle für dich haben sich über Nacht nicht verändert. Aber«, fuhr er leise fort, »ich kann nicht allein mit diesem Problem fertig werden.«

Sie sah ihm noch eine Weile in die Augen, und ihr Lächeln verschwand. Schließlich nickte sie. »Ich werde es versuchen«, versprach sie. »Ob du es glaubst oder nicht, ich habe es bereits versucht.«

Sie hatte erwartet, dass er lachen oder diese Äußerung in Frage stellen würde. Stattdessen nickte er nur. »Das weiß ich.«

Trahn war ein paar Schritte weggegangen, damit sie sich in Ruhe unterhalten konnten, aber nun kam er wieder näher. »Ich weiß, ich brauche euch nicht daran zu erinnern, dass wir es eilig haben. Und ich habe keine Ahnung, wie man sich auf einer Sandbank bewegt.«

Alayna lächelte. »Dann folgt mir«, sagte sie und lenkte ihr Pferd in die Wellen. Beinahe sofort reichte das Wasser bis zur Schulter des Tieres, und Alaynas Umhang färbte sich bis zu ihrem Oberschenkel dunkel. Aber obwohl ihr Pferd schon bei diesen ersten Schritten nervös wurde, hatte sie es bald geschickt auf die Sandbank gelenkt. Der Boden war dort überraschend fest, und sobald sie erst einmal darauf waren, bedeckte das Wasser nicht einmal ganz die Fesseln der Pferde. Als sie sich umschaute, sah Alayna, dass erst Jaryd und dann Trahn ihr zögernd folgten, und schließlich galoppierten sie zu dritt am Sumpf vorbei. Alayna wusste, für jeden, der sie vom Ufer aus beobachtet hätte, hätte es ausgesehen, als ritten sie auf der Wasseroberfläche. Aber es gab niemanden am Ufer, und niemand war seit Hunderten von Jahren hier gewesen.

Es war nicht schwierig, über die Sandbank zu reiten, aber zum zweiten Mal erwies sich die Entfernung als viel größer, als sie angenommen hatten. Die drei Magier ritten schweigend, begleitet nur vom Rhythmus der Brandung und dem Geräusch der Hufe ihrer Pferde im flachen Wasser und mitunter – an den Stellen, wo die Gezeiten den Weg noch nicht zugedeckt hatten – auf dem feuchten Sand. Sie wechselten die Pferde regelmäßig, aber da sie kaum genug frisches Wasser für sich und die Tiere hatten, konnten sie sich nicht allzu schnell bewegen. Am frühen Nachmittag, als die Sonne begann, die Wolkendecke und den Nebel wegzubrennen, wurde es erheblich wärmer, was die Pferde noch müder machte. Sie waren gezwungen, noch langsamer zu reiten. Trahn hatte zwar während der vergangenen beiden Tage versucht, Jaryd die Sorgen um Baden auszureden, aber auch er war frustriert über ihr langsames Vorwärtskommen. Er ritt nun voraus, die grünen Augen auf den nördlichen Horizont gerichtet, als könnte er durch reine Willenskraft Tobyns Ebene dazu zwingen, endlich zu erscheinen. Auch Jaryd störte sich an ihrem langsamen Vorankommen, und seine Sorge um Baden war seinem braun gebrannten Gesicht deutlich anzusehen.

Alayna, die zwischen den beiden Männern ritt, konzentrierte sich auf die Bewegungen ihres Pferdes und versuchte, zumindest für eine Weile nicht an Baden und Sartol und die Angriffe auf Tobyn-Ser zu denken. Aber bald schon wurde ihr klar, dass ihr diese Ruhepause nicht vergönnt war. Stattdessen stellte sie, als sie zerstreut auf die Wellen hinausschaute, fest, dass es ihr nicht gelang, das Bild Sartols aus ihrem Kopf zu verdrängen. Sie versuchte, an ihre Familie und Brisalli zu denken, aber auch dort war er, machte ihr bezaubernde Komplimente und sagte voraus, dass sie sich eines Tages dem Orden anschließen würde. Sie versuchte, an Jaryd und ihre Beziehung zu ihm zu denken, aber sie sah nur das von Angst und Schmerz verzerrte Gesicht des jungen Magiers, als Sartol versucht hatte, ihn zu töten.

Wohin sie sich auch wandte, erschien Sartol mit seinem liebenswerten Lächeln und seiner entwaffnenden Art, bis sie nicht mehr dagegen ankämpfen konnte. Jaryd hatte Recht: Solange sie ihre Zweifel und Dämonen nicht bezwungen hatte, würde sie nicht im Stande sein, daran vorbeizukommen. Also hörte sie auf davonzulaufen und wandte sich im Geist dem Eulenmeister zu, während sie weiter in der Hitze und der strahlenden Sonne über Therons Weg ritt.

Am Tag zuvor, als die drei am Strand entlanggeritten waren und Trahn ihnen die Geschichte von Therons Weg erzählt hatte, hatte Alayna darüber nachdenken müssen, wie sehr sich ihre Wahrnehmung von Theron und seinem Fluch in den vergangenen Tagen verändert hatte. Die Menschen von Tobyn-Ser hielten den Eulenmeister für ein Ungeheuer. Das hatte sie auch selbst bis vor ein paar Tagen getan. Aber nun verstand sie Theron besser. Er war ein Mensch gewesen, nicht mehr und nicht weniger. Sicher, er hatte Macht gehabt, aber am Ende waren es seine menschlichen Fehler gewesen, die ihm schadeten: Arroganz, Stolz, Neid. Und sie fragte sich, ob das Land ihm je verzeihen würde. Dieser Gedanke brachte sie selbstverständlich wieder zu Sartol und dem Schmerz über seinen Verrat, der immer noch eine offene Wunde in ihrem Herzen darstellte. Sie hatte sich gefragt, ob sie vielleicht irgendwann einmal an einen Punkt gelangen würde, an dem sie akzeptierte, dass Sartols Verrat ebenfalls nur Zeichen seiner Menschlichkeit war; ob sie ihm eines Tages vielleicht verzeihen könnte. Gehörten nicht Ehrgeiz und Gier ebenso zum Wesen eines Menschen wie jene Fehler, die sie Theron nun verzeihen konnte? Nun akzeptierte sie allerdings auch ihren Zorn auf ihren ehemaligen Lehrer; sie ließ ihren Hass auf das, was aus ihm geworden war, zu, und als sie daran dachte, was er ihr angetan hatte, begriff sie, dass es hier nicht darum ging, Sartol zu verzeihen – darum war es nie gegangen.

Wie schon Jaryd erkannt und versucht hatte, ihr zu sagen, musste sie sich zunächst selbst verzeihen. Und als sie das begriff, musste sie innerlich darüber lachen, wie wichtig sie sich nahm. Sartol hatte nicht nur sie verraten, nicht einmal allein den Orden. Er hatte das gesamte Land verraten – nach allem, was Theron ihnen erzählt hatte, hatte er einem Feind geholfen, der drohte, ganz Tobyn-Ser zu zerstören. Die Ungeheuerlichkeit dessen, was er getan hatte und noch tun wollte, verblüffte sie. Und vor diesem Hintergrund erschien ihr ihr eigener innerer Aufruhr nun eigensüchtig und eitel. Sie hätte nicht sagen können, dass diese Erkenntnis ihre Stimmung sonderlich verbesserte oder auch nur den Schmerz verringerte, den sie immer noch wegen Sartols Betrug empfand. Aber sie ließ ihre Entschlossenheit wachsen und bewirkte, dass ihr der Rest des Ritts über Therons Weg ein wenig leichter fiel.

Die Sonne war hinter dem westlichen Horizont verschwunden, und der Himmel wurde langsam dunkel, als die Magier schließlich das Ende des Weges erreichten und ihre müden Pferde auf den trockenen Sand führten, der den Küstenrand von Tobyns Ebene bildete. Trahn hatte das Präriegras schon beinahe eine Stunde zuvor erspäht, Arick und Tobyn für ihre Freundlichkeit gedankt und sich zum ersten Mal, seitdem die Sonne hinter den Wolken aufgetaucht war, ein Lächeln gestattet. Auch Jaryd riss sich aus seinen sorgenvollen Gedanken und begann laut darüber nachzudenken, wie weit sie wohl gekommen waren und wann sie die Eulenmeister einholen würden. Alayna schwieg. Aber sie gestattete sich ein Grinsen, und als sie zu Jaryd zurückschaute, freute sie sich zu erkennen, dass er sie ansah und dabei ein sanftes Lächeln um seine Mundwinkel spielte.

In dieser Nacht schlugen sie ihr Lager abermals am Strand auf, und die Pferde grasten am Rand der Ebene. Und nachdem die Tiere ausgiebig an einem weiteren kleinen Bach getrunken hatten, der vom Land zum Meer floss, wurde deutlich, dass sie tatsächlich nur müde waren und an diesem anstrengenden Tag keinen weiteren Schaden genommen hatten. Die Magier blieben zunächst ebenfalls am Bach, stillten ihren Durst und füllten ihre Wasserschläuche wieder auf, bevor sie mit den Vorbereitungen fürs Abendessen begannen. Ihre Vorräte an Trockenobst und Trockenfleisch waren beinahe aufgezehrt, also schickten sie ihre Vögel aus, um für sie zu jagen. Aber sosehr Alayna auch die Mahlzeit genoss, die Fylimar ihr gebracht hatte, sie wusste doch, dass sie bald keine andere Wahl haben würden, als in einem Dorf ihre Vorräte an Obst, Käse und Fladenbrot aufzufrischen. Der Gedanke daran machte sie nervös; sie wollte sich nur ungern noch einmal einer zornigen Volksmenge stellen müssen.

Auch an diesem Abend zog Trahn sich früh zurück und überließ es Jaryd und Alayna, gemeinsam das Feuer und das Schlagen der Wellen zu genießen. Lange Zeit sprachen sie kein Wort. Alayna beobachtete, wie die Sterne am Nachthimmel heller wurden, und Jaryd spielte mit dem Feuer. Schließlich jedoch sahen die jungen Magier einander über die tanzenden Flammen hinweg an.

»Was ich gestern Abend gesagt habe, tut mir Leid«, sagte Alayna leise. »Du hast Recht. Ich habe heute auf dem Ritt darüber nachgedacht und angefangen zu verstehen, was du gemeint hast. Ich hätte nicht so reagieren dürfen.«

»Das braucht dir nicht Leid zu tun«, erwiderte Jaryd.

»Tut es aber«, sagte Alayna. »Ich denke allerdings immer noch, ich hätte das mit Sartol wissen müssen.«

»Alayna –«

»Nein.« Sie hielt ihn mit einem Kopfschütteln auf. »Hör mir zu.« Sie hielt einen Augenblick inne und versuchte, sich zu fassen. »Ich hätte es wissen müssen, weil ich in einer der Visionen, die ich von dir hatte, gesehen habe, wie du gegen Sartol kämpftest.«

»Oh!«, sagte Jaryd leise.

Sie nickte.

Jaryd schwieg so lange, dass Alayna Angst bekam. Vielleicht würde er jetzt denken, dass sie Schuld hatte.

Aber wie schon so oft zuvor überraschte Jaryd sie. »Eine solche Vision hätte alles Mögliche bedeuten können«, erklärte er schließlich. »Du hattest keinen Grund, sie wörtlich zu nehmen. Tatsächlich hätte bei allem, was du damals wusstest, auch ich der Verräter sein können. Ich denke immer noch, du solltest dir keine Schuld geben. Wie ich schon sagte: Sartol hat uns alle getäuscht.«

»Aber niemand sonst kennt ihn so gut wie ich.«

»Ich glaube nicht, dass irgendwer ihn kennt, Alayna. Außerdem hatte er mehr für dich getan als jeder andere in

Tobyn-Ser: Er hat dich über den Orden belehrt, er hat dir geholfen, die Magie zu beherrschen, er hat dir deinen Umhang und deinen Ceryll gegeben. Von uns allen hattest du am wenigsten Grund, ihm zu misstrauen.«

»Meinst du das wirklich?« Sie wollte ihm so gerne glauben.

Er nickte. »Ja, das tue ich.«

Sie starrte ins Feuer und dachte über Jaryds Worte nach. »Danke«, murmelte sie. »Es hilft mir sehr.«

Statt einer Antwort legte Jaryd ein weiteres Stück Treibholz aufs Feuer und rückte ein Stück näher zu Alayna hin. Er nahm ihre Hand und sah ihr in die Augen. »Ich habe auch das andere ernst gemeint, was ich letzte Nacht sagte«, erklärte er leise, »darüber, dass ich mich in dich verliebt habe.«

Sie lächelte – es blieb ihr gar nichts anderes übrig. »Gut«, flüsterte sie. »Es würde mir auch nicht gefallen, wenn es mir alleine so ginge.«

Er setzte dazu an, etwas zu sagen, aber sie legte ihm einen Finger auf die Lippen, und dann küsste sie ihn.

Selbstverständlich hatte sie auch schon andere Männer geküsst. Einer von ihnen war kurze Zeit, bevor sie Brisalli verlassen hatte, ihr Geliebter gewesen. Aber nun, als sie Jaryds Lippen auf ihren spürte, seine warmen Hände auf ihren Wangen, an ihrem Hals, begriff sie, dass sie nie zuvor geliebt hatte. Es fühlte sich anders an als alles, was sie erwartet hatte. Nicht, dass es keine Leidenschaft gegeben hätte. Ganz im Gegenteil: Sie wusste genau, wo dieser Kuss hingeführt hätte, hätte Trahn nicht ein paar Schritte entfernt geschlafen. Aber es gab so viel mehr. Sie spürt es wie eine Flut in ihr, die sich mit der Macht des Mondes und des Ozeans und der Göttin, die sie aneinander gebunden hatte, hob und in ihrem Herzen immer höher stieg, bis sie glaubte, weinen oder lachen zu müssen oder beides gleichzeitig. Sie spürte, wie ihre Welt aus den Fugen geriet, klammerte sich an alles, was sie war und was sie je gekannt hatte, schuf aber innerhalb dieser Dinge auch einen Raum für den Mann, den sie in den Armen hielt, damit er es mit ihr teilen und alles, was er selbst war und je gekannt hatte, mit hereinbringen konnte. Und in diesem Augenblick, in dieser Ewigkeit des Kusses, wusste Alayna mit einer Freude, die ihre geradezu Angst einjagte, dass ihr Leben nie wieder so sein würde wie zuvor.

In Jaryds Armen liegend, mit dem Kopf an seiner Brust, schlief Alayna zum Geräusch seines Herzschlags unter dem Umhang ein. Sie schlief besser als seit Wochen und erwachte nur einmal, als er sich umdrehte, drehte selbst den Kopf wie im Traum und fand seine Lippen, die auf ihre warteten. Sie erinnerte sich an den Kuss, aber an nichts weiter, und sie wusste, dass er sie irgendwie beide über die Schwelle zwischen Wachen und Schlafen zurückgetragen hatte. Als sie ihre Augen zum nächsten Mal öffnete, tauchte die Sonne gerade aus Ducleas Meer auf und warf ein helles, goldenes Licht auf den Sand und das wogende Präriegras der Ebene. Sie standen rasch auf, frühstückten und machten sich auf den Weg. Die Pferde waren ausgeruht und hatten sich offenbar von ihrem Tag auf Therons Weg gut erholt. Und Alayna begriff, sobald sie wieder auf Tobyns Ebene unterwegs waren, wie sehr sie selbst der festeste Sand am Strand aufgehalten und ihre Pferde belastet hatte. Als sie nun über die Prärie galoppierte, der Wind ihr in den Ohren pfiff und das hohe Gras gegen ihre Füße und Beine peitschte, erfüllten sie wieder die Freude und die Begeisterung, die ihr die letzten beiden Tage gefehlt hatten. Es war, als wäre sie endlich aus der Gefangenschaft entkommen.

Den ganzen Tag lang ritten sie über den flachen Boden, während die Sonne in einem hohen Bogen über das riesige Meer wogenden Grases zog, das sich in alle Richtungen erstreckte. Am Nachmittags konnten sie bereits den Moriandral sehen, der einen breiten, gewundenen Pfad in die Landschaft schnitt, und sie begannen, sich ein wenig mehr nach Westen zu wenden, so dass sie dem Fluss folgen und an diesem Abend am Ufer ihr Lager aufschlagen konnten. Sie hielten hin und wieder an und wechselten die Pferde, machten aber nie lange Rast. Nachdem sie nun die Ebene erreicht hatten und wieder daran glauben konnten, noch eine Chance zu haben, die Eulenmeister abzufangen, bevor sie Amarid erreichten, wollten sich die drei Magier durch nichts mehr aufhalten lassen. Noch mehr als das – sie schienen plötzlich wieder stärker zu sein, als hätten sie sich selbst mit reiner Willenskraft dazu gezwungen. Spät an diesem Tag aßen sie eine ordentliche Mahlzeit, bis nichts mehr von ihren Vorräten übrig war. Am nächsten Tag, so versprachen sie einander, würden sie ein Dorf finden und zusätzliche Vorräte eintauschen. Bis dahin würden der Fluss und ihre Vögel für sie sorgen.

Es wurde Nacht, und immer noch ritten sie im Licht ihrer Cerylle weiter: rotbraun, lila und saphirblau. Obwohl Alayna schon als kleines Mädchen reiten gelernt hatte und sich im Sattel fast zu Hause fühlte, war sie nicht daran gewöhnt, noch nach Einbruch der Dunkelheit nur im magischen Licht unterwegs zu sein. Daher hatte sie den Blick auf den

Boden vor sich gerichtet, als Trahn abrupt seinen Ceryll hob und sein Pferd zügelte.

»Habt ihr das gesehen?«, fragte er aufgeregt und spähte zum Nachthimmel hinauf.

»Ich habe gar nichts gesehen«, gab Jaryd zu. »Ich bin viel zu sehr damit beschäftigt, mich nicht zu Tode zu stürzen.«

Trahn drehte sich um und schaute Alayna an, eine Frage in seinen klaren, grünen Augen.

Sie schüttelte bedauernd den Kopf. »Ich habe mich auch auf den Boden konzentriert. Es tut mir Leid. Was hast du gesehen?«

»Ein Lichtflackern«, erklärte der Falkenmagier und wandte sich wieder nach vorn. »Tatsächlich hätte es auch ein Blitz sein können oder –«

Diesmal sah Alayna es auch, ebenso wie Jaryd, der verblüfft keuchte.

»Da!«, rief Trahn und zeigte mit dem Finger nach Norden. »Diesmal habt ihr es doch sicher auch bemerkt!«

Alayna nickte.

»Ja«, bestätigte Jaryd und spähte zum Himmel hoch, »aber ich habe heute den ganzen Tag keine Gewitterwolken gesehen.«

»Ich auch nicht«, erwiderte Trahn. »Es hätte magisches Feuer sein können.«

Jaryd sah den dunkelhäutigen Magier an. »Glaubst du, das war Baden?«

Alayna hatte den Blick weiter auf den Nordhimmel gerichtet, und während sie die seltsamen Lichtblitze weiter beobachtete, fiel ihr auch auf, dass es am Horizont begonnen hatte, Unheil verkündend zu glühen. »Seht doch!«, rief sie erschrocken.

»Trahn, liegt in dieser Richtung ein Dorf oder eine Stadt?«, fragte Jaryd, als er das feurige Glühen gesehen hatte.
»Mehrere«, erwiderte der Magier ernst, »zu beiden Seiten des Flusses. Die größte Ortschaft ist eine kleine Stadt namens Wasserbogen. Glaubt ihr, dass sie dort sind?«
»Wenn du von Baden und Sartol sprichst, bin ich nicht sicher. Aber irgendjemand ist dort – und ich glaube, es könnte gut möglich sein, dass die Stadt gerade angegriffen wird.«
Trahn warf Jaryd einen kurzen Blick zu, und dann spornten alle drei Magier ihre Pferde an. Sie hatten vor nicht allzu langer Zeit eine Rast eingelegt, und in der frischen Nachtluft waren sie im Stande, rasch vorwärts zu kommen. Dennoch, die Magier hatten sich mehr als zehn Meilen südlich der Flammen befunden, als sie sie zum ersten Mal sahen, und während die Lichtblitze weiterhin zuckten, verfluchte Alayna diese Entfernung mit einer Heftigkeit, die ihre Mutter sicher schockiert hätte. Vielleicht eine halbe Stunde, nachdem sie die ersten Lichtblitze bemerkt hatten, sah Alayna, wie der Himmel vor ihnen wieder heller wurde, aufgrund von Blitzen, die klarer leuchteten als die ersten, obwohl das auch daran hätte liegen können, dass sie sich jetzt näher an dem Ort befanden.
»Das war eindeutig magisches Feuer!«, rief Trahn über das Donnern der Hufe und das Rauschen des Windes hinweg. »Es muss einfach so sein!«
Am Horizont flackerte es noch mehrmals, dann erstarb das Licht, und es blieb nur der beständige, Unheil verkündende Schimmer dessen, was Alayna inzwischen als Feuer identifiziert hatte – ein sehr großes Feuer, dachte sie verzweifelt.
Sie galoppierten unaufhaltsam weiter, trieben ihre Pferde gnadenlos für beinahe zwei weitere Stunden an, bevor sie

die schwelenden Gebäude und eingestürzten Häuser sahen. Als sie näher zur Stadt kamen, bemerkte Alayna auch die große, dunkle Rauchwolke, die über den zerstörten Gebäuden am Himmel hing. Obwohl die Flammen inzwischen fast erloschen waren, dehnte sich diese Wolke weiter aus.

Als sie Wasserbogen schließlich erreichten, waren die meisten Feuer vollkommen ausgebrannt, und nur große Haufen von Holzkohle glühten noch im Dunkeln. Die Straßen waren leer und still, und in den Fenstern der Häuser, die noch standen, war kein Licht zu sehen. Die Magier stiegen ab und gingen langsam die Hauptstraße entlang, betrachteten die Schäden ringsum und suchten nach Hinweisen darauf, wer für diese Zerstörung verantwortlich gewesen war und wer die Angreifer davon abgehalten hatte, auch den Rest der Stadt dem Erdboden gleichzumachen. Das Erste, was sie fanden, ließ Alayna beinahe das Blut in den Adern gefrieren und machte auch die anderen sprachlos. Mitten auf der Straße lag Badens Pferd: tot, mit verbrannter Brust und Schultern. Sattel und Satteltasche waren entfernt worden, und nichts von Badens Habe war in der Nähe des Tiers zu sehen. Aber das braune Fell, die schwarze Mähne und der halbmondförmige weiße Fleck auf der Nase ließen keinen Zweifel – es war das Pferd des Eulenmeisters.

»Was glaubt ihr, was das bedeutet?«, fragte Jaryd schließlich mit belegter Stimme.

Trahn schüttelte den Kopf, und er konnte dem jungen Magier nicht in die Augen sehen. »Wirklich, Jaryd, ich weiß es nicht.«

»Es bedeutet überhaupt nichts«, erklärte Alayna überzeugt. »Zumindest im Augenblick bedeutet es nichts.« Sie sah Jaryd an, bis er schließlich zustimmend nickte.

Sie gingen weiter und erreichten gleich darauf zwei bis zur Unkenntlichkeit verbrannte Leichen, die einfach auf der Straße liegen gelassen worden waren. Trahn hockte sich hin, um sie genau zu untersuchen.

»Glaubst du, es sind Baden und Sartol?«, wollte Jaryd wissen, der über die Schulter des anderen Magiers auf ihren grässlichen Fund hinabschaute.

Trahn zuckte die Achseln. »Schwer zu sagen. Es könnten auch die beiden einzigen Opfer des Angriffs sein, die die Städter hier bis morgen liegen gelassen haben. Aber«, fügte er rasch hinzu und warf einen weiteren Blick auf die Zerstörung, von der sie umgeben waren, »das kommt mir unwahrscheinlich vor. Ich nehme eher an, dass diese beiden entweder die Angreifer waren oder sich eingemischt haben, um die Stadt zu retten.«

Alayna erschauderte, als sie auf die Leichen hinabblickte. »Das Erste wäre mir sehr viel lieber«, sagte sie.

»Mir ebenfalls«, erklärte Trahn.

Der Magier richtete sich wieder auf, und sie gingen weiter die Straße entlang. Je weiter sie nach Norden kamen, desto schlimmer wurde die Zerstörung. Werkstätten und kleine Läden waren nur noch verkohlte, eingestürzte Ruinen, und oft war der Boden, über den die Magier gingen, von Blut getränkt. Außer Badens Pferd und den beiden Leichen hatte man alle Opfer des Angriffs aus diesem Teil des Dorfs weggebracht. Bald schon hatten die drei Magier die Ruinen am Marktplatz hinter sich gelassen und kamen zu niedergebrannten Wohnhäusern, zerstörten Feldern und totem Vieh. Und schließlich erreichten sie ein Feld direkt am Nordrand des Dorfes, wo sie die menschlichen Opfer der Gewalttaten dieser Nacht fanden. Offensichtlich hatten die Überlebenden sie hierher getragen und die Leichen so liebevoll wie möglich Reihe um Reihe niedergelegt. Es waren buchstäblich Hunderte von ihnen, Erwachsene und Kinder, die dort unter den Sternen lagen, verstümmelt und verbrannt, viele so unkenntlich wie die beiden auf dem Markplatz, und keinem von ihnen war mehr zu helfen. Alayna war nicht in der Lage, den Blick abzuwenden, und sie spürte, wie sich ihr Magen zusammenzog. Sie sank in die Knie, würgte, von Krämpfen geschüttelt, bis sie nichts mehr im Magen hatte. Jaryd hatte sich von der Alptraumszene abgewandt und weinte, aber Trahn starrte nur die Leichen an, sein dunkles Gesicht so starr und kalt wie Stein.

»Kommt«, sagte er schließlich und wandte sich ab, und seine angespannte, beherrschte Stimme war noch viel schrecklicher als seine trostlose Miene. »Hier können wir nichts mehr tun.«

Jaryd half Alayna auf die Beine und umarmte sie ebenso leidenschaftlich wie zärtlich, als hoffte er, aus dieser Umarmung die Kraft zu schöpfen, die er brauchte, um sich an jenen zu rächen, die für diese Untat verantwortlich waren. Dann nahm er ihre Hand, und sie folgten Trahn zurück in die Stadtmitte. Noch bevor sie das letzte der immer noch schwelenden Bauernhäuser erreicht hatten, begegneten sie allerdings einer großen Gruppe Männer und Frauen, von denen viele Fackeln, Äxte, Mistgabeln und andere Werkzeuge, die auch als Waffen dienen konnten, bei sich hatten.

»Seid ihr die Magier, von denen der Eulenmeister gesprochen hat?«, fragte ein kahler, bärtiger Mann. »Seid ihr gekommen, um den Verräter abzuholen?«

Alayna spürte, wie ihr Herz beinahe ausgesetzt hätte, und sie warf Jaryd einen raschen Blick zu. Der junger Magier

starrte den Mann an, dessen Gesicht im Fackellicht bleich aussah.
»Niemand hat uns geschickt«, erwiderte Trahn schließlich. »Aber wir kennen wahrscheinlich den Eulenmeister, von dem du sprichst. Wie ist sein Name?«
Der Mann runzelte die Stirn und sah eine Frau, die neben ihm stand, fragend an. Sie schüttelte den Kopf. »Ich weiß es nicht«, sagte der Mann und wandte sich wieder Trahn zu. »Er hat die Männer getötet, die unsere Stadt angegriffen haben, und«, fügte er hinzu und zeigte auf einen langgezogenen, dunklen Fleck an seinem Unterarm, »er hat unsere Wunden geheilt. Aber er hat uns nicht gesagt, wie er heißt.«
»Ich bin Falkenmagier Trahn«, erklärte der dunkelhäutige Magier. »Und meine Begleiter sind Magierin Alayna und Magier Jaryd.«
»Ich bin Wenfur, das Oberhaupt des Stadtrats von Wasserbogen.«
»Es ist uns eine Ehre, Wenfur«, entgegnete Trahn und lächelte den Mann an. »Wir sind auf der Suche nach einem Eulenmeister, und wir glauben, dass er hier vielleicht vorbeigekommen ist. Könntest du bitte den Mann beschreiben, der euch geheilt hat?«
Wenfur nickte. »Selbstverständlich. Er war hoch gewachsen und kräftig, hatte dunkles Haar und ein freundliches Gesicht.«
Das Bild, das vor Alaynas geistigem Auge aufflackerte, als der Mann den Eulenmeister beschrieb, löste tausend Erinnerungen aus, von denen nun alle überschattet waren von dem inzwischen vertrauten Schmerz verratener Freundschaft. »Sartol«, sagte sie, aber erst, als der Mann sie anschaute, begriff sie, dass sie laut gesprochen hatte.

»Ihr kennt ihn also«, stellte Wenfur fest und lächelte sie an.
»War noch ein anderer Eulenmeister bei ihm?«, fragte Jaryd, der die Bemerkung des Mannes einfach ignorierte.
»Auch groß, aber schlanker und mit rötlich grauem Haar?«
Der Mann sah ihn misstrauisch an. »Den kennt ihr auch?«, erwiderte er.
»Ihr habt diesen Mann gesehen?«, fragte Trahn rasch.
»Sicher. Das ist der Verräter. Wir sind auf der Suche nach ihm und seinem Freund.«
»Was für ein Freund?«, wollte Trahn wissen, und sein Tonfall wurde immer drängender.
»Auch er war ein Magier«, erklang eine andere Stimme. Ein schlanker Mann mit dunklen Augen und wirrem, dunklem Haar trat aus der Menge hervor. »Er war groß und muskulös. Sein Haar war lang und hell, und er hatte einen Bart.«
Orris, dachte Alayna. Er hat die Begegnung mit Sartol überlebt. Arick sei gelobt.
Trahn wandte sich wieder Wenfur zu. »Ihr glaubt, dass auch dieser Mann ein Verräter ist?«
»Wir wissen es«, erwiderte der Mann. »Er hat den großen, dünnen Magier aus dem Gefängnis befreit.«
Trahn seufzte. »Wann ist das alles geschehen?«
»Heute Abend, vor nicht einmal einer Stunde«, sagte Wenfur. »Als euer Freund – Sartol war sein Name, nicht wahr? – als er hörte, dass der Verräter geflohen war, sagte er uns, er müsse rasch zur Großen Halle zurückreiten und den Rest des Ordens alarmieren. Aber er hat uns angekündigt, dass er Magier schicken würde, die den Verräter holen und die Zeugen mit nach Amarid nehmen würden. Wir haben angenommen, dass es länger dauern würde, aber als wir euch sahen, glaubte ich, dass ihr vielleicht –«

»Selbstverständlich«, unterbrach ihn Trahn. »Wir verstehen. Aber von welchen Zeugen sprichst du?«
»Von uns allen«, erwiderte Wenfur und breitete die Arme aus. »Obwohl ich annehme, dass man für den Prozess gegen den Verräter nur einige brauchen wird.«
Jaryd schüttelte den Kopf, als könne er nicht glauben, was er gehört hatte. »Ihr habt gesehen wie Baden ... ihr habt gesehen, wie er etwas tat?«
»Wir haben gesehen, wie er das Land verriet«, sagte Wenfur kühl. »Der Eulenmeister hob den Stab, um unsere Angreifer zu töten, und der Verräter versuchte ihn aufzuhalten. Zum Glück war der Eulenmeister zu stark für diesen Baden, und er hat die Abtrünnigen trotzdem umgebracht.«
Jaryd setzte dazu an, etwas zu sagen, aber Trahn legte ihm warnend die Hand auf die Schulter. »Ihr sucht jetzt also nach dem Verräter und seinem Freund?«, fragte der dunkelhäutige Magier ruhig.
»Ja, Falkenmagier«, antwortete Wenfur und betrachtete Jaryd etwas reservierter als zuvor. »Der Eulenmeister war der Ansicht, wir hätten nichts zu befürchten. Der Verräter hat keinen Stab mehr; der Eulenmeister hat ihn mitgenommen, als wir ihn ins Gefängnis brachten. Und der Eulenmeister sagte uns auch, dass der Vogel des blonden Falkenmagiers tot sei.«
Trahn warf Jaryd und Alayna einen Blick zu. Seine Miene war grimmig. »Was hat er euch noch gesagt?«, fragte er, als er sich wieder Wenfur zuwandte.
Wenfur sah die drei Magier stolz und trotzig an. »Er hat uns befohlen, die Abtrünnigen zu finden und sie ins Gefängnis zurückzubringen«, erwiderte er. »Und falls sie sich wehren sollten, sagte er, dann sollten wir sie töten.«

5

Als Baden das tiefe Blau von Jaryds Ceryll sah, empfand er eine Erleichterung, von der er vor kurzer Zeit noch nicht geglaubt hätte, dass sie möglich wäre. Seit Tagen hatte schon der kleinste Gedanke an seinen Neffen ihm nur Schmerz und Trauer verursacht. Er hatte versucht zu glauben, dass Jaryd und Alayna Sartol irgendwie entkommen waren und danach auch Therons Hain überlebt hatten, aber mit jedem weiteren Tag, an dem er nichts von Trahn hörte, war ein wenig mehr von seiner Hoffnung vergangen. Als er nun spürte, wie ihm Freudentränen über die Wangen liefen, begriff er, dass er offenbar irgendwann in den letzten Tagen jede Hoffnung aufgegeben hatte.

»Komm schon«, drängte Orris, dessen Züge von einem seltenen Lächeln erhellt wurden. »Wir müssen sie irgendwie auf uns aufmerksam machen.«

In sicherem Abstand zu dem Suchtrupp, der wohl ebenfalls die drei Reiter bemerkt hatte und nun auf die Steinbrücke zueilte, schlichen sich Baden und Orris zum Fluss zurück. Dann zogen sie nach Norden und folgten ihren Freunden unentdeckt auf dem Weg durch die Stadt. Sie beobachteten, wie die Leute aus der Stadt sich den drei Magiern näherten, und einen Augenblick fürchtete Baden, die Menge würde sie ebenfalls für Verräter halten. Das schien allerdings nicht der Fall zu sein, und nach einiger Zeit kehrten die Bewohner von Wasserbogen wieder zum Marktplatz zurück und ließen Jaryd, Alayna und Trahn allein.

Als er sicher war, dass der Suchtrupp weit genug entfernt war, schloss Baden die Augen und übertrug Anla einen einzigen Gedanken. Sofort flog die Eule von seiner Schulter auf und glitt über den Fluss hinweg dorthin, wo die drei anderen Magier standen. Trahn sah sie als erster, riss den Arm hoch und zeigte auf den Vogel, während Anla über ihnen wendete und zu Baden zurückkehrte. »Lass sie deinen Ceryll sehen«, sagte der Eulenmeister zu Orris, ohne den Blick von den drei Magiern abzuwenden.

Orris deckte den Kristall auf, brachte ihn zum Leuchten und hob ihn einen winzigen Augenblick lang hoch über den Kopf. Das war offenbar lange genug gewesen. Wieder streckte Trahn den Arm aus, und diesmal zeigte er direkt auf sie. Sofort stiegen die drei Magier in den Sattel und ritten über eine schmale Brücke, die den Fluss am Nordende des Städtchens überspannte. Kurz darauf waren sie auf der Ebene und galoppierten auf Baden und Orris zu.

Jaryd erreichte sie als Erster und hatte sich schon vom Pferd geworfen, bevor das Tier noch ganz zum Stehen gekommen war. Er umarmte Baden so fest, dass der Eulenmeister tatsächlich nach Luft schnappen musste. Baden und sein Neffe hielten einander lange umarmt, und keiner von ihnen brachte ein Wort heraus. Baden hörte, wie Trahn und Alayna näher kamen und Orris begrüßten, aber im Augenblick war ihm das alles egal.

Schließlich trat der Eulenmeister zwei Schritte zurück, sah Jaryd wortlos, an und er wusste, dass er wie ein Idiot grinste und ihm Tränen über die Wangen liefen. »Bei den Göttern«, flüsterte er heiser, »das ist ein Geschenk, mit dem ich nicht mehr gerechnet hatte.« Dann sah er Alayna an, die ihn mit einem strahlenden Lächeln bedachte, ging auf sie zu und zog sie an sich. Sie ließ ihn einen Augenblick später wieder los, aber Baden hielt weiter ihre Hand fest, und er griff auch nach Jaryds Hand, als ob er sich nur dadurch überzeugen könnte, dass er nicht träumte. »Ich fürchtete schon, dass ihr verloren wärt«, erklärte er unnötigerweise, »ich dachte, dass Theron ...« Er schüttelte den Kopf, überwältigt von seinen Gefühlen. »Ich dachte, ich hätte euch verloren.«

Jaryd lächelte. Er sah älter aus, als Baden ihn in Erinnerung hatte, obwohl es nur ein paar Tage her war; er wirkte größer, entschlossener. Das hier ist nicht mehr der Junge, den ich vor ein paar Monaten in Accalia abgeholt habe, dachte Baden bei sich. Wenn nur Bernel und Drina ihn jetzt sehen könnten, mit diesem wunderbaren Falken auf der Schulter! Wieder schüttelte der Eulenmeister den Kopf.

»Wir haben uns auch Sorgen um dich gemacht«, sagte Jaryd. »Ich zumindest«, fügte er hinzu und warf dann einen verlegenen Blick zu Trahn, der zurückhaltend wie immer wartete, bis Baden und Jaryd ihre Freude ein wenig ausgekostet hatten.

Baden ließ nun Jaryd und Alayna los, ging auf seinen Freund zu und umarmte auch ihn. »Ich danke dir, Trahn, dass du sie mir zurückgebracht hast«, sagte der Eulenmeister.

Trahn grinste. »Ich habe gar nichts getan«, erklärte er. »Sie sind ganz allein mit Theron zurechtgekommen, und ohne Alayna würde ich wohl noch mitten im Sumpf stecken. Ich bin froh zu sehen, dass es dir gut geht, Baden.« Dann wandte er sich Orris zu. »Und dir auch, Orris. Bei allem, was ich zu Jaryd gesagt habe, habe ich mir doch Sorgen gemacht. Und vielleicht mit gutem Grund«, fügte er hinzu und warf stirnrunzelnd einen Blick auf die Wunde an Badens Stirn. »Darf ich das heilen?«

Baden lächelte. »Vielleicht später.«
»Du wusstest, dass es Sartol war?«, fragte Jaryd mit einem Blick zu dem Eulenmeister. »Dass er die Weise und den Ersten getötet und uns in den Hain gejagt hat?«
»Das hat Orris mir erzählt«, erwiderte Baden, »und ich hatte begonnen, ihm zu glauben.« Er zögerte, dann sah er Alayna an. »Ich kann mir gar nicht vorstellen, wie dir zu Mute sein muss«, fügte er sanft hinzu. »Es tut mir so Leid.«
Sie versuchte zu lächeln, aber er sah in ihren dunklen Augen, dass die Wunde immer noch frisch war. »Danke«, murmelte sie. Sie warf Jaryd einen Seitenblick zu, und ihr Lächeln wurde ausgeprägter. Baden erkannte etwas in ihrem Blick, das ihn lächeln ließ. »Zum Glück«, fuhr sie fort, »muss ich damit nicht alleine zurechtkommen.«
Baden sah Jaryd an und bemerkte selbst im gedämpften, seltsamen Licht der Cerylle, dass sein Neffe tief errötete. Er hätte ihn gern geneckt, aber dann schwieg er doch.
Die jungen Magier wandten sich nun Orris zu, der sich ein wenig von den anderen abgesondert hatte und die Wiedervereinigung schweigend beäugte. Jaryd trat lächelnd vor und legte Orris eine Hand auf die breite Schulter. »Du hast uns das Leben gerettet, Orris. Da bin ich ganz sicher. Wenn du Sartol nicht herausgefordert hättest, hätte er uns getötet, noch bevor wir den Hain erreicht hätten. Bitte nimm meinen Dank entgegen. Das mit deinem Falken tut mir sehr Leid.«
»Das ist freundlich von dir«, erwiderte Orris verlegen. »Ich freue mich, dass ich helfen konnte. Ich hatte schon befürchtet, dass ich zu spät gekommen bin.«
»Nein«, erwiderte Alayna. »Jaryd hat Recht. Du hast uns gerettet. Du hast uns Gelegenheit gegeben zu fliehen. Du

hast wirklich keinen Grund, dir vorzuwerfen, was an jenem Abend geschah.« Nun trat auch sie vor und gab dem Falkenmagier einen Kuss auf die Wange.

»Danke«, murmelte Orris und wurde rot. Er räusperte sich, und Baden und Trahn lachten leise über sein Unbehagen. Nachdem er sich wieder ein wenig gefasst hatte, wandte sich Orris an Trahn. »Ich sehe, du hast die Pferde wiedergefunden.«

Trahn grinste. »Nach einer Weile. Aber ich habe den größten Teil des Tages dazu gebraucht.«

»Tut mir Leid«, sagte Orris schulterzuckend. »Es schien mir eine notwendige Vorsichtsmaßnahme zu sein.« Trahn nickte, und Orris wandte sich wieder den jungen Magiern zu. »Ich würde gerne hören, wie ihr Theron entkommen seid und was ihr von ihm erfahren habt, falls er überhaupt mit euch gesprochen hat. Auch Baden und ich haben viel zu erzählen. Aber ich glaube nicht, dass das hier der geeignete Ort ist.«

»Ich bin ganz deiner Meinung«, stimmte Baden ihm zu. Er sah Trahn an. »Wie seid ihr mit den Stadtbewohnern verblieben?«

»Wir helfen ihnen bei der Suche nach dem Verräter und seinem Freund«, erklärte der Magier mit ironischem Grinsen. »Aber ich fürchte, wir werden keinen Erfolg haben.«

Baden lächelte. »Gut. Dann kehrt in die Stadt zurück und sagt ihnen, dass ihr nichts gefunden habt. Versucht, für die Nacht ein Zimmer im Gasthaus zu bekommen – ihr seht alle aus, als könntet ihr ein wenig Ruhe gebrauchen.«

»Und was ist mit euch?«, wollte Jaryd wissen.

»Orris und ich sollten bei Sonnenaufgang lieber nicht mehr in Sichtweite der Stadt sein. Wir werden dem Fluss zwei oder drei Meilen weit nach Norden folgen und uns dort einen Schlafplatz suchen. Ihr könnt uns morgen einholen. Ihr solltet vielleicht sehen, ob ihr ein paar Vorräte von den Leuten in der Stadt eintauschen könnt«, fuhr er fort. »Macht ihnen klar, dass ihr Verbündete von Sartol seid. Sie sollten trotz der Zerstörung in der Lage sein, euch etwas abzugeben.« Trahn warf Baden einen scharfen Blick zu, eine Frage in seinen lebhaften grünen Augen. Baden nickte grimmig. »Oh, ich weiß: Ich würde auch lieber nichts von ihnen nehmen, nicht nach allem, was sie durchgemacht haben. Unter normalen Umständen würde ich es auch nicht tun. Aber ich möchte keine Konfrontationen mit den Einwohnern anderer Ortschaften riskieren. Besonders dann nicht, wenn sich die Nachrichten darüber, was Orris und ich hier heute Abend getan haben, verbreiten.«

»Wollt ihr eins der überzähligen Pferde mitnehmen?«, fragte Alayna.

Baden dachte einen Augenblick darüber nach, dann nickte er. »Ich glaube nicht, dass es den Leuten auffallen wird, wenn ihr eines weniger habt. Und wir werden mit zwei Pferden schneller weiterkommen.«

Er und Orris verabschiedeten sich von den anderen, und die drei Falkenmagier kehrten in die Stadt zurück, allerdings nicht, bevor Jaryd und Baden sich noch einmal umarmt hatten. Dann machten sich Baden und Orris am Flussufer entlang auf den Weg nach Norden. Die erste Meile gingen sie zu Fuß, dann ritten sie noch ein paar Meilen weiter, bevor sie ihr Nachtlager aufschlugen.

Jaryd, Alayna und Trahn holten sie am nächsten Morgen ein. Wie Baden angenommen hatte, hatten die Leute in der Stadt den Magiern gerne abgegeben, was sie an Essen und

Wein entbehren konnten, und die Gruppe hatte nun zumindest einige Vorräte für den Rückweg nach Amarid. Jaryd und Trahn drängten beide zur Eile, aber Baden versicherte ihnen, dass im Augenblick keine Notwendigkeit dazu bestand.

»Sartol wird Amarid ohnehin als Erster erreichen«, sagte er ruhig. »Dagegen können wir nichts mehr tun. Und ich bin auch nicht sicher, ob es wirklich so wichtig ist.«

»Hast du irgendeine Ahnung, was er vorhat, sobald er dort ist?«, fragte Trahn.

»Ich nehme an, als Erstes wird er Orris und mich des Verrats und des Mordes bezichtigen«, antwortete Baden. »Was er danach plant, kann ich nicht mit Sicherheit sagen.«

»Er kann doch nicht wirklich glauben, dass er damit durchkommt«, warf Jaryd ein. »Niemand würde ihm glauben.«

Baden grinste. »Bei den Beweisen, die er hat, würde sogar ich ihm glauben. Vergiss nicht, Jaryd, er geht davon aus, dass Theron dich und Alayna getötet hat. Soweit er weiß, ist Orris der einzige überlebende Zeuge dessen, was er bei Therons Hain getan hat. Und er hat außerdem drei Zeugen, die gesehen haben, wie Orris mich aus dem Gefängnis holte.«

»Aber du hast Freunde im Orden«, sagte Alayna. »Glaubst du, er wird sie ebenfalls überzeugen können?«

»Das ist schon möglich«, erklärte Orris. »Verschwörungen erschrecken die meisten Menschen und machen ihnen Angst, und wir alle haben irgendwann einmal den einen oder anderen Magier gegen uns aufgebracht. Wir haben ebenso viele Feinde wie Freunde.«

»Ich fürchte, Orris hat Recht«, bestätigte Baden. »Diese Angriffe und der Anschlag auf die Große Halle haben viele verängstigt. Und Sartol kann sehr überzeugend sein; er hat uns alle viele Jahre lang getäuscht.« Alayna wandte den Blick ab, und Baden verspürte tiefes Mitgefühl. Sie gibt sich selbst die Schuld, begriff er. Sie glaubt, sie hätte es wissen müssen.

Er dachte daran, etwas dazu zu sagen, aber dann sah er, wie Jaryd sich zu ihr beugte und ihr kurz etwas ins Ohr flüsterte, und er stellte erleichtert fest, dass sie daraufhin lächelte und nickte. Die beiden bauen da etwas auf, dachte er, etwas ganz Besonderes. Wieder bewirkte der Gedanke, dass er in sich hineinlächelte. Trotz der Warnungen, die er Jaryd gegenüber bei der Versammlung ausgesprochen hatte, trotz seiner eigenen, schmerzlichen Erfahrungen mit Sonel freute er sich für die beiden jungen Leute und war gerührt darüber, wie glücklich Jaryd aussah. Und beim Anblick der beiden grauen Falken, die auf ihren Schultern hockten und einander so ähnlich sahen, dass sie Spiegelbilder hätten sein können, fragte sich Baden, ob die Lehren, die er in seiner eigenen unglücklichen Beziehung erhalten hatte, diesen jungen Menschen wirklich etwas bedeuten konnten. Es kam ihm beinahe so vor, als hätten die Götter ihnen ein Zeichen aufgeprägt, so dass sie einander erkannten, und er merkte, dass seine Freude für sie von einem anderen Gefühl getrübt wurde, einem, das er absolut nicht erwartet hatte – einem, das er lange nicht mehr empfunden hatte. Er war neidisch. Er hätte beinahe laut gelacht, als er das begriff.

»Ich verstehe schon, dass wir es nicht mehr allzu eilig haben, nach Amarid zurückzukehren«, sagte Orris und riss Baden damit aus seinen Überlegungen, »aber ich würde gerne so schnell wie möglich aus der Umgebung von Wasserbogen verschwinden.«

»Das ist nur klug«, stimmte Trahn ihm zu. »Ihr beide habt euch da gestern Abend ein paar Feinde gemacht. Ich würde gerne eure Seite der Geschichte hören.«

Baden grinste seinen Freund an. »Da bin ich sicher.« Rasch beschrieb er Trahn, Jaryd und Alayna die Ereignisse der vergangenen Nacht, obwohl er zunächst die seltsamen Vögel und Waffen, die die Angreifer mit sich führten, nicht erwähnte. Das konnte noch warten.

»Ich habe das alles nur aus der Ferne beobachtet«, fügte Orris hinzu, nachdem Baden seine Geschichte beendet hatte. »Ich war immer noch nicht sicher, ob ich Baden trauen konnte. Und da Pordath ... nicht mehr bei mir ist, hätte ich ihm im Kampf wenig helfen können.« Es war dem Falkenmagier deutlich anzusehen, wie unbehaglich er sich fühlte, aber er sprach trotzdem weiter. »Ich bin der gleichen Ansicht wie Baden«, erklärte er. »Der Fremde hat Sartol erkannt und wollte gerade mit ihm sprechen, als Sartol ihn tötete.« Orris wollte noch mehr sagen, aber dann hielt er mit einem Blick zu Baden inne.

»Ist das denn den Leuten in der Stadt nicht auch aufgefallen?«, fragte Jaryd, und es schien, als hätte er den Blickwechsel zwischen Orris und dem Eulenmeister nicht bemerkt.

»Das mag sein«, sagte Baden, »aber selbst wenn, dann hätte es ihnen nichts bedeutet. Sartol hat die Männer getötet, die ihre Häuser zerstört und ihre Verwandten und Nachbarn umgebracht haben. Er hat sein Geheimnis bewahrt und sich zu einem Helden gemacht. Es ist ihm auch gelungen, es so darzustellen, als hätte ich die Fremden schonen wollen.«

»Wie du das erzählst, klingt es, als hätte er alles geplant gehabt«, sagte Alayna. »Aber er kann doch höchstens das

Beste aus einer unmöglichen Situation gemacht haben. Er hat vielleicht seine Verbündeten zum Schweigen gebracht, sich aber dafür in deinen und Orris' Augen verdächtig gemacht.«

»Du vergisst«, entgegnete Baden mit bedauerndem Lächeln, »dass Orris und ich Verräter sind – zumindest wird er das behaupten. Unser Verdacht interessiert Sartol nicht mehr. Nein, das Einzige, was ihm noch schaden kann, ist die Tatsache, dass ihr beide, du und Jaryd, den Hain überlebt habt, ansonsten wäre sein Plan hervorragend aufgegangen. Beängstigend gut.«

Die anderen dachten einige Zeit darüber nach, aber niemand sagte etwas.

Schließlich meldete sich Trahn zu Wort. »Das ist noch nicht alles, oder?«, fragte er und schaute erst Baden und dann Orris an.

Baden nickte. »Stimmt. Aber ich denke, den Rest sollten wir lieber für heute Abend aufheben. Ihr habt Recht – wir sollten sehen, dass wir schnell hier wegkommen.«

Innerhalb kürzester Zeit waren sie wieder auf dem Weg, und der feste Boden und das offene Gelände gestatteten ihnen, rasch vorwärts zu kommen. Badens Begleiter waren sehr erfreut, wieder zusammen zu sein, und einige Zeit ritten sie zu fünft nebeneinander. Bald jedoch setzten sich Alayna und Jaryd vor die anderen, und Baden fand sich allein und dachte über den seltsamen und verstörenden Traum nach, den er in der Nacht zuvor gehabt hatte.

Selbstverständlich hatte Baden den Blick, und er hatte gelernt, prophetische Träume als solche zu erkennen. Dies, so wusste er zu seiner Erleichterung, war keiner gewesen. Aber er hatte mit einem Bild begonnen, von dem Baden wusste, dass es echt war, denn Anla hatte es ihm übermittelt. Es war ihre Perspektive von Wasserbogen, während sie über den Moriandral geflogen war, um Trahn, Jaryd und Alayna auf sich aufmerksam zu machen. Hinter der Stelle, an der die Magier sich befanden, hinter den verkohlten Trümmern von Bauernhäusern und den schwelenden Überresten der Ernte, sah Baden durch Anlas Augen die Toten der Stadt liegen, eine Reihe nach der anderen. Zunächst hatten die Leichen in seinem Traum nur reglos unter dem Sternenhimmel gelegen. Aber dann sah Baden, wie jemand sich dort bewegte, und er wusste sofort, dass es Sartol war. Der Eulenmeister ging langsam von Leiche zu Leiche, heilte Wunden und Verbrennungen mit einer Berührung, setzte Körper wieder zusammen, die Arme und Beine verloren hatten, und gab ihnen allen das Leben wieder, so dass jedes Mal, wenn er zum nächsten Opfer weiterging, das vorherige sich erhob und ihm folgte.

An diesem Punkt war Baden erwacht, schweißnass und mit laut klopfendem Herzen. Er war so erschöpft von den vorangegangenen Ereignissen, dass er nach einiger Zeit wieder hatte weiterschlafen können. Aber als an diesem Morgen Jaryd und die anderen eintrafen, die Satteltaschen gefüllt mit den Vorräten, die die Einwohner von Wasserbogen ihnen mitgegeben hatten, war das Bild von Sartol, der die Toten erweckte, wieder zurückgekehrt. Trotz der Zerstörung von Häusern und Werkstätten, trotz der Toten, war Wasserbogen die erste Ortschaft, deren Vertrauen und Unterstützung der Orden nach all dem Misstrauen, das die Angriffe auf Tobyn-Ser hervorgerufen hatten, wieder zurückerobert hatte. Und dafür mussten sie ausgerechnet Sartol danken. Der Eulenmeister hatte Tobyn-Ser an die

Fremden verraten; er war auf sehr direkte Weise für die Toten und die Zerstörung verantwortlich – nicht weniger als die beiden Männer, die er umgebracht hatte. Aber indem er sie umbrachte, hatte er sie seinerseits verraten und gerettet, was von Wasserbogen noch übrig war. Und er hatte die Überlebenden geheilt – Wunden, die er in gewisser Weise selbst bewirkt hatte –, und die Menschen hatten ihm dafür gedankt, und ihr Glaube an den Orden war wieder ein wenig größer geworden.

Als er so in der hellen Mittagssonne über die Ebene ritt, war die Ironie, die in diesem Gedanken lag, für Baden beinahe unerträglich. Er zwang sich, sich auf etwas anderes zu konzentrieren, warf einen Blick voraus und betrachtete Jaryd und Alayna, die nebeneinander ritten. Das lange Haar der jungen Frau wehte im Wind, und Baden hatte den Eindruck, dass Jaryd inzwischen viel entspannter auf seinem Pferd saß. Sie sprachen wenig, aber hin und wieder zeigten sie auf weit entfernte Dörfer oder Falken, die über ihnen kreisten. Seit er die jungen Magier am Vorabend wieder getroffen hatte, war Baden aufgefallen, dass sie sich nie lange voneinander getrennt hatten, und abermals lagen die Gefühle, die diese Beobachtung bei ihm hervorrief, miteinander im Widerstreit. Niemals würde er Jaryd und Alayna ihr Glück missgönnen. Tatsächlich glaubte er, dass ihre Verbindung angesichts der Zukunft, die er für Jaryd vorhergesehen hatte und die durch Alaynas erste Bindung angedeutet wurde, dem Orden eines Tages vielleicht die stabilste, machtvollste Führung geben könnte, die er seit Phelan gekannt hatte.

Aber sie so zusammen zu sehen, zwang Baden auch, sich den schmerzlichen und, wie er zugeben musste, fragwürdigen Entscheidungen zu stellen, die er in seinem eigenen Leben getroffen hatte. Er war, was seine Beziehung zu Sonel anging, Jaryd gegenüber nicht vollkommen aufrichtig gewesen. Ja, es hatte ein schlechtes Ende genommen, zum Teil wegen der Schwierigkeiten, die generell bei einer Beziehung zwischen zwei Magiern entstanden. Aber Sonel war bereit gewesen, sich ihm zu verpflichten. Es hatte einen freien Platz für einen Magier im südlichen Teil von Tobyns Wald gegeben, wo Sonel bereits diente. Baden hatte diesen Schritt allerdings nicht vollziehen wollen. Er war ein Wanderer, hatte er ihr und allen anderen gesagt, kein Nister; sich irgendwo niederzulassen, hätte seinem Wesen widerstrebt. Er hatte ein paar Jahre später erkannt, dass er einen großen Fehler gemacht hatte, aber inzwischen war Sonel verheiratet gewesen. Nach einiger Zeit hatten sie sich wieder miteinander angefreundet, aber der Schatten dessen, was zwischen ihnen gewesen war, hing weiterhin über ihrer Freundschaft, selbst nachdem Sonels Mann gestorben war.

Es war falsch gewesen, seine Erfahrung mit Sonel als ein Beispiel darzustellen, das Jaryd in Bezug auf Alayna beachten sollte. Denn obwohl er viele von Sonels guten Eigenschaften in der hübschen jungen Frau wiedererkannte, waren er und Jaryd doch sehr unterschiedlich. Bei diesem Gedanken schaute Baden wieder zu seinem Neffen hin und bemerkte noch einmal, wie sehr der junge Mann sich verändert hatte, seit er sein Heimatdorf verlassen hatte. Er lächelte immer noch viel und war immer noch so warmherzig und leidenschaftlich, wie Baden ihn kennen gelernt hatte. Aber der Eulenmeister bemerkte nun auch, dass Jaryd die Menschen, mit denen er zu tun hatte, viel ausführlicher beobachtete und dass er nun über eine Empfindsamkeit verfügte, die ihm zuvor gefehlt hatte. Als er seinen Neffen betrachtete, erinnerte sich Baden an den Nachmittag, als Jaryd im Flur vor Jessamyns Gemächern in der Großen Halle Orris zum ersten Mal begegnet war. Der Junge hatte sofort eine Abneigung gegen den Falkenmagier empfunden, ein Gefühl, das im Lauf der Versammlung dank Orris' mürrischer Art noch verstärkt worden war. Also hatte Baden am vergangenen Abend interessiert zugesehen, als Jaryd auf Orris zugegangen war und ihm dafür gedankt hatte, dass er sein und Alaynas Leben gerettet hatte, und der Eulenmeister hatte erfreut festgestellt, mit welcher Warmherzigkeit und welchem Mitgefühl Jaryd seinem Kummer über den Verlust von Orris' Falken Ausdruck verlieh. Baden hatte auch bei Orris eine Veränderung wahrgenommen. Vielleicht war es Jaryd ebenso ergangen. So unwahrscheinlich es ihm vor ein paar Wochen noch vorgekommen wäre, nun hielt Baden es durchaus für wahrscheinlich, dass sich zwischen den beiden Magiern eine sehr bedeutsame Freundschaft entwickeln würde.

Während er immer noch Jaryd und Alayna ansah und den heiteren Gesprächen zwischen Orris und Trahn zuhörte, die ein Stück hinter ihm ritten, fragte sich der Eulenmeister, ob es vielleicht möglich wäre, dass alles, was geschehen war, seit sie sich auf den Weg zu Therons Hain gemacht hatten – die Morde an Jessamyn und Peredur, Sartols Verrat, Pordaths Tod, der Angriff auf Wasserbogen –, sie allesamt stärker gemacht und fester aneinander gebunden hatte. War es möglich, dass die Lethargie, die den Orden all die Jahre wie eine erstickende Decke überzogen hatte, sich dadurch hob, oder war das zu viel verlangt? Für den Rest des Tages drehte und wendete er die Frage im Geist immer wieder hin und her. Er war zu klug, um zu glauben, dass diese Veränderungen allein genügen würden, um Sartol und die anderen Feinde des Ordens zu besiegen, aber das Rätsel selbst bot ihm Zuflucht vor den finsteren Gedanken, die ihn während des ganzen Tages immer wieder heimsuchten. Es war eine Ablenkung, die er sehr willkommen hieß.

In der Abenddämmerung schlugen sie ihr Lager auf einer kleinen Anhöhe inmitten der Prärie auf. Umgeben vom hohen, windgepeitschten Gras, weit vom Moriandral entfernt, der sich direkt hinter Wasserbogen nach Westen zog, und gerade noch in Sichtweite der Smaragdhügel, die sich am nordwestlichen Horizont hinter der Ebene erhoben, setzten sich die Magier um ein kleines Feuer und genossen die Vorräte, die die Bewohner der kleinen Stadt ihnen an diesem Morgen mitgegeben hatten. Sie aßen langsam, in einem Tempo, das zu der bequemen Geschwindigkeit passte, mit der sie sich an diesem Tag fortbewegt hatten. Morgen würden sie sich mehr beeilen, aber dies war ein Tag relativer und dringend benötigter Ruhe gewesen.

Als die letzten Überreste des Tageslichts verblassten und Sterne begannen, am Nachthimmel zu glitzern, wandte sich das Gespräch schließlich Jaryds und Alaynas Begegnung mit Theron zu. Gemeinsam erzählten die jungen Magier alles, was sie gesehen und gehört hatten. Sie beschrieben das helle, grüne Licht, das der unbehauste Eulenmeister und sein Falke ausgestrahlt hatten, und das zornige Leuchten seiner smaragdgrünen Augen. Sie erzählten davon, wie sie gezwungen gewesen waren, die Nacht im Hain zu verbringen, obwohl sie sich kaum darüber ausließen, was ihnen bei ihren jeweiligen Prüfungen zugestoßen war. Das Wichtigste jedoch waren die Informationen, die der tote alte Eulenmeister Jaryd und Alayna schließlich bei ihrer zweiten Begegnung gegeben hatte. Und am Ende führte Jaryd das erstaunliche Geschenk vor, dass Theron ihnen hinterlassen hatte.

Baden hielt Therons Stab in den Händen, betrachtete das alte Holz im Licht des Feuers und der Cerylle und staunte darüber, dass so etwas überhaupt möglich gewesen war. Wie konnte dieser Stab sowohl im Reich der Unbehausten als auch in der Welt der Lebenden existieren? »Ihr sagt, er hätte sich als reinen Ausdruck von Magie bezeichnet?«, fragte er und fuhr zerstreut mit der Hand über den Stab.

»Ja«, erwiderte Jaryd, »tatsächlich hat er alle Unbehausten dabei mit eingeschlossen. An einer Stelle sagte er: ›Ich bin die Macht selbst‹ oder etwas ganz Ähnliches.«

»Weißt du, was er damit meinte?«

Jaryd grinste und schüttelte den Kopf. »Zu diesem Zeitpunkt verlief das Gespräch nicht sonderlich gut. Es erschien mir nicht ratsam, ihn zu bedrängen.« Er warf Alayna einen Blick zu, und sie lachte leise.

»Mich interessiert mehr, was er euch von Sartol und den Angriffen erzählt hat«, warf Orris ein und strich sich mit der schwieligen Hand über den Bart. »Er hat euch vor Sartols Kraft gewarnt?«

Diesmal war es Alayna, die antwortete. »Er hat uns gesagt, Sartol sei gefährlich, er sei der mächtigste Magier seit Phelan.«

Bei dieser Bemerkung blickte Baden auf. Seit Wochen hatte er nicht an Phelan gedacht, und nun tauchte der Name des legendären Wolfsmeisters zum zweiten Mal an diesem Tag auf. Er fragte sich, ob das wohl etwas zu bedeuten hatte.

»Aber er machte auch deutlich«, fuhr Alayna fort, »dass Sartol nur einen Teil der Gefahr darstellt, der wir gegenüberstehen, und dass er nicht unser schlimmster Feind ist.« Sie hielt inne, als versuchte sie, sich an etwas Bestimmtes zu erinnern. »›Selbst wenn ihr ihn besiegen könnt‹«, zitierte sie einen Augenblick später, »›werdet ihr euch noch größeren Gefahren gegenüberfinden.‹«

Orris schaute von Alayna zu Jaryd. »Die Fremden?«

Alayna nickte. »So habe ich es verstanden.«

»Ich auch«, bestätigte Jaryd.

»›Ihre Taktik verrät ihre Schwächen‹«, murmelte Baden und wiederholte damit, was Theron den jungen Magiern gesagt hatte.

Jaryd warf seinem Onkel im Licht des Feuers einen ernsten Blick zu. »Das hat er uns gesagt. Wir nahmen an, da sie versuchten, die Autorität des Ordens zu untergraben, statt uns direkt zu bekämpfen, dass ihre Schwäche in ihrer Unfähigkeit besteht, sich gegen Magie zu verteidigen.«

»Hat Theron das bestätigt?«

»Bis zu einem gewissen Grad«, sagte Alayna. »Aber als ich ihn fragte, ob sie Macht hätten, deutete er an, dass dies der Fall sei, allerdings handle es sich nicht um Macht von der Art, wie wir sie kennen.«

Baden warf Orris einen Blick zu und bemerkte, dass der Falkenmagier ihn bereits anstarrte. Auch Jaryd musste das registriert haben.

»Als Alayna und ich Trahn von Therons Überzeugung berichteten, dass Fremde hinter diesen Angriffen stecken«, sagte der junge Magier argwöhnisch zu Baden und Orris,

»war er schockiert. Aber ihr scheint nicht überrascht zu sein. Warum? Wieso wisst ihr es bereits?«

»Wir haben es nicht gewusst«, sagte Orris ruhig. »Wir nahmen es nur an. Ihr habt es mit eurer Geschichte bestätigt.«

»Ich habe euch von meinem Kampf mit den Männern, die Wasserbogen angegriffen haben, erzählt«, erklärte Baden. »Dabei habe ich allerdings nicht erwähnt, was Orris hinterher gefunden hat, als er ihre Waffen und die Vögel dieser Männer untersuchte.«

Nun war es an Orris, seine eigene Geschichte zu erzählen. Auf Badens Bitte hin wiederholte der Falkenmagier auch sein Gespräch mit dem Kaufmann aus Abboriji. Dann gab Baden schließlich voller Bedauern zu, dass Sartol beinahe alle Beweise, die Orris gefunden hatte, mitgenommen hatte.

»Man kann wohl davon ausgehen, dass er sie vernichten wird«, sagte Trahn.

»Ich würde es jedenfalls tun«, stellte Baden sachlich fest, »wenn ich an seiner Stelle wäre.«

Alayna sah Orris an. »Du sagtest, er hat *beinahe* alles weggeschafft. Heißt das, dass ihr dennoch Beweise dafür habt, was ihr gesehen habt?«

Orris warf Baden einen Blick zu, der einmal nickte und damit dem Falkenmagier ein Lächeln entlockte. Orris griff in seinen Umhang und holte eine kleine, schimmernde Scheibe aus Glas und kostbarem Metall heraus. »Seht euch das einmal an«, flüsterte er und hielt sie den anderen auf der Handfläche hin.

Es war wenig überraschend, dass Jaryd als Erster begriff, was sie da vor sich hatten. »Das Auge!« Aufgeregt wandte er sich Baden zu. »Das ist das Auge des Vogels, den ich in meiner Vision gesehen habe!«

Der Eulenmeister lächelte. »Und es war wirklich eine machtvolle Vision, Jaryd! Präziser, als ich es jemals für möglich gehalten hätte. Der Umhang, der Vogel, selbst der Ceryll und seine Farbe; alles war genau, wie du es beschrieben hattest, nur dass es zwei von ihnen waren.«

»Genauer gesagt«, bemerkte Alayna, »und wenn man Theron glauben kann, sind es fünfzehn.«

Orris riss die Augen auf. »Was sagst du da?«

Jaryd nickte. »Es stimmt; das hatte ich vergessen. Ich habe Theron nach meiner Vision gefragt, und er sagte, er habe diese Magier ebenfalls gesehen. Meist sind sie einzeln oder in Paaren unterwegs. Aber bei einer oder zwei Gelegenheiten sah er sechzehn von ihnen. Er sagte, seitdem sei einer von ihnen gestorben, obwohl er nicht wusste wie.«

Trahn stieß einen leisen Pfiff aus.

»Zumindest wissen wir nun, womit wir es zu tun haben«, stellte Baden fest. »Es sind also noch dreizehn solcher Männer in Tobyn-Ser unterwegs, und alle sind in der Lage, einen solchen Schaden anzurichten, wie wir ihn gestern Abend in Wasserbogen gesehen haben.«

»Glaubst du, dass sie aus Lon-Ser kommen, Orris?«, fragte Jaryd.

»Ja«, antwortete der Magier. »Nach allem, was Crob mir gesagt hat, kommt mir das am wahrscheinlichsten vor. Sie sind ganz bestimmt nicht aus Abboriji; und ich wüsste nicht, wo sie sonst herkommen könnten.«

Baden nickte ernst. »Ich kann dir nur zustimmen.«

Alayna fuhr sich nervös durch ihr dunkles Haar. »Wir wissen so wenig über Lon-Ser«, sagte sie und sprach damit einen von Badens Gedanken laut aus.

»Wir wissen immerhin mehr als gestern«, entgegnete Orris,

dessen braune Augen im Feuerlicht beinahe schwarz wirkten. »Sie verfügen über ein Wissen, das ihnen erlaubt, Waffen herzustellen, die der Natur ähnlich sind. Das ist eine Fähigkeit, die über alles hinausgeht, was wir hier in Tobyn-Ser leisten können.« Er sah die am Feuer sitzenden Magier nacheinander an. »Es ist schon lange bekannt, dass die Handwerker von Lon-Ser die geschicktesten der Welt sind. Alle Waren, die aus Lon-Ser zu uns gekommen sind – meist auf dem Umweg über Abboriji –, waren hervorragend gearbeitet. Die Präzision der Handwerksarbeit war beinahe unerklärlich.« Er hielt inne und starrte in die Flammen. »Aber wenn sie die Natur selbst nachahmen können, ist das wirklich kein Wunder. Ich nehme an, dass wer oder was auch immer die Vögel und Waffen der Fremden geschaffen hat, auch für die Exportwaren verantwortlich war, die wir hier hin und wieder zu sehen bekamen. Das würde vieles erklären.«

»In der alten Sprache gibt es ein Wort für solche Fähigkeiten«, sagte Trahn leise. *»Mellorsiat* – es bedeutet wörtlich ›falsches Wissen vom Leben‹.«

»Crob hat es als *Mechanisierung* bezeichnet«, fügte Orris hinzu. »Die Verwendung von Werkzeugen, um andere Werkzeuge herzustellen, die ihrerseits weitere Werkzeuge herstellen. Und als ich mir die Vögel der Fremden ansah, war dies mein erster Gedanke. Sie waren nichts weiter als Werkzeuge. Sehr fortschrittlich, ja, und so gestaltet, dass sie uns glauben ließen, dass es echte Vögel waren. Aber wenn man die Kunstfertigkeit einmal vergisst, sind sie kaum mehr als ein besonders guter Hammer oder Pflug.«

»Mechanisierung«, wiederholte Jaryd, und das Wort hörte

sich irgendwie unangenehm an. »Ich glaube, *Mellorsiat* ist mir lieber.«

Orris grinste. »Mir auch. Aber du siehst«, fuhr er an Alayna gewandt fort, »dass wir schon etwas über sie wissen.«

»Wir wissen, dass sie über Fähigkeiten verfügen, die wir kaum begreifen können«, sagte Alayna ein wenig verzweifelt. »Das ist nicht gerade tröstlich.«

»Aber das ist noch nicht alles«, betonte Orris. »Wir wissen auch, dass sie nicht über Magie verfügen, wie wir sie kennen, und dass es etwas bei uns gibt, was sie dringend brauchen, denn sonst würden sie sich nicht solch komplizierter Intrigen bedienen.«

Alayna starrte ins Feuer und runzelte heftig die Stirn. »Ich nehme an, das ist schon etwas«, sagte sie bedrückt, »aber es kommt mir sehr wenig vor, verglichen mit dem, was sie offensichtlich von uns wissen.«

Wieder hatte sie damit Badens Gedanken Worte verliehen. »Alayna hat Recht«, sagte er so leise, dass er über das Geräusch des Windes hinweg kaum zu vernehmen war. »Sie wissen vom Orden, sie wissen, wie wir uns kleiden, welche Gegenstände und Tiere für uns wichtig sind. Sie haben ihre letzten drei Angriffe so geplant, dass alle Magier, die an der Versammlung teilgenommen haben, dadurch immer noch unter Verdacht geraten könnten. Sie wussten sogar genug, um Federn zurückzulassen.«

»Solches Wissen haben sie zweifellos von Sartol«, sagte Orris.

»Das ist möglich«, stimmte Baden zu. »Dennoch, sie wussten genug über Tobyn-Ser, um ihre Anstrengungen darauf zu konzentrieren, den Ruf des Ordens zu untergraben. Selbst dazu braucht es schon viel größere Kenntnisse über

unser Land, als wir über ihres haben.« Er sah Orris an. »Ich komme jetzt mit großer Verspätung zu dem Schluss, dass du vielleicht die ganze Zeit Recht hattest. Die Zeit ist gekommen, dass der Orden das geistige Netz wieder einrichtet. Zum ersten Mal seit vierhundert Jahren gibt es Eindringlinge in Tobyn-Ser. Und wir haben es zugelassen.«
Der Falkenmagier erwiderte Badens Blick, und seine Miene war im seltsamen Licht des Feuers und der Cerylle nicht zu deuten. Nach einiger Zeit nickte er.
Jaryd zeigte mit dem Ast, den er immer noch bei sich trug, aufs Feuer – mit dem Ast, der seinen leuchtenden saphirfarbenen Ceryll enthielt. »Was, wenn die anderen nicht der gleichen Ansicht sind?« Unter dem dichten Haar hinweg, das ihm in die Stirn fiel, starrte er seinen Onkel an. »Ich glaube selbstverständlich, was ihr uns erzählt habt, aber was, wenn die anderen es nicht tun? Nach allem, was ich bei der Versammlung gesehen habe, braucht es ziemlich viel, um den Orden dazu zu veranlassen, etwas zu unternehmen. Und dieses einzelne Glasauge wird die trägeren Meister sicher nicht überzeugen. Habt ihr noch etwas anderes?«
Baden griff in seinen Umhang und holte das schwarze Fragment heraus, das sie gefunden hatten, als sie zum Marktplatz zurückgekehrt waren. »Wir haben das hier gefunden«, sagte er und reichte es Jaryd. »Es ist ein Stück des Materials, aus dem die Federn der Vögel bestanden.« Er sah zu, wie die anderen das Stück weiterreichten.
»Das ist anders als alles, was ich je zuvor gesehen habe«, gab Trahn zu, »aber ich bin immer noch der gleichen Ansicht wie Jaryd. Auch ich zweifle nicht daran, dass das, was ihr erzählt habt, der Wahrheit entspricht. Aber für andere

ist es vielleicht schwer, sich lebensechte Abbilder von Vögeln und flammenwerfende Waffen vorzustellen, wenn sie nur diese Glasscheibe und dieses Fragment sehen. Es gäbe ziemlich viel, was sie uns einfach nur glauben müssten.«

Baden lachte freudlos und warf Orris einen Blick zu. »Ich weiß. Ich zähle auf Jaryds und Alaynas Anwesenheit und auf den Stab, den sie dabeihaben, um diese Kluft zu überbrücken. Wenn wir den Orden von Sartols Schuld überzeugen und sie dazu bringen können, sich anzuhören, was Theron zu sagen hatte, genügen diese Fragmente vielleicht, damit sie auch den Rest der Geschichte glauben.« Er zuckte resigniert die Schultern. »Das hoffe ich zumindest; es ist alles, was wir haben.«

Baden schaute zu den Sternen auf. Leora tanzte am nördlichen Himmel. Er war müde, ebenso vom Gespräch dieses Abends als von seinem Kampf am Abend zuvor und den vielen Tagen, die sie im Sattel verbracht hatten. »Wir sollten jetzt schlafen«, empfahl er. »Es ist zwar klar, dass Sartol Amarid vor uns erreichen wird, aber wir wollen ihm lieber nicht zu viel Zeit lassen, um die Große Halle mit seinen Lügen zu überfluten.«

Die anderen erhoben sich langsam. Offensichtlich waren sie ebenso erschöpft wie der Eulenmeister. Baden, Trahn und Orris ließen sich direkt am Feuer nieder, während Jaryd und Alayna ein paar Schritte entfernt ein wenig Abgeschiedenheit suchten. Aber obwohl Baden sehr müde war, hielten ihn die Gedanken, die durch seinen Kopf wirbelten, weiterhin vom Schlafen ab. Er kämpfte einige Zeit dagegen an, begriff aber schließlich, dass er nicht gewinnen konnte, und drehte sich auf den Rücken, um in die Nacht zu starren.

Sartol hatte inzwischen wahrscheinlich Tobyns Wald erreicht, überlegte er. Er würde dann innerhalb von fünf Tagen in Amarid sein. Was würde er tun? Der Eulenmeister hatte ungeheure Macht und war ausgesprochen klug. Aber in vielerlei Weise war das ihre geringste Sorge. Bei all seiner Kraft und Durchtriebenheit war er nur ein einzelner Mann. Wenn Baden und seine Freunde den Orden von seinem Verrat überzeugen konnten, würden sie ihn besiegen können.

Sartols Verbündete allerdings waren etwas anderes. »Dies ist eine Art von Feind, der der Orden noch nie gegenübergestanden hat«, hatte Theron den jungen Magiern gesagt. »Der Orden wird sich anpassen müssen. Er wird sich verändern müssen.«

Oder er wird vernichtet werden, beendete Baden diesen Gedanken. Jaryd und Alayna hatten nicht angedeutet, dass der unbehauste Eulenmeister seine Warnung auf diese Weise abgeschlossen hatte. Aber es war im Grunde unmissverständlich. Und Baden wusste, dass Tobyn-Ser sich ohne den Orden nicht gegen die Fremden verteidigen konnte. Das war schließlich der Zweck hinter den Angriffen, der Grund all dieses Unheils, dieses Vandalismus, der schließlich auch vor Mord nicht Halt gemacht hatte. Wer immer die Angriffe geplant hatte, wusste genug über Tobyn-Ser, um zu erkennen, dass als Erstes der Orden zerstört werden musste. Also hatten sie sich darum gekümmert, dass der Orden bei den Menschen des Landes wenig oder gar keine Unterstützung mehr finden würde. Das war eindeutig die Strategie dieser »Magier« aus Lon-Ser, und sie war beunruhigend tückisch. Aber was steckte dahinter? Die Invasionen von Abboriji aus waren einfach zu deuten gewesen. Es ging um Territorium, nicht mehr und nicht weniger. Und es war durchaus möglich, dass diese neueste Gefahr auf das gleiche Bedürfnis, nämlich Land zu erobern, zurückzuführen war. Aber Baden glaubte, dass mehr dahinter steckte. Die Schlauheit und Gnadenlosigkeit dieser Invasion – oder um genauer zu sein, dieser Infiltration – kündete von einem finsteren Zweck. Der Eulenmeister hatte keine Ahnung, worum es gehen mochte, nur ein intensives, wenn auch vages Gefühl, dass viel mehr als Tobyn-Sers Territorium auf dem Spiel stand. Bei diesem Krieg, wenn es denn ein Krieg war, würde es um die Existenz ihres Landes gehen.

Er begriff auch, dass der Orden, wenn er weiter bestehen wollte, jüngere Führer brauchte. Odinan und Niall und die anderen älteren Meister waren zu sehr gegen Veränderungen. Unter ihrer Führung würde der Orden versagen, und Tobyn-Ser wäre verloren. Selbst Jessamyn wäre nicht geeignet gewesen, den Orden während dieses Konflikts zu führen. Es quälte ihn, das zugeben zu müssen, aber er wusste, dass es stimmte. Das hatte auch Theron zu sagen versucht. Und das war es, was Baden den Eulenmeistern klar machen musste, wenn es darum ging, einen Nachfolger für Jessamyn zu wählen.

Er holte tief Luft. Es war spät. Das Feuer war niedergebrannt, und die anderen Magier waren längst eingeschlafen. Leoras endloser Tanz hatte sie höher in den Nachthimmel geführt, und Lon und Tobyn standen nun unterhalb von ihr, einer nach Westen, der andere nach Osten gewandt.

6

Jaryd stand auf einem Felsvorsprung in den Parnesheim-Bergen und schaute auf die Stadt Amarid hinab. Die Sonne wärmte ihm den Rücken, kühler Wind zerzauste sein Haar. Als er das letzte Mal von genau diesem Aussichtspunkt das präzise Weiß und Grau der Heimat des Ersten Magiers erblickt hatte, nachdem er und Baden ihre lange Reise von Accalia in die große Stadt hinter sich gebracht hatten, war er noch Schüler gewesen, weit von seinem Zuhause und seiner Familie entfernt, und schon der Gedanke, bald seine erste Magierversammlung erleben und die mächtigsten Männer und Frauen von ganz Tobyn-Ser kennen lernen zu können, hatte ihn mit Ehrfurcht erfüllt. Seitdem war weniger als ein Monat vergangen, aber es hätte genauso gut ein ganzes Leben sein können. Er war nun ein Falkenmagier, und er spürte deutlich Ishallas Anwesenheit in seinem Geist. Und er war nicht einfach nur irgendein Falkenmagier; er hatte sich an einen von Amarids Falken gebunden, und er trug den Stab, den ihm der unbehauste Geist des Ersten Eulenmeisters übergeben hatte. Die Magier, mit denen er unterwegs war – Personen, deren schiere Gegenwart ihn einst zutiefst eingeschüchtert und mit Staunen erfüllt hätte –, waren nun seine engsten Freunde. Innerhalb des vergangenen Monats hatte er auch seine Angst vor Pferden verloren, begriff Jaryd mit einem Lächeln, als das Tier, das neben ihm stand, ihm auf die Schulter schnaubte. Zerstreut streichelte er die Nase des Wallachs.

Ein Bild tauchte in seinem Kopf auf, und einen Augenblick

sah er sich selbst, wie er schlafend an einem kleinen Bach lag. Er erkannte die Szene: Es war der Ort seiner Bindung. *Ja,* übermittelte er Ishalla, die ihm das Bild geschickt hatte. *Du bist wieder zu Hause.* Sofort verschwand dieses Bild, und ein anderes erschien vor seinem geistigen Auge. Eine große Eule flog auf ihn zu, die kräftigen Krallen bedrohlich ausgestreckt, den Schnabel zu einem Schrei aufgerissen. Sartols Vogel. Jaryds Stimmung verfinsterte sich. Es gab noch etwas, das diese Reise nach Amarid deutlich von der letzten unterschied: Diesmal hatte er vor, einen Verräter zu entlarven oder bei dem Versuch zu sterben. *Hab keine Angst*, sagte er zu seinem Falken. *Wir sind nicht allein.*

»Störe ich?«, erklang eine leise, vertraute Stimme hinter ihm.

»Nein«, antwortete er, drehte sich um und streckte eine Hand aus. Alayna griff danach und stellte sich neben ihn, um mit ihm gemeinsam zur Stadt hinunterzuschauen.

»Was ist denn los?«, fragte sie.

»Ich glaube, Ishalla hat Angst«, sagte er. »Und ich bin nicht daran gewöhnt, Angst von ihr zu spüren.«

Alayna antwortete nicht, und lange Zeit standen sie schweigend da, hielten einander an den Händen und schauten beide auf die Gebäude hinab, die unter ihnen im Sonnenlicht schimmerten. Als Jaryd sich bereits fragte, ob Alayna seine letzte Bemerkung überhaupt gehört hatte, antwortete sie endlich, und er wusste, dass seine Worte nicht nur zu ihr durchgedrungen waren, sondern dass sie schon über die gleichen Dinge nachgedacht hatte.

»Er wird bereit sein«, murmelte sie, ohne den Blick von der Stadt abzuwenden. »Ich weiß, dass Baden über alles sehr genau nachgedacht hat und dass er alle erdenklichen Vorsichtsmaßnahmen ergreifen wird. Aber Sartol wird bereit sein.«

Jaryd warf ihr einen Blick zu. »Was sollten wir deiner Ansicht nach tun?«

Sie zuckte die Achseln. Plötzlich sah sie sehr jung und sehr verängstigt aus. Jaryd konnte nur ahnen, wie schwierig diese letzten Tage für sie gewesen waren oder wie viel schwieriger die kommenden sein würden. »Er ist stärker als wir, Alayna«, sagte er ihr. »Er ist schlau und heimtückisch, und er hat die Große Halle als Erster erreicht, was bedeutet, dass er wahrscheinlich schon viele Magier auf seine Seite gezogen hat. Aber wir müssen ihm entgegentreten; es ist dic einzige Möglichkeit, Tobyn-Ser zu retten. Du hast gehört, was Theron gesagt hat: Wenn wir Sartol nicht besiegen, haben wir überhaupt keine Chance, die Fremden aufzuhalten.«

»Also gehen wir dort hinunter, selbst wenn es unseren Tod bedeutet.« Das klang sehr sachlich, war einfach nur die Feststellung einer Tatsache, aber Alaynas Miene war nicht zu deuten.

Jaryd lächelte. »Wir gehen, aber es wird nichts passieren.« Er hob ihre Hand an seine Lippen und küsste sie sanft. »Ich habe dich gerade erst gefunden, und ich werde nicht zulassen, dass irgendetwas oder irgendwer dich mir wegnimmt. Nicht einmal Sartol.«

Sie nickte und versuchte zu lächeln. Aber noch immer stand Angst in ihrem Blick.

Jaryd hörte Schritte hinter ihnen. »Störe ich?«, rief Baden.

»Selbstverständlich nicht, Baden«, antwortete Alayna, aber dabei schaute sie weiterhin Jaryd an. »Wir haben uns nur ... unterhalten.«

Jaryd drehte sich zu dem Eulenmeister um. »Brechen wir auf?«
»Bald«, sagte Baden, »aber es gibt noch etwas, das ich mit euch besprechen möchte.« Er ging an den jungen Leuten vorbei zum Rand des Felsvorsprungs und schaute auf die Stadt hinab, wie Jaryd und Alayna es noch einen Augenblick zuvor getan hatten. Der Wind zerzauste sein schütteres Haar, und seine immer schon hagere Gestalt wirkte unter dem weiten Umhang beinahe zerbrechlich. »Sobald wir in den Falkenfinderwald kommen«, sagte er, »werden wir vielleicht auf andere Magier stoßen, die auf dem Rückweg zur Großen Halle sind. Dafür hat Sartol bereits vor zwei Tagen gesorgt.«
Jaryd warf einen Blick auf seinen Ceryll und sah, dass der Kristall immer noch im gleichen Rhythmus leuchtete wie zwei Tage zuvor, als die Gruppe durch Tobyns Wald geritten war. Auch Alaynas Kristall blinkte, ebenso wie die von Trahn und Orris und jedes anderen Magiers in Tobyn-Ser. Alle waren auf den Rufstein eingestimmt, der geweckt worden war, um zu einer weiteren Versammlung zu rufen. Baden hatte erklärt, dass dies durchaus dem Brauch entsprach. Als Eulenmeister und Überbringer von Jessamyns Stab und der Nachricht ihres Todes hatte Sartol nicht nur das Recht, sondern die Pflicht, eine Versammlung der Eulenmeister einzuberufen, um Jessamyns Nachfolger zu wählen. Aber statt das hektischere Flackern zu zeigen, das nur die Eulenmeister rief, pulsierten ihre Cerylle im stetigen Rhythmus einer allgemeinen Versammlung. Der gesamte Orden wurde nach Amarid gerufen, zweifellos, damit Sartol Baden und Orris öffentlich des Verrats bezichtigen konnte.
»Ihr habt mir beide versichert, dass Theron von keinem

anderen Verräter innerhalb des Ordens wusste«, fuhr Baden fort, »aber ich möchte lieber vorsichtig sein. Sartol hat vielleicht Verbündete, die Theron einfach nicht gesehen hat.«

Der Eulenmeister wandte sich von der Stadt ab und sah die beiden jungen Leute an. Die dunklen Ringe unter seinen hellblauen Augen ließen ihn noch ausgemergelter als üblich erscheinen, und seine Stimme war angespannt. »Sobald wir den Wald erreichen, wird euer Leben in Gefahr sein – wenn Sartol irgendwie erfahren sollte, dass ihr noch lebt, wird er alles tun, was in seiner Macht steht, um euch umzubringen. Also möchte ich euch beide, sobald wir die Berge hinter uns haben, zu einer isolierten Lichtung ein paar Meilen vor der Stadt bringen. Dort könnt ihr darauf warten, dass wir euch eine Botschaft zukommen lassen.«

Jaryd konnte spüren, wie Alayna seine Hand bei Badens Worten fester packte, und sobald der Eulenmeister fertig war, schüttelte sie nachdrücklich den Kopf. »Sobald ihr in Amarid seid, wird Sartol euch alle drei des Mordes und des Verrats bezichtigen und euch unter Arrest stellen lassen«, erklärte sie. »Es sei denn, er findet eine Ausrede, um euch sofort umzubringen. Und ihr wollt, dass wir einfach auf einer Lichtung sitzen bleiben und auf eure Anweisungen warten?« Wieder schüttelte sie den Kopf. »Bei allem Respekt, Eulenmeister, das ist einfach dumm!«

Zu ihrer Überraschung grinste Baden, als er von einem der jungen Magier zum anderen schaute. »Ihr beide seid wirklich füreinander geschaffen«, sagte er. »Diese Worte hätten genauso gut von Jaryd kommen können.« Er hob den Finger, und sein Lächeln verblasste. »Aber als Erstes: Was immer Sartol tun mag, er wird uns nicht umbringen. Das wäre zu durchsichtig, damit würde er sich nur selbst schaden.

Zweitens«, fuhr er fort und hob den nächsten Finger, »erwarte ich selbstverständlich, bezichtigt und verhaftet zu werden, wie du vorhergesagt hast. Aber vergiss nicht, sowohl ihr beide als auch Trahn, Orris und ich haben viele Freunde im Orden. Ganz gleich, wie überzeugend Sartol sein mag, zumindest einige werden an unsere Unschuld glauben und uns helfen. Ich versichere euch, ihr werdet nicht lange auf unseren Boten warten müssen.«

Alayna schaute immer noch trotzig drein, aber Jaryd nickte zustimmend. »Weißt du schon, was du tun wirst?«, fragte er.

Der Eulenmeister lächelte auf diese Art, die die beiden jungen Leute inzwischen schon so gut kannten. »Ich werde nicht viel tun können«, sagte er. »Wie Alayna schon sagte, er wird uns gefangen nehmen lassen, sobald wir die Stadt betreten. Aber auch wenn man uns anklagt, steht uns immer noch die Entscheidung darüber zu, ob wir eine sofortige Verhandlung fordern oder verlangen, dass damit gewartet wird, bis der gesamte Orden sich wieder versammelt hat.«

»Das wird dein Bote uns also sagen – wozu ihr euch entschieden habt.«

Baden nickte. »Wenn Sartol uns anklagt, gibt uns das auch das Recht, uns zu verteidigen«, erklärte er, »und ich hoffe, dass wir nach der offiziellen Anklage besser im Stande sein werden zu entscheiden, ob wir lieber warten oder Sartol zwingen sollen, sich gleich zu erklären. Aber ganz gleich, wie wir uns entscheiden, eure Rolle dabei ist die gleiche. Ihr müsst ungesehen in die Stadt schlüpfen und mit Therons Stab und unseren beiden Fragmenten der künstlichen Vögel zur Großen Halle kommen. Ich hoffe, dass diese

Beweisstücke und eure Beschreibung dessen, was am Hain geschah, genügen werden, den Orden von unserer Unschuld und Sartols Schuld zu überzeugen.« Er wandte sich Alayna zu, die schweigend zugehört hatte, während er seinen Plan erläuterte. »Ich verstehe, dass es dir widerstrebt, so vorzugehen, Alayna«, sagte Baden mit unerwartetem Mitgefühl. »So schwierig diese Begegnung auch für uns alle sein wird, für dich wird es am schwersten. Wenn du einen anderen Vorschlag hast, höre ich ihn mir gerne an. Aber ich bin überzeugt, dass dieser Plan uns die beste Möglichkeit gibt, mit Sartol fertig zu werden.«

Alayna stand einen Augenblick vollkommen reglos da. Dann seufzte sie und schloss die Augen. »Ich habe keine Alternativen anzubieten, Baden, und ich begreife, was du vorhast.« Sie öffnete die Augen wieder und sah den Eulenmeister an. »Es tut mir Leid, was ich vorhin gesagt habe.«

»Dass du meinen Plan dumm findest?«, fragte Baden, und seine Augen blitzten vergnügt.

Alayna lachte. »Ja.«

»Nun, du solltest dich noch nicht entschuldigen«, sagte er. »Es könnte eine ganz gute Beschreibung dessen sein, was wir jetzt vorhaben.« Er zwinkerte ihnen zu, als ginge es um vollkommen harmlose Dinge. Dann kehrte er zusammen mit den jungen Magiern wieder auf den Bergpfad zurück. »Trahn! Orris!«, rief er. »Machen wir uns auf den Weg. Es wird Zeit, dass wir Sartol einen Besuch abstatten.«

Der Weg führte steil aus den Bergen abwärts. Er kam Jaryd sogar noch steiler vor als die Route, die er und Baden vom Westen aus in die große Stadt genommen hatten, als sie zur Mitsommerversammlung hierher gekommen waren.

So vertraut er auch in den letzten paar Wochen mit dem Reiten geworden war, diesen Abstieg fand er dennoch sehr anstrengend. Zweimal wäre er beinahe über den Kopf seines Pferdes auf den felsigen Weg gestürzt, und als das Gelände schließlich wieder ebener wurde, war sein Umhang schweißnass, und er stellte fest, dass er die Zügel so verkrampft festgehalten hatte, dass ihm nun die Hände wehtaten. Zum Glück begegneten sie auf diesem Weg den Hang hinab noch niemandem. Aber beinahe sofort, nachdem sie den Falkenfinderwald betreten hatten und am kristallblauen Wasser des Daciasees entlangritten, hörten sie, wie sich Stimmen von einem Weg her näherten, der den ihren kreuzte. Rasch und so lautlos wie möglich duckten sich Jaryd und Alayna in ein nahe gelegenes dichtes Gehölz, während die anderen abstiegen, Vorräte auspackten und so taten, als hätten sie eine Rast eingelegt. Jaryd sah aus dem Schatten, wie vier Falkenmagier in Sicht kamen. Er erkannte einen von ihnen als Radomil, erinnerte sich aber nicht an die Namen der anderen. Die vier hielten kurz inne, um Orris, Trahn und Baden zu begrüßen, stiegen aber nicht ab und zogen bald weiter.

»Das war knapp«, sagte Baden, nachdem die vier außer Hörweite waren.

»Ich würde eigentlich davon ausgehen, dass wir Radomil trauen können«, erklärte Jaryd, nachdem er mit Alayna wieder aus dem Gebüsch gekommen war.

Orris hatte die muskulösen Arme vor der Brust verschränkt und nickte zustimmend. »Ich kenne Mered recht gut. Ich traue ihm ebenfalls.«

»Ihr habt vermutlich beide Recht«, gab Baden zu. »Ich halte Radomil für einen guten Freund und habe großen Respekt vor Mered. Zweifellos sind die beiden anderen auch gute Menschen. Aber wenn man unsere Situation bedenkt, können wir es uns einfach nicht leisten, ein Risiko einzugehen. Es geht nicht nur darum, ob diese Magier vertrauenswürdig sind. Wir müssen auch sicher sein, dass sie uns glauben und weiter an uns glauben werden, nachdem sie Sartols Anklage gehört haben. Wir würden von jedem, den wir ins Vertrauen ziehen, ziemlich viel verlangen, also sollten wir darauf achten, dass wir von seiner Loyalität absolut überzeugt sind.«

»Hast du dabei eine bestimmte Person im Sinn?«, fragte Trahn.

Der Eulenmeister zögerte. »Ja«, erwiderte er. Jaryd glaubte, er würde noch mehr sagen, aber stattdessen presste er die Lippen aufeinander und fuhr sich in einer seltsamen, nervösen Geste mit der Hand über den Mund. »Ja«, wiederholte er einen Augenblick später.

Alayna strich sich mit den Fingern durchs dunkle Haar. »Das hier ist nicht der beste Platz, um einfach herumzustehen«, sagte sie.

Baden lachte leise. »Wahrscheinlich nicht. Ich bringe euch beide jetzt zu der Lichtung, die ich erwähnt habe.« Er warf Trahn einen Blick zu.

»Du und Orris, ihr könnt schon in Richtung Amarid weiterziehen«, sagte er. »Ich werde ein paar Meilen weiter wieder auf den Weg stoßen und dort auf euch warten.«

Trahn nickte, und seine grüne Augen blitzten in einer Mischung aus Erwartung und Kampfgeist, die Jaryd schon öfter an ihm aufgefallen war. Nicht zum ersten Mal war er froh, dass der Falkenmagier auf ihrer Seite stand. Trahn sah erst Alayna und dann Jaryd an. »Arick möge euch beide beschützen«, sagte er, »um euretwillen und im Interesse des ganzen Landes.«

»Dich ebenfalls«, entgegnete Alayna.

Jaryd sah seinen Freund an und lächelte. »Pass auf dich auf, Trahn«, sagte er zu dem Falkenmagier und verließ sich darauf, dass sein Tonfall alles vermittelte, was er mit Worten nicht ausdrücken konnte.

Orris schwang sich mit einer raschen, präzisen Bewegung aufs Pferd. »Ich würde mich freuen, euch beide wiederzusehen«, sagte er forsch. »Versucht, nicht zu spät zu unserer Verhandlung zu kommen.«

Jaryd nickte und grinste. »Wir tun unser Bestes.«

Ohne ein weiteres Wort zogen die beiden Falkenmagier, einer dunkelhaarig, einer blond, beide mit langem, zusammengebundenem Haar, weiter in Richtung Amarid. Jaryd sah ihnen nach, bis sie unter den Bäumen verschwunden waren.

»Kommt«, sagte Baden und lenkte sein Pferd auf einen schmalen Seitenpfad, der Jaryd zuvor nicht einmal aufgefallen war. »Es ist nicht weit, aber ich möchte gerne wieder zu Trahn und Orris stoßen, bevor sie anderen begegnen. Je weniger Fragen wir aufwerfen, desto besser.«

Jaryd sah sich noch einmal auf dem Hauptweg und in der Umgebung um, um sich zu überzeugen, dass niemand sie beobachtete, dann folgte er Baden auf den schmalen Pfad, und Alayna ritt hinter ihm her. Wie der Eulenmeister versprochen hatte, war es nicht weit, aber der Wald war dicht und der Weg schlecht. Sie erreichten die Stelle, die Baden beschrieben hatte, eine Viertelstunde später. Umgeben vom dichten Föhren- und Fichtenwald am sanften Abhang einer kleinen Erhebung, war die Lichtung bedeckt von dichtem, weichem Gras und Wildblumen in allen erdenklichen Farben. Das laute Summen von tausend Hummeln erfüllte die Luft, Kolibris schossen zwischen den Blüten hin und her, und zwei Rehe schreckten bei der Ankunft der Magier auf und sprangen unter lautem Schnauben und dem Knacken zerbrechender Zweige davon.

»Hier werdet ihr sicher sein«, murmelte Baden, und er saugte mit seinen Blicken die Umgebung regelrecht in sich auf. »Es gibt nur noch eine Person, die diesen Ort kennt.«

Jaryd sah den Eulenmeister an, und er konnte sich denken, wer diese andere Person war, aber er schwieg.

Alayna war vom Pferd gestiegen und betrachtete entzückt die Blüten und Vögel. Schließlich blickte sie zu Baden auf. »Was für ein wunderschöner Ort!«

Dem Eulenmeister gelang ein Lächeln. »Ich freue mich, dass es dir gefällt.« Er hielt inne, dann räusperte er sich, als wüsste er nicht genau, was er nun sagen sollte. »Ich sollte mich auf den Weg machen«, begann er unschlüssig, dann hielt er wieder inne. »Ich werde euch nicht belügen«, fuhr er nach einer Weile fort. »Es könnte sein, dass unser aller Leben davon abhängt, dass ihr mit euren Beweisen rechtzeitig zur Verhandlung kommt. Aber eure erste Verantwortung sollte euch selbst gelten. Passt auf euch auf, denn ihr seid die größte Hoffnung des Landes. Sollte es dazu kommen, dass ihr euch entscheiden müsst, entweder Sartol und die Fremden aufzuhalten oder uns zu retten ...« Er hielt inne. Dann lächelte er plötzlich. »Hört mich doch bloß an! Ihr beide habt Therons Hain überlebt – ihr braucht meinen Rat nicht, wie ihr mit Sartol verfahren sollt.«

»Wir werden es schaffen, Baden«, versicherte Jaryd seinem Onkel, »und wir werden zu eurer Verhandlung da sein.«

»Gut«, erwiderte der Eulenmeister. »Dann brauche ich mich nicht mit einem großartigen Abschied abzugeben.« Er wendete sein Pferd und lenkte es zur anderen Seite der Lichtung, wo, wie Jaryd annahm, ein weiterer schmaler Pfad zur Stadt führte. Baden zügelte sein Pferd jedoch noch einmal, bevor er die Bäume erreichte, und drehte sich noch einmal um. »Arick möge euch beide beschützen«, rief er, und seine Miene war viel ernster als nur Sekunden zuvor.

Zur Antwort hob Jaryd den Ast, in dem sich immer noch sein Ceryll befand, und ließ den Stein kurz aufblitzen. »Dich ebenfalls«, rief er.

Alayna stellte sich neben den jungen Magier und winkte zum Abschied.

Noch lange, nachdem Baden im Wald verschwunden war, blieben sie an dieser Stelle stehen, schauten zu dem dunklen Wald, und ihre Gedanken reisten mit den anderen zur Stadt und zu allem, was sie dort erwartete.

»Ich glaube, auf Badens Botschaft zu warten, wird das Allerschwierigste sein«, sagte Jaryd. »Ich wäre lieber bei ihnen und würde mich viel lieber verhaften lassen –«

»Als hier mit mir allein zu sein?«

»Das hatte ich nicht –« Er hielt inne, als er sah, wie sie lächelte. »Du weißt, was ich gemeint habe.«

»Ja«, sagte sie und ihr Lächeln verschwand. »Ich bin ebenso unruhig wie du, aber Baden hat mich davon überzeugt, dass dies die beste Möglichkeit ist.« Sie warf einen Blick auf den Stab, den er in der Hand hatte. »Vielleicht sollten wir diese Zeit nutzen, um dich weiter auszubilden. Wir könnten auch deinen Ceryll aus diesem albernen Ast holen und auf Therons Stab setzen und dir auf diese Weise ein wenig Erfahrung mit dem Formen von Holz verschaffen.«

»Therons Stab gehört dir ebenso wie mir«, erwiderte Jaryd. »Er hat ihn uns beiden gegeben. Es ist ungerecht, wenn ich ihn einfach als meinen Stab betrachte.«

»Mir macht das nichts aus«, sagte sie. »Außerdem habe ich bereits einen Stab. Selbst wenn ich ihn von Sartol erhalten habe, gehört er doch mir, und ich werde ihn behalten.« Sie lächelte traurig. »Ich denke, in gewisser Weise hat Sartol uns beiden unsere Cerylle gegeben.«

Und plötzlich liefen ihr Tränen über die Wangen. Jaryd nahm sie in die Arme, drückte sie fest an sich und spürte, wie ihr ganzer Körper von Schluchzern geschüttelt wurde. Sie hatte sich diesem Ausbruch lange verweigert, das wusste er. Die ganze Zeit hatte sie einfach keine Gelegenheit gehabt, über den Verlust ihres Lehrers zu weinen. Selbst jetzt spürte er, dass sie nicht nur aus Trauer, sondern auch aus Angst weinte. Ja, sie hatten Theron gegenübergestanden und die Schrecken von Wasserbogen gesehen. Aber es gab noch so viel zu tun, und so viel hing davon ab, dass sie das Richtige taten! Und selbstverständlich mussten sie immer noch mit Sartol fertig werden. Also hielt Jaryd Alayna fest umarmt, strich ihr über das lange, dunkle Haar und flüsterte ihr beruhigende Worte zu. Nach einiger Zeit ließ das Schluchzen nach. Jaryd ließ sie wieder los.

»Nein«, sagte sie leise und klammerte sich weiter an ihn. »Bitte halt mich weiter fest. Hör nicht auf. Bitte.«

Sie blickte zu ihm auf, ihre dunklen Augen groß, die Wangen immer noch tränenfeucht. Sie schob ihre Finger in sein Haar und zog seinen Kopf auf sich zu, um ihn lange und leidenschaftlich zu küssen. Jaryd erwiderte den Kuss und spürte, wie sie sich an ihn schmiegte. In diesem Augenblick schienen ihr Kummer und ihre Angst zu schwinden, und nur die Liebe und die Leidenschaft blieben, durchfegten sie wie ein Herbststurm, der durch die Äste von einem von Leoras Bäumen wirbelte und sie in das kühle, duftende Gras trug, als wären sie die goldenen Blätter der Göttin, die der Sturm losgerissen hatte. Und für eine Weile gestatteten sie ihrer Leidenschaft, sie weit aus einer Welt voller Fremder, Verräter und Anklagen hinauszutragen, während die warme Sonne ihre Haut streichelte und die Blüten ringsum noch heller leuchten ließ, bis schließlich die Wirklichkeit nur noch aus ihnen beiden zu bestehen schien, aus dem weichen Boden, auf dem sie lagen, und dem Rhythmus, den sie im Sonnenlicht und im leichten Wind gemeinsam schufen.

Man konnte sich an beinahe alles gewöhnen, zumindest kam es ihm manchmal so vor. Er hatte sich den seltsamen täglichen Mustern des Reisens anpassen können, bei denen man den ganzen Tag zu Pferd saß, bis die Bewegungen des Tieres zu einer Art Wachtraum wurden, und er nach Einbruch der Dunkelheit, wenn die Bewegung aufhörte, wieder auf normalere Weise weiterfunktionierte. Er konnte es zulassen, dass sich seine Vorstellungen über die Menschen, mit denen er zu tun hatte, ja selbst über die mythischen Gestalten seiner Kindheit, so vollständig veränderten, dass es sich anfühlte, als hätte die Welt selbst sich geändert, um sich seinen neuen Ansichten anzupassen. Er konnte sogar einen Freund verlieren oder ein Geschöpf, dem er näher gestanden hatte als jedem menschlichen Gefährten, und irgendwann mit der Trauer und dem Verlust leben, sie aber auch als eine weitere Lektion betrachten, die das Leben ihm erteilt hatte.

Orris hielt sich nicht für besonders anpassungsfähig, aber auch nicht für übertrieben starr. Er hatte sich an das endlose Reiten der vergangenen Wochen gewöhnt. Er hatte schließlich einen Punkt erreicht, an dem er Baden vertraute und Jaryd und Alayna bewunderte; und nachdem er die Schilderung der jungen Magier von ihrer Begegnung mit Theron gehört hatte, hatte er sogar zugegeben, dass der unbehauste Eulenmeister nicht die Verkörperung des reinen Bösen war, für die Orris ihn immer gehalten hatte. Und nach und nach hatte der Falkenmagier begonnen zu akzeptieren, dass Pordath nicht mehr bei ihm war und dass er sich irgendwann, vielleicht schon bald, an einen anderen Vogel binden würde. Aber an diesem Tag begriff Orris, dass sein Toleranz Grenzen hatte: Er konnte es nicht ertragen, dass man ihn als Verräter bezeichnete.

Bevor Baden auf dem Weg nach Amarid wieder zu ihnen gestoßen war, waren sie keinen anderen Magiern mehr begegnet. Kurz darauf allerdings, als sie näher zur Stadt kamen, sahen sie mehr und mehr Magier, die von den Patrouillen zurückkehrten, die Orris vorgeschlagen und Ursel organisiert hatte. Zum Glück schien keiner von den Männern oder Frauen, die sie auf dem Weg begrüßten, eine Ahnung davon zu haben, wieso man den Orden nach Amarid zurückgerufen hatte, und Orris, Trahn und Baden erreichten das Südufer des Larian unbehelligt. Von dort an allerdings verschlechterte sich die Situation rapide.

In den vergangenen Tagen hatte Baden mehrmals lässig, beinahe zu lässig, davon gesprochen, dass man sie gefangen nehmen würde, bis Orris sich schließlich an die Vorstellung gewöhnt hatte. Zumindest hatte er sich das eingebildet. Nichts allerdings hätte ihn auf die demütigende

Szene vorbereiten können, die sie auf der Brücke über den Larian zum alten Gemeindeanger von Amarid erwartete. Wie Baden schon auf den letzten paar Meilen ihres Ritts vorhergesagt hatte, war Sartol nicht persönlich gekommen, hatte aber dafür gesorgt, dass sie so öffentlich wie möglich festgenommen werden würden. Der verräterische Magier hatte Niall als seinen Vertreter geschickt, und der ältere Eulenmeister stand nun mitten auf der Brücke, den Stab mit dem weinroten Ceryll vor sich ausgestreckt, und seine hell gefiederte Eule saß mit leicht hochgezogenen Flügeln auf seiner Schulter. Der Oberwachtmeister der Stadt war ebenfalls anwesend und wartete auf der anderen Seite der Brücke mit mehreren seiner Männer und drei der größten, kräftigsten Diener der Großen Halle, die Orris je gesehen hatte. Hinter ihnen, in den Straßen des ältesten Teils der Stadt, hatte sich eine riesige Menschenmenge versammelt, darunter nicht nur Bürger von Amarid, sondern auch viele Magier, die Orris erkannte. Er fürchtete das öffentliche Spektakel, von dem er wusste, dass es nun stattfinden würde.

Als der Falkenmagier und seine Begleiter aus dem Sattel stiegen und auf die Brücke traten, stieß Niall mit dem Ende seines Stabs auf die dicke Holzplanke, auf der er stand. Er tat es nur einmal, aber das genügte, um die Menschenmenge zum Schweigen zu bringen und die Blicke eines jeden auf ihn zu lenken. Als Orris nun dem Eulenmeister gegenüberstand, der größer und jünger aussah, als er ihn in Erinnerung hatte, fielen ihm unwillkürlich die zornigen Worte wieder ein, die er und Niall bei der Versammlung vor nur ein paar Wochen gewechselt hatten. Er fragte sich beiläufig, ob der ältere Mann ebenfalls daran dachte. Einen Augenblick später waren diese Gedanken allerdings wie weggewischt.

»Im Namen Amarids, des Ersten Magiers und Gründers des Ordens«, erklärte Niall mit einer Stimme, die auch über das Rauschen des Flusses hinweg noch deutlich zu hören war, »und auf Befehl von Eulenmeister Sartol, der Tobyn-Ser bis zur nächsten Wahl vorübergehend als Eulenweiser dient, befehle ich euch hiermit, eure Stäbe zu übergeben und euch meiner Autorität auszuliefern.«

»Aus welchem Grund?«, fragte Baden höflich und machte sich damit zum Sprecher ihrer kleinen Gruppe, wie es entsprechend seiner Stellung als Eulenmeister angemessen war.

Orris wappnete sich innerlich gegen das, was nun kommen würde.

»Um euch Anklagen zu stellen, die euch alle drei einer Verschwörung gegen das Volk von Tobyn-Ser und der Ausführung der kürzlich erfolgten Angriffe auf das Land bezichtigen, darunter der Morde an zwei Menschen bei Sern, der Zerstörung von Taima und der Massenmorde in Kaera und Wasserbogen. Außerdem seid ihr angeklagt, die Morde an der Eulenweisen Jessamyn, dem Ersten der Weisen, Peredur, Falkenmagierin Alayna und Falkenmagier Jaryd geplant und ausgeführt zu haben. Man wirft euch vor, dass ihr drei euch verschworen habt, Eulenmeister Sartol ebenfalls umzubringen.«

Aus der Menge kamen erstaunte Rufe, und aufgeregte Gespräche begannen. Mehrere Bürger riefen nach der sofortigen Hinrichtung dieser drei Verräter, andere verlangten, man solle ihnen ihre Cerylle und Vögel abnehmen und sie dann der Bevölkerung ausliefern, damit rasch Gerechtigkeit geschehe. Mit einer seltsamen Gelassenheit, von der er wusste, dass sie nichts weiter war als ein Schutzwall gegen tiefere Gefühle, bemerkte Orris, dass die großen, kräftigen Diener aus der Großen Halle ihnen am Ende wohl eher als Leibwächter dienen würden denn als Gefängniswärter.

Niall, in dessen dunklen Augen ein Spur von Furcht stand, stieß mehrmals mit dem Stab auf die Brücke, um die zunehmend unruhige Menge wieder zur Ordnung zu rufen, aber der Lärm ging ungehindert weiter. Orris warf Baden einen Blick zu und sah, wie der Eulenmeister angespannt in die Menge starrte. Es war unglaublich, aber Baden grinste. Als Orris seinem Blick folgte, erkannte er warum. Zwischen den zornigen Männern und Frauen stand in einer kleinen Gruppe von Magiern Radomil und schaute zu Baden hin. Der Falkenmagier hatte heimlich die rechte Hand aufs Herz gelegt, die vier Finger gerade und aneinander gedrückt, den Daumen unter der Handfläche. Das Zeichen dafür, dass man bei den Göttern Treue schwor. Selbst nach all diesen Anklagen, und noch bevor er gehört hatte, wie und ob sie sich dagegen verteidigen konnten, hatte der Falkenmagier geschworen, ihnen zu helfen. Jaryd hatte Recht gehabt: Man konnte Radomil vertrauen. Also gestattete sich Orris nun ebenfalls ein dünnes Lächeln.

Kurze Zeit später, nachdem es ihm schließlich gelungen war, die aufgebrachte Menge wieder zu beschwichtigen, sah Niall Baden abwartend an, als wollte er dem Eulenmeister mitteilen, dass dieser nun seine Antwort auf den Katalog von Anklagen und Nialls vorherige Forderung, sich zu ergeben, abgeben könne.

Bedächtig, aber mit aufrechter Haltung und dem Schatten eines Lächelns auf den Lippen, ging Baden ein paar Schritte vorwärts und blieb vor Niall stehen. »Wir werden dir unsere

Stäbe überlassen und uns in deine Obhut begeben, wie du verlangst, Eulenmeister Niall«, sagte er, und seine Stimme hallte laut über die Menge. »Aber hört mich an!«, fuhr er fort und brachte damit eine zweite Welle von Geflüster zum Versiegen. Er schien plötzlich größer geworden zu sein, als er die Versammelten nun selbstsicher anschaute. »Alle, die Zeugen unseres friedlichen Verhaltens sind, sollten wissen, dass dies auf keinen Fall ein Eingeständnis unserer Schuld bedeutet. Wir überreichen unsere Cerylle, weil wir die Gesetze achten, die den Orden und dieses Land regieren, und weil wir wissen, dass sich bei einer gerechten Verhandlung herausstellen wird, dass wir unschuldig sind. Wir wissen, wer die Verbrechen begangen hat, deren man uns bezichtigt, und bevor dieser Prozess zu Ende ist, werden die Verantwortlichen bestraft werden.« Baden schwieg nun, aber er schaute weiter in die Menge hinein, als könnte er ihnen allen gleichzeitig in die Augen sehen. Dann winkte er Trahn und Orris zu, ebenfalls nach vorn zu kommen und Niall ihre Stäbe zu überreichen. Die Menschenmenge gab keinen Laut von sich.

Orris wusste selbstverständlich, dass er nichts Falsches getan hatte. Dennoch, als er auf Niall zuging und seinen Stab übergab, spürte er jedes Augenpaar im alten Teil der Stadt auf seiner Haut brennen wie glühende Kohlen; es war, als würden ihn diese Menschen mit Worten wie *Abtrünniger* und *Mörder* brandmarken. In der Menge befanden sich Magier, Männer und Frauen, die seine Kollegen gewesen waren und bleiben würden. Am liebsten hätte er ihnen zugeschrien, was wirklich geschehen war; er wollte seine Unschuld erklären, ihnen sagen, wer diese schrecklichen Dinge tatsächlich verbrochen hatte. Aber er schwieg.

Er war nicht sicher, wie lange ihm das gelingen würde, denn das Bedürfnis aufzuschreien war sehr intensiv, aber er sah Niall nur wortlos an, als der Eulenmeister seinen Stab entgegennahm. Der ältere Mann weigerte sich, ihm in die Augen zu sehen.

Zum Glück war es relativ schnell vorüber, und die drei Magier traten alle einen Schritt zurück, als Niall die Stäbe hob, damit die Menge sie sehen konnte. Orris hatte eigentlich Jubel erwartet, aber er hörte nur ein leises Murmeln und das Rauschen des Flusses. Zwei Wachtmeister führten die Pferde der Magier davon und versprachen, sich um die Tiere zu kümmern.

»Nun, Niall«, sagte Baden leise, als der Eulenmeister sich ihnen wieder zuwandte, »warum führst du uns nicht zur Großen Halle? Er erwartet uns sicher schon.«

Der silberhaarige Magier setzte zu einer Antwort an, aber dann schloss er den Mund wieder, drehte sich ohne ein Wort um und begann, auf das großartige Kuppelgebäude zuzumarschieren, wo Sartol sie erwarten würde.

Das Menschenmeer teilte sich friedlich für die Magier. Viele Männer und Frauen starrten die Angeklagten feindselig an, aber andere schienen weniger von ihrer Schuld überzeugt. Tatsächlich kümmerte sich Orris wenig um die Menge. Ihn interessierten mehr die Magier, die zugesehen hatten, als sich dieses kleine Drama auf der Brücke abspielte. Zu seiner Erleichterung waren die meisten von ihnen weitergegangen, so dass sie sich bereits im Versammlungssaal befinden würden, wenn Baden, Trahn und er eintrafen, um die Anklage zu hören. Er wusste, am Ende würde er sich ihnen stellen müssen. Aber im Augenblick fühlte er sich dazu noch nicht in der Lage.

»So ungefähr hatte ich mir das vorgestellt«, bemerkte Baden unterwegs. »Sartol vertraut zwar auf seinen Sieg, aber er legt es immer noch darauf an, die öffentliche Meinung gegen uns aufzubringen. Er muss gewisse Zweifel hegen.«

»Still!«, befahl einer der Diener.

Baden blieb stehen und starrte ihn wütend an. »Wir sind freie Männer, und man hat uns noch keines Verbrechens für schuldig befunden, mein Freund«, sagte er leise und drohend. »Du würdest gut daran tun, das nicht zu vergessen.« Er ging einen Schritt auf den großen, kräftigen Mann zu, neben dem er selbst wie ein Schuljunge aussah. »Du solltest auch nicht vergessen, dass ich und mein Vogel selbst ohne den Stab in der Lage sind, dich mit einem Fingerschnippen in eine Fackel zu verwandeln.«

Der Mann wich ein wenig zurück und nickte. »Jawohl, Eulenmeister«, stotterte er. »Es tut mir Leid.«

Einen Augenblick später drehte sich Baden wieder um und ging weiter. »Ist euch aufgefallen«, fragte er beiläufig, »dass diese Diener immer größer werden?«

Orris und Trahn fingen an zu lachen, was ihnen einen mürrischen Blick des betroffenen Mannes und einen missbilligenden von Niall einbrachte.

Kurz darauf erreichten sie die Große Halle und wurden sofort die breiten Marmorstufen hinauf und durch das Tor geführt. Selbst unter diesen Umständen war Orris bewegt vom Anblick der Halle, als er und die anderen auf der Hauptstraße darauf zugingen, und die Empfindung wurde noch stärker, als sie unter dem Holzbogen des Eingangs standen. Wie immer erinnerten ihn die glitzernde Kristallstatue des Ersten Magiers mit seinem Falken, das riesige, blau gekachelte Dach mit seiner Konstellation goldener Medaillons – darunter auch irgendwo auf der andern Seite sein eigenes, seines und das von Pordath – und die kunstvollen Einlegearbeiten auf den massiven Eichentoren an seine erste Reise nach Amarid und das erste Mal, als er diesen Versammlungsort von Falkenmagiern und Eulenmeistern gesehen hatte.

Orris' Erinnerung an diesen ersten Besuch in der großen Stadt und ihrer wundervollen Halle wurde noch deutlicher, als er Niall in den Versammlungssaal folgte und nach oben schaute, wie er es immer tat, wenn er das Gebäude betrat, um sich das Porträt von Amarid im Augenblick seiner Bindung an Parne anzusehen. Einen Augenblick später allerdings bedeute Niall den angeklagten Magiern mit einer Geste stehen zu bleiben, und Orris schob widerstrebend seine Erinnerungen beiseite und konzentrierte sich auf die Gegenwart. Die meisten Magier waren noch nicht von ihren Patrouillen zurückgekehrt; beinahe zwei Drittel der Stühle rund um den ovalen Tisch waren noch leer. Die meisten der Anwesenden waren Eulenmeister, die mit Odinan und Niall in Amarid geblieben waren; es gab nur eine Hand voll Falkenmagier in diesem Saal. Auch das hatte Baden erwartet, obwohl es ihn erheblich weniger beunruhigt hatte als Orris. Als einer der jüngeren Magier und einer, der mehr als willens gewesen war, die Konventionen des Ordens herauszufordern, fürchtete Orris, dass einige der älteren Meister sehr erfreut sein würden, ihn als Verräter verurteilen zu können. Es war allerdings klar, dass dies keine ausreichende Begründung dafür wäre, sich für eine spätere Verhandlung auszusprechen. Falls die Übermacht der Eulenmeister ihre Strategie durchkreuzen sollte, würde das bedeuten, dass sie aus Sartols Verschwörung nichts gelernt hatten. Und das war keine angenehme Vorstellung.

Orris schob auch diese Ängste beiseite und sah sich im Versammlungssaal um, suchte nach irgendetwas, dass ihm deutlicher machen würde, worin Sartols Absicht denn nun bestand. Er war nicht sicher, wonach er Ausschau hielt, vielleicht nach einer Veränderung der Großen Halle oder sogar einer Veränderung an Sartol selbst. Er hoffte, es zu erkennen, wenn er es sah, oder dass es zumindest Baden oder Trahn auffallen würde.

Am anderen Ende des riesigen ovalen Tisches, der in der Mitte des Saales stand, lagen Jessamyns und Peredurs Stäbe quer über den Armlehnen ihrer Stühle, und näher an Orris' derzeitiger Position ruhten zwei leere Körbe auf Alaynas und Jaryds Stühlen, zweifellos dieselben, die die jungen Magier bei der Mittsommerversammlung benutzt hatten, um die Federn zu sammeln, die man ihnen während der Lichterprozession gegeben hatte. Es war eine angemessene Demonstration der Trauer um die vier Mitglieder der Delegation zu Therons Hain, die umgekommen waren – oder die man zumindest für tot hielt. Orris bemerkte seltsam abwesend, dass Sartol nichts dem Zufall überließ. Er stellte auch etwas weniger unbeteiligt fest, dass man seinen Stuhl und die Stühle von Trahn und Baden von ihren Plätzen am Tisch entfernt hatte und dass sie nun direkt vor der Stelle standen, an der Niall stehen geblieben war. Man hatte sie in einer Reihe aufgestellt und dem ovalen Tisch und dem Rest der Magier zugewandt.

Wortlos bedeutete Niall Orris, Baden und Trahn, ihre Plätze einzunehmen. Nachdem sie diesem lautlosen Befehl nachgekommen waren, schaute der silberhaarige Eulenmeister

Odinan an, der direkt rechts vom Stuhl der Weisen saß, und nickte einmal. Der alte Eulenmeister, dessen kleine, rundköpfige Eule auf seiner Schulter hockte, nickte ebenfalls, erhob sich steif und stieß einmal mit dem Stab auf den Boden. Das Geräusch hallte laut von den Mauern und der Kuppeldecke wider und brachte die anderen Magier im Saal auf die Beine. Einen Augenblick später hörte Orris, wie am anderen Ende des Saals eine Tür aufging.

Er schaute in diese Richtung und sah, wie Sartol aus den Räumen der Eulenweisen kam und zum Tisch ging. Hoch gewachsen und von gerader Haltung, bewegte sich der Eulenmeister auf eine Art, die jeden anderen im Saal ungelenk wirken ließ. Seinem sonnengebräunten, wie gemeißelt wirkenden Gesicht war nichts von seiner Stimmung oder seinen Plänen anzusehen, und er ließ mit befehlsgewohnter Sicherheit den Blick über die Anwesenden schweifen. Die große Eule auf seiner Schulter – die Eule, die Pordath getötet hatte – sah sich ebenfalls mit halb geschlossenen Augen im Saal um und wirkte dabei so beeindruckend und gefasst wie der Mann, an den sie sich gebunden hatte. Noch während er Sartol ansah und den Vogel verfluchte, der ihn zum Unbehausten gemacht hatte, noch während er nach dem Tod des Eulenmeisters gierte, selbst während er registrierte, wie erschöpft Sartol aussah, fühlte sich Orris dennoch entmutigt von der Kraft, die der Magier und sein Vogel ausstrahlten. In diesem Augenblick kam sich Orris noch einmal vor wie der Schüler, der seine erste Versammlung erlebte. Und ein seltsamer und etwas beängstigender Gedanke zuckte ihm durch den Kopf: So sollte ein Eulenweiser aussehen. Dies alles nahm Orris in einem einzigen, Schwindel erregenden Augenblick wahr. Dann war er wieder er selbst und stand neben Baden und Trahn und sah zu, wie der Verräter Jessamyns Stab vom Stuhl nahm, so dass er ihren Platz am Tisch einnehmen konnte. Aber noch während dieses Augenblicks der Verwirrung hatte er auch etwas anderes bemerkt, das Schreckliches befürchten ließ und vollkommen deutlich machte, dass er und seine Begleiter sofort handeln mussten.

Die anderen Magier setzten sich wieder hin, und Odinan begann, die Anklagen aufzuzählen, die gegen Orris und seine beiden Begleiter erhoben wurden. Seine schrille, nasale Stimme hallte von der Kuppeldecke des Versammlungssaals wider. Orris allerdings musste immer wieder an das denken, was er gesehen hatte. Er hätte nicht sagen können, ob Trahn es ebenfalls bemerkt hatte, aber er wusste, dass es Baden nicht entgangen war, denn er hatte bemerkt, wie der Eulenmeister tief Luft geholt und die Augen ein wenig weiter aufgerissen hatte. Es war so kurz gewesen, nur ein Sekundenbruchteil. Aber Badens Reaktion sagte ihm, dass er sich nicht getäuscht hatte, dass er tatsächlich gesehen hatte, wie sich das gelbe Glühen in Sartols Ceryll einen winzigen Moment in dem riesigen Kristall des Rufsteins wiederholt hatte.

Rasch sah sich Orris die Gesichter der anderen Magier im Saal an, um festzustellen, ob es ihnen ebenfalls aufgefallen war. Die meisten allerdings hatten sich dem Tisch zugewandt und nicht dem Stein und dem Eulenmeister. Die meisten. Aber nicht alle.

Orris kannte Radomil nun seit beinahe neun Jahren, seit jener Versammlung, bei der er seinen Umhang erhalten hatte. Er fand den älteren Falkenmagier liebenswert und stets höflich, aber im Grunde eher unbedeutend. Radomil sagte im Allgemeinen bei Versammlungen wenig, und es schien in seinem Verhalten bei wichtigen Abstimmungen kein deutliches Muster zu geben. Und er war nach seiner dritten Bindung immer noch ein Falkenmagier. Orris hatte sich häufig selbst versichert – und nun musste er bei der Erinnerung an so viel jugendliche Arroganz lächeln –, dass ihm so etwas nie passieren würde.

Aber wie so vieles andere, hatte sich auch Orris Wahrnehmung des kahlköpfigen, bärtigen Falkenmagiers verändert, zum Teil als Folge von Pordaths Tod. Im Augenblick hätte sich Orris über jeden Vogel gefreut – Falke oder Eule –, und er wusste, dass er nie wieder die Bindung eines anderen Magiers gering schätzen würde. Aber was wichtiger war: Radomil hatte viel mehr Mut und Kraft bewiesen, als Orris ihm je zugetraut hätte. Er hatte das vor kurzem an der alten Brücke mit einer unauffälligen Geste demonstriert, mit einem Angebot der Loyalität, für das Orris ihm zutiefst dankbar war. Und als er nun nahe der Mitte des Tisches saß, neben der leeren Stelle, an der sich Badens Stuhl hätte befinden sollen, starte Radomil Orris intensiv an, mit einem wissenden und erwartungsvollen Blick. Er hatte eindeutig die Reaktion des Rufsteins auf Sartols Ceryll bemerkt, und ihm war auch aufgefallen, dass Orris es wahrgenommen hatte. Vorsichtig und beinahe unmerklich nickte Orris dem Falkenmagier zu und bestätigte, was Radomil offenbar schon gewusst hatte. Sie waren Verbündete im Kampf gegen Sartol.

Odinan schloss seine Liste der Anklagen gegen sie ab, und Niall, der in der Nähe ihrer Stühle stehen geblieben war, bedeutete den drei Magiern, sich hinzusetzen.

»Ihr habt die Anklagen gehört«, erklang nun Sartols Stimme vom Platz des Eulenweisen, wohlklingend und verunsichernd ruhig. »Wie möchtet ihr selbst weiter vorgehen?«

»Dürfen wir uns einen Augenblick miteinander besprechen?«, fragte Baden höflich.

Sartol nickte. »Ihr dürft.«

Orris und Trahn beugten sich dichter zu Baden, der zwischen ihnen saß. Sie wussten genau, dass selbst ihr Flüstern in dieser relativ leeren Halle widerhallen würde, aber dagegen konnten sie kaum etwas tun.

»Du hast es auch gesehen?«, fragte Orris leise, sah Baden dabei an und hoffte, dass die Frage den anderen Magiern nichts weiter verraten würde.

»Ja.«

»Damit steht unsere Entscheidung ja wohl fest.«

»Ich bin ganz deiner Meinung«, erklärte Baden mit einem bedauernden Grinsen. »Es sieht allerdings so aus, als müsstest du noch die Eulenmeister überzeugen.«

Orris zuckte die Achseln und lächelte ebenfalls. »Das könnte sein.«

»Ich habe gar nichts gesehen«, warf Trahn ein, »aber ich nehme wohl an, dass wir uns für eine sofortige Verhandlung aussprechen?« Der dunkelhäutige Magier stellte diese Frage nicht, um die Entscheidung der anderen anzuzweifeln – er wollte sich nur seine Vermutung noch einmal bestätigen lassen. Solches Vertrauen angesichts einer so ungeheuer wichtigen Angelegenheit rührte Orris und bewirkte, dass er unendlich dankbar für die Freundschaft des Falkenmagiers war. Er bemerkte Spuren der gleichen Empfindung in Badens Miene.

»Das sollten wir wohl«, entgegnete der Eulenmeister. »Ich werde es später erklären. Aber wenn es dir lieber wäre –«

Trahn schnitt Baden mit einem Kopfschütteln das Wort ab. »Warten war nie meine Stärke«, sagte er. »Reißen wir dem Verräter die Maske vom Gesicht und bringen wir es hinter uns.«
Baden gestattete sich ein weiteres Lächeln und legte seinem Freund kurz die Hand auf die Schulter. Dann wandte er sich wieder an Sartol. »Wie es nach den Regeln dieses Ordens unser Recht ist«, verkündete er mit lauter Stimme, »verlangen wir eine sofortige Verhandlung, die morgen früh beginnen soll.«
Überraschtes Gemurmel von den anderen Magiern war zu hören, und Orris glaubte ganz kurz eine Spur von Angst und Zweifeln in Sartols Zügen zu erkennen. Aber dann verzog der Eulenmeister den Mund zu einem Grinsen, obwohl dem Rest seines Gesichts keine Heiterkeit anzumerken war, und wieder einmal bezweifelte Orris die Richtigkeit seiner Wahrnehmung.
»Meine Zeugen sind noch nicht aus Wasserbogen eingetroffen«, erwiderte Sartol glatt. »Ich würde gerne warten, bis sie hier sind.«
Baden schüttelte den Kopf. »Das wird nicht notwendig sein, Sartol. Du kannst an ihrer Stelle aussagen. Ich verlasse mich darauf, dass du das angemessen erledigst. Wir werden morgen beginnen.«
Nun lächelte Sartol nicht mehr. »Also gut«, antwortete er, und die Feindseligkeit in seinem Tonfall war nicht zu überhören. »Morgen früh.« Er erhob sich abrupt, nicht ohne Baden noch einmal mit einem zornigen Blick zu fixieren. »Bringt sie ins nächstgelegene Gasthaus und bewacht sie dort. Morgen früh werden die Glocken zu ihrer Verhandlung rufen.«

Mit raschelndem grünem Umhang wandte er sich vom Tisch ab und eilte auf die Tür zu den Amtsgemächern des Eulenweisen zu.

Niall kam auf die drei zu. »Kommt mit«, sagte er streng und winkte mit seinem Stab. »Ich bringe euch zu eurer Unterkunft.«

Die drei erhoben sich, und Baden und Trahn folgten dem älteren Mann hinaus auf die Straße. Orris allerdings blieb noch einen Moment stehen und beobachtete, wie Sartol den hinteren Teil des Saals durchquerte. Und wieder sah es, als der Verräter am Rufstein vorbeistolzierte, so aus, als reagiere der massive Kristall mit einem hellgelben Flackern.

7

Alle Wege des Lebens führen im Kreis«, sagte ein beliebtes Sprichwort, »und die Götter freuen sich, wenn uns davon schwindlig wird.« Das Gasthaus, zu dem Niall sie führte, erwies sich als dasselbe, zu dem Orris und Trahn die Männer verfolgt hatten, die während der letzten Versammlung ein Fenster der Großen Halle eingeworfen hatten.

»Das hat irgendeine Bedeutung«, sagte Trahn zu Orris, als sie das Gebäude betraten, aber sein scherzhafter Ton konnte nicht ganz über seine Sorge hinwegtäuschen. »Ich weiß nur noch nicht welche.«

Die angeklagten Magier und vier andere Mitglieder des Ordens, die man ausgewählt hatte, um sie zu bewachen, folgten Niall eine schmale Treppe hinauf zum ersten Stock des Gasthauses. Dort in dem dunklen Flur, der nur von Nialls weinrotem Ceryll und den Kristallen der Wachen beleuchtet wurde, zeigte Niall auf drei Zimmer, die man für die angeblichen Verräter ausgesucht hatte.

»Ihr werdet jeder in einen dieser Räume gehen«, begann Niall, »und morgen –«

Baden unterbrach den älteren Mann, indem er ihm die Hand auf die Schulter legte. »Danke, Niall«, sagte er höflich. »Zunächst einmal werden wir uns in meinem Zimmer zusammensetzen. Wir haben viel zu besprechen. Bitte sorge dafür, dass uns etwas zu essen gebracht wird, und informiere die Magier, die hier postiert werden, dass wir Besucher haben dürfen.«

Niall zögerte unsicher.

»Wir sind noch nicht verurteilt, Niall«, fuhr Baden sanfter

fort. »Den Gesetzen des Ordens zufolge sind wir immer noch freie Menschen. Wir haben uns zum Zeichen unserer guten Absicht ergeben, und wir werden hier bleiben. Aber zum Ausgleich dafür erwarten wir, entsprechend behandelt zu werden.« Niall sah sie an, und man konnte erkennen, wie sich die Muskeln in seinem Unterkiefer anspannten. Schließlich nickte er. »Also gut«, sagte er. »Ich hoffe, dass ich das nicht bedauern werde.«

Baden lächelte, und dann gingen sie zu dritt in das mittlere Zimmer und schlossen die Tür hinter sich.

Nach dem dunklen Flur kam ihnen das sonnige Zimmer hell und beinahe fröhlich vor, auch wenn es ein wenig karg war. An der rechten Wand stand ein schmales Bett mit einer Steppdecke, mit dem Kopfende zur gegenüberliegenden Wand. Direkt daneben, an dem offenen einzelnen Fenster, dessen dünne, weiße Vorhänge in der leichten Brise wehten, befand sich ein kleiner Nachttisch mit einer Öllampe darauf. In der anderen Ecke gab es einen schlichten Stuhl, und an der Wand gegenüber dem Bett stand ein übergroßer Schreibtisch. Ein beigefarbener, ovaler Teppich mit zwei Flecken lag auf dem Dielenboden. Baden setzte sich gleich aufs Bett und lehnte sich mit dem Rücken an die Wand. Trahn zog sich den Stuhl in die Mitte des Zimmers, und Orris setzte sich auf die Fensterbank, wo er den Wind und die Wärme der Sonne genießen konnte.

»Ihr habt irgendetwas Wichtiges bemerkt«, sagte Trahn, nachdem er sich hingesetzt hatte, und schaute erst Orris, dann Baden an. »Erzählt es mir.«

Baden holte tief Luft und fuhr sich mit der Hand durch sein schütteres, rötlich graues Haar. Er sah müde und erschöpft aus. »Es ist klar, dass ich nicht auch für Orris sprechen kann«, begann er, »obwohl ich annehme, dass er es ebenfalls bemerkt hat, aber als Sartol aus den Gemächern der Eulenweisen kam, sah ich, wie der Rufstein kurz die Farbe seines Cerylls annahm.«

»Wie kann das sein?« Trahn drehte sich zu Orris um. »Hast du es auch gesehen?«

»Ja.«

»Und ihr seid beide sicher, dass es nicht nur eine Spiegelung war, eine optische Täuschung, die es so wirken ließ, als käme das Licht aus dem Stein?«

Orris schüttelte den Kopf. »Nein, das war keine Täuschung – es ist noch einmal passiert, als Sartol vom Tisch in die Gemächer der Eulenweisen zurückkehrte.«

Baden warf Orris einen forschenden Blick zu, bevor er sich wieder an Trahn wandte. »Das habe ich nicht bemerkt«, gab er zu, »aber ich bin ebenfalls sicher. Was ich gesehen habe, war keine Täuschung.«

Trahn stieß einen lang gezogenen, leisen Pfiff aus. »Arick steh uns bei«, flüsterte er. »Wenn er sich bei all der Macht, die er bereits besitzt, auch noch mit dem Rufstein verbinden kann, dann wird ihn nicht einmal die gebündelte Kraft des gesamten Ordens mehr aufhalten können.«

»Ich weiß«, erwiderte Baden. »Deshalb habe ich mich für eine sofortige Verhandlung ausgesprochen. Offensichtlich hat er begonnen, den Stein zu verändern, aber es ist ihm noch nicht ganz gelungen, und wir können nur hoffen, dass er den Prozess nicht im Lauf einer einzigen Nacht beenden wird.«

»Aber wir wissen nicht, wie weit seine Kontrolle über den Stein bereits reicht«, stellte Trahn fest, »und nachdem wir die Verhandlung auf morgen angesetzt haben, wird er sich nur

einem Drittel des Ordens stellen müssen. Ich zweifle deine Entscheidung nicht an«, fügte der Falkenmagier rasch hinzu, »ich befürchte nur, dass wir zu spät gekommen sind.«
Baden zuckte die Achseln. »Wir müssen davon ausgehen, dass das nicht der Fall ist, und uns darauf konzentrieren, die bereits anwesenden Magier auf unsere Seite zu bringen.«
»Radomil steht bereits hinter uns«, erklärte Orris.
»Das habe ich gesehen«, bestätigte Trahn. »Er hat auf der Brücke das Treuezeichen gemacht.«
»Er hat mich auch angeschaut, nachdem der Rufstein zum ersten Mal flackerte. Er begreift, was Sartol vorhat.«
Baden sah Orris abschätzend an. »Das ist mir ebenfalls entgangen. Wer dich zum Verbündeten hat, kann wirklich froh sein, Orris.«
Der Falkenmagier spürte, wie er errötete, und musste gegen seinen Willen grinsen. »Du hast so lange gebraucht, bis dir das aufgefallen ist?«
Der Eulenmeister lachte leise. »Eigentlich nicht«, erwiderte er bedeutungsvoll. »Es dauerte nur etwas länger, es endlich auszusprechen.«
»Ich habe Radomil immer gemocht«, sagte Trahn, »aber ich kenne ihn nicht sehr gut. Glaubt ihr, wir können es ihm überlassen, eine Botschaft an die –«, er hielt inne und warf einen misstrauischen Blick zur Tür, »– an die anderen zu überbringen?«
»Da bin ich sicher«, antwortete Baden. »Aber ich glaube nicht, dass er die beste Wahl für diese Aufgabe wäre.«
Orris war schon daran gewöhnt, sich in solchen Dingen auf Badens Einschätzung zu verlassen. Diese Entscheidung überraschte ihn allerdings. »Warum nicht?«, fragte er.

»Radomil gehörte zu einer der Patrouillen«, erklärte der Eulenmeister. »Sartol könnte auch seine Treue gegenüber dem Orden in Frage stellen.«
Orris schüttelte den Kopf. »Das würde niemals funktionieren. Selbst Sartol würde sich nicht so weit vorwagen.«
»Du hast wahrscheinlich Recht, aber ich will kein Risiko eingehen. Wir werden denjenigen, dem wir diese Aufgabe übertragen, in große Gefahr bringen – das geht gar nicht anders. Aber wir können versuchen, das Risiko so gering wie möglich zu halten. Wir brauchen einen Eulenmeister, der in unserer Abwesenheit die ganze Zeit hier gewesen ist, so dass die anderen Eulenmeister Sartol nicht glauben werden, wenn er diese Person bezichtigt, einen Anteil an den Angriffen und Morden gehabt zu haben.«
»Wir können nicht vielen von denen, die in Amarid geblieben sind, wirklich trauen«, stellte Trahn fest. »Und können wir denn überhaupt von einem von ihnen erwarten, dass er uns hilft?«
Noch bevor Baden antworten konnte, hörten sie alle ein leises Klopfen an der Tür.
Der Eulenmeister stand grinsend vom Bett auf und ging zur Tür. »Ich glaube,« sagte er vergnügt, »dass die Antwort auf meine Frage gerade eingetroffen ist.«

Es war Jahre her, dachte Niall, viele Jahre, seit er sich so gut gefühlt hatte. Zum ersten Mal seit sehr langer Zeit behandelten ihn die Mitglieder des Ordens wieder wie einen Mann von Bedeutung. Man brachte ihm Respekt entgegen, und er trug hohe Verantwortung; er spielte eine Rolle bei den wichtigen Ereignissen, die sich derzeit in der Großen

Halle abspielten – Ereignisse, die über die Zukunft der Magie entscheiden würden. Das hätte er von dem größeren Teil des vergangenen Jahrzehnts nicht von sich behaupten können. Ein *ganzes Jahrzehnt.* Als er nun an einem Tisch in der dunkelsten Ecke des Schankraums im Gasthaus Kristall saß – das nach seiner Nähe zu den beiden kleinen Statuen auf den runden Türmen der großen Halle benannt war und nicht unbedingt nach der Qualität seiner Inneneinrichtung –, schüttelte Niall bedächtig den Kopf, denn er konnte nur darüber staunen, wie rasch die Zeit vergangen war. Es war zwölf Jahre her, seit er sich an Nollstra gebunden hatte, zwölf Jahre, seit er zum Eulenmeister geworden war. Und es war nun zehn Jahre her, seit Vardis gestorben war. Vardis, deren braune Augen und schwarze Locken ihn angezogen hatten wie eine Kerzenflamme die Motten, schon bei seinem ersten Besuch am Unteren Horn, dem Bereich, dem er später als Falkenmagier und Eulenmeister dienen sollte; Vardis, deren Heiterkeit und Liebe seine Tage gewärmt und seine Nächte für mehr als ein halbes Leben zum Glühen gebracht hatten. Als sie Nollstra zum ersten Mal auf seiner Schulter gesehen hatte, war sie so stolz gewesen, dass sie weinen musste.

Er erinnerte sich daran mit einer Klarheit, die diesen Abend über alle anderen heraushob. Er erinnerte sich daran, wie sie nach einer leidenschaftlichen Vereinigung dagelegen hatten und Vardis mit ihren Fingerspitzen Muster auf seine Brust gezeichnet hatte, ihre Augen groß und schimmernd im Kerzenlicht und im Glühen des Cerylls. Es war ihr nicht vollkommen gelungen, ihren Stolz auf ihn unter einem spielerischen Lächeln zu verbergen.

»Eulenmeister Niall«, hatte sie geflüstert, und das nicht

zum ersten Mal an diesem Abend. »Vielleicht wirst du eines Tages der Weise Niall sein.«

Er hatte leise gelacht. »Du bist eine eitle, machtgierige Person«, hatte er sie geneckt. »Du willst nur ein großes Haus in einer großen Stadt auf der anderen Seite des Landes haben, wo Männer und Frauen zu dir kommen und gehorsam vor dir niederknien.«

»Große Städte interessieren mich nicht«, hatte sie mit gespieltem Schmollen erklärt. »Ich fühle mich hier am Unteren Horn sehr wohl. Und was den Rest angeht, nun, ich bin der Ansicht, dass ich so etwas verdient habe. Und jetzt, da du ein so wichtiger Mann geworden bist, wäre es ja wohl das Mindeste, dass sie die Große Halle hierher bringen.«

»Ich werde sehen, was ich tun kann«, hatte er lachend gesagt. Dann hatte er sie geküsst und in viel ernsterem Ton hinzugefügt: »Für dich würde ich auch den Mond und die Sterne hierher bringen, wenn ich es nur könnte.«

Sie hatte sich auf den Rücken gerollt und ihn mit sich gezogen. »Das tust du bereits«, hatte sie gemurmelt, und wieder hatten sie im Kerzenlicht mit ihrem Tanz begonnen.

An diesem Punkt schreckte Niall vor seinen Erinnerungen zurück, wie er es immer tat. Denn irgendwie kam es ihm so vor, als wäre dies die letzte glückliche Nacht gewesen, die ihnen vergönnt gewesen war. Tatsächlich waren es ein paar mehr gewesen, aber nicht viele. Drei Monate später hatte Vardis über Schmerzen im Bauch geklagt und nicht lange danach begonnen, Blut zu spucken. Die Angst, sie zu verlieren, hatte ihn sofort erfasst und gezwungen, sich zurückzuziehen, bis sie beide und die Krankheit das Einzige auf der Welt waren. Es war zu früh, hatte er die Götter ange-

fleht, sie konnten sie nicht so früh nehmen! Hätten sie ihm doch nur nicht zugehört!

Beinahe zwei Jahre lang hatte er zusehen müssen, wie sie dahinwelkte. Er hatte sich so gut wie möglich um sie gekümmert. Die Heiler waren machtlos gegen ihre Krankheit, und auch Nialls eigene Magie half nicht gegen das, was sie von innen her verschlang. Eine gewisse Zeit konnte er ihr den Schmerz erleichtern, aber das war alles. Langsam zehrte es sie auf, Stück um Stück: ihre Freude, ihre Schönheit, ihre Lebendigkeit und am Ende – und das war wie eine Gnade – ihr Leben. Das war jetzt zehn Jahre her. Ein Jahrzehnt.

Er war während ihrer Krankheit weiterhin zu den Versammlungen gegangen, und er hatte sich um die Bedürfnisse der Menschen, denen er diente, gekümmert. Darauf hatte sie bestanden. Aber nachdem er sie verloren hatte, waren sein Ehrgeiz und die Träume, die sie in ihm genährt hatte, verschwunden. Er hatte sich in die Bedürfnisse der Menschen versenkt und in dem Einzigen, was ihm noch geblieben war, Zuflucht vor seinem Schmerz gesucht. Aber seine Leidenschaft war mit Vardis gestorben. Er war zum Zuschauer geworden und hatte nur noch zugesehen, wenn seine Mitmagier aufstiegen und daran arbeiteten, die Zukunft des Ordens zu gestalten, aber er selbst hatte sehr wenig dazu beigetragen. Selbst seine Verbindung mit Nollstra war schwächer geworden.

Es war so anders als alles, was er zuvor gewesen war, und dennoch fühlte es sich so natürlich an, so verlockend bequem. Als jüngerer Mann, neu an seinen ersten Falken gebunden, hatte er seinen Vater, der selbst ein mächtiger Eulenmeister gewesen war, ungeduldig und ein wenig ver-

ächtlich alt werden sehen. Er hatte sowohl Vardis als auch sich selbst geschworen, dass er selbst niemals so dahinwelken würde, wie er es bei Padwyn gesehen hatte; er würde sich niemals damit zufrieden geben, einfach nur Routine walten zu lassen. Der Orden war zu wichtig für das Land, um solche Gleichgültigkeit dulden zu dürfen. Und als sein Vater schließlich gestorben war, hatte Niall sich geweigert, eine Rede auf ihn zu halten. Später, viel zu spät, hatte er diese Entscheidung bereut, und nun verstand er, dass das Dahinschwinden der Lebenskraft seines Vaters mit dem Tod seiner Mutter begonnen hatte. Erst die Tiefe seiner eigenen Trauer hatte ihm das begreiflich gemacht.

Niall hatte schließlich nach ein paar Jahren seine Depression wieder abgestreift und sich aktiver an den Entscheidungen des Ordens beteiligt. Inzwischen allerdings hatten sich andere einen Namen gemacht und waren Anführer der diversen Gruppierungen, die miteinander um die Führung in der Großen Halle wetteiferten. Niall begriff, dass er nicht über den Einfluss dieser Leute verfügte, und er wusste, dass er nie Eulenweiser werden würde. Als Feargus starb, wurde sein Name nicht einmal auf der Liste der möglichen Nachfolger erwähnt. Anders als die meisten anderen Eulenmeister hatte Niall für Sartol und nicht für Jessamyn gestimmt, obwohl Sartol das selbstverständlich nicht wissen konnte. Das alles trug zu der Überraschung – und, wie Niall zugeben musste, Dankbarkeit – bei, die er vor zwei Tagen empfunden hatte, als sich Sartol, der einen Tag zuvor mit den schockierenden Nachrichten von dem Mord an Jessamyn und der Verschwörung innerhalb des Ordens zurückgekehrt war, ihm anvertraute und ihn um seine Hilfe beim Kampf gegen die Abtrünnigen bat.

Trotz früherer Streitigkeiten mit Sartol und trotz des Wissens um die Fehler, die der Eulenmeister während seines ersten Jahres als Magier gemacht hatte, hatte Niall Sartol immer gemocht und geachtet. Niall hielt ihn für weise und mutig; er bewunderte die Standhaftigkeit, die Sartol gezeigt hatte, als er weiterhin den Menschen im Norden Tobyn-Sers diente, nachdem er dafür bestraft worden war, dass er sich seine Dienste hatte bezahlen lassen. Und Sartol war nach Vardis' Tod freundlich zu ihm gewesen, hatte ihn ermutigt, als er aus dem tiefen Trübsinn, der ihn in den folgenden Jahren umfangen hatte, aufgetaucht war. Wie die meisten anderen Eulenmeister, mit denen er gesprochen hatte, hatte Niall schon lange erwartet, dass Sartol Jessamyn als Oberhaupt des Ordens nachfolgen würde. Als Überbringer von Jessamyns Stab schien er Niall die logischste Wahl, um bis zur endgültigen Entscheidung als vorläufiger Eulenweiser zu dienen. Als er von Sartol von Badens Verrat in Wasserbogen hörte und davon, dass Orris den abtrünnigen Eulenmeister aus dem Gefängnis befreit hatte, war Niall nur noch überzeugter gewesen. Die anderen Meister hatten ebenfalls zugestimmt und sich für Sartol als vorübergehendes Oberhaupt ausgesprochen, und das schon am Abend seiner Rückkehr nach Amarid. Später am nächsten Tag hatte Sartol Niall gebeten, ihn in den Gemächern des Weisen aufzusuchen. Der Orden befand sich in einer Krise, hatte Sartol gesagt, und brauchte einen vernünftigen, erfahrenen, aber immer noch starken und durchsetzungsfähigen Mann, der handeln konnte, wenn der Zeitpunkt gekommen war.

»Verschwörungen wie diese sind eine gefährliche Sache«, hatte der Eulenmeister gesagt, als sie einander im tiefen

Gold der Spätnachmittagssonne, die in das Quartier des Weisen fiel, gegenübergesessen hatten. »Sie können bewirken, dass einige vor Angst vollkommen handlungsunfähig werden, während andere überall Verrat wittern. Ich brauche jemanden, der vorsichtig sein kann, ohne in Panik zu geraten, jemanden, der die Fassung bewahrt, ohne dabei übertrieben fügsam zu sein, und«, hatte er hinzugefügt, »ich brauche jemanden, dem ich vertrauen kann, jemanden, der über Kleinlichkeiten und Gier erhaben ist.« Der dunkelhaarige Eulenmeister hatte sich erhoben, war zur Feuerstelle gegangen und hatte dort zerstreut mit einem kleinen Gegenstand gespielt, den er auf dem Sims gefunden hatte. »In dieser Halle gibt es zu viel Ehrgeiz, Niall. Das wissen wir beide. Wenn ich mich in diesem Saal am Tisch umsehe, erblicke ich Ehrgeiz oder Trägheit, aber kaum etwas dazwischen. Ich vertraue Odinan und einigen anderen, aber ich glaube nicht, dass sie wirklich die Energie und die nötige Willenskraft haben, den Feinden des Ordens wirkungsvoll entgegenzutreten. Ich brauche jemanden, der eine einzigartige Mischung von guten Eigenschaften besitzt – Ehrgefühl, Haltung, Lebenskraft, Reife, Stärke. Kurz gesagt, Niall«, hatte er geschlossen, so unglaublich es scheinen mochte, »ich brauche dich.«

Diese Worte hatten Niall rasch auf die Beine gebracht, aber dann hatte er nichts weiter sagen können als einfach nur: »Ich werde dir treu zur Seite stehen, Sartol.«

Nun hatte sich der Eulenmeister umgedreht, ein strahlendes Lächeln auf den Lippen. Er war zu Niall gegangen und hatte ihm die Hände auf die Schultern gelegt. Als er ihn kurze Zeit später zur Tür brachte, hatte er ihm mitgeteilt, dass er am nächsten Morgen wieder mit ihm sprechen

würde und ihm dann in allen Einzelheiten anvertrauen wolle, was zu tun war.
Als er nach dieser Begegnung über den Marmorboden des Versammlungssaals gegangen war, hatte Niall unwillkürlich lächeln müssen. Er wusste, der Orden war in Gefahr, das ganze Land war in Gefahr. Aber er lächelte trotzdem. Er hatte sich nicht nur geschmeichelt gefühlt, nicht nur wichtig auf eine Weise, wie er es seit Jahren nicht mehr empfunden hatte, obwohl Spuren davon zweifellos vorhanden waren. Aber über all seine Aufregung und seinen Stolz hinweg hatte er vor allem Entschlossenheit verspürt, hatte gewusst, dass er wieder ein Ziel hatte, und das erweckte eine Leidenschaft in ihm, von der er nicht gewusst hatte, dass er sie noch besaß. Nie hatte er einen anderen Menschen oder etwas anderes so sehr geliebt wie Vardis. Aber direkt nach ihr kamen der Orden und die Magie. Vardis hatte er lange schon verloren, und er konnte sie nicht zurückholen. Aber diese anderen Dinge waren immer noch ein Teil seines Lebens. Bedroht, gefährdet, aber immer noch ein Teil. Und sie brauchten ihn.
Am nächsten Morgen hatte er erfahren, worum es ging. Er war schon bald zu Sartol gerufen worden. Ein blau gekleideter Diener der Großen Halle, ein großer, kräftiger Mann, den Niall nie zuvor gesehen hatte, klopfte an seine Tür und informierte ihn darüber, dass Sartol so bald wie möglich mit ihm sprechen wollte. Niall hatte sich rasch angekleidet und war nur noch so lange im Gasthaus geblieben, wie er brauchte, um ein Stück süßes Brot und eine Tasse Shan-Tee zu sich zu nehmen. Dann war er durch die schmalen Gassen von Amarid geeilt, bis er die Halle erreichte. Sartol war im Zimmer des Weisen nervös vor der Feuerstelle auf und ab

gegangen. Der Eulenmeister wirkte müde, als hätte er die ganze vergangene Nacht kein Auge zugetan.
Beim Klang von Nialls Klopfen hatte er sich umgedreht und kurz gelächelt. »Niall! Bitte, komm herein«, hatte er seinen älteren Kollegen begrüßt und ihn freundlich hereingewinkt. »Ich weiß es zu schätzen, dass du so bald gekommen bist.« Er zeigte auf einen Sessel und bat Niall, sich hinzusetzen. Dann ging er weiter auf und ab, deutlich von Sorge gezeichnet. »Ich erwarte, dass Baden und Orris heute Abend oder spätestens morgen eintreffen werden. Und es gibt etwas, das du für mich tun könntest, wenn sie herkommen.« In seinem Tonfall war nichts Schmeichelndes mehr wie am Abend zuvor; kein Versuch, den älteren Eulenmeister für sich einzunehmen. Nur die harsche Realität dessen, was dem Orden in den nächsten Tagen drohen würde. Niall freute sich über Sartols Direktheit und seine Offenheit. Sie waren Kameraden in einem Kampf um das Überleben der Magie und des Landes. Sie mussten jetzt handeln, um beides zu retten. Es war einfach nicht der Zeitpunkt für Höflichkeiten.
»Beobachte sie und geh ihnen bis zur Stadtgrenze entgegen«, fuhr Sartol fort. »Sie werden aus dem Süden kommen; ich nehme an, dass sie eine der alten Brücken über den Larian nehmen.« Der Eulenmeister hörte auf, auf und ab zu gehen, und blieb vor Niall stehen. »Du wirst sie in meinem Namen auffordern, sich zu ergeben.«
Niall blickte auf. »Aber so etwas wäre zweifellos die Aufgabe des Weisen oder in diesem Fall des vorläufigen Weisen.«
Wieder begann Sartol, auf und ab zu gehen. Selbst jetzt, wo Sartol so angespannt war und über den polierten Holzboden hin und her tigerte, fiel Niall auf, wie beherrscht und

elegant sich der andere bewegte. »Ich weiß«, erwiderte der hoch gewachsene Mann. »Aber ich versichere dir, Baden wird alles tun, um sich und seine Verbündeten zu retten. Er hat mich in Wasserbogen angegriffen, und dann hat ausgerechnet er behauptet, ich hätte den Orden verraten, und das vor den Stadtbewohnern! Er wird dasselbe tun, wenn er mich an der Brücke sieht. Die Angriffe auf Tobyn-Ser haben dem Vertrauen der Bevölkerung zum Orden bereits großen Schaden zugefügt. Jetzt den Menschen öffentlich vorzuführen, wie Baden und ich uns gegenseitig bezichtigen, würde alles nur noch schlimmer machen. Verstehst du das? Meine Anwesenheit dort würde nichts nützen, könnte aber viel schaden.«

Niall nickte. Es kam ihm alles vollkommen logisch vor. »Ich werde selbstverständlich tun, was du vorgeschlagen hast«, sagte er. »Vielleicht sollte ich den Wachtmeister mitnehmen.«

»Eine gute Idee. Du kannst auch zwei oder drei Diener der Halle mitnehmen, wenn du willst. Du solltest Orris' Ceryll konfiszieren und die beiden dann zu einem Gasthaus bringen und sie in getrennte Zimmer stecken, bis die Verhandlung beginnt. Und stell andere Magier vor ihren Zimmern als Wachen auf.«

»Erwartest du, dass sie Widerstand leisten?«

Sartol zuckte die Achseln. »Ich weiß nicht, was sie tun werden, also sollten wir auf alles vorbereitet sein.«

Dann ging der dunkelhaarige Eulenmeister erneut auf und ab. Als er zum zweiten Mal stehen blieb, holte er tief Luft, als müsse er sich gegen etwas wappnen. »Es gibt noch etwas, worum ich dich bitten muss«, begann er, »etwas noch Ungewöhnlicheres, vielleicht sogar Geschmackloses.«

Er ließ sich in den Sessel sinken, der neben dem von Niall stand. »Wenn du es nicht tun möchtest, hätte ich durchaus Verständnis dafür. Aber ich bin es mir schuldig, dich zu bitten, bevor ich mich an einen anderen wende.« Sartol zögerte und befeuchtete die Lippen, bevor er fortfuhr. »Wie ich schon gestern sagte, Niall, sind Verschwörungen gefährlich. Wir müssen uns vor unserer eigenen Neigung zu irrationaler Angst schützen. Aber gleichzeitig können wir die Tatsachen nicht abstreiten: Baden und Orris haben sich zusammengetan, um den Orden zu verraten und dieses Land in Gefahr gebracht. Und es mag durchaus sein, dass die Verschwörung nicht nur aus diesen beiden besteht. Sie arbeiten vielleicht mit anderen zusammen, von denen wir nichts wissen. Wenn das der Fall ist, müssen wir erfahren, wer diese anderen Verräter sind.«

»Du willst, dass ich ein Auge auf sie halte und herausfinde, wer sonst noch in die Sache verwickelt ist.«

Sartol zögerte und sah Niall direkt in die Augen. Dann nickte er schließlich. »Das ist es. Wie ich schon sagte«, fügte er sofort hinzu, »wenn dir dabei nicht wohl ist, habe ich dafür volles Verständnis.«

Niall fand den Gedanken tatsächlich unangenehm, aber er begriff auch, dass Sartol Recht hatte. Und diese Logik besiegte schließlich sein persönliches Unbehagen. »Was genau soll ich tun?«, fragte er, und er war bewegt, als er sah, wie erleichtert der jüngere Eulenmeister über diese Worte zu sein schien.

Sartol lächelte und legte eine Hand auf Nialls Schulter. »Das sollte eigentlich ganz einfach sein. Aus der Ferne, vielleicht von einer Stelle aus, wo man dich nicht bemerken wird, solltest du Ausschau halten, wer sie besucht. Ich

erwarte nicht, dass es viele sind – vielleicht überhaupt niemand. Aber falls jemand zu ihnen kommen sollte, dann solltest du diesen Personen folgen. Finde heraus, ob sie ihrerseits mit anderen Kontakt aufnehmen. Wir müssen unbedingt wissen, wie weit die Verschwörung reicht.«
»Und was dann?«
»Das würde ich bis zu einem gewissen Grad dir überlassen«, sagte Sartol. »Ich möchte nicht, dass du unnötige Risiken eingehst – es wäre schrecklich, wenn dir etwas zustoßen würde.« Immer noch sah er Niall fest in die Augen. »Aber wenn du in eine Situation gerätst, in der du mit den Verrätern fertig werden kannst, ohne dein eigenes Leben aufs Spiel zu setzen, dann überlasse ich das ganz dir. Ich werde dich bei allem, was du tust, unterstützen.«
Niall konnte spüren, wie er blass wurde. Er war nicht sicher, wie er reagieren und was er von dem Freiraum halten sollte, den Sartol ihm gerade gegeben hatte. Er war auch nicht sicher, ob Sartol so etwas überhaupt zustand. Aber wieder erkannte er, wie vernünftig der Vorschlag des Eulenmeisters war. Was nützte es, noch weitere Verschwörer zu entlarven, wenn man dann nichts gegen sie unternehmen wollte?
Sartol hatte offenbar seine Zweifel bemerkt. »Ich habe dich verstört, Niall«, sagte er mit echter Sorge. »Verzeih mir. Ich wollte nicht die Autorität, die du und die anderen Eulenmeister mir gegeben haben, überschreiten.« Wieder stand er auf und begann, hin und her zu gehen. »Aber es sind düstere Zeiten, und ich möchte Baden und Orris und all die anderen, die sie vielleicht in ihre Verschwörung mit hineingezogen haben, davon abhalten, die Magie und alles, dem du und ich unser Leben gewidmet haben, zu zerstören.«

Niall schüttelte den Kopf. »Schon gut«, sagte er. »Wir können es uns nicht leisten, zimperlich zu sein. Ein solcher Notfall schafft seine eigenen Gesetze.« Sobald er die Worte ausgesprochen hatte, wusste er, dass er unter diesen Umständen tun konnte, was Sartol von ihm erwartete. »Wenn ich herausfinden sollte, dass andere in die Sache verwickelt sind, werde ich sie irgendwie überwältigen und sie ebenso wie Baden und Orris festnehmen lassen.«
Wieder grinste Sartol – man konnte ihm deutlich ansehen, wie erleichtert er war. »Ich danke dir, Niall«, sagte er. »Wir wissen vielleicht nicht, was sie im Sinn oder mit wem sie zusammengearbeitet haben, aber zumindest sind wir jetzt bereit, ihnen entgegenzutreten.« Der Eulenmeister blieb stehen und sah Niall an, und dieser hatte das Gefühl, dass die Besprechung zu Ende war und erhob sich. »Triff alle Vorbereitungen, die du für notwendig hältst«, sagte Sartol, als er Niall zur Tür führte. »Sag jedem, der fragt, dass du in meinem Namen handelst.«
Niall nickte und wandte sich zum Gehen.
»Niall«, hielt Sartol ihn zurück. »Es gibt noch eine andere Sache, die ich erwähnen möchte, bevor du gehst.«
Der ältere Mann drehte sich wieder um und wartete.
»Die Umstände sind nicht jene, die ich mir gewünscht hätte, aber es ist durchaus möglich, dass ich demnächst zum Eulenweisen gewählt werde.«
»So kommt es mir ebenfalls vor«, stimmte Niall zu. »Und es wird eine gute Entscheidung für den Orden und für Tobyn-Ser sein.«
»Das ist sehr freundlich von dir.« Sartol blieb stehen und kraulte zerstreut das Kinn seiner hoheitsvollen Eule. »Ich habe lange darüber nachgedacht, wen ich zu meinem

Ersten machen soll.« Wieder hielt er einen Augenblick inne. »Ich möchte, dass du über diese Stellung nachdenkst, Niall. Die gleichen guten Eigenschaften, die mich veranlasst haben, dich in dieser Sache um deine Hilfe zu bitten, würden dich auch zu einem guten Ersten des Weisen machen.«

Niall war sprachlos; das kam so unerwartet und ging so weit über allen Ehrgeiz hinaus, den er sich in den vergangenen Jahren zugestanden hatte, dass er einfach nicht wusste, wie er antworten sollte.

Sartol lächelte verständnisvoll. »Mir ist klar, dass du Zeit brauchst, um darüber nachzudenken, und ich möchte auch, dass du ernsthaft darüber nachdenkst. Wir können in ein paar Tagen wieder darüber sprechen.«

»Selbstverständlich«, brachte Niall mühsam heraus. Und dann: »Danke, Sartol. Ich danke dir sehr.«

Der Eulenmeister hatte genickt, und Niall war in die Halle hinausgegangen, vorbei an den Stühlen des Weisen und des Ersten, die am Kopf des großen, ovalen Tisches des Versammlungssaales standen, und dann in das Licht eines weiteren klaren Sommermorgens. Er konnte an nichts anderes mehr denken als daran, wie sehr Vardis sich über seinen Aufstieg zum Ersten des Weisen gefreut hätte.

Das war gestern gewesen. Trotz der Vorbereitungen, die Niall für diesen Morgen und den größten Teil des Nachmittags getroffen hatte, waren die Verräter an diesem Abend nicht mehr aufgetaucht. Erst spät am Morgen des nächsten Tages hatte er erfahren, dass sie sich Amarid näherten. Und es sah so aus, als wären Baden und Orris nicht allein. Auch Trahn hatte sich ihnen angeschlossen, und die drei befanden sich nur ein paar Meilen südlich des Larian. Niall eilte zur Großen Halle und überbrachte Sartol die Neuigkeiten. Der Eulenmeister schien traurig über diese Information, aber nicht überrascht. »Ich würde gerne glauben, dass Trahn nichts damit zu tun hat«, sagte er bedrückt, »und dass Baden und Orris ihren Verrat vor ihm verborgen haben.« Er sah Niall an. »Vielleicht sollten wir auf dieser Grundlage handeln und nur die beiden festnehmen.«

»Wenn Trahn unschuldig ist«, entgegnete Niall, »wird sich das bei der Verhandlung erweisen. Aber es wäre dumm zuzulassen, dass er sich frei innerhalb der Stadt bewegen kann. Du hast mich gebeten, nach möglichen Komplizen Ausschau zu halten, und um ehrlich zu sein: Trahn ist der Offensichtlichste. Er und Baden sind so gute Freunde, dass ich mir kaum vorstellen kann, dass es Baden gelingen könnte, etwas vor ihm zu verbergen. Ich denke, Trahn sollte zusammen mit Baden und Orris festgenommen werden.«

Sartol dachte darüber nach und fuhr sich mit der Hand über die Stirn. Schließlich nickte er widerstrebend. »Wenn du es wirklich für notwendig hältst, beuge ich mich deinem Urteil. Aber es tut mir sehr Leid, dass es dazu kommen musste.«

Nun, mehrere Stunden später, als Niall im Gasthaus Kristall saß, dachte er mit einer Mischung aus Mitgefühl für Sartols Verzweiflung und Staunen angesichts seiner eigenen Unerbittlichkeit noch einmal über diesen Vorfall nach. Es passte gar nicht zu ihm, so hart, so unnachgiebig zu sein. Oder genauer gesagt passte es nicht zu dem Mann, zu dem er geworden war. Der alte Niall, der Mann, der mit Vardis verheiratet gewesen war, hätte es begriffen. Es ging nicht darum, dass er Trahn nicht mochte oder dass er Sartols

Hoffnung, dass der Falkenmagier unschuldig war, nicht teilte. In Wahrheit hatte er nicht nur Trahn, sondern auch Baden recht gern. Die Möglichkeit, dass sie den Orden verraten haben könnten, verstörte ihn gewaltig. Er hoffte sogar, dass selbst Orris, mit dem er sich nie verstanden hatte, sich bei der Verhandlung als vollkommen schuldlos erweisen würde.

Aber – und das war der Punkt, den Vardis nie verstanden hätte, selbst wenn der Mann, der er einmal gewesen war, ihn ihr wieder und wieder erläutert hätte – seine persönlichen Gefühle durften sich nicht auf das, was er tun musste, auswirken. Ebenso, wie es unangemessen gewesen wäre, seine Schwierigkeiten mit Orris darauf Einfluss nehmen zu lassen, wie er sich dem Falkenmagier gegenüber verhielt, so wäre es auch falsch gewesen, Trahn oder Baden anders zu behandeln, nur weil er sie mochte. Die drei Magier saßen in den Zimmern direkt über Niall gefangen, weil ein Mitglied des Ordens – tatsächlich der Mann, den die Eulenmeister demnächst wohl zum Oberhaupt wählen würden – behauptete, eine Verschwörung aufgedeckt zu haben, und er hatte glaubwürdige Beweise für seine Bezichtigungen geliefert. Er hatte sogar Zeugen. Niall konnte nur hoffen, dass alle drei Männer unschuldig waren, aber das nahm ihm nicht die Verantwortung.

Und das erklärte selbstverständlich, warum er hier saß, allein und unauffällig in einer dunklen Ecke des Gastzimmers. »Ich erwarte nicht, dass es viele sind«, hatte Sartol gesagt. »Vielleicht kommt auch überhaupt niemand.« Niall glaubte das nicht. Er hätte nicht genau sagen können warum. Es war ein Instinkt, nichts weiter – die Art von Intuition, von der er geglaubt hatte, er besäße sie nicht mehr, und die tatsächlich vor einem Jahrzehnt verloren gegangen war, nur um jetzt abrupt zurückzukehren, zusammen mit seiner Entschlossenheit und seiner Selbstachtung. Er war sicher, dass jemand auftauchen würde, um die Verurteilten zu besuchen. Jemand, den Niall kannte. Bald. Und dass diese Person ihn zu anderen führen würde, die ebenfalls mit den Männern, die er verhaftet hatte, im Bunde standen. Er war so gut wie sicher, dass es passieren würde; er wartete darauf ebenso, wie er freudig auf eine Lieblingsszene in einem von Caerbhalls klassischen Dramen gewartet hätte. Er brauchte einfach nur Geduld.

Und selbst davon war nur wenig vonnöten. Nur ein paar Minuten, nachdem er sich an den bierfleckigen Tisch gesetzt hatte, bemerkte er, wie eine Gestalt im Umhang eines Magiers das Gasthaus betrat und rasch zur Treppe ging. Die Person hatte die Kapuze aufgesetzt, und Niall konnte das Gesicht nicht sehen. Aber er erkannte den blattgrünen Ceryll und die dunkel gestreifte Eule und begriff ein wenig überrascht, wer da gekommen war. Die Gestalt im grünen Umhang besuchte die angeklagten Magier nur kurz und ging dann sofort wieder die Treppe hinunter und schlüpfte hinaus ins Spätnachmittagslicht. Ruhig und beiläufig erhob sich Niall von seinem Tisch. Er ging ins Sonnenlicht hinaus, ließ sich eine Minute Zeit, damit seine Augen sich daran gewöhnen konnten, und sah sich dann in der schmalen Gasse nach der Gestalt im Kapuzenumhang um. Er entdeckte niemanden und spürte, wie kalte Panik in ihm aufstieg. Er unterdrückte das Gefühl, blieb stehen und lauschte. Selbst ein Magier konnte nicht spurlos in der Stadt verschwinden. Er wartete, hielt den Atem an …

… und hörte den Widerhall rascher Schritte in einer Gasse

rechts von ihm. Er schlich lautlos zum Ende der Straße und entdeckte den grünen Ceryll und die Eule. Er seufzte tief und erleichtert, spürte, wie sein Pulsschlag sich wieder normalisierte, und gestattete sich ein kurzes Lächeln. Dann folgte er seiner Beute und hoffte, dass sie ihn zu weiteren Magier führen würde, die sich gegen den Orden verschworen hatten.

Es kam Jaryd so vor, als wäre in diesen wenigen Stunden, die er mit Alayna im duftenden Gras im Schein der wärmenden Sonne verbracht hatte, die Zeit stehen geblieben. Er und Alayna hatten sich ineinander und in der idyllischen Schönheit der Lichtung verloren. Kurz vor Einbruch der Dunkelheit waren die Rehe, die in den Wald geflohen waren, als Baden die jungen Magier auf die Lichtung führte, zurückgekehrt, um zu grasen. Zwei Falken kreisten auf der Suche nach einer Abendmahlzeit über dem Hügel und wurden von Ishalla und Fylimar neugierig beäugt.

»Das war es, was ich in der anderen Vision sah, die ich von dir hatte«, gestand Alayna, während sie nebeneinander lagen und die Falken beobachteten.

»Wie meinst du das?«

»Das hier«, sagte sie und errötete leicht. »Wir beide zusammen auf dieser Wiese.«

Er grinste und küsste sie sanft. »Das muss wirklich eine Vision gewesen sein!«

Sie kicherte und erwiderte den Kuss. »Allerdings.«

Kurz darauf verschwand die Sonne hinter den Bäumen, und die Luft auf der Lichtung wurde kühler. Widerstrebend zogen die jungen Magier sich an und entzündeten ein kleines Feuer. Und mit der kalten Luft und dem dunkler werdenden Himmel kehrte auch die Sorge um Baden, Trahn und Orris zurück. Der Eulenmeister hatte ihnen keinen Zeitplan für die Ereignisse geben können, die er in Bewegung setzen wollte; er hatte nicht gesagt, wann sie seinen Boten erwarten sollten. Und wenn man bedachte, wie der Nachmittag sich entwickelt hatte, hätte eine frühe Ankunft von Badens Boten Jaryd und Alayna auch in gewaltige Verlegenheit gebracht. Dennoch, als sie nun schweigend am Feuer saßen und sich zwei Wachteln brieten, die ihre Vögel ihnen gebracht hatten, spürte Jaryd, wie er wieder unruhig wurde. Er zuckte jedes Mal zusammen, wenn ein Zweig unter einem Rehhuf knackte oder eine Eule aus dem nahen Wald rief, und obwohl sie seit Stunden nichts gegessen hatten und der Vogel, den er briet, wunderbar roch, stellte er fest, dass er keinen großen Hunger hatte.

Alayna, die neben ihm saß, bewegte sich ein wenig und sah ihn an. »Es könnte auch morgen sein«, sagte sie leise. »Und wenn sie sich entschließen, dass die Verhandlung vor dem ganzen Orden stattfinden soll, könnte es sogar mehrere Tage dauern. Du musst dich irgendwie entspannen.«

»Ist das denn so offensichtlich?«

Als Antwort zuckte sie nur die Schultern.

Jaryd lächelte bedauernd. »Es tut mir Leid. Wahrscheinlich geht es dir ziemlich auf die Nerven.«

Wieder das Schulterzucken, obwohl Alayna sich diesmal ein Grinsen nicht verkneifen konnte. »Sagen wir einfach, dass ich im Augenblick hoffe, dass sie sich zu einer sofortigen Verhandlung entschließen.«

Er lachte. »Also gut, ich werde daran arbeiten.« Er drehte den Spieß mit der Wachtel ein bisschen weiter. »Ich habe das Gefühl, wir sollten uns irgendwie vorbereiten«, sagte er einen Augenblick später. »Es fühlt sich seltsam an, einfach nur hier zu sitzen, während Baden und die anderen vor Gericht stehen.«

»Was sollten wir denn tun?«

Jaryd schüttelte den Kopf. »Das ist es ja: Ich habe keine Ahnung. Es gibt wohl nicht viel, was wir tun können. Aber es kommt mir immer noch nicht richtig vor.«

Dann wandte er sich ihr zu, denn er hatte plötzlich eine Idee.

»Erzähl mir von Sartol«, drängte er. »Was wäre nun von ihm zu erwarten, was ist ihm zuzutrauen?«

Sie sah ihn einen Augenblick an, bevor sie sich in einer vertrauten Geste mit der Hand durchs Haar fuhr. »Ich kenne ihn nicht so gut, wie ich glaubte«, stellte sie fest.

Jaryd hörte den Schmerz in ihrer Stimme. Es würde lange brauchen, bis diese Wunde verheilt war. »Mag sein«, entgegnete er, »aber du kennst ihn besser als die meisten von uns und sicherlich besser als ich. Jede Kleinigkeit könnte helfen, Alayna.« Das Letztere klang flehentlicher, als er vorgehabt hatte, aber es schien zu ihr durchzudringen.

Schließlich nickte sie. »Wie ich dir schon heute früh sagte«, begann sie nachdenklich, »wird er auf alles vorbereitet sein, was Baden tut. Er ist ein vorsichtiger Mann, ein sorgfältiger Planer.«

»Glaubst du, dass er geplant hat, Jessamyn und Peredur zu töten?«

»Nein. Das war viel zu chaotisch und zu gefährlich. Etwas ist schief gegangen; er hat improvisiert.«

Jaryd schüttelte den Kopf. »Und es könnte immer noch sein, dass er damit durchkommt.«

»Er ist auch sehr klug«, sagte Alayna grimmig. »Aber ich

wollte damit eigentlich nur sagen, dass er sich nicht ausschließlich darauf verlassen wird, dass die Verhandlung so verläuft, wie er möchte, und dass die Eulenmeister ihn zum Oberhaupt des Ordens wählen. So arbeitet er nicht. Es wäre viel zu riskant, viel zu unsicher.« Ihr Gesicht war bleich und angespannt im Licht des Feuers, und als sie Jaryd ansah, standen Zweifel und Befürchtungen in ihrem Blick, wie es nun jedes Mal der Fall war, wenn sie über Sartol sprach. »Er ist vermutlich auf alle Möglichkeiten vorbereitet«, fuhr sie fort. »Er wird jedes erdenkliche Ergebnis, sowohl bezüglich der Verhandlung als auch der Wahl zum Weisen, vorweggenommen haben. Wenn er es irgendwie bewerkstelligen kann, wird er sich nicht überraschen lassen.«

»Ich nehme an, es ist unsere Aufgabe, es trotzdem zu tun«, sagte Jaryd lässig und hoffte, dass sein Lächeln und sein Tonfall selbstsicherer ausfielen, als er sich fühlte.

Sie starrte ins Feuer, und an ihrer Miene hatte sich nichts geändert. »Vielleicht«, flüsterte sie. »Aber ich befürchte, dass er sogar darauf vorbereitet sein wird.«

Jaryd konnte keine Worte finden, um ihre Angst zu mildern; stattdessen spürte er, wie seine eigenen Befürchtungen mit neuer Kraft zurückkehrten. Beide verfielen in nachdenkliches Schweigen, während sie vor dem niederbrennenden Feuer saßen. In Gedanken versunken warteten sie darauf, dass ihr Abendessen fertig wurde. Und sie hatten immer noch kein Wort gesprochen, als sie kurz darauf Schritte hörten, die sich durch den Wald näherten.

»Das war kein Reh«, flüsterte Jaryd, griff sofort nach dem Ast mit seinem Ceryll und rief Ishalla auf seine Schulter.

Alayna stand auf, ihren Stab neben sich. »Nein. Ich glaube, es kam von da drüben«, sagte sie und zeigte nach rechts.

»Aus der gleichen Richtung, die Baden eingeschlagen hat, als er uns verließ.«
»Der Bote?«
»Oder ein Feind.«
Wie aufs Stichwort verbargen sie beide ihre Cerylle unter dem Umhang. Jaryd holte tief Luft. Dann stand auch er auf und ging mit Alayna zum Rand der Lichtung, in die Richtung, aus der das Geräusch gekommen war. Ein paar Sekunden später hörten sie es abermals, diesmal aus größerer Nähe, und gleichzeitig entdeckten sie ein weiches, grünes Licht, das zwischen den Stämmen hindurchfiel. Einen schrecklichen Augenblick lang befürchtete Jaryd, dass Theron zu ihnen gekommen war. Aber bald schon stellte er fest, dass es ein anderes Grün war – nicht das kalte, Unheil verkündende Smaragdgrün, das von dem unbehausten Eulenmeister ausgegangen war. Dieses Grün sah wärmer aus, lebendiger, als käme es aus dem Gras oder von den Blättern der Ahorn- und Ulmenbäume, die in Tobyns Wald wuchsen.
»Erkennst du die Farbe?«, fragte Alayna ihn.
»Nein. Du?«
Sie schüttelte den Kopf.
Jaryd zögerte, bevor er noch einmal tief Luft holte und flüsterte: »Verzeih mir, wenn sich das hier als falsch erweisen sollte.« Dann enthüllte er seinen Ceryll, hob den Stab und ließ den Kristall hell aufleuchten. »Wer da?«, fragte er laut und strengte sich an, so bedrohlich wie möglich zu klingen. Es ärgerte ihn, dass er sich so jung anhörte.
Die Schritte hielten inne. »Ich komme in Frieden«, ertönte die Antwort. Es war die Stimme einer Frau, klar und stark, wenn auch vorsichtig leise. »Man hat mich gebeten, euch

zu sagen ›Wie ihr, so bin auch ich mit Theron verbündet‹, obwohl ich das nicht begreife und es mir nicht gefällt, so etwas sagen zu müssen.«

Jaryd entspannte sich und dämpfte das Licht seines Cerylls. »Ich verstehe, wieso du so denkst«, antwortete er, »aber ich möchte dich bitten, darauf zu vertrauen, dass du schon bald erfahren wirst, was diese Worte bedeuten. Und in der Zwischenzeit heiße ich dich willkommen, Sonel.«

»Du kennst mich!«, rief sie, und selbst aus der Ferne konnte Jaryd hören, wie überrascht sie war.

»Ich weiß, wer du bist, und ich ahnte schon, dass Baden dich schicken würde.«

»Und wer bist du?«

Jaryd setzte dazu an zu antworten, aber bevor er sprechen konnte, spürte er, wie Alayna ihn am Arm fasste. Als er die junge Frau anblickte, sah er, dass sie warnend den Kopf schüttelte. Es schien unwahrscheinlich, dass jemand anders lauschte oder dass man der Eulenmeisterin gefolgt war. Aber Alayna hatte Recht: Er konnte es nicht wagen, ihre Namen durch den Wald zu rufen. Er zeigte ihr mit einem raschen Nicken, dass er verstanden hatte, dann wandte er sich wieder Sonel zu. »Komm auf die Lichtung«, wies er sie an, »und dann wirst du es sehen.«

Wieder erklangen Sonels Schritte, das leise Knistern von Fichtennadeln und hin und wieder ein Zweig, der unter ihrem Fuß knackte, und sie kamen immer näher auf die Lichtung zu, auf der Jaryd und Alayna standen. Zur gleichen Zeit wurde das helle Grün ihres Cerylls immer strahlender. Bald schon trat sie unter dem dichten Unterholz hervor ins Gras.

Sie war größer, als Jaryd sie in Erinnerung hatte – beinahe

so groß wie er selbst – und sah auch jünger aus. Sie hatte ihr hellbraunes Haar zurückgebunden, und ihre grünen Augen schienen die Farbe ihres Cerylls einzufangen und zu verstärken. Ihre Eule, in Farbe und Größe Badens Anla ganz ähnlich, saß wachsam auf Sonels Schulter, und die ohrähnlichen Federbüschel standen aufgerichtet über den runden, gelben Augen.

Als sie auf die Lichtung hinaustrat, hob die Eulenmeisterin ihren Stab und verstärkte das magische Licht des Kristalls, um die beiden Gestalten, die auf sie warteten, deutlicher sehen zu können. Und als sie sie erkannte, riss sie ungläubig die Augen auf und wich einen Schritt zurück.

»Aber man hat uns gesagt, ihr wärt tot!«, rief sie. »Ihr beide. Dass Theron euch getötet hätte und –« Sie hielt inne und starrte sie wortlos an. Dann wich die Verwirrung dem Begreifen, und sie lächelte. »Aber selbstverständlich: Badens Parole. ›Verbündet mit Theron‹. Wahrhaftig!«

»Zu dieser Parole gibt es noch mehr zu sagen«, erklärte Jaryd, »aber für den Anfang sollte es genügen.«

»Dafür nehme ich dein Wort«, erklärte sie. »Und ich hoffe, dass ihr beide meine Entschuldigung für meine erste Reaktion annehmt. Dies hier ist ein Geschenk, das ich niemals erwartet hätte. Seid willkommen.«

Jaryd lächelte. »Danke. Aber sag mir – wie ist es Baden gelungen, dich davon zu überzeugen, dass Sartols Anklagen falsch waren, ohne dass er dir verraten hätte, dass wir noch leben?«

Sonel lächelt rätselhaft. »Baden würde nicht viel brauchen, um mich von so etwas zu überzeugen. Ich habe Sartol nie geglaubt. Und als Baden mir sagte, dass Freunde von ihm vor der Stadt warteten und seine Unschuld beweisen könnten, genügte mir das. Aber nun musst du mir eine Frage beantworten: Warum wartet ihr hier? Man würde euch doch sicher nicht anklagen wie Baden und die anderen.«

»Nein, wahrscheinlich nicht. Aber Baden fürchtet um unser Leben.«

»Warum?«

Jaryd zögerte, und es war Alayna, die antwortete. »Weil wir wissen, dass Sartol Jessamyn und Peredur getötet hat; er war derjenige, der uns in Therons Hain jagte.«

»Arick steh uns bei!«, flüsterte Sonel. »Ich wünschte, ich könnte behaupten, dass mich das überrascht, aber nach diesem Tag fürchte ich, dass mich nie wieder etwas überraschen wird.« Sie schaute Alayna voller Mitgefühl an. »Für dich muss das besonders schwierig sein. Es tut mir sehr Leid.«

»Das ist freundlich von dir«, erwiderte die junge Frau ein wenig gequält und fuhr sich verlegen mit der Hand durchs dunkle Haar. »Aber im Augenblick haben wir größere Sorgen als meine Gefühle.«

Sonel sah aus, als hätte sie gerne mehr dazu gesagt, aber stattdessen nickte sie nur. »Du hast Recht. Wir müssen über vieles reden«, erklärte sie einen Augenblick später sehr sachlich. »Vielleicht sollten wir uns hinsetzen.«

Jaryd zeigte auf das kleine Feuer inmitten der Lichtung, und die drei Magier ließen sich dort nieder. »Baden, Trahn und Orris haben auf einer sofortigen Verhandlung bestanden«, sagte Sonel einen Augenblick später. »Sie wird morgen früh beginnen. Baden hat empfohlen, dass ihr gleich morgen früh aufsteht und zum Südufer des Larian kommt. Von dort werdet ihr hören, wie die Glocken läuten und die

Magier zusammenrufen. Wartet danach etwa eine Viertelstunde und kommt dann zur Großen Halle. Er sagte auch, ihr solltet die Beweise nicht vergessen.«

»Gut, dass er uns daran erinnert«, erwiderte Jaryd sarkastisch und lachte leise.

Sonel grinste. »Manchmal übertreibt er es ein bisschen, nicht wahr?«

»Weißt du, warum sie sich dafür ausgesprochen haben, die Verhandlung sofort zu beginnen?«, warf Alayna ein.

Die Eulenmeisterin wurde sofort wieder ernst. »Ja.« Sie holte tief Luft, dann sagte sie: »Sartol versucht, sich mit dem Rufstein zu verbinden. Es ist ihm bereits gelungen, ihn ein wenig zu verändern. Sie wollen nicht riskieren, dass er damit fortfährt.«

Alayna hatte bei Sonels Worten zu nicken begonnen. »Das passt«, sagte sie tonlos. »Das klingt ganz nach etwas, was Sartol tun würde. Mögen die Götter uns schützen!«

»Was genau meinst du, wenn du sagst, dass er ihn ›verändert?‹«, fragte Jaryd.

»Baden und Orris haben beide gesehen, wie der Stein im gleichen Farbton leuchtete wie Sartols Ceryll.«

Jaryd schüttelte verwirrt den Kopf. »Das verstehe ich nicht. Wenn er bereits einen Ceryll hat, wie kann er sich da mit einem anderen verbinden?«

»Eine gute Frage«, erwiderte Sonel. »Ich bin nicht sicher, ob ich es selbst verstehe. Den Naturgesetzen zufolge, denen die Magie stets unterworfen war, sollte er nicht dazu in der Lage sein. Aber offensichtlich ist es geschehen. Er muss ungeheuer stark sein. Das wäre bereits notwendig, um seine Magie in einen zweiten, gewöhnlichen Kristall zu leiten, vom Rufstein gar nicht zu reden.«

»Und er wird so viel mächtiger sein, wenn es ihm erst gelungen ist!«, fügte Alayna hinzu. »Ich hoffe, wir kommen nicht zu spät.«

»Das darf nicht sein!«, erklärte Sonel hitzig, und ihre grünen Augen blitzten im Feuerlicht. »Nein, das wird nicht geschehen! Wir sind in diesem Kampf nicht allein. Es gibt noch andere, die auf Badens Seite stehen, und denen werden weitere folgen, wenn die Magier sehen, dass ihr noch lebt, und hören, was ihr zu sagen habt. Man wird Sartol nicht gestatten, den Orden zu beherrschen, nicht solange ich lebe und gegen ihn kämpfen kann.«

Trotz Sonels Schwur starrte Alayna die Eulenmeisterin verzweifelt an. »Aber wie wehrt man sich gegen einen Magier, der solche Macht hat?«

»Indem man sich verbündet. Indem man sich mit anderen zusammentut, die an dieselben Dinge glauben. Indem man sich ihm immer wieder widersetzt und, wenn das notwendig ist, sogar das Volk von Tobyn-Ser gegen ihn aufwiegelt.« Sonel lächelte und strahlte solche Entschlossenheit und Kraft aus, dass Jaryd sich seltsamerweise an Trahn erinnert fühlte. Oder vielleicht war das gar nicht so seltsam. Wie Trahn war auch Sonel jemand, den Baden liebte, eine Person, der der Eulenmeister sein eigenes Leben und das von Jaryd und Alayna anvertraut hatte. »Mir ist gleich, wie stark er ist«, schloss sie. »Wenn Sartol wirklich glauben sollte, dass er uns ohne Kampf besiegen kann, dann muss er dumm sein.«

Ermutigt von Sonels Worten drehte sich Jaryd um, weil er wissen wollte, was Alayna dazu sagte. Aber noch während er das tat, noch während er spürte, wie sich erneut Hoffnung und Mut in ihm regten, hörte er, wie Ishalla und

Sonels Eule warnend zischten, und er wusste, für wie dumm Sonel Sartol auch halten mochte, sie selbst waren dümmer gewesen. Und als er die Stimme eines Mannes hörte, eine Stimme, die er zu erkennen glaubte und die vom Rand der Lichtung her ertönte, befürchtete er, sich übergeben zu müssen.

»Das war mutig, Sonel«, rief der Mann. »Obwohl ich dich nie für eine Verräterin gehalten hätte. Ich möchte wirklich hören, wer diese anderen sind, von denen du sprichst, ebenso wie Sartol es gerne erfahren würde. Im Augenblick allerdings würde ich mich schon mit den Namen deiner beiden Freunde zufrieden geben.«

Jaryd wandte sich dem Waldrand zu, um zu sehen, wer gesprochen hatte – das taten sie alle drei. Aber sie sahen nur einen weinroten Ceryll, der blendend hell aufflackerte und die gesamte Lichtung grell wie die Mittagssonne beleuchtete, und am hellsten leuchtete er, wie Jaryd sofort mit schmerzlicher Deutlichkeit begriff, auf sein und Alaynas Gesicht.

8

Er hatte schlecht geschlafen, denn er hatte darauf gewartet, dass Sonel von der Lichtung zurückkehrte und bestätigte, dass Jaryd und Alayna seine Botschaft erhalten hatten. Sie war wahrscheinlich zu Fuß unterwegs und nicht zu Pferd – sie waren alle der Meinung gewesen, dass das am wenigsten Aufmerksamkeit erregen würde, und Sonel hatte Baden schon vorgewarnt, dass es sein könnte, dass sie erst sehr spät nach Amarid zurückkehrte. In diesem Fall würde sie ihm gleich am nächsten Morgen von dem Gespräch mit den jungen Leuten berichten. Sie kannte ihn gut, und ihrer Stimme hatten Heiterkeit und sanfter Tadel gelegen, als sie ihm sagte, er solle sich keine Sorgen machen, wenn sie bis Tagesanbruch nicht auftauchte.

»Du weißt doch, dass ich es trotzdem tun werde«, hatte er erwidert, »und nicht nur wegen Jaryd und Alayna.«

Sie hatte eine Braue hochgezogen, denn sie hatte in den Nuancen seiner Stimme alles gelesen, was er ihr mitteilen wollte. »Vielleicht versuche ich ja tatsächlich, bereits heute Nacht zurückzukommen«, sagte sie mit einem spöttischen Grinsen, das Trahn und Orris lächeln ließ.

Zu diesem Zeitpunkt hatte Baden ebenfalls gelächelt. Aber dann war es immer später geworden, und sie war nicht zurückgekehrt, und er war immer unruhiger geworden. Schließlich war er in einen leichten Schlaf gefallen, heimgesucht von Bildern von Sartol und den Männern, die Wasserbogen angegriffen hatten.

Als er erwachte, hatte er sofort zum Fenster geschaut und dort das weiche, rosafarbene Morgendämmerungslicht durch die dünnen Vorhänge fallen sehen. Kalte, gnadenlose Panik war wie ein Wintersturm über ihn hereingebrochen. Sonel hätte inzwischen hier sein müssen. Sie hätte schon letzte Nacht zurückgekehrt sein müssen. Er warf die Decke zurück, zog seine Hose an und eilte zur Tür, ohne sich noch die Mühe zu machen, ein Hemd oder seinen Umhang überzuziehen. Als er auf den Flur hinausstürzte, fand er sich sofort einem blau gewandeten Diener gegenüber, den er nicht erkannte. Der Mann war beinahe so groß und kräftig wie der, mit dem Baden am Vortag eine kleine Auseinandersetzung gehabt hatte.

»Eulenmeister?«, sagte der Diener höflich. Offenbar hatte Niall den Wachen zumindest klar gemacht, dass die angeklagten Magier mit Respekt behandelt werden sollten.

»Ich erwartete einen Besucher«, erklärte Baden mit offensichtlicher Nervosität. »Ist jemand hergekommen, während ich schlief?«

Der Mann schüttelte den Kopf. »Niemand, Eulenmeister. Nicht seit der Wirt euer Essen gebracht hat. Soll ich eine Botschaft für dich überbringen?«

»Nein. Nein danke.«

Eine andere Tür ging auf, und Trahn, vollständig bekleidet, das lange, dunkle Haar noch nass vom Waschen, trat auf den Flur hinaus. Einen Augenblick später hörte Baden, wie auch Orris' Tür aufging, und der Falkenmagier streckte den Kopf heraus, das Gesicht noch verquollen vom Schlaf. Wie Baden trug der untersetzte Magier kein Hemd, und er fuhr sich durch das zerzauste, helle Haar, das ihm auf die Schultern fiel.

»Was ist denn, Baden?«, fragte Trahn besorgt.

»Habt ihr etwas von Sonel gehört?«

Der dunkelhaarige Magier schüttelte den Kopf.
»Orris?« Baden wandte sich dem anderen Mann zu.
»Nein«, erwiderte der Falkenmagier und kam weiter in den Flur hinaus. »Aber sagte sie nicht, dass sie vielleicht erst heute Morgen zurückkehren würde?«
»Sie sprach vom Tagesanbruch«, korrigierte der Eulenmeister, »und ich hatte sie früher zurückerwartet.«
Tran schnaubte. »Du glaubst, dass etwas passiert ist?«
»Ich weiß nicht, was ich glauben soll.« Baden sah den Diener an. »Bring unser Frühstück ins Zimmer von Falkenmagier Trahn«, befahl er, dann wandte er sich wieder Trahn zu und fügte hinzu: »Orris und ich werden uns waschen und anziehen. Wir sind dann in ein paar Minuten bei dir.«
Baden kehrte zurück in sein Zimmer, zu der Schüssel mit Wasser, die man am Vorabend bereitgestellt hatte, und begann sich zu waschen. Aber er musste immer wieder an Sonel denken.
Sosehr er auch versuchte, sich einzureden, dass mit ihr alles in Ordnung war, dass es allen dreien gut ging, er kehrte immer wieder zu der einen Wahrheit zurück, die seine Angst weiterhin nährte: Sonel kam nie zu spät. Tatsächlich war sie übertrieben pünktlich – so war es all die Jahre gewesen, seit sie sich kannten. Es war eine der wenigen Eigenschaften an ihr, die ihn immer geärgert hatten, weil er dazu neigte, erheblich weniger exakt zu sein als sie. Wenn alles nach Plan verlaufen wäre, wäre sie inzwischen längst zurück gewesen.
Das erklärte er auch Trahn und Orris kurze Zeit später, als sie alle zerstreut an den Trauben, dem Käse und dem Brot knabberten, die der Wirt ihnen gebracht hatte.
»Trotz allem«, sagte der Eulenmeister, »wissen wir immer

noch sehr wenig darüber, was Sartol vorhat und welcher Mittel er sich bedienen kann. Er hat vielleicht Gefolgsleute innerhalb des Ordens, die Sonel davon abgehalten haben, die Lichtung zu erreichen. Oder vielleicht sind sie ihr gefolgt und haben erfahren, dass die anderen noch leben.«

»Oder«, meinte Orris, »Sartols Wachen lassen trotz Nialls Versprechen, uns angemessen zu behandeln, niemanden hier herein.«

»Das kommt mir auch sehr wahrscheinlich vor, Baden«, sagte Trahn voller Mitgefühl. »Ich weiß, dass du dir Sorgen machst, aber ich bin nicht sicher, ob das nötig ist.«

»Er hat den Rufstein«, fuhr Orris fort. »Er geht wahrscheinlich davon aus, dass er nichts und niemanden sonst braucht.«

Baden zuckte die Achseln. »Schon möglich, dass ihr Recht habt. Aber nach allem, was ich bisher gesehen habe, befürchte ich, dass er sehr vorsichtig sein wird. Er hat diese Sache schon lange Zeit geplant. Er wird jetzt nicht nachlässig werden. Ich gebe gerne zu, dass ich Angst habe. Große Angst.«

Orris und Trahn schwiegen – was hätten sie auch sagen können? –, und dann saßen die drei den größten Teil der nächsten Stunde schweigend beisammen, aßen noch ein wenig, waren aber ansonsten in ihren Gedanken versunken. Der Tag wurde heller, der Wind, der die Gardinen wehen ließ, wärmer, aber sie hatten immer noch nichts von Sonel gehört. Später begannen dann die Glocken der Großen Halle laut zu läuten. Baden hatte vergessen, wie nah sie dem Kuppelgebäude waren. Die Verhandlung würde in Kürze beginnen, und Baden fragte sich, ob die jungen

Magier das Läuten der Glocken als ihr Zeichen erkannt hatten. *Wo in Aricks Namen bleibt Sonel?*
Er sah, wie seine beiden Begleiter sich mit ernster Miene erhoben, und wünschte, er könnte ihnen etwas Ermutigendes sagen, etwas, das die Stimmung im Zimmer verbesserte. Noch vor knapp einem Tag war Baden voller Selbstvertrauen gewesen; er hatte sich sogar gestattet, dieses Selbstvertrauen bei der Gegenüberstellung mit Sartol durchscheinen zu lassen, denn er wusste, dass es den Eulenmeister aus der Ruhe bringen würde. Aber inzwischen war er sicher, dass etwas geschehen sein musste, was Sonel davon abhielt zurückzukehren. Er konnte nur hoffen, dass Jaryd und Alayna die Nacht überstanden hatten. Wenn das nicht der Fall war, dann war das Schicksal von Baden, Trahn und Orris besiegelt, und das von Tobyn-Ser mit ihnen. Ein lautes Klopfen an der Tür ließ Baden zusammenzucken wie schon das Glockenläuten einen Augenblick zuvor. Er musste sich irgendwie beruhigen. Es wäre nicht gut, wenn Sartol ihn so sah.
Trahn ging zur Tür und riss sie auf. Im Flur stand Niall, und er war ungewöhnlich bleich unter dem dichten Silberhaar.
»Es ist Zeit«, erklärte er, trat beiseite und bedeutete den angeklagten Magiern, auf den Flur hinauszukommen. Er sah keinem von ihnen in die Augen.
Baden folgte Orris und Trahn nach draußen und spürte, wie der ältere Mann hinter ihm herging. Die Diener waren weg, aber Nialls grimmiges Schweigen war wie eine fünfte Präsenz in dem dunklen Flur, dräute bedrohlich hinter Badens Rücken. Sie gingen an den geschlossenen Türen zu beiden Seiten des Flurs entlang, dann die Treppe hinunter ins Erdgeschoss des Gasthauses und durch die Tavernentür.

Als Baden ins Tageslicht trat, sah er Tausende von Menschen – eine noch größere Menge als jene, die sich am Tag zuvor versammelt hatte –, die an der Straße vom Gasthaus zur Großen Halle standen. Orris, der vor ihm ging, warf einen Blick zurück, als suche er Trost, und Baden bemerkte die Angst in den Augen des Falkenmagiers. Die öffentliche Demütigung, die sie alle gestern schon hatten ertragen müssen, war für Orris besonders schwierig gewesen, das wusste Baden, und heute würde es nicht leichter werden. Bemüht, das Unbehagen seines Freundes zu lindern und ihm etwas anderes zu geben, worauf er seine Aufmerksamkeit konzentrieren konnte, wandte sich Baden Niall zu, weil er vorhatte, ihn zu fragen, wie viele Magier seit ihrer Begegnung mit Sartol noch nach Amarid gekommen waren. Aber etwas in der Haltung des Eulenmeisters ließ ihn stutzen – Niall schien vollkommen unzugänglich, als hätte er die Frage nicht einmal gehört, wenn Baden sie gestellt hätte. Ohne ein Wort wandte sich Baden wieder nach vorn und sah gerade noch, wie Trahn Orris etwas zuflüsterte. Was immer er gesagt hatte, es schien den blonden Magier ein wenig aufzuheitern und ihm einen Hauch von Ruhe zurückzugeben.
Die Menschenmenge wirkte weniger feindselig gegenüber den Angeklagten als am Tag zuvor. Ein paar riefen Beschimpfungen und Drohungen, als die drei vorbeikamen, aber zum größten Teil spürte Baden mehr Neugier als Zorn. Nialls Verhalten beunruhigte ihn allerdings. Die selbstgerechte Haltung, mit der der ältere Mann sie gestern behandelt hatte, hatte ziemlich gut zu dem gepasst, was Baden über Niall wusste. Der Eulenmeister war ein zutiefst moralischer Mensch. Baden hatte häufig während Ver-

sammlungen mit ihm Auseinandersetzungen gehabt, aber er hielt Niall für ehrenhaft, und es hatte ihm sehr Leid getan, dass Vardis gestorben war. Er konnte einfach nicht glauben, dass der Eulenmeister sich Sartol in seinem Verrat am Land angeschlossen hatte – solcher Verrat lag nicht im Wesen des älteren Mannes. Zweifellos hatte sich Sartol Nialls Mitarbeit gesichert, indem er ihm Baden und die anderen als gefährliche Feinde des Ordens und des Landes schilderte. Aber Nialls Verhalten an diesem Morgen war verstörend. Und in diesem Augenblick begriff Baden mit Schwindel erregender Schnelligkeit und erschreckender Klarheit, dass Nialls finstere Stimmung und Sonels Fernbleiben irgendwie miteinander zusammenhingen.

Wieder überfiel ihn Panik; es war, als krallte sich eine eisige Hand um sein Herz. Er fuhr zu Niall herum, und diese abrupte Bewegung riss den Eulenmeister aus seiner seltsamen Versunkenheit.

»Was hast du ihr angetan?«, zischte Baden. »Wo ist Sonel?«

Niall sah ihn schweigend an und blieb ärgerlich ruhig. »Ich weiß nicht, wovon du da sprichst«, erwiderte er schließlich beinahe freundlich. »Bitte, geh weiter, Baden. Alle warten schon auf euch.«

»Ich werde keinen einzigen Schritt mehr machen, ehe du mir die Wahrheit sagst!«

Orris und Trahn waren stehen geblieben und drängten sich nun näher an die beiden Eulenmeister.

»Was ist los, Baden?«, fragte Orris und betrachtete Niall misstrauisch.

»Niall ist für das verantwortlich, was mit Sonel passiert ist.«

Trahn sah den älteren Magier abschätzend an. »Woher weißt du das?«

»Ich weiß es eben.« Baden packte Nialls Umhang, was die hell gefiederte Eule des Magiers leise zischen ließ. »Was hast du mit Sonel gemacht?«, fauchte er, und jede einzelne Silbe kam überdeutlich heraus.

Niall betrachtete Baden noch ein paar weitere Sekunden mit dieser nervtötenden Gelassenheit. Dann legte er seine Hand fest auf Badens und entzog sich dem Griff des Eulenmeisters. »Es geht ihr gut«, sagte er zu ihnen allen, als lege er ein Geständnis ab. »Ich bin nicht sicher, wo sie sich im Augenblick befindet, aber als ich sie zum letzten Mal sah, ging es ihr gut.«

Baden hätte zu gern nach Jaryd und Alayna gefragt. Aber Nialls Worte ließen nicht unbedingt darauf schließen, dass er auch nur wusste, ob die jungen Magier noch lebten, und Baden konnte es nicht wagen, sie zu verraten. »Wenn ihr etwas zugestoßen ist«, drohte er stattdessen ein wenig sinnlos, »dann werde ich dich dafür verantwortlich machen.«

»Du hast uns also beobachtet«, sagte Orris tonlos und seine Augen glühten anklagend. »Du hast für Sartol spioniert.«

Es war ausgerechnet diese Bemerkung, die Niall die Fassung verlieren ließ. »Du kannst dir kein Urteil über mich erlauben!«, erklärte er hitzig. »Und ich bin niemandem eine Erklärung schuldig! Ich werde mich dem Urteil der Götter stellen, wenn ich mich dazu bereit fühle, und bis dahin werde ich tun, was ich für angemessen halte!« Er bedachte alle drei mit einem herrischen Blick. »Im Augenblick allerdings«, fuhr er mit leiserer Stimme, aber nicht weniger empört fort, »seid ihr drei es, die des Verrats angeklagt werden.«

Ohne ein weiteres Wort wandte er sich von ihnen ab, ging entschlossen auf die Große Halle zu und zwang damit die angeklagten Magier, ihm zu folgen.
Kurz darauf stiegen sie die Marmorstufen hinauf und gingen durch die riesige Eichentür. Der Versammlungssaal sah ganz ähnlich aus wie am Tag zuvor. Die drei Stühle, auf denen Baden, Trahn und Orris für gewöhnlich saßen, standen in einer Reihe beinahe am Ende des Saals, dem Rest des Ordens gegenüber, und zwischen den Stühlen an dem großen Tisch gab es drei Lücken. Mehrere Magier waren am Vorabend und früh an diesem Morgen eingetroffen, überwiegend Falkenmagier, die zu Ursels Patrouillen gehört hatten. Tatsächlich war auch Ursel selbst, braun gebrannt und strotzend vor Gesundheit, das kurze, braune Haar von den Tagen in der Sonne blond gesträhnt, unter jenen, die bereits in der Halle warteten. Aber noch immer war weniger als die Hälfte der Stühle rings um den Tisch besetzt, und die meisten der Anwesenden waren Eulenmeister. Als sich Baden umsah, entdeckte er mit wachsender Unruhe, dass Sonel noch nicht eingetroffen war.
»Bei den Göttern!«, flüsterte Orris erschrocken.
Sofort wandte sich Baden dem Rufstein zu, obwohl er bereits wusste, was er sehen würde. Gelbes Licht. Es war so schwach, dass er es nie bemerkt hätte, wenn er nicht danach Ausschau gehalten hätte. Einem harmlosen Beobachter wäre es wie eine optische Täuschung vorgekommen, eine Illusion, geschaffen vom Sonnenlicht und den halb durchsichtigen Fenstern der Großen Halle. Aber Baden hatte das Flackern schon am Tag zuvor bemerkt: Das hier war keine Fata Morgana, keine Sinnestäuschung.
»Lange wird er es nicht mehr verbergen können«, sagte

Baden leise und sah, wie Orris unauffällig nickte. »Er muss kurz davor stehen, ihn zu beherrschen.«

»Stellt euch vor den Stühlen auf!«, befahl Niall in einem Tonfall, der sie zum Schweigen brachte.

Die drei angeklagten Magier taten, was man ihnen gesagt hatte, und wie schon am Vorabend signalisierte er Odinan mit einem knappen Nicken, dass alles für Sartol bereit war. Odinan kam ungelenk auf die Beine und strich sich verlegen die weißen Haarsträhnen glatt, die von seinem Kopf abstanden. Der Rest des Ordens erhob sich ebenfalls, und der alte Eulenmeister stieß den Stab fest auf den Boden, was im Saal laut widerhallte und die geflüsterten Gespräche zum Schweigen brachte.

Ein Augenblick verging. Dann ein weiterer. Alle im großen Saal warteten still darauf, dass schließlich am anderen Ende eine Tür aufging und Sartol hereinkam.

Es war eine lange Nacht gewesen. Zu lange, dachte Sartol, als er vor der Feuerstelle im Zimmer des Eulenweisen auf und ab ging, einen Becher Shan-Tee in den Händen. Dennoch, er hatte nicht annähernd Zeit genug gehabt. Er fühlte sich erschöpft, vollkommen übermüdet, wenn man bedachte, was ihn an diesem Tag noch erwartete. Zweimal hatte er den Becher zurückgeschickt und sich bei den Dienern beschwert, dass der Tee nicht stark genug war. Und obwohl sie die letzten Blätter eine halbe Stunde lang hatten ziehen lassen, hatte der Tee seine Müdigkeit immer noch nicht merklich verringert. Der Eulenmeister überlegte, ob er abermals mit der Kristallglocke läuten sollte, aber dann beschloss er, es nicht zu tun. Auch die Wirkung dieses Krauts war begrenzt, und er brauchte Schlaf und keinen stärkeren Tee. Außerdem war es nicht gut, jemanden wissen zu lassen, wie erschöpft er war, nicht einmal die undurchschaubaren blau gewandeten Diener. Er konnte es sich nicht leisten, schwach zu wirken, und er hatte nicht vor, Spekulationen darüber Vorschub zu leisten, womit er die Nächte verbrachte, wenn er sich doch eigentlich ausruhen sollte.

Er hatte vorgehabt, zumindest einen Teil der vergangenen Nacht zu schlafen, genau wie in den vergangenen beiden. Aber dreimal hintereinander war er so in seiner Anstrengung versunken, sich an den Rufstein zu binden, dass er jegliches Zeitgefühl verloren hatte. In den ersten beiden Nächten hatte ihn das nicht gestört, zumindest nicht sonderlich. In der letzten Nacht allerdings – vor allem früh am Morgen – war er wirklich verzweifelt gewesen, als er die ersten Sonnenstrahlen durch die milchigen Fenster des Versammlungssaals fallen sah. Er hatte nur ungern mit seiner Arbeit aufgehört, war zornig auf sich selbst gewesen, weil er das Zeitgefühl derart verloren hatte, und hatte sich rasch in sein Zimmer zurückgezogen, nur Augenblicke, bevor die ersten Diener eintrafen und begannen, den Saal für die bevorstehende Verhandlung vorzubereiten.

Kurz darauf hatte Jessamyns Dienerin – er erinnerte sich, dass sie Basya hieß – an die Tür geklopft, war hereingekommen und hatte die Brauen überraschter hochgezogen, als ihr zustand, als sie sah, dass Sartol bereits aufgestanden und angekleidet war.

»Soll ich dir das Frühstück bringen, Eulenmeister Sartol?«, fragte sie sehr höflich und hilfsbereit.

»Nur Tee«, hatte er erwidert, und es war ihm nicht gelungen zu verbergen, wie verärgert er war.

Sie nickte, zog sich zurück und überließ es Sartol, seine Dummheit und das übereilte Vorgehen danach zu verfluchen. Es war zu früh, den Orden schon zur Verhandlung zusammenzurufen. Und außerdem musste er zunächst hören, was Niall erreicht hatte. Selbstverständlich war es zu spät zum Schlafen. Also hatte der Eulenmeister versucht, sich zu sammeln und noch einmal über seine Fortschritte mit dem Rufstein nachzudenken. Leider waren in der folgenden Stunde seine Befürchtungen bezüglich der Verhandlung immer wieder in seine Gedanken eingedrungen. Wieder einmal hatte er sich, wie so oft in der vergangenen Woche, zwingen müssen, mit dem Auf-und-ab-Gehen aufzuhören, und sich in einem Sessel niedergelassen, wobei kleine Tröpfchen des Shan-Tees aus dem Becher auf seinen Umhang spritzten. Er war in der letzten Zeit zu viel auf und ab gegangen – es war eine schlechte Angewohnheit, eine, die gefährlich dazu beitragen konnte, anderen zu verraten, wie unruhig er war. Er fand es ausgesprochen störend, dass er sich gerade jetzt, so kurz vor seinem Triumph, so viele Sorgen machen musste.

Er wusste, dass dies das Resultat seiner Begegnung mit Baden war. Selbst unter Bewachung, ohne seinen Ceryll und öffentlich als Verräter gebrandmarkt, ließ der Eulenmeister ihm keine Ruhe. Wenn Baden am Vortag nur nicht so verdammt selbstsicher gewesen wäre, obwohl man ihn gerade verhaftet hatte! Orris hatte zwar trotzig ausgesehen, war auch sehr bleich gewesen und hatte sich eindeutig gedemütigt gefühlt, genau wie es hatte sein sollen. Trahn war wie immer verstörend undurchschaubar geblieben.

Aber Baden ... ja, er hatte müde ausgesehen, aber nicht mehr als Sartol selbst. Der Eulenmeister hatte keinen verängstigten Eindruck gemacht, aber das hatte Sartol auch nicht erwartet; wie jeder, der an Macht und Führerschaft gewöhnt war, konnte Baden seine Gefühle sehr gut verbergen. Was Sartol allerdings alarmiert hatte, war die Tatsache, dass man dem Eulenmeister sehr wohl bestimmte Empfindungen ansah, nur nicht jene, die er erwartet hätte. Baden hatte ihn tatsächlich angelächelt, als er eine sofortige Verhandlung verlangte, *er hatte gelächelt,* und nur für einen Augenblick, wenn auch zweifellos lang genug, dass Baden es sehen konnte, hatte Sartol die Fassung verloren. Wie hätte es auch anders sein können? Er war auch nur ein Mensch. Und der Mann hatte gelächelt! Des Verrats und des Mordes bezichtigt, kurz vor einer Verhandlung, bei der er keine bedeutenden Beweise seiner eigenen Unschuld vorbringen konnte, und sich zweifellos bewusst, dass Sartol jeden einzelnen Gegenstand, den Calbyrs Männer in Wasserbogen zurückgelassen hatten, zerstört hatte, hatte Baden nicht das geringste Anzeichen von Nervosität an den Tag gelegt. Sartol fand das beunruhigend. Tatsächlich fand er es sogar erschreckend.

Als er ein paar Minuten später im Zimmer des Eulenweisen über den Vorfall nachgedacht hatte, hatte er sich selbst eingeredet, dass Badens Geste aufgesetzte Forschheit gewesen war und nichts weiter. Aber der hagere Eulenmeister hatte schrecklich überzeugend gewirkt, so sehr, dass Sartol begonnen hatte sich zu fragen, ob Baden nicht doch irgendwelche Beweise hatte. Warum sonst sollte er sich für eine sofortige Verhandlung aussprechen? Als jüngere Mitglieder des Ordens hatten Orris und Trahn viel zu gewinnen, indem sie warteten, bis alle Magier nach Amarid zurückgekehrt waren, und dennoch hatten sie sich entschieden, die

Verhandlung sofort durchzuführen. Ein Teil von Sartol fragte sich, was der Grund dafür sein mochte, was sie glaubten, durch eine Beschleunigung der Dinge erreichen zu können. Unwillig gab er zu, dass Baden vielleicht das gelbe Flackern des Rufsteins bemerkt und daraus geschlossen haben könnte, dass Sartol versuchte, sich mit dem gewaltigen Kristall zu verbinden. Aber dagegen konnte Sartol im Augenblick nichts tun, und in ein paar Tagen würde es auch niemanden mehr kümmern. Das eindeutige Selbstvertrauen hinter der Entscheidung der drei Magier beunruhigte ihn allerdings. Offensichtlich glaubten sie tatsächlich, den Orden von ihrer Unschuld überzeugen zu können. Warum hatten sie diesen Weg eingeschlagen? Er musste unbedingt herausfinden, was sie vorhatten.

Und an dieser Stelle kam Niall ins Spiel. Als zeitweiliger Eulenweiser zu amtieren hatte viele Vorteile, darunter auch, unbegrenzten Zugang zu dem Stein zu haben. Aber es zwang ihn, in der Großen Halle zu bleiben, und verlangte eine gewisse Würde. Er konnte kein Auge auf Baden und die anderen halten, ohne unerwünschte Aufmerksamkeit auf sich zu lenken, und er hatte nicht vor, Jahre des Planens nun durch Achtlosigkeit aufs Spiel zu setzen. Stattdessen hatte er sich dem silberhaarigen Eulenmeister zugewandt.

Sartol hatte schon vor mehreren Jahren begonnen, sich Nialls Vertrauen und Freundschaft zu erwerben, noch vor Feargus' Tod und der Wahl von Jessamyn zur Eulenweisen und mehrere Jahre, nachdem der Orden Sartol mit seinem Tadel gedemütigt hatte. Schon damals hatte er den Kern seines Plans in sich getragen und begonnen, ihn zu nähren, ihn still und leise in seinem Herzen zu pflegen, ihm aber auch Raum zu verschaffen, um Wurzeln zu schlagen und zu wachsen. Er hatte damals noch nichts von Calbyr und den Fremden gewusst, hatte aber bereits erkannt, dass er mit den anderen Eulenmeistern gut auskommen musste; dass, welche Form sein Plan am Ende auch annehmen würde, ihre Unterstützung ungeheuer wichtig sein würde, wenn er sich die Macht über den Orden verschaffen wollte.

Es war einige Zeit nach dem Tod von Nialls Frau gewesen, der den Mann in tiefste Verzweiflung gestürzt hatte. Wo Sartol einstmals einen potentiellen Rivalen erblickt hatte, sah er nun nur noch einen Mann vor sich, dem jeder Ehrgeiz und jede Zielrichtung fehlten und der weder willig noch fähig war, bei den Entscheidungen des Ordens eine aktive Rolle zu spielen. Sartol wusste, dass er irgendwann versuchen würde, mit Niall näher in Kontakt zu kommen, so wie er es bereits mit Odinan, Baden und mehreren anderen getan hatte. Aber die Unterstützung des älteren Mannes schien für seinen Erfolg nicht mehr wichtig. Zu dieser Zeit stellte Niall zweifellos keine Gefahr mehr dar.

Aber dann hatte Niall ihn und alle anderen überrascht, indem er am letzten Tag der Sommerversammlung eine leidenschaftliche Ansprache hielt, obwohl er an den ersten beiden Tagen fast nur geschwiegen hatte. Sartol konnte sich nicht mehr genau erinnern, was Niall denn nun aus seinem Kummer und seiner Starre gerissen hatte, aber er wusste, es musste eine Kleinigkeit gewesen sein, eine Verfahrensfrage, wenn er sich genau erinnerte – und das hatte nur zu der Überraschung beigetragen, die alle bei Nialls Ausbruch überfiel. Sartol erinnerte sich allerdings, dass Nialls Kommentare direkt auf seine eigene Ansprache gefolgt waren und dass sich der Eulenmeister streng gegen beinahe alles ausgesprochen hatte, was Sartol sagte. Als sich die Magier danach zu Lichterprozession aufstellten, die das Ende der Versammlung kennzeichnete, war Niall mit etwas verlegener Miene auf Sartol zugekommen.

»Sartol, ich möchte mich für meine Anmerkungen von heute früh entschuldigen«, hatte er bedauernd erklärt. »Ich wollte nicht respektlos sein, und ich wollte dich ganz bestimmt nicht beleidigen.« Sartol hatte gegrinst und eine Hand auf die Schulter des älteren Mannes gelegt. »Das hast du auch nicht, Niall«, erwiderte er. »Um ehrlich zu sein, es war schön, dich wieder so leidenschaftlich zu sehen, wie ich es aus ... aus früheren Zeiten in Erinnerung habe. Das hat mir all die Jahre gefehlt.«

Niall hatte sich abgewandt, beinahe schüchtern dreingeschaut, und der Hauch eines Lächelns hatte seine Lippen umspielt. Sein Blick war allerdings eher gequält gewesen, und einen Augenblick hatte Sartol sogar befürchtet, der ältere Mann könne zu weinen beginnen. »Mir hat es auch gefehlt«, hatte er schließlich gesagt.

»Dann hoffe ich nur, dass wir wieder mehr davon zu sehen bekommen.«

»Ich ebenfalls, Sartol. Danke.« In der Stimme des Eulenmeisters hatte solche Dankbarkeit und solche Wärme gelegen, dass Sartol wusste, er hatte einen ungemein wertvollen Verbündeten gewonnen. Das hier war nicht nur ein Meister, der ihn eines Tages bei der Wahl zum Eulenweisen unterstützen konnte, das hier war jemand, den er vielleicht mit der einen oder anderen wichtigen Aufgabe betrauen könnte, bei der ein gewisses Maß an Vorsicht vonnöten war.

Einer Aufgabe wie dieser. Auf den nächsten Versammlungen hatte Sartol seine Freundschaft zu Niall weiter gepflegt und sie mit Komplimenten und Vertraulichkeiten genährt. Er hatte auch bemerkt, wie sehr Niall danach gierte, in den inneren Kreis der Macht zurückzukehren. Viele Magier interessierten sich nicht für Einfluss, aber Niall war einmal ehrgeizig gewesen. Der Wunsch danach lag in seinem Wesen, und nun wollte er wieder sein, was er einmal gewesen war. Sartol bemerkte das an der Art, wie er am Rand von Gesprächen der mächtigeren Magier stand und lauschte, an dem resignierten Blick, mit dem er nach Feargus' Tod seine Stimme für den neuen Eulenweisen abgegeben hatte, an der erneuerten Leidenschaft, mit der er an Debatten am Versammlungstisch teilnahm. Sartol bezweifelte, dass einer der anderen es bemerkt hatte; tatsächlich ging er davon aus, dass Niall seine eigene Sehnsucht selbst kaum wahrnahm. Aber Sartol sah, wie dieses Bedürfnis in dem Eulenmeister wuchs, verstand, wie es sich anfühlen mochte und wie er es benutzen konnte, um Niall für seine Zwecke einzusetzen. Denn im Grunde waren er und Niall einander recht ähnlich. Der einzige Unterschied war: Wenn Sartol erst einmal die Macht in Händen hielt, würde er sie sich nie wieder nehmen lassen.

So war er alles andere als überrascht, wie leicht sich Niall dazu einspannen ließ, Baden und die anderen zu bewachen. Schließlich hatte er nicht nur bereits mehrere Jahre damit verbracht, sich die Loyalität des älteren Mannes zu sichern. Er bot Niall auch eine zweite Gelegenheit zur Führerschaft, eine zweite Chance, im Orden zu Einfluss zu gelangen, wieder in diesen Kreis einzudringen, aus dem er ein Jahrzehnt zuvor ausgeschieden war. Der Eulenmeister konnte sich einfach nicht weigern. Sartol hatte allerdings nicht mit Ni-

alls überentwickeltem Moralempfinden gerechnet. Es widerstrebte dem Eulenmeister offensichtlich, Baden nachzuspionieren, und er war sichtlich bleich geworden, als Sartol es seinem Urteil überlassen hatte, wie er mit Badens Verbündeten umgehen sollte. Nach dieser Diskussion hatte Sartol schon gefürchtet, er müsste sich auf einen dieser riesigen Schurken verlassen, die er als Diener der Großen Halle eingestellt hatte, um die Sympathisanten der angeklagten Magier zu finden und sich ihrer zu entledigen. Diese Idee gefiel ihm überhaupt nicht, denn sie brachte große Gefahren mit sich, aber er konnte nicht zulassen, dass sein gesamter Plan an Nialls Zimperlichkeit scheiterte. Zum Glück hatte Trahns unerwartetes Auftauchen Sartol Gelegenheit gegeben, Nialls Entschlossenheit zu prüfen. Sartol hatte niemals vorgehabt, dem dunkelhäutigen Magier zu gestatten, sich frei in den Straßen von Amarid herumzutreiben. Er war schließlich nicht dumm. Aber er musste herausfinden, wie Niall die Situation handhaben würde, und der Eulenmeister hatte ganz in seinem Sinne reagiert. Sartol hatte all seine Willenskraft gebraucht, um ernst bleiben zu können, als Niall erklärte, er habe vor, auch Trahn zu verhaften. Am liebsten hätte er laut gelacht.
Sartol spürte abermals die Zufriedenheit, die er in jenem Augenblick empfunden hatte, und versuchte sich zu entspannen. Welche Vorteile Baden auch zu haben glaubte, Niall würde davon erfahren, und daher würde auch Sartol bald davon wissen. Tatsächlich würde der ältere Magier bald erscheinen, um darüber Bericht zu erstatten, was er in der Nacht zuvor erfahren hatte. An diesem Tag würde es keine Überraschungen geben, zumindest nicht für Sartol. Andere, die die Große Halle betraten, würden aller-

dings vielleicht überrascht, sogar schockiert sein, wenn sie sich Zeit ließen, den Rufstein genauer zu betrachten. Dies war ein weiterer Grund, weshalb Sartol eigentlich keine Schwierigkeiten dabei hätte haben sollen, seine gereizten Nerven zu beruhigen. Selbst wenn an diesem Tag etwas schief ging – wenn zum Beispiel zu viele Magier die subtile, aber unmissverständliche Gelbfärbung wahrnahmen, die nun nach der Arbeit einer ganzen Nacht von dem Stein ausging –, war er einigermaßen sicher, mit allen Magiern im Saal gleichzeitig fertig werden zu können. Gegen den gesamten Orden hätte er keine Chance, zumindest jetzt noch nicht. Gegen jene, die gestern hier gewesen waren, und die wenigen, die in der vergangenen Nacht und an diesem Morgen in die Stadt gekommen waren, würde er allerdings bestehen können. In gewisser Weise hoffte er beinahe sogar, dass die anderen ihm einen Grund zu diesem Versuch geben würden.

Er hatte sich so lange darauf vorbereitet. Einige Zeit hatte er sogar daran gezweifelt, dass es überhaupt möglich sein würde. Soweit er wusste, hatte sich noch kein Magier an zwei Cerylle gleichzeitig gebunden. Aber dann hatte seine Allianz mit Calbyr ihn gezwungen, es zu versuchen. Er hatte eine Möglichkeit gebraucht, um mit dem Fremden über große Entfernungen kommunizieren zu können. Also hatte er seine Macht in einen der zusätzlichen Kristalle fließen lassen, die er aus Ceryllon mitgebracht hatte, ganz ähnlich, wie er es mit dem Waldsee in Tobyn-Ser gemacht hatte. Und schon bald hatte dieser zweite Ceryll so hell geleuchtet wie sein erster. Aber damit hatte er es nicht bewenden lassen. Sartol hatte seine gewaltige Macht benutzt und den zweiten Stein verändert, ihn auf seinen ersten eingestimmt, so wie Amarid den Rufstein auf alle anderen Cerylle eingestimmt hatte, so dass er sich mit Calbyr in Verbindung setzen konnte, wenn das notwendig wurde.

Danach hatte er gewusst, dass auch der Rufstein eines Tages ihm gehören würde. Ja, der Kristall war gewaltig, aber das galt auch für Sartols Macht. Es war nur eine Frage von Zeit und Zugangsmöglichkeiten, und er verfügte nun über beides. In der Nacht zuvor hatte gespürt, wie die Macht durch seinen Körper strömte wie eine Gezeitenwelle, als er langsam und unausweichlich seine Herrschaft über den riesigen Kristall ausdehnte und ihn zu einem Brennglas für die Kraft machte, die er von Huvan bezog. Und dabei hatte Sartol eine Begeisterung verspürt, die anders war als alles, was er zuvor gekannt hatte. Er war so stark, so unglaublich stark! Und er würde noch stärker werden und in nur ein paar Tagen der mächtigste Magier sein, der je gelebt hatte.

Schon sehnte er sich danach, diese Macht einzusetzen, den anderen vorzuführen, wie weit er die Magie gebracht hatte. Sie hatten ihm Jessamyn vorgezogen; sie hatten ihn dafür getadelt, dass er eins von Amarids Gesetzen gebrochen hatte. Aber bald schon, sehr bald, würden sie begreifen, dass er mehr geworden war als Amarid, den sie so verehrten, mehr als Theron, den sie fürchteten, mehr als sie selbst je sein könnten, selbst wenn sie ihre Macht zusammentaten und ihn gemeinsam herausforderten. Sie würden nicht mehr im Stande sein ihn aufzuhalten, und Tobyn-Ser würde ihm gehören. Selbst Calbyr und seine Männer und die mörderischen Geschöpfe, die sie auf ihren Schultern trugen, würden vor ihm auf die Knie sinken. Bald, sehr bald.

Sartol schüttelte den Kopf und widerstand der Versuchung,

aufzustehen und wieder hin und her zu gehen. Er begriff es wirklich nicht. Selbst nach all seiner Planung, selbst nun, da Niall ohne es zu wissen mitmachte und nachdem er den Rufstein schon beinahe beherrschte – warum fiel es ihm immer noch so schwer, sich zu beruhigen?

Er stand auf und ging ungeduldig auf den Schreibtisch zu, der neben der Feuerstelle stand.

»Es ist dieses Warten«, sagte er, als könnte er sich beruhigen, indem er die Worte laut aussprach.

Huvan, die auf dem Kaminsims hockte, öffnete die gelben Augen und betrachtete ihn leidenschaftslos.

Wieder ging Sartol auf und ab. Es ist dieses Warten, sagte er sich abermals. Sobald die Verhandlung beginnt, wird es mir besser gehen. Er holte tief Luft und wünschte sich, dass Niall schon da wäre.

Nur ein paar Minuten später hörte er das leise Klopfen an der Tür, aber die Zeit war ihm wie eine Ewigkeit vorgekommen.

»Herein!«, rief Sartol eifriger, als er vorgehabt hatte. Sei vorsichtig, mahnte er sich dann, als der ältere Magier die Tür öffnete. »Komm herein, Niall«, sagte er abermals, diesmal sanfter und mit einem Lächeln. »Du bringst Neuigkeiten?«

Der Eulenmeister wirkte bleich und erschüttert. Offensichtlich hatte er etwas erfahren. Sartol kämpfte dagegen an, dass sein Herz noch schneller schlug.

Niall ließ sich in einen der Sessel sinken. Er hockte eine Minute lang reglos da, dann fasste er sich und blickte zu dem Eulenmeister auf. »Du hattest Recht«, begann er. »Diese Verschwörung umfasst nicht nur die drei Angeklagten. Gestern, spät am Nachmittag, hat Sonel sie kurz besucht und ist dann in den Falkenfinderwald gegangen. Ich bin ihr zu einer Lichtung gefolgt, wo sie sich mit zwei anderen Magiern traf, und habe mich unter den Bäumen versteckt, so dass ich ihr Gespräch belauschen konnte. Sie sprachen davon, sich dem Willen des Ordens zu widersetzen und dich davon abzuhalten, Eulenweiser zu werden; sie schworen sogar, das Volk von Tobyn-Ser gegen uns aufzuwiegeln, falls das notwendig sein sollte.«

Sartol setzte sich neben Niall und riss die Augen in ungekünsteltem Staunen auf. Das war mehr, als er erwartet, mehr, als er zu hoffen gewagt hatte. Ganz gleich, welche Beweise Baden vielleicht besaß, Sartol hatte nun einen weiteren Zeugen, einen Eulenmeister, der die Existenz einer Verschwörung gegen den Orden bestätigen würden. Nur ungeheure Selbstbeherrschung versetzte ihn in die Lage, einen Lachanfall zu unterdrücken, der in ihm aufstieg wie die Fluten eines regengespeisten Flusses. »Du sagtest, es war Sonel?«, brachte er schließlich einigermaßen ernst heraus.

»Ja, Sonel«, erwiderte Niall, den das, was er gesehen und gehört hatte, offensichtlich sehr bedrückte. »Zusammen mit zwei anderen.«

»Hast du sie ebenfalls erkannt?«

Niall schüttelte den Kopf und wich dem Blick des Eulenmeisters aus. Es gab offensichtlich noch etwas – etwas, dass er nicht verraten wollte. Sartol erkannte es an seinem Blick, an seinen bleichen Wangen und an der Nervosität, mit der er die zitternden Hände rang. »Ich habe versagt, Sartol«, gab Niall nach einiger Zeit zu. »Ich habe etwas Schreckliches getan.«

Das konnte nicht viel ausmachen, nicht bei einer so wunderbaren Nachricht. »Sag es mir«, bat Sartol freundlich und legte eine Hand auf den Arm des älteren Mannes. »Ich bin sicher, es ist alles in Ordnung. Sag es mir einfach.«

Niall holte tief Luft. »Nachdem ich eine Weile zugehört hatte und dabei wütender und wütender geworden war, kam ich schließlich zu dem Entschluss, dass es Zeit war, etwas ... etwas zu unternehmen. Also ging ich auf die Lichtung, hob meinen Ceryll und verlangte, dass sie sich ergeben sollten. Sonel erstarrte – ich glaube, sie war so erschrocken darüber, dass ich plötzlich auftauchte, dass sie nicht wusste, was sie tun sollte, aber die anderen beiden ...«

Niall hielt inne, schloss einen Moment die Augen und holte abermals tief Luft. »Die anderen beiden flüchteten. Ich befahl ihnen stehen zu bleiben, aber sie liefen weiter. Ich rief abermals – ich war so zornig ... Bevor ich wusste was geschah, hatte ich eine Salve magischen Feuers nach ihnen geschleudert. Es ging alles so schnell; es war nur ein Instinkt.« Er schluckte. »Sie sind tot, Sartol! Ich habe sie beide umgebracht. Ich hatte es nicht vor, aber so ist es geschehen. Und ich war so aufgeregt über das, was ich getan hatte, dass ich zuließ, dass Sonel entkam. Ich habe versucht, sie zu verfolgen, habe aber im Wald ihre Spur verloren.« Er hielt inne und sah nun direkt den Eulenmeister an. »Ich habe dich enttäuscht. Das ... das tut mir schrecklich Leid.«

Enttäuscht?, wollte Sartol fragen und musste wieder gegen das Bedürfnis ankämpfen, laut zu lachen. *Enttäuscht? Du hast mehr getan, als ich mir hätte träumen lassen. Du hast Baden zweier seiner Verbündeter beraubt. Du hast mir weitere Beweise einer Verschwörung und den Namen einer zusätzlichen Komplizin geliefert. Du hast mir, kurz gesagt, den Orden vollkommen in die Hände gegeben, Niall.* Stattdessen jedoch griff er nach der Kristallglocke und läutete einmal. Sofort erschien Basya an der Tür. »Bring Eulenmeister Niall bitte ein Glas Wasser«, wies er sie an. Das Mädchen nickte und eilte davon, und Sartol rückte seinen Sessel näher an Nialls, so dass er dem älteren Mann den Arm voller Mitgefühl auf die Schulter legen konnte. »Ich weiß, du bereust, was du getan hast«, sagte er leise. »Es ginge mir wahrscheinlich ebenso. Aber diese Magier haben den Orden verraten; es ist gut möglich, dass sie mit den Angriffen auf Taima und Kaera und die anderen Dörfer zu tun hatten. Niemand wird dir die Schuld an dem geben, was geschehen ist. Ich weiß, so etwas widerstrebt deinem Wesen, und es wird dich lange Zeit quälen. Aber ich danke dir für die Opfer, die du gebracht hast, um Tobyn-Ser zu beschützen, und *ich* bin es, dem es Leid tun sollte, dich in eine solche Situation gebracht zu haben.«

Ein leises Klopfen an der Tür ließ ihn innehalten. Basya kam wieder herein und brachte ein hohes Kristallglas voller Eiswasser. »Danke, Basya«, sagte Sartol, als sie Niall das Glas reichte. Sie verbeugte sich knapp und schlüpfte lautlos nach draußen.

Niall nippte an seinem Wasser, und die beiden Magier saßen lange schweigend da. Schließlich erhob sich der ältere Mann abrupt und stellte das halb leere Glas auf einen niedrigen Beistelltisch mitten im Zimmer.

»Ich sollte jetzt gehen«, erklärte er ein wenig abrupt. »Die Verhandlung wird bald beginnen, und ich habe schon viel zu viel von deiner Zeit verschwendet.«

Auch Sartol erhob sich. » Nicht im Geringsten. Aber wir sollten tatsächlich anfangen. Glaubst du, du kommst damit zurecht?«

Der Magier nickte und versuchte erfolglos zu lächeln.
Sartol führte ihn zur Tür und blieb auf der Schwelle noch einmal stehen, um Niall die Hand auf die Schulter zu legen.
»Wir sehen uns bald im Versammlungssaal, mein Freund. Ich danke dir für alles, was du getan hast. Alle Menschen dieses Landes stehen in deiner Schuld.«
Niall sah ihn einen Augenblick mit undurchschaubarer Miene an. Dann drehte er sich wortlos um und ging quer durch die Halle auf das große Tor am anderen Ende zu.
Sartol schloss die Tür zu seinem Zimmer und gestattete sich ein breites Grinsen. Niall hatte sich als wertvoller erwiesen, als er sich jemals hätte vorstellen können. Vielleicht würde er sein Versprechen, den Eulenmeister zu seinem Ersten zu machen, tatsächlich einhalten – zumindest, bis er den Rufstein vollkommen beherrschte. Warum den alten Mann nicht ein wenig glücklich machen?
Aber als Erstes würde er sich nun Baden vom Hals schaffen. Er warf einen Blick zu seiner Eule, die immer noch ruhig auf dem Kaminsims saß. »Ja«, sagte Sartol zu ihr, als wollte er etwas bestätigen, was sie geäußert hatte. »Es ist Zeit, die Glocken zu läuten.«
Wieder griff er nach dem Kristallglöckchen und läutete leise, und wieder erschien Basya innerhalb weniger Sekunden an seiner Tür.
»Wir werden jetzt mit der Verhandlung beginnen«, sagte er. »Lass die Glocken läuten, um die Magier zur Großen Halle zu rufen.«
Das junge Mädchen verließ das Zimmer, und kurz danach hörte Sartol das Läuten. Es würde eine Weile dauern, bis die Magier alle versammelt waren, und er setzte sich an die Feuerstelle, um zu warten. Der Drang, auf und ab zu gehen,

war inzwischen unruhiger, aber freudiger Erwartung gewichen. Endlich würde es geschehen: der Höhepunkt all seiner Planung. Dies war nun keine Zeit mehr für Ungeduld oder Unruhe; dies war eine Gelegenheit, die er genießen musste.

Bald schon hörte er die ersten Stimmen im Saal, als Meister und Magier ihre Plätze um den dunklen Holztisch herum einnahmen. Er stand auf, zupfte seinen Umhang zurecht und fuhr sich mit der Hand durch das dichte, dunkle Haar. Die Geräusche vor seinem Zimmer wurden lauter, und dann nahmen sie einen anderen Klang an, was Sartol mitteilte, dass Niall mit den Angeklagten eingetroffen war. Es würde jetzt nicht mehr lange dauern. Er schloss die Augen und holte mehrmals tief Luft. Er war das, was er sagen würde, wieder und wieder durchgegangen, bis es eine Art Litanei geworden war, die sich ununterbrochen in seinem Hirn wiederholte. Es war sehr überzeugend; er hätte es beinahe selbst geglaubt.

Odinan stieß den Stab fest auf den Boden des Saals, und die anderen Magier schwiegen. Immer noch rührte Sartol sich nicht. Mit geschlossenen Augen lauschte er seinem Herzschlag. Die Verspätung würde sein Eintreten noch viel wirkungsvoller machen. Schließlich öffnete er langsam die Augen und hob den Arm für Huvan. Und nachdem die Eule erst auf seinem Unterarm und dann auf seine Schulter geflattert war, ging er zur Tür, riss sie auf und trat entschlossen in den Saal hinaus.

Sofort wandten sich alle Blicke ihm zu. *Sollen sie uns ruhig ansehen*, teilte er seinem Vogel mit, als er sich auf dem Platz des Weisen niederließ, *sollen sie jene betrachten, die diesen Orden beherrschen werden, bevor der Tag vorüber ist.*

Nachdem Sartol sich niedergelassen hatte, ging auch Niall weg von den Angeklagten zu seinem Platz am Tisch. Odinan stand immer noch vorgebeugt und schwer auf seinen Stab gestützt da, und nun begann er zu sprechen. Er eröffnete die Verhandlung mit seiner dünnen, zittrigen Stimme.
»Wir haben gestern bereits gehört, wie gegen Baden, Trahn und Orris Anklagen wegen Verrats und Mordes vorgebracht wurden. Heute wird der Orden in Befolgung von Amarids viertem Gesetz über die Wahrheit dieser Anklagen entscheiden. Dem von Terrall eingeführten Verfahren folgend, wird Sartol, der die Anklagen ausgesprochen hat, als Erster aussagen. Danach wird Baden für die Angeklagten sprechen. Sartol?«
»Ich danke dir, Odinan«, sagte Sartol mit beflissenem Lächeln und erhob sich, während der uralte Eulenmeister sich wieder auf den Stuhl sinken ließ. Er sah sich im Saal um, und seine Miene wurde ernst. »Ich stehe heute der quälendsten Aufgabe gegenüber, die mir je gestellt wurde. Ich wünsche diesen Männern nichts Böses, und ich lege auch nicht gerne Zeugnis über die verstörenden Ereignisse ab, die uns alle hier zusammengeführt haben. Aber ich kann auch nicht schweigen – nicht nach all dem, was ich gesehen habe. Es wurden Verbrechen gegen den Orden und das Land verübt. Vier unserer Kameraden sind von uns genommen worden, unter ihnen unser weises und mutiges Oberhaupt und eine junge Frau, die ich zu meinen engsten Freunden zählte. Und überall im Land haben viele Menschen ähnliche Verluste erlitten – all das wegen der feigen, bösartigen Aktionen dieser drei Magier, die heute vor euch sitzen.«
Wie aufs Stichwort wandten sich sämtliche Magier in der

Kammer Baden und seinen Genossen zu. »Ihr werdet euch alle erinnern«, fuhr Sartol nach einer kurzen Pause fort und zog damit wieder alle Blicke auf sich, »dass acht von uns – die vier, die umgekommen sind, die drei Angeklagten und ich selbst – vor beinahe fünf Wochen zu einer Mission aufbrachen, die uns zu Therons Hain führen würde. Dort sollten wir einem Plan entsprechend, den Baden und Trahn entwickelt hatten, mit dem unbehausten Eulenmeister sprechen, der angeblich für die Angriffe auf Tobyn-Ser verantwortlich war.

Wir erreichten den Hain etwa nach vierzehn Tagen. Es war eine ereignislose Reise, und das machte den Abend unserer Ankunft dort nur um so erschreckender.« Er zögerte. »Ich erinnere mich, dass es kurz vor Sonnenuntergang ein Gewitter gab. Baden und Trahn gingen davon, um sich um die Pferde zu kümmern. Auf Jessamyns Bitte hatten Alayna und Jaryd begonnen, unsere Vorräte zuzudecken, und ich ging hinunter zum Fluss, um die Wasserschläuche neu zu füllen. Jessamyn und Peredur fanden ein kleines Gehölz, wo sie begannen, Äste für Fackeln zu sammeln, die sie bei unserer Begegnung mit Theron benutzen wollten.«

»Fackeln?«, warf Mered ein. »Wozu Fackeln?«

»Wir hatten auf Badens und Trahns Vorschlag hin geplant, unsere Cerylle nicht mit in den Hain zu nehmen, denn sie gingen davon aus, dass dies Therons Geist eine Konzentration seiner Macht erschweren würde.«

Mered nickte. »Ja«, sagte er nun, »ich erinnere mich daran, dass das bei der Versammlung erwähnt wurde. Bitte erzähl weiter.«

»Von da ging alles sehr schnell. Ich war noch am Fluss, da glaubte ich, Jessamyn schreien zu hören. Selbstverständlich rannte ich sofort auf das Lager zu, aber als ich es erreichte, fand ich dort niemanden. Ich schaute mich nach einem Zeichen dessen, was geschehen sein konnte, um und sah magisches Feuer in dem Gehölz aufblitzen, zu dem die Weise und der Erste gegangen waren. Wieder machte ich mich auf, um nachzusehen. Und gerade, als ich die Bäume erreichte, schrie Alayna laut, und ich sah noch mehr magisches Licht. Ich betrat das Gehölz, sah, dass Jessamyn und Peredur tot waren, und rannte weiter in der Hoffnung, Alayna und Jaryd retten zu können. Ich entdeckte die drei, als ich unter den Bäumen hervorkam. Orris jagte hinter den jungen Leuten her, und ich schleuderte sofort mein magisches Feuer nach ihm.«

»Sartol, hast du tatsächlich gesehen, wie Orris Jessamyn und Peredur getötet hat?«, unterbrach Odinan mit seiner dünnen, bebenden Stimme Sartols Bericht.

»Nein. Aber ich glaube, dass Alayna und Jaryd es gesehen haben und dass Orris sie deshalb verfolgte, als ich ihn entdeckte.«

»Was bringt dich auf diesen Gedanken?«

Der Eulenmeister zuckte die Achseln. »Ich habe keinen Grund zu glauben, dass Alayna oder Jaryd die Weise und den Ersten getötet haben, und Baden und Trahn waren in diesem Augenblick nicht in der Nähe. Also musste es Orris gewesen sein.«

»Oder du«, warf Orris ein.

Die anderen in der Großen Halle drehten sich um und starrten den bärtigen Magier an. Sartol verzog die Lippen zu einem kalten Grinsen, wusste aber, dass die Geste nicht viel helfen würde, um seinen Zorn zu verbergen. »Ja, Orris«, entgegnete er ruhig, »oder ich.« Er erwiderte den wütenden

Blick des anderen Mannes eine Weile, aber Orris wollte sich nicht abwenden. Schließlich lächelte Sartol breiter und ließ den Blick durch den Raum schweifen. »Aber wie der Rest meiner Aussage bald deutlich machen wird«, fuhr er fort und hob die Stimme, »war ich keinesfalls in diese Verbrechen verwickelt, sondern wäre im Gegenteil beinahe ein weiteres Opfer der Verschwörung der Angeklagten geworden.«

»Was hast du getan, als du sahst, dass Orris die jungen Leute jagte?«, fragte Odinan.

»Nun«, antwortete Sartol und strengte sich an, die richtige Mischung aus Trauer, Empörung und Feindseligkeit in seine Stimme zu legen, »wie ich bereits sagen wollte, schleuderte ich mein magisches Feuer nach Orris und zwang ihn, mit der Verfolgung der Falkenmagier aufzuhören, aber inzwischen war es bereits zu spät. Alayna und Jaryd flohen einfach weiter in den Hain hinein, und ich selbst war zu sehr damit beschäftigt, Orris' Gegenangriff abzuwehren, um sie noch aufhalten zu können.« Er schloss die Augen und holte tief und bebend Luft. Er wusste, dass er das sehr, sehr gut machte.

Trotz Orris' Einmischung war ihm nun die gebannte Aufmerksamkeit eines jeden Magiers im Saal sicher, selbst jener, von denen er angenommen hatte, dass sie dazu neigten, ihm weniger zu trauen als Baden. Er sah ihnen an, wie aufmerksam sie lauschten. Zweifellos waren auch Menschen im Saal, die ihm nicht glauben würden, deren Treue zu Baden, Trahn und Orris seinen verbalen Angriffen Widerstand leisten würde. Aber sie befanden sich in der Minderheit. Eine ausreichende Anzahl der Anwesenden war bereit, sich überzeugen zu lassen; viele hatten bereits begonnen, seine Vision der Ereignisse bei Therons Hain zu akzeptieren. Und das hier war erst der Anfang. Er hatte sich viel Mühe gegeben, nicht zu vehement zu beginnen und dadurch Raum für entsprechende rhetorische Kunstgriffe zu lassen, um die Stimmung weiter zu beeinflussen, wenn er die schrecklichen Taten von Baden, Orris und Trahn auflistete. Wenn er so früh schon die Aufmerksamkeit seiner Zuhörer besaß, würden ihm am Ende seiner Geschichte auch ihre Herzen gehören.

»Ich glaube nicht, dass mein Kampf mit Orris sehr lange gedauert hat«, fuhr Sartol fort, nachdem er kurz innegehalten hatte, scheinbar um seine Gefühle besser beherrschen zu können, »aber es kam mir endlos vor. Orris war erstaunlich stark, viel stärker als jeder Magier, dem ich je begegnet bin. Es gelang mir nur deshalb zu überleben, weil durch reines Glück Huvan hier –«, der Eulenmeister zeigte auf die Eule, die mit offenen Augen und aufmerksam auf der Sitzstange des Sessels hockte, hinter dem er stand, »– den Vogel des Magiers töten konnte. Dennoch hat Orris mich verwundet und konnte entkommen, bevor ich seinen Machtverlust ausnutzen konnte.«

»Wo waren Baden und Trahn, während ihr beide gekämpft habt?«, wollte einer der Eulenmeister wissen.

»Ich bin nicht sicher. Ich fand sie kurze Zeit später. Sie taten so, als wüssten sie nichts von dem, was geschehen war, und ich hatte selbstverständlich zu diesem Zeitpunkt keinen Grund, ihre Worte anzuzweifeln.«

»Vergiss nicht zu erwähnen, dass wir deine Wunden geheilt haben«, rief Trahn von seinem Platz am anderen Ende des Raums.

Sartol warf dem dunkelhäutigen Magier einen wütenden

Blick zu, als die anderen wieder in diese Richtung schauten. Genau genommen erlaubten die Regeln bei dieser Art von Verhandlung den Angeklagten nur Fragen, und Sartol ärgerte sich über die Störung. Baden fügte nichts zu Trahns Zwischenruf hinzu, aber die Spur eines Lächelns umspielte seine Mundwinkel.

»Das hätte ich nicht vergessen«, fauchte Sartol verächtlich. »Sie haben mich tatsächlich geheilt, was selbstverständlich meine Behauptung stützt, dass Orris mich verwundete. Warum sonst hätte ich Heilung gebraucht?« Wieder hielt er inne, diesmal, damit auch alle im Saal begriffen, was er gerade gesagt hatte. »Ich werde auch nicht verschweigen«, fügte er hinzu, »dass Baden und Trahn mir außerdem halfen, einen Scheiterhaufen für die Weise und den Ersten zu errichten. Ihre Aufmerksamkeit für Einzelheiten und oberflächliche Einhaltung der Regeln ist einer der Gründe, wieso sie mit ihrer Verschwörung beinahe Erfolg gehabt hätten. Sie haben mich sogar davon überzeugt, dass Trahn am Hain bleiben sollte, um Alayna und Jaryd helfen zu können, falls sie den Hain lebend verlassen würden und Orris sie abermals angreifen sollte. Ich begriff erst später, dass es ihnen in Wirklichkeit darum ging, sich zu überzeugen, dass die jungen Magier tatsächlich nicht überlebt hatten.«

»Du sagtest, Orris hätte Alayna und Jaryd angegriffen«, rief Ursel herausfordernd. Sie war aufgestanden, und ihr Misstrauen war ihr deutlich anzusehen. »Du sagst, du hättest aus seinen Taten geschlossen, dass er auch die Weise und den Ersten getötet hat. Wann hast du begonnen, Baden und Trahn zu verdächtigen?«

Sartol ignorierte die Andeutungen in der Stimme der Falkenmagierin und antwortete vollkommen sachlich auf ihre Frage. »Als Baden und ich auf dem Weg nach Norden waren, zurück nach Amarid, bemerkte ich, dass er sich seltsam verhielt. Er schien unruhig und in sich gekehrt; ich hatte das Gefühl, dass er etwas verbarg. Zunächst nahm ich an, dass er sich nur um Jaryd sorgte«, erklärte er, und da er wusste, wie vernünftig er sich anhörte, musste er sich anstrengen, nicht selbstzufrieden zu lächeln. »Ich habe natürlich dafür Verständnis gehabt, denn immerhin hatte ich meine ehemalige Schülerin verloren.« Er ging ein kleines Stück von der Stelle weg, wo er gestanden hatte, und fuhr sich nachdenklich mit der Hand über die Stirn. »Aber als Badens seltsame Stimmung anhielt, wurde ich misstrauischer und ängstlicher. Ich begann, die Einzelheiten zusammenzusetzen, die zu dieser Delegation geführt hatten, und erinnerte mich daran, wie sehr Baden und Trahn gedrängt hatten, zu Therons Hain zu gehen. Ich überlegte, ob vielleicht etwas anderes dahinter gesteckt haben könnte als ihre Sorge um den Orden und ihre Überzeugung, dass Theron für die Angriffe verantwortlich war. Dann erinnerte ich mich an Orris' unerwartete Bitte, sich der Delegation anschließen zu dürfen, und alles wurde klar: Welch bessere Gelegenheit hätten sie finden können, um ihre Rivalen um die Macht loszuwerden? Sie konnten Jessamyn und Peredur töten und Therons Geist die Schuld an ihrem Tod geben; dann konnten sie ihre Angriffe auf Tobyn-Ser beenden, und alles würde so aussehen, als hätten Baden und Trahn Recht gehabt, was die Angriffe anging, was ihre Stellung im Orden ungemein verbessert hätte.« Ein Murmeln ging durch den Saal, wie eine Brise durch einen Wald rauscht. *Ich habe zumindest genug von ihnen auf meiner*

Seite, damit mir nichts mehr passieren kann, erkannte Sartol. Und er war noch nicht einmal fertig.

»All das blieb noch eine Weile eine Theorie, aber während dieser Zeit benahm sich Baden immer verdächtiger. Er hörte praktisch auf zu essen, er schlief unruhig, und im Schlaf murmelte er seltsame, unverständliche Dinge. Ich machte mir immer größere Sorgen um Alayna und Jaryd, denn mir war klar, dass – selbst wenn sie Theron entkommen konnten – Trahn und Orris vor dem Hain auf sie warten würde.

Aber selbst angesichts dieser Angst hatte ich weiter die Hoffnung, dass ich mich bezüglich Badens und Trahns geirrt haben könnte, dass Orris vielleicht auf eigene Faust gehandelt hatte. Diese Hoffnung allerdings verlor ich, als wir Wasserbogen erreichten.« Sartol schloss abermals die Augen und schüttelte langsam den Kopf. »Die Zerstörung dort war ...« Er schluckte. »Es gab überall Tote: Männer und Frauen, Erwachsene und Kinder. Jedes lebende Geschöpf im Nordteil der Stadt war umgebracht worden. Und die Männer, die dies getan hatten, waren immer noch dabei zu töten und zu zerstören, als Baden und ich eintrafen. Ein Kampf begann. Ich versuchte beide Männer zu töten, aber Baden griff mich an, bevor ich das tun konnte. Am Ende wehrte ich ihn ab und tötete die Angreifer trotzdem. Die Bewohner der Stadt begannen, mir für das, was ich getan hatte, zu danken, und Baden bekam einen Wutanfall und schrie mich an und beschimpfte mich, weil ich das Leben der Männer nicht gerettet hatte.«

»Ach, komm schon, Sartol«, sagte Baden. »Du stellst es so dar, als hätte ich überhaupt nichts getan.«

»Du hast Recht, Baden«, erwiderte Sartol großherzig. »Es tut mir Leid. Ich erinnere mich, dass Baden im Verlauf des Kampfes die Vögel der beiden Angreifer getötet hat.«

Baden nickte. »Ich danke dir«, erklärte er sarkastisch.

»Aber«, fuhr Sartol unversöhnlich fort, »das machte seine Reaktion auf das, was ich getan hatte, nur noch verstörender. Er hatte vollkommen die Beherrschung verloren und beschimpfte mich, als hätte ich seine engsten Freunde umgebracht.«

»Es heißt, Sartol«, warf Odinan ein, »dass du Zeugen hast, die all das bestätigen werden.«

»Das stimmt«, erwiderte Sartol. »Aber Baden hat verlangt, dass die Verhandlung beginnt, bevor sie hier sein können. Zum Glück hat er zugestimmt, meine Zusammenfassung ihrer Aussagen zu akzeptieren.«

»Ursel«, fuhr Odinan fort und wandte sich der jungen Frau zu, »ich glaube, dass eine deiner Patrouillen Wasserbogen einen Tag nach dem Angriff erreichte und mit den Zeugen gesprochen hat, die Badens Versuch, die Männer zu retten, und die Tatsache erwähnt haben, dass Orris Baden aus dem Gefängnis von Wasserbogen befreit hat. Ist das wahr?«

Ursel erhob sich abermals und schaute nervös von Baden zu Orris und dann zu dem Eulenmeister, der die Frage gestellt hatte. Wieder musste sich Sartol ein höhnisches Grinsen verkneifen. »Ja«, sagte die Falkenmagierin schließlich, »das ist wahr. Neysa hat mir dies über das *Ceryll-Var* mitgeteilt. Ihre Patrouille ist noch nicht wieder hier, daher wissen wir nur wenig mehr darüber, was sie von den Überlebenden des Angriffs auf Wasserbogen erfahren hat.«

Odinan nickte. »Danke. Du kannst fortfahren, Sartol.«

»Es gibt nicht mehr viel zu erzählen«, erwiderte der Eulenmeister. »Ich habe Baden ins Gefängnis bringen lassen und mich dann um die Bedürfnisse der Bewohner gekümmert. Sie haben mir ein Zimmer in ihrem Gasthaus gegeben, und ich habe mich für die Nacht zurückgezogen. Aber kurze Zeit später weckte man mich wieder, und die Leute erzählten mir, ein kräftig gebauter Magier mit langem, blondem Haar habe die Wachen angegriffen und Baden zur Flucht verholfen. Ich nahm an, dass sie von Orris sprachen, und floh aus der Stadt, weil ich um mein Leben fürchtete. Ich ging davon aus, wenn Orris uns eingeholt hatte, müsse auch Trahn bei ihm sein, und ich wagte es nicht, mich allen dreien zu stellen.«

»Zu diesem Zeitpunkt hast du dich also wieder auf den Weg nach Amarid gemacht«, warf Odinan ein.

»Noch in derselben Nacht, ja.«

»Und du hattest keinen Kontakt mehr mit den angeklagten Magiern, bis sie hier eintrafen?«

»Genau.«

»Warum erzählst du den Leuten hier nicht mehr von den Männern, die du getötet hast, und was sie dabeihatten?«, fragte Baden, und Sartol war erfreut festzustellen, dass der hagere Eulenmeister ein bisschen weniger selbstsicher wirkte als zuvor.

»Ich fürchte, ich verstehe nicht, was du meinst«, sagte er zögernd.

»Was war mit ihren Waffen?«, wollte Baden wissen. »Wie konnten sie solchen Schaden anrichten? Sag uns das.«

Sartol nickte wissend. »Ach ja. Das war ein wenig seltsam«, räumte er ein. Er wandte sich wieder Odinan zu und begann zu erklären. »Die Männer, denen wir begegneten, trugen Umhänge wie unsere und hatten Vögel und Cerylle wie wir, aber wir sahen ihre Gesichter: Es waren keine Magier dieses

Ordens. Offensichtlich haben jene, die sie rekrutiert haben, um diese Angriffe auszuführen, sie in der Magie ausgebildet, ohne es dem Orden gegenüber zu offenbaren. Auf diese Weise ist es ihnen gelungen, die Bevölkerung von Tobyn-Ser gegen uns –«

»Das reicht jetzt, Sartol!«, warf Baden wütend ein. »Was ist mit den mechanischen Vögeln und den feuerspuckenden Waffen? Diese Männer stammten nicht aus Tobyn-Ser, und du weißt es!«

Abermals breiteten sich aufgeregte Gespräche rund um den Tisch aus. Nur einen Augenblick sah Sartol Baden über den ovalen Holztisch hinweg an. Es hätte ebenso gut eine Schlucht sein können, so groß schien die Entfernung. Dann gestattete sich Sartol ein Lächeln, ebenso verwirrend, wie ihn Baden am Tag zuvor angelächelt hatte. Er wusste, dass er nun im Vorteil war – Badens Behauptungen über Fremde und künstliche Vögel klangen absurd. Baden schien das zu wissen. Er war unter dem schütteren, silberrötlichen Haar bleich geworden, wenn man von zwei roten Flecken auf seinen Wangen einmal absah. Einen Augenblick später warf Sartol Odinan einen flehentlichen Blick zu, und der alte Eulenmeister reagierte, indem er seinen Stab wieder auf den Marmorboden stieß.

»Ruhe!«, krächzte Odinan, und plötzliche, unbehagliche Stille senkte sich über den Saal. »Bleiben wir ruhig. Ich will keine weiteren Ausbrüche. Baden«, fügte er hinzu und wandte sich den angeklagten Magiern zu, »ich muss dich bitten, keine solchen Bemerkungen mehr zu machen. Du wirst bald Gelegenheit haben, dich zu verteidigen, aber bis dahin verlangen die Regeln des Ordens, dass du schweigst, es sei denn, du willst Fragen an den Ankläger richten.«

Baden warf einen glühenden Blick in Sartols Richtung, dann nickte er widerstrebend. »Sprich weiter, Sartol«, sagte Odinan. »Hast du noch mehr zu sagen?«

»Nur eins«, erwiderte der Eulenmeister, bemüht, gleichzeitig bedauernd und resigniert zu wirken. »Ihr werdet von diesen dreien eine seltsame Geschichte hören, voller Intrigen und Andeutungen und alarmierender Enthüllungen. Wir haben bereits einen Vorgeschmack auf das erhalten, was kommen wird. Wir haben gehört, wie Orris versuchte, mir die Schuld am Mord an der Weisen und ihrem Ersten zu geben. Wir haben gehört, wie Baden behauptete, dass Fremde mit mechanischen Vögeln und seltsamen, mächtigen Waffen für die Zerstörung von Wasserbogen verantwortlich seien. Zweifellos wird der Rest von Badens Aussage ebenso dramatisch sein. Hört sie euch an, denkt darüber nach, genießt sie wie eine gut erzählte Geschichte; aber bitte, lasst euch davon nicht einlullen. Gestattet ihnen nicht, mit euren Ängsten zu spielen, akzeptiert keine wilden, beunruhigenden Andeutungen als Ersatz für greifbare, wenn auch banale Beweise.

Ich habe euch die Stäbe von Jessamyn und Peredur gebracht; Trahn hat zugegeben, dass er und Baden die Verletzungen geheilt haben, die ich bei meinem Kampf mit Orris davongetragen habe; ich habe Zeugen, die gesehen haben, wie Baden versucht hat, die Männer, die Wasserbogen angriffen, zu schützen, und die hörten, wie er mich beschimpfte, als es mir gelang, sie trotz seiner Anstrengung zu töten. Ursel hat dies bereits bestätigt. Das alles sind Beweise. Das alles ist nicht zu leugnen. Vergesst das nicht, denn Baden wird euch nichts Entsprechendes bieten. Er kann es nicht – nicht, weil nichts geblieben

ist, oder weil, wie er behaupten wird, alle Beweise verloren gingen, sondern weil diese Beweise nicht existieren und nie existiert haben – alles, was je existierte, stützt nur, was ich euch gesagt habe.« Sartol hielt inne und schüttelte den Kopf. »Fremde«, sagte er mit leisem Lachen. »Künstliche Vögel. Es könnte beinahe unterhaltsam sein.« Sein Lächeln verschwand, und nun klang seine Stimme tief und eisig vor Verachtung. »Beinahe. Nur, dass es Lügen sind, die dem Zweck dienen, jene zu verteidigen, die diesen Orden und das Land verraten haben, Männer, die Jessamyn und Peredur, Alayna und Jaryd getötet haben; Männer, die die Angriffe auf Sern, Taima, Kaera, Wasserbogen und mindestens zehn andere Orte geplant haben, bei denen Tausende gestorben sind oder verwundet wurden und zahllose andere ihr Heim und ihren Lebensunterhalt verloren.« Er zeigte mit dem Finger auf die angeklagten Magier. »Wir haben diesen drei Männern dort – Baden, Trahn und Orris – vollkommen vertraut. Sie waren unsere Kollegen, unsere Freunde. Aber mehr als das waren sie Söhne Amarids. Sie haben versprochen, Hüter des Landes zu sein. Sie haben einen Schwur abgelegt wie wir anderen auch. Einen Schwur, sich an Amarids Gesetze zu halten. Aber sie haben diesen Schwur verhöhnt und dem Gesetz den Rücken zugekehrt. Und alle Lügen und Märchen und falschen Anklagen dieser Welt können das nicht ungeschehen machen.«
Wieder hielt er inne und ließ den Blick über die Versammelten schweifen. Er hatte sie wirklich in Bann geschlagen. Er spürte es an der Art, wie sie ihn ansahen, an der absoluten Stille, die seinen Worten folgte. Und daher fuhr er in einem Tonfall fort, der von Entschlossenheit, aber auch von Kummer zeugte: »Es wäre uns allen lieber, dass dies nie

geschehen wäre. Das ist in gewisser Weise das gefährlichste Element von Badens Geschichte: Es wäre uns allen so viel lieber, Außenseiter dieser schrecklichen Verbrechen bezichtigen zu können, die überall im Land begangen wurden.« Er schüttelte den Kopf. »Aber das geht nicht. Wir müssen uns dem stellen, was geschehen ist; wir müssen erkennen, was Baden, Trahn und Orris getan haben, und wir müssen es wieder gutmachen. Sie haben den Glauben der Bevölkerung an die Magie erschüttert. Wir müssen dafür sorgen, dass dieser Glaube wieder wächst. Sie haben Angst in unser Land gebracht. Wir müssen dieser Angst ein Ende machen. Sie haben gegen Amarids Gesetze verstoßen.« Er stieß mit dem Zeigefinger in die Luft. »Wir müssen diese Gesetze aufrechterhalten und uns um ihre Einhaltung kümmern. Und als ersten Schritt auf diesem langen, schwierigen Weg müssen wir diese drei Männer bestrafen.« Er holte tief Luft. »Die Strafe für das, was diese Männer getan haben, ist der Tod. Sie haben ihre Hinrichtung verdient.«

Sartol blieb noch einen Augenblick stehen, sah sich noch einmal im Saal um und schmeckte die Stimmung in der drückenden Stille, die seinem Ruf nach Vergeltung gefolgt war.

Einen Augenblick später allerdings, als er sich auf seinem Stuhl niederließ, wurde diese Stille vom höhnischen Applaus eines einzelnen Mannes beendet.

»Was für eine wunderbare Vorstellung«, spottete Baden und zerbrach damit die Stimmung, die Sartol so mühevoll geschaffen hatte, wie billiges Glas. »Das war zweifellos Cearbhalls selbst würdig. Aber wie wollen wir es nennen?«, fragte er und erhob sich. »Es ist so zu dramatisch für eine Komödie und zu komisch für eine Tragödie. Da bleibt

eigentlich nur noch der Begriff der Farce übrig. Was meinst du, Sartol?«
Die beiden Männer sahen einander an, und Sartol spürte, wie er rot wurde. »Ich bin nicht sicher, Baden«, entgegnete er mit mühsam beherrschter Stimme. »Zerstreuungen dieser Art waren nie etwas für mich. Ich ziehe Tatsachen vor.«
»Merkwürdig, aber das sehe ich ein wenig anders.«
»Hast du Beweise vorzulegen, Baden?«, wollte Sartol gereizt wissen. »Oder wird deine gesamte Verteidigung aus diesem beleidigenden Geschwätz bestehen?«
Baden entblößte die Zähne zu einem freudlosen Grinsen. »Hab Geduld mit mir, Sartol. Schmollen steht dir nicht.«
Sartol öffnete den Mund zu einer weiteren Entgegnung. Aber dann nahm er sich zusammen, lehnte sich stattdessen zurück und gestattete sich ein dünnes Lächeln. Die Forschheit, die Baden an den Tag legte, hatte nichts von der Kraft oder Substanz oder Selbstsicherheit, die er am Tag zuvor gezeigt hatte. Sie wirkte irgendwie leer und zerbrechlich. Sartol begriff, dass Baden versuchte Zeit zu schinden. Dieses Begreifen war beinahe eine Erleuchtung. Indem er ihn so aufs Glatteis führte, indem er einen Austausch von boshaften Bemerkungen einleitete, hoffte der Eulenmeister nicht nur, Sartol dazu zu provozieren, etwas zu verraten, sondern auch seine eigene Aussage zu verzögern. Wahrscheinlich hatte das mit dem zu tun, was Niall in der Nacht zuvor erreicht hatte. Und mit diesem Gedanken bewegte sich Sartols Geist plötzlich in eine neue Richtung. Sonel war unwichtig; eine Botin, nichts weiter. Aber die beiden auf der Lichtung, die beiden, die Niall getötet hatte: Das war etwas anderes. Warum sollte Sonel sie außerhalb der Stadt treffen, wenn sich die beiden dort nicht verborgen

hätten? Und warum hatte Baden zwei Verbündete versteckt, wenn er nicht …
Baden sagte gerade etwas über den Hain und ging die Ereignisse dieses Abends noch einmal durch, behauptete aber, dass es Sartol und nicht Orris gewesen war, der Jessamyn und Peredur getötet hatte. Sartol wusste, er sollte eigentlich zuhören, aber sein Geist überschlug sich beinahe bei dem Versuch, die Reihe von Erkenntnissen zu bewältigen, die über ihn hereinbrachen wie Brecher bei einer Sturmflut. Zwei Tage zuvor, als Niall ihm berichtet hatte, dass Trahn zusammen mit Baden und Orris aufgetaucht war, hatte Sartol diese Nachricht fraglos akzeptiert und angenommen, der Falkenmagier habe Therons Hain verlassen, nachdem er sich davon überzeugt hatte, dass Alayna und Jaryd nicht mehr lebten. Aber was, wenn Trahn nicht allein vom Hain zurückgekommen war? Was, wenn die jungen Leute Theron irgendwie entkommen waren und erst am vergangenen Abend von Niall getötet worden waren? Und was, wenn Baden das noch nicht wusste? Was, wenn er immer noch erwartete, dass Jaryd und Alayna bei der Verhandlung auftauchten? Was, wenn er selbst jetzt noch auf sie wartete und sich wunderte, wieso sie noch nicht gekommen waren? Es würde die dreiste Selbstsicherheit erklären, die der Eulenmeister am Tag zuvor gezeigt hatte, ebenso wie das falsche Selbstvertrauen von heute. Es würde erklären, wieso die angeklagten Magier willens gewesen waren, eine sofortige Verhandlung zu riskieren. Es würde, kurz gesagt, alles erklären, was Sartol beunruhigt hatte, seit Baden in Amarid eingetroffen war. Als er nun spürte, wie nahe er dem Erfolg war, und dieses Gefühl genoss wie ein kaltes Getränk an einem glühend heißen Tag, warf Sartol

Niall einen Blick zu und entdeckte, dass der ältere Mann ihn bereits anstarrte, immer noch bleich, immer noch angespannt und voller Sorge. *Ah, mein Freund,* dachte Sartol, als könnte der silberhaarige Magier seine Gedanken lesen, *wenn du nur wüsstest, wie viel du für mich getan hast!*

»Es ist mir nicht eingefallen, Sartols Version dessen, was geschehen ist, anzuzweifeln, bis drei Tage vergangen waren«, erklärte Baden gerade. Als Sartol sich am Tisch umsah, erkannte er, dass nur eine Hand voll Magier glaubten, was sie von dem schlanken Eulenmeister hörten. »Wir hatten unser Nachtlager aufgeschlagen, nachdem wir den größten Teil des Tages auf Tobyns Ebene unterwegs gewesen waren, und wir begannen, über die letzten Angriffe zu reden. Irgendwie wusste Sartol bereits von dem Angriff auf Kaera. Ich hatte es ihm gegenüber nicht erwähnt, ebenso wenig wie Trahn, und wenn er es durch das *Ceryll-Var* von einem anderen Magier erfahren hätte, hätte er uns das sicher gesagt. Aber er hat es niemals erwähnt, und dennoch wusste er davon. Das war der Moment, in dem ich zu vermuten begann, dass Sartol mit den Fremden verbündet war – ein Verdacht, den er am folgenden Abend in Wasserbogen bestätigte. Die Männer, denen wir dort begegneten, haben Sartol erkannt; einer von ihnen setzte sogar dazu an, mit ihm zu sprechen. Deshalb versuchte ich Sartol davon abzuhalten, sie zu töten, und deshalb war ich so zornig, als er es trotzdem tat. Ich wollte diese Männer verhören, wollte herausfinden, wer sie waren und woher sie kamen. Aber dank Sartol war das unmöglich. Als sich Sartol aufmachte, um den Bewohnern der Stadt zu helfen, und man mich ins Gefängnis brachte, schlich sich Orris auf den Marktplatz. Dort fand er die mörderischen mechanischen Vögel, von denen ich zuvor gesprochen habe, und die seltsamen Stäbe, die auf Knopfdruck Flammen spuckten.«

»Ja, ja«, schnitt Sartol dem Eulenmeister verächtlich das Wort ab. »Das haben wir alles schon gehört, Baden. Aber wo sind deine Beweise?« Er lächelte – er musste einfach lächeln, denn die Sache fing an, ihm Spaß zu machen. »Du kannst solch lächerliche Behauptungen nicht einfach aufstellen und erwarten, dass wir dir ohne Beweise glauben.«

Baden starrte ihn wütend an. Vielleicht war ihm sogar bereits der Verdacht gekommen, dass Sartol herausgefunden hatte, was er zu seiner Verteidigung plante. Aber Sartol erhielt nicht die Gelegenheit, über diese Möglichkeit weiter nachzudenken. Denn in diesem Augenblick schwangen die großen Holztore am anderen Ende der Halle langsam auf, und Sonel betrat den Versammlungssaal. Dies allein hatte nicht viel zu bedeuten – Niall hatte ja erwähnt, dass sie davongekommen war, und Sartol hatte angenommen, dass sie vielleicht auftauchen würde. Aber dann sah er, wie sie Baden anschaute, sah, wie sich ein Lächeln über ihr Gesicht ausbreitete und sie ihm zunickte. Sartol starrte Niall an und entdeckte, dass der Eulenmeister seinen Blick grinsend erwiderte: ein widerwärtiges, herausforderndes Grinsen, dessen Bosheit bis in die dunklen Augen des älteren Magiers drang.

»Du verlangst Beweise, Sartol?«, rief Baden triumphierend. »Dann sollst du sie bekommen!«

Und mit einem Gefühl, als hätte man ihn direkt an den Rand eines gewaltigen Abgrunds geschleudert und den eigenen Tod schmecken lassen, musste Sartol mit ansehen, wie Alayna und Jaryd den Saal betraten und ihre wunderbaren Falken und einen Gegenstand mitbrachten, den er kaum begreifen konnte.

9

Am Tag zuvor, als er Sonel durch die schattendunklen Gassen und die Menschenmenge auf Amarids altem Markt gefolgt war, hatte es einen Augenblick gegeben, in dem Niall von einer seltsamen Begeisterung ergriffen wurde und die Spannung und die Gefährlichkeit dessen, was er tat, ihn berauschten. Über die Zufriedenheit und den Stolz hinaus, vom amtierenden Weisen für eine solch schwierige Aufgabe ausgewählt worden zu sein, genoss er auch die Herausforderung, die Eulenmeisterin unbemerkt zu verfolgen. Es schien unter den Umständen ein wenig seltsam, aber es machte ihm Spaß.

Sonel war sich offenbar durchaus der Gefahr bewusst, dass Sartol sie verfolgen lassen könnte, und nahm eine umständliche Route zum Falkenfinderwald, kehrte mehrmals auf ihrem eigenen Weg zurück und bewegte sich unberechenbar durch die verschiedenen Viertel der Stadt. Zweimal hätte Niall sie beinahe verloren: einmal in dem Labyrinth kopfsteingepflasterter Gassen, die zwischen den weißen und grauen Gebäuden Amarids hindurchführten, und ein zweites Mal in dem Gewimmel inmitten des alten Stadtkerns. Beide Male allerdings gelang es ihm, sie wiederzufinden. Er hatte erwartet, dass Badens Auftrag sie irgendwann aus der Stadt herausführen würde, und da der Larian Amarid an drei Seiten umfloss, ging er davon aus, dass sie eine der Brücken benutzen würde. Zu wissen, wo sie wieder auftauchen würde, machte die Verfolgung viel einfacher.

Seine Aufgabe wurde etwas schwerer, nachdem Sonel den Wald betreten hatte. Er wusste, wie schwierig es sein wür-

de, lautlos durch den Wald zu schleichen, wollte sie aber auf keinen Fall so viel Abstand gewinnen lassen, dass sie ungesehen vom Weg abbiegen konnte, und daher bewegte sich Niall mit quälender Sorgfalt. Es zahlte sich aus. Bis schließlich die Nacht hereinbrach, war Sonel offenbar überzeugt, dass niemand ihr folgte. Warum sonst hätte sie sich den Weg mit ihrem hellgrünen Ceryll beleuchtet und sich nicht die Mühe gemacht, das Schimmern zu dämpfen? Dies gab Niall die Gelegenheit, ihr in erheblich sichererer Entfernung zu folgen. Niall selbst dämpfte seinen Kristall, so dass er gerade noch genug Licht hatte, um nicht über Steine und Wurzeln zu stolpern.
Schließlich verließ Sonel den Weg und wandte sich einem schmalen Pfad zu, der sich durch dichtes Waldland und Unterholz schlängelte. Niall folgte und hörte eine kurze Weile später eine Stimme rufen, eine, die ihm rätselhaft vertraut vorkam, und dann sah er blaues magisches Licht in der Nacht aufblitzen. Aus dem folgenden Gespräch schloss Niall, dass er tatsächlich weitere Magier gefunden hatte, die mit Baden sympathisierten. Als der Magier mit dem saphirfarbenen Ceryll Sonel bat, zu ihm zu kommen, schlich Niall sich näher heran, damit er hören konnte, was sie miteinander sprachen. Es dauerte eine Weile, denn er war weiterhin bemüht, kein Geräusch zu verursachen, das Sonel und ihre Begleiter von seiner Anwesenheit in Kenntnis setzen könnte. Lange bevor er ein Wort verstand, das gesprochen wurde, erkannte Niall, dass auch noch ein zweiter Magier auf der großen Lichtung auf die Eulenmeister gewartet hatte. Diese andere Person hatte einen lilafarbenen Kristall, und anders als bei dem blauen kam es Niall so vor, als hätte er diese Farbe schon einmal gesehen. Er wusste allerdings,

dass das unmöglich war, dass die Magierin, der dieser Ceryll gehört hatte, tot war.

Er ging davon aus, dass er schon bald erfahren würde, mit wem er es wirklich zu tun hatte, und schlich sich weiter durchs Unterholz. Zunächst wollte er herausfinden, was die Magier vorhatten. Also wagte er sich nahe genug heran, um zu belauschen, wie sie von Verrat, von anderen Verbündeten und davon sprachen, die Bevölkerung von Tobyn-Ser gegen Sartol zu aufzuwiegeln, und während der ganzen Zeit versuchte er, seinen Mut zusammenzunehmen, um das zu tun, war er für notwendig hielt. Jeder Zweifel, den er noch an Badens Schuld gehabt hatte, verschwand in diesen wenigen Minuten. Und mit dem Zweifel schwand auch Nialls Widerstreben, die Dinge selbst in die Hand zu nehmen. So sicher war er, dass diese Verschwörung, von der Sartol gesprochen hatte, tatsächlich existierte, dass er sich im Stande fühlte, die Magier, die er da vor sich hatte, zu töten – etwas, was er sich noch ein paar Tage zuvor selbst in seinen kühnsten Träumen nicht hätte vorstellen können.

Als er schließlich glaubte, genug gehört zu haben, trat er auf die Lichtung hinaus, hob seinen kastanienbraunen Ceryll über den Kopf und machte ihn so hell wie Mittsommerblitze, um das Licht der Gerechtigkeit in die Gesichter der Abtrünnigen scheinen zu lassen.

In den letzten Tagen hatte sich viel für ihn verändert; vieles war geschehen, das bewirkt hatte, dass er sich wieder lebendig fühlte, dass er wieder über Leidenschaft und Selbstachtung verfügte. Aber nichts hätte ihn auf den Schock vorbereiten können, den er aufgrund des Anblicks erlitt, der sich ihm schließlich im weinroten Schein seines magischen Lichts bot. Zunächst hielt er sie für die unbehausten Geister der jungen Magier, die in Therons Hain umgekommen waren. Aber obwohl einer der beiden sich tatsächlich vor ein paar Wochen in diesem Wald an seinen ersten Vogel gebunden hatte, musste sich der Bindungsort der anderen doch wohl Hunderte Meilen von hier entfernt befinden ... Außerdem hatte Niall einmal einen unbehausten Geist gesehen – den seines eigenen Vaters, der nur vier Wochen nach dem Verlust seines letzten Vogels gestorben war. Diese beiden hier waren keine Geister; sie waren so lebendig wie Niall selbst, obwohl der Eulenmeister nicht begriff, wie das möglich sein sollte.

Lange Zeit stand Niall schweigend da, und seine Gedanken überschlugen sich bei dem Versuch zu begreifen, was es wohl zu bedeuten hatte, dass Jaryd und Alayna lebendig hier im Falkenfinderwald standen. Entgegen dem, was er später Sartol erzählen sollte, versuchten die jungen Magier nicht zu fliehen, obwohl Angst und Verzweiflung in ihren Blicken standen, als sie ihn schweigend ansahen. Auch Sonel starrte ihn an, aber ihre Miene verriet wenig.

Schließlich senkte Niall den Ceryll und dämpfte das blendende Licht, das er heraufbeschworen hatte, als er die Lichtung betrat. »Ich hoffe, ihr werdet mir verzeihen«, sagte er in das Schweigen hinein zu den jungen Magiern, »aber ich weiß nicht, ob ich mich über eure sichere Rückkehr freuen oder verlangen sollte, dass ihr euch zusammen mit eurer Freundin hier ergebt und euch der Anklage des Verrats stellt.«

»Wir sind keine Verräter!«, entgegnet Jaryd leidenschaftlich, und man sah ihm an, dass sein ganzer drahtiger Körper angespannt war. In seinen Augen spiegelten sich das magische Licht und die Flammen. »Ebenso wenig wie Sonel. Ebenso wenig wie Baden, Trahn und Orris!«

»Ich würde erwarten, dass du das sagst«, erwiderte Niall kühl, »immerhin ist Baden dein Onkel.«

»Und wenn du von dem ausgehst, was du über mich weißt, Niall«, warf Alayna viel ruhiger als Jaryd ein, »würdest du dann erwarten, dass ich behaupte, dass es Sartol war, der Jessamyn und Peredur ermordet hat? Dass er es war, der Jaryd und mich in Therons Hain jagte?«

Nialls Mund war trocken geworden, und er wusste nicht, was er antworten sollte. Alayna war Sartols Schülerin gewesen. Sie waren enge Freunde gewesen. Erst vor ein paar Tagen hatte der Eulenmeister unter Tränen von seiner Trauer um sie gesprochen. Und nun stand sie auf dieser Lichtung, war vollkommen lebendig und behauptete, Sartol habe versucht sie umzubringen. Niall begriff das einfach nicht, aber es schien auch nicht vernünftiger anzunehmen, dass Alayna über solche Dinge die Unwahrheit sprach.

»Ihr wart beide tatsächlich in Therons Hain?«, brachte er schließlich mühsam heraus.

Alayna nickte. »Ja.«

»Und ihr seid entkommen?«

»Ja.«

»Habt ihr mit ihm gesprochen? Habt ihr wirklich getan, wozu die Delegation ausgeschickt wurde?«

»In gewisser Weise ja«, erwiderte Jaryd immer noch misstrauisch, aber nicht mehr so feindselig wie einen Augenblick zuvor. »Theron hatte nichts mit den Angriffen zu tun, aber er hat uns angeboten, bei der Suche nach den Angreifern zu helfen.«

Niall schüttelte den Kopf. »Diese beiden Männer, die in Wasserbogen gestorben sind – sind sie ...« Er brach ab, denn er wusste nicht, wie er fortfahren sollte.

»Wir trafen erst in Wasserbogen ein, als sie schon tot waren«, sagte Alayna. »Trahn war bei uns. Aber nach dem, was Baden und Orris uns von dem Kampf dort erzählt haben, und nach allem, was wir von Theron erfahren haben, glauben wir, dass es zwei von vielen sind, die nach Tobyn-Ser gekommen sind, um die Verbrechen zu begehen, deren Baden und die anderen nun angeklagt werden sollen.«

Niall wurde eiskalt. »*Nach Tobyn-Ser gekommen?* Stammen sie denn aus einem anderen Land?«

Wieder nickte Alayna.

»Was wollen sie hier?«

»Das wissen wir nicht. Aber sie haben offenbar vor, den Orden zu schwächen, so dass wir nicht in der Lage sein werden, Tobyn-Ser vor einer Invasion zu schützen.«

»Ihr glaubt, dass Sartol mit diesen Leuten zu tun hat, dass er sich mit ihnen verbündet hat?«

»Das hat Theron uns gesagt«, antwortete Jaryd, »und Baden und Orris glauben beide, dass die Männer in Wasserbogen Sartol erkannt haben und ihn angesprochen hätten, hätte er sie nicht zuvor umgebracht.«

Der Eulenmeister holte tief Luft, um sich ein wenig zu beruhigen, und versuchte zu begreifen, was die jungen Magier ihm erzählt hatten. Er war sich ihrer Blicke und der schweigenden Wachsamkeit Sonels bewusst. Eine unheimliche Stille hatte sich über die Lichtung gesenkt und wurde nur hin und wieder vom Knistern des Feuers und einem weit entfernten Vogelruf unterbrochen. Noch Minuten zuvor war Niall bereit gewesen, diese drei Magier als Verräter zu töten. Und nun ... nun wusste er nicht mehr, was er denken sollte. Ihre Anklagen gegen Sartol waren nicht überzeugender als die Anklagen, die Sartol gegen Baden und die anderen vorgebracht hatte. Tatsächlich wirkten sie sogar unglaubwürdiger. Sartol hatte immerhin Jessamyns und Peredurs Stäbe als Beweis dessen, was angeblich geschehen war, nach Amarid zurückgebracht. Er hatte Zeugen.

Und dennoch, hier waren Jaryd und Alayna, die behaupteten, es sei Sartol und nicht Orris gewesen, der die Eulenweise und ihren Ersten getötet hatte; die behaupteten, sie hätten eine Begegnung mit Theron überlebt und dass es Sartol und nicht Orris gewesen sei, der sie gezwungen hatte, in den Hain zu flüchten. Es war absurd – wenn man von der Tatsache einmal absah, dass Niall, während er ihnen zuhörte, beinahe gegen seinen Willen zugeben musste, dass sich ihre Geschichte irgendwie wahr anhörte. Schon ihre Anwesenheit auf dieser Lichtung weckte Zweifel an Sartols Bericht, aber wichtiger war, dass Niall etwas an ihrer Haltung wahrnahm, was ihn nachdenklich machte. So erschreckend der Gedanke war, Niall zwang sich, über die Möglichkeit nachzudenken, dass Sartol sie alle belogen hatte.

»Ich gehe davon aus, dass ihr Beweise habt«, sagte er schließlich.

»Wir verfügen über einige Beweisstücke, die einen Teil der Geschichte belegen«, erwiderte Jaryd vorsichtig. »Den Rest wirst du uns glauben müssen.«

Alayna fuhr sich mit der Hand durch ihr langes Haar. »Wir hätten mehr gehabt – Orris hat die Waffen gesehen, die die Fremden benutzten –, aber Sartol hat sie alle zerstört.«

»Ihr habt gesehen, wie er das tat?«

Sie schüttelte den Kopf. »Wir können nur annehmen, dass er es getan hat.«
Niall holte abermals tief Luft. »Vielleicht solltet ihr mir eure Beweise zeigen. Wir werden sehen, ob es genügt.«
Es genügte beinahe. Niall fand die Beweise zwar nicht vollkommen überzeugend, aber es reichte aus, um seinen Glauben an Sartol zutiefst zu erschüttern. Jaryd und Alayna waren eindeutig in Therons Hain gewesen, wie sie behaupteten. Aber obwohl die Gegenstände, die sie angeblich in Wasserbogen mitgenommen hatten, seltsam, ja sogar fremdartig aussahen, bewiesen sie nicht unbedingt, dass die Angriffe von Fremden durchgeführt worden waren.
»Ihr werdet diese Geschichte dem Rest des Ordens erzählen müssen«, sagte er den jungen Magiern und brach damit das ausgedehnte Schweigen, das ihrer Beschreibung der Ereignisse vor Therons Hain und in der zerstörten Stadt gefolgt war.
»Ihr werdet mit mir kommen und morgen an der Verhandlung teilnehmen.«
»Nein«, mischte sich Sonel zum ersten Mal seit Nialls Eintreffen auf der Lichtung ein.
»Du bist nicht in der Position, mir zu widersprechen, Sonel. Man hat mir die Autorität übertragen –«
»Ich weiß, dass du nicht dumm bist, Niall«, unterbrach ihn die Eulenmeisterin mit ruhiger Stimme. »Ich weiß ebenso, dass du niemals wissentlich dem Orden oder einem seiner Mitglieder schaden würdest.« Sie trat vor, mit geradem Rücken und hoch erhobenem Kopf, bis sie direkt vor ihm stand und ihre Augen, grün wie das Gras der Lichtung, auf gleicher Höhe waren wie seine. »Aber es kommt mir so vor, als hättest du diesen beiden da nicht zugehört. Sie sind die

einzigen Zeugen für Sartols Verbrechen. Er hat schon einmal versucht, sie umzubringen. Wenn du sie nach Amarid zurückbringst, wird er es zweifellos wieder versuchen.«

»Ich habe eine Verantwortung gegenüber dem Orden, Sonel!«, entgegnete Niall. »Du bezichtigst Sartol des Verrats und des Mordes, aber er behauptet, dass Baden und Orris diese Verbrechen begangen haben und nicht er. Ich kann selbst nicht entscheiden, wer lügt und wer die Wahrheit sagt. Das muss der gesamte Orden herausfinden.«

»In Ordnung«, erwiderte sie freundlich. »Aber niemand hat diese beiden irgendwelcher Verbrechen bezichtigt – es hieß immer nur, sie seien tot. Deine Pflicht gegenüber dem Orden schließt doch zweifellos nicht ein, ihr Leben in Gefahr zu bringen.«

»Ich kann nicht sicher wissen, dass ihr Leben in Gefahr ist. Ich habe nur dein Wort dafür und das ihre.«

»Die Möglichkeit allein sollte genügen!«, fauchte Sonel, deren Geduld abrupt ein Ende gefunden hatte. »Denk doch daran, was du gerade von ihnen gehört hast! Sieh dir noch einmal an, was sie mitgebracht haben! Es sollte genügen! Es sei denn, deine Loyalität gehört eher Sartol als Tobyn-Ser.«

Niall wich zurück, als hätte sie ihn geschlagen. »Wie kannst du es wagen, so etwas auch nur anzudeuten!«, keuchte er.

Sonel begegnete ungerührt seinem zornigen Blick. »Ich habe nichts über dich gesagt, was du nicht bereits über mich gedacht hast.«

Niall öffnete den Mund, eine Erwiderung auf den Lippen. Dann schloss er den Mund wieder. Sie hatte selbstverständlich Recht. Er hatte sie ebenfalls im Geist des Verrats bezichtigt. Sartol hatte ihn vor den Gefahren gewarnt, die mit der Entdeckung einer Verschwörung verbunden sind, und von der Notwendigkeit gesprochen, nicht in Panik zu geraten. Aber, so begriff Niall plötzlich, der Eulenmeister hatte auch alles getan, um Nialls Ängste zu nähren und ihn zu ermutigen, überall Verschwörer zu wittern. Was hervorragend zu Alaynas und Jaryds Geschichte passte: Falls es Sartol gelingen sollte, ein Klima gegenseitiger Verdächtigungen unter den Magiern zu schaffen, würde der Verdacht nicht auf ihn fallen.

»Ich weiß nicht, welcher von uns der stärkere Magier ist, Niall«, sagte Sonel gerade, »aber ich würde annehmen, dass der Unterschied wenig ausmacht. Wenn du Jaryd und Alayna zurück in die Stadt bringen willst, wirst du erst gegen mich antreten müssen. Und mit diesen beiden auf meiner Seite hast du keine Chance. Also sollten wir es erst gar nicht versuchen. Kehre zurück nach Amarid, Niall. Geh in Frieden.«

Niall starrte sie einige Zeit an, bevor er schließlich zögernd lächelte. »Soweit braucht es nicht zu kommen, Sonel; du brauchst mich nicht zu töten. Ich werde euch allein lassen.« Er sah die jungen Magier an. »Was immer ihr von mir halten mögt«, sagte er leise, »bitte wisst, dass ich mich freue, dass ihr in Sicherheit seid. Sonel hatte Recht: Ich würde euch niemals wissentlich Schaden zufügen.«

»Ich danke dir, Niall«, entgegnete Jaryd. Der Zorn war aus seiner Miene verschwunden, und nun sah er wieder sehr jung aus, wenn auch nicht mehr so jung, wie Niall ihn in Erinnerung hatte. »Du wolltest, dass wir bei Badens Verhandlung unsere Geschichte erzählen, und obwohl wir diese Lichtung nicht mit dir zusammen verlassen werden, kannst du sicher sein, dass wir das bereits die ganze Zeit vorhatten. Halte morgen nach uns Ausschau; wir werden da sein.«

»Es wäre allerdings besser«, fügte Alayna hinzu, »wenn uns niemand erwarten würde.«

Niall zögerte und fragte sich, wie das alles so kompliziert hatte werden können. »In diesem Fall«, sagte er schließlich, »würde ich vorschlagen, dass ihr alle – du ebenfalls, Sonel – außerhalb der Stadt bleibt, bis die Verhandlung begonnen hat. Ich bin euch auf Sartols Befehl hin gefolgt, aber ich war nicht der Einzige, der gesehen hat, wie du Baden besucht hast. Einige von diesen Leuten nehmen vielleicht an, dass noch weitere Personen in eure ... Verschwörung verwickelt sind, und wenn Sartol herausfindet, dass du mit den angeklagten Magiern verbündet bist, könnte auch dein Leben in Gefahr sein.«

Sonel nickte ernst. »Danke, Niall. Ich weiß deine Fürsorge zu schätzen.«

Ohne zu antworten drehte Niall sich um und setzte dazu an, die Lichtung zu verlassen. Er war unsicher, wie er Alaynas Bitte, ihre Anwesenheit geheim zu halten, mit dem Vertrauen in Einklang bringen sollte, das Sartol zu ihm hatte. Gedanken und Impulse schwirrten in seinem Kopf herum wie Schnaken an einem warmen Nachmittag, und er war vollkommen durcheinander und desorientiert.

Sonel schien das zu bemerken. »Niall!«, rief sie.

Er blieb stehen, ohne sich umzudrehen, und wartete schweigend.

»Wenn du immer noch daran zweifelst, was wir dir gesagt haben, kann ich dir noch einen weiteren Beweis anbieten. Baden glaubt, dass Sartol den Rufstein verändert – dass er versucht, ihn an sich zu binden. Er hat bemerkt, dass der

Stein Sartols Ceryllfarbe annimmt, wenn Sartol daran vorbeigeht. Halte danach Ausschau; vielleicht glaubst du ja dem, was du mit eigenen Augen siehst, mehr als unseren Worten.«

Niall blieb noch einen Augenblick still stehen. Dann ging er weiter und ließ sich von dem schmalen Pfad zum Hauptweg zurückführen. Dabei dachte der silberhaarige Eulenmeister immer wieder über seine Begegnung mit Sonel, Jaryd und Alayna nach, besonders über die letzten Worte der Eulenmeisterin, bevor er die Lichtung verlassen hatte. Wenn Sartol tatsächlich versuchte, sich mit dem Stein zu verbinden, wie Sonel behauptet hatte, würde das die Geschichte der jungen Magier sehr viel glaubwürdiger machen. Ein Magier, der den Orden auf legitime Weise anführen wollte, würde solche Macht nicht brauchen und auch kein Bedürfnis verspüren, die Naturgesetze, die die Magie beherrschten, auf diese Weise zu nutzen. Tatsächlich hatte Niall nicht die geringste Ahnung, welche Anstrengung es kosten musste, einen Ceryll von der Größe des Rufsteins zu verändern, ebenso wenig, wie er sich auch nur vorstellen wollte, welch gewaltige Macht der Stein einem Magier verleihen konnte.

Er versuchte immer noch zu begreifen, welcher ungeheuerlichen Gefahr der Orden gegenüberstand, falls Sonel wirklich Recht hatte, falls Sartol tatsächlich dabei war, sich mit dem Stein zu verbinden, aber dann wandte er sich einem näher liegenden Problem zu: Sartol würde am Morgen einen Bericht von ihm erwarten, und Niall hatte keine Ahnung, was er dem Eulenmeister sagen sollte. Er konnte auf keinen Fall erwähnen, dass er mit Jaryd und Alayna gesprochen hatte, nicht, solange auch nur die geringste

Chance bestand, dass sie ihm die Wahrheit gesagt hatten. Und er musste zugeben, dass ihm ihre Geschichte nicht unglaubwürdig vorkam. Vardis hatte ihm allerdings mehr als einmal gesagt – für gewöhnlich, nachdem sie herausgefunden hatte, was er ihr zum Geburtstag oder zum Hochzeitstag schenken wollte –, dass er ein sehr schlechter Lügner war. Sein Gesicht verriet ihn immer, hatte sie behauptet. Deshalb konnte er auch nie beim *Ren-drah* gewinnen. Im letzten Jahrzehnt hatte er das Lügen auch nicht besser gelernt, und nun stand viel mehr auf dem Spiel als je zuvor. So klug, wie Sartol war, würde er sofort wissen, dass etwas geschehen war; er würde Einzelheiten erwarten, Namen, Schauplätze. Und Niall wusste einfach nicht, was er sagen sollte.

Er brauchte nicht lange, um nach Amarid zurückzukehren, und das Problem beschäftigte ihn immer noch, als er über den Larian zum alten Stadtkern gelangte. Ihm war nicht danach, in sein Zimmer zurückzukehren, und daher streifte für den Rest der Nacht durch die Straßen und Gassen von Amarid und genoss die Einsamkeit in der schlafenden Stadt, während er weiter fieberhaft nachdachte.

So geschah es, dass ihn sein zielloses Umherwandern weit vor Anbruch der Morgendämmerung zur Großen Halle mit ihrem Kuppeldach und ihren glitzernden Statuen brachte. Als Niall begriff, wo er war, beschloss er, in der Richtung, die er eingeschlagen hatte, weiterzugehen, bis er das Wäldchen erreichte, das das Heim des Ersten Magiers umgab.

Aber in diesem Augenblick bemerkte er etwas, was seine Welt viel mehr einstürzen ließ als alles, was Jaryd und Alayna zuvor gesagt hatten. Durch das durchscheinende weiße Glas der Fenster des Versammlungssaales, schwach und flackernd wie eine Kerze im Wind, aber absolut unmissverständlich, war das helle Gelb von Sartols Ceryll zu erkennen. Es erfüllte das gesamte Gebäude, ließ die Fenster der Halle ätherisch schimmern, aber es war eindeutig am westlichen Ende heller: dort, wo der Rufstein auf seinem massiven Holzsockel lag. Niall dachte kurz daran, sich in die Halle zu schleichen, um deutlicher sehen zu können, was Sartol tat. Aber wenn Sonel recht gehabt hatte – was plötzlich sehr wahrscheinlich schien –, hatte Sartol nichts zu verlieren, wenn er Niall umbrachte, und es würde ihm nicht schwer fallen. Der Eulenmeister dachte auch daran, zu der Lichtung zurückzukehren, auf der er Alayna und Jaryd gefunden hatte. Aber es fiel ihm kein zwingender Grund dafür ein, wenn man davon absah, dass er sich gerne für seine Zweifel entschuldigt und den jungen Leuten gesagt hätte, dass er ihnen jetzt glaubte. Sicher hatten sie bereits ihre eigenen Pläne, die berücksichtigten, was er gerade erst definitiv über Sartol in Erfahrung gebracht hatte. Sie brauchten weder seine Hilfe noch seine Treue – nur sein Schweigen. Außerdem musste er sich am Morgen immer noch mit Sartol treffen, also war es besser, nicht zu viel von ihrer Strategie zu wissen.

Daher ging Niall, nachdem er noch eine Weile zugesehen hatte, wie das gelbe Licht in der Halle flackerte und tanzte, einfach weiter, und folgte dem Weg, für den er sich bereits entschieden hatte. Seine Gedanken allerdings bewegten sich nun in eine neue Richtung. Er hatte keine Wahl mehr: Er würde lügen müssen, wenn er Sartol am Morgen gegenübertrat. Die Frage war, wie er das bewerkstelligen sollte.

Er verbrachte den Rest dieser Nacht und die ersten Stunden des Tageslichts auf dem Gelände von Amarids Haus. Im

Morgengrauen kamen die Diener, die sich um das Gelände kümmerten, aus ihren bescheidenen Räumen, um sich um das Gelände zu kümmern und das Haus auf den stetigen Strom von Besuchern vorzubereiten, die jeden Tag hierher pilgerten, um den Ort zu sehen, an dem der Erste Magier seine Jugend verbracht hatte. Die Diener beäugten Niall mit offener Neugier, aber zum Glück hielten sie Abstand und störten seine Einsamkeit nicht. Dennoch wusste er selbst auf dem Rückweg zur Großen Halle noch nicht, was er Sartol sagen sollte. Er hatte sich einiges überlegt, aber keine dieser Möglichkeiten kam ihm überzeugend vor; er hatte kaum Hoffnung, dass es ihm gelingen würde, Sartol in die Irre zu führen.

Bis er die Marmorstufen am Eingang zu Großen Halle erreicht hatte, raste sein Puls bereits. Er wusste, dass er blass geworden war. Als er die Hand ansah, mit der er den Stab hielt – er hatte die andere zitternde Hand schon in eine Tasche seines Umhangs gesteckt –, bemerkte er, dass die Knöchel ganz weiß waren. Oben auf der letzten Stufe blieb er stehen und holte tief Luft, aber auch das half nicht viel, um ihn zu beruhigen. Dann betrat er die Große Halle. Sobald er in dem Gebäude war, zuckte sein Blick, getrieben von Instinkt und Angst, zum Rufstein, der am anderen Ende des Raums auf dem Holzsockel lag. Selbst jemand, der wusste, wonach er Ausschau halten musste, hätte hier zunächst nichts Ungewöhnliches bemerkt. Erst als er näher zu dem Stein hingegangen war – mit leisen Schritten, damit Sartol noch nichts von seiner Anwesenheit erfuhr –, sah Niall das schwache Leuchten, das von dem riesigen Kristall ausging. Es war heller als Sartols Ceryll und hatte kaum mehr Farbe als der helle Sand am Unteren Horn. Dennoch,

es war nicht abzustreiten, dass der Stein begonnen hatte zu leuchten, und seine Farbe würde, wenn sie erst intensiv genug war, genau der von Sartols Ceryll entsprechen.
Niall blieb vor dem Stein stehen und sah sich die schreckliche, aber subtile Veränderung an, die Sartol in der vergangenen Nacht bewirkt hatte. Und während er das tat, kam ihm endlich die rettende Idee. Diese Geschichte würde Sartol eine plausible Erklärung für Nialls Unbehagen liefern und den Eulenmeister so sehr erfreuen, dass er sich nicht die Mühe machen würde, weitere Fragen zu stellen.
Einen kurzen Augenblick lang, als er dort vor dem Kristall stand, nur ein paar Schritte von der Tür zu Sartols Zimmer entfernt, grinste Niall. Also kann ich doch bei diesem Spiel mitmachen, sagte er sich. Vardis hätte das sehr erheiternd gefunden. Dann wurde er wieder ernst und klopfte an Sartols Tür.
Wäre Niall wirklich so von Schuldgefühlen und Trauer erfüllt gewesen, wie er Sartol glauben machen wollte, dann hätte er vermutlich die Taktik des Eulenmeisters nicht bemerkt. Aber unter dem Einfluss dessen, was er tatsächlich am vergangenen Abend erlebt hatte, erkannte Niall alles: die Manipulation, die Schmeichelei, das falsche Mitgefühl. Man hatte ihn betrogen – man hatte sie alle betrogen. Erst jetzt dachte er wieder daran, wie stoisch Alayna von Sartols Verrat gesprochen hatte, und sein Herz zog sich vor Mitgefühl zusammen. Er hoffte, bald Gelegenheit zu erhalten, sich bei ihr für seine Zweifel zu entschuldigen.
Nachdem er Sartol verlassen hatte und durch den Versammlungssaal wieder hinaus in die Sonne trat, spürte Niall schließlich, wie die schlaflose Nacht ihn einholte. Müde und unruhig und erschrocken über das plötzliche

Läuten der Glocken, tadelte sich der Eulenmeister dafür, dass er durch die Straßen der Stadt gestreift war, als er sich doch eigentlich hätte ausruhen sollen. Dennoch, er eilte zum Gasthaus Kristall, denn er wusste, dass Sartol von ihm erwartete, dass er die angeklagten Magier zur Verhandlung eskortierte. Als er Baden, Orris und Trahn aus der Taverne und auf die Halle zuführte, fragte er sich kurz, ob er diese Gelegenheit nutzen sollte, um Baden darüber zu informieren, dass er wusste, dass Jaryd und Alayna noch am Leben waren, und dass er sich ihrer gemeinsamen Sache angeschlossen hatte. Aber er war immer noch nicht vollkommen sicher. Während er die Straße entlangging, dachte er so intensiv über diese Frage nach, dass er in eine Art von Trance fiel. Nur Badens verblüffender Ausbruch und seine erstaunlich zutreffende Vermutung, dass Niall wusste, wo Sonel sich aufhielt, riss ihn aus seinen Gedanken. Niall hätte Baden in diesem Augenblick von seinem Gespräch mit den jungen Magiern erzählen können. Tatsächlich dachte er auch daran. Aber etwas hielt ihn zurück. Vielleicht war es Badens beißender Ton oder vielleicht seine Angst, dass Badens Reaktion Sartol zu viel verraten könnte. Tatsächlich fiel es Niall in diesem Augenblick schwer, die beiden Gründe voneinander zu trennen. Und im nächsten Augenblick zerschnitt Orris die zögerlichen Bande, die Niall mit ihrer Sache verbunden hatten. Badens barsche Worte, die von der Sorge um Jaryd, Alayna und Sonel herrührten, hätte er ertragen können. Aber nicht Orris' selbstgerechte Anklagen.

Empört und beleidigt führe Niall sie den Rest des Weges schweigend weiter, und er brachte sie zu ihren Plätzen vor dem großen ovalen Tisch, an dem über ihr Schicksal entschieden werden würde. Einen Augenblick später jedoch, als Sartol aus seinem Zimmer kam, wurde Nialls Blick abermals von dem veränderten Rufstein angezogen, der neben der offenen Tür stand, und der Ärger des Eulenmeisters verschwand erstaunlich schnell. Seine Empörung über Badens Andeutungen und Orris' Unverschämtheit hatte angesichts der Gefahr, die dieser wagemutige, charismatische Mann für das ganze Land darstellte, nichts zu bedeuten. Zu spät erkannte Niall, während er zu seinem Platz am Tisch ging, dass Baden und Orris zusammen mit Trahn und den drei Magiern, die er auf der Lichtung zurückgelassen hatte, die einzige Hoffnung darstellten, die dem Orden und dem Land geblieben war.

Und nachdem Sartol nur kurze Zeit gesprochen hatte, befürchtete Niall, dass sie nicht genügen würden. Der Eulenmeister hatte bei Ansprachen immer schon die Zuhörer in seinen Bann schlagen können, denn er hatte eine angenehm tiefe Stimme und, wie Niall erst vor kurzem nur zu gut erfahren hatte, die unheimliche Begabung, beinahe alles vernünftig klingen zu lassen. Diese Talente, kombiniert mit seiner Haltung und Präsenz, hatten den dunkelhaarigen Magier schon lange zu einem der einflussreichsten Mitglieder des Ordens werden lassen. Und als Niall nun zuhörte, wie Sartol sein Garn von Täuschung und Betrug spann und sah, wie viele Eulenmeister an den Lippen des Mannes hingen, die Blicke fest auf sein gut aussehendes, ausdrucksvolles Gesicht gerichtet, fragte sich Niall, wie Baden und seine Verbündeten je erwarten konnten, sich gegen einen solchen Mann durchzusetzen. Selbst er war nicht immun dagegen. Alles, was er am vergangenen Abend erfahren hatte, schien zu einer weit entfernten Erinnerung zu werden, verdrängt von finsteren, Furcht erregenden Bildern von Verschwörung und Verrat. Er wusste, dass Sartol log, und dennoch sah er seine eigenen Gefühle so präzise in den Nuancen und Schattierungen der Stimme des Magiers gespiegelt, dass er einfach gezwungen war zuzuhören und sich den Argumenten Sartols wieder zu öffnen. Baden und Trahn hatten sich tatsächlich sehr für diese Delegation eingesetzt, und Orris' Bitte, sich anschließen zu dürfen, war seltsam unerwartet gekommen. Ja, Niall musste einfach zugeben, dass etwas Verdächtiges an Badens Versuch gewesen war, die Männer zu schützen, die Wasserbogen zerstört hatten. Und die ganze Zeit, unter all den schweren Anschuldigungen und dem Ruf nach Bestrafung, lag in Sartols Tonfall noch eine andere Aussage. *Ich wünschte, ich müsste das hier nicht tun*, schien er zu sagen. *Ich wünschte, dass Baden und die anderen dies nicht über uns gebracht hätten. Aber nun, wenn wir schon einmal dort sind, wo wir sind, müssen wir das Richtige tun.* Und Niall hätte ihm beinahe zugestimmt.

Badens höhnisches Klatschen brach den Bann, den Sartol mit seiner Eloquenz heraufbeschworen hatte, und riss die Magier wieder in die Wirklichkeit der Verhandlung zurück. Aber Baden konnte es nicht mit Sartols Rhetorik und seinem Stil aufnehmen, und er hatte nur wenig Beweise. Bis Sonel eintraf. Noch mehr als Badens Applaus und der bittere Wortwechsel mit Sartol, der darauf folgte, traf Sonels Ankunft Niall wie ein Schwall kalten Wassers ins Gesicht. Plötzlich waren Alayna und Jaryd wieder bei ihm, auf dieser Lichtung im Falkenfinderwald, und erzählten ihm ihre Version dessen, was an Therons Hain geschehen war. Als er an Sartol vorbei zum anderen Ende des Saals schaute, bemerkte er den Rufstein auf seinem Sockel, und wieder dachte er daran, was Sartol mit dem Stein gemacht hatte. Und wie die brodelnden Wasser des Dhaalismin im Frühling floss sein Zorn darüber, dass man ihn betrogen hatte, wieder in ihn zurück, und zwar intensiver als je zuvor. Zufrieden grinsend beobachtet Niall, wie es weiterging, und er genoss es zu sehen, wie Sartols Glätte und Selbstsicherheit plötzlich verschwanden. Er sah, wie Sartol Sonel bemerkte, als sie im Eingang zur Großen Halle stand, und sein Lächeln wurde noch intensiver, als der Eulenmeister verzweifelt zu ihm hinschaute und immer noch nicht begriff, was – oder genauer gesagt *wer* – da auf ihn zukam. Er sah, wie Sartol erstarrte und bleich wurde, als Baden ihn mit der Nachricht verspottete, dass sein Beweis gerade eben eingetroffen war, und er sah, wie der Eulenmeister weit die Augen aufriss und hörte, wie ein zorniges, ungläubiges Knurren aus seiner Kehle drang, als Alayna und Jaryd den Versammlungssaal betraten. Die Ankunft der jungen Magier stürzte den Saal in ein Pandämonium, als die anderen, bei denen Erleichterung und Freude sich über die Verwirrung hinweggesetzt hatten, von beiden Seiten des Tisches auf die neu Angekommenen zueilten, um sie willkommen zu heißen. Niall hielt sich abseits des Gedränges, ebenso wie Sartol, der nun aufgestanden war, den Blick auf den Tisch gerichtet und beide Hände fest um den Stab geklammert.

»Ich hatte gehofft, dass du dich freuen würdest, mich wiederzusehen, Sartol«, rief Alayna ihrem ehemaligen Lehrer zu, als sie und Jaryd vor den ovalen Tisch traten. Seltsame Stille senkte sich über den Saal, und der Rest der Magier kehrte langsam zu den Stühlen zurück. »Ich hatte gehofft, dass du mich begrüßen würdest, wie die anderen es getan haben. Aber irgendwie wusste ich bereits, dass das nicht passieren würde.«

»Verzeih mir, Kind«, entgegnete Sartol und hob den Blick. »Aber wenn man die Gesellschaft bedenkt, die du dieser Tage vorziehst, kann ich mir nicht vorstellen, dass du in Freundschaft zu mir zurückkehrst.«

Sie lächelte freudlos. »Offenbar bist du immer noch im Stande, die Wahrheit zu erkennen, wenn du ihr gegenüberstehst.« Dann hob sie die Stimme, damit alle im Saal sie hören konnten. »Ich weiß nicht, was Sartol euch heute früh erzählt hat, aber ich sage euch eins: Jaryd und ich fanden ihn über die Leichen von Jessamyn und Peredur gebeugt, und er war es, der uns in Therons Hain gejagt hat. Er hätte uns getötet, wenn Orris nicht dazwischengegangen wäre und ihn angegriffen hätte.«

»Lügen!«, knurrte Sartol über das verblüffte Getuschel hinweg, das Alaynas Ankündigung folgte. »Die Verräter haben sie ebenso korrumpiert wie Jaryd!«

»Du bist der einzige Verräter hier, Sartol«, fauchte Jaryd.

»Ruhe!«, zischte Odinan und stieß den Stab auf den Boden. »Das hier ist eine Verhandlung und kein Karneval. Es gibt bestimmte vorgeschriebene Prozeduren, an die die Tradition uns bindet. Wir haben Regeln! Und ich erwarte, dass ihr euch daran haltet!«

»Eulenmeister Odinan«, erklärte Baden höflich, »den von Terrall aufgestellten Regeln folgend beantrage ich, dass man Jaryd und Alayna erlaubt, ihre Version dessen, was vor Therons Hain geschehen ist, als Teil unserer Verteidigung vorzutragen.«

»Ich protestiere!«, tobte Sartol. »Er hätte alle Zeugen im Voraus benennen müssen.«

Odinan nickte. »Er hat Recht, Baden. Wir wussten vorher nichts von diesen beiden.«
»Dafür gibt es einen Grund«, erwiderte Baden unnachgiebig. »Ich musste davon ausgehen, dass ihr Leben in Gefahr war, dass man sie vielleicht umgebracht hätte, wenn öffentlich bekannt geworden wäre, dass sie hier sein würden. Unter bestimmten Umständen ist es mir erlaubt, auch ohne vorherige Ankündigung Zeugen zu bringen.«
Sartol lachte ungläubig. »Es bestand keine Gefahr! Er behauptet das nur, um seinen Antrag zu rechtfertigen.«
Odinan zuckte die Achseln. »Das ist nicht meine Entscheidung. Wie bei allen anderen Streitfällen dieser Art wird die Frage von der Versammlung beantwortet werden.« Er sah sich um. »Wer ist dafür, dass Alayna und Jaryd aussagen?«
Bis auf Sartol hoben alle Magier im Saal die Hand.
»Du kannst fortfahren, Baden.«
»Danke.« Der Eulenmeister wandte sich seinem Neffen zu. »Jaryd, Sartol hat gesagt, er hätte sich kurz vor Beginn des Gewitters zum Fluss aufgemacht, um unsere Wasserschläuche zu füllen, während Jessamyn und Peredur Fackeln suchen wollten. Entspricht das deiner Erinnerung an das, was geschehen ist?«
Jaryd sah Sartol an und schüttelte den Kopf. »Nein. Sartol, Alayna und ich waren gerade dabei, uns zu unterhalten, als Jessamyn uns ansprach und sagte, sie bräuchte jemanden, der die Vorräte und die Ausrüstung zudeckt, und jemanden, der Fackeln holt. Sartol hat sich gemeldet, um das Letztere zu tun, und es Alayna und mir überlassen, uns um die Vorräte zu kümmern. Kurz darauf sahen wir, wie Jessamyn auf das kleine Gehölz zuging, zu dem Sartol vorher schon gegangen war. Bald danach kam Peredur, der Jes-

samyn suchte, zu uns, und wir sagten ihm, wo er sie finden könnte. Ein oder zwei Minuten später hörten wir Jessamyn schreien. Wir liefen zu dem Gehölz, um nachzusehen, was passiert war, und als wir es erreichten, sahen wir Sartol, der sich über die Leichen beugte. Ich sah, dass seine Eule den Kadaver von Peredurs Vogel in den Krallen hatte, und ich bezichtigte ihn, die Weise und den Ersten getötet zu haben. Daraufhin hat er versucht, mich umzubringen. Alayna hielt ihn auf, und wir flohen. Ich war sicher, dass er uns erwischen und umbringen würde, aber dann kam Orris und griff ihn an. Wir rannten weiter und gelangten in Therons Hain.«

»Habt ihr eine Ahnung, wieso er Jessamyn umbringen wollte?«, fragte Baden.

Der junge Magier hielt einen armlangen Ast hoch, in dem sein schimmernder blauer Ceryll steckte. »Das hier ist eine der Fackeln, die Sartol gerade vorbereitete, als Jessamyn ihn unterbrach. Er hat einen Ceryll hineingesteckt, so dass Therons Geist im Stande sein würde, seine Macht besser zu konzentrieren. Er hoffte, der unbehauste Eulenmeister würde uns alle umbringen.«

»Unsinn!«, schnaubte Sartol. »Wieso sollte ich mit einem solchen Trick meine eigene Sicherheit aufs Spiel setzen?«

»Sartol war krank gewesen«, fuhr Jaryd kühl fort und ignorierte die Bemerkung des Magiers einfach. »Wahrscheinlich hat er sich einfach nur krank gestellt. Jessamyn hatte daraufhin entschieden, dass Orris, Trahn und er außerhalb des Hains auf die anderen warten sollten. Sartol hatte niemals vor, den Hain zu betreten, und er hatte niemals vor, dass die Delegation ihre Begegnung mit Theron überleben sollte. Aber Jessamyn hat ihn auf frischer Tat ertappt, und deshalb hat er sie umgebracht.«

»Das ist doch lächerlich!«, zischte Sartol. »Diese beiden hier stecken offensichtlich mit Baden unter einer Decke, und offensichtlich haben sie, da sie nun wieder hier sind, nie einen Fuß in Therons Hain gesetzt – das war nur ein Trick, der dazu gedacht war, uns zu verwirren und genau diese Art von intrigantem Melodram zu inszenieren.« Das war gewagt, aber Niall sah dem Eulenmeister an, dass es nur ein Versuch war, Zeit zu gewinnen. Sartol hatte den anderen Gegenstand, den Jaryd in der Hand hielt, bereits gesehen, diesen Gegenstand, den Niall am Abend zuvor so ungläubig angestarrt hatte. Der Eulenmeister setzte einfach darauf, dass die anderen Magier es nicht glauben würden. Niall erkannte auch, dass Sartol bereits erwartete, dieses Spiel zu verlieren.

»Das solltest du besser wissen, Sartol«, entgegnete Jaryd, und seine hellen Augen blitzten. »Ihr seht, was ich hier habe: Es ist Therons Stab!«, rief er und hob den verkohlten, gesplitterten Stab über den Kopf. Die Magier keuchten verblüfft. »Der Geist des Eulenmeisters hat ihn Alayna und mir nach unserer zweiten Nacht im Hain gegeben. Zusätzlich dazu hat er uns auch seine Hilfe dabei angeboten, gegen die Fremden zu kämpfen, die für die Angriffe auf Tobyn-Ser verantwortlich sind!«

»Lächerlich!«, wiederholte Sartol. Aber es klang nach Jaryds lauter Erklärung ziemlich jämmerlich. »Ich habe noch keinen einzigen Beweis für die Existenz dieser Fremden gesehen, und ich weigere mich zu glauben, dass dieser wertlose Stock, den er da hält, tatsächlich Therons Stab ist!«

»Er entspricht der Beschreibung in den alten Geschichten«, sagte Radomil, und andere Magier nickten zustimmend.

»Aber was die Fremden angeht«, erklärte er und wandte sich Baden zu, »da würde ich auch gerne einen Beweis sehen.«

Baden nickte. »Das kann ich verstehen. Jaryd?«

Der Falkenmagier griff in seinen Umhang und warf die glitzernde Scheibe aus Glas und Gold und das seltsame Stück dunklen, flexiblen Materials auf den Tisch, das Niall am Abend zuvor gesehen hatte.

»Leider ist nicht mehr als das übrig geblieben«, bemerkte Baden, als die beiden Gegenstände um den Tisch gereicht wurden. »Die goldene Scheibe ist das Auge eines der mechanischen Vögel, denen Sartol und ich in Wasserbogen gegenüberstanden. Das andere ist ein Fragment der Außenhaut dieser Geschöpfe. Orris hat mehr gesehen – er hatte die feuerwerfenden Waffen, die ich erwähnte, in der Hand, und er hat sich die vollständigen Überreste der beiden Vögel angeschaut. Aber Sartol hat sie mitgenommen, als er Wasserbogen verließ.« Er schaute den Eulenmeister an. »Ich nehme an, du hast sie vernichtet. Stimmt das, Sartol?«

Der andere Mann lachte leise und schüttelte den Kopf. »Das ist dein Beweis?«, fragte er. »Ein staubiges, halb verbranntes Stück von Was-weiß-ich und eine glitzernde Scheibe, die ich auf meinem kleinen Finger balancieren könnte?«

»Diese Gegenstände sind seltsam, Baden«, sagte Ursel zögernd, als sie die Scheibe und das schwärzliche Material in der Hand hielt. »So etwas habe ich noch nie gesehen.« Sie hielt inne und blickte den Eulenmeister entschuldigend an. »Aber es fällt mir schwer, in diesen kleinen Stücken die tödlichen Vögel zu erkennen, die du beschrieben hast. Hast du nichts anderes zu bieten, irgendeinen anderen Beweis, dass Fremde für die Angriffe verantwortlich sind?«

»Nichts Greifbares«, gab Baden zu. »Nichts, das ich euch zeigen könnte.« Plötzlich grinste er. »Aber vielleicht kann Sartol uns ja weiterhelfen.« Er wandte sich dem Eulenmeister zu. »Du hast vor kurzen zugegeben, dass ich bei dem Kampf in Wasserbogen, bevor du die Fremden getötet hast, ihre Vögel zerstört habe. Kannst du dich noch daran erinnern?«

»Ja«, erwiderte Sartol und rutschte unbehaglich hin und er, obwohl seine Stimme ruhig geblieben war. »Nun«, berichtigte er, »ich sagte, dass du die Vögel getötet hast. Ich habe die Männer niemals als Fremde bezeichnet.«

»Aber du gibst zu, dass ich die Vögel getötet habe.«

Sartol wurde ärgerlich. »Das habe ich doch gerade gesagt!«

»Warum hast du dann die Männer getötet?«

Der Eulenmeister blinzelte. »Wie bitte?«

»Du sagtest zuvor, dass diese Männer Magier waren, wenn sie auch nicht zum Orden gehörten. Und gerade hast du bestätigt, dass ich ihre Vögel bereits getötet hatte. Warum hast du sie also umgebracht?«

»Sie ... sie waren dabei, die Stadt zu zerstören!«, stotterte Sartol, den Badens Frage vollkommen aus dem Konzept gebracht hatte. »Sie wollten dich angreifen!«

»Wie hätten sie das denn tun können?«, brüllte Baden. »Sie hatten keine Vögel mehr! Sie hätten machtlos sein müssen!« Er hielt inne und wartete, bis die anderen Magier diese Worte verdaut hatten. »Aber sie waren nicht machtlos, nicht war, Sartol? Sie schleuderten immer noch ihr Feuer nach mir, und sie stellten immer noch eine Bedrohung für die Stadt dar! Wie ist das möglich, Sartol?« Jeder andere Magier im Saal starrte Baden an, aber der hagere Eulenmeister ließ Sartol nicht aus den Augen. »Nun?«, fragte er höhnisch. »Wie ist das möglich? Du musst dich schon für eine Version entscheiden: Entweder sie waren Magier, und dann hast du sie ohne Grund getötet, oder sie waren Fremde, wie ich die ganze Zeit behaupte. Wofür entscheidest du dich?«

Sartol hatte sich nicht geregt, aber Niall konnte sehen, wie er zornig die Muskeln seines Unterkiefers anspannte, und eine einzelne, pulsierende Ader trat deutlich an seinem Hals hervor.

»Keine Antwort, Sartol?«, fragte Baden einen Augenblick später. »Schon gut. Versuchen wir etwas anderes: Was hast du mit dem Rufstein gemacht?«

Sofort wandten sich alle Blicke im Saal dem riesigen Kristall zu.

»Wovon sprichst du da, Baden?«, fragte Odinan mit vor Angst bebender Stimme. »Was hat er getan?«

»Er verändert ihn!«, hörte Niall sich selbst sagen. »Er versucht, sich mit ihm zu verbinden. Seht genau hin, und ihr werdet erkennen, dass der Rufstein begonnen hat, Sartols Ceryllfarbe anzunehmen.«

Odinan trat einen Schritt vor. »Ist das wahr?«, fragte er atemlos.

Sartol begann zu lachen, und nun sahen alle wieder ihn an. »Ich war ein Idiot«, sagte er, ohne jemanden direkt anzusprechen.

»Das«, stellte Alayna mit schockierender Kälte fest, »ist die erste Wahrheit, die du heute von dir gegeben hast. Es freut mich, das zu hören.«

Sartol sah sie an. Nun lachte er nicht mehr, aber er lächelte immer noch dünn. »Sei nicht so naiv, Kind«, entgegnete er, und das Eis in seinem Ton war ebenso deutlich wie das ihre.

»Es tut mir nicht Leid. Ich habe nicht vor, in letzter Minute auf die Seite von Licht und Tugend überzulaufen. Ich ärgere mich nur über mich selbst. Die ganze Zeit hatte ich die Mittel, mein Ziel zu erreichen, direkt hier bei mir, und es brauchte einen nutzlosen alten Dummkopf wie Niall, um mich wieder daran zu erinnern.« Er hielt inne, den Blick immer noch auf Alayna gerichtet, immer noch lächelnd. Alayna selbst sah, wie Niall dachte, obwohl sie von Angst und Pein gezeichnet war, in diesem Augenblick ausgesprochen schön aus.
»Bitte glaube mir, meine Liebe«, fuhr Sartol beinahe zärtlich fort, »wenn ich dir sage, dass von allem, was ich getan habe, und allem, was ich noch tun muss, das Schwerste sein wird, dich umzubringen.«
Mit diesen Worten hob er den Stab, als wollte er sie mit magischem Feuer angreifen.
»Sartol, nein!«, schrie Niall, streckte den eigenen Stab aus und entsandte eine Barriere burgunderfarbener Energie, um Alayna zu schützen. Auch Alayna hatte reagiert und eine Mauer magischen Feuers vor sich aufgebaut.
Aber der Angriff erfolgte nicht, war auch nie geplant gewesen. Zumindest nicht auf Alayna. Im letzten Augenblick, während sein Ceryll bereits aufblitzte, wandte sich Sartol von seiner ehemaligen Schülerin ab und der Person in der Großen Halle zu, die er am meisten hasste: Er griff Baden an, der ohne seinen Ceryll nichts tun konnte, um sich zu schützen. Niall, der seine Kraft bereits verausgabt hatte, blieb nichts übrig als hilflos zuzusehen, wie ein Blitz gelben Feuers aus dem Rufstein zu Sartols Kristall sprang, wo er umgeleitet und vorwärts geschleudert wurde wie ein Komet. Zischend vor Energie erfüllte das magische Feuer

den Saal mit gleißendem Licht und raste über den ovalen Tisch direkt auf Badens Herz zu.
Aber dann sah Niall etwas so Großartiges und Unerwartetes, dass er vor Staunen und Hoffnung laut aufschrie. Ein schimmernder Vorhang von blauer Macht strahlte wie Sonnenlicht von Jaryds Ceryll aus und blockierte Sartols Feuerball nur ein paar Zoll vor Baden. Es gab einen Schlag, der die Halle beben und den hageren Eulenmeister zu Boden stürzen ließ. Jaryd ließ alle Magie, die er aus bisher unbekannten Quellen bezog, deren Symbol in Form des wilden, grauen Vogels auf seiner Schulter saß, in diesen Schild fließen. Er hatte seinen Ceryll vor sich ausgestreckt, und die Muskeln in seinem Arm zitterten, so sehr spannte er sie an. Sein Gesicht war von Schweiß überzogen. Selbst sein Falke saß starr und reglos da und hatte die Augen geschlossen und den Schnabel wie zu einem lautlosen Schrei geöffnet. Gemeinsam ergossen Mann und Vogel jede einzelne Unze ihres Wesens in den Widerstand gegen Sartols gelbes Feuer.
Und es war nicht genug. Vielleicht hätte der Schild gegen Sartol allein, nur mit seinem Ceryll bewaffnet, gehalten. Zweifellos hätte er einem Angriff von jedem anderen Magier im Saal standhalten können, aber angesichts der Kraft dieses Feuers, verstärkt von dem großen Kristall, den Amarid und Theron vor tausend Jahren von Ceryllon mitgebracht hatten, musste die schimmernde Saphirmauer nachgeben. Wie hätte es auch anders sein können? Zunächst ganz langsam, dann schneller, begann sie sich zu biegen wie das Segel eines Schiffes bei heulendem Sturmwind – sie bog sich, brach aber nicht sofort.
Aber der Stein war so groß, und Sartols Macht ging so viel

tiefer. Mit einem boshaften Grinsen, aber kaum einer Spur von Anstrengung, verstärkte Sartol seinen Angriff und zog eine hellere, zornigere Flamme aus dem riesigen Kristall. Jaryd stürzte auf ein Knie und keuchte verzweifelt. Ein schreckliches Geräusch, wie ein lautes Reißen, ging von dem blauen Schild aus, der nun kurz davor stand zu brechen, und hallte von den Mauern wider. Der Schild wäre gebrochen – tatsächlich hatte das Gelb schon begonnen, durch das Blau zu sickern und griff nach Baden wie eine tödliche Hand –, aber in diesem Augenblick blitzte ein drittes Licht auf. Sonels Grün stützte Jaryds Blau und hielt Sartols Voranschreiten auf. Einen Augenblick später kam auch Radomils Elfenbeinglitzern hinzu, und das Gelb wurde langsam zurückgedrängt. Lila von Alayna. Weinrot von Niall. Und bald kamen unzählige Farben Jaryd zur Hilfe und verbanden sich zu einem so blendend hellen Licht, dass es schien, als hätte sich die Sonne selbst in Amarids Große Halle gebrannt.

Und immer noch kämpfte Sartol. Nun war ihm die Anstrengung anzusehen – an seinem schweißnassen, verzerrten Gesicht und den Schweißspuren auf seinem Umhang und an dem wilden, blicklosen Starren der gelben Augen seiner Eule. Aber Sartol kämpfte. Und abermals begann sich das gelbe Feuer vorwärts zu drängen. So stark war er, und wegen des Steins stärker als jeder andere Magier vor ihm, dass selbst die gesamte Macht aller anderen im Saal ihn nicht aufhalten konnte.

Schaudernd vor Anstrengung und kaum mehr fähig, aufrecht zu stehen, spürte Niall, wie er zurückgeschlagen wurde. Er kämpfte um sein Leben, um des Andenkens an Vardis willen und aus Liebe zu seinem Land. Er versuchte wirklich,

sich zu widersetzen, aber Sartol war wie die Flut – er war einfach nicht aufzuhalten. Niall schaute sich um, versuchte einzuschätzen, wie lange die anderen Magier noch standhalten konnten, und dabei sah er einen der riesigen, blau gekleideten Diener auf Baden zueilen. Er setzte zu einem Warnschrei an, denn er befürchtete, der Mann wollte dem Eulenmeister antun, was Jaryd bisher verhindert hatte. Aber dann hielt Niall inne und erkannte mit einem Aufflackern von Hoffnung, dass der Mann Baden nicht bedrohte, sondern ihm seinen Stab zurückbrachte. Er brachte auch Trahn seinen Ceryll, und sofort fügten die beiden Magier ihre Kraft, orangefarbenes und braunes Licht, dem strahlenden weißen Schutzwall gegen Sartol hinzu.
Wieder hatte sich das Gleichgewicht der Kräfte verschoben. Und diesmal konnte Sartol nicht zurückschlagen. Nach und nach wurde das hellgelbe Feuer aus dem Rufstein aufgehalten und abgewehrt. Die Augen weit aufgerissen in der Erkenntnis, dass seine Macht nicht genügen würde, brüllte Sartol vor Wut und wich zum Stein hin zurück, als wollte er all seine Macht auf die Phalanx der Magier vor ihm konzentrieren. Aber auch das nutzte nichts. Das weiße Licht drang nun rascher vor, bis es schließlich Sartol war, der einen Schild gegen die gemeinsame Macht seiner Feinde aufbauen musste.
»Du kannst nicht gewinnen, Sartol!«, rief Baden heiser vor Anstrengung. »Ergib dich oder stirb!«
Zur Antwort lachte Sartol gellend. Und dann tat er etwas, was niemand hätte vorhersehen können. Mit begeistert glitzernden Augen und zu einem schrecklichen Grinsen gefletschten Zähnen schwang er abrupt all sein Feuer, all die Macht, die ihm noch geblieben war, auf seine eigene

Kraftquelle zu, auf die große Eule, die auf seiner Schulter saß. Die Flammen umtosten den Vogel und töteten ihn auf der Stelle. Einen Sekundenbruchteil später brach die vereinte Kraft aller Meister und Magier im Saal mit der vernichtenden Wucht einer Lawine über Sartol herein und begrub ihn unter einem Berg weißen Feuers, tilgte ihn vollkommen vom Angesicht der Erde. Aber in diesem Sekundenbruchteil zwischen dem Tod seiner Eule und seinem eigenen war Sartol ungebunden gewesen, und so wurde er zu einem Unbehausten und hatte Therons Fluch benutzt, um ein gewisses Maß an Unsterblichkeit zu erlangen.

10

Während er Ebbe und Flut des Kampfes, der in der Großen Halle tobte, beobachtete und zusah, wie die beiden Lichtmauern, eine weiß, die andere gelb, um die Vorherrschaft rangen und das Schicksal von Tobyn-Ser im Ungewissen lag, verfluchte Orris seine eigene Machtlosigkeit. Zumindest einen Teil der Zeit hatten Baden und Trahn seine Frustration geteilt. Sicher, sie verfügten über eine gewisse Macht, die sie der Sache zur Verfügung stellen konnten, aber ohne ihre Cerylle, um ihre Magie zu konzentrieren, blieben ihre Anstrengungen ziemlich oberflächlich. Also sahen die drei ungläubig und zutiefst verzweifelt zu, wie Sartols Magie, verankert in seiner wunderbaren Eule, gespeist von seiner wilden Leidenschaft und verstärkt von dem riesigen Kristall, den er irgendwie zu beherrschen gelernt hatte, sich selbst für die vereinte Macht aller Magier, denen er gegenüberstand, als zu mächtig erwies.

Nur die Tat des Dieners, mit dem Baden sich am Tag zuvor gestritten hatte, rettete sie, denn es war genau dieser Mann, der Baden und Trahn ihre Stäbe brachte und ihnen gestattete, das Gleichgewicht im Augenblick von Sartols scheinbarem Sieg noch einmal umzukehren. Der große, kräftige Mann hatte auch einen dritten Stab gebracht: Orris' Stab. Er konnte schließlich nicht wissen, dass Orris keinen Einfluss auf das Geschehen unter der Kuppeldecke mit ihren wunderschönen Bildern von Amarid und Parne haben würde. Ja, er hätte vielleicht bemerken können, dass Orris keinen Falken hatte, aber für die meisten Menschen in diesem Land waren Umhang und Stab ebenso sehr Symbole der

Macht wie die Falken und Eulen. Orris konnte es dem Mann nicht übel nehmen, dass er auch seinen Stab gebracht hatte – und er war ihm unendlich dankbar dafür, dass er Baden und Trahn die Gelegenheit gegeben hatte, ihre Magie einzusetzen. Als ihm klar wurde, dass die Anstrengung seiner beiden Freunde genügen würde, um den abtrünnigen Eulenmeister zu besiegen, wurde er von Erleichterung schier überwältigt.

Dennoch, er war nicht daran gewöhnt, sich nutzlos zu fühlen. Noch während er mit grimmiger Zufriedenheit beobachtete, wie Sartols gelbes Licht zurückgedrängt wurde, wurde sein Geist von Erinnerungen an Pordath überflutet, und der Schmerz, sie verloren zu haben, drohte ihm abermals das Herz zu zerreißen.

Diese Bilder und Gefühle blieben bei ihm, wenn auch auf eine Weise verändert, die er niemals erwartet hätte, als er Sartols letzten verzweifelten Akt des Trotzes sah. Es hatte eine Zeit gegeben, direkt nach Pordaths Tod, als Orris sich gewünscht hatte, der Eulenmeister möge eines Tages spüren, wie es war, seinen Vogel zu verlieren. Aber er hätte sich niemals vorstellen können, dass Sartol den Vogel selbst töten würde. Er konnte kaum die Gefühllosigkeit, die unbeugsame Feindseligkeit und Entschlossenheit ermessen, die den Mann zu einer solch gewaltsamen, unwiderruflichen Lösung trieb. Orris, der sich noch nie vor etwas gefürchtet hatte, hatte in den vergangenen Wochen gelernt, Therons Fluch und die Aussicht auf ewige Ruhelosigkeit zu fürchten. Und dennoch hatte Sartol genau diesen Weg gewählt, hatte ihn der Niederlage und dem Tod vorgezogen. Es war einfach nicht zu begreifen.

Als er sich im Versammlungssaal umsah, fand Orris seinen

eigenen Schock in den Gesichtern der anderen Magier gespiegelt. Entsetztes Schweigen breitete sich aus. Seit tausend Jahren hatte kein Magier die Macht und den Willen des Ordens herausgefordert, seit Theron war kein Magier mehr bei einer Versammlung gestorben, und niemals zuvor war einer auf solche Art getötet worden. Vielleicht hätte eine Leiche auf seltsame Weise geholfen, die unbegreifliche Szene, die sich gerade abgespielt hatte, zu verstehen. Aber von dem Eulenmeister, der noch vor so kurzer Zeit zum neuen Oberhaupt des Ordens auserkoren gewesen war, war nichts mehr übrig geblieben. Nichts erinnerte auch nur an seine Eule. Nur der Rufstein, nun still, dunkel und farblos, stand noch als Beweis, dass Sartol versucht hatte, den Orden zu beherrschen. Nur ein goldenes Medaillon auf dem Dach der Großen Halle zeugte davon, dass der Eulenmeister je an diesem ovalen Tisch gesessen hatte. Und heute Abend würde in einer abgelegenen Ecke der Nordebene eine Gestalt erscheinen, durchdrungen von hellgelbem Licht und nicht von einer Eule begleitet, sondern von einem großen, dunklen Falken, dem ersten Vogel, an den Sartol sich gebunden hatte.

Es war wenig überraschend, dass es am Ende Baden war, der die Stille brach. »Danke«, sagte er zu dem kräftigen blau gewandeten Mann und legte ihm die Hände auf die Schultern. »Du hast uns alle gerettet. Aber warum? Ich dachte, dass du für Sartol arbeitest.«

Der Mann schüttelte den Kopf. »Wir arbeiten für die Halle und für euch alle. Als Eulenmeister Sartol uns einstellte, sagte er, er bräuchte unsere Hilfe dabei, Verräter dingfest zu machen. Er sagte, ihr hättet die Eulenweise getötet und wärt verantwortlich für die Angriffe.« Der Mann zuckte die

Achseln. »Als ich sah, dass er selbst der Schuldige war, dachte ich, es wäre besser, euch eure Kristalle zurückzugeben.«

Baden lächelte. »Ich bin froh, dass du das getan hast. Wie heißt du?«

»Mansel, Eulenmeister.«

»Nun, Mansel, dieser Orden und all die Menschen, denen er dient, stehen tief in deiner Schuld.«

Mit vor Verlegenheit roten Ohren nickte der Mann, und dann kehrte er ohne ein weiteres Wort zu seinem Platz nahe dem Eingang der Halle zurück und nahm seine Wachpflichten wieder auf.

Baden sah ihm nach, und dann schaute er die anderen Magier an. Keiner von ihnen hatte sich geregt oder einen Laut von sich gegeben. »Wir täten gut daran, Mansels Beispiel zu folgen«, erklärte Baden und zeigte auf den Diener. »Was gerade hier geschehen ist, hat mich ebenso verstört wie euch. Wir werden in der nächsten Zeit über vieles nachdenken und diskutieren müssen. Und wir müssen angemessen trauern, nicht nur um Jessamyn und Peredur, sondern auch um Sartol. Er war einmal ein geachtetes Mitglied dieses Ordens. Sein Sturz stellt eine Lektion dar, die keiner von uns ignorieren sollte.« Der Eulenmeister holte tief Luft, und als er wieder sprach, lag in seiner Stimme eine Eindringlichkeit, die ihr zuvor noch gefehlt hatte. »Aber nun ist nicht die Zeit für Grübelei und Kummer. Feinde dieses Ordens und des ganzen Landes sind immer noch in Tobyn-Ser unterwegs, und wir müssen sie aufhalten, bevor noch ein weiterer Ort dasselbe Schicksal erleidet wie Kaera und Wasserbogen.«

»Die Fremden?«, fragte Radomil angespannt.

»Ja. Ich kann auch denen unter euch, die immer noch nicht überzeugt sind, nur immer wieder versichern, dass es sie wirklich gibt.«
»Theron hat uns ebenfalls von ihnen erzählt«, fügte Jaryd hinzu. »Er hatte Visionen von ihnen. Selbst nachdem zwei von ihnen in Wasserbogen umgekommen sind, sind noch mehr als ein Dutzend übrig.«
Radomil riss entsetzt die Augen auf. »Ein Dutzend!«
»Das hat Theron gesagt.«
Mehrere Magier wurden von dieser Nachricht aus ihrer Starre gerissen und begannen sich zu rühren.
»Wir müssen sie aufhalten«, wiederholte Baden. »Aber zunächst einmal müssen wir sie finden. Hat jemand Vorschläge, wie man das tun könnte?«
»Bevor ich mir anmaße, irgendeinen Vorschlag zu machen«, entgegnete Radomil, »würde ich gerne hören, was Theron über diese Leute und die Gründe, wieso sie hier sind, zu sagen hatte.«
Baden nickte zustimmend und sah Jaryd an.
»Theron hat uns nicht alles gesagt, was er weiß«, begann der junge Magier und schob sich verlegen das braune Haar aus der Stirn. »Wie ihr euch vielleicht vorstellen könnt, ist er weiterhin dem Orden gegenüber feindselig eingestellt, und zunächst hat er sich einfach geweigert, uns zu helfen.«
»Es kommt mir so vor«, warf Odinan hitzig ein, »dass wir diejenigen sein sollten, denen diese Feindseligkeit zusteht. Er hat den Orden mit seinem Fluch belastet und nicht umgekehrt. Er hat keinen Grund zur Feindseligkeit.«
»Das stimmt nicht, Odinan«, entgegnete Orris zu seiner eigenen Überraschung. »Gerade in meiner derzeitigen Situation habe ich guten Grund, Theron zu hassen und seinen

Fluch zu fürchten. Aber als Jaryd und Alayna mir von ihrer Begegnung mit dem Eulenmeister erzählten, hat mich das überzeugt, dass die Art, wie sein Leben ein Ende nahm, nicht alles überschatten sollte, was er zu Lebzeiten erreichte. Er war ebenso wie Amarid für die Entdeckung der Magie und die Gründung des Ordens verantwortlich. Es ist Zeit, dass wir das endlich anerkennen.«

»Ich bin ganz deiner Meinung«, fügte Sonel hinzu, und mehrere andere Magier nickten. »Und ehrlich gesagt, Eulenmeister«, fuhr sie zu Odinan gewandt fort, »glaube ich nicht, dass wir im Augenblick genug Zeit haben, um über solche Dinge zu sprechen.«

Odinan zuckte bei diesem Tadel ein wenig zusammen und zeigte seine Zustimmung mit schuldbewusstem Schweigen.

Einen Augenblick später begann Jaryd abermals und berichtete den Magiern, was Theron darüber gesagt hatte, dass die Taktik der Fremden ihre Schwächen verriete. »Was immer sie wollen«, erklärte er, »sie müssen zunächst die Autorität des Ordens untergraben und die Magier als Gegner eliminieren. Theron sagte auch, dass sie über eine gewisse Art von Macht verfügen, die unserer jedoch ganz und gar unähnlich und nicht so stark ist, dass sie sich direkt über Magie hinwegsetzen könnte.«

»Hat er euch irgendeinen Hinweis gegeben, was das für eine Macht sein soll?«, fragte Radomil, und in seiner Stimme schwang deutlich die Frustration mit, die auch Orris verspürt hatte, als er zum ersten Mal von den vagen Andeutungen hörte, die der Geist des Eulenmeisters gemacht hatte.

Jaryd schüttelte bedauernd den Kopf.

»Ich habe ein paar Ideen dazu«, sagte Baden, »nachdem ich diesen Männern in Wasserbogen gegenübergestanden habe. Viele von euch zögern vielleicht noch, meinen Aussagen über mechanische Vögel und Waffen, die Flammen werfen, Glauben zu schenken. Wiederum kann ich nicht mehr tun, als euch zu versichern, dass ich diese Dinge wirklich gesehen habe. Orris sah sie ebenfalls und kann sie uns beschreiben.« Mehrere Magier sahen nun Orris an, und der Falkenmagier bestätigte Badens Aussage mit einem knappen Nicken. »Ich glaube«, fuhr Baden fort, »dass die Dinge, die wir sahen, Manifestationen dieser Macht sind, von der Theron gesprochen hat. Diese Leute haben die Fähigkeit, die Natur und die Magie mit mechanischen Geräten nachzubilden.«

Niall sah Baden nervös an. »Hast du irgendeine Ahnung, wo sie herkommen?«

»Ich habe darüber nachgedacht«, warf Orris ein. Und als sich ihm alle Blicke zugewandt hatten, berichtete der kräftige Falkenmagier von seinem Gespräch mit Crob aus Abboriji.

»Ich habe ähnliche Dinge über Lon-Ser gehört«, sagte Mered, nachdem Orris fertig war. »Mein Vater ist Kaufmann am Oberen Horn. Er sagte, er habe seltsame Geschichten gehört, und ich hatte nicht das Gefühl, dass er sie für besonders glaubwürdig hielt.« Der blonde Magier lächelte bedauernd. »Aber er hat sich die Zeit genommen, sie mir gegenüber zu erwähnen, was mir vielleicht hätte zu denken geben sollen.«

»Lon-Ser«, sagte Radomil nachdenklich, beinahe, als wäre der Name ihm neu. »Ich war oft neugierig auf das Leben dort.«

Odinan verzog beinahe angewidert das Gesicht. »Wieso denn das?«

Der kahle Falkenmagier zuckte die Achseln und fuhr sich mit der Hand über das bärtige Kinn. »Tobyn-Ser und Lon-Ser waren früher ein Land. Wir haben zweifellos mit den Menschen in Lon-Ser viel gemeinsam.« Wieder zuckte er die Achseln. »Ich finde das interessant.«

Eine ältere Eulenmeisterin schnaubte geringschätzig. »Ich weigere mich, an so etwas auch nur zu denken. Wir haben nichts mit diesen Leuten gemeinsam.«

Baden wandte sich der weißhaarigen Frau zu. »Weißt du etwas über sie, was ich nicht weiß, Toinan?«

»Ich weiß, was sie getan haben«, antwortete sie herablassend. »Ich weiß, dass sie gegen uns intrigiert und unsere Leute getötet haben. Das genügt mir.«

»Und was ist mit Sartol?«, entgegnete Baden. »Hat er nicht dasselbe getan?« Er wartete erst gar nicht auf ihre Antwort. »Wir können nicht davon ausgehen, dass alle Menschen in Lon-Ser so sind wie diese wenigen – nicht mehr, als wir zulassen können, dass unsere eigenes Volk glaubt, alle Magier seien wie Sartol.«

Toinan neigte den Kopf ein wenig zur Seite und dachte darüber nach. »Du könntest Recht haben«, gab sie schließlich zu. »Dennoch, ich teile Radomils Neugier nicht. Mir wäre es lieber, wenn die Länder getrennt blieben, wie beinahe während unserer gesamten Geschichte. Es kommt mir irgendwie sicherer vor.«

»Sicherer vielleicht«, sagte Trahn. »Aber wir wissen nicht, ob das nach allem, was geschehen ist, noch möglich wäre.« Er wandte sich Baden zu. »Im Augenblick bringt uns diese Diskussion nirgendwohin, und je länger wir zögern, desto größer wird die Möglichkeit eines weiteren Angriffs.«

»Ich verstehe, dass du ungeduldig bist, Trahn«, entgegnete

Radomil, »aber wir wissen immer noch nicht, was sie wollen. Das ist doch sicher wichtig, bevor wir handeln können.«

»Wir wissen, was sie wollen«, sagte Mered tonlos. »Sie wollen unser Land; sie wollten Tobyn-Ser beherrschen. Das ist es doch, was alle Invasoren wollen.«

Radomil schnaubte. »Du meinst also, es wird unvermeidlich zum Krieg kommen?«

»Sie haben uns zu diesem Punkt getrieben!«, erklärte Mered eindringlich. »Wir haben nichts getan, um sie zu provozieren. Aber Tobyn-Ser hat schon früher Invasionen zurückgeschlagen, und wir werden es wieder schaffen! Wenn sie Krieg wollen – bei den Göttern, dann werden wir ihnen eben einen Krieg geben!« Der blonde Magier schlug mit der Faust auf den ovalen Tisch, und mehrere andere stießen zustimmende Rufe aus.

»Das ist voreilig!«, warf Baden ein. »Fünfzehn Männer stellen wohl kaum eine Invasion dar, und wir haben keinen Adlerweisen – die Götter haben uns noch kein Zeichen gegeben, dass ein Krieg bevorsteht!«

»Vielleicht nicht«, sagte Trahn leise. »Aber wir wären dumm, diese Möglichkeit zu ignorieren, Baden. Es könnte tatsächlich zum Krieg kommen. Wir sollten darauf vorbereitet sein.« Baden schwieg, und nach ein paar Sekunden fuhr Trahn fort. »Inzwischen sollten wir uns auf die direktere Gefahr konzentrieren, die diese Bande von Fremden darstellt.«

»Hat Theron euch noch etwas dazu gesagt, Jaryd?«, wollte Radomil wissen.

»Er gab uns keine weiteren Informationen, wenn es das ist, was du meinst«, antwortete der junge Magier. »Aber bevor er sich von uns verabschiedet hat, sagte er, wir könnten ihn vielleicht wieder brauchen, und er würde uns etwas hinterlassen, damit wir uns mit ihm in Verbindung setzen können. Am nächsten Morgen fanden wir diesen Stab.«

»Aber was könnte er damit gemeint haben?«, fragte Sonel und runzelte verwirrt die Stirn. »Der Stab verleiht uns keinen Zugang zu größerer Macht. Ohne einen Ceryll ist er nur Holz.«

»Vielleicht können wir uns damit mit Theron in Verbindung setzen, wenn ich meinen Ceryll darauf setze«, schlug Jaryd vor.

Baden schüttelte den Kopf. »Das glaube ich nicht. Wie Sonel schon sagte, es ist nur ein Stück Holz.«

»Das mag ja sein«, sagte Trahn, »aber es hat beinahe jeden in diesem Raum davon überzeugt, dass Jaryd und Alayna tatsächlich mit dem Geist des Eulenmeisters gesprochen haben. Vielleicht hat er geplant, dass wir den Stab weiterhin so benutzen: als eine Art Empfehlung.«

»Aber wozu?«, fragte Baden. »Eine Empfehlung an wen?«

»An die Unbehausten«, sagte Alayna tonlos. Es war das erste Mal seit Sartols Tod, dass sie sich zu Wort meldete.

Langsam begann Trahn zu nicken, und seine lebhaften grünen Augen blitzten. »Aber selbstverständlich«, flüsterte er. »Wer sonst würde ihn erkennen? Und wer sonst sollte im Stande sei, uns dabei zu helfen, uns mit Theron in Verbindung zu setzen?«

Auch Baden nickte nun. »Es ist auch möglich, dass die Unbehausten – wenn sie alle zusammenarbeiten – uns sagen können, wo sich die Fremden aufhalten.«

»Sartol ist inzwischen auch einer von ihnen«, warf Orris ein. »Vielleicht werden sie uns nicht helfen wollen.«

Baden zuckte die Achseln. »Wir müssen es zumindest versuchen.«
Odinan sah ihn misstrauisch an. »Was willst du damit sagen?«
»Ich will damit sagen«, erwiderte Baden schlicht, »dass wir nun handeln müssen, um mit dieser Bedrohung fertig zu werden. Wir haben vielleicht die Möglichkeit, all diese Leute zu finden und zu überwältigen, bevor sie noch mehr Schaden anrichten können. Es wäre dumm, wenn wir uns diese Gelegenheit durch die Lappen gehen ließen.«
»Diese Entscheidung steht dir nicht zu, Baden!«, erklärte der alte Mann spitz. »Jedenfalls nicht dir allein. Wir haben Prozeduren, an die wir uns halten, Regeln, denen wir folgen müssen. Im Augenblick haben wir nicht einmal eine Weise und einen Ersten. Es ist nicht der Zeitpunkt für übereiltes Handeln.«
»Übereiltes Handeln?« Orris explodierte förmlich, denn er konnte einfach nicht glauben, was er da hörte. »Was braucht es denn noch, um dich zum Handeln zu bringen, Odinan? Müssen die Fremden die Große Halle zerstören, bevor du etwas merkst? Müssen sie jeden einzelnen Menschen in dieser Stadt umbringen, bevor du versuchen würdest, sie aufzuhalten? Oder bist du sogar noch feiger als das?«
»Das genügt, Orris!«, fauchte Niall den Falkenmagier an.
Lange Zeit sagte niemand im Saal ein Wort. Orris spürte, dass der Zorn immer noch in ihm brannte, aber er wusste auch, dass Niall Recht gehabt hatte, ihn zu unterbrechen. Er war zu weit gegangen. Odinan stützte sich schwer atmend auf seinen Stab und funkelte Orris mit hellen, geröteten Augen an. Auch Niall starrte wütend in Orris' Richtung.

Baden schaute nachdenklich auf den dunklen ovalen Tisch und schien in der Maserung etwas zu suchen. Aber überraschenderweise war es Niall, der als erster das Wort ergriff. »Ich kann den Tonfall und die Andeutungen in Orris' Worten nicht gutheißen«, sagte er kühl, und dabei sah er immer noch den Falkenmagier an. »Aber ich muss zugeben, Odinan, dass ich ansonsten seiner Meinung bin.«

»Wie?«, krächzte der alte Magier. »Ausgerechnet du, Niall?«

Niall grinste dünn und sah Orris noch einen Augenblick länger an, bevor er sich dem verblüfften Eulenmeister zuwandte. »Ja, mein Freund« entgegnete er sanft. »Ich. Wir müssen handeln, um das Land zu beschützen. Das ist nichts, worüber wir lange debattieren sollten.«

»Aber wir haben Regeln –«

»Und die werden wir immer noch haben, wenn das hier vorüber ist«, versicherte ihm Niall. »Im Augenblick jedoch müssen wir diese Leute finden und sie aufhalten.«

»Ohne einen Weisen?«, wollte Odinan wissen. »Ohne dass auch nur der Rest des Ordens anwesend ist, um an der Entscheidung teilzuhaben?«

»Wir brauchen keinen Weisen, der uns sagt, was wir tun sollen«, erwiderte Niall, »und die anderen Magier würden nicht wollen, dass ihre Abwesenheit uns davon abhält, das Land zu schützen.« Er ging zu Odinan und legte ihm die Hand auf die Schulter. »Es steht zu viel auf dem Spiel, mein Freund. Siehst du das denn nicht? Wir dürfen nicht länger zögern.«

Odinan fuhr sich mit der zittrigen Hand über seine faltige Stirn und seufzte tief. »Also gut«, murmelte er, und plötzlich wirkte er sehr erschöpft. »Also gut.«

Orris spürte, wie sein Zorn ganz plötzlich schmolz. Er

erkannte, was dieses Zugeständnis den alten Mann gekostet hatte, und war zutiefst dankbar für Nialls taktvolle Einmischung. Er wusste, er würde viel über Menschen lernen müssen, und Niall hatte ihm gerade die erste Lektion erteilt. Er schaute zu dem silberhaarigen Eulenmeister hin und bemerkte, dass Niall ihn bereits ansah. Orris zeigte ein Lächeln und hoffte, der andere würde verstehen, was es ausdrücken sollte.

»Kann ich also davon ausgehen«, brach Baden das Schweigen, »dass wir nun alle damit einverstanden sind, dass wir handeln?« Das folgende Schweigen genügte, um seine Frage zu beantworten. »Gut«, fuhr er mit einem draufgängerischen Grinsen fort. »Hat irgendjemand einen Vorschlag, was wir tun sollten?«

»Ich hatte den Eindruck, das sei bereits entschieden«, antwortet Jaryd. »Wir müssen uns mit Theron in Verbindung setzen, also denke ich, wir sollten einen anderen unbehausten Magier suchen.«

»Ich fürchte, das ist nicht ganz so einfach«, sagte Baden. »Wenn wir die Eindringlinge finden und gefangen nehmen wollen, brauchen wir eine weitere Delegation. Und wir müssen begreifen, dass selbst der Weg zum nächsten Unbehausten unseren Feinden mehrere Tage Zeit lassen würde, um einen weiteren Angriff auszuführen. Sollten wir in dieser Zeit mit Ursels Patrouillen weitermachen?«

Trahn schüttelte den Kopf. »Das ist nicht notwendig, Baden. Nicht, wenn wir den Rufstein benutzen.«

Niall warf dem dunkelhaarigen Magier einen scharfen Blick zu. »Den Stein?« *Hat der Stein nicht schon genug Ärger gemacht?*, schien er fragen zu wollen. Und Orris musste zugeben, dass er der gleichen Meinung war.

»Ich habe gehört«, sagte Trahn, »dass der Stein in Notzeiten benutzt wurde, um Ordensmitglieder in andere Teile des Landes zu transportieren.«
»Das hat man getan«, bestätigte Toinan, »aber es ist lange her. Von denen, die jetzt dem Land dienen, waren nur Odinan und ich schon Mitglieder des Ordens, als dies zum letzten Mal versucht wurde. Erinnerst du dich, Odinan?«
Der alte Eulenmeister hatte sich hingesetzt. Er sah müde und hohlwangig aus, und er reagierte nur mit einem knappen Nicken.
»Das war nach meiner zweiten Versammlung«, fuhr Toinan fort, »am Morgen nach der Lichterprozession, wenn ich mich recht erinnere. Wir hatten von einem schrecklichen Erdbeben im südlichen Teil der Wüste gehört und mussten so schnell wie möglich Magier zu den Verletzten schicken. Also haben wir den Rufstein benutzt.«
»Du weißt also, wie es geht?«, fragte Baden.
»Ja. Es ist eigentlich nicht schwierig, aber es gibt gewisse Einschränkungen, die man bedenken muss. Unsere Fähigkeit, Magier zu transportieren, ist natürlich von der Anzahl derjenigen abhängig, die ihre Macht in den Stein leiten können. Bei der geringen Zahl der hier Versammelten muss die Gruppe klein sein, gleichzeitig darf die Entfernung nicht sehr groß sein. Wir können keine Ausrüstung und keine Vorräte schicken, nur Magier und ihre Vögel. Wir können euch auch nicht zurückholen – wir können euch nur an euer Ziel schicken. Das ist einer der Gründe, wieso der Stein so selten für diesen Zweck benutzt wird. Das und die Tatsache, dass es bestimmte Gefahren mit sich bringt.«
Trahn sah sie fragend an. »Welche Gefahren meinst du?«
»Der Erfolg des Transports hängt von der Fähigkeit einer

einzelnen Person ab, die die Verbindung zwischen den Magiern, die bleiben, und jenen, die gehen, darstellt. Diese Person muss im Stande sein, ein genaues Bild des Ziels im Geist aufrechtzuerhalten. Wenn das Bild ungenau ist, oder wenn es auch nur einen einzigen Augenblick ins Wanken gerät, könnten alle, die wir transportieren, verloren sein.«

Baden lächelte grimmig. »Dann müssen wir diese Person sorgfältig auswählen.«

Radomil wandte sich dem großen Kristall zu. »Glaubst du, der Stein wird immer noch funktionieren?«, fragte er. »Sartol hat ihn irgendwie verändert; sein Tod hat ihm vielleicht die Eigenschaften genommen, die Amarid ihm verliehen hat.«

Auch Baden sah nun den Stein an. »Schon möglich«, gab er zu. »Aber es gibt nur eine Möglichkeit, das herauszufinden.«

»Und – wohin gehen wir?«, fragte Trahn mit dem vertrauten begeisterten Grinsen.

Niemand sagte ein Wort. Orris überlegte fieberhaft, wo sich der nächste unbehauste Magier befinden mochte. In Wahrheit wusste allerdings keiner viel über die Unbehausten. Selbst der Wohlwollendste der unruhigen Geister machte den Menschen von Tobyn-Ser Angst, und die Mitglieder des Ordens, die wussten, dass auch sie vielleicht einmal unter Therons Fluch fallen könnten, sprachen selten darüber. Niemand wusste, wie viele Unbehauste es überhaupt gab, nur wenige hatten je einen unbehausten Magier gesehen, und das war meistens ein Zufall gewesen. Es gab nur zwei Orte in diesem Land, bei denen man sicher sein konnte, dort einen der umherwandernden Geister zu finden.

Einer davon war selbstverständlich Therons Hain, und der andere –

»Phelans Dorn«, schlug Sonel vor und verlieh damit Orris' Gedanken Ausdruck. »Das wäre wohl die beste Möglichkeit. Es ist relativ nah, wir wissen, dass Phelan dort ist, und –«, sie holte tief Luft, »– ich habe schon einmal mit ihm gesprochen. Ich glaube, er wird uns helfen.«

Verblüfftes Schweigen senkte sich über die Halle. Mehrere Magier sahen einander staunend an.

»Du hast mit dem Wolfsmeister gesprochen?«, fragte Ursel schließlich atemlos, als wüsste sie nicht so recht, ob sie das wirklich gehört hatte.

»Einmal, ja. Als ich noch jung war und mich gerade erst an meinen ersten Falken gebunden hatte, habe ich ihn aufgesucht«, erklärte sie. »Ich glaube, ich habe es wohl für eine Art Einweihungsritus gehalten, mich einem Unbehausten zu stellen – ich glaubte, es sei etwas, was ich tun musste, nachdem ich nun Mitglied des Ordens geworden war. Aber es stellte sich heraus, dass ›sich stellen‹ das falsche Wort war. Phelan ist ein freundlicher Geist. Ich habe an ihm nichts von der Feindseligkeit oder Verbitterung wahrgenommen, die ich erwartet hatte.«

»Davon hast du mir nie erzählt«, sagte Baden leise.

Sonel zuckte die Achseln. »Ich habe bis heute niemandem davon erzählt. Es war eine seltsame Erfahrung: verstörend, wie ihr euch wohl vorstellen könnt, aber es war mehr als das. Obwohl er freundlich zu mir war, hatte ich das Gefühl, ihn irgendwie gestört zu haben. Also habe ich nie darüber gesprochen; ich nehme an, aus Respekt gegenüber Phelan.«

Baden sah sie neugierig an. »Aber du glaubst trotz dieser Wahrnehmung, dass er Verständnis für uns haben würde?«

»Unter diesen Umständen ja.«
Baden sah sie noch einen Augenblick an, dann nickte er. »Das klingt nach einer guten Idee. Es sei denn, jemand hat noch eine bessere«, fügte er lauter hinzu. Niemand reagierte, und der Eulenmeister wandte sich Toinan zu. »Was glaubst du, wie viele Magier können wir zu Phelans Dorn schicken?«
Die Frau sah sich um und dachte über Badens Frage nach. »Fünf oder sechs«, sagte sie schließlich. »Wenn mehr gehen wollten, würden zu wenige hier bleiben, um dem Stein Kraft zuzuführen.«
»Ich würde vorschlagen, dass Sonel zu der Delegation gehört«, wandte sich Baden an die anderen Magier. »Da sie schon einmal mit Phelan gesprochen hat, hat sie vielleicht die beste Chance, ihn zu überzeugen.«
Toinan schüttelte den Kopf. »Ich bezweifle nicht, dass sie ein wertvolles Mitglied der Delegation sein würde«, sagte die ältere Frau, »aber sie wäre als unser Kanal erheblich nützlicher. Sie war auf dem Dorn, sie weiß, wo Phelan zu finden ist. Es ist der Sicherheit derjenigen, die wir schicken wollen, besser gedient, wenn sie hier bleibt.«
Orris sah, wie Baden und Sonel sich intensiv anblickten. Schließlich nickte Sonel. »Also gut«, stimmte sie zu. »Ich werde bleiben. Aber wen schicken wir dann?«
»Jaryd und Alayna haben schon mit Theron gesprochen und den Stab des Eulenmeisters mitgebracht«, erinnerte Trahn die anderen. »Sie sollten auf jeden Fall gehen.«
»Ich bin ganz deiner Meinung«, sagte Baden. »Die restliche Zusammensetzung der Delegation ist mir gleich. Ich melde mich freiwillig, aber wenn andere an meiner Stelle gehen wollen oder der Ansicht sind, dass ich angesichts der letz-

ten Ereignisse lieber hier bleiben sollte, dann verstehe ich das.«

Die Magier diskutierten eine Weile über die neue Delegation. Normalerweise hätte Orris sich sehr aktiv an einer solchen Debatte beteiligt. Aber zum zweiten Mal an diesem seltsamen und schwierigen Tag war er sich seiner Machtlosigkeit und daher auch, wie es ihm vorkam, seiner Bedeutungslosigkeit schmerzlich bewusst. Während er zuhörte, wie der Orden Trahn, Baden, Niall und Ursel auswählte, um Jaryd und Alayna auf ihrer Reise zu begleiten, verspürte Orris einen wahren Tumult widersprüchlicher Gefühle. Er wusste, dass mit diesem Auftrag große Gefahren verbunden waren, und dennoch war er neidisch, weil er nicht dazugehören konnte. Er hoffte selbstverständlich, dass die anderen Erfolg haben würden, aber der Gedanke, dass dies ohne seine Hilfe geschehen könnte, verstörte ihn gewaltig. Er konnte nichts anderes tun als zusehen und warten. Der Gedanke ärgerte ihn, und am liebsten hätte er laut geschrien. Er hatte erwartet, dass Sartols Tod ihm einen Teil dieser schrecklichen Last nehmen würde, aber am Ende hatte die Art, wie der Eulenmeister gestorben war, alles nur noch schlimmer gemacht. Zwei Wochen zuvor hatte Orris auf Tobyns Ebene unter dem Sternenhimmel geschworen, er würde Sartol töten. Heute war Sartol tatsächlich gestorben, und Orris hatte überhaupt nichts damit zu tun gehabt. Wie beinahe jeden Tag seit Pordaths Tod fühlte sich der Falkenmagier vollkommen allein.

Nachdem die anderen Magier ihre Delegation ausgewählt hatten, machten sie sich sofort an die Vorbereitungen, sie zu Phelans Dorn zu schicken. Sonel zog sich in das Zimmer des Weisen zurück, um sich auf ein geistiges Bild des

Geländes zu konzentrieren, und Toinan begann, die Magier, die in Amarid bleiben würden, rund um den Stein aufzustellen. Orris, der nicht im Weg stehen wollte und sich immer noch nicht sonderlich gut fühlte, drehte sich um und wollte sich in eine abgelegene Ecke der Halle zurückziehen. Aber dann hörte er, wie jemand seinen Namen rief. Er drehte sich wieder um und sah, dass Niall auf ihn zukam.

Der ältere Mann schien sich nicht recht wohl zu fühlen, als er nun vor Orris stehen blieb. Die beiden waren nie sonderlich gut miteinander ausgekommen, und die letzten beiden Tage hatten ihre ohnehin eher schlechte Beziehung nicht gerade verbessert. »Ich wollte nur sagen, dass es mir Leid tut, dass ich dich so angefaucht habe«, sagte Niall schließlich. Er lächelte bedauernd. »Es scheint, dass ich selbst dann noch zornig wirke, wenn ich der gleichen Meinung bin wie du.«

Orris lachte leise. »Diesmal hatte ich es verdient. Ich war wirklich unverschämt zu Odinan.«

»Mag sein. Aber manchmal muss man ihn ein bisschen schubsen. Ebenso wie mich«, fügte Niall spitz hinzu. Er zögerte. »Ich wollte dir auch sagen, dass es mir um deinen Falken Leid tut.«

Wie jedes Mal, wenn jemand Pordath erwähnte, spürte Orris, wie er rot wurde und sich sein Herz auf seltsamen Weise zusammenzuziehen schien. Er wünschte, er könnte sich selbst einfach verschwinden lassen, und fragte sich, wie lange das alles wohl noch dauern würde. Dennoch erwiderte er Nialls Blick. »Ich werde mich sicher bald wieder binden«, sagte er so selbstsicher wie möglich. »Und inzwischen kannst du an meiner Stelle diesen Fremden eins verpassen.«

Der ältere Mann grinste. »Darauf kannst du dich verlassen.«

Sie standen noch eine Weile schweigend nebeneinander. Dann drehte sich der Eulenmeister um und ging zurück zum Rufstein. Einen Augenblick später folgte Orris ihm. Er würde so lange zusehen, wie er konnte, beschloss er; er konnte immer noch dabei sein, auch wenn er keine Macht hatte. So viel war er den anderen schuldig.
Toinan und die übrigen Magier standen dem Rufstein in einem Halbkreis gegenüber und hatten ihre Stäbe mit den Ceryllen vor sich ausgestreckt. Die sechs Mitglieder der neuen Delegation standen ein paar Schritte entfernt, Rücken an Rücken und eng zusammengedrängt, und zeigten mit ihren Ceryllen vor sich, so dass es wie ein sechszackiger Stern aussah. Und zwischen diesen beiden Gruppen, jener, deren Macht in den Stein fließen würde, und jener, die zu Phelans Dorn transportiert werden sollte, stand Sonel, die blicklos zur Mitte der Halle starrte.
»Fertig, Baden?«, rief sie, und ihre Stimme schien von weit her zu kommen.
»Ja.« Der Eulenmeister sah aus, als wollte er noch etwas sagen, aber stattdessen holte er tief Luft und schloss die Augen.
Erwartungsvolles Schweigen senkte sich über die Halle. Die Magier, die sich um den Stein versammelt hatten, blieben reglos und hatten Orris den Rücken zugewandt, aber Jaryd, der zwischen Alayna und Baden stand, schaute direkt zu ihm hin und wartete. Orris versuchte, tröstlich zu lächeln, aber Jaryd schien das nicht zu bemerkten. Noch geschah nichts. Einer der Diener am anderen Ende der Halle hüstelte nervös. Orris spürte, wie sich die Haare in seinem Nacken sträubten und ihm eine Gänsehaut über den Rücken lief.
Und in diesem Augenblick brach lavendelfarbenes Licht

aus Toinans Ceryll und begann, in den Rufstein zu fließen. Einen Augenblick später, als hätten sie auf dieses Zeichen gewartet, entsandten auch die anderen Magier ihre schimmernde Macht in den Stein. Unzählige Farben liefen in den großen Kristall und vereinten sich zu einem blendend hellen weißen Licht, das dann wie Sonnenlicht in Sonels Ceryll floss, der irgendwie seine grüne Färbung behielt, obwohl das weiße magische Licht durch ihn hindurch und dann weiter zu den Kristallen strömte, die die Delegationsmitglieder vor sich ausstreckten. Dort jedoch veränderte sich das Licht radikal. Es begegnete zunächst Badens Ceryll und bildete dann ein Sechseck um die sechs Magier, wobei es ihre Farben annahm. Wie die Bänder, die im Frühling beim Aricksfest um den Baum gesponnen wurden, zogen sich die Bänder farbigen Lichts um die Delegation. Badens Orange und Trahns Braun, Ursels Grau und Nialls Weinrot, Alaynas Lila und Jaryds Blau. Schneller und schneller drehten sich diese Bänder, heller und heller wurden sie, bis das Strahlen so gewaltig wurde, dass Orris den Blick abwenden musste. Eine plötzliche Windbö – wer hätte schon sagen können, wo sie herkam? – fegte durch die Große Halle, zerrte an den grünen Umhängen der Meister und Magier und zwang Falken und Eulen, die Flügel zu heben, um auf den Schultern ihrer Magier das Gleichgewicht zu bewahren. Und dann ließ der Wind so abrupt, wie er begonnen hatte, wieder nach, und das Licht verschwand. Im Saal herrschte wieder die relative Dunkelheit normalen Tageslichts, und ehrfürchtiges unsicheres Schweigen breitete sich aus. Langsam, weil seine Augen sich erst an das neue Licht gewöhnen mussten, sah Orris sich um, aber er wusste bereits, was er finden würde. Oder genauer gesagt, was nicht. An der Stelle, wo die Delegationsmitglieder gestanden hatten, war nichts mehr. Überhaupt nichts. Seine Freunde waren weg.

Zuerst war es absolut dunkel, wenn man von dem schwachen blauen Leuchten seines Cerylls einmal absah, an das sich Jaryd mit Blicken klammerte, als wäre es ein Leuchtfeuer inmitten eines tobenden Sturms. Das war seltsam, denn Orris, der ihm in der Mitte des Versammlungssaals gegenübergestanden hatte, hatte die Augen wie gegen ein grelles Licht abgeschirmt, und das genau in dem Augenblick, als sich die Dunkelheit über Jaryd senkte. Und dann sah der junge Magier nur Schwärze und das zarte Schimmern seines saphirblauen Kristalls. Dann umfing ihn Stille – er nahm an, sie umfing sie alle, obwohl er sich im Augenblick nur Ishallas bewusst war, die ihre Krallen schmerzhaft in seine Schulter bohrte –, und ihm wurde kalt bis ins Mark, so sehr, dass er unwillkürlich ächzte. Das wiederum machte ihn auf noch etwas aufmerksam: Er konnte nicht atmen, konnte die Luft, die ihm die Kälte aus den nun brennenden Lungen gerissen hatte, nicht ersetzen. Er spürte einen gewaltigen Druck, als hätte sich jemand auf seine Brust gekniet. Er geriet in Panik, versuchte sich loszureißen und aus dieser kalten Leere, in die er gestürzt war, zu entkommen. Er spürte, wie er begann, um sich zu schlagen, wie es vielleicht ein Ertrinkender im trüben, kalten Wasser eines Alptraummeers tun würde. Aber die Dunkelheit hielt ihn fest, ließ ihn frieren, erstickte ihn.
Ließ ihn wieder los. Plötzlich war es vorüber. Er stand in der warmen Nachmittagssonne an einem Strand. Die anderen waren bei ihm und schauten verwirrt drein, waren aber

unverletzt. Der Strand, auf dem sie standen, erstreckte sich über Meilen in beide Richtungen; der weiße Sand war übersät mit den glatt geschliffenen, knochenweißen Stämmen uralter knorriger Bäume. Riesige Brecher, deren Schaumkronen vom Wind zu einem feinen Nebel zerstäubt wurden, schlugen auf den Strand ein wie die Fäuste eines gnadenlosen Riesen. Und auf der anderen Seite, auf einem von den Sturmfluten angenagten Vorsprung, der sich etwa dreißig Fuß über den Strand erhob, dräute ein dunkler Wald aus hoch aufragenden, wetterzerzausten Kiefern. Verkrüppelt von Jahrhunderten salzigen Winds, geschlagen von Jahreszeit um Jahreszeit, wirkten die Bäume so, als scheuten sie vor dem Meer zurück, als hätten sie Angst, sich zu ihren Brüdern zu gesellen, deren ausgebleichte Skelette bereits unten im Sand lagen.

»Sieht aus, als wäre es der richtige Ort«, sagte Trahn über das Brandungsrauschen hinweg. »Aber gibt es eine Möglichkeit, ganz sicherzugehen?«

Baden schüttelte den Kopf, dann sah er sich noch einmal an der Küstenlinie um und schaute schließlich zum Wald. »Nicht dass ich wüsste. Jedenfalls nicht vor Einbruch der Nacht.«

Jaryd erschauderte unwillkürlich. Selbst nachdem er Theron gegenübergestanden hatte, hatte er ein unangenehmes Gefühl bei dem Gedanken, es mit einem weiteren Unbehausten zu tun zu bekommen. Als er Alayna ansah, erkannte er das gleiche Unbehagen in ihren dunklen Augen. Sie ging zu ihm und legte ihm eine Hand auf die Schulter.

»Ich bezweifle nicht, dass Sonel uns an den richtigen Ort geschickt hat«, versicherte Baden ihnen nach kurzem Schweigen. Sein schütteres Haar wurde vom Wind gezaust.

»Wir brauchen nur zu warten und uns vorzubereiten.« Er warf einen Blick zur Sonne. »Es wird noch ein paar Stunden dauern, bis es dunkel wird, und wir sollten alle die Zeit so verbringen, wie es uns gefällt. Wir treffen uns wieder hier, wenn es dunkel wird.«

Die anderen nickten und begannen sich zu zerstreuen. Ursel machte sich auf den Weg nach Süden, direkt am Meer entlang, und scheuchte dabei einen Schwarm Möwen auf. Trahn ging ein kleines Stück und setzte sich dann mit dem Gesicht zum Wasser hin. Er schloss die Augen und war schon bald in Meditation versunken.

»Ich dachte daran, ein wenig den Strand entlangzugehen«, sagte Baden zu den jungen Leuten. »Zu so etwas habe ich nur noch selten Gelegenheit. Hat jemand Lust mitzukommen?«

Jaryd schaute Alayna an, die lächelte und nickte. »Könnte Spaß machen«, erwiderte er und erntete ein Lächeln von seinem Onkel.

Am Ende schloss sich auch Niall an, und zu viert gingen sie langsam an der Wasserlinie entlang. Sie sprachen nicht viel, blieben nur hin und wieder stehen, um einen vom Sand polierten Stein oder ein schimmerndes Muschelfragment aufzuheben. Jaryd warf einen Blick über seine Schulter und sah Trahns dunkle Gestalt, die sich – bereits ganz klein, weil sie sich weit entfernt hatten – vor dem hellen Sand, den bleichen Baumstämmen und dem schäumenden Wasser der Flut abzeichnete.

»Was kannst du uns über Phelan sagen?«, fragte Alayna Baden, nachdem sie schon einige Zeit unterwegs gewesen waren. »Ich weiß, dass er sich an Wölfe und nicht an Vögel gebunden hat und dass er ein paar Jahre Oberhaupt des

Ordens war, aber darüber hinaus habe ich nicht viel über ihn gehört.«

»Ich weiß auch nicht viel mehr als das«, antwortete Baden, »bis auf die Tatsache, dass er sich nur ein einziges Mal gebunden hat, und als sein Vertrauter starb, hat er sich entschieden, es nie wieder zu tun.«

»Entschieden?«, fragte Jaryd scharf. »Du meinst, er hat freiwillig zugelassen, dass er ungebunden starb?«

Baden nickte.

»Aber warum?«

Der Eulenmeister zuckte die Achseln. »Das weiß ich nicht.«

»Aber ich«, meldete sich Niall zu Wort. Die drei anderen Magier starrten ihn an. »Als meine Schwester und ich noch klein waren, hat mein Vater uns oft Phelans Geschichte erzählt«, erklärte er. »Ich glaube, er war für meinen Vater so etwas wie ein Held. Das ist schon seltsam«, sagte er und blieb stehen, um nachdenklich in die Brandung zu starren, »denn mein Vater ist ebenfalls ungebunden gestorben.«

Die anderen schwiegen und warteten, bis die Erinnerung an seinen Vater über Niall hinweggespült war. Einen Augenblick später wandte er sich wieder ihnen zu und lächelte. »Verzeih mir«, sagte er zu Alayna. »Du wolltest Phelans Geschichte hören und nicht meine.« Sie gingen langsam weiter. »Phelan kam nicht weit von hier zur Welt, im Dorf Meerholz, nahe der Stelle, an der die Halcya ins Meer mündet. Sein Vater war ein Holzfäller. Phelan hatte keine Geschwister, und er lernte seine Mutter nie kennen, denn sie war bei seiner Geburt gestorben. Sein Vater erholte sich nie vollkommen davon, seine Frau verloren zu haben, und vielleicht durch seinen Kummer bedingt waren Vater und Sohn einander von Anfang an entfremdet. Als Junge verbrachte Phelan viel Zeit allein, erforschte den Wald und die Küste in der Nähe seines Heims. Bei einer dieser Wanderungen, als er acht Jahre alt war, wurde er an einem Vorfrühlingstag von einem Schneesturm überrascht. Er war nicht auf solches Wetter gefasst und nicht dafür ausgerüstet und zu weit weg von zu Hause, um noch sicher zurückgelangen zu können. Phelan wäre beinahe gestorben.

Er versuchte, sich unter dem Laub in einem dichten Gehölz zu vergraben, in der Hoffnung, es dort warm genug zu haben, um überleben zu können. Aber, wie er später erzählte, er hatte schon vor Einbruch der Dunkelheit das Bewusstsein verloren. Als er am nächsten Morgen wieder zu sich kam, lag er in einer warmen, dunklen, stinkenden Höhle, inmitten von einer Familie von Wölfen. Es waren zwei erwachsene Tiere und mehrere Welpen.« Niall gestattete sich ein kleines Lächeln. »Einige der Legenden, die später aufkamen, lange nachdem Phelan tot war, behaupten, dass Kalba, das Tier, an das er sich später band, einer dieser Welpen gewesen war – sozusagen ein Bruder Phelans.« Der Eulenmeister schüttelte den Kopf, obwohl das Lächeln blieb.

»Das glaubst du doch nicht, oder?«, wollte Alayna wissen.

»Phelan hat sich erst ein Dutzend Jahre später an Kalba gebunden, und ihre Bindung dauerte länger als jede andere in der Geschichte des Ordens. Wäre er einer dieser Welpen gewesen, hätte Kalba nicht so lange leben können.« Sie gingen ein paar Schritte weiter und lauschten einen Augenblick dem Rauschen der Brecher. »Zuerst hatte Phelan natürlich Angst«, fuhr Niall fort, und seine Stimme wurde ein wenig tiefer, als er in den Erzählfluss zurückfand. »Aber er begriff bald, dass die Wölfe ihm nichts Böses wollten, und er blieb mehrere Tage bei ihnen und aß und schlief wie sie. Als er schließlich nach Hause zurückkehrte, war er vollkommen gesund bis auf die Frostbeulen, die ihn zwei Finger seiner linken Hand kosteten. Aber danach fühlte er sich stets den Wölfen der Region verbunden, die damals als Ellibar Dorn bekannt war. Die Tiere begleiteten ihn oft auf seinen Wanderungen, und es gibt viele andere Geschichten, die diese Begegnungen beschreiben, aber wenig mit dem zu tun haben, was Phelan später als Ordensmitglied erreichte.

Kurz nachdem er sein Heim verlassen hatte, als junger Mann, der sowohl seinen Weg im Leben als auch Entkommen vor den Konflikten suchte, die das verschlungen hatten, was von der Beziehung mit seinem Vater geblieben war, schloss sich ihm ein junger Wolf mit silbrigem Fell an, der ihm mehrere Tage folgte. Niemand sonst sah die beiden, und selbst als er später so viele seiner Geschichten mit neugierigen Bewunderern teilte, beschrieb Phelan nie, was während jener Tage geschah, die sie im Wald des Dorns verbrachten. Aber als Phelan das nächste Mal unter Menschen erschien, hatte er sich an Kalba gebunden und war so zum Magier geworden.

Die beiden, Wolf und Mensch, segelten noch in diesem Winter vom Dorn aus nach Ceryllon und setzten sich dabei Stürmen aus, die selbst die fähigsten Seeleute abgeschreckt hätten. Viele hielten sie bereits für verloren. Aber im Frühling kehrten sie wieder zurück. Und Phelan hatte einen Stab mit einem Ceryll, dessen Silberton genau dem von Kalbas Fell entsprach. Sie reisten in diesem Jahr zur Mittsommerversammlung nach Amarid, und obwohl die Magier Phelan schließlich in den Orden aufnahmen, geschah das erst nach einer großen Debatte. Viele waren dagegen, den Orden jemandem zu öffnen, der sich nicht an einen Falken oder eine Eule gebunden hatte, und andere hatten etwas dagegen einzuwenden, dass der Wolfsmeister nie Schüler eines anderen Magiers gewesen war. Phelan jedoch beeindruckte genügend andere Magier mit seinem Mut und seiner Ehrlichkeit, so dass sie ihn unterstützten, und in den darauf folgenden Jahren rechtfertigte er ihre Entscheidung, ihn als Kollegen willkommen zu heißen. Schon sechs Jahre nach seinem Eintritt in den Orden war er Wolfsweiser, und niemand bezweifelte, dass er über die größte magische Kraft verfügte, die man seit den Tagen von Amarid und Theron in Tobyn-Ser erlebt hatte. Sein Ruf breitete sich schließlich sogar über die Grenzen dieses Landes aus, bis nach Abboriji, wo die Angst vor Phelan mögliche Invasoren beinahe zwanzig Jahre lang zögern ließ, bis der Wolfsmeister den Orden nicht mehr anführte. Es waren Jahre des Friedens und enormen Wohlstands für Tobyn-Ser, und Phelan wurde ein Held des Landes.

Im Lauf dieser Zeit wurde seine Bindung zu Kalba noch intensiver. Niemals hatten ein Magier und sein Vertrauter einander näher gestanden, sagten die Menschen damals, und zweifellos kam keine Bindung seitdem der der beiden gleich. Sie waren wie Brüder. Obwohl er Weiser war, hat Phelan nie in der Großen Halle gewohnt. Er zog es vor, im Falkenfinderwald an der Seite seines Wolfs zu leben und zu jagen. Und obwohl er ein guter Anführer war, voller Mitgefühl und ausgesprochen fürsorglich, blieb er dennoch stolz und ein Einzelgänger. Er wählte einen Ersten, weil die Bräuche des Ordens es verlangten, aber er ließ sich nie von dem Eulenmeister, den er gewählt hatte, beraten, sondern zog die Anleitung vor, die Kalba ihm geben konnte. Als

Kalba schließlich vierundzwanzig Jahre nach ihrer Bindung starb, war Phelan vor Trauer vollkommen verzweifelt. So sehr, dass er schwor, sich nie an ein anderes Geschöpf zu binden.« Niall zuckte die Achseln. »Er hat sich daran gehalten.
Phelan kam weiterhin zu Versammlungen, und er behielt einen Rest seiner Macht – mehr, muss man sagen, als die meisten Magier behalten, wenn sie einen Vogel verlieren. Aber als Ungebundener musste er seine Position als Wolfsweiser aufgeben. Seine Nachfolgerin war Glenyse, die letzte Adlerweise, denn sobald die Abboriji erfuhren, dass der Wolfsweise nicht mehr Oberhaupt des Ordens war, begannen sie mit ihrer dritten und letzten Invasion von Tobyn-Ser. Vielleicht von seiner Trauer und seiner Qual getrieben, kämpfte Phelan in diesem Krieg wie ein Besessener. Seine Heldentaten, die er mit der blutigen Klinge seiner großen Axt vollbrachte, verschafften ihm im Land noch mehr Bewunderer. Aber sie konnten seinen Schmerz nicht lindern.« Der Eulenmeister zuckte ein zweites Mal die Achseln, und man sah ihm an, wie schwer ihm die folgenden Worte fielen. »Es ist seltsam, Gesundheit und ein langes Leben als etwas anderes als einen Segen zu betrachten«, schloss er. »Aber Phelans Geschichte wird noch trauriger dadurch, dass er weitere vierzig Jahre ohne Kalba lebte. Er starb als alter Mann, selbstverständlich immer noch ungebunden, und sehr allein. Seitdem geht er auf Phelans Dorn als einer der Unbehausten um.«
Die vier Magier waren stehen geblieben. Baden hatte den Blick seiner blauen, in der Nachmittagssonne noch heller wirkenden Augen auf den Wald gerichtet, der an den Strand grenzte. »Es ist eine Geschichte, die einen traurig

macht«, sagte er leise. »Aber ich nehme an, alle Unbehausten tragen als Bürde des Fluches solchen Kummer mit sich herum.«

»Das trifft sicher für einige zu«, erwiderte Alayna, »aber mir kommt Phelans Geschichte irgendwie erträglicher vor.«

Jaryd sah sie überrascht an. »Wie das?«

»Es war sicher schwer für ihn, seinen Vertrauten zu verlieren«, erwiderte sie. »Aber indem er sich einer zweiten Bindung verweigerte und sich zu einem Unbehausten machte, hat er dafür gesorgt, dass er und Kalba ewig zusammenbleiben würden.« Sie zögerte. »Sicher, es liegt viel Traurigkeit darin; er hat einen ungeheuren Preis gezahlt. Aber am Ende wurde ihm vielleicht sein größer Wunsch erfüllt.«

Niall sah die junge Frau lange Zeit an. »Ich habe diese Geschichte schon als Kind gehört«, sagte er schließlich zu ihr, »und ich habe sie im Lauf meines Lebens vielen anderen erzählt. Aber ich habe nie zuvor gehört, dass jemand sie so interpretiert hätte.« Er lächelte sie an. »Ich glaube, du könntest Recht haben. Ich danke dir.«

Alayna errötete ein wenig. »Wofür?«

»Dafür, dass du einem alten Mann gezeigt hast, dass es selbst für den ältesten Kummer noch Trost geben kann.«

Alayna erwiderte nichts, aber sie ging einen Schritt vorwärts, stellte sich auf die Zehenspitzen und gab Niall einen Kuss auf die Wange. »Danke, dass du uns Phelans Geschichte erzählt hast.«

Diesmal war es an Niall zu erröten, und Baden, der sah, wie verlegen der Eulenmeister war, wechselte rasch das Thema. »Wir sollten uns auf den Rückweg machen«, sagte er. »Die Sonne wird bald untergehen, und ich würde gerne etwas essen, bevor wir Phelan treffen.«

Die anderen nickten zustimmend, und die vier Magier kehrten an der Algenlinie entlang zurück, die Eulenmeister vorneweg und Jaryd und Alayna ein paar Schritte hinter ihnen.

Für einige Zeit konnte Jaryd nur an die Geschichte denken, die er gerade von Niall gehört hatte. Er war sich Ishallas Krallen auf seiner Schulter und ihrer Anwesenheit in seinem Geist sehr bewusst. Er hatte sich gerade erst an den Falken gebunden – wenn Arick wollte, würde er noch viele Jahre lang nicht erfahren, was es bedeutete, Ishalla zu verlieren, und auch nicht die Angst davor erleben müssen, ungebunden zu sterben. Aber die Geschichte von Phelan und Kalba hatte bewirkt, dass er sich verwundbarer fühlte, und ihm war auf einmal sehr klar, wie schnell alles Leben ein Ende finden konnte, nicht nur sein eigenes und das von Ishalla, sondern auch das der anderen. Wie groß die Macht auch sein mochte, die die Magie ihnen verlieh, sie konnte sie nicht vor ihrer eigenen Sterblichkeit schützen. Das war etwas, worüber man nachdenken sollte, besonders jetzt. Immerhin waren sie zu Phelans Dorn gekommen, um die Fremden zu finden und zu besiegen, vielleicht in direktem Kampf. Und in diesem Augenblick traf ihn eine schreckliche Vorahnung. Jemand wird umkommen, dachte er.

Dann wurde er sich plötzlich wieder Alaynas bewusst, die wortlos neben ihm über den Sand ging. Ihr langes dunkles Haar wehte im Wind, der vom Meer her kam. Jaryd erinnerte sich, dass bereits jemand umgekommen war. Sartol war erst an diesem Morgen gestorben. Dann schlugen seine Gedanken einen anderen Weg ein. Wir haben ihn umgebracht, wir alle, auch Alayna. Er versuchte sich vorzustellen, was sie empfunden haben musste, wie die Ereignisse des Tages sie berührt hatten. Aber es fiel ihm schwer, über seine eigenen Gefühle der Erleichterung und befriedigten Rachegelüste hinauszugehen. Tatsächlich hätte er nie geglaubt, einem anderen gegenüber einmal so empfinden zu können, aber er war froh, dass Sartol tot war. Dennoch, er hielt dieses Gefühl auch für einen Verrat an Alayna und an der Liebe, die sie füreinander empfanden. Er sah sie an, suchte nach etwas – irgendetwas –, das er sagen konnte, um ihren Schmerz zu lindern, ohne dass er dabei hätte heucheln müssen. Und wie es in den vergangenen Wochen so oft geschehen war, stellte er fest, dass sie ihn bereits beobachtete und seine Stimmung und Gedanken vorwegnahm.

»Schon gut«, sagte sie und griff nach seiner Hand. »Es geht mir gut.«

Er starrte sie weiter an. »Es wäre nicht schlimm, wenn es anders wäre. Niemand würde es dir übel nehmen, wenn du dich verwirrt und gekränkt und traurig fühlen würdest. Ich am allerwenigsten.«

Sie lächelte über diese Worte, auch wenn es ein bekümmertes Lächeln war. »Ich weiß. Aber das geht jetzt nicht. Ich versuche, mir nicht die Schuld daran zu geben, dass Sartol mich betrügen konnte, aber ich werde mir nicht verzeihen, wenn ich nicht alles tun kann, was in meiner Macht steht, um den Schaden zu begrenzen, den er angerichtet hat. Nachdem wir uns um die Fremden gekümmert haben, werde ich mich meinen eigenen Bedürfnissen widmen. Bis dahin muss ich sie beiseite schieben.«

Jaryd hätte gerne mehr gesagt, hätte sie gerne davor gewarnt, die eigenen Gefühle zu fest wegzuschließen. Aber er wusste auch, dass er sich in dieser Angelegenheit auf ihr Urteil verlassen musste, und er war nicht sicher, ob er sich in der gleichen Situation nicht die gleiche stoische Haltung abverlangt hätte. Also nickte er schließlich, und sie kehrten, immer noch Hand in Hand, schweigend zu den anderen zurück.

Trahn hatte sich nicht von der Stelle gerührt, an der sie ihn zum letzten Mal gesehen hatte, aber nun unterhielt er sich mit Ursel, die von ihrem Spaziergang am Strand zurückgekehrt war. Als die Sonne nun so tief am Himmel hinter dem Wald stand, reckten sich die Schatten der hohen Bäume über den Strand und hatten schon beinahe die Stelle erreicht, an der die beiden Magier saßen. Das erste Viertel des neuen Mondes hing tief über ihnen und warf sein bleiches Licht aus dem tiefer werdenden Blau des Spätnachmittagshimmels.

»Es wird bald dunkel sein«, sagte Trahn und schaute über die Schulter, um die Position der Sonne zu erkennen. »Wir sollten vielleicht etwas essen.«

»Wenn du Hunger hattest«, erwiderte Baden grinsend, »hättest du doch schon ohne uns anfangen können.«

»Es ist jedenfalls gut, dass ihr jetzt wieder da seid«, warf Ursel ein. »Er hat schon angefangen, meinem Falken seltsame Blicke zuzuwerfen – als stellte er sich vor, wie der Vogel auf einem Bratspieß aussehen würde, mit ein wenig Shan gewürzt.«

Sie lachten alle, und Trahn und Ursel standen auf, um sich an den Essensvorbereitungen zu beteiligen. Trahns großer brauner Falke und Ursels schlanker schwarzgrauer Vogel waren beide nicht an Wald- und Strandverhältnisse gewöhnt. Daher jagten Ishalla und Fylimar und Badens und Nialls Eulen für sie alle und brachten Vögel und Kaninchen zurück, die die Magier über dem Feuer brieten. Ursel hatte in ihrem Umhang noch einen großen Beutel Trockenobst und einen Schlauch mit Wein von Tobyns Ebene, die sie mit auf Patrouille genommen hatte, und teilte all das mit den anderen. Während der Schatten den Strand nach und nach überzog und die Sonne hinter dem dichten Wald verschwand, genossen die Magier ihr bescheidenes Mahl und unterhielten sich leise, wobei sie sorgfältig vermieden, über das zu sprechen, was zuvor an diesem Tag in der Großen Halle geschehen war und wen sie bald in dem Wald, der sich dunkel in ihrem Rücken erhob, treffen würden.

Sterne begannen am samtblauen Himmel zu glitzern, und der Mond, der die Sonne schließlich über den westlichen Horizont gescheucht hatte, schien zunehmend heller auf die Kiefern und den Sand. Und als die letzten Spuren des Tageslichts verschwunden waren, wandten sich die sechs Magier vom Meer ab, das sich nun wieder zurückzuziehen begann, und spähten wachsam in Richtung Wald. Sie dämpften das Licht ihrer Cerylle, ließen das Feuer jedoch weiterbrennen, denn sie waren unsicher, wie schwer oder leicht es sein würde, das Schimmern zu bemerken, das Phelans Erscheinen ankündigte. Als die tanzenden gelben Flammen dem zornigen Rot von Treibholz-Holzkohle wichen, senkte sich angespanntes Schweigen über den Strand. *Ich habe schon mit Theron gesprochen,* erinnerte sich Jaryd zum zweiten Mal an diesem Tag, *und wir haben von Phelan erheblich weniger zu fürchten als von dem Ersten Eulenmeister.* Er wusste, dass das stimmte – Nialls Geschichte hatte es bestätigt. Dennoch, Phelan war ein Unbehauster, und sie würden ihm bald gegenüberstehen. Abermals hatte Jaryd, wie schon zuvor, als er mit Alayna am Strand entlanggegangen war, eine schreckliche Vorahnung. Sein Pulsschlag war wie ein rauschender Fluss, toste in seinen Ohren, bis das Geräusch drohte, sogar das Meeresrauschen zu übertönen. Er spürte, wie sich sein Magen zusammenkrampfte, und wünschte sich, er hätte nichts gegessen.

»Ich hatte gehofft, es würde diesmal einfacher sein«, murmelte Alayna, und die Angst war ihr deutlich anzuhören, obwohl sie nur flüsterte.

Jaryd versuchte zu lächeln und warf ihr einen kurzen Blick zu.

»Dort!«, rief Trahn, und seine Stimme klang unnatürlich laut.

Jaryds Blick zuckte zum Wald zurück, und sein Herz begann, laut zu schlagen. Wo einen Augenblick zuvor nur Schatten gewesen war, entdeckte er nun ein schwaches silbriges Schimmern, als wäre der Mond vom Himmel gefallen und läge nun zwischen den Bäumen. Es wurde heller, sah ganz ähnlich aus wie Therons Leuchten, und erhellte den Wald von innen her.

Baden erhob sich. »Kommt«, befahl er nervös. »Es hat keinen Sinn, es hinauszuzögern.«

Auch die anderen standen auf, und sie gingen auf das Schimmern zu, über den Strand und die steile Böschung zum Wald hoch. Jaryd erreichte den Wald als Erster, und während er atemlos dastand, bemerkte er, dass das Licht näher an den Waldrand gewandert war. Er blickte zu dem Viertelmond auf und dann wieder zu dem silbernen Leuchten. Das eine schien hervorragend zum anderen zu passen.

Die anderen Magier hatten Jaryd bald eingeholt, und langsam gingen sie unter den Bäumen hindurch, schoben sich an den riesigen Stämmen vorbei, bis sie zu einer kleinen Senke kamen, wo die geisterhaft bleichen Gestalten von Phelan und seinem Wolf sie erwarteten.

Der Wolfsmeister war ein riesiger Mann. Er war einen ganzen Kopf größer als Baden, der der Größte der Gruppe war, und seine Brust schien doppelt so breit zu sein wie die des Eulenmeisters. Jaryd fragte sich, wo der Orden damals wohl einen so großen Umhang gefunden hatte. Phelans Unterarme, so massiv wie Äste, waren muskulös, und sein Hals war so dick wie Jaryds Oberschenkel. Und dennoch, so Furcht einflößend das wirken mochte, er hatte ein erstaunlich freundliches Gesicht. Sein lockiges schwarzgraues Haar und sein dichter Bart rahmten einen breiten, vollen Mund und runde Wangen, die sicherlich rosig gewesen wären, hätte er nicht als durchscheinender Geist vor ihnen gestanden. Jaryd konnte nur raten, welche Farbe seine Augen früher gehabt hatten. Sie leuchteten hell und klar, wie Sterne, die man in einer klaren Winternacht vom Himmel gepflückt hatte.

Ein leises Knurren lenkte Jaryds Aufmerksamkeit auf den Wolf, der neben dem Mann stand. Wie der Wolfsmeister selbst war auch das Tier riesig, mit Pfoten so groß wie Jaryds Hand. Es schimmerte blass silbern, in der Farbe der matten Wintersonne, wenn sie sich im Meer spiegelt. Seine Augen erinnerten an die von Phelan, und in ihnen stand eine Intelligenz, ein Bewusstsein, das beinahe fremdartig wirkte. Das Tier hatte die Nackenhaare aggressiv gesträubt und knurrte abermals.

»Still, Kalba«, beruhigte der Wolfsmeister seinen Vertrauten, und seine Stimme war so tief und sanft wie die Morgenflut. Er streichelte über den Rücken des Tiers, strich das

Fell glatt. »Still. Ich bin sicher, dass unsere Gäste uns aus gutem Grund stören.«
»Wir grüßen dich, Wolfsmeister«, sagte Baden klar und deutlich und verbeugte sich bei diesen Worten. Die anderen folgten seinem Beispiel. »Verzeih uns unser Eindringen, aber wir brauchen deinen Rat. Ich heiße Baden. Meine Begleiter«, fuhr er fort und zeigte nacheinander auf die anderen Magier, »sind Niall, Trahn, Ursel, Alayna und Jaryd.«
Phelans Miene blieb reserviert. »Willkommen auf Ellibar Dorn«, entgegnete er. Seine Hand ruhte immer noch im Nacken des Wolfs. »Das hier ist Kalba, und offensichtlich wisst ihr, wer ich bin.«
»In der Tat, Wolfsmeister. Was du als Ellibar Dorn bezeichnest, kennen wir als Phelans Dorn«, sagte Baden. »Wir fühlen uns geehrt, deine Gäste sein zu dürfen.«
Der Geist tat das Kompliment mit einer wegwerfenden Geste ab. »Phelans Dorn«, wiederholte er. »Daran werde ich mich kaum gewöhnen können. Warum einen Landstrich nach einem Geist benennen? Ellibar hatte zumindest einmal eine Bedeutung, als wir noch die alte Sprache benutzten.« Er schwieg eine Weile, als hätte er vergessen, dass er und Kalba nicht allein waren. »Aber ihr seid sicher nicht von so weit her gekommen, um mit mir über den Namen dieser Landspitze zu sprechen«, sagte er schließlich und sah sie wieder an. »Ihr habt davon gesprochen, dass ihr meinen Rat braucht. Ich nehme an, es geht um die Fremden?«
»Du weißt von ihnen?«
Phelan nickte. »Ich habe einiges gesehen, ja.«
»Dann weißt du auch von dem Verräter im Orden?«
Das Gesicht des Wolfsmeisters wurde plötzlich zu einer

Maske aus Stein, und die Augen glitzerten wie Eis. »Ja. Seid ihr mit ihm fertig geworden?«

Nun war es an Baden zu nicken. »Er ist tot. Aber die Gefahr durch die Fremden bleibt bestehen. Wir brauchen deine Hilfe.«

»Ja«, stimmte Phelan ihm kühl zu. »So ist es.« Danach sagte niemand etwas, und nach einiger Zeit fuhr der Wolfsmeister fort. »Es hätte niemals so weit kommen dürfen! Ich kann verstehen, dass die Fremden in Tobyn-Ser eindringen konnten, weil das geistige Netz nicht mehr besteht, aber sobald die Angriffe begannen ...« Er hielt inne und schüttelte den Kopf. »Die Untätigkeit des Ordens ist unverzeihlich. Ihr seid träge geworden. Was ist mit Amarids Gesetzen? Was ist aus Eurer Verpflichtung geworden, die Menschen dieses Landes zu schützen?«

»Wir sind hier, Wolfsmeister«, sagte Baden schlicht. »Zwar spät, aber wir sind hier.«

»Ja«, fauchte Phelan verächtlich. »Zuerst ignoriert ihr das Problem, und nun kommt ihr zu mir und hofft, dass ich euch vor eurem Versagen retten kann. Was hat eure Eulenweise die ganze Zeit getrieben? Wäre ich noch Oberhaupt des Ordens, dann hätten die Angriffe schon lange ein Ende gefunden.«

»Unsere Weise ist tot«, zischte Baden gereizt. »Der Verräter hat sie getötet.«

»Nun, vielleicht wird ja ein neues Oberhaupt besser für den Orden sein.«

»Das reicht jetzt!«, rief Baden, trat einen Schritt vor und ignorierte das Knurren des Wolfs. »Jessamyn war ein weises und mutiges Oberhaupt, und ich werde nicht zulassen, dass jemand schlecht von ihr spricht! Selbst du nicht,

Phelan! Vielleicht konnte zu deiner Zeit ein Weiser dem gesamten Orden seinen Willen aufzwingen, aber heute führt ein Weiser nur mit Zustimmung der anderen, zum Guten oder zum Schlechten. Wir sind alle für das verantwortlich, was geschehen ist. Wir alle! Nicht nur Jessamyn!«

Lange Zeit starrte der Wolfsmeister Baden nur an, seine Augen kalt und hell, sein Mund eine dünne, angespannte Linie. Dann breitete sich langsam ein Lächeln auf seinem Gesicht aus. »Es steckt also doch noch Leidenschaft in dir«, stellte er fest. »Vielleicht ist noch nicht alles verloren.«

Badens Miene hatte sich nicht verändert. »Wir haben keine Zeit für so etwas. Hast du nun vor, uns zu helfen, oder nicht?«

Wieder antwortete der Geist nicht sofort. Stattdessen ließ er den Blick von Baden zu den anderen Magiern und dann wieder zurück zum Eulenmeister wandern. »Ich werde für euch tun, was ich kann«, erwiderte er schließlich. »Aber um ehrlich zu sein, das ist nicht viel.«

»Kannst du uns helfen, die Fremden zu finden?«

»Ich kann euch sagen, wo sie sind.«

»Kannst du uns zu ihnen bringen?«

Phelan schüttelte den Kopf. »Nein. Wie ich schon sagte, meine Fähigkeit, euch zu helfen, ist begrenzt. Ich kann euch sagen, wo sie sind, aber bis ihr dort hinkommt, werden sie schon weitergezogen sein. Und allein kann ich nicht auf bedeutungsvolle Weise mit eurer Welt in Beziehung treten.«

»Aber ich dachte, die Unbehausten wären reiner Ausdruck von Magie«, warf Jaryd ein. »Ihr existiert als pure Macht, nicht wahr?«

Phelan sah den jungen Magier mit unverhohlener Neugier

an. »Das ist wahr«, bestätigte er, »und daher habe ich keinen Einfluss auf die körperliche Welt.«

»Aber du könntest uns töten, wenn du wolltest«, hakte Jaryd unbeirrt nach, »genau wie Theron jene getötet hat, die sich in seinen Hain wagten.«

»Das ist eine interessante Art zu argumentieren«, bemerkte der Geist mit einem spöttischen Lächeln. »Ich kann mich aus meinen Lebzeiten an ähnliche Geschichten über Therons Hain erinnern. Der Eulenmeister war der Erste von uns, und bei weitem der Mächtigste. Seine Fähigkeit, Dinge in der wirklichen Welt zu verändern, mag meine und die meiner Brüder und Schwestern überschreiten. Ich weiß es nicht.« Er wandte sich wieder Baden zu. »Dein Freund hat Recht. Wir sind die Verkörperung reiner Magie. Aber unsere Macht ist begrenzt, zumindest, wenn wir auf uns allein gestellt sind.«

Baden sah den Geist forschend an. »Das ist nun das zweite Mal, dass du diesen Punkt betonst. Bedeutet das, dass du zusammen mit den anderen Unbehausten mehr erreichen könntest?«

»Ja. Soweit ich weiß, könnten wir etwas in eurer Welt bewirken, wenn wir alle gemeinsam handelten. Aber«, fuhr er mit einer Spur von Trauer fort, »das ist in den vierhundert Jahren seit meinem Tod nie geschehen.« Wieder warf er Jaryd einen Blick zu. »Therons Verbitterung gegen den Orden hält bis heute an. Er ist mächtiger als jeder von uns, vielleicht sogar mächtiger als wir alle zusammen. Ohne seine Mitarbeit können wir euch nicht helfen, und er würde jede Anstrengung, die wir unternehmen, um etwas für euch zu tun, sofort zunichte machen. Ich kann mir nicht vorstellen, dass er mit uns zusammenarbeiten würde.«

Jaryd grinste. »Vielleicht würde er dich überraschen.« Und als er den Stab hob, den er an seiner Seite gehalten hatte, sah der Falkenmagier, wie der Geist staunend die Augen aufriss. »Ich sehe, dass du Therons Stab erkennst, Wolfsmeister. Der Eulenmeister hat ihn mir und Alayna als Zeichen seines guten Willens überlassen.«

»Du hast mit Theron gesprochen!«, hauchte Phelan.

»Ja. Angeführt von der Eulenweisen Jessamyn sind acht von uns zum Hain gereist. Wir glaubten, Theron könnte vielleicht für die Angriffe verantwortlich sein, und wir wollten mit ihm sprechen. Es war dort, am Hain, dass Sartol die Weise und ihren Ersten tötete. Er hat auch versucht, uns beide umzubringen, aber wir sind in den Hain geflohen, wo wir Therons Geist begegneten. Nachdem wir ihn davon überzeugt hatten, uns zu helfen, erzählte er uns von den Fremden und machte Andeutungen darüber, was sie vielleicht in Tobyn-Ser erreichen wollen.« Jaryd zögerte. »Wir haben noch nicht all seine Hinweise begriffen, aber uns läuft die Zeit davon. Theron hat uns versprochen, uns zu helfen, Wolfsmeister. Wirst du das Gleiche tun?«

Jaryd ertrug den schweigenden, abschätzenden Blick so gut er konnte, und war ein wenig erleichtert, als Phelan sich kurz Alayna zuwandte, aber er wich nicht aus, als Phelan ihn wieder ansah. »Als junger Mann, der sich gerade erst an Kalba gebunden hatte, war ich einmal in den Ruinen von Rholde«, erzählte der Wolfsmeister leise. »Ich dachte daran, in den Hain zu gehen und mit Theron zu sprechen.« Er schüttelte den Kopf. »Aber mir fehlte der Mut.«

»Sartol hat uns hingejagt«, erklärte Jaryd. »Wir sind nicht freiwillig hingegangen. Es ist einfach irgendwie passiert.«

Phelan lachte. »Das bezweifle ich nicht. Aber«, fügte er hinzu, und jegliche Heiterkeit war wieder von ihm gewichen, »ihr habt mit ihm gesprochen, und ihr habt ihn genügend beeindruckt, dass er euch ernst nahm. *Er hat euch seinen Stab gegeben!«,* sagte der Geist staunend und schüttelte den zotteligen Kopf. »Schätzt nicht gering, was ihr beiden erreicht habt; ihr habt Tobyn-Ser vielleicht gerettet.« Wieder wandte er sich Baden zu. »Ich werde euch helfen«, erklärte er. »Wir werden euch helfen. Aber ich brauche Zeit, um mich mit den anderen Unbehausten in Verbindung zu setzen.«

»Bevor du das tust, Wolfsmeister«, erwiderte Baden, »solltest du wissen, dass der Verräter heute ungebunden gestorben ist. Er gehört nun ebenfalls zu den Unbehausten.«

Phelan dachte darüber nach. »Es sollte keinen großen Unterschied machen. Nach einiger Zeit wird er vielleicht im Stande sein, uns aufzuhalten, aber noch ist er neu in unserem Kreis. Er sollte kein Problem darstellen.« Mit diesen Worten schloss der Wolfsmeister die Augen. Kurz darauf tat Kalba es ihm gleich.

Die sechs Magier warteten schweigend für einen Zeitraum, der ihnen sehr lange erschien, während Phelan, hoch aufgerichtet und mit vor Konzentration gerunzelter Stirn, versuchte, sich mit den anderen Geistern im Land in Verbindung zu setzen. Der Wald war vollkommen ruhig, wenn man von einer leichten, salzigen Brise absah, die vom Wasser heranwehte, und von dem Geräusch der Wellen, die sich vom Strand zurückzogen. Jaryd sah Baden an, der seinen Blick erwiderte und die Achseln zuckte.

Einige Zeit später öffnete Phelan wieder die Augen. »Das Netz wurde gespannt«, sagte er. Seine hellen Augen schie-

nen immer noch getrübt, als könnte er noch nicht wieder vollkommen klar sehen. Er wandte sich den jungen Magiern zu, und ein seltsames Lächeln umspielte seine Mundwinkel. »Theron lässt euch beide grüßen. Und er gratuliert euch zur Hinrichtung des Verräters.«
Jaryd warf Alayna einen kurzen Blick zu, aber sie reagierte nicht.
»Dreizehn Fremde sind noch übrig«, fuhr der Wolfsmeister fort, »und haben sich in kleinen Gruppen überall im Land verteilt.«
»Wo sind sie genau?«, fragte Baden. »Kannst du das feststellen?«
»Selbstverständlich.« Wieder schloss der Geist die Augen. »Es gibt zwei Gruppen mit je drei Personen, von denen sich eine im östlichen Mittelteil der großen Wüste befindet und die andere auf der Nordebene. Sechs reisen in Paaren. Sie sind in der Südecke von Tobyns Ebene, in den Smaragdhügeln und in Tobyns Wald zu finden, nicht sonderlich weit von hier. Und einer ist allein in Leoras Wald unterwegs.« Er öffnete die Augen wieder.
»Was sollen wir nun also tun?«, fragte Baden. »Welche Möglichkeiten haben wir?«
Phelan breitete in einer einladenden Geste die Arme aus. »Ihr habt die Wahl. Die Möglichkeiten sind nun so grenzenlos, wie sie einen Augenblick vorher begrenzt waren. Ihr müsst entscheiden, was wir mit den Eindringlingen tun sollen. Wenn ihr wollt, dass sie getötet werden, können wir sie ohne große Anstrengung –
»Nein«, warf Baden kopfschüttelnd ein. »Wir wollen sie lebendig. Wenn diese Gruppe besiegt wird, wird vielleicht nur die nächste geschickt, und dann stehen wir nicht besser

da als zuvor. Wir brauchen Antworten, die uns nur diese Leute geben können.«

Der Wolfsmeister nickte bedächtig. »Also gut. Dann werden wir sie zu euch bringen.«

»Wir können sie nicht alle gleichzeitig bekämpfen.«

Wieder grinste der Geist. »Ihr werdet sie überhaupt nicht bekämpfen müssen«, entgegnete er. »Wir können die Fremden dank ihrer seltsamen Vögel und Waffen finden. Sie sind diesem Land fremd – viel mehr als die Männer selbst –, und daher können wir uns darauf einstimmen. Wir können sie spüren. Und wenn wir die Eindringlinge zu euch bringen, können wir ihnen gleichzeitig diese Gegenstände abnehmen.«

Baden neigte den Kopf leicht zur Seite. »Könnt ihr die Waffen auch zu uns bringen, vielleicht später, nachdem wir mit den Fremden fertig sind? Sie sollten nicht irgendwo im Land liegenbleiben.«

»Ja, ich glaube, das ist möglich.«

»Das wäre wirklich sehr gut«, erwiderte der Eulenmeister. »Obwohl«, fügte er mit einem verlegenen Grinsen hinzu, »wir euch danach vielleicht auch noch brauchen werden, um uns alle, die Fremden eingeschlossen, zur Großen Halle zurückzutransportieren.«

»Du verlangst viel, Eulenmeister«, sagte der Geist lächelnd. »Aber das können wir ebenfalls tun, sobald die Fremden hier sind. Wir brauchen jedoch eure Hilfe«, fuhr Phelan fort. »Wie seid ihr hergekommen?«

Baden sah die schimmernde Gestalt unsicher an. »Wir haben den Rufstein benutzt«, erklärte er nach einem Augenblick. »Warum?«

»Das dachte ich mir«, sagte der Wolfsmeister. »Dann seid ihr also vertraut mit dem Konzept, einen einzelnen Magier als Kanal für die gesammelte Energie zu benutzen?«

»Ja.«

»Nun«, erklärte Phelan, »genau wie ihr jemanden gebraucht habt, der sich diesen Ort vorstellte, brauchen wir jetzt jemanden, der sich für uns die Fremden vorstellt.«

»Aber ich dachte, ihr könntet sie sehen«, sagte Jaryd. »Theron hat uns erzählt, dass er sie gesehen hat.«

»Wir sehen sie auch. Aber wie bei allem, was wir sehen, darunter auch, was wie ihr direkt vor uns steht, sehen wir sie ... anders.«

»Wie meinst du das?«

Der Geist lachte leise. »Ich bin nicht sicher, ob ich das erklären kann. Es ist so lange her, seit ich etwas auf die bei Lebenden übliche Art wahrgenommen habe.« Er machte eine hilflose Geste, was bei einer so Furcht einflößenden Gestalt seltsam wirkte. »Es ist einfach anders.« Wieder hielt er inne. »Es ist, als sähe ich euch von weit entfernt, aber nicht so weit, dass ich keine Einzelheiten wie die Farbe eurer Augen oder das Gefieder eurer Vögel erkennen könnte.« Er schüttelte frustriert den Kopf. »Ich kann es nicht erklären«, sagte er wieder, aber nun ein wenig ungeduldiger. »Es ist einfach wichtig, dass wir einen von euch als unseren Kanal benutzen können, damit das Bild, von dem wir ausgehen, jenen ähnelt, die wir transportieren. Ohne eure Hilfe werden die Fremden verloren sein, ebenso, wie ihr verloren gewesen wärt, hätte man euch ohne ein vernünftiges Bild des Dorns hergeschickt, das euch leitete.«

»Ich habe die beiden gesehen, die in Wasserbogen gestorben sind«, sagte Baden. »Du könntest das als Bild benutzen.«

»Nein«, erwiderte Phelan tonlos, nachdem er Badens Angebot den anderen Unbehausten übermittelt hatte. Er zeigte mit einem großen silbrigen Finger auf Jaryd. »Theron will ihn, weil er diese Vision hatte. Der Eulenmeister glaubt, dass sie wirkungsvoller ist als jede echte Erinnerung.«

Jaryd zuckte die Achseln. »Also gut«, stimmte er zu. »Was soll ich tun?«

»In ein paar Minuten«, sagte Phelan nun wieder freundlicher, »wenn ich dir sage, dass wir bereit sind, musst du deinen Ceryll vor dir ausstrecken und deinen Geist vollkommen leer machen, bis auf das Bild des Fremden, den du in der Vision gesehen hast.«

Jaryd wartete auf mehr. »Das ist alles?«, fragte er schließlich.

»Das ist alles. Wir übernehmen den Rest.« Der Geist wandte sich an Baden. »Ihr anderen braucht einfach nur zu warten, obwohl ihr wachsam bleiben solltet. Die Fremden werden keine Waffen haben, aber sobald sie hier sind, kann ich nicht mehr beherrschen, was sie tun werden. Es hängt von euch ab, sie am Fliehen zu hindern.«

»Wir werden bereit sein«, erwiderte der Eulenmeister. Er warf Jaryd einen Blick zu und setzte dazu an, etwas zu sagen. Dann hielt er inne und legte die Hand auf den Arm seines Neffen. »Du schaffst das schon«, murmelte er. »Ich weiß, dass du es schaffen wirst.«

Alayna drückte Jaryd kurz an sich, dann ging sie zusammen mit den anderen ein Stück weg. Jaryd versuchte sich zu beruhigen, aber die finstere Vorahnung war zurückgekehrt. Es schien alles beinahe zu einfach zu sein.

»Halte dich bereit, Falkenmagier«, befahl Phelan, und der

Wolfsmeister und das große Tier neben ihm schlossen wieder die Augen.

Jaryd tat dasselbe und konzentrierte sich so gut wie möglich auf die Vision, die er vor so vielen Wochen, als er und Baden in den Bergen nahe Taima schliefen, gehabt hatte. Zuerst blieb die Erinnerung unklar, als hätte er sie durch einen Vorhang oder feinen Nebel gesehen. Aber langsam wurde sie deutlicher. Wie damals in der Frühlingsnacht sah Jaryd einen Mann in einem langen grünen Umhang, der einen bedrohlich wirkenden roten Ceryll auf dem Stab in seiner Hand und einen riesigen, seltsamen Vogel auf der Schulter hatte. Jaryd sah zu, wie die Gestalt näher kam, sah, wie der Fremde eine Feder aus seinem Umhang holte, wartete, während der Mann noch näher kam. Während er sich auf das Bild konzentrierte, war sich Jaryd nur vage des intensiver werdenden Winds bewusst, der durch die Senke peitschte. Einen Augenblick später jedoch bemerkte er eine weitere Präsenz in seinem Geist. Er brauchte ein paar Sekunden um zu erkennen, dass es sich um den Wolfsmeister handelte.

Ganz ruhig, übermittelte ihm der Geist. *Erhalte deine Vision aufrecht, aber öffne deinen Geist, so dass wir sie ebenfalls sehen können. Das Bild ist stark, du machst das sehr gut.*

Dann war Phelan verschwunden, und nach ihm kam ein anderes Bewusstsein, eines, das Jaryd nicht kannte. Es schien sich durch ihn hindurch und über ihn hinweg zu bewegen, wie der Wind, den er so vage auf seiner Haut und dem Umhang spürte. Andere folgten in einer scheinbar endlosen Prozession. Die Zeit war nur noch an dem Wechsel dieser Präsenzen in seinem Geist zu messen. Einmal war auch Theron da, stolz und leidenschaftlich. *Das hast du gut gemacht, Falkenmagier,* strahlte er aus. *Vergiss mich nicht.*

Irgendwann später zog ein anderer durch ihn hindurch, der Jaryd vage vertraut vorkam, aber er konnte die Präsenz nicht benennen. *Ich bin der Letzte,* teilte dieser ihm mit. Aber die Worte schwebten auf einer Welle boshaften Gelächters, das Jaryd bis ins Mark frieren ließ.

Und in diesem Augenblick zerbrach das Bild in Jaryds Geist in Splitter blendenden, gleißenden Lichts, und Phelan brach in ein ohrenbetäubendes Brüllen aus. Jaryd fühlte, wie er zu Boden fiel, und obwohl er immer noch nichts sehen konnte, spürte er plötzlich deutlich den heulenden Wind, der über ihn hinwegfegte.

»Was ist los?«, hörte er Baden irgendwo hinter sich rufen.

»Das ist doch unmöglich!«, brüllte Phelan gleichermaßen empört wie schockiert. »Wie kann er bereits so stark sein?«

Sartol, erkannte Jaryd. Selbstverständlich, das war die Stimme gewesen, die er gehört hatte. »Er ist noch neu in unserem Kreis«, hatte Phelan gesagt. »Er sollte kein Problem darstellen.« Oh, aber er war so stark! Jaryd hatte seine Macht erst an diesem Morgen zu spüren bekommen. Sie wären beinahe alle von der Hand des Eulenmeisters gestorben. Sie hätten wissen sollen, dass er eine Möglichkeit finden würde, ihnen etwas anzutun, selbst jetzt. Sie hätten es wissen sollen. Jaryd hatte einen Geschmack nach Asche im Mund, und er konnte immer noch Sartols rachsüchtiges Lachen hören, dass in seinen Ohren widerhallte.

»Er hat sich uns widersetzt!«, rief Phelan. »Er hat uns verraten!«

Dann gab ihnen der Wolfsmeister eine letzte Warnung: »Passt auf!«, rief er, und seine Worte tosten über den Sturm und die kalte Erinnerung an das Lachen hinweg. »Sie kommen! Und sie können euch bekämpfen!«

11

Langsam wanderte er durch den dichten Wald – Leoras Wald nannten sie ihn hier, obwohl er auf den grob skizzierten Landkarten, die er sich eingeprägt hatte, noch bevor er Lon-Ser verließ, als »nordwestlicher Wald« eingezeichnet war. Das geisterhafte Licht des Mondes wurde durch die Blätter und Zweige gefiltert, und der glühende rote Stein oben auf seiner Waffe diente als zusätzliche Lichtquelle. Ein paar Meilen voraus lag ein Dorf, und er konnte schon den Geruch von Schmiede- und Kochfeuern wahrnehmen, der vom Wind herangeweht wurde.

Wenn alles nach Plan verlief, würden andere, die sich der Siedlung morgen Nacht auf diesem Weg näherten, eine andere Art von Rauch riechen können. Er versuchte zu lächeln, aber nicht einmal dieser Gedanke konnte den Schatten heben, der sich über seine Stimmung gelegt hatte. Normalerweise arbeitete er gerne allein; er wusste die Einsamkeit zu schätzen. Aber an diesem Abend gingen ihm finstere Gedanken durch den Kopf, und sein Magen zog sich von einer Angst zusammen, die über das vage unangenehme Gefühl hinausging, das sich seiner schon vor ein paar Tagen bemächtigt hatte. Calbyr hätte im Augenblick recht gerne Gesellschaft gehabt.

Wenn ihn jemand am Vortag gefragt hätte, hätte er nicht erklären können, was ihn beunruhigte oder was diese Gefühle oder Vorahnungen bewirkte. Er hätte es selbst als eine Art Aberglauben bezeichnet, und das war kein Eingeständnis, das ihm leicht fiel. Im Lauf des Jahres, das er hier in diesem seltsamen Land zugebracht hatte, war er immer

abergläubischer geworden und hatte sogar hingenommen, dass diese Vorstellungen seine Entscheidungen als Anführer der Gruppe beeinflussten.
Es war nichts Wichtiges gewesen, nichts Bedeutendes, aber er hatte zum Beispiel die Zeitpunkte für bestimmte Aktionen geringfügig verändert, so dass sie auf Glück verheißende Tage fielen oder den Vollmond mieden. Das hätte er selbstverständlich seinen Männern gegenüber nie zugegeben. Sie hätten es auch nicht verstanden. Und zu Hause im Nal hätte auch er selbst niemals solch irrationales Verhalten gebilligt. Vielleicht war hier, wo die Leute zurückgeblieben und naiv waren, wo die Kultur unterentwickelt und die Wildnis nicht gezähmt war, so etwas wie Aberglaube akzeptabel. In Lon-Ser jedoch glaubte niemand mehr an Vorzeichen oder solche Dinge, zumindest nicht die Leute, die er kannte. Lon-Sers technologischer Fortschritt hatte ein pragmatischeres Gefühl für das Funktionieren der Welt mit sich gebracht, ein tieferes Verständnis der Wissenschaften. Das ließ wenig Platz für Mystik und die Dummheiten, die damit einhergingen. Aber er war inzwischen schon viel zu lange von zu Hause weg. Er hatte zu viele Tage in diesen Wäldern und Bergen verbracht, wo er gelernt hatte zu jagen und sich anhand der Sterne und des Sonnenstandes zu orientieren. Er war inzwischen so auf dieses verdammte Land eingestimmt, dass er sogar begonnen hatte zu denken wie die Leute hier. Diese Vorstellung ließ ihn dann doch lächeln: dass er ein Mann vom Land sein sollte, ein Bergbewohner, so etwas wie ein Orakel, war schon komisch. Allerdings nur für einen Augenblick. Dann senkte sich die finstere Stimmung wieder über ihn. In Zeiten wie diesen erkannte er sich kaum als den Mann wieder,

der das Nal vor zwei Jahren verlassen hatte, um eine Bande von Verbrechern für diese Mission auszubilden. Und dabei war er doch derjenige, der die Expansion von Lon-Ser vorbereitete, der Eroberer von Tobyn-Ser. Das waren zumindest die Worte, die Cedrych benutzt hatte, und sie gefielen ihm, besonders das Letztere. Aber Eroberer wurden nicht Opfer dieser unsichtbaren Dämonen des Geistes und verbrachten nicht so viel Zeit damit, Angst zu haben.

Cedrych hätte dafür vielleicht sogar Verständnis gehabt. Sosehr Calbyr seinem Auftraggeber misstraute, sosehr er ihn fürchtete, er fühlte sich dem Mann auch irgendwie verwandt. Cedrych hätte die Schwierigkeiten dieses Auftrags, die vor allem darin bestanden, so lange Zeit inmitten einer fremden Kultur funktionieren zu müssen, verstanden. Bei allem, was sich im Lauf der Jahre zwischen ihnen ereignet hatte, und trotz der angespannten, manchmal sogar gewalttätigen Beziehung zwischen Oberlord und Nal-Lord, hatte Cedrych Calbyr kurz vor seinem Abschied tröstliche und ermutigende Worte mit auf den Weg gegeben.

»Wir beide sind uns ähnlich, Calbyr«, hatte er unerwartet gesagt, sich mit der Hand über den glatt rasierten Kopf gestrichen und dabei den Blick seines einen guten Auges und die leere, vernarbte Augenhöhle auf Calbyrs Gesicht gerichtet. »Wir sind Visionäre. Wir sehen nicht nur die Zukunft, sondern auch den bisher noch nicht gerodeten Weg, der uns dorthin führen wird.« Er hatte seine große, aber feinknochige Hand auf Calbyrs Schulter gelegt. Die Hand eines Künstlers, hatte Calbyr damals gedacht. Die Hand eines Mörders. »Du wirst diesen Weg roden, mein Freund. Ich gebe dir die Werkzeuge, die Mittel, die du dazu brauchst. Aber es fällt dir zu, sie einzusetzen. Ich muss sagen, ich beneide dich.« Und mit seinen nächsten Worten hatte er Calbyr gleich ein zweites Mal überrascht: »Du bist der Mann, der die Expansion von Lon-Ser vorbereitet, der Eroberer von Tobyn-Ser. Du wirst die Zukunft schaffen, von der der Rest von uns nur träumen kann. Ich bin sicher, nicht alle hier würden unsere Taktik billigen, wenn wir sie fragten. Sie billigen vielleicht nicht einmal unsere Ziele. Zumindest jetzt noch nicht. Aber das wird noch geschehen, und dann werden sie uns dankbar sein. Sie werden dir dankbar sein, Calbyr, weil du Lon-Ser gerettet und dem Land eine Zukunft geschenkt hast. Vergiss das nicht, wenn die Dinge einmal nicht so sind, wie du möchtest. Vergiss das nicht, wenn du müde und weit von deinem geliebten Nal entfernt bist«, hatte er mit einem schiefen Grinsen hinzugefügt, bevor er Calbyr zur Tür geführt und ihn zum letzten Mal verabschiedet hatte.

Ja. Cedrych hätte ihn verstanden. Diese Erkenntnis hellte Calbyrs Stimmung ein wenig auf, gestattete ihm, die Umstände, die dieses letzte schlechte Vorgefühl heraufbeschworen hatten, ein wenig ruhiger zu betrachten. Sicher, es hatte als reiner Aberglaube begonnen. Seit einem Jahr war nun alles sehr gut gegangen. Zu gut, wie ihm kürzlich klar geworden war. Bei einer Operation wie dieser gab es immer irgendwelche Probleme. Immer. Und je länger es bis zum ersten dauerte, desto schlimmer würde es sein. Aber nein, alles war hervorragend gelaufen. Seit mehr als einem Jahr. Sicher, Sartol war schon recht früh über sie gestolpert, hatte sie alle erschreckt und Yarit getötet, als dieser prahlerische Idiot gedroht hatte, den Magier mit dem Werfer zu töten. Aber dann hatte sich Sartol als sehr wertvoller Verbündeter erwiesen, hatte ihnen Zugang zu Einzelheiten über den Orden verschafft und ihnen geholfen, ihre Strategie zur Untergrabung des Rufs von Tobyn-Sers Magiern und Meistern zu verbessern. Es hätte bei einer so kleinen Truppe zwar unangenehm sein können, auch nur einen einzigen Mann zu verlieren, aber Calbyr war damals schon klar gewesen, dass er mit Yarit eine schlechte Wahl getroffen hatte. Yarit war einfach zu unbeherrscht und zu dumm gewesen. Wenn er Sartol gegenüber keinen Fehler gemacht hätte, dann sehr wahrscheinlich später, und das hätte sie teurer zu stehen kommen können. Alles in allem war ihre unerwartete Begegnung mit Sartol recht gut verlaufen, viel besser, als Calbyr hätte erwarten können.

Ebenso wie seine zufällige Begegnung mit dem Mann und dem kleinen Jungen, die er auf der Insel im Süden getötet hatte. Auch andere Einwohner von Tobyn-Ser hatten ihn schon aus der Ferne gesehen, genau wie dieser Mann. Das an sich stellte kein Problem dar. Aber die anderen hatten ihm zugewinkt und ihn weitergehen sehen und nicht darüber nachgedacht, wenn er nicht stehen geblieben war, um mit ihnen zu sprechen. Dieser Mann jedoch hatte sich unerklärlicherweise umgedreht und war geflohen. Calbyr hatte nie erfahren, warum. Vielleicht hatte er irgendwie gespürt, dass etwas nicht stimmte; vielleicht hatte er eine Art von Vorahnung gehabt. Calbyr lächelte in sich hinein, als ihm die Ironie auffiel. Was immer der Grund gewesen war, Calbyr hatte sofort erkannt, dass der Mann sterben musste, ebenso wie der Junge. Zunächst hatte er sich Sorgen gemacht, ob diese plötzliche Eskalation der Vorfälle, für die er und seine Bande verantwortlich waren, zu Problemen führen würde; vielleicht würde jemand auf die Anwesenheit von Fremden im Land aufmerksam werden. Aber es hatte sich herausgestellt, dass ohnehin der Zeitpunkt für eine Eskalation gekommen war. Der Vorfall machte die Dinge nicht schwieriger, im sondern bot sogar einen recht überzeugenden Übergang von dem relativ geringfügigen Vandalismus des vergangenen Herbsts und Winters zu den ernsthafteren Angriffen, die später im Frühling begannen und über den Sommer heftiger geworden waren.

Es schien also, dass sich selbst ihre Fehler nur zum Besten auswirkten. Diese beiden ganz bestimmt. Nach allem, was Sartol ihm erzählt hatte, hatten der Vandalismus und die Morde die erwünschten Auswirkungen. Der Glaube der Menschen an den Orden schwand; Magier klagten andere Magier des Verrats an, und der Hauptverdächtige des Ordens für all diese Verbrechen war seit tausend Jahren tot. Alles lief nach Plan. Exakt. Hervorragend. Und Calbyr bekam immer mehr Angst. Früher oder später würde etwas schief gehen. Genau das hatte er auch gestern gedacht, noch während er sich für seinen Aberglauben tadelte.

Aber an diesem Tag war alles anders geworden. Das unangenehme Gefühl war deutlicheren Zeichen gewichen. Es war schließlich doch geschehen – das Ende ihrer Glückssträhne war erreicht. Ganz plötzlich sahen die Dinge nicht mehr so gut aus.

Zunächst hatte er seit einer Woche nichts mehr von Glyn und Kedar gehört. Alle anderen hatten sich wie üblich gemeldet, hatten die Kommunikationsgeräte benutzt, die in ihren Waffen installiert waren, und eine kodierte Sequenz von akustischen Zeichen abgegeben. Aber nicht Glyn und Kedar, nicht seit ein paar Tagen vor ihrem geplanten Angriff auf Wasserbogen. Und Calbyr machte sich Sorgen. All seine Männer wussten, dass sie sich sofort nach der Erledigung eines Auftrags mit ihm in Verbindung setzen mussten. Das gehörte zur Routine: den Auftrag ausführen, sich an einen sicheren Ort zurückziehen und eine Botschaft schicken, die aus ihren persönlichen Codes und zwei weiteren Signalen bestand, um anzuzeigen, dass alles nach Plan verlaufen war. Wenn es nur Kedar gewesen wäre, hätte er sich nicht solche Sorgen gemacht. Der riesige, kräftige Mann hatte bei mehreren Gelegenheiten gezeigt, wie wertvoll seine gewaltige, tödliche Kraft sein konnte, aber er war ein langsamer Denker; es konnte gut sein, dass er in der Aufregung der Arbeit vergessen hatte, sich mit Calbyr in Verbindung zu setzen. Aber nicht Glyn, dessen Erfahrung und Verlässlichkeit ihn zu Calbyrs bevorzugtem Mitarbeiter gemacht hatten. Glyn verstand, wie wichtig diese Dinge waren. Er hätte so etwas nicht vergessen, und das konnte nur bedeuten, dass in Wasserbogen etwas schief gegangen war. Calbyr schauderte unwillkürlich. Aberglaube war eine Sache, aber wenn Aberglaube und Logik zu dem gleichen Ergebnis führten, dann war das beängstigend.

Und dann gab es noch etwas, was ihn sogar noch mehr beunruhigte als Glyns und Kedars Schweigen. Früh an diesem Nachmittag, als er an einem kleinen Bach gesessen und etwas gegessen hatte, war ihm aufgefallen, dass der schimmernde gelbe Kristall, den Sartol ihm gegeben hatte, aufgehört hatte zu leuchten. Ganz plötzlich. Ohne jeden ersichtlichen Grund. Er war am Abend zuvor, als Calbyr ihn zum letzten Mal überprüft hatte, noch vollkommen in Ordnung gewesen. Aber nun sah er aus wie ein Stück Glas, farblos und trüb. Calbyr wusste nicht sicher, was das bedeutete, aber er hatte eine gewisse Vorstellung. Und wenn er Recht hatte, war das schlecht. Sehr schlecht.

Zuerst Glyn und Kedar, jetzt Sartol. Wer würde der Nächste sein? Zum ersten Mal seit ihrer Ankunft in Tobyn-Ser fragte sich Calbyr unwillkürlich, ob es nicht Zeit wäre, zum Nal zurückzukehren. Sie hatten hier bereits viel erreicht. Sehr wahrscheinlich hatten sie den Prozess bereits in Gang gesetzt, der zum Untergang des Ordens führen würde. Wahrscheinlich. Aber nicht definitiv. Calbyr schüttelte den Kopf und grinste bedauernd. Er kannte sich zu gut: Er hatte noch nie einen Auftrag nicht vollständig erledigt, und er würde jetzt nicht damit anfangen, nicht, wenn die beste Bezahlung seines Lebens auf dem Spiel stand. Was immer mit Glyn, Kedar und dem Sohn Amarids geschehen sein mochte – damit mussten und würden sie fertig werden. Er war nicht das erste Mal in einer schwierigen Lage, und er war immer gut herausgekommen; sogar besser als gut. Er beschleunigte seinen Schritt ein wenig, denn plötzlich hatte er es eilig, das Dorf zu erreichen. Vielleicht würde er nicht bis zum nächsten Abend warten müssen, wenn er dort bald genug eintraf.

Es fing recht harmlos an, mit einer unerwarteten Bö, die durch den Wald fegte und die Äste über ihm zum Rauschen brachte. Diese Bö allerdings erreichte nicht einfach einen Höhepunkt und ließ dann wieder nach, wie es normalerweise geschah. Stattdessen wurde sie intensiver, steigerte sich zu einem Sturm, der mit schrillem, heulendem Geräusch weiterfegte. Es klang wie ein in die Enge getriebenes Tier, das sich der Unausweichlichkeit seines eigenen Todes gegenübersah. Heftiger und heftiger wehte der Wind, bis Calbyr befürchtete, er würde die Bäume aus dem Boden reißen und Leoras Wald über das ganze Land verstreuen. Aber es war nicht der Sturm, der ihn stutzen ließ. Es war das

Licht. Zunächst nur schwach und trüb und von der Farbe von Mond und Sternen, wurde es schnell heller, als es ihn von allen Seiten einschloss und sich dann verengte wie eine Schlinge. Dann blitzte das silbrige Licht plötzlich blendend hell auf, und Calbyr spürte so etwas wie eine seltsame, mörderisch kalte Umarmung. Nach dem ersten Blitzen brauchte er einen Augenblick, um zu begreifen, dass das Mondlicht verschwunden und einer tiefen Schwärze gewichen war, die alles verschlang, selbst das Glühen seines roten Steins. Nur das Gefühl der Waffe, die sicher in seiner fest zupackenden Hand lag, und das stetig präsente Gewicht des künstlichen Vogels auf seiner Schulter sagten ihm, dass er immer noch über diese Gegenstände verfügte. Er versuchte zu atmen, aber es ging nicht. Er spürte, wie sich die Angst in ihm regte wie ein wildes Tier, und er strengte sich an, sie wegzuschieben. Und als er schließlich begriffen hatte, dass es sich um Zauberei handeln musste, spürte er eine Stimme in seinem Geist, eine Stimme, die er kannte. *Man hat mich entlarvt!*, teilte ihm Sartol irgendwie mit. *Räche mich, Calbyr! Töte Baden für mich! Töte sie alle!* Und noch während die Kälte ihn umklammerte, während seine Lungen nach Luft schrien, schob er den Daumen auf den Knopf am Werfer und bereitete sich auf das vor, was ihm entgegentreten würde.

»Passt auf! Sie kommen! Und sie können euch bekämpfen!« Niall brauchte einen Augenblick, um zu begreifen, was der Wolfsmeister ihnen da zuschrie. Alles veränderte sich so schnell: Zuerst gab es ein silbriges Schimmern, das aus Phelans Ceryll zu Jaryds hinfloss, wo es sich aufsplitterte wie Licht in einem Prisma, den jungen Falkenmagier mit einer glühenden Spirale umgab und sich strahlend in den dunklen Himmel und nach Westen bog. Dann herrschte einige Zeit lang Stille, bis auf den Wind, der um sie herumfegte. Jaryd und der Wolfsmeister standen reglos da wie Statuen aus Mondlicht und Eis, und obwohl Niall kaum verstand, was er da vor sich sah, spürte er die Präsenz von unzähligen anderen, eine Prozession der Seelen, die langsam und friedlich durch die Senke zog. Bis die Szene abrupt von Phelans entsetztem und wütendem Aufheulen und Jaryds gequältem Aufschrei gebrochen wurde, als Sartol über die Schwelle des Todes hinweggriff und alles zerstörte, was sie zu erreichen versucht hatten.

Anfangs waren alle zu erschrocken, um sich auch nur zu regen. Aber einen Augenblick später rief Baden – selbstverständlich war es Baden – sie zur Tat.

»In Deckung!«, brüllte er, und dennoch war seine Stimme über den Sturm hinweg kaum zu verstehen. »Greift zuerst die Vögel an; Sie sind am gefährlichsten! Aber Vorsicht – selbst wenn die Vögel zerstört sind, behalten diese Fremden ihre Macht!«

Bereits während dieser Worte suchte der Eulenmeister hinter einer der massiven Kiefern Deckung. Die anderen taten das Gleiche. Niall hockte sich in einen kleinen Graben hinter den riesigen Stamm eines umgestürzten Baums, und Alayna führte Jaryd hinter einen Felsblock, bevor sie sich selbst hinter eine weitere Kiefer stellte.

»Wolfsmeister!«, rief Baden. »Kannst du dein Licht dämpfen? Unsere Ortskenntnis wird von größerem Vorteil sein, wenn wir –«

Er hielt inne, denn in diesem Augenblick zuckte kurz ein grelles Licht auf und wich dann wieder der Nacht. Gleichzeitig wurde der Wind intensiver, und unheimliche Stille senkte sich über den Wald. Niall, der den Blick abgewandt hatte, als das Licht so grell wurde, schaute wieder zu der Stelle hin, an der sie selbst noch einen Augenblick zuvor gestanden hatten. Zunächst sah er gar nichts. Aber als sich seine Augen wieder an die Dunkelheit gewöhnten, erkannte er, dass sie nicht mehr allein waren. Die Fremden waren gekommen. Es waren ungefähr ein Dutzend – dreizehn, hatte Phelan gesagt, wenn er sich recht erinnerte –, und alle trugen grüne Umhänge, und sie hatten Stäbe mit blutroten Steinen darauf. Und als sich seine Augen noch besser angepasst hatten, entdeckte Niall die Umrisse riesiger schwarzer Vögel auf ihren Schultern.

Einen Sekundenbruchteil standen alle reglos da. Dann ergoss sich ein Strom orangefarbenen magischen Feuers aus Badens Stab und teilte sich im letzten Augenblick, um zwei der künstlichen Vögel mitten in die Brust zu treffen. Lila und graue Lichtblitze folgten, als Alayna und Ursel ebenfalls die schwarzen Geschöpfe angriffen und zwei weitere zerstörten. Gleichzeitig schleuderte Trahn magisches Feuer nach einem der Fremden, traf seinen Kopf und tötete ihn auf der Stelle. Niall richtete seinen Stab auf einen weiteren Eindringling, aber dieser Mann hatte gesehen, was seinem Kumpan zugestoßen war, und sprang beiseite. Dennoch, Nialls Feuer traf ihn am Handgelenk, ließ den Mann schmerzerfüllt aufschreien und schleuderte seine Waffe in den Wald.

All das geschah innerhalb von ein oder zwei Sekunden, und von Baden einmal abgesehen, der einen dritten Vogel mit einer zischenden orangefarbenen Flamme zerstörte, hatte keiner der Magier die Gelegenheit zu einem zweiten Schuss. Einer der Fremden brüllte einen Befehl in einer fremden Sprache, und alle falschen Magier suchten Deckung. Danach verlor Niall jedes Zeitgefühl. Die Nacht wurde von Blitzen roten Lichts erhellt, die mit tödlicher Kraft ins Dunkel zuckten. Die Magier reagierten mit ihren Salven oder mit schimmernden Vorhängen magischen Lichts, die sie vor den roten Blitzen schützten. Die Luft ringsumher war aufgewühlt vom Flattern echter und künstlicher Flügel, und die Schreie der Falken und Eulen klangen laut und schrill. Dichter, wirbelnder Rauch erfüllte die Senke, gespeist von Bäumen und Büschen, die bei dem Kampf in Brand geraten waren, und es sah aus, als schimmerte dieser Rauch in den unzähligen Farben des Kampfes – Orange und Braun, Grau und Lila, Blau und Weinrot und selbstverständlich im Rot der Feinde. Es fiel Niall immer schwerer, Freund und Feind zu unterscheiden.

Aber es dauerte nur Minuten, bis er begriff, dass sie nicht lange würden standhalten können. Die Fremden waren gut ausgebildet und hatten einen fähigen Anführer. Er konnte zwar die gebrüllten Befehle und Antworten, die zwischen den Eindringlingen ausgetauscht wurden, nicht verstehen, begriff aber schnell, was sie bedeuteten. Die Fremden hatten sich zunächst in zwei Gruppen direkt vor Nialls Baum geduckt, begannen aber bald auszuschwärmen, schlichen lautlos durchs Unterholz und gaben einander mit wilden Salven roter Flammen Deckung. Innerhalb von Augenblicken hatten sie sich in einem weiten Halbkreis aufgestellt und drohten, den Magiern in den Rücken zu fallen. Und was noch schlimmer war, Niall spürte bereits, wie Nollstra müde wurde; zweifellos kämpften alle echten Vögel gegen diese gnadenlosen Geschöpfe, die die Eindringlinge mitgebracht hatten, um ihr Leben. Die mechanischen Vögel

waren einfach zu zahlreich, zu groß und zu unnatürlich schnell. Und Nialls Macht schwand, je müder Nollstra wurde und je mehr Energie sie für den verzweifelten Kampf um ihr Überleben brauchte. Die Naturgesetze, denen auch die Magie unterworfen war, ließen sich nicht verändern, nur um es den Magiern zu gestatten, gegen ihre neuen Feinde zu kämpfen. Bald würden alle Magier zu schwach sein, um sich gegen das Feuer der Fremden abschirmen zu können. Oder noch schlimmer, sie würden ihre Vögel verloren haben und daher überhaupt nicht mehr in der Lage sein, sich zu verteidigen. In jedem Fall mussten die Magier etwas unternehmen, und zwar bald.
Niall hörte, wie Ursel aufschrie, und als er rasch zu ihr hinschaute, sah er einen der dunklen Vögel, der durch den Rauch kaum mehr als ein trüber Schatten war und von der Falkenmagierin wegflog. Blut lief aus zwei parallelen Wunden oberhalb von Ursels Auge, aber ansonsten schien sie unverletzt zu sein. Niall verschwendete kein Zeit, sondern drehte sich um und schleuderte eine weinrote Feuersalve nach dem mechanischen Vogel. Er traf ihn am Flügel. Der Vogel stieß gegen einen Baum, ging in Flammen auf und stürzte zu Boden. Aber im selben Augenblick spürte Niall ein scharfes Brennen an der Schulter, und als er in die andere Richtung herumfuhr, sah er ein weiteres dieser schrecklichen Geschöpfe davonfliegen, mit Nialls Blut an den messerscharfen Krallen. Blaue und orangefarbene Lichtblitze schossen auf den Vogel zu, verfehlten ihn aber und flackerten nutzlos in die Nacht. Niall spürte, wie das Blut aus der pochenden Wunde seinen Umhang durchtränkte, aber er wagte es nicht, Nollstras Kraft noch weiter zu verschwenden, indem er sich selbst heilte.

Ein roter Blitz traf den umgestürzten Baum direkt vor ihm und ließ eine Fontäne glühender Holzstücke in die Luft spritzen. Instinktiv duckte sich Niall und schrie bei der raschen Bewegung vor Schmerz auf. Als er dort in den Kiefernnadeln lag und die Augen schloss, bis die Schmerzen ein wenig nachgelassen hatten, rechnete Niall noch einmal alles zusammen. Dann tat er das Gleiche noch einmal und ein drittes Mal. Die Zahlen waren immer noch hoffnungslos ungleich. Sechs der mechanischen Vögel waren zerstört, einer der Fremden war tot und ein weiterer verwundet. Damit blieben sieben der riesigen Geschöpfe und elf bewaffnete Männer gegen eine Gruppe von sechs Magiern und ihren Vertrauten.

Und einen Geist. Denn in diesem Augenblick hörte Niall Phelans Stimme durch die Senke grollen, über das Knistern der Flammen und die Schreie der Vögel hinweg.

»Haltet ein, Feinde Amarids!«, rief der Wolfsmeister, und das silberne Licht wurde plötzlich heller. »Ich bin Phelan, der Wolfsmeister, und ich bin gekommen, um das Land zu rächen!«

Die glühend roten Blitze aus den Waffen der Fremden brachen abrupt ab, obwohl die Vögel den Kampf nicht einstellten. Vorsichtig spähte Niall über den Baumstamm hinweg und sah, wie Phelan und Kalba in die Senke zurückkehrten. Es musste ein Trick sein. Erst vor kurzer Zeit hatte Phelan zugegeben, dass er ihnen nicht helfen konnte. »Ich kann nicht auf bedeutungsvolle Weise mit eurer Welt in Beziehung treten«, hatte er gesagt. Und in diesem Fall –

Die Fremden hatten sich dem Geist zugewandt und richteten ihre Waffen auf ihn.

»Jetzt!«, brüllte Phelan.

Und als rote Flammen aus den Waffen der Eindringlinge auf den Wolfsmeister und den großen Wolf zuschossen, zischend und sich windend wie Schlangen, und dann durch beide Geister hindurchgingen, als wären sie überhaupt nicht da, verließen alle sechs Magier ihre Deckung und schleuderten Speere aus magischem Feuer auf die Männer, die gekommen waren, um Tobyn-Ser zu erobern. Sieben von ihnen waren tot, bevor die anderen begriffen, dass man sie getäuscht hatte. Drei flohen daraufhin in den Wald, gefolgt von zwei der mechanischen Vögel. Das hieß also, dass acht tot waren, drei auf der Flucht, ein weiterer zu verwundet, um sich zu regen oder gar zu kämpfen. Damit blieb einer übrig.

Niall wusste es, bevor er hinsah, und er überraschte sich selbst damit, wie ruhig er es hinnahm. Er drehte sich nur ein kleines bisschen nach links und sah den glühenden roten Punkt, der auf ihn zukam. Er hatte noch die Zeit zu begreifen, dass dies in Wirklichkeit kein Punkt war, sondern ein Flammenstrom, der auf seinen Kopf zielte. Er hatte sogar noch die Zeit, die weiße Narbe zu bemerken, die sich über die Wange und bis in den hellen Bart des blonden Mannes erstreckte, der ihn angegriffen hatte. Aber er begriff sofort, dass ihm keine Zeit mehr bleiben würde, sich gegen den Angriff abzuschirmen.

Irgendwo hinter ihm stieß Jaryd einen Schrei aus, aber Niall versuchte bereits das Einzige, was ihm noch blieb. Er konnte den Flammen nicht mehr ausweichen oder sie abwehren. Aber wenn er sich auf sie zudrehte, würde sie ihn vielleicht an der Schulter treffen und nicht am Kopf. Es war keine sonderlich große Chance – selbst wenn er an der Schulter getroffen wurde, wäre die Wunde wahrscheinlich

schlimm genug, um ihn zu töten – aber es war besser als gar nichts. Es war alles, was ihm noch blieb.
Noch während er sich nach vorn und zur Seite warf, wusste er jedoch, dass das nicht genügen würde. Vor zwanzig Jahren hätte es vielleicht funktioniert. Oder sogar noch vor zehn. Aber nun war er ein alter Mann. Er war weiser als damals, das stimmte, und neu erwacht zu seiner alten Leidenschaft für das Leben. Aber alt. Zu alt. Ein Jahrzehnt voller Trauer und Apathie hatte seinen Tribut gefordert. Er schloss die Augen, weil er es nicht sehen wollte. Und dann explodierte in seinem Geist weißes Licht, es dröhnte wie Donner oder gewaltige Brecher, und Niall spürte, wie das Feuer seinen Hals und das Kinn traf, spürte, wie es ihn herumwirbelte wie einen Kreisel und dann zu Boden schleuderte. Einen Augenblick war der Schmerz unerträglich, und dann spürte er überhaupt nichts mehr, was angenehmer war, aber auch viel furchterregender. Er öffnete die Augen und sah, dass sich Jaryd und Alayna über ihn beugten, beide mit tränenüberströmten Gesichtern. Nach ein paar Sekunden kniete auch Baden neben ihm nieder, bleich und grimmig.
»Holt sie euch!«, rief Niall den Magiern zu. Zumindest hatte er das vorgehabt. Aber sein Unterkiefer war verschwunden, und sie hatten ihn nicht verstanden. Baden sagte etwas. Niall konnte sehen, wie er den Mund bewegte, aber er hörte nur ein Rauschen von undurchdringlichem Lärm, als bewegten sich Felsblöcke in seinem Kopf. Noch einmal versuchte er ihnen zu sagen, sie sollten sich lieber um die Fremden kümmern, aber es hatte keinen Sinn. Und außerdem waren sie inzwischen weg, und nur Vardis war da, kniete neben ihm und lächelte auf diese erstaunliche und schwer zu deutende Art. Er wusste nicht, wie sie zu ihm

gekommen war, aber das zählte eigentlich auch nicht mehr. Er hatte schon so lange auf sie gewartet. Irgendwie konnte er hören, wie sie ihm sagte, er solle sich jetzt ausruhen. Die Augen schließen und ausruhen. Und er sagte ihren Namen, nur einmal, aber das Wort war so klar wie ein Ceryll. Und dann schloss er die Augen und umarmte die Dunkelheit, als wäre sie seine einzige Geliebte.

Das hatte Calbyr nicht gewollt. Er hätte zweifellos lieber die Angriffe fortgesetzt und ihren ursprünglichen Plan zu Ende geführt. Aber es sollte nicht sein. Und wenn sie sich den Magiern schließlich stellen mussten, war diese Situation ebenso gut wie jede andere. Nach allem, was er durch den Rauch und die allgemeine Verwirrung feststellen konnte, standen nur fünf oder sechs von ihnen gegen seine gesamte Mannschaft. Oder das, was davon übrig war. Yarit war schließlich lange tot, und Calbyr war inzwischen sicher, dass man Glyn und Kedar entweder gefangen genommen oder ebenfalls getötet hatte. Der erste Angriff der Magier hatte Keegan umgebracht und mehrere Vögel erledigt. Auley war schwer verwundet und schien nicht mehr in der Lage, am Kampf teilzunehmen. Insgesamt waren sie jedoch gegenüber den Magiern und ihren Vögeln immer noch in der Überzahl. Und Calbyr bezweifelte nicht, dass seine Männer bei einem Feuergefecht in diesem Gelände siegen würden; das war es schließlich, wozu sie ausgebildet waren und was sie am besten konnten. Sie hatten bereits damit begonnen, die Magier ins Kreuzfeuer zu nehmen, die offensichtlich mit dieser Art von Kampf wenig Erfahrung hatten. Die synthetischen Vögel taten, was sie tun sollten, kämpften mit den Falken und Eulen der Magier, und dies war für die echten Vögel bereits ein verzweifelter Kampf ums Überleben geworden. Sartol hatte ihn mehrmals angewiesen, die Vögel als Erste zu töten, falls er und seine Leute je Ordensmitgliedern gegenüberstehen würden.

»Benutzt die künstlichen Geschöpfe, um ihre Vertrauten anzugreifen«, hatte der Eulenmeister geraten, »und nehmt euch erst dann die Magier vor. Wenn die Vögel schwächer werden, schwächt das auch die Magier; töte den Vogel, und der Magier gehört dir.« Calbyr hatte sorgfältig zugehört, denn er erwartete, irgendwann einmal genau diese Taktik gegen Sartol einsetzen zu können. Es war schon komisch, was nun daraus geworden war.

Zumindest für eine Weile hatte sich Sartols Rat als klug erwiesen, und der Kampf schien für Calbyr und seine Leute günstig zu verlaufen. Aber sie waren weit von Lon-Ser entfernt, und der Sohn Amarids hatte ihnen nie gesagt, wie man Geister bekämpfte. Wenn Calbyr ehrlich war, musste er zugeben, dass er sich an einen solchen Rat ohnehin nicht gehalten hätte. In der gewaltsamen, kompromisslosen Kultur des Nal war ebenso wenig Platz für Geister wie für Aberglauben. Daher konnte er es seinen Männern kaum übel nehmen, dass sie auf den Geist mit dem Wolf hereinfielen. Einen Augenblick hatte selbst er sich gestattet, eingeschüchtert zu sein. Erst als er sah, wie die Magier aus der Deckung kamen, die Stäbe auf seine Männer gerichtet, hatte er begriffen, was hier vorging. Beinahe hätte er einen Warnschrei ausgestoßen. Vielleicht hätte er das ja tun sollen. Immerhin waren es seine Männer. Er hatte sie hierher gebracht; er würde für ihren Tod verantwortlich sein. Aber es war ohnehin schon zu spät. Und wahrscheinlich hätte ihn diese Verzögerung das Leben gekostet.

Stattdessen beschloss er zu fliehen, ebenso wie die drei, die dem magischen Feuer entgangen waren. Aber erst musste er sich um zwei Dinge kümmern. Zunächst hatte er noch Zeit, einen der Magier zu töten: So viel bin ich Sartol schuldig, dachte er und überraschte sich selbst mit diesem Gedanken. Und obwohl er nicht wusste, wer diese Leute waren, nahm er nach den Worten der Stimme, die er kurz vor seinem Eintreffen an diesem Ort gehört hatte, an, dass dieser Baden hier sein musste. Baden war ein Eulenmeister, erinnerte er sich, und ein älterer Mann. Es waren zwei hier, auf die diese Beschreibung zutraf, und so riet er einfach. Und er feuerte und hielt nicht einmal inne, um herauszufinden, ob er richtig geraten hatte. Nach der letzten Feuersalve hatte er kaum noch genug Zeit, um sich um die zweite Sache zu kümmern.

Er wandte sich Auley zu und sah, dass der Verwundete ihn bereits beobachtete, die Augen weit aufgerissen, aber gelassen. Auley war ein guter Mann: schlau, diskret, vorsichtig, ohne zimperlich zu sein. Aber nun war er hilflos – sein Handgelenk sah schrecklich aus: schwarz verbrannt und blutend, und dort, wo seine Hand hätte sein müssen, gab es nur noch einen zersplitterten weißen Knochen. Calbyr konnte zwar nichts wegen der anderen Männer tun, die die Magier vielleicht später erwischen würden, aber er konnte diesen Mann davon abhalten, etwas verraten zu müssen. Wahrscheinlich hätte Auley auch selbst getan, was getan werden musste. Aber Männern, die in Gefangenschaft gerieten, passierten seltsame Dinge: Ihr Verhalten änderte sich, wurde unberechenbar. Und Calbyr konnte kein Risiko eingehen. Er und Auley starrten einander einen Augenblick an, und dann nickte der Verwundete. Ein guter Mann, dachte Calbyr abermals, als er den Knopf an seinem Werfer drückte und sah, wie die roten Flammen sich in Auleys Brust fraßen.

Dann drehte Calbyr sich um und rannte aus der Senke heraus, pfiff laut nach seinem Vogel und konnte gerade noch einer grauen Flamme ausweichen, die von einem der Magier kam. Abermals angewiesen auf das Licht des Mondes und das des Steins oben auf seiner Waffe, folgte er einem schmalen, beinahe zugewucherten Pfad tiefer in den Wald hinein und fühlte sich unerwartet erleichtert, als er seinen Vogel neben sich sah. Er hoffte, dass der Tod des Eulenmeisters die anderen so verwirren würde, dass es ihm eine Chance zur Flucht gab. Er und seine Männer hatten keine Absprachen für ein Treffen in einem solchen Fall. Um ehrlich zu sein, hatte er nie geglaubt, dass sie einmal alle auf diese Weise zusammengebracht werden könnten; er hatte die Truppe aufgeteilt, um genau diese Art Debakel zu vermeiden. Er erwartete allerdings, dass die anderen, falls sie nicht erwischt würden, zur Lon-Tobyn-Landenge zurückkehren würden, die sie zu Fuß überquert hatten, als sie vor über einem Jahr nach Tobyn-Ser gekommen waren. Dorthin wollte er ebenfalls gehen. Und von dort aus zurück nach Lon-Ser und zum Nal.

Vorausgesetzt, dass Cedrych ihm neue Vögel zur Verfügung stellte, würde er innerhalb von zwei Jahren eine neue Truppe ausbilden können, vielleicht sogar schon eher. Das würde genügen, damit die Magier sich inzwischen einreden konnten, die Angriffe seien vorüber, aber natürlich würde sich die Bevölkerung noch lange genug daran erinnern. Wenn er rasch handelte, würde er kaum etwas von der Wirkung verlieren, die sie den Sommer über aufgebaut hatten. Immer vorausgesetzt, dass Cedrych sie weiterhin unterstützte.

Bei diesem Gedanken zuckte Calbyr innerlich ein wenig zusammen. Er hätte diesen Vorfall kaum vermeiden können. Er war immer noch nicht sicher, wie die Magier ihn überhaupt an diesen Ort gebracht hatten – wo immer »dieser Ort« sein mochte –, aber er war einigermaßen überzeugt, dass der Geist zumindest zum Teil dafür verantwortlich war. Cedrych konnte ihm so etwas doch sicher nicht übel nehmen? Wie sollte er gegen einen Geist ankommen? Niemand in Lon-Ser glaubte auch nur, dass es Geister gab. Zumindest niemand im Nal. Dennoch, er wusste, dass Cedrych über diese Sache nicht glücklich sein würde. Genau so, wie Cedrych Calbyrs Oberherr war, nahm Cedrych seine Befehle vom Herrscher entgegen. Und der hatten für Versager nicht viel übrig. Cedrych würde vielleicht Verständnis haben. Aber vielleicht würde er Calbyr auch einfach töten und einen anderen finden, der sich in Zukunft um Tobyn-Ser kümmerte. Calbyr schluckte. Es sah so aus, als müsste er dieses Risiko einfach eingehen. Er hatte zweifellos keine Zukunft in diesem Land, und alle in Lon-Ser, die jemanden mit seinen ... Talenten brauchten, würden ihn als Cedrychs Mann erkennen: Er hatte sich in der Vergangenheit mit seinen Leistungen in gewisser Weise einen Namen gemacht.

Ein Geräusch hinter ihm ließ ihn innehalten. Schritte. Eine einzelne Person. Calbyr grinste ins Dunkel. Fünf Magier und ein Geist waren eine Sache. Aber gegen einen Einzelnen konnte er ankommen. »Töte den Vogel, und der Magier gehört dir«, hatte Sartol gesagt. Kein Problem, sollte man annehmen. Als Calbyr einen Blick zurückwarf, konnte er bereits das Licht des Magiers sehen, das sich rasch näherte.

Leise schlüpfte er ins dichte Unterholz und bereitete seinen Hinterhalt vor.

Das Bild hatte sich trotz der Tränen, die ihn alles nur verschwommen erkennen ließen, in Jaryds Hirn eingebrannt. Es würde ihn noch jahrelang begleiten, vielleicht für den Rest seines Lebens. Die Hälfte von Nialls Hals und der größte Teil seines Unterkiefers waren einfach weggefegt worden. Sein Umhang war blutig, und selbst die Teile seines Gesichts, die noch da waren, waren vom Feuer des Fremden geschwärzt und verbrannt. Und dennoch lebte der Eulenmeister, als Jaryd ihn erreichte. Er versuchte sogar, etwas zu sagen. Jaryd wollte Niall unbedingt heilen, aber er wusste nicht einmal, wo er anfangen sollte. Es wäre ohnehin vergebens gewesen – das sagte ihm Baden, der sofort zu ihnen stieß –, und sie mussten ihre Kraft aufsparen, um weiter gegen die Eindringlinge zu kämpfen.
Jaryd biss die Zähne gegen die aufsteigende Übelkeit zusammen und zwang sich hinzuschauen, als Niall zum letzten Mal die Augen schloss. Erst dann wandte er sich ab, gerade noch rechtzeitig, um zu sehen, wie der Mann, der den Eulenmeister getötet hatte, Ursels magischem Feuer auswich und in den Wald floh. Jaryd kam auf die Beine und rannte hinter dem Fremden her. Auch Ursel hatte begonnen, den falschen Magier zu verfolgen, aber Jaryd befand sich näher an der Stelle, wo der Mann mit der Narbe in den Wald gelaufen war.
»Ich kümmere mich um ihn!«, rief er der Falkenmagierin über die Schulter hinweg zu.
Und dann hörte er Trahns Stimme. »Ursel! Die anderen sind in diese Richtung geflohen!«

Dann war Jaryd selbst mitten im Wald und stellte dankbar fest, dass Ishalla bei ihm war und über seiner Schulter flatterte. Einen Augenblick machte er sich Sorgen um Alayna und Baden, die immer noch gegen die mechanischen Vögel kämpfen mussten, die über der Senke kreisten. Aber dann erspähte er den roten Schimmer des Steins des Fremden, und alle anderen Gedanken verschwanden aus seinem Kopf.

Baden schaute Jaryd hinterher, als dieser im Wald verschwand, und dann sah er Trahn und Ursel in eine andere Richtung rennen, aber er war gezwungen, seine Aufmerksamkeit sofort wieder den Vögeln zuzuwenden - vier mechanischen und drei echten -, die zwischen den Bäumen aufstiegen und wieder herabschossen. Er konnte Anlas Erschöpfung spüren, als wäre es seine eigene, und in gewisser Wiese war sie das auch. Seine Kraft ließ nach; und wenn er die immer mühsameren Bewegungen von Alaynas grauem Falken richtig deutete, ging es der jungen Frau und Fylimar nicht anders. Verblüffenderweise kämpfte Nialls Eule, obwohl sie nicht mehr an den Meister gebunden war, ebenso leidenschaftlich wie die anderen beiden, vielleicht sogar noch wilder. Aber in diesem Stadium, gegen diese Geschöpfe, bedeutete das nur, dass die Schreie der Eule schriller wurden und sie immer knapper davonkam. Ihnen blieb nicht mehr viel Zeit.

»Ich kann sie einfach nicht erwischen«, sagte Alayna verzweifelt. Sie hatte den Blick auf die Vögel gerichtet, und ihre Wangen waren immer noch feucht von ihren Tränen um Niall. »Sie bewegen sich so schnell, dass ich Angst habe, ich könnte Fylimar oder eine der Eulen treffen.«

»Ich weiß«, erwiderte Baden und versuchte, sich seine Anspannung nicht anmerken zu lassen. »Lass dir Zeit. Wenn wir zu ungeduldig sind, machen wir nur Fehler. Und pass auch auf dich selbst auf; es könnte gut sein, dass sie uns ebenfalls angreifen.«
Alayna nickte, und einige Zeit schauten sie nun nach oben, die Stäbe fest umklammert. Dann schoss plötzlich ein lilafarbener Lichtstrahl aus Alaynas Ceryll und verfehlte einen der schwarzen Vögel nur knapp.
»Aricks Faust!«, zischte sie.
Baden wappnete sich gegen einen Angriff von einem oder mehreren der fremden Geschöpfe, aber der kam nicht.
»Das ist seltsam«, sagte er, den Blick immer noch gen Himmel gerichtet. »In Wasserbogen haben sie mich bei der ersten Gelegenheit angegriffen, sobald sie mich bemerkt hatten.«
»Vielleicht können sie das jetzt nicht«, erwiderte Alayna.
Baden warf ihr einen Blick zu. »Wie meinst du das?«
»Was, wenn sie Menschen brauchen, die sie anleiten? Die anderen Vögel sind mit den vier Fremden geflohen. Also gehören die da denen, die wir getötet haben.«
»Ich kann dir immer noch nicht folgen.«
Alayna sah ihn an. »Sie sind wahrscheinlich nicht auf die gleiche Weise an Menschen gebunden wie unsere Falken«, erklärte sie. »Aber wenn sie nicht wirklich lebendig sind, müssen sie auf irgendeine Weise Befehle erhalten.« Sie zeigte auf Nialls Eule. »Sie kämpft immer noch, weil sie sich so entschieden hat – sie braucht Niall nicht, um es ihr zu sagen. Aber was, wenn das mit den mechanischen Falken anders ist? Was, wenn der letzte Befehl, den sie erhalten haben, darin bestand, gegen unsere Vögel zu kämpfen?

Selbst wenn wir versuchen, sie zu töten, werden sie uns nicht angreifen.«

»Aber der da ist gerade deinem Feuer ausgewichen.«

Sie nickte. »Stimmt, aber wahrscheinlich hat man ihnen einen gewissen Überlebensinstinkt mitgegeben. Davon einmal abgesehen können sie vielleicht nichts anderes tun, als ihrem letzten Befehl zu folgen. Was auch bedeutet, dass sie nicht aufgeben werden, bis sie alle tot sind. Wir werden sie nicht vertreiben können, indem wir einen von ihnen töten.«

Baden schwieg einen Augenblick, denn gerade flog eines der riesigen Geschöpfe direkt über sie hinweg. Der Eulenmeister riss seinen Stab hoch und bezog gerade genug Kraft von Anla, um eine Salve orangefarbenen Feuers abzuschießen, die den schwarzen Vogel in den Bauch traf, ihn gegen einen Ast prallen und dann zu Boden stürzen ließ. Dort zuckte er noch einmal und blieb dann reglos liegen.

»Gut gemacht!«, rief Alayna und griff gleichzeitig einen anderen Vogel an, den sie diesmal am Rand des Flügels traf. Das Geschöpf wich seitlich und nach unten aus und landete mühsam auf einem Felsen. Alayna verschwendete keine Zeit und zerriss es mit einem zweiten Blitz in tausend Stücke.

Baden wollte gerade ihr Kompliment erwidern, aber in diesem Augenblick spürte er einen scharfen Schmerz in seinem Kopf. Als er aufblickte, erkannte er voller Entsetzen, dass eines der verbliebenen schwarzen Geschöpfe Anla gepackt hatte. Die Füße der Eule zuckten krampfhaft, ihre Flügel – einer davon gebrochen – flatterten verzweifelt gegen die Brust des riesigen schwarzen Vogels, denn immer noch versuchte Badens Eule, sich loszureißen. Aber das mechanische Geschöpf war zu stark. Es schwebte über ihnen, umklammerte Anla mit seinen Krallen, seine goldenen Augen schimmerten wie Edelsteine, und es hatte den Schnabel zu etwas geöffnet, was wie ein triumphierendes Grinsen aussah. Baden hörte Alayna keuchen, spürte, wie ihm von dem Schmerz, den sein Vogel ihm übermittelte, schwindlig wurde. Und als er sah, wie der schwarze Vogel seinen Griff um Anlas Hals und Brust verengte, die Krallen durch das Gefieder in ihr Fleisch bohrte, wusste er, was er zu tun hatte. Er benutzte die letzte Kraft, die sie ihm geben konnte, in der Hoffnung, die Eule würde wissen, dass er aus Liebe und Stolz und Trauer handelte, und sandte einen letzten grellen orangeroten Lichtstrahl auf die beiden Vögel zu, der sie mit einem Strudel von Flammen umgab, der den mechanischen Vogel vernichtete, aber auch Anla tötete.

Baden war zuvor schon zweimal ungebunden gewesen, aber noch nie so abrupt und ganz bestimmt nicht, weil er seinen Vogel selbst getötet hatte. Die anderen Vögel waren alt und schwach geworden; seine Verbindung zu ihrem Geist und sein Zugang zu ihrer Macht hatte immer mehr nachgelassen, und dieser Prozess hatte insgesamt mehrere Monate gedauert. Es war nicht so gewesen wie jetzt. Er spürte Anlas plötzliche Abwesenheit in seinem Geist als eine schreckliche Leere, einen Strudel von Einsamkeit, der ihn überwältigte. Er wusste sofort, dass seine Macht verschwunden war, aber das war noch das wenigste. Er war wieder allein, ungebunden. Und er war gezwungen gewesen, dies zu tun. Gezwungen von Sartol, der vor nur ein paar Stunden zu einer ähnlichen Tat gezwungen gewesen war. Es war einfach zu viel: die Ironie, die Trauer, der Schock. Es war einfach zu viel. Er konnte nur noch verschwommen sehen, und in seinen Ohren erklang ein Rauschen wie von Wind oder fließendem Wasser.

Er bemerkte kaum das Aufblitzen des magischen Lichts aus Alaynas Ceryll, und erst als die Falkenmagierin zu ihm kam und ihn umarmte, erkannte er, dass sie nun auch den letzten Vogel getötet hatte.

»Es tut mir so Leid, Baden«, murmelte sie. »Ich wünschte, ich hätte etwas tun können, um sie zu retten.«

»Wir konnten beide nichts tun«, brachte er mühsam heraus. Er löste sich aus der Umarmung, schüttelte heftig den Kopf und spürte, wie ihm Tränen aus den Augenwinkeln flogen. Das hier war einfach nicht der richtige Zeitpunkt. Vier der Fremden waren immer noch auf der Flucht. Trahn und Ursel verfolgten sie, und Jaryd. Jaryd. Er hatte keine Zeit zum Trauern. *Später,* dachte er, *später werde ich trauern.* Er sah Alayna an und zwang sich, sich zu konzentrieren und seinen Kummer zurückzudrängen. Er bemerkte, dass sie bereits unruhig in die Richtung spähte, die sein Neffe bei der Verfolgung des blonden Fremden eingeschlagen hatte.

»Wir sollten ihnen folgen«, sagte sie, ohne den Blick vom Wald abzuwenden.

»Ich weiß«, stimmte er ihr mit belegter Stimme zu, »aber du musst es mir überlassen, mich um Jaryd zu kümmern.«

Sie fuhr zu ihm herum, Widerspruch auf den Lippen.

»Hör mich an!«, befahl er, und das ließ sie schweigen. »Er verfolgt einen einzelnen Mann; Trahn und Ursel sind auf der Spur von dreien. Sie brauchen mehr Hilfe als er. Und«, fügte er hinzu und breitete hilflos die Arme aus, »ich kann ihnen nicht mehr helfen.« Er schluckte. »Sie brauchen dich, Alayna, und ich werde für Jaryd tun, was ich kann.«

Sie zögerte für einen Zeitraum, der ihm endlos erschien. Dann nickte sie schließlich und verließ die Senke.
Baden sah ihr nach, von Zweifeln geplagt. Er hatte sicher Recht gehabt, als er sagte, dass Trahn und Ursel Alayna mehr brauchten als Jaryd. Das war ganz offensichtlich. Aber während er sich auf die Suche nach seinem Neffen und dem Fremden machte, begann er intensiv daran zu zweifeln, dass er irgendetwas tun konnte, um dem jungen Magier zu helfen.

Beinahe sobald er die Senke hinter sich gelassen hatte, hatte Jaryd immer wieder den glühenden roten Stein des Fremden zwischen den Baumstämmen schimmern sehen. Das Glühen tauchte abrupt auf, zuckte hierhin und dorthin, wenn sich der Mann durch offenere Stellen im Wald bewegte, und verschwand dann wieder ganz plötzlich, wenn er in dichteres Unterholz oder durch Bereiche kam, in denen die Bäume dichter standen. Begleitet von Ishalla, die dicht neben ihm flog, verfolgte Jaryd das blutrote Licht so rasch, wie das Gelände es gestattete, sprang über Steine und abgebrochene Äste auf dem Waldboden. Und obwohl er nicht das Gefühl hatte, Nialls Mörder einzuholen, wusste er auch, dass er noch nicht weiter hinter dem Mann zurückgefallen war. Zumindest war ihm das so vorgekommen, als er das leuchtend rote Licht zum letzten Mal entdeckt hatte. Das war allerdings, wie ihm nun ganz plötzlich auffiel, bereits vor einiger Zeit gewesen, als er über einen kleinen Hügel gekommen und in eine weitere Senke hinabgerannt war. Seitdem hatte der Falkenmagier den Eindringling und seine glühende Waffe nicht mehr gesehen. Diese Erkenntnis bewirkte, dass Jaryd langsamer wurde.

Er war immer noch in Bewegung, rannte aber nicht mehr, als er den roten Stein plötzlich nur ein paar Schritte entfernt entdeckte. Nur eine scharfe Bewegung abwärts und zur Seite erlaubte ihm, dem heißen Strahl scharlachroten Feuers auszuweichen, der an seinem Kopf vorbeischoss und einen Baumstamm ganz in seiner Nähe zu Splittern zerfetzte. Im selben Augenblick hörte er Ishalla schreien, und als er nach oben schaute, sah er, wie sein Falke um Haaresbreite den tödlichen Krallen des goldäugigen mechanischen Geschöpfs auswich. Er schleuderte einen magischen Blitz nach dem schwarzen Vogel, der Ishalla verfolgte, aber er traf daneben, und bevor er es noch einmal versuchen konnte, war er gezwungen, einem zweiten Feuerstoß auszuweichen und ihn mit einem Schild saphirblauer Magie abzufangen, der unter der Wucht des Aufpralls erbebte. Sein Falke schrie weiter, als der Kampf mit dem mechanischen Vogel ihn hoch über die Bäume hinaustrug, aber Jaryd konnte nichts tun, um Ishalla zu helfen. Der Fremde schoss Salve um Salve grellroten Feuers auf Jaryd ab und zwang den Falkenmagier, seine gesamte Energie dazu zu nutzen, die Angriffe abzuwehren. Ebenso wie Ishallas Energie. Jeder Schild, den Jaryd einsetzte, schien anstrengender zu sein als der letzte. Jeder schien schneller unter den Angriffen des Fremden nachzugeben. Und Ishallas Schreie klangen jeden Augenblick verzweifelter.
Daher entschloss sich Jaryd, den nächsten Angriff nicht nur abzublocken, sondern seine Macht seinerseits gegen den Fremden einzusetzen. Zunächst geschah überhaupt nichts, aber dann begann die schimmernde blaue Mauer, die er geschaffen hatte, erst langsam, dann aber mit größerer Leichtigkeit den blutroten Feuerstrahl zu seinem

Ursprung hin zurückzudrängen. Die Stelle, an der die beiden Farben einander begegneten, schimmerte hell; wie ein purpurner Stern beleuchtete sie den Wald und gestattete Jaryd, das Gesicht des Fremden genau zu erkennen: die gerade, aristokratische Nase, den grimmig zusammengepressten Mund, die dünne, helle Narbe, die sich über die linke Seite seines Gesichts zog, und die dunklen Augen, so intelligent, aber auch so bösartig, dass Jaryd beinahe das Blut in den Adern gefror, als er sie sah. Und während die Lichtmauer sich weiter auf Nialls Mörder zubewegte, sah Jaryd, wie sich noch eine weitere Emotion in dem bärtigen Gesicht und den grausamen Augen spiegelte, und er hörte den Mann etwas in einer Sprache rufen, die er nicht verstand, das aber deutlich von Frustration und Angst zeugte.

Jaryd konnte spüren, wie ihm der Schweiß ausbrach, und er wusste, dass er Ishalla bis an die Grenzen ihrer Fähigkeiten trieb, aber sein magisches Feuer schob sich immer weiter auf den Eindringling zu, und der Stein des Mannes hatte begonnen, blasser zu werden, als hätte auch er einen kritischen Punkt erreicht. Nur noch eine Minute und –

Der plötzliche, reißende Schmerz an Schultern und Rücken traf Jaryd vollkommen unvorbereitet, ließ ihn aufschreien und zwang ihn, den Angriff auf den Eindringling abzubrechen. Gleichzeitig machten ihm schwere Schläge fester Flügel gegen Kopf und Hals klar, was geschehen war. Er wand sich von den Krallen des mechanischen Vogels weg, blickte vor Schmerzen stöhnend auf und sah, wie der dunkle Schatten abermals auf ihn niederstieß, die goldenen Augen und die rasiermesserscharfen Krallen schimmernd im Licht des blauen Cerylls. Der Falkenmagier riss den Arm vors Gesicht, um sich zu schützen; er versuchte, den

Angriff mit dem Stab abzuwehren, aber er hatte nicht mehr die Zeit, sein magisches Feuer einzusetzen. Er konnte das Geschöpf nicht aufhalten. Er hörte den Fremden lachen.
Und dann, im letzten Augenblick, sah er einen Bogen orangefarbenen Lichts, das mit Schwindel erregender Geschwindigkeit auf den Kopf des herabstoßenden Vogels zuraste, ihn zerschmetterte und das künstliche Tier zu Boden fallen ließ. Er hörte, wie der Fremde wütend aufschrie und sah, wie der Mann die Waffe auf Baden richtete, dessen Stab den schwarzen Falken aus der Luft gerissen hatte.
Diesmal jedoch war Jaryd vorbereitet. Noch während der Fremde weitere rote Blitze abschoss und den Eulenmeister zwang, Deckung zu suchen, beschwor Jaryd einen mörderischen blauen Blitz herauf, der den Fremden in einen Feuerwirbel hüllte und einen letzten Schrei aus den versengten Lungen des Mannes riss. Einen Augenblick stand die brennende Gestalt zuckend inmitten der Flammen, dann fiel der Fremde zu Boden und lag still da, den Rücken durchgebogen, die Finger starr gespreizt.
Jaryd schloss die Augen und holte tief Luft, um sich zu beruhigen. Dann sah er seinen Onkel an. »Danke«, sagte er heiser. »Du hast mir das Leben gerettet.«
Baden streckte die Hand aus und half dem Falkenmagier auf die Beine. »Ich glaube, das war ich dir schuldig«, sagte er. »Für heute Morgen, in der großen Halle«, fügte er als Antwort auf Jaryds fragenden Blick hinzu.
Der junge Mann nickte und lachte freudlos. »Das war erst heute früh?«, fragte er müde.
Baden ignorierte die Frage und sah ihn besorgt an. »Was ist mit deinem Rücken?«
»Er tut weh«, erwiderte Jaryd ehrlich.

Baden drehte ihn um, um sich die Wunden anzusehen. »Du blutest ziemlich stark. Wir sollten die anderen suchen und das gleich heilen lassen.« Er zögerte. »Ich würde es ja selbst tun, aber ich kann nicht.«

Jaryd drehte sich zu ihm um. »Wie meist du –« Er hielt inne, und nun fiel ihm endlich auf, was er sofort hätte bemerken müssen. »Anla. O Baden, das tut mir Leid. Das tut mir so Leid!«

Der Eulenmeister versuchte zu lächeln und versagte. »Ich war schon öfter ungebunden«, sagte er nüchtern. »Es wird nicht lange dauern.«

Jaryd wollte noch etwas sagen, aber am Ende fiel ihm nichts ein, was ihm angemessen vorgekommen wäre. Die beiden Magier starrten noch einen Augenblick die immer noch brennende Gestalt an, die vor ihnen lag. Dann hob Baden die Waffe des Fremden und die Überreste des künstlichen Vogels auf, und die beiden Magier kehrten langsam zur Senke zurück, geführt vom rhythmischen Rauschen der Brandung.

Als er Baden in die Senke folgte, mit vorsichtigen Bewegungen und immer noch ein wenig schwindlig vor Erschöpfung, sah Jaryd, dass sie anderen bereits auf sie warteten. Die Feuer des Kampfes waren gelöscht. Nialls Leiche lag immer noch dort, wo der Eulenmeister niedergestürzt war. Zu Jaryds großer Erleichterung war Alayna unverletzt, ebenso wie Trahn, und die beiden hatten bereits die Wunden an Ursels Stirn geheilt. Alayna rannte auf Jaryd zu, als sie ihn erspähte, aber Baden hielt sie auf:

»Ich würde vorschlagen, dass du erst seine alten Wunden heilst, bevor du ihn anspringst und ihm neue verursachst«, sagte der Eulenmeister trocken. »Er ist zwar noch jung, aber so jung ist er auch wieder nicht.«

Trahn eilte besorgt herbei, als er das hörte. Ursel war, wie Jaryd bemerkte, damit beschäftigt, zwei Fremde zu bewachen.

»Du bist verwundet?«, fragte Trahn.

Jaryd nickte und zeigte mit dem Kinn nach hinten. »Einer dieser schwarzen Vögel hat mich am Rücken erwischt. Er hätte mich umgebracht, wenn Baden nicht rechtzeitig gekommen wäre.« Die letzten Worte hatte er an den Eulenmeister gerichtet, aber Baden konzentrierte sich bereits ganz auf die Gefangenen.

»Haben sie irgendetwas gesagt?«, wollte Baden von Trahn wissen, als der dunkelhaarige Magier und Alayna sich um Jaryds Wunden kümmerten.

Trahn schüttelte den Kopf. »Nein, noch nichts.« Er warf einen Blick über die Schulter und begann zu grinsen. »Sie wurden beide verletzt, als wir ihre Waffen zerstörten. Ihr hättet ihre Gesichter sehen sollen, als wir sie geheilt haben.«

»Was ist aus dem dritten geworden?«

Trahns Grinsen verschwand. »Ich konnte ihn nicht auf eine Weise erwischen, die ihn nur entwaffnet hätte.« Er zuckte die Achseln. »Ich musste ihn töten.«

»Und ihre Vögel?«

»Zerstört und mitgebracht.«

Baden lächelte – nur für einen Augenblick – und nickte. »Gut gemacht.« Dann ging er zu Ursel und den Fremden.

Einige Zeit arbeiteten Alayna und Trahn schweigend, legten ihre Hände geschickt auf Jaryds Rücken und Schultern, bis der Schmerz einem matten Pochen gewichen war, von dem Jaryd wusste, dass es noch mehrere Tage andauern würde. Er bewegte die Schulter und stellte fest, dass sie kaum noch steif war.

»Du hast viel Blut verloren«, sagte Trahn und legte die Hand auf die unverletzte Schulter des jungen Mannes. »Streng dich ein paar Tage lieber nicht zu sehr an.« Der Falkenmagier lächelte. »Ich bin froh, dass du noch am Leben bist, Jaryd.«

Jaryd erwiderte das Lächeln. »Danke, Trahn. Für alles.«

Trahn drückte Jaryds Schulter, dann ging er zu Baden und Ursel und ließ Jaryd und Alayna miteinander alleine.

»Ich bin auch froh, dass du noch lebst«, sagte Alayna leise und küsste ihn auf die Wange. »Ich habe mir Sorgen gemacht.«

Jaryd lächelte. »Gut.« Er versuchte sie zu küssen, aber sie biss ihm stattdessen in die Lippe.

»Ich dachte eigentlich, dass du jetzt auch sagen würdest, dass du dir Sorgen um mich gemacht hast!«, knurrte sie in gespieltem Zorn.

Wieder versuchte er, sie zu küssen, und diesmal ließ sie es zu. »Das habe ich auch«, sagte er plötzlich sehr ernst. »Mehr, als du dir je vorstellen könntest.« Er umarmte sie und ließ sie erst wieder los, als er sah, dass Phelan und Kalba in die Senke zurückgekehrt waren.

Lange Zeit sagte der Wolfsmeister kein Wort. Er und der große Wolf blieben stehen, um sich die beiden Fremden anzusehen, von denen einer erfolglos versuchte, den eisigen Blick des Geistes zu erwidern. Phelan lächelte kühl, als der Mann den Blick anwandte, und ging weiter durch die Senke, bis er Nialls Leiche und die helle Eule erreicht hatte, die auf einem Ast direkt über dem toten Eulenmeister saß.

»Es tut mir Leid um euren Freund«, sagte der Geist leise. Er schaute Baden an. »Und um deine Eule, Eulenmeister. Ich kenne diesen Schmerz.« Jaryd sah, wie sich noch eine andere Empfindung auf den Zügen des Geistes abzeichnete. »Der, den ihr Sartol nennt, ist mächtiger, als wir erwartet hatten. Eure Verluste sind das Ergebnis dieser falschen Einschätzung.«

Phelan schien diese Erklärung als eine Art Entschuldigung zu verstehen, und Baden nahm sie als solche. »Du warst nicht der Erste, der ihn unterschätzt hat, Wolfsmeister«, antwortete der Magier, »und unsere Fehler waren viel teurer als der deine.«

Phelan nickte. »Mag sein. Aber ihr habt euch heute Nacht bewährt.« Wieder sah er die Gefangenen an. »Die anderen sind tot?«

»Ja.«

Der Geist nickte. »Das ist gut. Aber«, fuhr er mit einem erneuten Aufwallen von Zorn fort und warf den Magiern einen kühlen Blick zu, »ihr dürft auf keinen Fall wieder in eurer Wachsamkeit nachlassen! Diese Gefahr mag vorüber sein, aber es gibt andere, die schon auf euch warten. Ihr hattet Recht – wer immer diese Männer ausgeschickt hat, wird auch andere schicken. Davon bin ich überzeugt.«

Baden stimmte mit einem knappen Nicken zu. »Ein zweites Mal werden wir uns nicht überraschen lassen, Wolfsmeister. Nicht solange wir fünf Tobyn-Ser dienen.«

Nun lächelte der Wolfsmeister. »Ich bin froh, das zu hören«, sagte er. »Wollt ihr nun nach Amarid zurückkehren?«

Baden neigte den Kopf ein wenig zur Seite. »Ist das denn möglich, solange sich Sartol unter euch befindet?«

»Er macht uns große Schwierigkeiten«, gab Phelan zu. »Er

wird uns noch lange Zeit davon abhalten, euch auf wirkungsvollere Weise zu helfen. Aber nun wissen wir, womit wir es zu tun haben. So stark er auch sein mag, er ist im Kreis der Unbehausten immer noch ein Neuling. Theron glaubt, dass wir ihn eine Weile beherrschen können. Zumindest jedoch für heute Nacht, falls ihr immer noch wünscht, dass wir euch in die Große Halle zurückbringen.«

Baden nickte. »Ja. Und unsere Gefangenen. Aber als Erstes werden wir einen Scheiterhaufen für Niall errichten.«

»Also gut«, sagte der Geist. »aber beeilt euch. Es wird bald hell werden.«

Während Jaryd die Gefangenen bewachte, machten sich die anderen Magier daran, aus Treibholz und abgebrochenen Ästen und Zweigen einen Scheiterhaufen zu errichten. Die Fremden schwiegen weiterhin, und Jaryd sprach sie nicht an, wenn er sie auch mit unverhohlener Neugier betrachtete. Sie waren beide von durchschnittlichem Körperbau; einer hatte schwarzes Haar und einen kurz gestutzten Bart, der andere war glatt rasiert und blond. Der Bärtige saß reglos da und war anscheinend in seine eigenen Gedanken versunken, den Blick nach innen gerichtet. Aber der andere, von dem Jaryd annahm, dass er nur ein paar Jahre älter war als er selbst, beobachtete die Magier mit einer Mischung aus Angst und Interesse. Hin und wieder bemerkte Jaryd, dass der Mann ihn oder den grauen Falken auf seiner Schulter anstarrte. Aber jedes Mal wandte der Fremde den Blick schnell wieder ab.

Als der Scheiterhaufen schließlich fertig war, legten Baden und Trahn Nialls Leiche darauf, und alle fünf Magier stellten sich in einer Reihe auf. »Mit Holz und Feuer, Gaben von Tobyn und Leora«, verkündete Baden laut, »schicken wir den Geist von Niall, Sohn Amarids, auf den Weg. Nehmt ihn freundlich auf, Arick und Duclea, und gewährt ihm Ruhe und Frieden.«

Sie hatten auch die Fremden zum Scheiterhaufen geführt, so dass sie sie weiterhin bewachen konnten, und nun lachte der Bärtige. »Ja, nehmt alle freundlich auf«, wiederholte er mit seltsamem Akzent. »Nehmt auch die Kinder Lons auf, damit sie –« Ein plötzlicher Schlag von Trahns Stab in seinen Bauch ließ den Mann vornübersacken und brachte ihn zum Schweigen.

»Wenn du das nächste Mal etwas sagst, dann nur, um unsere Fragen zu beantworten«, zischte der Falkenmagier. »Und bis dahin wirst du den Mund halten.«

Zur Antwort darauf spuckte der Mann vor Trahn auf den Boden. Er wurde mit einem Schlag in den Rücken belohnt, der ihn in die Knie sinken ließ.

Einen Augenblick später entzündeten die Magier den Scheiterhaufen mit ihrem magischen Feuer, und eine Zeit lang sahen alle zu, wie die Flammen aufstiegen und Nialls Leiche verzehrten. Dann wandte sich Baden Phelan zu, der immer noch hinter ihnen stand.

»Wir sind bereit.« Er zeigte auf die Gefangenen und den Haufen von Waffen und künstlichen Vögeln neben ihnen. »Könnt ihr diese Dinge dort ebenfalls nach Amarid schicken?«

Phelan nickte. »Ja.«

Baden verbeugte sich, ebenso wie die anderen Magier. »Ich danke dir, Wolfsmeister. Das Volk von Tobyn-Ser schuldet dir viel, ebenso wie den anderen Unbehausten.«

Phelan nickte anerkennend. »Wir dienen dem Land immer noch«, erwiderte er. »Sagt das den Menschen.«

»Das werden wir tun.«
Phelan schloss die Augen und begann, sich auf den Transport vorzubereiten. Dann hielt er plötzlich inne. »Sag mir«, wandte er sich noch einmal an Baden, »wer hat eure Reise hierher gelenkt?«
»Eulenmeisterin Sonel«, erwiderte Baden. »Sie hat uns von ihrer Begegnung mit dir erzählt. Sie war die Einzige von uns, die sich in dieser Region ein wenig auskannte.«
Phelan nickte. »Ich erinnere mich an sie. Sie war freundlich und stark, auch schon als junge Frau.« Er hielt inne. »Eulenmeisterin, sagst du?«
»Ja.«
»Das freut mich für sie. Sag ihr, dass ich mich immer noch an unser kleines Gespräch erinnere«, bat der Wolfsmeister, »und dass sie stets willkommen ist, hierher zurückzukehren.«
»Das werde ich tun.«
Abermals schloss der silberfarbene Geist die Augen, und der schimmernde Wolf neben ihm tat es ihm gleich. Jaryd griff nach Alaynas Hand, und einen Augenblick später spürte er das vertraute Rauschen kalter Luft, als die Unbehausten sie in die Große Halle zurückschickten.

12

Jaryd hatte erwartet, dass sich alles wieder ein wenig beruhigen würde, sobald man jene, die für die Unruhe im Land verantwortlich waren, dingfest gemacht hatte. Zweifellos würden die Tage nach der Rückkehr ihrer kleinen Gruppe von Phelans Dorn gekennzeichnet sein von Trauer um Niall, Jessamyn und Peredur, aber auch von stillen Feiern, weil die unmittelbare Gefahr für das Land zunächst einmal gebannt war. Und er war sicher gewesen, dass die Menschen von Amarid und Tobyn-Ser außer sich vor Freude sein würden, sobald sich erst einmal herumsprach, dass der Orden an den Angriffen des vergangenen Jahres keine Schuld trug.

Nichts hätte weiter von dem entfernt sein können, was tatsächlich geschah.

Die Nachricht darüber, was auf Phelans Dorn geschehen war, schien sich tatsächlich auszubreiten wie Feuerrauch auf dem Wind und schnell jede Ecke der großen Stadt zu erreichen. Das führte wiederum dazu, dass alle Einwohner nun von Furcht einflößenden Vorstellungen von Fremden, die zu Tausenden in ihr Land eindrangen, heimgesucht wurden. Innerhalb von Stunden, nachdem die Magier aus ihrem Kampf mit den Eindringlingen zurückgekehrt waren, hatte die Information, dass die beiden Gefangenen in kleinen Zellen im Keller der Großen Halle saßen, eine gewaltige Menschenmenge in die Straßen rings um das Gebäude gelockt. Viele waren einfach nur neugierig. Aber eine beträchtliche Minderheit, zweifellos angetrieben von Angst ebenso wie von Zorn, verlangte, die beiden Fremden sollten ihnen ausgeliefert werden, damit der Gerechtigkeit rasch Genüge getan würde. Diese Leute erinnerten Radomil, wie er später Jaryd erzählte, an jene Szene, als Baden, Trahn und Orris sich ergeben hatten, um sich Sartols Anklagen zu stellen. Nur dass im Fall der Magier viele in der Menge gezögert hatten, solche Gewalttätigkeit zuzulassen. Die Zuschauer, die sich nun vor der Großen Halle versammelt hatten, hatten derartige Skrupel nicht; sie hätten nichts dagegen gehabt, wenn man die Fremden sofort auf der Straße getötet hätte. Die Aufrührer brauchten nicht lange, um die Menge in rachsüchtige Stimmung zu versetzen, und selbst die Bitten und Drohungen der Magier und Wachtmeister konnten die Massen nicht zerstreuen oder ihren Eifer verringern. Den ganzen Tag lang und bis weit in die Nacht wuchs die Menschenmenge, und obwohl es den Aufrührern nicht gelang, die Menschen zu Gewalttätigkeiten zu treiben, blieb die Stimmung auf den Straßen dennoch angespannt.

Es war so schlimm, dass spät an diesem Nachmittag, als die gerade Zurückgekehrten immer noch die Auswirkungen ihrer langen und anstrengenden Nacht ausschliefen, Toinan, Sonel und eine Mehrheit der anderen Magier beschlossen, die Anzahl der Wachen, die man für die Gefangenen abgestellt hatte, zu verdoppeln, was zu der Frage führte, ob diese Männer dazu da waren, eine Flucht der Fremden zu verhindern oder sie zu schützen.

Es erwies sich allerdings, dass ihnen beides nicht gelingen sollte.

Einer der Fremden – Jaryd sollte später erfahren, dass es der Bärtige gewesen war, den Trahn vor Nialls Scheiterhaufen geschlagen hatte – konnte am ersten Abend aus seiner

Zelle fliehen. Irgendwie war es ihm gelungen, das Schloss zu seiner Tür zu öffnen, zwei der großen, kräftigen Diener, die ursprünglich von Sartol eingestellt worden waren, bewusstlos zu schlagen, obwohl er kaum halb so groß war wie sie, und sich zur Hintertür der Halle zu schleichen. Dort allerdings hielt er inne. Vielleicht ernüchterte ihn der Anblick der zornigen Menschenmenge draußen, oder vielleicht trieb ihn sein Gewissen zu seinem Kumpan zurück. Was immer der Grund war, er kehrte in den Versammlungssaal zurück und fand sich dort fünf Mitgliedern des Ordens und ihren Ceryllen gegenüber. Er ergab sich rasch, und die Magier eskortierten ihn wieder in die Zelle, aber danach wurden die Wachen vor den Zellen durch Magier ersetzt, und ihre Anzahl wurde noch einmal verdoppelt. Selbst diese Maßnahmen jedoch erwiesen sich als wirkungslos. Weniger als eine Stunde, nachdem man ihn zurück in seine Zelle gebracht hatte, war der Fremde tot. Offensichtlich hatte er ein Gift eingenommen, das er bei sich gehabt hatte. Die Magier hatten nicht einmal den Namen des Mannes erfahren.

Als die Eulenmeister vom Tod des Fremden hörten, befahlen sie sofort, dass der andere Fremde, der jüngere, blonde Mann, der Jaryd auf dem Dorn so verängstigt angesehen hatte, neue Kleidung erhielt und unter permanente Bewachung gestellt wurde, damit er es seinem Freund nicht gleichtun konnte. Eine Durchsuchung der Kleidung, die er getragen hatte, förderte eine kleine Pille zu Tage, die in den Saum des Gewands eingenäht war. Eine Apothekerin aus der Stadt, die man rasch herbeigeholt hatte, erklärte, es handle sich um Gift, wenn auch keines, das sie je zuvor gesehen hatte.

All dies erfuhren Jaryd, Alayna und die anderen erst am nächsten Morgen, einen ganzen Tag nach ihrer Rückkehr von Phelans Dorn. Der Kampf und Nialls Tod hatten die fünf sehr mitgenommen, und nachdem sie die Gefangenen übergeben und kurz berichtet hatten, was geschehen war, waren sie schlafen gegangen. Jaryd und Alayna nahmen zusammen ein Zimmer in einem Gasthaus nahe der Großen Halle, und da ihre Sehnsucht nacheinander noch größer war als ihre Müdigkeit, liebten sie einander im hellen Morgenlicht, das durch das Fenster hereinfiel. Zärtlich und liebevoll bewegten sie sich gemeinsam auf dem kleinen Bett, verzweifelt bemüht, sich nach einer Nacht des Tötens und der Trauer wieder lebendig zu fühlen. Danach schliefen sie tiefer, als sie es seit Wochen getan hatten, und hielten einander dabei immer noch eng umschlungen. Sie schliefen den ganzen Tag und standen gegen Abend auf, um etwas zu essen und schließlich Jaryds Ceryll an dem Stab zu befestigen, den Theron ihnen gegeben hatte. Dann kehrten sie in ihr kleines Zimmer zurück und schliefen den Rest der Nacht durch.

Am nächsten Morgen weckten sie die Glocken der Großen Halle. Als sie das Gebäude eine Weile später erreichten, waren bereits beinahe drei Viertel der Ordensmitglieder um den Tisch versammelt und sprachen über die Flucht und den darauf folgenden Selbstmord des Fremden. Jaryd hatte bald begriffen, was geschehen war.

»Wir sollten den anderen Gefangenen so bald wie möglich verhören«, erklärte Baden. Der Eulenmeister wirkte immer noch erschöpft, als hätte er in der Nacht zuvor nur schlecht geschlafen. Jaryd sah seinen Onkel immer wieder an, genauer gesagt seine leere Schulter und die leere gebogene

Sitzstange am Stuhl des Eulenmeisters, als könnte er sich nicht an den Gedanken gewöhnen, dass Anla tot war. Er konnte sich nicht im Geringsten vorstellen, wie Baden zu Mute sein musste, und er tastete wiederholt im Geist nach Ishalla, als wollte er sich überzeugen, dass sie noch da war.

»Er hat vielleicht kein Gift mehr zur Verfügung«, fuhr der Eulenmeister fort, »aber er findet vielleicht eine andere Möglichkeit, um sich etwas anzutun.«

»Oder er könnte versuchen zu fliehen«, fügte Trahn hinzu. »Ich bin der gleichen Ansicht wie Baden. Wir sollten sofort anfangen.«

Dieses Mal schienen die Magier, die rund um den Tisch saßen, ausnahmsweise alle der gleichen Ansicht zu sein. Oder doch zumindest die meisten. »Er ist ein gefährlicher Mann«, krächzte Odinan vom Kopfende des Ratstisches. Der alte Mann sah sogar noch müder und gebeugter aus als ein paar Tage zuvor. »Genau wie sein Kumpan. Ich denke, wir sollten warten, bis der gesamte Orden versammelt ist, bevor wir eine Entscheidung treffen.«

Auch das noch, dachte Jaryd und schüttelte ungläubig den Kopf. Er sah, wie Orris die Zähne zusammenbiss, aber überraschenderweise sagte der Falkenmagier nichts, sondern überließ es Baden, dem alten Mann zu widersprechen.

»Wir können es uns nicht leisten zu warten, Odinan«, erklärte Baden. »Wenn dieser Mann flieht oder sich umbringt, werden wir wieder genau an der gleichen Stelle sein wie zuvor. Wir brauchen die Informationen, die nur er uns liefern kann.«

»Mag sein, aber warum gerade jetzt?«

»Ich glaube, wir brauchen sie so schnell wie möglich.«

»Solche Übereile hat Niall das Leben gekostet!«, zeterte der alte Magier, und seine Wangen färbten sich rot.

»Wenn du es so betrachten willst, gut!«, entgegnete Baden. »Sie hat mich auch meinen Vogel gekostet! Soll das nun heißen, dass wir gar nichts mehr tun?« Der Eulenmeister hielt inne und versuchte, sich zusammenzunehmen. »Wenn wir uns noch mehr Zeit lassen, Odinan«, fuhr er einen Augenblick später ein wenig freundlicher fort, »und dieser Mann flieht oder stirbt, dann werden Nialls Tod und der Tod meiner Anla bedeutungslos. Das willst du doch auch nicht, oder?«

»Selbstverständlich nicht!«, fauchte Odinan. Er sah sich im Saal um, feindselig und defensiv. »Du hast genug Stimmen auf deiner Seite, Baden, also schlage ich vor, dass du sie nutzt, um mich zu überstimmen. Ich werde nicht noch einmal nachgeben. Das habe ich getan, als ihr zu Therons Hain gehen wolltet, und Jessamyn und Peredur sind umgekommen. Ich habe es ein zweites Mal getan, als du mit Phelan sprechen wolltest, und nun ist Niall tot. Ein drittes Mal wird es nicht geben.« Er verschränkte die Arme und starrte die anderen Magier erbost an. »Ihr habt gehört, was ich gesagt habe, und nun handelt gefälligst! Aber plagt mich nicht mehr mit euren Überredungskünsten und eurer Logik. Es interessiert mich einfach nicht.«

Baden sah den älteren Mann eine Weile traurig an. Als er schließlich wieder sprach, war seine Stimme tonlos. »Ich schlage vor, dass wir so bald wie möglich mit dem Verhör des verbliebenen Gefangenen beginnen«, erklärte er förmlich.

Sonel, die man offenbar zur einstweiligen Weisen gewählt hatte, holte tief Luft und warf Odinan einen Seitenblick zu.

Dann richtete sie sich auf, sah sich um und wandte ihre grünen Augen schließlich Baden zu. »Der Vorschlag wurde vernommen«, erklärte sie laut. »Stimmen wir ab.«

Am Ende stellten sich acht oder zehn der älteren Eulenmeister auf Odinans Seite, aber die Mehrheit der Anwesenden unterstützte Badens Antrag.

»Wie wollen wir vorgehen?«, fragte Radomil, nachdem die Stimmen gezählt waren. »Bringen wir ihn vor den gesamten Orden oder zumindest diejenigen, die schon hier sind, oder wählen wir ein paar Leute aus, die das Verhör durchführen?«

Orris zuckte die Achseln. »Das sollte keine Rolle spielen. Wenn wir ihn sondieren, wird es keinen Unterschied machen, wo wir es tun und wie viele von uns anwesend sind.«

»Sondieren?«, fragte Jaryd.

Baden sah ihn an. »Erinnerst du dich an den Abend in Cullens und Gaynas Haus, als ich dir geholfen habe, deinen Traum so genau wie möglich zu beschreiben?«

Jaryd nickte.

»Das war Sondieren.« Der Eulenmeister wandte sich wieder an Orris. »Du hast Recht – wenn wir das tun, dann macht es keinen Unterschied. Und es könnte durchaus so weit kommen. Aber als Erstes möchte ich es ohne Magie versuchen. Ich möchte gerne sehen, was wir erreichen können, indem wir ihm einfach nur Fragen stellen.«

Wieder erwartete Jaryd, dass Orris Einwände vorbringen würde, und wieder überraschte ihn der kräftige Falkenmagier durch seine Sanftheit. »Warum?«, fragte er nur.

Baden grinste. »Es klingt vielleicht seltsam, aber ich hoffe, das Vertrauen dieses Mannes zu gewinnen. Im Augenblick brauchen wir nur seine Informationen, aber irgendwann werden wir vielleicht auch sein weiteres Wissen brauchen, seine Kenntnisse über das Leben in Lon-Ser. Und möglicherweise sogar mehr als das. Eine Sondierung ist immer nur so gut wie die Fragen, die wir stellen: Es könnte gut sein, dass uns an einer bestimmten Stelle nicht einmal die richtigen Fragen einfallen.«

Trahn sah Baden fragend an. »Was schlägst du also vor?«

»Du hast selbst gesagt, dass die Fremden offenbar davon beeindruckt waren, dass du ihre Wunden geheilt hast«, erinnerte Baden den dunkelhäutigen Magier. »Und dieser zweite Mann hat nicht versucht zu fliehen oder sich umzubringen, obwohl er die Gelegenheit dazu hatte. Der Prozess hat vielleicht bereits begonnen.« Er dachte einen Augenblick nach. »Ich möchte mit ihm in seiner Zelle sprechen, und es sollte nur ein weiterer Magier anwesend sein –«

»Kommt nicht in Frage!«, warf Sonel ein. »Das Risiko ist einfach zu groß! Verzeih mir, Baden«, fügte sie leiser hinzu, »aber es müssen mindestens zwei gebundene Magier dabei sein. Odinan hat Recht: Dieser Mann ist gefährlich, und wir müssen vorsichtig sein.«

Baden errötete ein wenig, und er kniff die Lippen fest zusammen, aber einen Augenblick später nickte er. »Zwei könnte ich akzeptieren«, stimmte er zu, und sein Tonfall verriet nichts weiter.

Sonel räusperte sich unbehaglich. Die Luft zwischen den beiden Eulenmeistern schien irgendwie aufgeladen wie vor einem Mittsommergewitter. »Wären Trahn und Ursel akzeptabel?«, fragte sie zögernd. »Der Fremde kennt sie bereits.«

Baden schüttelte den Kopf. »Die beiden haben ihn gefangen genommen. Mir wären andere lieber.«

»Wer denn?«
Der Eulenmeister sah sich nachdenklich im Versammlungssaal um. »Radomil«, sagte er nach einiger Zeit, und der kahle Magier nickte zustimmend. Dann sah Baden wieder Sonel an. »Und du.«
Diesmal war es an Sonel zu erröten. »Gerne«, erwiderte sie und zeigte ein Lächeln, das Baden erwiderte.
»Baden«, warf Jaryd ein, »wenn du ihn nicht sondierst, woher willst du wissen, ob der Fremde dich anlügt oder nicht?«
Der Eulenmeister zog nachdenklich die Brauen hoch und zuckte die Schultern. »Das weiß ich nicht. Ich hoffe, dass es uns dreien gelingen wird, ihm gut genug zuzuhören und ihn zu beobachten, so dass wir wissen werden, wenn er uns belügt. Wenn wir misstrauisch werden, können wir immer noch mit Hilfe der Magie bestätigen, was er sagt. Aber ich würde zumindest gerne ohne magische Mittel anfangen.«
Er sah Sonel an, und sie stand entschlossen auf. »Wir werden uns morgen Vormittag wieder zusammensetzen«, verkündete sie, »und dann werden wir drei euch erzählen, was wir von dem Gefangenen erfahren haben. Ich hoffe auch, dass bis dahin der Rest des Ordens in Amarid eingetroffen sein wird.« Sie nickte den anderen zu. »Bis dahin lebt wohl«, fügte sie hinzu und entließ sie damit.
Die Magier standen auf und begannen sich aufgeregt zu unterhalten. Das Dröhnen ihrer Stimmen erfüllte die gesamte Halle. Baden und Trahn gingen zu Alayna und Jaryd, die ihnen ernst entgegenschauten. »Ich weiß nicht, wie lange es dauern wird«, sagte Baden, »aber Trahn und ich haben uns für heute Abend mit Orris im Adlerhorst zum Essen verabredet. Ich hoffe, ihr zwei kommt ebenfalls.«

Alayna nickte. »Wir werden dort sein. Viel Glück bei dem Verhör.«

»Danke«, erwiderte der Eulenmeister und grinste reflexartig, bevor er sich umdrehte und ging.

Trahn blieb bei den jungen Leuten stehen, und sie schauten Baden hinterher. Dann wandte sich der dunkelhäutige Magier Jaryd und Alayna zu und sah sie finster und ein wenig gequält an. »Kommt mit«, sagte er leise. »Es gibt jemanden, den wir kennen lernen sollten.«

Trahn führte sie in ein Zimmer, das hinten an die Große Halle anschloss. Dort erwartete sie ein kleines Mädchen von etwa sieben oder acht Jahren. Sie hatte glattes, schulterlanges braunes Haar und ein hübsches, offenes Gesicht. Aber Jaryd konnte den Blick nicht von ihren Augen abwenden. Sie waren blau wie der Herbsthimmel, und selbst während die Kleine mit Puppen und einem kunstvollen Puppenhaus spielte, schien sich ihr Blick nach innen zu richten, auf etwas Finsteres, Furcht erregendes, das nur sie sehen konnte. Während die drei Magier sie beobachteten, kam eine der Dienerinnen der Halle, eine ältere Frau mit sanften braunen Augen und stahlgrauem Haar, auf sie zu.

»Das ist Cailin«, sagte sie leise. »Das kleine Mädchen, das sie aus Kaera mitgebracht haben.«

»Ja, ich weiß«, sagte Trahn und konzentrierte sich weiterhin auf das Kind. »Wie geht es ihr?«

Die Frau zuckte die Achseln. »Sie spricht nicht viel, obwohl sie zumindest wieder angefangen hat zu essen, was ein Segen ist.« Wieder zuckte sie die Achseln. »Wenn man bedenkt, was sie durchgemacht hat, können wir wohl nicht mehr erwarten.«

Trahn nickte.
Alayna ging ein paar Schritte auf Cailin zu und kniete sich neben sie. »Ich bin Alayna«, sagte sie zu ihr.
Das Mädchen warf ihr einen kurzen Blick zu, dann spielte sie weiter mit den Puppen. »Ich heiße Cailin«, sagte sie schließlich.
»Stört es dich, wenn ich ein bisschen mitspiele?«, fragte Alayna. »Ich habe immer gern mit Puppen gespielt.«
Cailin zuckte die Achseln. »Sicher, wenn du willst.« Alayna griff nach einer der Puppen und stellte sie in ein Schlafzimmer im Spielzeughaus, während Cailin ein paar Möbel in dem Wohnzimmer im Erdgeschoss umstellte. Sie saßen eine Weile schweigend da und spielten, dann schaute Cailin die Falkenmagierin wieder an. »Du bist hübsch«, sagte sie.
Alayna lächelte warmherzig. »Danke. Du bist auch hübsch.«
»Du erinnert mich an Zanna«, fuhr das kleine Mädchen fort, als hätte es Alaynas Bemerkung überhaupt nicht gehört.
Alayna blickte zu Jaryd auf und warf ihm einen besorgten Blick zu. »Ist Zanna eine Freundin von dir?«, fragte sie, aber Jaryd sah ihr an, dass sie bereits wusste, was Cailin sagen würde.
»Sie war meine Freundin. Jetzt ist sie tot. Die Söhne Amarids haben sie umgebracht. Sie haben auch Mama und Papa getötet.« Cailin schaute zu dem grauen Falken, der auf Alaynas Schulter saß.
»Wir haben versucht, ihr zu erklären, dass es keine Söhne Amarids waren«, flüsterte die Dienerin Trahn und Jaryd zu. »Aber sie versteht es offenbar nicht.« Traurig schüttelte die Frau den Kopf.
»Du bist eine Tochter Amarids, nicht wahr?«, fragte Cailin

ruhig. In ihrem Blick stand keine Feindseligkeit, als sie Alayna ansah.

Alayna nickte. »Ja, das bin ich. Aber ich verspreche dir, wir haben deine Freundin nicht getötet, und auch nicht deinen Vater und deine Mutter.«

»Das weiß ich«, sagte Cailin. »Ich habe die Männer gesehen, die es getan haben.« Sie schaute Jaryd und Trahn an. »Die da waren auch nicht dabei.«

»Die Männer, die es getan haben, sind nicht mehr da«, versicherte Alayna ihr. »Sie werden niemanden mehr töten. Und ich versichere dir, sie waren keine Söhne Amarids.«

Cailin sah sie ebenso ruhig an wie zuvor, aber sie sagte nichts. Einen Augenblick später begann sie wieder zu spielen, und sie achtete nicht mehr auf Alayna. Schließlich stand die junge Frau wieder auf und kehrte zu Jaryd, Trahn und der Dienerin zurück.

»Heute früh waren Leute hier, um sie zu besuchen«, sagte die Frau gerade zu Trahn, und die Sorge in ihrer Stimme passte zu ihrem Blick. »Sie kamen aus Aricks Tempel. Sie sagten, wenn man bedenkt, was Cailin durchgemacht hat, sollte sie bei den Söhnen und Töchtern der Göttin sein und nicht beim Orden.«

Trahn holte tief Luft. »Weiß Sonel davon?«

Die Frau nickte. »Ja. Sie sagte, wir müssten Cailin die Entscheidung überlassen.«

Sie schaute Trahn flehentlich an, als wollte sie, dass er ihr versicherte, dass Cailin ihr nicht weggenommen würde, aber der Magier zuckte nur die Achseln. »Sonel hat Recht. Wir können das Mädchen nicht gegen ihren Willen hier behalten.«

Die Frau setzte dazu an, etwas zu sagen, aber dann schwieg sie, und einen Augenblick später ging sie davon.
Die drei Magier blieben noch ein Weilchen und beobachteten Cailin, die ihre Anwesenheit nicht weiter zur Kenntnis nahm. Dann kehrte Trahn in sein Zimmer im Adlerhorst zurück, aber Jaryd und Alayna schlenderten zum alten Teil der Stadt, wo sie den Rest des Morgens und den gesamten Nachmittag damit verbrachten, die gewundenen, kopfsteingepflasterten Straßen entlangzugehen, hin und wieder einen Laden zu betreten oder mit den Straßenhändlern zu sprechen, die ihre Waren von Wagen aus verkauften. Ihre Begegnung mit dem kleinen Mädchen ließ ihnen allerdings keine Ruhe. Und was sie auf den Straßen von Amarid beobachteten, beunruhigte sie ebenfalls. Einige Leute, die sie sahen, grüßten sie und wünschten den jungen Magiern den Segen der Götter, und ein paar Händler boten ihnen ihre Waren als Geschenke an – alles, wie Jaryd später begriff, als Anerkennung für die Gefangennahme der Fremden. Viele andere jedoch – zu viele andere – beobachten sie misstrauisch, und ein Mann bezichtigte die Magier sogar, die Gefangenen zu schützen, weil sie nicht wollten, dass ihre Allianz mit den Fremden bekannt wurde. Jaryd blieb stehen, um dem Mann zu widersprechen, aber Alayna war klug genug, ihn weiterzuziehen und ihn zu bitten, die Bemerkungen einfach zu ignorieren. Dennoch, diese Konfrontation und die frische Erinnerung an Cailin warf einen Schatten über diesen ansonsten wolkenlosen Tag. Am frühen Abend, als sich die Dunkelheit über Amarid senkte und die beiden Magier die Stadt auf dem Weg zum Adlerhorst abermals durchquerten, waren beide in nachdenkliches Schweigen versunken. Sie mieden die Straßen rings um die

Große Halle, um den Menschenmengen auszuweichen, die immer noch dort warteten. Viele hatten inzwischen Fackeln dabei und riefen abermals danach, dass man ihnen die Gefangenen ausliefern sollte. Als Jaryd die Massen aus der Ferne sah, ihre Rufe nach Rache hörte und ihre allgemeine Ungeduld mit dem Orden bemerkte, fragte sich Jaryd, ob der Sieg über die Fremden nicht schon zu spät gekommen war.

Kurze Zeit später erreichten sie den ungepflegten Hof des Adlerhorstes. Als sie die Tür öffneten und in die Gaststube traten, in der lebhafter Betrieb herrschte, entdeckten sie Baden, Trahn und Orris in der hintersten Ecke. Die Taverne war genau, wie Jaryd sie in Erinnerung hatte: schlecht beleuchtet, voller Gerüche und sehr gemütlich. Als er das dunkle, vernarbte Holz der Tische, den massiven Leuchter und den verkratzten Holzboden sah und die schwere Luft einatmete, in der die Gerüche von Wein, Pfeifenrauch und Bratenfleisch hingen, verstand er endlich, wieso Baden Jahr um Jahr wieder hierher zurückkehrte. Trotz der finsteren Stimmung, in die ihn dieser schwierige Tag versetzt hatte, hatte er das Gefühl, nach Hause gekommen zu sein.

Als er zusammen mit Alayna auf Badens Tisch zuging, hörte er, wie eine Frauenstimme von der Theke aus nach ihm rief. Und als er sich umdrehte und in diese Richtung schaute, sah er, wie Kayle auf ihn zukam, das vertraute, ein wenig schiefe Grinsen auf den Lippen, während sie sich eine Strähne hellen Haars, die sich aus dem Zopf gelöst hatte, aus der Stirn strich. »Falkenmagier!«, sagte sie erfreut. »Ich habe mich schon gefragt, wann du mich besuchen kommst.« Sie umarmte ihn und küsste ihn auf die Wange.

Er lächelte verlegen. »Hallo, Kayle«, sagte er ruhig und warf dann Alayna einen Seitenblick zu. »Wie geht es dir?«

»Gut. Du siehst großartig aus! Therons Hain ist dir offenbar gut bekommen!« Sie warf Alayna einen abschätzenden Blick zu, als hätte sie die Magierin eben erst bemerkt.

»Kayle«, sagte Jaryd verlegen. »Das hier ist Falkenmagierin Alayna. Alayna, darf ich dir Kayle vorstellen?«

Die Kellnerin streckte die Hand aus. »Schön, dich kennen zu lernen, Alayna«, sagte sie ruhig.

Alayna lächelte. »Gleichfalls.«

»Setzt euch zu euren Freunden«, fuhr Kayle fort und sah wieder Jaryd an. »Ich komme gleich und bringe euch Bier.«

»Äh«, sagte Alayna, und Kayle blieb noch einmal stehen und drehte sich um, »ich hätte lieber Honigwein, wenn das möglich wäre.«

»Sicher«, erwiderte Kayle über die Schulter hinweg, schon auf dem Weg zur Theke.

Alayna zog die Brauen hoch. »Nur eine Freundin, wie?«, sagte sie, sobald Kayle außer Hörweite war.

»Ja«, erwiderte er grinsend.

»Nun, sie scheint nett zu sein. Und hübsch.«

Jaryd nickte. »Das ist sie. Nett, meine ich.«

»Das solltest du auch besser meinen«, erwiderte Alayna, griff nach seiner Hand und führte ihn zum Tisch.

»Das wurde auch Zeit«, knurrte Orris, als die jungen Leute sich setzten.

Noch einen Monat zuvor hätte Jaryd sich über eine solche Bemerkung geärgert und es als weiteren Beweis für Orris' Barschheit betrachtet. Aber inzwischen verstand er den Mann, und er hatte gelernt zu erkennen, wann Orris scherzte und wann nicht. »Schön zu wissen, dass ich dir gefehlt habe«, erwiderte er.

Der Falkenmagier schnaubte verächtlich.

»Wenn uns überhaupt jemand gefehlt hat«, berichtigte Trahn, »dann deine reizende Begleiterin.«

Alayna lächelte strahlend. »Danke, Trahn.«

»Tatsächlich«, erklärte Baden, »ärgern sich diese beiden, weil ich ihnen noch nichts von dem Verhör erzählt habe. Ich wollte auf euch warten.«

Schlagartig veränderte sich die Stimmung am Tisch. Die Heiterkeit verschwand, und die vier Falkenmagier konzentrierten sich auf den Eulenmeister.

»Wir haben viel herausfinden können«, begann Baden leise, und er sah einen Magier nach dem anderen mit seinen hellen Augen an. »Und ich muss ehrlich sagen, dass vieles von dem, was Baram uns gesagt hat – so heißt er, Baram – ausgesprochen erschreckend war.«

»Hat er eure Fragen freiwillig beantwortet?«, unterbrach Orris, »oder hast du ihn sondieren müssen?«

»Beides.« Baden hielt inne, als Kayle vier Krüge Bier und eine Karaffe hellen Weins für Alayna brachte. Er wartete, bis sie wieder zur Theke zurückgekehrt war, bevor er fortfuhr. »Beides«, wiederholte er dann. »Zuerst weigerte er sich, unsere Fragen zu beantworten, also haben wir sondiert. Dann haben wir ihm eine zweite Chance gegeben, und er hat mitgemacht. Am Ende haben wir noch einmal sondiert, um sicherzugehen, dass er nichts zurückgehalten und uns nicht hinters Licht geführt hat.«

Wieder hielt er inne, als Kayle mit ihrem Essen kam. »Wir hatten Recht«, fuhr er fort, nachdem sie wieder gegangen war. »Diese Männer kamen tatsächlich aus Lon-Ser, genauer gesagt von einem Ort namens Bragor-Nal.«

Trahn riss den Kopf hoch und sah ihn an. »Bragor-*Nal?*«, wiederholte er.

Baden schaute den Falkenmagier an, als hätte er diese Reaktion erwartet. »Ich dachte mir schon, dass dich das interessieren würde.«

Jaryd schüttelte den Kopf. »Das verstehe ich nicht.«

»Nal ist ein Wort aus der alten Sprache - aus unserer alten Sprache«, sagte Trahn, ohne den Blick von Badens Gesicht abzuwenden. »Es bedeutet ›Gemeinschaft‹. Zumindest bedeutete es das hier.«

Baden nickte. »So, wie Baram es benutzt hat, bedeutet es dort offenbar dasselbe.«

Trahn aß mit nachdenklicher Miene einen Löffel des dicken Eintopfs, den Kayle ihnen gebracht hatte. »Wahrscheinlich sollte mich das nicht so überraschen«, sagte er nach einiger Zeit. »Wir haben immer gewusst, das Tobyn-Ser und Lon-Ser eine gemeinsame Geschichte haben.«

»Eine gemeinsame Urgeschichte«, verbesserte Orris.

Trahn zuckte die Achseln. »Dennoch.«

Alayna wandte sich wieder Baden zu. »Hast du eine Vorstellung davon erhalten, wie man sich dieses Bragor-Nal vorstellen kann?«

»Es ist riesig«, antwortete der Eulenmeister. »Zumindest so viel wissen wir. Es gibt nur zwei weitere Nals in Lon-Ser, und wenn man unserem Freund glauben kann, ist Bragor das größte. Es handelt sich um riesige Städte, unabhängig wie Amarid, aber viel größer und mit tausendmal mehr Einwohnern. Und«, fügte er hinzu und holte tief Luft, »sie sind vollkommen auf Geräte von jener Art angewiesen, wie sie die Männer dabeihatten, um die Dörfer anzugreifen.«

Orris sah Baden fragend an. »Wie meinst du das?«

»Das lässt sich schwer erklären«, erwiderte Baden. »Viele Worte, die Baram benutzt hat, stammten aus seiner Sprache und ließen sich nicht übersetzen. Und vieles, von dem er sprach, war uns vollkommen fremd.« Er warf Trahn einen Blick zu. »Bei allen gemeinsamen sprachlichen Wurzeln haben sich unsere Länder im Lauf der Jahrhunderte doch sehr unterschiedlich entwickelt.« Nun sah er wieder Orris an. »Aber soweit ich es verstehe – und Sonel und Radomil sind der gleichen Ansicht –, scheint es, dass diese ... Kraft, die sie haben, mehr als nur eine Waffe ist. Es ist eine Art zu leben. Sie nutzen sie, um zu kommunizieren, zu reisen, Dinge und Lebensmittel herzustellen, und auch, um Kriege zu führen.«

Trahn fuhr sich mit der Hand übers Gesicht. »Du behauptest also, die Menschen in Bragor-Nal könnten alles, was sie brauchen, künstlich herstellen, indem sie Werkzeuge benutzen?«

»Sie können nicht«, entgegnete Baden. »Sie müssen. Wenn ich sage, dass Lon-Ser noch zwei andere Nals hat, dann heißt das im Grunde, dass es nichts anderes gibt. Wenn man Baram glauben kann, besteht Lon-Ser aus Nals und Bergen. Das ist alles. Es gibt beinahe kein Weideland, nur ein paar kleine Flecke Wald, Wüste oder Ebene. Es gibt nur Städte und Berge. Und in den Bergen wohnen nur wenige Menschen. Alles, was sie brauchen, stellen sie her. Wie zum Beispiel diese großen schwarzen Vögel.«

»Nur drei Städte«, sagte Trahn, und die Ehrfurcht in seiner Stimme spiegelte Jaryds eigene Empfindungen wider. »Und sie bedecken ein so großes Land wie Tobyn-Ser. Das kann ich mir nur schwer vorstellen.«

Für einige Zeit sagte niemand mehr etwas. Jaryd lauschte den Geräuschen der Taverne, aß zerstreut ein paar Löffel Eintopf und versuchte, sich eine Gesellschaft vorzustellen, die ganz auf mechanisch hergestellten Gütern beruhte, eine, in der alle in Städten lebten, die viel größer waren als jene, in der sie sich gerade aufhielten. Er konnte es sich einfach nicht ausmalen. Jedes Mal, wenn er es versuchte, sah er nur seine Mutter, die zu Hause in Accalia das Feld bearbeitete, oder seinen Vater, wie er vor dem Haus Feuerholz hackte.

Nach ziemlich langer Zeit regte sich Alayna, als erwache sie aus einem Traum. Sie sah Baden an. »Hast du etwas darüber in Erfahrung bringen können, wieso sie hergekommen sind und was sie von uns wollen?«

»Ja«, erwiderte Baden mit einem dünnen, freudlosen Lächeln. »Es ist wohl kaum eine Überraschung, dass sie von uns das haben wollen, was sie selbst nicht mehr haben.«

Orris neigte den Kopf zur Seite. »Aber du hast uns gerade gesagt, dass sie alles herstellen können, was sie brauchen.«

»Ja. Aber auch sie können den Naturgesetzen nicht entgehen: Sie haben keinen Platz mehr, und ihnen fehlen die Materialien, mit denen sie ihre technische Entwicklung bisher beschleunigt haben.« Er zögerte. »Um ehrlich zu sein, ich habe nicht alles verstanden, was er gesagt hat, aber es scheint, dass sie zwar alles herstellen können, was sie brauchen, aber das geht nicht ohne das, was er Rohstoffe nannte, und das schließt offenbar all das ein, was auch wir benutzen, um etwas herzustellen: Holz, Metalle und Mineralien und die anderen Gaben des Landes, die wir für selbstverständlich halten.«

»Sie wollen also unser Land«, warf Jaryd ein.

Baden nickte. »Unser Land, alles, was dort wächst und alles, was daraus zu gewinnen ist. Aber es geht um noch mehr. Sie brauchen nicht nur dieses Material, sie brauchen auch Platz. Ihre Städte – diese Nals – sind zu eng geworden; sie haben die Atemluft verschmutzt und ihr Trinkwasser verseucht. Kurz gesagt, sie suchen eine neue Heimat, oder zumindest eine zusätzliche Heimat. Und wir haben genau das, was sie brauchen.« Er sah Jaryd und Alayna an. »Was Theron euch darüber gesagt hat, dass ihre Taktik ihre Schwächen enthüllt, war noch wichtiger, als wir geglaubt hatten.«

»Es scheint nicht so, als ob sich ihre Bedürfnisse sonderlich von dem unterschieden, was der Grund für die Abboriji-Invasionen war«, sagte Trahn. »Warum gehen sie dann auf solch seltsame Weise vor?«

»Das scheint eher ein Produkt der Innenpolitik von Lon-Ser zu sein. Das einzig Vielversprechende, was Baram uns heute erzählt hat, ist, dass er und seine Kumpane auf Befehl einer kleinen, aber stetig wachsenden Bewegung in Lon-Ser handelten. Der größte Teil der Bevölkerung von Lon-Ser ist offenbar Fremden gegenüber ebenso feindselig eingestellt wie unser Volk. Sie haben sich gewaltig angestrengt, ihre Grenzen Fremden gegenüber zu schließen, sie haben verlangt, dass hochentwickelte Waren im Land bleiben – obwohl ihre Aufmerksamkeit in dieser Sache, wie Orris' Abboriji-Freund schon andeutete, gewaltig nachgelassen hat.« Er hatte Orris einen Seitenblick zugeworfen, wandte sich nun aber wieder an Trahn. »Die meisten Einwohner von Lon-Ser möchten die Probleme, die ich erwähnt habe, selbst lösen, aber eine wachsende Anzahl hat begonnen, jenseits ihrer Grenzen nach einer Antwort zu suchen. Und zumindest eine Fraktion, Barams Fraktion, hat sich dabei auf Tobyn-Ser konzentriert.

Baram behauptet, dass sie hofften, Tobyn-Ser die Verteidiger zu nehmen, indem sie das Vertrauen der Menschen gegenüber dem Orden unterminierten und schließlich den Orden selbst zerstörten. Wie wir in Kaera und Wasserbogen gesehen haben, hätten die Menschen in Tobyn-Ser ohne den Schutz der Magier keine Chance gegen die Waffen aus Lon-Ser.«

Jaryd schüttelte verwirrt den Kopf. »Aber wenn ihr eigenes Volk diese Idee nicht unterstützt, wie konnten sie hoffen, Erfolg zu haben?«

»Darüber hat Baram nichts gesagt«, erwiderte Baden, »aber ich habe so meine eigenen Ideen. Es kommt mir so vor, als befände sich Lon-Ser inmitten eines ausgedehnten Kampfes um die politische Macht, an dem viele Gruppen beteiligt sind. Vielleicht haben die Anführer dieser Gruppe, Barams Gruppe, darauf gesetzt, dass sie jede Opposition im eigenen Land niederschlagen können, sobald sie Tobyn-Ser erobert und es dem Volk von Lon-Ser übergeben haben. Wahrscheinlich planten sie, damit ihre eigene Position zu stärken. Es ist eine Sache, eine Invasion gegen einen Feind von unbekannter Stärke zu planen, und etwas ganz anderes, die Früchte eines solchen Unternehmens zu genießen, ohne dafür zahlen zu müssen.«

»Also glaubten sie, dass sie sich mit ihrem Erfolg – falls sie Erfolg gehabt hätten – gegen jede Opposition hätten durchsetzen können.«

»Sehr wahrscheinlich, ja.«
»Aber was immer dahinter stehen mag«, bemerkte Trahn und gab der Diskussion damit eine neue Richtung, »es sieht so aus, als wäre die Gefahr für Tobyn-Ser noch keineswegs gebannt.«
Baden sah seinen Freund an und nickte. »Von allem, was ich euch gerade erzählt habe, ist das der Punkt, an dem ich am wenigsten zweifle. Die Probleme von Lon-Ser sind nicht verschwunden, und als Ergebnis dessen, was die Fremden getan haben, bevor wir sie aufhalten konnten, ist der Orden nun schwächer als jemals zu vor. Wenn überhaupt, dann ist die Gefahr heute größer als vor einem Jahr.«
Jaryd nickte zustimmend. »Die Menschen, denen Alayna und ich heute begegnet sind, haben zweifellos wenig Vertrauen in den Orden. Ein Mann hat uns bezichtigt, wir hätten uns mit den Fremden verschworen.«
»Diese Menschenmenge vor der Großen Halle ist auch immer noch da«, fügte Orris hinzu. »Ich bin nicht sicher, was sie wollen, aber sie haben mich nicht gerade in die Arme geschlossen, als ich vorbeiging.«
»Was machen wir also?«, fragte Alayna.
Baden sah Orris an. »Wie ich schon in jener Nacht auf Tobyns Ebene sagte, als wir Sartol verfolgten, ich glaube, die Zeit ist gekommen, einem Vorschlag zu folgen, den Orris bei der Mittsommerversammlung gemacht hat. Wir müssen das geistige Netz wieder spannen.«
Orris betrachtete den Eulenmeister mit unverhohlener Neugier. »Ich erinnere mich daran, dass du das gesagt hast. Wieso hast du deine Ansicht geändert?«
»Ich habe es nie für eine schlechte Idee gehalten«, gab Baden zu. »Ich wusste einfach nur, dass sich die Eulenmeister

dagegen sträuben würden, und ich nahm an, dass eine Delegation zu Therons Hain die Angriffe wahrscheinlich stoppen würde. Ich habe mich geirrt«, fügte er hinzu. »Und um ehrlich zu sein, bedaure ich, mich damals gegen deinen Vorschlag ausgesprochen zu haben. Damit habe ich vielleicht unsere Chance verringert, den Orden davon zu überzeugen, den Vorschlag jetzt wieder aufzugreifen.«

»Glaubst du denn, dass sie sich immer noch gegen die Idee sträuben?«, fragte Jaryd. »Selbst nach allem, was du von dem Fremden erfahren hast?«

»Ich fürchte, ja«, antwortete der Eulenmeister und starrte seinen halb leeren Bierkrug an. »Was Theron und Phelan über den Orden gesagt haben, stimmt: Er ist zu selbstzufrieden geworden. Die Fremden hätten nie so weit kommen dürfen. Der Wolfsmeister hat Jessamyn die Schuld gegeben, aber ich bin nicht sicher, ob es ihr je gelungen wäre, den Orden zum Handeln zu veranlassen, selbst wenn sie sich mehr darum bemüht hätte. Zu Amarids Zeiten und selbst noch vor einigen hundert Jahren betrachteten sich die Magier des Ordens als Beschützer des Landes, nicht nur vor Seuchen oder inneren Wirren, sondern auch vor Bedrohungen von außen. Dennoch, unsere früheren Erfolge – zum Beispiel, als wir uns den Invasoren aus Abboriji widersetzen konnten – haben viele Magier davon überzeugt, dass es keine Gefahren mehr gibt, die unserer Aufmerksamkeit wert wären. Wir haben im Grunde unser Land so gut bewacht, dass wir faul geworden sind. Unsere Wachsamkeit an den Grenzen des Landes hat nachgelassen, das geistige Netz, das Amarid errichtete, ist zusammengebrochen, und immer noch hat uns niemand angegriffen. Ich nehme an, dass wir bis jetzt praktisch von unserer eigenen

Geschichte verteidigt wurden, von dem Ruf, den sie uns verliehen hat.« Er blickte auf und sah die Falkenmagier nacheinander an. »Offensichtlich genügt das nicht mehr.«

»Ich gebe ja zu, dass es nicht leicht sein wird«, sagte Trahn. »Aber wir müssen uns darum bemühen, dass das Netz wieder eingerichtet wird. Das ist unsere beste Hoffnung.«

»Ich bin ganz deiner Meinung«, warf Orris ein, »aber ich bin nicht sicher, ob es uns gelingen wird. Odinan ist sehr störrisch, und er findet immer noch Unterstützung bei den Eulenmeistern. Wir sollten auch an Alternativen denken.« Er grinste bedauernd. »Leider fällt mir keine ein.«

Die anderen Magier lachten leise, und Baden trank seinen Krug leer und winkte Kayle zu, eine weitere Runde zu bringen.

Jaryd sah seinen Onkel an. »Würde der Erfolg oder das Versagen unserer Anstrengungen, das Netz wieder einzurichten, nicht zum Teil davon abhängen, wen die Eulenmeister zum nächsten Eulenweisen wählen?«

Baden zog ein wenig die Brauen hoch und deutete damit an, dass er daran noch nicht gedacht hatte. »Wahrscheinlich«, bestätigte er.

»Was glaubst du – wen werden sie wählen?«, fragte Alayna. Kayle brachte ihr Bier, bevor der Eulenmeister antworten konnte, und nachdem sie wieder gegangen war, begannen Baden, Trahn und Orris eine ausgedehnte spekulative Diskussion, in der sie die möglichen Kandidaten durchgingen. Irgendwann im Lauf dieses Gesprächs erklärte Jaryd, wie schade es sei, dass Baden nicht zu Wahl stand – obwohl er es vermied, Anlas Tod direkt zu erwähnen. Trahn schloss sich dieser Ansicht an. Baden allerdings lachte nur und

versicherte ihnen, dass dies keine Aufgabe sei, nach der er besonders lechze.
Das Gespräch zog sich bis weit in die Nacht und kam erst zu einem Ende, nachdem die meisten Gäste schon gegangen waren. Da es schon so spät war, beschlossen Jaryd und Alayna, ein Zimmer im Adlerhorst zu nehmen. Müde erhoben sie sich und folgten Trahn und Orris zu der Holztreppe, die zu den Gästezimmern des Hauses führte.
»Jaryd«, rief Baden vom Tisch, an dem er immer noch bei seinem letzten Bier saß, »hast du noch einen Augenblick Zeit?« Der Eulenmeister wandte sich Alayna zu und lächelte. »Ich schicke ihn dir bald rauf, das verspreche ich.«
Sie nickte und ging weiter die Treppe hinauf, während Jaryd zum Tisch zurückkehrte.
»Ich weiß, du bist müde«, begann Baden, nachdem sich Jaryd wieder hingesetzt hatte, »also werde ich dich nicht lange aufhalten. Aber ich frage mich, ob ihr beiden, Alayna und du, schon darüber gesprochen habt, wo ihr euch niederlassen werdet, wenn die Versammlung zu Ende gegangen ist.«
Diese Frage überraschte den Falkenmagier vollkommen, und längere Zeit sagte er kein Wort.
»Ihr habt doch darüber nachgedacht, oder?«, drängte Baden.
»Selbstverständlich, wenn auch nicht sonderlich lange.« Jaryd zögerte und starrte nachdenklich den Tisch an. »Bevor ich Alayna kennen gelernt habe, habe ich angenommen, dass ich nach Accalia zurückkehren würde, und sie dachte, sie würde zurück nach Brisalli gehen. Sich zu verlieben hat alles komplizierter gemacht.« Er überlegte einen Moment. »Wir würden beide dem anderen folgen, und nun,

nachdem Sartol tot ist, braucht der Norden von Tobyn-Ser einen neuen Magier oder zwei. Selbstverständlich ist auch Radomil in den letzten Jahren der Einzige im Nordwesten gewesen, und er könnte ebenfalls Hilfe brauchen.« Er sah seinem Onkel in die Augen. »Kurz gesagt, wir haben noch nichts entschieden. Wir könnten an jeden dieser Orte gehen. Warum fragst du?«

Baden grinste rätselhaft. »Neugier.«

Jaryd reagierte mit einem skeptischen Blick, was den Eulenmeister zum Lachen brachte. »Also gut«, gab Baden zu. »Es ist mehr als Neugier. Aber im Augenblick möchte ich dich bitten, mir mein Geheimnis noch zu lassen, Jaryd. Ich werde es schon bald erklären.« Er sah seinen Neffen beinahe bittend an. »Es wäre mir auch ganz recht, wenn ihr beide, Alayna und du, im Augenblick so offen wie möglich bliebt.«

Jaryd warf dem Eulenmeister einen fragenden Blick zu, aber dann nickte er.

»Das war alles«, sagte Baden. »Und jetzt geh zu Alayna; ich glaube, ich trinke noch ein Bier.«

Jaryd stand auf, aber er sah seinen Onkel weiterhin an. Baden wirkte ungewöhnlich bedrückt, und wieder einmal musste Jaryd daran denken, dass Anla tot war. »Ist alles in Ordnung, Baden?«, fragte er. »Soll ich nicht lieber bleiben?«

Der Magier lächelte traurig. »Das ist nett von dir, Jaryd, aber ich glaube, ich bin im Augenblick alleine besser dran.« Er blickte zu seinem Neffen auf. »Und was mein Wohlbefinden angeht – ich nehme an, es geht mir so gut, wie es unter den Umständen zu erwarten ist.« Wieder wandte er den Blick ab. »Ich weiß, das ist nicht die Antwort, die du gerne hören möchtest, aber mehr kann ich nicht tun.«

»Es tut mir Leid, Baden.«
»Ich weiß. Und ich danke dir.«
Jaryd legte dem Eulenmeister die Hand auf die Schulter, dann drehte er sich um und ging in sein Zimmer.
Alayna hatte eine Kerze brennen lassen, aber sie lag bereits im Bett und atmete langsam und gleichmäßig. Jaryd versuchte, sich so leise wie möglich auszuziehen und ins Bett zu legen, aber sie regte sich und drehte sich zu ihm um.
»Was hat Baden gewollt?«, fragte sie verschlafen. Sie hatte die Augen immer noch geschlossen.
»Er wollte wissen, ob wir uns schon entschieden haben, wo wir uns niederlassen wollen.«
»Was hast du ihm gesagt?«, fragte sie immer noch müde.
»Dass wir noch keine Entscheidung getroffen haben.«
Sie gab ein leises Geräusch von sich, das wohl Zustimmung anzeigen sollte. Jaryd war nicht ganz sicher. Und bald schon hörte er wieder ihr gleichmäßiges Atmen, das ihm anzeigte, dass sie wieder eingeschlafen war.
Jaryd schloss die Augen und versuchte ebenfalls zu schlafen, aber Badens Frage hatte ihn nachdenklich gemacht. Er war nun schon seit einiger Zeit, seit Therons Hain, davon ausgegangen, dass er und Alayna ihr Leben gemeinsam verbringen würden. Und er hatte angenommen, dass sie dasselbe dachte. Baden war offenbar ebenfalls dieser Ansicht. Aber seine eigene Unfähigkeit, auf die Frage des Eulenmeisters zu antworten, zeigte deutlich genug, dass er und Alayna noch keine festen Pläne gemacht hatten. Tatsächlich hatten sie ihr zukünftiges gemeinsames Leben selten angesprochen. Meist hatten sie sich darüber unterhalten, wo sie herkamen, als versuchten sie jeweils, den anderen davon zu überzeugen, dass die eigene Heimat der

beste Ort wäre, um sich dort niederzulassen. Jaryd wusste, als er Alaynas leisen Atemzügen lauschte, dass er mehr als alles andere mit dieser Frau zusammen sein wollte, er wollte ein gemeinsames Leben mit ihr aufbauen, vielleicht eine Familie gründen. Und dennoch fiel es ihm schwer, den Traum, Accalia als Falkenmagier zu dienen, aufzugeben. Als er dort im Dunkeln lag und mit seinen Gedanken rang, war es unvermeidlich, dass er sich dabei auch wieder dem Gespräch zuwandte, das er vor so langer Zeit einmal mit Baden und Trahn geführt hatte und in dem es darum gegangen war, wie schwierig es sein konnte, Beziehungen innerhalb des Ordens zu haben. Ebenso wie damals weigerte er sich auch jetzt davon auszugehen, dass diese Probleme nicht bewältigt werden konnten, aber er musste zugeben, dass sie schwieriger waren, als er zunächst angenommen hatte. Und wieder fragte er sich, wieso Baden das Thema überhaupt zu diesem Zeitpunkt aufgebracht hatte. Diese Fragen hielten ihn noch lange wach, und selbst als er schließlich die Augen schloss und gleichmäßiger zu atmen begann, beunruhigten sie ihn weiterhin im Traum.

Mehrere Tage vergingen, bevor Baden schließlich verriet, wieso er sich so für Jaryds und Alaynas Zukunftspläne interessiert hatte. Inzwischen hatte der Orden eine offene Gedenkfeier zu Ehren von Jessamyn, Peredur und Niall veranstaltet, und die Eulenmeister hatten nach einem ganzen Tag bissiger Debatten und geheimer Abstimmungen Sonel zur neuen Eulenweisen gewählt. Sie wählte dann Toinan zu ihrer Ersten, in einem Versuch, Odinan und die anderen älteren Meister zu beschwichtigen, die einen Gegenkandidaten aufgestellt hatten. Als die Eulenmeister am

Abend dieses Tages den Versammlungssaal verließen, verkündeten sie, die Weise würde offiziell in zwei Tagen ernannt werden. Normalerweise hätte eine solche Ankündigung viel Freude und hohe Erwartungen mit sich gebracht. Am nächsten Tag versuchte allerdings eine Gruppe aus der Menschenmenge, die sich immer noch um das Gebäude scharte, die Große Halle zu stürmen, offensichtlich, um den Fremden zu finden und zu töten, von dem sie nun glaubten, dass der Orden ihn eher beschützen als bestrafen würde. Die Männer und Frauen, die die Halle hatten stürmen wollen, wurden von den Wachtmeistern der Stadt verhaftet, ehe sie großen Schaden anrichten konnten, aber der Vorfall warf einen Schatten auf die Vorbereitungen zur Ernennungszeremonie. Zum ersten Mal in der Geschichte des Ordens waren die Magier gezwungen, die Stadtwache zu bitten, die Prozessionsroute zur Eröffnung des Rituals abzusichern.

Der Morgen des für die Zeremonie ausgewählten Tages dämmerte grau und neblig. Und obwohl sich die Zuschauer schon mit dem ersten Tageslicht zu sammeln begonnen hatten, dämpfte die offensichtliche Präsenz der Wachtmeister die Vorfreude. Als sich die Magier und Meister an Amarids altem Haus versammelten, um sich für die Prozession aufzustellen, kam Baden zu Jaryd und Alayna, die bereits ihre Plätze am Ende der Reihe eingenommen hatten. Jaryd hatte seinen Onkel seit ihrem Gespräch im Adlerhorst kaum zu sehen bekommen; Baden hatte die Zeit damit verbracht, sich mit den anderen Eulenmeistern zu beraten und den Fremden noch mehrmals zu verhören.

Der Eulenmeister sah müde und abgehärmt aus, als er die jungen Leute begrüßte, aber sein Lächeln war echt. »Bereit für eure erste Ernennungszeremonie?«, fragte er und nickte dabei ein paar anderen Magiern zu, die gerade vorbeikamen.

»Ich denke schon«, erwiderte Alayna, »obwohl es sich nach dem neuesten Vorfall nicht nach einer großen Feier anfühlt.«

»Da bin ich ganz deiner Meinung«, murmelte Baden säuerlich. »Ich habe Sonel schon gesagt, dass ich die Wachen nicht für eine gute Idee halte, aber ich kann ihre Sorge verstehen.« Er schüttelte den Kopf. »Es sind wirklich finstere Zeiten«, sagte er mehr zu sich selbst als zu den jungen Magiern.

»Ich weiß eigentlich gar nicht, was heute passieren wird«, sagte Jaryd in dem Versuch, das Thema zu wechseln. »Was sollen wir denn tun?«

»Ihr braucht euch keine Sorgen zu machen«, erwiderte Baden. »Folgt einfach nur dem Beispiel der älteren Magier, und alles ist in Ordnung. Und was die Zeremonie selbst angeht«, fuhr er fort, »die hat sich im Lauf der Jahre verändert. Früher einmal, lange bevor ich Mitglied des Ordens wurde, wurde der Name des neuen Eulenweisen tatsächlich erst bei dieser Zeremonie bekannt gegeben – die Eulenmeister diskutierten die Verdienste und Mängel der diversen Kandidaten öffentlich, dann wählten sie geheim, aber vor Zuschauern. Meine Großmutter erzählte, dass man nach einer besonders widerwärtigen Debatte damit aufgehört hat. Jetzt ist es kaum mehr als eine Formalität; ein öffentliches Bekenntnis zu der Entscheidung, die die Eulenmeister schon zwei Tage zuvor unter Ausschluss der Öffentlichkeit gefällt haben.«

»Das hört sich viel besser an«, sagte Jaryd. »Auf diese Weise werden sicher einige Kränkungen vermieden.«

Baden nickte. »Das nehme ich an, obwohl ich inzwischen Zeuge von drei Weisen-Wahlen geworden bin und es immer recht höflich zuging.« Baden hielt inne und winkte weiteren Bekannten zu. Einen Augenblick später jedoch wandte er sich wieder an die jungen Leute und sah erst Alayna, dann Jaryd forschend an. »Nun«, sagte der Eulenmeister in verändertem Ton, und sein Blick war viel ernster geworden, obwohl er immer noch lächelte, »habt ihr beiden euch schon entschieden?«

»Nein«, gab Jaryd zu. »Aber es könnte uns vielleicht helfen, zu einer Entscheidung zu kommen, wenn du uns verrätst, warum dich das so interessiert.«

Der Eulenmeister dachte einen Augenblick nach. »Also gut«, sagte er schließlich. »Was ich euch vieren neulich abends über die Gefahren für Tobyn-Ser gesagt habe, und was ich für die Aufgabe des Ordens halte, hat mich dazu gebracht zu überlegen, ob nicht zumindest einige von uns handeln könnten, selbst wenn der Orden als Ganzes noch zögert. Ich habe bereits mit Sonel über die Möglichkeit gesprochen, das geistige Netz wieder einzurichten. Sie hat Verständnis für diesen Plan, ist aber nicht überzeugt davon, dass die Eulenmeister mitmachen werden – zumindest jetzt noch nicht. Und sie hat nicht vor, sie zu etwas zu zwingen, nicht zu etwas so Schwierigem und Anstrengendem wie dem Netz.« Er zögerte und sah sich um, weil er sich vergewissern wollte, dass niemand sie belauschte.

»Und daher habe ich vor, eine kleine Gruppe von Magiern zusammenzutrommeln – fünf oder zehn oder vielleicht sogar mehr –, die bereit wären, ein eigenes Netz zu spannen, eines, das der Westküste von Tobyn-Ser Schutz bietet, vom Nordrand von Leoras Wald bis zum Sägeblatt.«

»Weiß Sonel Bescheid?«, fragte Jaryd und sah seinen Onkel dabei forschend an.
Baden schüttelte den Kopf. »Ich glaube nicht, dass sie etwas dagegen hätte, aber andere – Odinan und seine Verbündeten – wären bestimmt nicht einverstanden, und sie könnten Sonel einigen Ärger machen, wenn sie erführen, dass sie davon weiß. Lieber trage ich die Schuld alleine, wenn man uns entdeckt.«
Alayna fuhr sich mit der Hand durch das dunkle Haar. »Wen hast du denn schon auf deiner Seite?«
»Selbstverständlich Trahn, dazu Radomil und Ursel. Orris und ich, sobald wir uns wieder gebunden haben. Und Orris glaubt, dass er noch ein paar der jüngeren Magier dazu bringen kann, sich uns anzuschließen.« Baden zögerte. »Ich hätte euch beide schon eher gefragt«, erklärte er, »aber ich wollte eure Pläne nicht durcheinander bringen, falls ihr welche habt. Das hier ist eine wichtige Zeit für euch, und ich möchte euch mit meiner Idee nicht in die Quere kommen.« Er gestattete sich ein Lächeln. »Aber nachdem Niall nun tot ist, hat das Untere Horn im Augenblick keinen Magier, der ihm dient. Und ich denke, wenn ich mich schon niederlassen müsste, würde ich diesen Teil von Tobyn-Ser ganz angenehm finden. Aber das ist nur meine Ansicht.« Er hielt inne und sah Jaryd noch einen Augenblick an, bevor er einen Blick über die Schulter warf. »Die Prozession wird bald beginnen«, sagte er, obwohl die meisten Magier noch in kleinen Gruppen zusammenstanden und sich unterhielten. »Wir können ja später noch einmal darüber sprechen.« Er schickte sich an zu gehen. »Viel Spaß bei der Zeremonie«, rief er ihnen über die Schulter hinweg zu.
Jaryd und Alayna schauten dem Eulenmeister schweigend

hinterher. Sie hatten im Lauf der vergangenen drei Tage mehrmals über ihre Zukunft gesprochen, auch in der Nacht zuvor, als sie bei Kerzenlicht in ihrem Zimmer im Adlerhorst gelegen hatten. Aber obwohl für beide klar war, dass sie unbedingt zusammenbleiben wollten, hatten sie doch noch keinen Entschluss gefasst, wo sie leben wollten. Badens Vorschlag veränderte nun alles.

»Ich bin so lange davon ausgegangen, dass ich wieder nach Brisalli zurückkehren würde«, murmelte Alayna schließlich und verlieh damit auch Jaryds Gedanken Ausdruck, »dass ich nie an andere Orte gedacht habe. Und ich weiß, dass es dir mit Accalia ebenso ging.« Sie sah ihn mit ihren großen dunklen Augen an – Augen, in denen er hätte versinken können. »Aber mir ist es gleich, wohin wir gehen, solange wir zusammen sind, Jaryd. Das ist alles, was ich will.«

Manchmal fragte er sich, was sie eigentlich an ihm fand. Sie war so stark, so intelligent, so schön, und sie liebte ihn. Irgendwie liebte sie ihn. Plötzlich war Jaryd überwältigt von der Fülle seines Lebens. »Meinst du das ernst?«, brachte er schließlich heraus. »Du könntest dir vorstellen, Brisalli aufzugeben?«

Sie nickte, und wieder breitete sich dieses strahlende Lächeln auf ihren Zügen aus. »Gehen wir zum Unteren Horn«, sagte sie. »Ich wette, dort ist es wunderschön, und außerdem braucht Baden uns.«

Er grinste und zuckte dann die Achseln. »Also gut.« Es fühlte sich seltsam an, nun plötzlich zu einem Entschluss zu kommen, nachdem sie so lange überlegt hatten. »Wir werden es also wirklich tun?«

»Scheint so«, antwortete sie. Und als wollte sie ihren Entschluss besiegeln, küsste sie ihn. Jaryd umarmte Alayna,

und sie blieben eine Weile so stehen und versuchten zu begreifen, dass sie sich schließlich entschieden hatten.
»Sollen wir Baden sagen, wie unsere Entscheidung lautet?«, fragte Alayna.
Jaryd nickte. Er konnte überhaupt nicht mehr aufhören zu lächeln.
Sie eilten über den Hof des Ersten Magiers zu Baden, und als sie ihn erreichten, grinsten beide breit. »Wir haben uns entschieden«, verkündete Jaryd, als sie vor dem Eulenmeister standen. »Wir gehen zum Unteren Horn.«
Die Erleichterung des Eulenmeisters war ihm deutlich anzusehen. »Gut«, flüsterte er. »Ich bin sehr froh, das zu hören.«
»Aber wir würden erst gerne nach Brisalli reisen«, fügte Jaryd hinzu, »und nach Accalia, um unsere Verwandten zu besuchen.«
Baden nickte. »Selbstverständlich«, sagte er. Aber noch bei diesen Worten schaute er über die Schulter nach Westen, als könnte er an der Stadt, den Wäldern und den Bergen vorbei zu dem fremden Land hinsehen, das hinter Aricks Meer lag. Und sein Lächeln wich einem Blick, der zu den dunklen Wolken über ihren Köpfen passte. »Selbstverständlich«, sagte er abermals. »Aber beeilt euch.«